José e seus irmãos I

COLEÇÃO THOMAS MANN

Coordenação

Marcus Vinicius Mazzari

A morte em Veneza e Tonio Kröger
Doutor Fausto
Os Buddenbrook
A montanha mágica
As cabeças trocadas
Confissões do impostor Felix Krull
O eleito
Contos
Sua alteza real
Mário e o mágico
José e seus irmãos I

Thomas Mann

José e seus irmãos I

As histórias de Jacó
O jovem José

Tradução
Agenor Soares de Moura

Posfácio
Irmela von der Lühe

Prêmio Nobel
COMPANHIA DAS LETRAS

Copyright © 1967 by Katia Mann. Todos os direitos reservados
a S. Fischer Verlag GmbH, Frankfurt am Main
Die Geschichten Jaakobs © 1933 by S. Fischer Verlag AG, Berlin
Der Junge Joseph © 1934 by S. Fischer Verlag AG, Berlin

Grafia atualizada segundo o Acordo Ortográfico
da Língua Portuguesa de 1990, que entrou em vigor
no Brasil em 2009.

Título original
Joseph und seine Brüder I: Die Geschichten Jaakobs: Der junge Joseph

Capa e projeto gráfico
RAUL LOUREIRO
Foto do autor
ETH-BIBLIOTHEK ZÜRICH, THOMAS-MANN-ARCHIV/
FOTOGRAF: UNBEKANNT/ TMA_0312
Revisor da tradução e glossário
REGINALDO GOMES DE ARAÚJO
Revisão
HUENDEL VIANA
LUÍS EDUARDO GONÇALVES

Dados Internacionais de Catalogação na Publicação (CIP)
(Câmara Brasileira do Livro, SP, Brasil)

Mann, Thomas, 1875-1955.
    José e seus irmãos I : As histórias de Jacó ; O jovem
José / Thomas Mann ; tradução Agenor Soares de Moura ;
posfácio Irmela von der Lühe. — 1ª ed. — São Paulo :
Companhia das Letras, 2025.

    Título original : Joseph und seine Brüder I: Die
Geschichten Jaakobs: Der junge Joseph.
    ISBN 978-85-359-4170-8

    I. Ficção alemã I. Título.

25-273154   CDD-833

Índice para catálogo sistemático:
I. Ficção : Literatura alemã   833
Aline Graziele Benitez — Bibliotecária — CRB-1/3129

Todos os direitos desta edição reservados à
EDITORA SCHWARCZ S.A.
Rua Bandeira Paulista, 702, cj. 32
04532-002 — São Paulo — SP
Telefone: (11) 3707-3500
www.companhiadasletras.com.br
www.blogdacompanhia.com.br
facebook.com/companhiadasletras
instagram.com/companhiadasletras
x.com/cialetras

SUMÁRIO

Nota do revisor da tradução 13

José e seus irmãos I

PRELÚDIO   17
Descida ao inferno 19

As histórias de Jacó   55

CAPÍTULO I. AO PÉ DO POÇO   57
  Ishtar 57
  Fama e realidade 59
  O pai 63
  Um tal Yebshe 66
  O delator 72
  O nome 80
  A região simiesca do Egito 85
  A provação 90
  Do óleo, do vinho e dos figos 94
  Dueto 99

CAPÍTULO 2. JACÓ E ESAÚ   104
  Gramática lunar 104
  Quem era Jacó 106
  Elifaz 113
  ... e sua cabeça se ergueu 119
  Esaú 122

CAPÍTULO 3. HISTÓRIA DE DINA   129

    A moçoila 129
    Beset 130
    A admoestação 133
    O ajuste 136
    Jacó habita junto de Siquém 138
    A vindima 140
    A condição 144
    O rapto 146
    A imitação 149
    A carnificina 151

CAPÍTULO 4. A FUGA   156

    O balido primordial 156
    O Vermelho 158
    Da cegueira de Yitzhak 164
    O grande logro 168
    Jacó obrigado a viajar 179
    Jacó chora 181
    Jacó vai ter com Labão 186
    Torrão de argila 193
    A refeição da tarde 196
    Jacó e Labão fazem um ajuste 199

CAPÍTULO 5. SERVINDO LABÃO   204

    Quanto tempo Jacó esteve com Labão 204
    Jacó e Labão ratificam o ajuste 207
    A expectativa de Jacó 209
    Jacó faz uma descoberta 212
    Jacó pede a mão de Raquel 216
    A longa espera 220
    Prosperidade de Labão 228

CAPÍTULO 6. AS IRMÃS   235

    O animal imundo 235
    O casamento 241
    O ciúme de Deus 259
    A turbação de Raquel 263
    Os *dudaim* 266

CAPÍTULO 7. RAQUEL   275

O oráculo do azeite 275
O nascimento 283
Brancos e malhados 287
O furto 294
No encalço 299
Benoni 309

O jovem José   321

CAPÍTULO I. TOT   323

Da beleza 323
O pastor 325
A lição 328
Corpo e espírito 336

CAPÍTULO 2. ABRAÃO   344

O servo mais antigo 344
Como Abraão descobriu a Deus 348
O amo do mensageiro 356

CAPÍTULO 3. JOSÉ E BENJAMIM   360

O bosquete de Adônis 360
O sonho celeste 375

CAPÍTULO 4. O SONHADOR   384

A túnica de várias cores 384
O veloz 395
O terror de Rúben 401
As gavelas 409
A discussão 418
Sol, Lua e estrelas 420

CAPÍTULO 5. JOSÉ VAI TER COM OS IRMÃOS   427

A exigência 427
José viaja para Siquém 432
O homem no campo 437
Lamec e a sua contusão 447

José lançado na cisterna 452
José grita do fosso 462
No fosso 467

CAPÍTULO 6. A PEDRA SOBRE O FOSSO   478
Os ismaelitas 478
Os planos de Rúben 485
A venda 488
Rúben vai à cisterna 501
O juramento 508

CAPÍTULO 7. O DESPEDAÇADO   514
Jacó pranteia a morte de José 514
As tentações de Jacó 528
O hábito 534

Posfácio —
"Uma festa da narração" —
A tetralogia José e seus irmãos, *de Thomas Mann,*
como paradigma da literatura mundial
Irmela von der Lühe   541

Notas 563

Glossário 565

Cronologia 577

José e seus irmãos I

NOTA DO REVISOR DA TRADUÇÃO

Reginaldo Gomes de Araújo

Os nomes relacionados à Bíblia Hebraica (Antigo Testamento), tanto de pessoas como de cidades e territórios, empregados neste primeiro volume de *José e seus irmãos* — compreendendo os romances *As histórias de Jacó* e *O jovem José* —, estão grafados segundo a *Bíblia de Jerusalém*.*

Thomas Mann utilizou nomes bíblicos em consonância com a Bíblia de Lutero, edição alemã de 1910,** e também fez transcrições diretas de nomes hebraicos. Uma vez que os nomes transcritos do hebraico não são comuns na língua portuguesa, optamos por usar as formas já conhecidas: por exemplo, Abel no lugar de "Habel", Judá em vez de "Yehudah" etc. Mantivemos os nomes em duas grafias apenas quando há um significado bíblico-teológico ou semântico, a exemplo de Abraão/Abrão e Sara/Sarai/Sahar, bem como de Isaac/Yitzhak.

Como o autor de *José e seus irmãos* empregou muitas palavras transcritas das tradições judaica, egípcia e assírio-babilônica, resolvemos usar em português os termos como já são conhecidos, com exceção de "Mitsraim" ("Egito" em hebraico), que tem um significado especial nos textos patriarcais e no Êxodo. Em relação a termos que não são conhecidos, optamos por adaptar a transcrição para o português de forma que a leitura possa reproduzir um som próximo ao original, sem distorcer demasiadamente sua pronúncia, como é o caso do *CH* em alemão, que transcreve um fonema gutural do hebraico e que, em nosso idioma, passa a

---

* *Bíblia de Jerusalém*. São Paulo: Paulus, 2002.

** *Die heiligen Schriften des Alten und Neuen Bundes deutsch von Martin Luther* [As Sagradas Escrituras do Antigo e Novo Testamento na tradução alemã de Martinho Lutero]. Munique; Leipzig: Georg Müller, 1910.

representar um fonema sibilante, lido como "sh". Assim, para evitarmos essa confusão, escolhemos transcrever esses termos com o *H*, mesmo sabendo que em português essa letra é muda. Todavia, mantivemos o *CH* apenas no nome Abd*ch*eba, atribuído a um servo de Labão, já que esse nome não deve ser lido como Abd*sh*eba, e sim como "Abdhreba", por ter sido propagado dessa forma em pesquisas acadêmicas no Brasil. O mesmo acontece com a escrita do *J* no alemão, que transcreve a consoante *yod* do hebraico, correspondendo foneticamente ao nosso *I*. Só mantivemos a grafia com *J* no texto em português quando o nome já está consagrado desse modo no nosso idioma (como José e Judá) ou em alcunha referente a José, como Jehosif, em virtude justamente da forma José, tal como presente no português. Nos demais casos, optamos por transcrever com *Y*, como em *Y*ahu, e não *I*ahu; *Y*ahwe, e não *J*avé etc.

Revisar uma tradução nem sempre é tarefa fácil. Contudo, buscamos ler a tradução de Agenor Soares de Moura cotejando-a com o original, em sua edição filologicamente mais abalizada,* linha a linha, o que possibilitou identificar alguns saltos de tradução, de palavras ou linhas, os quais traduzimos procurando respeitar o português erudito do tradutor.

A divisão de parágrafos foi também atualizada, de acordo com o texto alemão estabelecido na edição de Frankfurt que tomamos como base, uma vez que a tradução apresentava muitas divergências em relação ao original.

O mesmo se deu em relação ao uso dos pronomes: o tradutor via de regra havia substituído o pronome de primeira pessoa do plural, comum nesta obra de Thomas Mann, pelo de primeira pessoa do singular. Restituímos a forma original, sempre seguindo a edição de Frankfurt.

E, por último, substituímos os travessões demarcadores de diálogos por aspas duplas ("..."), usando aspas simples ('...') para citações dentro de aspas duplas, como é praxe no texto alemão, pois Thomas Mann empregou o travessão (—) tão somente para apostos ou para intercalar discurso direto ou indireto, jamais para demarcar diálogos.

---

*Trata-se dos volumes 7.1 (*Die Geschichten Jaakobs*) e 7.2 (*Der junge Joseph*) de *Große kommentierte Frankfurter Ausgabe* [Grande edição comentada de Frankfurt] das obras, cartas e diários de Thomas Mann, organizada por Heinrich Detering, Eckhard Heftrich e outros. Os referidos volumes — editados (e com texto criticamente revisado) por Jan Assmann, Dieter Borchmeyer e Stephan Stachorski — foram publicados em 2018 pela editora S. Fischer, de Frankfurt a. M.

José e seus irmãos I

PRELÚDIO

DESCIDA AO INFERNO

1.

Fundo é o poço do passado. Não deveríamos antes dizer que ele é insondável?

Sim, insondável, se (e talvez somente neste caso) o passado a que nos referimos é meramente o passado da espécie humana, essa essência enigmática da qual nossas existências normalmente insatisfeitas e muito anormalmente míseras formam uma parte; o mistério dessa essência enigmática inclui por certo o nosso próprio mistério e é o alfa e o ômega de todos os nossos discursos e de todas as nossas questões, emprestando um imediatismo candente a tudo o que dizemos e um significado a todo o nosso problema. Pois quanto mais fundo sondamos, quanto mais abaixo tenteamos e calcamos o mundo inferior do passado, tanto mais comprovamos que as bases mais remotas da humanidade, de sua história e cultura, se revelam inescrutáveis. Por temerários que sejamos no comprimento que dermos à nossa sonda, ela se estira ainda, aprofundando-se cada vez mais. Não é sem razão que falamos em estirar-se e aprofundar-se, porquanto aquilo que é investigável, de certo modo, zomba dos nossos ardores inquisitivos; oferece pontos de apoio e metas aparentes, por trás das quais, depois que as atingimos, surgem ainda novas províncias do passado, tal como acontece a quem caminha ao longo da costa sem encontrar termo para sua caminhada, porque, por trás de cada promontório de duna argilosa que ele se esforça em chegar, pontas de terra inesperadas e novas distâncias continuam a negaceá-lo.

Podem assim existir origens provisórias que praticamente e de fato formam os primórdios da tradição particular mantida por uma determinada comunidade, por um povo ou por uma comunhão de crença; e a memória, embora suficientemente inteirada de que na realidade não foram sondadas as profundezas, pode, contudo, do ponto de vista nacional, conformar-se com aqueles primórdios e deter-se no plano pessoal e histórico.

O jovem José, por exemplo, filho de Jacó e da formosa Raquel, que tão cedo partiu; José, que viveu quando em Babel reinava Curigalzu, o cassita, senhor das Quatro Regiões, rei da Suméria e da Acádia, extremamente suave ao coração de Bel-Marduk, soberano a um tempo severo e pomposo, cuja barba tinha cachos dispostos em ordem tão perfeita que se assemelhavam a uma divisão de escudeiros bem equipados; enquanto em Tebas, na terra que José costumava chamar "Mitsraim" e também "Keme, o Preto", Sua Santidade o bom Deus, cognominado "Amun-está-satisfeito", terceiro deste nome, o próprio filho do Sol, brilhava no horizonte do seu palácio e ofuscava os olhos embevecidos de seus vassalos nascidos no pó; quando Assur crescia pelo poder de seus deuses e pela grande estrada litorânea, a qual se estendia desde Gaza até os passos das montanhas de cedro, iam e vinham as caravanas régias, trazendo dádivas de lápis-lazúli e de ouro em barra, entre a corte do País dos Rios e a corte de Faraó; quando nas cidades dos amoritas, em Betsã, Ayalon, Tanac, Urusalim, cultuavam Ashtarti, enquanto em Siquém e Bet-Lahem ressoava o lamento de sete dias pelo filho verdadeiro, o despedaçado, e em Guebal, a Cidade do Livro, era adorado El, que não necessitava nem de templo nem de rito; então, José habitava no distrito de Kenana, nas proximidades de Hebron, na terra que no Egito é chamada Retenu Superior, nas tendas de seu pai, sombreadas por terebintos e carvalhos sempre verdes. José era um jovem famoso especialmente pelo encanto que herdara de sua mãe, a qual tinha sido formosa e linda como a lua quando está cheia e como a estrela de Ishtar quando boia suavemente no claro céu; mas também provido, pelo lado paterno, de dons do espírito e talvez, em certo sentido, sobrepujando o próprio pai; José, afinal e para concluir (pela quinta ou sexta vez repetimos o seu nome, e com prazer, porque há mistério nos nomes e estamos em afirmar que o conhecimento do nome dele outorga poderes para evocar essa personalidade noutras eras tão viva e falada, ainda que ora afundada na voragem do tempo); José, pela sua parte, considerava uma certa cidade chamada Uru, na Babilônia meridional, que ele na sua língua chamava "Ur Kashdim", "Ur dos Caldeus", como o princípio de todas as coisas, isto é, de todas as coisas que lhe diziam respeito.

É que dali, em época já muito remota (José nunca tivera cabal certeza de quão remota ela era), um homem pensativo e interiormente inquieto partira com sua mulher, a quem ele, provavelmente por ternura, costumava chamar de "irmã", e com outras pessoas de sua família; ele partira para fazer como fazia a Lua, que era a divindade de Ur, vagueando sem rumo certo, porque achava isso o mais adequado aos seus estados de insatisfação, de dúvida e de tormento. Sua migração, impregnada de uma indisfarçável cor de contumácia, tivera ligação com certas construções que se lhe haviam afigurado ímpias e que Nemrod, o Poderoso, que então dominava em Ur, tinha, se não erigido, ao menos restaurado e aumentado extraordinariamente em altura. Era convicção pessoal do homem de Ur que Nemrod tinha feito isso não tanto para honrar os divinos luzeiros do firmamento aos quais elas eram dedicadas, mas como uma barreira contra a dispersão e como um monumento, a topetar com as nuvens, erguido ao seu imenso poderio. Desse poderio escapara agora o homem de Ur, com sua parentela, atirando-se a caminhadas de extensão indeterminada. A tradição transmitida a José variava um pouco em relação àquilo que mais particularmente molestara o descontente; se fora Ur, a grande cidadela da Lua, o templo torreado do deus Sin, do qual todo o país de Senaar tomara o nome, uma vez que a palavra aparece na própria região em que ele era adorado, como por exemplo no monte chamado Sinai; ou aquela casa monumental do Sol, Esagila, templo de Marduk na própria Babel, cujo topo Nemrod elevara até a altura do firmamento, e da qual José recebera oralmente uma descrição exata. Havia ainda, é certo, muita coisa que escandalizara o homem meditativo, a começar do próprio poder de Nemrod e indo até certos costumes e práticas que para outros tinham a aparência de coisas inalienáveis, santificadas por uma longa tradição, mas que a ele lhe enchiam a alma de dúvidas. E já que não é bom ficar quieto quando a alma se aflige com a dúvida, ele resolvera simplesmente pôr-se a andar.

Chegou a Harã, cidade do caminho e cidade lunar do Norte, na região de Naarain, onde residiu muitos anos e recrutou pessoas que introduziu no parentesco chegado dos seus. Mas era aquele um parentesco que significava desassossego e nada mais: um desassossego do espírito, exteriorizando-se num desassossego do corpo, que pouco tinha que ver com o desejo comum de vaguear próprio de quem tem coração leve e ânimo aventureiro, mas era antes a angústia do homem perseguido e solitário, cujo sangue já fervia com os sombrios começos do destino próximo; talvez o peso e o alcance desse destino se achassem em relação íntima com o tormento e a intranquilidade do homem. E assim Harã, cidade incluída na esfera de domínio de Nemrod, não foi mais que uma "parada no caminho", da qual o homem errático acabou por partir, juntamente com Sarai, sua esposa-irmã, com toda a sua parentela e com todos os bens pertencentes a ele e a esta, para continuar, na qualidade de guia e *"mádi"*, sua hégira em demanda de uma meta ignota.

Tinha assim atingido a região Oeste e os amurrus que habitavam a terra de Canaã, onde haviam sido soberanos os hititas; tinha atravessado a região a pouco e pouco, internando-se profundamente pelo Sul debaixo de outros sóis, no país da lama, onde a água corre em direção contrária à das águas do país de Naharina, e todos navegam rio abaixo, em direção ao Norte; onde um povo hirto de velhice adorava seus mortos, e onde para o homem de Ur e para as suas necessidades nada havia que procurar ou achar. Volvendo atrás, dirigiu-se à região do Oeste, a região média, que ficava entre os domínios de Nemrod e o país da lama; e na parte meridional, não longe do deserto, numa região montanhosa, solo pouco arável, mas rico de pastagens para seu gado, ele adquiriu uma espécie de sedentariedade superficial e morou em boas relações com os habitantes.

Diz a tradição que seu deus — aquele deus diante de cuja imagem seu espírito trabalhava, o mais alto dentre todos, único a quem resolvera servir por orgulho e amor, o Deus dos evos, para o qual ele procurara um nome e não achara nenhum conveniente e por isso lhe dera o plural, chamando-lhe provisoriamente Elohim, a Divindade —, pois bem, Elohim lhe fizera promessas de imenso alcance e claramente definidas, de acordo com as quais não só ele, o homem de Ur, viria a ser um povo tão numeroso como as areias do mar e uma bênção para todos os povos, mas também a terra onde ele então vivia como estrangeiro e aonde o conduzira Elohim, tirando-o da Caldeia, seria possessão perpétua dele e de sua descendência — "em todas as suas partes" —, com o que o Deus dos deuses quisera especificar as populações e os habitantes atuais da terra cujas "portas" a progênie do homem de Ur possuiria. Por outras palavras, Deus fadara essas populações à derrota e à sujeição no interesse do homem de Ur e de sua raça. Tudo isso, porém, deve ser acolhido com restrições ou no mínimo com critério. Estamos lidando com interpolações posteriores, feitas deliberadamente para confirmar, como intuitos primitivos da divindade, situações políticas que de começo tinham sido estabelecidas pela força. Na realidade, o espírito daquele homem erradio não era talhado para receber ou provocar promessas de natureza política. Nada prova que, ao deixar sua pátria, já tivesse pensado no país dos amurrus como teatro de suas futuras atividades; o fato de que suas peregrinações o fizeram passar também pela região dos túmulos e da donzela-leoa de focinho rombo parece até justificar a conclusão oposta. Quando, porém, deixou atrás de si os altos e poderosos domínios de Nemrod, evitando por igual o muito estimável reino do monarca do oásis, que usava uma coroa dupla, e se voltou para o Oeste — quer dizer, para uma região cuja desorganizada vida pública a condenava à impotência e à servidão —, seu procedimento não evidencia que possuísse visão política ou gosto pela grandeza imperial. O que o pusera em movimento foi desassossego de espírito, necessidade de Deus, e se (e disso não pode haver dúvida) lhe foram outorgados favores, tinham relação com as irradiações do seu conhecimento pessoal de Deus, que era de uma espécie inteiramente nova; e desde o princípio todo o seu cuidado tinha sido granjear para esse conhecimento simpatia e adesões. Ele sofria; e quando comparava a extensão da sua angústia interior com a da grande maioria, tirava a conclusão de que ela estava prenhe do futuro. Não serão inúteis — foi o que ele ouviu do Deus que acabara de contemplar — tua angústia e tua inquietação; hão de gerar muitas almas e fazer prosélitos tão numerosos como as areias dos mares; darão impulso a grandes expansões de vida, nelas escondidas como uma semente; resumindo, tu serás uma bênção. Uma bênção? Não é provável que o termo dê o verdadeiro significado do que lhe aconteceu diante de seus próprios olhos e que correspondeu ao seu temperamento e à experiência de si mesmo. Porque a palavra "bênção" traz consigo uma ideia que define mal homens como ele, isto é, homens de espírito errante e inquieto, cuja recente concepção da divindade está destinada a imprimir um cunho no futuro. A vida dos homens que são o ponto de partida de novas histórias raramente ou nunca pode ser uma bênção simples e indubitável, nem é isso que a consciência que têm de si mesmos lhes sussurra aos ouvidos. "E serás um destino": tal é o mais puro e mais exato sentido da promessa, seja qual for a língua em que ela se exprima. E se alguém perguntasse se esse destino podia ser ou deixar de ser uma bênção, estaríamos diante de uma questão cuja natureza dupla decorre do fato de poder ela, sempre e sem exceção, receber várias respostas — conquanto seja sempre afirmativa a resposta dada pela comunidade (que está continuamente aumentando em número e em graça) daqueles que reconheceram o verdadeiro Baal e Adad do panteão no Deus que trouxera da Caldeia o homem de Ur. E a essa comunidade o jovem José fazia remontar o seu ser espiritual e físico.

2.

Por vezes, na verdade, ele tinha o homem errático na conta de seu bisavô, embora tal ideia deva ser francamente afastada dos domínios do possível. Ele próprio estava perfeitamente convencido, à força de muita e variada instrução, de que se tratava de algo muito vasto. Não tanto assim, contudo, que aquele homem poderoso da terra cujos marcos, adornados de representações dos signos do zodíaco, o homem de Ur deixara atrás de si, houvesse sido realmente Nemrod, o primeiro rei da terra, que gerara Bel de Senaar. Não, porque, segundo as inscrições, esse tinha sido Hamurabi, o Legislador, restaurador daquelas cidades do Sol e da Lua; e quando o jovem José o punha no mesmo nível do pré-histórico Nemrod, ele o fazia para divertir o pensamento, o que condiz admiravelmente com o seu espírito, mas não ficaria bem ao nosso, sendo-nos portanto vedado fazê-lo. Diga-se o mesmo da confusão que às vezes fazia do homem de Ur com o antepassado do seu pai e seu, que tivera o mesmo nome ou parecido. Entre o menino José e a peregrinação de seu antepassado no espírito e na carne mediavam bem, conforme o sistema cronológico em vigor na sua idade e esfera, vinte gerações, ou, em números redondos, seiscentos anos babilônicos, lapso de tempo tão longo como o que vai do nosso século ao período gótico da Idade Média — tão longo como ele, e no entanto muito menor.

O fato é que o nosso tempo matemático e astral nos foi transmitido sem alterações desde épocas muito anteriores àquela em que o homem de Ur empreendeu suas caminhadas, e, por nossa vez, transmitiremos esse cômputo do tempo aos nossos mais arredados descendentes. Mas, ainda assim, a significação, o peso e a plenitude do tempo terrestre não são uma mesma coisa em toda parte. O tempo tem medida desigual, apesar de toda a objetividade da cronologia caldaica. Seiscentos anos, naquelas eras e debaixo daquele céu, não significavam o que significam na nossa história ocidental. Eram um período mais igual, mais silencioso, mais mudo; o tempo era menos eficiente, sua faculdade de suscitar mudanças tinha um alcance mais fraco e mais restrito, muito embora naquelas vinte gerações ele por certo produzira mudanças e revoluções de considerável monta: revoluções naturais, mudanças até na face da terra, no ambiente imediato de José, como sabemos e ele também soube. Onde, no seu tempo, estavam Gomorra e Sodoma, residência de Ló de Harã, que fora recebido na comunidade espiritual do homem de Ur? Onde estavam aquelas cidades voluptuosas? O lago alcalino de chumbo lá estava onde florescera a impudicícia delas. A região toda fora varrida por um vendaval flamívomo de pez e enxofre, tão pavoroso e aparentemente tão destruidor de toda vida que as filhas de Ló, escapando a tempo com seu pai, embora ele as quisesse entregar à lascívia dos sodomitas em troca de certos hóspedes importantes que acolhera, coabitaram com o pai, na falsa crença de que, a não serem elas, já não havia ninguém na Terra, enchendo-se de zelo feminil pela continuação da raça.

E assim o tempo no seu curso havia deixado após si alterações visíveis. Tinha havido tempos de bênção e tempos de maldição, tempos de fartura e tempos de carestia, guerras e campanhas, monarcas sucessivos e novos deuses. E, contudo, tomado em conjunto, o tempo de então fora mais conservador que o tempo de agora, o teor da vida de José, seus modos e hábitos de pensar eram muito mais chegados aos de seus antepassados do que os nossos em relação aos dos cruzados. A memória, repousando na tradição oral de geração em geração, era mais direta e confiante, fluía mais livremente, o tempo apresentava uma vista mais uniforme e por isso mais fácil de abranger; em resumo, não se pode censurar a José o encurtá-lo nos seus sonhos, e estando alguma vez a devanear, talvez de noite, ao luar, por confundir o homem de Ur com o avô de seu pai, ou pior ainda. É bom notar aqui que, com toda a probabilidade, esse homem de Ur não era o primitivo e verdadeiro homem de Ur. Provavelmente (mesmo para o jovem José, numa hora mais propícia, à clara luz do dia) esse homem de Ur jamais vira a cidadela lunar de Uru; tinha sido o pai *dele* que fora dali para o Norte, em direção a Harã, no país de Naharaim. E assim foi só de Harã que esse erroneamente chamado homem de Ur, tendo recebido ordens do Senhor Deus, partira para a região dos amoritas, juntamente com aquele Ló, posteriormente estabelecido em Sodoma, e que a tradição da comunidade dizia, de maneira imprecisa, ser o filho do irmão do homem de Ur, e isso com o fundamento de que ele era o "filho de Harã". Ora, Ló de Sodoma era por certo filho de Harã, uma vez que tanto ele como o homem de Ur vinham de lá. Mas converter Harã, a "cidade do caminho", num irmão do homem de Ur, e assim fazer do seu prosélito Ló um sobrinho, era como que, sonhando, brincar com ideias — passatempo que mal se podia permitir à luz do dia, mas que torna compreensível por que motivo o jovem José se entregava naturalmente a esse gênero de diversão: confusão dos nomes.

Fazia isso na mesma boa-fé com que procediam os adoradores das estrelas e os astrólogos de Senaar, nos seus prognósticos segundo o princípio da representação estelar, substituindo um planeta por outro, por exemplo o Sol, quando se punha, por Ninurta, planeta da guerra e do Estado, ou o planeta Marduk pelo Escorpião, e em seguida dando despreocupadamente ao Escorpião o nome de Marduk e a Ninurta o de Sol. Fazia-o, sim, por motivos práticos, porque o seu desejo de achar um começo para a série de acontecimentos que lhe diziam respeito ia tropeçar na mesma dificuldade que sempre se contrapõe a tal esforço, isto é: verificar que cada qual tem um pai, que nenhuma coisa é a primeira e nasce de si mesma, nem é causa de si própria, e que toda a gente é gerada e aponta para trás, mais fundo dentro da profundidade das origens, nos abismos e sumidouros do poço do passado. Naturalmente José não ignorava que o pai do homem de Ur, isto é, o verdadeiro homem de Uru, devia ter tido um pai, que então seria realmente o começo da sua história pessoal, e daí recuando até Jabel, filho de Ada, o antepassado daqueles que moram em tendas e guardam rebanhos. Assim o próprio êxodo de Senaar não lhe oferecia mais que um princípio particular e condicionado; estava bem instruído, por meio de canções e sagas, de como isso prosseguia por aí além, através de muitas histórias, até chegar a Adapa ou Adama, o primeiro homem, que segundo uma mentirosa saga babilônica em versos, que José sabia mais ou menos de cor, fora filho de Ea, deus da sabedoria e das águas profundas, e servira os deuses como padeiro e escanção. Mas José tinha desse primeiro homem um conhecimento melhor e mais inspirado, transportando-se até o jardim situado a Leste, dentro do qual se achavam as duas árvores, a árvore da vida e a impura árvore da morte; recuava ainda até o princípio, a origem do mundo, do céu e do universo terráqueo, tirados da confusão e do caos pelo poder do Verbo, que se movia livremente sobre as águas primordiais e era Deus. Mas não era tudo isso também um princípio condicionado e particular de coisas? Já tinha havido formas de existência que contemplavam o Criador com admiração e assombro: filhos de Deus, anjos do firmamento estrelado, a respeito dos quais José mesmo sabia algumas histórias extravagantes e até engraçadas, e demônios rebeldes. Todos esses seres deviam ter tido sua origem em algum evo passado no mundo que envelhecera e se afundara, tornando-se matéria-prima do caos. Mas mesmo esse teria sido realmente o primeiro princípio?

Aqui o cérebro do jovem José começava a sentir vertigens, exatamente como acontece ao nosso quando nos debruçamos sobre a borda de um poço; e, deixando de parte umas insignificantes inexatidões que a si mesma permitia sua linda e graciosa cabeça, mas que a nós não ficam bem, podemos sentir-nos bem próximos dele, quase seus contemporâneos, quando falamos nessas remotas profundezas e abismos do tempo em que ele, tantos séculos atrás, já fitava a vista. Ele era uma criatura humana como nós somos e, matematicamente falando, apesar da sua prioridade no tempo, deve parecer-nos tão afastado como nós dos começos da humanidade (não falando nos começos das coisas em geral), porque elas efetivamente jazem no fundo escuro do báratro, e nós, nas nossas pesquisas, ou temos de parar nos princípios condicionados e aparentes, confundindo-os com o verdadeiro começo, da mesma forma que José confundia o emigrante de Ur com seu pai e com seu bisavô, ou temos de prosseguir, engodados, passando sucessivamente de um bastidor do tempo ao seguinte, recuando sempre ao passado até o incomensurável.

3.

Dissemos que José sabia de cor alguns lindos versos babilônicos que provinham de uma vasta tradição escrita, cheia de falsa ciência. Ele os aprendera de viajantes que passavam por Hebron e com os quais se entretinha no seu modo sociável, e de seu preceptor, o velho Eliezer, liberto de seu pai, o qual não deve ser confundido (como José algumas vezes o confundia e até o próprio velho provavelmente gostava de fazê-lo) com outro Eliezer, que era o servo mais velho do primitivo caminhante e que uma vez junto ao poço pedira para Isaac a mão da filha de Batuel. Nós agora sabemos esses versos e essas lendas; possuímos os textos, escritos em tabletes achadas em Nínive, no palácio de Assurbanipal, rei do universo, filho de Assaradão, filho de Senaqueribe; alguns deles, conservados em graciosos caracteres cuneiformes sobre argila amarelo-acinzentada, são nossa fonte documentada mais antiga sobre o grande dilúvio em que o Senhor exterminou a primeira raça humana por causa da sua corrupção, e que desempenhou papel tão importante na própria tradição pessoal de José. Literalmente falando, mesmo essa não é uma fonte original; essas deterioradas tabletes trazem transcrições feitas por escravos instruídos só uns seiscentos anos antes da nossa era, por ordem de Assurbanipal, soberano muito dado à palavra escrita e às opiniões consolidadas, homem "arquissagaz", na expressão babilônica, e zeloso acumulador dos frutos da alta sabedoria. Na verdade, eles foram copiados de um original pelo menos mil anos mais antigo, isto é, do tempo do Legislador e do homem errante; para os amanuenses de Assurbanipal o original foi mais ou menos tão fácil, ou tão difícil, de se ler e compreender como para nós é hoje em dia um manuscrito do tempo de Carlos Magno. Documento hierático, escrito numa letra inteiramente obsoleta e pouco desenvolvida, que já na época deve ter sido difícil decifrá-lo. Pairam dúvidas sobre se sua significação foi totalmente honrada na cópia.

Agora, quanto a esse original: examinando bem, ele não era na realidade um original, ao menos não era o original. Não passava de cópia de um documento sabe Deus de que tempo afastado; diante dele, embora sem saber exatamente onde, podia uma pessoa estacar, como em frente de um verdadeiro original, se ele não estivesse cheio de glosas e acréscimos enxertados pela mão do copista, que imaginou tornar com isso mais compreensível um texto original cuja data remota ninguém sabe ao certo; embora o que provavelmente fizeram tenha sido deturpar ainda mais a sabedoria original do texto primitivo. E assim nós poderíamos continuar, se não estivéssemos convencidos de que os nossos leitores já entendem o que queremos dizer quando falamos em bastidores, em dunas e abismos do poço.

Os egípcios exprimiam isso numa locução que José conhecia e que ele mesmo usava de vez em quando. Porque, conquanto nenhum dos filhos de Cam fosse tolerado nas tendas de Jacó, em represália ao antepassado deles que escarnecera do próprio pai e que ficara inteiramente preto, e também porque Jacó tinha dúvidas religiosas quanto à moral de Mitsraim; todavia o curioso mancebo muitas vezes tinha se misturado com os egípcios pelas cidades, tanto em Cariat-Arbe como em Siquém, e apanhara aqui uma coisa, ali outra, da língua em que mais tarde se aperfeiçoaria com tanto brilho. Ora, os egípcios, quando se referiam a qualquer coisa da mais alta e indefinida antiguidade, costumavam dizer: "Vem dos dias de Set". Com toda a certeza aludiam a um de seus deuses, o astuto irmão do Marduk ou Tamuz deles, a quem chamavam Osíris, o Mártir, porque Set primeiro o atraíra a um sarcófago, atirara este no rio e depois o despedaçara como se faz com uma fera e o matara bem morto, de sorte que Osíris, a Vítima, governava então como senhor dos mortos e rei eterno do mundo inferior... "Desde os dias de Set", o povo de Mitsraim tinha muitos usos para a expressão porque para eles as origens de tudo remontavam, de maneira inexplicável, a essa escuridão.

Na orla do deserto da Líbia, perto de Mênfis, talhado na rocha, repousava o colosso híbrido de cinquenta e três metros de altura; leão e donzela, com seios de mulher e barba de homem, e no toucado a régia serpente empinada. As enormes patas do seu corpo de gato se estendiam diante dele, os dentes do tempo tinham-lhe desgastado o nariz. Estivera sempre estirado ali, sempre com o seu focinho desgastado pelo tempo. Não existia memória de uma época em que seu focinho não estivesse desgastado, em que a esfinge não estivesse estirada ali. Tutmés IV, Gavião de Ouro e Touro Forte, rei do Alto e Baixo Egito, amado pela deusa da verdade e pertencente à décima oitava dinastia, que era também a dinastia de Amun-está-satisfeito, em obediência a uma ordem recebida em sonho antes de subir ao trono, mandara desenterrar a colossal estátua das areias do deserto, onde jazia em grande parte soterrada e oculta. Mas uns mil e quinhentos anos antes disso o rei Quéops, da quarta dinastia, o mesmo — diga-se de passagem — que construiu a grande pirâmide destinada a ser seu túmulo e que sacrificou à esfinge, achara quase em ruínas aquela estátua; e não havia memória alguma de qualquer época em que tivessem lhe visto inteiro o focinho.

Teria sido Set quem em pessoa talhou na pedra aquele animal fabuloso, no qual gerações posteriores viram uma imagem do deus-Sol, chamando-lhe "Hórus no monte da luz"? Não era nada impossível, porquanto Set, como Osíris, a Vítima, provavelmente não fora sempre um deus, mas uma vez ou outra um homem e até um rei do Egito. Tem-se frequentemente afirmado que certo Menés ou Hórus-Menés, cerca de seis mil anos antes da nossa era, fundou a primeira dinastia egípcia, sendo "pré-dinástico" tudo mais anterior a isso. Diz-se ter sido esse Menés o primeiro a unir as duas regiões, a baixa e a alta, o papiro e o lírio, a coroa vermelha e a branca, tendo sido ainda o primeiro rei do Egito, cuja história se iniciou com o seu reinado. Não haverá quiçá uma palavra verdadeira em toda esta asserção: para um olho penetrante el-rei Menés não vem a ser outra coisa senão um bastidor. Sacerdotes egípcios contaram a Heródoto que a história escrita do seu país remontava a 11340 anos antes da era dele, o que para nós vem perfazer cerca de catorze mil anos; essa conta despe a figura do rei Menés de seu caráter de grande antiguidade. A história do Egito se desenrola alternadamente entre períodos de discórdia e impotência e períodos de brilho e poder; época de diversos dirigentes ou nenhum absolutamente e épocas de forte concentração de poder; cada vez se patenteia mais que épocas destas se alternaram com tanta frequência que tornam provável ter sido o rei Menés o mais antigo governante de um reino unificado. As discórdias que ele sanou tinham-se seguido a uma antiga unificação e esta seguira-se a uma ruptura ainda mais antiga. Não podemos dizer quantas vezes terá de ser repetido "o mais velho", o "mais antigo", o "de novo". A única coisa que podemos dizer é que a primeira unificação se verificou no reinado de deidades dinásticas, cujos filhos, é de supor, foram aqueles Set e Osíris. A história do sacrifício, assassínio e esquartejamento de Osíris seriam alusões lendárias a rixas sobre sucessão, que nesse tempo era decidida por estratagemas e crimes. Esse era um passado de caráter profundo, mítico e teológico, chegando ao ponto de tornar-se espiritualizado e fantástico; fazia-se presente, convertia-se em objeto de reverência religiosa na forma de certos animais, certos chacais e falcões guardados cuidadosamente nas antigas capitais, Buto e Nekeb, nos quais se supunha que as almas daqueles seres do tempo primitivo estavam conservadas misteriosamente.

4.

"Vem dos dias de Set" — ia o jovem José saboreando a frase, e nós compartilhamos o seu prazer, pois, como os egípcios, também nós a achamos de grande aplicação a quase tudo na vida. Para onde quer que lancemos as vistas, no domínio humano, pensamos nessas palavras, e a origem de todas as coisas, quando nos pomos a investigá-la, esmaece, sumindo-se nos dias de Set.

No tempo em que a nossa história começa — começo, na verdade, arbitrário, porém temos de começar de algum ponto e fixar um além do qual não passemos, sob pena de irmos nós também abicar nos dias de Set —, nesse tempo o jovem José já guardava os rebanhos com seus irmãos, embora em condições bem privilegiadas; isso vem a dizer que, quando lhe agradava fazê-lo, ele pastoreava, como os irmãos faziam, os carneiros, as cabras e as vacas de seu pai nas planícies de Hebron. Que espécie de animais eram esses e em que diferiam dos nossos? Em nada, absolutamente. Eram aqueles mesmos animais pacíficos e familiares, no mesmo grau de desenvolvimento dos que conhecemos. Toda a história da criação do gado — por exemplo a do boi doméstico evoluído do búfalo selvagem — perdia-se, mesmo na época do jovem José, num passado tão distante que "distante" é, no caso, uma expressão ridícula. Tem-se mostrado que a criação do boi data da Idade da Pedra, antes do uso das ferramentas de metal, isto é, antes das Idades do Ferro e do Bronze; este menino da terra dos amurrus, José, com a sua cultura egípcia e babilônica, estava quase tão afastado daqueles tempos obscuros como o estamos nós: a diferença é mínima.

Com relação aos carneiros selvagens dos quais provieram os rebanhos de Jacó — e os nossos —, somos informados de que pertencem a uma raça extinta. Acabou "há muito". Devem ter sido completamente domesticados "nos dias de Set". E a criação do cavalo, do burro, da cabra e do porco — forma evoluída daquele javali que despedaçou o jovem pastor Tamuz —, tudo isso foi executado no mesmo passado remoto e brumoso. Nossos registros históricos recuam até sete mil anos: durante esse tempo nenhum animal selvagem estava ainda em processo de domesticação. Não há tradição nem memória de tais casos.

Se olharmos, nessa mesma época, para a cultura de gramíneas silvestres e como se desenvolveram em cereais, a história é a mesma. Nossas espécies de grão, nossa cevada, nossa aveia, nosso centeio, nosso milho e nosso trigo — precisamente os mesmos que nutriam o jovem José — têm sido cultivados há tanto tempo que botânico nenhum consegue rastrear o começo do processo e nenhum povo pode gabar-se de tê-lo iniciado. Estamos inteirados de que na Idade da Pedra havia na Europa cinco variedades de trigo e três de cevada. Quanto ao cultivo da videira, desde a sua origem mais antiga — realização incomparável, humanamente falando, seja qual for o ponto de vista em que alguém se coloque —, a tradição, ecoando cavernosamente desde as profundezas do passado, a atribui a Noé, o Justo, sobrevivente do dilúvio, o mesmo a quem os babilônios chamavam Utnapíshti e também Atrahasis, o Sagacíssimo, que contou a Gilgamesh, seu último neto, herói das lendas escritas nas tabletes, a história do começo das coisas. Esse homem reto, o que igualmente José não ignorou, foi o primeiro que plantou vinhedos, ação não muito justa, segundo o conceituava José. Por que não plantou coisas mais úteis, figueiras ou oliveiras, por exemplo? Mas não, produziu o vinho, com que se embriagou e na sua embriaguez escarneceram dele e o castraram. Quando, porém, José imaginava que tudo isso não tinha sucedido havia muito tempo, esse milagre da uva, talvez umas doze gerações antes do seu "bisavô", suas ideias a respeito do tempo mostraram ser deveras nebulosas, pois o passado que ele com tamanha facilidade evocava era na verdade uma coisa remota e primitiva. Tendo dito tanto, só resta acrescentar — conquanto tremamos diante da ideia — que esses fatos devem ter sido muito recentes, em comparação com os remotos inícios da raça humana, para poderem ter produzido uma civilização capaz desse alto feito, a cultura da videira.

Onde ficam então, no tempo, os começos da civilização humana? Qual a sua idade? Fazemos esta indagação com referência ao jovem José, cujo grau de desenvolvimento, conquanto afastado ao nosso, essencialmente não diferia dele, sem falar naqueles seus hábitos menos exatos de pensamento, à lembrança dos quais podemos sorrir com benevolência. Só temos de investigar, de evocar um panorama gigantesco de bastidores do tempo que se desenrolem a perder de vista, como a iludir-nos. Quando falamos de "antiguidade", as mais das vezes nos referimos ao mundo greco-romano, que, relativamente falando, é um mundo novo em folha. Remontando à chamada "população primitiva" da Grécia, os pelasgos, consta-nos que antes de eles se estabelecerem nas ilhas, estas eram habitadas pela *verdadeira* população primitiva, uma raça que precedeu a dos fenícios na dominação do mar, fato este que reduz a pretensão dos fenícios de terem sido o primeiro povo que singrou os oceanos a um mero bastidor da história. Mas a ciência cada vez se inclina menos a favor dessas teorias e pende cada vez mais para a hipótese e a convicção de que esses "bárbaros" eram colonos da Atlântida, o continente que se perdeu para lá das colunas de Hércules e que em tempos idos unia a Europa com a América. Há, porém, muita dúvida sobre se essa foi a primeira região da Terra que tenha sido povoada por seres humanos. Tão duvidoso é isso que chega a ser improvável; muito mais provável é que a história primitiva da civilização, incluindo a de Noé, o Sagacíssimo, deve ser posta em correlação com regiões da superfície da Terra de muito maior antiguidade e que já muito antes tinham caído em decadência.

Abstenhamo-nos, no entanto, de vaguear por esses terrenos e somente os indiquemos de uma forma imprecisa com aquela supramencionada expressão egípcia; os povos do Oriente houveram-se com uma piedade igual à sua sabedoria quando atribuíram aos deuses seu primeiro conhecimento de uma vida civilizada. O povo vermelho de Mitsraim viu em Osíris, o Mártir, o benfeitor que fora o primeiro a dar-lhes leis e a ensinar-lhes o cultivo do solo, ficando, afinal, tolhido pela trama do astuto Set, que o atacou com um javali feroz. Quanto aos chineses, têm para si que o fundador de seu império foi um semideus imperial de nome Fu-hi, que introduziu o gado na China e ensinou a inestimável arte de escrever. Evidentemente essa personagem não julgou os chineses, por essa época — uns 2852 anos antes da nossa era —, amadurecidos para receber instrução astronômica, pois que, de acordo com seus anais, eles a receberam somente cerca de mil e trezentos anos mais tarde, do grande imperador estrangeiro Tai-Ko-Fokee, ao passo que os astrólogos de Senaar já conheciam os signos do zodíaco várias centenas de anos antes; e consta-nos que um homem que acompanhou Alexandre de Macedônia à Babilônia, mandou a Aristóteles apontamentos astronômicos dos caldeus traçados em barro cozido, cuja antiguidade seria de 4160 anos. Isso não é nada impossível, porquanto parece provável que se observava o céu e se faziam cálculos astronômicos na Atlântida, cujo desaparecimento, conforme Sólon, datava de nove mil anos antes da época desse sábio; do que se segue que o homem alcançou certa perícia nessas nobres artes uns onze mil e quinhentos anos antes da nossa era.

É claro que a arte de escrever não conta menos idade, sendo provavelmente muito mais velha. Falamos dela em particular porque José lhe tinha vivo amor, nela aperfeiçoando-se cedo, ao contrário de seus irmãos. A princípio Eliezer o instruiu na escrita babilônica, bem como na fenícia e na hitita. Tinha um verdadeiro fraco pelo deus ou ídolo que no Oriente chamavam Nabu, historiógrafo, e em Tiro e Sidônia, Taut. Nesses dois lugares era ele conhecido como inventor das letras e o cronista dos princípios das coisas. Tinha também preferências pelo deus egípcio Tot de Shmun, secretário dos deuses e padroeiro da ciência, sendo o seu cargo, naquelas partes, considerado como o mais alto de todos os outros. Esse deus sincero, solícito e razoável que era por vezes um macaco com pelos brancos, de agradável aparência, outras vezes aparecia com cabeça de íbis, tinha também, com a Lua, certas relações ternas e espirituais, que eram inteiramente do gosto de José. O mancebo não teria coragem de confessar essas suas predileções a seu pai Jacó, que se mostrava de extrema severidade diante desses namoros com ídolos, sendo até mais rigoroso na sua atitude do que o eram certas autoridades supremas às quais consagrava o seu rigor. A história de José prova que essas excursõezinhas em terreno proibido não eram punidas com excessiva severidade ou ao menos acabaram não o sendo.

No que se refere à arte de escrever, falando de suas origens nebulosas, seria o caso de parafrasear a expressão egípcia e dizer que ela vem "dos dias de Tot". O rolo escrito aparece nas mais antigas obras de arte egípcia e nós conhecemos um papiro que pertenceu a Hórus-Sendi, rei da segunda dinastia, seis mil anos antes da nossa era e que, mesmo na época, passava por ser tão velho que se dizia tê-lo Sendi herdado de Set. Quando reinaram Snefru e aquele Quéops, filhos do Sol, da quarta dinastia, e foram construídas as pirâmides de Gizé, estava tão divulgado entre as classes baixas o conhecimento da escrita que hoje podemos ler as inscrições simples garatujadas por operários nos grandes blocos de construção. Não deve, entretanto, nos causar surpresa que em época tão distante a instrução fosse patrimônio comum, quando nos lembramos da idade atribuída pelos sacerdotes à história escrita do Egito.

Se, pois, são tão incontáveis os dias de um sistema de escrita organizada, onde iremos procurar as origens da linguagem falada? Ao que se diz, a língua primordial é o indo-germânico, o indo-europeu, o sânscrito. Mas podemos estar certos de que se trata de uma identificação tão precipitada como qualquer outra e de que existiu uma língua-mãe ainda mais antiga que continha as raízes das línguas arianas, bem como as das semíticas e camíticas. Provavelmente foi falada na Atlântida — região que é o último, o mais afastado e apagado bastidor ainda vagamente visível aos nossos olhos, mas que mal pode ser tida como a pátria de origem do homem que fala.

5.

Certas descobertas induziram os entendidos na história da Terra a calcular a idade da espécie humana em quinhentos mil anos mais ou menos. Não é uma conta exagerada se atentarmos, primeiro, em que a ciência hoje ensina ser o homem, considerado como animal, o mais antigo de todos os mamíferos, e que já numa fase mais avançada da vida primitiva ele existiu na Terra sob várias modalidades zoológicas, como anfíbio e réptil, antes de se dar qualquer desenvolvimento cerebral; segundo, nas infindáveis e ilimitadas dilatações de tempo de que ele deve ter disposto para transformar o tipo marsupial, encolhido, sonambúlico, de dedos unidos, e tendo por guia uma espécie de pré-razão bruxuleante, tal como o homem deve ter sido antes do tempo de Noé- -Utnapíshti, o Sagacíssimo, no inventor do arco e da flecha, no feridor do lume, no caldeador de ferro meteórico, no cultivador de cereais e fabricante de vinho, no criador do gado — numa palavra, no hábil e astuto ser humano, essencialmente moderno a todos os respeitos, que nos surge pela frente no primeiro alvorecer pardacento da história. Um sábio do templo de Sais explicou a Sólon o mito grego de Faetonte com uma experiência humana de algum desvio no curso dos corpos que se movem no espaço em redor do orbe, resultando numa devastadora conflagração sobre a Terra. Certamente torna-se cada vez mais claro que a memória onírica do homem, informe, porém sempre se modelando de novo segundo o estilo das sagas, atinge, no passado, catástrofes de imensa antiguidade, cuja tradição, alimentada por acontecimentos periódicos, mas menos similares, se firmou entre vários povos e deu origem àquela formação de bastidores que está continuamente atraindo a si e conduzindo para a frente o viajante no tempo.

Aqueles versos das tabletes que José tinha ouvido e aprendera de cor narravam entre outras coisas a história do grande dilúvio. Essa história teria inevitavelmente lhe chegado ao conhecimento ainda que ele a não houvesse aprendido na língua e na versão babilônica, porque ela existia na sua região ocidental e especialmente entre o seu próprio povo, embora não exatamente na mesma forma, mas com pormenores que diferiam da versão corrente na região dos rios; justamente na época de sua juventude estava ela em processo de se firmar, entre seus familiares, numa variante da forma oriental. José sabia bem o conto: como tudo o que era carne, não excetuados os animais do campo, tinha corrompido de maneira indescritível o seu próprio caminho. A própria terra praticava a prostituição e produzia, enganosamente, aveia onde tinha sido semeado trigo, e tudo isso a despeito das advertências de Noé. Então o Senhor e Criador, que via até os seus anjos envolvidos nessa abominação, por fim, após uma derradeira prova de paciência, de cento e vinte anos, não pôde mais suportar nem ser por tal responsável, mas teve de deixar prevalecer o julgamento da inundação. E então, Ele, na sua boa índole majestática (de que os anjos de maneira nenhuma partilhavam), deixou aberta uma portinhola dos fundos pela qual pudesse a vida escapar, no formato de uma arca, betumada e calafetada, na qual entrou Noé com os animais! José sabia disso também e sabia o dia em que as criaturas entraram na arca; tinha sido o décimo dia do mês Heshvan, e no décimo sétimo as fontes do imenso abismo se abriram, na época do degelo da primavera, quando Sírio desponta de dia e os mananciais começam a intumescer. Foi, pois, nesse dia — tal informação José a colhera do velho Eliezer. Mas quantas vezes depois disso tinha vindo de novo esse dia? Ele não considerou essa circunstância, nem ele nem o velho Eliezer; e aqui começam as abreviações, as confusões e as perspectivas enganadoras que dominam a tradição.

O céu sabe quando se deu aquela devastadora usurpação do Eufrates, rio que em todas as épocas tivera tendências para um curso irregular e para cheias repentinas; ou aquela assustadora irrupção do golfo Pérsico na terra firme como conseqüência de um furacão e terremoto — catástrofe que não criou propriamente a tradição do dilúvio, mas lhe deu seu alimento final, revificando-o com um aspecto horrível de vida e realidade e que ficou sendo para todas as gerações posteriores o Dilúvio. Talvez a catástrofe mais recente não tivesse ocorrido há tanto tempo; e quanto mais próxima ela se achava daquela época, mais fascinante se torna a questão de se saber se, e como, a geração que a experimentou veio a confundir sua aflição do momento com o que era objeto da tradição; por outras palavras, com o Dilúvio. Isso sucedeu, e, se sucedeu, não deve nos provocar surpresa nem desdém. O fato consistiu menos na repetição de alguma coisa passada do que em ter ela se tornado presente. E esta última circunstância se baseia em terem sempre existido os elementos que a ocasionaram. Os caminhos da carne estão perenemente corrompidos e o podem estar apesar da grande observância religiosa. Com efeito, sabem os homens se eles fazem bem ou mal perante Deus e se o que lhes parece bom não é para o Ser Celeste uma abominação? Na sua loucura os homens não conhecem a Deus nem os decretos do mundo inferior; em qualquer tempo a clemência pode esgotar-se e entrar em vigor o julgamento; e provavelmente há sempre uma voz admoestadora, um sábio dotado de grande inteligência que sabe interpretar sinais e que tomando sábias precauções é, entre dez mil, o único a escapar da destruição, não sem primeiro ter confiado à terra os registros dos seus conhecimentos, qual sementeira da futura sabedoria, de sorte que, quando as águas baixarem, tudo possa começar de novo, brotando semente escrita. "Em qualquer tempo": aqui está o mistério. O mistério independe do tempo, porém a forma daquilo que não depende do tempo é o "agora" e o "aqui".

O local do Dilúvio foi, pois, no rio Eufrates, e também na China. Mais ou menos pelo ano 1300 antes da nossa era, houve pavorosa enchente do Huang-Ho, depois da qual foi regularizado o curso do rio. Trata-se de uma repetição da grande enchente de uns mil e cinquenta anos antes. Jao, o quinto imperador, foi o Noé desse dilúvio, que, cronologicamente falando, estava longe de ser o dilúvio verdadeiro e original, porquanto é comum a ambos os povos a tradição deste último. Como acontece com a versão babilônica conhecida de José, e que não passava da reprodução de relatos muito mais antigos, a própria inundação deve remontar a protótipos que datam de eras ainda mais recuadas. Só nos convencemos afinal de estar pisando terreno sólido quando tomamos por base, como verdadeiro original, a subversão da Atlântida dentro das ondas do oceano. O conhecimento desse terrível sucesso penetrou em todos os pontos do globo habitado por populações primitivamente oriundas dessa mesma Atlântida, e se fixou para sempre nos espíritos humanos como uma tradição andante. Mas isso é apenas uma parada aparente e uma meta temporária. De acordo com um cálculo caldeu, medeia entre o Dilúvio e a primeira dinastia histórica do reino dos dois rios um período de 39180 anos. Segue-se que a submersão da Atlântida, ocorrida somente nove mil anos antes de Sólon — historicamente falando, uma catástrofe bem recente —, por certo não pode ter sido o Dilúvio. Ela foi também apenas uma repetição, o fato de tornar-se presente algo que sucedera num passado remoto, sem deixar de ser um pavoroso refrescador da memória. A história original deve ser transportada no mínimo àquele ponto incalculável do tempo em que a ilha-continente chamada "Lemúria", por sua vez apenas um resto do velho continente Gondvana, se subverteu dentro das ondas do oceano Índico.

O que aqui nos preocupa não é o tempo calculável. É antes a ab-rogação e a dissolução do tempo com o alternar-se da tradição e da profecia, que empresta à frase "era uma vez" o seu duplo sentido de passado e de futuro e com isso a sua carga de presente potencial. Aqui teve suas raízes a ideia da reencarnação. Os reis de Babel e dos dois Egitos, aquele Curigalzu de barba encaracolada e também Hórus no palácio de Tebas, chamado Amun-está-satisfeito, e todos os seus antecessores e sucessores, eram manifestações do deus-Sol na carne, isto é, o mito tornou-se neles um *mysterium*, e não ficou nenhuma distinção entre ser e significar. Só três mil anos mais tarde é que os homens começaram a disputar sobre se a hóstia "era" ou apenas "significava" o corpo da Vítima; mas mesmo discussões como essas não podem alterar o fato de que a essência do mistério é e permanece o presente desprovido de tempo. Tal é o sentido do ritual, da festa. Em cada Natal o Menino salvador do mundo nasce de novo e está fadado a sofrer, a morrer e a ressuscitar. E quando José, pelo solstício do verão, em Siquém ou em Bet-Lahem, na "festa das carpideiras", "festa das lâmpadas", festa de Tamuz, por entre lamentos de flautas e alaridos de alegria, presenciava, como se fora real, o assassínio do "Filho chorado", do jovem deus, Osíris-Adônis, e sua ressurreição, dava-se esse fenômeno, a dissolução do tempo no mistério, que se reveste de interesse para nós, porque torna logicamente inatacável um método de pensamento, que muito simplesmente via em cada enchente um Dilúvio.

6.

No mesmo nível que a história da inundação está a da Grande Torre. Propriedade comum como a outra, achou-se presente em muitos lugares e fornece excelente material para especulações da fantasia e para a formação de bastidores do tempo. Por exemplo, é tão certo como escusável que José tenha confundido a Grande Torre com o templo do Sol em Babel, denominado Esagila ou Casa do Levantamento da Cabeça. O caminhante de Ur tinha sem dúvida feito o mesmo no seu tempo, e ela era por certo considerada como tal não só na roda de José, mas acima de tudo na própria região de Senaar. Para todos os caldeus, Esagila, a antiga e descomunal torre de terraços, construída, conforme sua crença, por Bel, o Criador, com o concurso dos homens pretos que ele criara expressamente para esse fim, e restaurada e rematada por Hamurabi, o Legislador; a Torre, de sete andares, de cujos esplendores em esmalte José fazia uma viva ideia no seu íntimo; para todos os caldeus Esagila significava a concretização atual de uma ideia abstrata, transmitida desde longínqua antiguidade; a Torre, a construção que pairava nas nuvens e fora erigida por mãos humanas. No meio em que José se movimentava, a lenda da Torre possuía outras e mais amplas associações que, falando a rigor, não faziam parte dela, como a ideia da "dispersão". Isso só é explicável pela atitude pessoal do homem errático, por ter se ressentido e ter se afastado de lá. O povo de Senaar não tinha ligações de nenhuma espécie com os "Migdalim" ou torres-fortalezas de suas cidades, mas justamente ao contrário, visto que Hamurabi, o Legislador, mandara expressamente escrever que as fizera bem altas para "reunir de novo", sob o poder do "enviado", o povo espalhado e disperso. Mas o homem errático sentiu-se com isso ofendido na ideia que fazia da divindade e, enfrentando a política de concentração de Nemrod, partiu com os seus; e assim, na casa de José, o passado, tornando-se presente na forma de Esagila, tomara as cores do futuro e da profecia. Sobre o alteroso monumento do despeito e da arrogância régia de Nemrod pendia um julgamento, não iria ficar um tijolo por cima de outro, sobre seus construtores seria lançada a confusão e o Senhor dos deuses os dispersaria. Foi o que o velho Eliezer ensinou ao filho de Jacó, conservando assim o duplo significado do "era uma vez", seu misto de lenda e profecia, cujo resultado era o presente sem tempo, a Torre dos caldeus.

Para José a história dele era a história da própria Grande Torre. Mas é claro que afinal de contas Esagila não é mais que um bastidor do tempo na nossa estrada sem fim, que vai dar à Torre primitiva. Um bastidor do tempo, como tantos outros. Também o povo de Mitsraim considerava a torre um presente, na forma da surpreendente tumba do rei Quéops, no deserto. E em terras com cuja existência nem José nem o velho Eliezer sonhavam, isto é, na América Central, o povo tinha igualmente a sua torre ou sua imagem de uma torre, a grande pirâmide de Cholula, cujas ruínas são de tal tamanho e de tal pretensão que devem ter suscitado grande inveja e raiva no peito do rei Quéops. O povo de Cholula sempre negou ter sido o autor dessa possante construção. Declaravam-na obra de gigantes, estrangeiros vindos do Leste, diziam eles, raça superior, invadida de intensa saudade do Sol, e que, no seu ardor, a erguera, fabricando-a de barro e asfalto, para avizinhar-se o mais possível do astro adorado. Há muita base para a teoria que sustenta que esses estrangeiros progressistas eram colonos oriundos da Atlântida e parece que esses adoradores do Sol e astrólogos inveterados tinham sempre o cuidado de, aonde quer que fossem, erigir imponentes torres de observação, ante o olhar pasmado dos nativos, modelando-as pelas altas torres do seu país de origem e especialmente pela alcantilada montanha dos deuses de que fala Platão. Podemos, pois, procurar na Atlântida o protótipo da Grande Torre. Em todo caso não podemos prosseguir na sua história, mas temos de pôr termo aqui às nossas investigações sobre esse tema extraordinário.

7.

Mas onde ficava o Paraíso, o "jardim do Leste"? Onde ficava esse lugar de felicidade e repouso, a pátria do homem, onde ele comeu da árvore do mal e donde foi expulso ou mais propriamente expeliu a si mesmo e se dispersou? O jovem José soube disso tão bem como da inundação e o soube da mesma fonte. Devia sorrir levemente ao ouvir moradores do deserto da Síria dizer que o grande oásis de Damasco era o Paraíso, porque não era possível sonhar com uma coisa mais paradisíaca do que a sua situação, rodeado de pomares carregados e de jardins fartamente regados, aninhando-se entre uma majestosa cordilheira e ondulantes extensões de prados que rumorejavam com o vozerio de povos de todas as raças e com o comércio de ricas mercadorias. Por polidez ele encolhia os ombros apenas mentalmente quando uns homens de Mitsraim afirmavam que o Egito fora a pátria primitiva do homem, sendo, como era, o centro e o umbigo do mundo. O povo de barba cacheada de Senaar também acreditava, como era natural, que sua cidade régia a que eles davam o nome de "porta de Deus" e de "laço entre o céu e a terra" (o menino José o repetia no seu difuso dialeto e facilmente dizia: *"Bab-ilu, markas shamê u irsitim"*, que Babel era o centro sagrado do mundo. Mas sobre essa questão de umbigo do mundo José tinha informação melhor e mais exata, haurida na experiência pessoal de seu bom pai, pessoa solene e meditativa, que, em moço, no trajeto das "Sete Fontes", lugar onde moravam os seus, à casa de seu tio em Harã na terra de Naharaim, deu inesperadamente e sem o perceber com a porta do céu, o verdadeiro umbigo do mundo, isto é, Luza, a cidade da colina, com o seu sagrado círculo de pedra, a que então dera o nome de Bet-el, Casa de Deus, porque, fugindo de Esaú, lhe tinha sido feita aí aquela estupenda e soleníssima revelação de toda a sua vida. Aquela altura, onde Jacó deixara seu travesseiro de pedra como um marco, e o ungira de azeite, ficou sendo daí por diante para José e seu povo o centro do mundo, o cordão umbilical entre o céu e a terra. E contudo não ficava precisamente aí o Paraíso, mas antes na terra natal, o país de origem, mais ou menos nas proximidades — segundo a infantil convicção de José, que era, além disso, uma convicção muito difundida — de onde o homem da cidade da Lua outrora partira, no baixo Senaar, onde o rio penetrava pela terra adentro, e do solo úmido, entre seus braços, ainda abundava em deliciosas árvores frutíferas.

Durante muito tempo os teólogos aplaudiram a teoria de que o Éden estava situado algures no sul da Babilônia e de que o corpo de Adão foi formado da terra babilônica. Contudo, isso é apenas mais um dos efeitos de bastidor com que já estamos familiarizados, outra ilustração do processo de localização e referência ao que passou — só que aqui se trata de um gênero especialíssimo, que no sentido mais literal da palavra nos seduz, atraindo-nos para além do que é terreno; aqui, o poço da história humana mostra a sua profundidade incomensurável, ou antes a sua falta de fundo, à qual não é mais aplicável nem o conceito de profundidade nem o de escuridão, e devemos introduzir as ideias opostas de luz e altura; isto é, daquelas brilhantes alturas das quais pode ter se realizado *a Queda*, cuja história está indissoluvelmente ligada às memórias que nossa alma conserva do jardim da felicidade.

Num ponto é exata a descrição tradicional do Paraíso. Do Éden, diz-se, saía uma corrente para regar o jardim e daí se dividia em quatro "águas universais": o Fison, o Geon, o Eufrates e o Tigre. O Fison, acrescenta a exegese, era também chamado Ganges; contorna quase toda a Índia e carreia ouro no seu curso. O Geon é o Nilo, o maior rio do mundo, que abrange no seu percurso toda a região dos mouros. Hidekkel, o rio veloz como uma flecha, é o Tigre, que corre em direção ao leste da Assíria. Não há disputa quanto a este último. Mas a identidade do Fison e do Geon com o Ganges e com o Nilo é negada com razões ponderáveis. Acredita-se que estes dois rios são antes o Araxes, que desemboca no mar Cáspio, e o Hális, que deságua no mar Negro; consequentemente, o local do paraíso achar-se-ia na esfera babilônica de interesse, mas não na própria Babilônia; estaria antes na região alpina da Armênia, ao norte da planície mesopotâmica, onde estão próximas as nascentes daqueles dois rios.

A teoria parece aceitável. Porque se, consoante o quer a tradição mais respeitável, o "Frat", ou Eufrates, teve sua origem no Paraíso, este não pode estar situado na foz daquele rio. Enquanto, porém, com este fato na mente, damos a palma à Armênia, nada mais fizemos do que passar ao fato seguinte; por outras palavras, alcançamos apenas um novo bastidor.

Deus, assim ensinou o velho Eliezer a José, deu quatro lados ao mundo: manhã, tarde, meio-dia e meia-noite, guardados junto ao assento do Altíssimo por quatro animais sagrados e quatro anjos custódios, os quais velam sobre esta condição fixa com olhos imutáveis. Porventura as pirâmides do Baixo Egito não encaravam exatamente com seus quatro lados, cobertos de cimento brilhante, os quatro quadrantes da Terra? Daí foi que se idealizou a disposição dos rios do Paraíso. Vê-los no seu curso é como ver quatro serpentes, com as pontas das caudas tocando-se, e cujas faces estão muito separadas, de modo que se afastam uns dos outros em direção aos quatro quadrantes do céu. É uma transferência óbvia. Essa configuração geográfica localizada na Ásia ocidental nos é familiar de outras terras, ora desaparecidas; queremos referir-nos à Atlântida, onde, segundo a narrativa e a descrição de Platão, essas mesmas quatro correntes saíram do monte dos deuses que se erguia como uma torre no meio da ilha, e na mesma posição, isto é, em ângulo reto com os quatro pontos cardeais. Toda rixa de sábios em torno da significação geográfica "dos rios principais" e da localização do jardim foi acalmada e tornou-se estéril pela busca das origens da ideia do Paraíso, chegando-se à conclusão de que essa ideia prevaleceu em muitos lugares, baseada na memória popular de uma região perdida, onde uma humanidade sábia e progressista passou anos felizes em santa e suave harmonia. Estamos sem dúvida diante de uma contaminação da tradição de um paraíso real pela lenda de uma idade de ouro da humanidade. Ao que parece, tal recordação se relaciona com aquela terra das Hespérides, onde, se as narrativas não mentem, um grande povo levou uma vida sábia e pia em circunstâncias tão favoráveis que nunca, depois disso, as houve tais. Mas qual! Não era aquele o "jardim do Éden", não era o lugar da pátria original e da Queda; é apenas um bastidor e uma meta aparente na nossa peregrinação no tempo e no espaço em busca do Paraíso; e a nossa arqueologia da superfície da Terra procura o adamita, o primeiro homem, em épocas e lugares cuja decadência e queda se verificaram antes do povoamento da Atlântida.

Que peregrinação frustrada! Que embuste a impelir-nos sempre para diante! Porque mesmo se fosse possível ou escusável, conquanto enganador, identificar como Paraíso a terra das maçãs de ouro, onde corriam os quatro grandes rios, como poderíamos nós, ainda com a melhor vontade de nos iludirmos, continuar com essa ideia na presença do mundo lemuriano que é o nosso seguinte e mais afastado bastidor do tempo; uma cena em que a atormentada larva do ser humano (o nosso afável e bem aquinhoado José declinaria, com perdoável irritação, reconhecer-se no retrato) padecia o pesadelo do medo e da sensualidade que constituía sua vida, em desesperado conflito com escamosas montanhas de carne na forma de lagartos voadores e gigantescas salamandras? Não era isso o "jardim do Éden", era o Inferno. Ou melhor, era o primeiro estado maldito depois da Queda. Não foi aqui, não foi no princípio do tempo e do espaço que o fruto foi colhido da árvore do desejo e da morte, colhido e provado. Isso vem antes. Temos sondado o poço do tempo nas suas profundezas e ainda não atingimos nossa meta: a história do homem é mais velha do que o mundo material que é a obra da sua vontade, mais velha do que a vida que descansa sobre a sua vontade.

8.

Uma tradição muito antiga do pensamento humano, baseada no conhecimento mais verdadeiro que o homem tem de si mesmo e remontando a dias extraordinariamente antigos, depois do que se incorporou à sucessão das religiões, profecias e doutrinas do Oriente, ao Avesta, ao islã, ao maniqueísmo, gnosticismo e helenismo, ocupa-se com a figura do primeiro homem ou da primeira criatura completamente humana, o *adam qadmon* hebraico. Segundo ela, trata-se de um ser juvenil feito de pura luz, formado antes do começo do mundo como protótipo e essência da humanidade. A essa concepção vieram juntar-se outras, com variantes, sendo, porém, na essência a mesma. Ainda de acordo com ela, o homem primitivo foi no começo o campeão escolhido por Deus para lutar contra aquele mal que penetrara na nova criação. Contudo, teve mau fim, pois foi agrilhoado pelos demônios, aprisionado na carne, afastado das suas origens, só ficando livre da escuridão da existência terrena e carnal graças a um segundo emissário da divindade, que por alguma misteriosa maneira era o mesmo que ele próprio, era o seu ego superior e restituído ao mundo da luz, deixando, entretanto, atrás de si alguma parte da sua luz, que foi utilizada para a criação do mundo material e das criaturas terrestres. São assombrosas essas narrativas, nas quais se percebe frouxamente o elemento religioso da redenção por trás da trama cosmogônica. Com efeito, consta-nos que o primitivo filho humano de Deus encerrava em seu corpo de luz os sete metais a que correspondem os sete planetas e dos quais o mundo foi formado. Dizem também que essa humana essência de luz, brotando da paternal fonte primitiva, se infiltrou através das sete esferas planetárias e o senhor de cada uma participou da sua essência. Depois, porém, baixando os olhos, percebeu sua imagem espelhada na matéria, enamorou-se dela, desceu até ela e assim caiu na servidão da natureza inferior. Tudo isso explica a dupla natureza do homem, uma combinação indissolúvel de atributos divinos e de essência livre com o cruel cativeiro do mundo inferior.

Nesse quadro narcísico tão cheio de encanto trágico, começa a esclarecer-se o sentido da tradição; o esclarecimento completa-se no ponto em que a descida do Filho de Deus do seu mundo de luz ao mundo da natureza perde o caráter de mero cumprimento de uma incumbência superior, e, portanto, imune de culpa, e se torna um movimento independente e voluntário de anseio, e por isso mesmo culposo. E ao mesmo tempo começa a revelar-se o significado daquele "segundo emissário" que, idêntico num sentido mais alto ao homem-luz, vem livrá-lo das trevas que o enleiam e conduzi-lo à pátria. A doutrina prossegue então dividindo o mundo nos três elementos pessoais de matéria, alma e espírito, entre os quais, e entre eles e a Divindade, se tece o romance cujo protagonista real é a alma do gênero humano, aventureiro e fecundo na aventura, mito que, completo graças à sua combinação de um relato velhíssimo e da mais recente profecia, nos sugere com bastante clareza onde se localizou o Paraíso e nos dá elementos para a reconstituição da história da "Queda".

Afirma-se que a alma — isto é, o primordialmente humano — era, como a matéria, um dos princípios estabelecidos desde o começo e que ela possuía vida, mas não conhecimento. Possuía-o na verdade tão pouco que, embora habitando nas proximidades de Deus, numa esfera elevada de felicidade e de paz, deixou-se perturbar e confundir pela inclinação — num sentido literal, implicando direção — para a matéria ainda informe, ávida de se misturar com esta e de fazer surgir dela formas com as quais pudesse satisfazer desejos físicos. Mas o anseio e a dor da sua paixão não diminuíram depois que a alma se deixara seduzir, descendo da sua casa; cresceram antes a ponto de se tornarem um tormento pela circunstância de ter a matéria, indolente e obstinadamente, preferido ficar no seu estado informe original, rebelde a tomar forma para agradar à alma e opondo-se de todas as maneiras possíveis a ser assim moldada. Mas nisso Deus interveio, não vendo provavelmente outro recurso, no estado em que se achavam as coisas, senão vir em auxílio da alma, sua concomitância transviada. Ele apoiou a alma na sua luta de amor com a matéria refratária. Criou o mundo, isto é, auxiliando o primitivo ser humano, tirou do nada formas sólidas e permanentes, para a alma satisfazer desejos físicos com elas e gerar o homem. Mas imediatamente depois, em prosseguimento a um plano amadurecido, fez algo mais. Tirou — estas são as palavras literais da fonte em que estamos nos abeberando —, tirou o *espírito* da substância da sua divindade e o conferiu ao homem neste mundo, a fim de que ele despertasse do seu sono a alma no invólucro do homem e lhe mostrasse, por ordem do Pai, que este mundo não é o lugar dela, que aquele empreendimento sensual e passional tinha sido um pecado e que a criação do mundo devia ser considerada uma consequência desse pecado. O que em verdade o espírito sempre se esforça por fazer ver à alma humana aprisionada na matéria, o tema constante de suas advertências é precisamente este: que a criação do mundo foi ocasionada somente pela sua loucura em querer misturar-se com a matéria, e que, uma vez separada dele, o mundo da forma já não teria nenhuma existência. Despertar a alma para esse modo de sentir é a tarefa do espírito; toda a sua esperança e esforço são dirigidos a esse fim, isto é, que a alma apaixonada, uma vez conhecedora de toda a situação, reconheça afinal sua pátria no alto, risque da sua consciência o mundo inferior e faça tudo para reconquistar mais uma vez aquela elevada esfera de paz e felicidade. No momento exato em que isso aconteça, o mundo inferior se dissolverá; a matéria reconquistará sua vontade indolente, ficando desembaraçada dos laços da forma e se regozijará outra vez na informidade, como sempre fez e sempre fará — e assim será feliz a seu modo.

Até aqui a doutrina e o romance da alma. E aqui, sem sombra de dúvida, chegamos realmente ao ponto mais recuado, atingimos o passado humano mais remoto, localizamos o Paraíso e seguimos, até a sua forma pura e original, a história da Queda, da ciência e da morte. A alma humana original é a coisa mais antiga, melhor dito, uma coisa antiquíssima, porque ela sempre existiu, antes do tempo e antes da forma, exatamente como Deus sempre existiu e igualmente a matéria. Quanto ao espírito inteligente no qual reconhecemos o "segundo emissário", a quem foi confiada a missão de reconduzir a alma à pátria, embora, de alguma forma indefinida, estreitamente ligada a ela, todavia não é exatamente a mesma coisa, pois é mais jovem: um missionário enviado por Deus para instruir e libertar a alma, e desse modo realizar a dissolução do mundo da forma. Se em algumas de suas fases o dogma afirma ou alegoricamente indica a unidade superior da alma e do espírito, provavelmente o faz por boa razão, o que, sem embargo, não exclui a ideia de que a alma humana primitivamente seja concebida para ser a combatente de Deus contra o mal no mundo, tendo-lhe sido confiado um papel muito semelhante ao que cabe ao espírito enviado a efetuar o seu próprio livramento. Com certeza a razão pela qual o dogma deixa de explicar com clareza essa matéria é não ter ele conseguido formar um quadro completo do papel que *o espírito* representa no romance da alma; é evidente que essa lacuna da tradição necessita ser preenchida.

Neste mundo da forma e da morte, concebido do conúbio da alma e da matéria, a tarefa do espírito está claramente delineada e é inequívoca. Sua missão consiste em despertar a alma esquecida de si mesma, enredada pela forma e pela morte; despertá-la, digo, para a memória da sua origem superior; convencê-la de que sua relação com a matéria é um erro, e finalmente fazê-la suspirar pela sua fonte original com ânsia cada vez mais veemente, até que um dia ela se livre inteiramente da dor e do desejo e voe para a pátria. E com isso chega imediatamente o fim do mundo, a morte é extirpada e a matéria restituída à sua antiga liberdade. Mas como algumas vezes pode acontecer que o embaixador de um reino junto a um outro reino hostil, se permanece aí muito tempo, torne-se vítima da corrupção, do ponto de vista de sua pátria, resvalando, sem o perceber, para os modos de pensar do outro país e favorecendo os interesses deste, domiciliando-se, acomodando-se, tomando uma espécie de cor local, até que afinal se torna sem préstimo como representante de sua terra; isso ou coisa semelhante se passa com o espírito no desempenho de sua missão. Quanto mais ele se detém aqui embaixo, quanto mais desenvolve suas atividades diplomáticas, mais se evidencia nestas uma ruptura interna, que não fica oculta à esfera superior, e com toda a probabilidade causaria sua revocação se o problema de um substituto fosse mais fácil de resolver do que parece ser o caso.

Não há dúvida que esse seu papel de exterminador e coveiro do mundo começa, com o andar do tempo, a perturbar o espírito. Seu ponto de vista se modifica, apanhando o colorido da sua permanência cá embaixo, enquanto, sendo, pela sua própria disposição, enviado para espancar do mundo a morte, vê-se ele ao contrário considerado o princípio letal, aquilo que introduz a morte no mundo. É, efetivamente, questão de ponto de vista, de ângulo de aproximação. Pode-se olhar para ele de um modo ou de outro. A única coisa que é necessário conhecer é a atitude mental apropriada a cada um, aquela a que cada um se acha obrigado desde a origem; de outra maneira, é possível que ocorra aquele fenômeno que nós objetivamente caracterizamos como corrupção e que nos afasta dos próprios deveres naturais. E aqui aparece uma certa fraqueza na índole do espírito: ele não gosta da reputação que tem como princípio de morte e destruidor da forma — embora a tenha adquirido para si próprio com a sua grande tendência para o julgamento, ainda quando dirigido contra si mesmo — e torna-se para ele questão de honra ficar livre de tal fama. Não que ele fosse capaz de trair voluntariamente sua missão. Antes contra sua intenção, constrangido por aquele impulso e por um estímulo que poderia ser descrito como uma paixão ilícita pela alma e suas atividades passionais, traem-no as palavras da sua própria boca; elas defendem a alma e sua empresa, e, por uma espécie de ironia afetuosa dirigida aos seus motivos puros, pronunciam-se a favor da vida e da forma. É uma questão aberta a de se apurar se faz bem ao espírito tal atitude traidora ou quase traidora e se ele não pode deixar de favorecer, mesmo com esse procedimento, a missão que lhe foi confiada, a saber, a dissolução do mundo material, libertando dele a alma; ou se ele não sabe de tudo isso e só assim procede porque no fundo está certo de que pode permitir tal coisa a si mesmo. Seja como for, essa astuta e abnegada identificação da sua própria vontade com a da alma explica a tendência alegórica da história, conforme a qual o "segundo emissário" é um alter ego daquele homem-luz que foi mandado para dar batalha ao mal. Sim, é possível que essa parte da história oculte uma alusão profética a certos misteriosos decretos de Deus, que são considerados pelos mestres e pregadores tão santos e imperscrutáveis que não devem ser proferidos.

9.

Pensando bem, só se pode falar de uma "Queda" da alma ou do homem-luz primitivo, exagerando-se desmedidamente o fator moral. Em todo caso a alma pecou contra si mesma, sacrificando frivolamente o seu estado original de ventura e de paz, mas não contra Deus, indo contra qualquer proibição dele quando se atirou à sua empresa passional, pois que tal proibição, ao menos de acordo com a doutrina que recebemos, não foi baixada. Verdade é que uma tradição pia nos transmitiu a ordem de Deus ao primeiro homem, para que não comesse do fruto da árvore da ciência "do bem e do mal"; mas não devemos esquecer que estamos aqui nos ocupando de um fato secundário e já terreno e de seres humanos que, com o auxílio fecundo de Deus, tinham sido gerados do conhecimento da matéria pela alma; se Deus realmente os submeteu a essa prova, sem dúvida alguma sabia de antemão qual seria o resultado, e a única obscuridade está nesta questão: por que não se absteve ele de baixar uma proibição que, sendo desacatada, iria simplesmente aumentar a alegria maliciosa de seu exército angélico, cuja atitude para com o homem já era muito desfavorável? Mas a expressão "bem e mal" é reconhecidamente uma glosa e um acréscimo ao texto, e o que na realidade nos ocupa é a ciência, que tem como consequência não a capacidade de distinguir entre o bem e o mal, mas a própria morte; assim, está quase fora de dúvida que a "proibição" é um acréscimo da mesma espécie, feito com boa intenção, porém não muito adequado.

Tudo é favorável a essa explicação, principalmente o fato de Deus não ter se irritado com o proceder ansioso da alma, não tê-la expulsado nem ter acrescentado nenhum castigo à dose de sofrimento que ela própria atraíra sobre si voluntariamente e que na verdade foi superado pela força do seu desejo. Torna-se mesmo evidente que ele se deixou tomar, se não de compreensão, ao menos de piedade quando viu a paixão da alma. Sem ser chamado, veio incontinente em seu auxílio e interveio pessoalmente na sua luta amorosa e compreensiva com a matéria, fazendo surgir dela o mundo da forma e da morte, para que a alma haurisse nele prazer; e por certo era esta uma atitude divina na qual é difícil ou mesmo impossível fazer uma distinção entre piedade e empatia.

De pecado no sentido de uma ofensa a Deus e à sua vontade expressa quase não podemos falar no caso presente, mormente quando consideramos o especial imediatismo das relações divinas com o ser que brotou dessa mistura de alma e matéria: este ser humano de que desde o princípio os anjos se mostraram sem dúvida alguma invejosos, e com boas razões. José ficou profundamente impressionado quando o velho Eliezer lhe falou dessas questões, mencionando-as exatamente como nós as lemos hoje nos comentários hebraicos sobre a história antiga. Se Deus, dizem eles, não tivesse sabiamente guardado silêncio sobre o fato de que não somente coisas justas, mas também coisas más procederiam do homem, por certo a criação deste não teria sido permitida pelo "reino dos severos". Essas palavras nos abrem uma extraordinária perspectiva sobre a situação. Elas mostram, antes de tudo, que a "severidade" não era tanto atributo de Deus quanto dos da sua roda, da qual parece ter ele dependido de certa maneira, bem que não decisiva, porque preferia não lhes dizer o que se passava, com receio de que lhe criassem dificuldades, limitando-se a revelar algumas coisas e guardando outras para si. Mas isso não indicará que ele estava mais interessado na criação do mundo do que em opor-se a ela? De modo que se a alma não foi diretamente provocada e estimulada por Deus na sua empresa, ao menos ela não agiu contra a vontade dele, mas só contra a dos anjos, e é clara a atitude destes para com o homem, pouco amigável desde o começo. A criação, por Deus, deste mundo vivo de bem e de mal, o interesse que demonstrou por ele, lhes pareceram um capricho majestático; isso os melindrou sem dúvida, porque viram no fato, talvez com alguma justiça, uma certa aversão pela sua pureza de eternos cantadores de salmos. Perguntas cheias de assombro e de censura, tais como: "Que é o homem, Senhor, para te lembrares dele?", estão-lhes continuamente nos lábios. E Deus responde com indulgência, com benevolência, evasivamente, às vezes com irritação e num sentido claramente mortificador para o orgulho deles. A queda de Semael, grande príncipe entre os anjos, que tinha doze pares de asas enquanto os serafins e os animais sagrados só tinham seis cada um, não é muito fácil de explicar, porém essas dimensões devem ter sido a causa imediata da queda. Tal o ensinamento do velho Eliezer, que José ia absorvendo com sôfrega atenção. Fora sempre Semael quem açulara os outros anjos contra o homem, ou melhor, contra a simpatia que Deus lhe mostrava, e quando certo dia Deus ordenou às hostes celestes se prostrassem diante de Adão, por causa do seu entendimento e porque ele sabia chamar todas as coisas por seus nomes, cumpriram sem dúvida a ordem, alguns de cara fechada, outros com maldisfarçado sorriso; todos, menos Semael, que se recusou a fazê-lo. Com uma franqueza nascida da fúria, declarou que era ridículo que seres criados da refulgência da glória se inclinassem perante aqueles que tinham sido formados de pó e barro. E com isso deu-se a sua queda, descrita por Eliezer dizendo que, vista à distância, parecia uma estrela cadente. Os outros anjos devem ter ficado apavorados com o caso, que fez com que daí por diante eles sempre procedessem com grande discrição em relação ao homem. Mas é certo que toda vez que o pecado ganhava supremacia na terra, como em Sodoma e Gomorra e ao tempo da inundação, havia júbilo entre os anjos e embaraço correspondente por parte do Criador, que se via forçado a castigar os pecadores, embora menos por sua vontade que pela pressão moral das hostes celestes. Vamos, porém, considerar mais uma vez, à luz do que ficou dito, a questão do "segundo emissário" do espírito, e se realmente ele é enviado para efetuar a dissolução do mundo material, libertando a alma e levando-a de regresso à pátria.

É possível supor que não seja essa a opinião de Deus e que o espírito não foi de fato enviado expressamente em seguimento da alma, a fim de fazer o papel de coveiro do mundo das formas criado por ela com a conivência divina. Trata-se talvez de um mistério diferente, contido naquela parte da doutrina que diz que o "segundo emissário" não foi outro senão o primeiro homem-luz enviado de novo contra o mal. Há muito sabemos que esses mistérios tomam grandes liberdades com os tempos verbais e podem perfeitamente usar o passado apesar de se referirem ao futuro. É possível que o dizer-se que alma e espírito eram uma só coisa signifique realmente que eles algum dia se tornarão uma só coisa. Essa parece ser a teoria mais defensável, por isso que o espírito é de sua natureza e essencialmente o princípio do futuro e representa o "será", o "tem de ser", ao passo que a bondade da alma presa à forma tem relação com o passado e com o sagrado "era". Continua sendo objeto de controvérsia a questão de saber-se onde está a vida e onde a morte, porquanto ambos, a alma envolvida com a natureza e o espírito desligado do mundo, o princípio do passado e o princípio do futuro, alegam, cada qual a seu modo, ser a água da vida, e cada um acusa o outro de transações com a morte. E nem um nem outro deixa de ter sua razão, porque nem a natureza sem o espírito, nem o espírito sem a natureza podem verdadeiramente ser chamados vida. Mas o mistério e a silenciosa esperança de Deus consistem na união deles, na penetração genuína do espírito dentro do mundo da alma, na interpenetração de ambos os princípios, na santificação de um pelo outro, que produziria uma humanidade presente, bafejada com a bênção do céu lá do alto e das profundezas lá de baixo.

Tal, pois, podia ser considerado o último sentido e oculta potencialidade da doutrina, se bem que ainda assim possa subsistir um forte elemento de dúvida sobre se esse procedimento do espírito, traidor de si mesmo e subserviente como nós já o descrevemos, inspirado por uma exagerada relutância a ser considerado o princípio da morte, é dirigido de tal maneira que conduza ao fim em mira. Que ele empreste todo o seu engenho à paixão muda da alma; que celebre o túmulo, saúde o passado como a única fonte de vida e se confesse o malicioso fanático e a vontade que escraviza a vida, assassinando-a. Diga o que disser, ele fica sendo o que é, o mensageiro da advertência, o princípio da contradição, da suspeita e da dispersão, que provoca emoções de inquietude e de excepcional angústia no peito de um único homem entre as hostes que gostosamente concordam e aceitam, expele-o fazendo-o transpor as portas do passado e do conhecido mergulhando no incerto e no arriscado, e o faz semelhante à pedra que, desprendendo-se e rolando, está destinada a estabelecer uma sequência ininterrupta e sempre crescente de acontecimentos cujo fim nenhum homem pode prever.

10.

Dessa maneira são formados aqueles começos, aqueles bastidores do passado, onde a memória pode deter-se e achar um ponto de apoio para alicerçar sua história pessoal, como fez José em relação a Ur, a cidade, e ao seu antepassado que dali partira. Era uma tradição de inquietação espiritual; ele a tinha no sangue, o mundo que o cercava e sua própria vida eram condicionados por ela, e ele pagava-lhe o tributo de reconhecimento quando recitava alto aqueles versos das tabletes que diziam assim:

Por que impuseste a meu filho Gilgamesh tal sina?
Por que deste a meu filho um coração inquieto, que não conhece paz?

Desassossego, indagação, escuta e procura, pugna por Deus, lucubrações trabalhosas e amargamente céticas sobre o verdadeiro e o justo, o "donde" e o "para onde", o seu próprio nome, a sua própria natureza, a verdadeira significação do Altíssimo — como tudo isso, passando como um legado de geração em geração, desde o homem de Ur, fora achar expressão na fisionomia de Jacó, na sua fronte altiva e no olhar espreitador e preocupado dos seus olhos castanhos; e quão confiantemente José amava essa natureza, na qual a sua própria descobria nobreza e distinção e que, precisamente como uma consciência de preocupações e ansiedades superiores, dava à pessoa de seu pai toda a dignidade, reserva e solenidade que a tornavam tão impressionante! Desassossego e dignidade — eis o selo do espírito; e, com uma ternura infantilmente afoita, José reconhecia a marca da tradição estampada na fronte de seu pai, tão diferente da que estava estampada na sua, que era muito mais alegre e livre, vindo como vinha do lado de sua mãe formosa, e tornando-o o ser conversável, social, comunicativo que era de maneira tão preeminente. Mas por que haveria de sentir-se acanhado em presença daquele pai meditativo e consumido de cuidados, tendo a certeza de ser tão profundamente amado? A consciência habitual de ser ele amado e preferido dava um toque e um colorido especial à sua existência; era também decisiva para a sua atitude em relação ao Altíssimo, a quem, na sua imaginação, atribuía uma forma, tanto quanto possível, exatamente igual à de Jacó. Ele seria uma réplica superior de seu pai, e José estava ingenuamente convencido de ser amado pelo Altíssimo exatamente como o era por aquele. Por ora e mesmo mais tarde gostaríamos de designar como "núpcias" suas relações com Adon, o celeste. José sabia da existência de mulheres babilônias, consagradas a Ishtar ou a Milita, espécie de vestais dedicadas a piedosas práticas, que moravam em celas dentro do templo e eram chamadas "puras" ou "santas" e também "noivas de Deus", "*enitu*". Alguma coisa dessa atitude existia na natureza de José: certo sentimento de entrega nupcial, um laço austero e com este um fluxo de fantasia que pode ter sido o elemento decisivo na sua herança mental e que nos dará que pensar quando estivermos lá embaixo com ele.

Por outro lado, com toda a sua devoção, ele absolutamente não compreendia nem aceitava a forma que ela tomara no caso de seu pai: o cuidado, a ansiedade, o desassossego, expressos na invencível aversão de Jacó por uma existência fixa, mais adequada à sua dignidade — e no seu modo de vida temporário; improvisado, seminômade. Também ele, sem dúvida possível, era amado, acarinhado e preferido por Deus, pois se José o era, certamente o era por causa de seu pai. O Deus Shadai fizera seu pai rico na Mesopotâmia, rico em rebanhos e inúmeras posses; caminhando por entre seu bando de filhos, seu séquito de mulheres, seus pastores e seus servos, dir-se-ia um príncipe entre os príncipes da terra, e era-o de fato, não somente na aparência exterior mas também pelo poder do espírito, na qualidade de "*nabi*", isto é, "profeta"; na qualidade de homem prudente, "sagacíssimo", cheio da ciência de Deus, como um dos chefes espirituais e anciãos a quem tinha tocado a herança do caldeu e que tinham por vezes sido considerados descendentes diretos dele. Ninguém se aproximava de Jacó sem ser da maneira mais respeitosa e cerimoniosa; nos negócios e no comércio chamavam-no "meu senhor" e todos se referiam a si mesmos em termos humildes e desprezíveis. Por que não morava com sua família, como proprietário, numa das cidades, em Hebron mesmo, em Urusalim ou Siquém, numa casa de pedra e madeira, debaixo da qual pudesse enterrar seus mortos? Por que vivia como um ismaelita ou beduíno, em tendas fora da cidade, no campo aberto, nem sequer à vista da cidadela de Cariat Arbe; ao pé do poço, das cavernas, dos carvalhos e terebintos, num acampamento que podia ser levantado a qualquer momento como se ele não pudesse parar e criar raízes com outros, como se de hora em hora tivesse de estar à espera da palavra que o faria deitar abaixo barracas e estábulos, pôr no lombo dos camelos as estacas, cobertores e peles, e partir novamente? José, naturalmente, sabia por quê. Tinha de ser assim, porque estavam servindo a um Deus cuja natureza não era repouso e conforto permanente, um Deus que tinha desígnios para o futuro, em cuja vontade coisas inescrutáveis, grandes, de longo alcance, estavam na fase de vir a ser, e que, com a sua vontade reflexiva e seus projetos sobre o mundo, estava ele próprio ainda no processo do vir a ser, sendo por isso um Deus de preocupações, de inquietude, que deve ser procurado, para o qual todos têm de se conservar desimpedidos em qualquer tempo, móveis e de prontidão.

Numa palavra, era o espírito, aquele que dignificava e que também rebaixava, o que proibia Jacó de ter uma vida fixa nas cidades; e se o pequeno José às vezes lamentava o fato, por ter certo gosto pela pompa e pela consideração mundana, devemos aceitar esse traço do seu caráter e deixar que outros o compensem. Quanto a nós, que agora levamos a termo a nossa narrativa para mergulhar voluntariamente numa aventura sem limite (emprego bem de indústria o termo "mergulhar"), não esconderemos nossa natural e limitada compreensão do mal-estar do velho e sua aversão a qualquer habitação permanente. Pois não conhecemos nós aquele sentimento? Não nos destinaram também a nós o desassossego? Não nos foi dado também um coração que desconhece o repouso? O astro do contador de histórias não será a Lua, senhora da estrada, a vagabunda que vai de fase em fase, libertando-se de cada uma? O narrador faz várias pausas, andando e relatando, mas só habita em tendas, aguardando novas direções, e pouco depois sente que seu coração bate forte, quer de desejo, quer também pelo medo e angústia da carne, mas sempre como sinal de que deve tomar a estrada à cata de novas aventuras, que devem ser penosamente vividas até os seus mais remotos detalhes, de acordo com a vontade do espírito infatigável.

Já vamos bem avante no nosso caminho, já deixamos muito atrás a estação onde fizéramos uma curta parada, já a esquecemos e, segundo a praxe dos viajantes, começamos a olhar a distância do mundo em que vamos penetrar, para não nos sentirmos muito estranhos e canhestros quando chegarmos. A jornada já durou muito? Não é de admirar, pois dessa vez trata-se de uma descida ao inferno! É uma descida muito funda, empalidecemos à medida que deixamos a luz do dia e descemos às profundidades insondáveis do passado.

Por que empalidecemos, por que bate forte o nosso coração, não só no momento da partida, mas já ao receber a primeira ordem para partir, e não só com avidez, mas ainda mais com medo físico? O passado não é o elemento e a atmosfera natural do narrador de história, a que ele se apega como peixe à água? Sem dúvida. Mas, a falar assim, nem por isso nosso coração cessa de pulsar de medo e curiosidade, provavelmente porque o passado pelo qual estou habituado a deixar-me conduzir para bem longe é muito diverso do passado ao qual agora desço, a tremer: o passado da vida, o mundo que se foi e que morreu, ao qual a nossa existência cada vez mais fortemente há de pertencer, do qual os seus começos já fazem parte profundamente. Morrer: isso significa realmente perder de vista o tempo, viajar para além dele, trocá-lo pela eternidade e pelo presente e, em consequência, pela vida. Pois a essência da vida é o presente e só num sentido mítico seu mistério aparece nas formas temporais do passado e do futuro. São, por assim dizer, o modo pelo qual a vida se revela ao povo; o mistério pertence aos iniciados. Ensine-se ao povo que a alma vagueia. Os sábios, porém, sabem que esse ensinamento é apenas a roupagem do mistério que é a eterna presença da alma, e que a vida lhe pertence assim que a morte tiver quebrado a cela da sua prisão solitária. Sentimos sabor de morte e de sua ciência quando, na realidade de narradores, nós nos aventuramos pelo passado; daí a nossa sofreguidão, nosso medo e nossa palidez. Mas a sofreguidão leva a melhor, e não negamos que isso venha da carne, porque seu tema é o primeiro e o último de todas as nossas indagações, de tudo que falamos, de todos os nossos interesses: o ser humano. É isso que iremos procurar no mundo subterrâneo e na morte, como Ishtar procurou lá a Tamuz e Ísis a Osíris, para reconhecê-lo lá onde é o passado.

Porque o passado é, é sempre, por mais que digamos que foi. Assim fala o mito, que é apenas o vestuário do mistério. Mas o traje domingueiro do mistério é a festa, a festa periódica que lança uma ponte sobre o tempo e torna o passado e o futuro concretos para o sentido do povo. Não é, pois, de admirar que no dia da festa o humano sempre fermente e proceda com desenfreada desenvoltura, se nela finalmente morte e vida se conhecem? Festa de contar histórias, és o traje festivo do mistério da vida, pois evocas a eternidade na mente do povo e o mito, para que ele possa ser revivido no tempo atual! Festa da morte, descida ao inferno, és verdadeiramente uma festa e uma orgia da alma da carne, que não debalde se apega ao passado, aos túmulos e ao piedoso "era". Mas que o espírito esteja também contigo e entre em ti, para que sejas abençoada com uma bênção do céu lá do alto e com uma bênção das profundezas lá de baixo.

Desçamos, pois, e nada de tremer! Mas iremos de um golpe descer até o fundo do poço insondável? Não, não será assim. Não muito mais de três mil anos de profundidade. E que é isso, comparado com a profundidade imperscrutável? Nesse estágio os homens não usam couraça de chifre e olhos na testa, nem lutam com salamandras voadoras: são homens como nós, à parte essa dose de sonho em seus hábitos de pensamento que concordamos em considerar perdoável. Isso é o que o homem caseiro diz consigo mesmo quando se propõe fazer uma viagem, e, quando a questão fica séria, tem febre e palpitações. Estarei eu indo, pergunta ele a si próprio, aos confins da Terra e afastando-me dos domínios da vida cotidiana? Não, por nenhum caso; vou até ao ponto em que muita gente tem estado antes, distante de casa um dia ou pouco mais. E assim também nós falamos com relação à região que nos espera. Será ela a "terra de nenhuma parte", o país da Lua, tão diferente de tudo quanto já existiu no mar ou na terra, para pormos assim as mãos na cabeça, presas da maior perplexidade? Não, é uma região como outras que já vimos muitas vezes, uma região mediterrânea, não exatamente como a nossa terra, um tanto poenta e pedregosa, mas decerto não fantástica, movendo-se por sobre ela as mesmas estrelas familiares. Lá fica ela, montanha e vale, cidades e estradas e encostas cobertas de vinhedos, com um rio turvo que corre como uma seta por entre as verdes matas; lá está ela, estirada no passado, como prados e regatos num conto de fadas. Talvez tenhais fechado os olhos, preparando-vos para a descida; abri-os agora! Chegamos. Vede como as sombras realçadas pelo luar se estendem na paisagem tranquila! Senti a branda aragem primaveril, da noite estrelada de verão!

AS HISTÓRIAS DE JACÓ

I. AO PÉ DO POÇO

ISHTAR

Era para lá das colinas ao norte de Hebron, um pouco a leste da estrada de Urusalim, no mês de Adar; uma noite de primavera com uma lua tão clara que se poderia ler, e as folhas da única árvore ali existente, um terebinto anoso e forte, de tronco curto, com ramos espalhados e possantes, recortavam-se finas e nítidas contra a luz, com suas flores recordando cachos de uvas perfeitamente perceptíveis e a tremeluzirem na tela do luar. Essa bela árvore era sagrada. De várias formas hauria-se ensinamento à sua sombra: tanto da boca do homem (pois quem quer que por experiência pessoal tivesse alguma coisa por comunicar sobre a divindade reunia ouvintes debaixo de seus ramos) como igualmente de maneira mais elevada. Pessoas que adormeciam com a cabeça encostada ao tronco tinham sido repetidas vezes favorecidas com revelações do alto e haviam recebido ordens em sonho. Nas oferendas de holocaustos, cuja frequência era testemunhada pela mesa de pedra da imolação, onde ardia um fogo frouxo sobre a lájea enegrecida, o jeito da fumaça, o voo das aves ou mesmo um sinal vindo do céu tinham muitas vezes, no correr dos anos, provado que a esses piedosos atos, praticados ao pé da árvore, estava ligada uma eficácia especial.

Nas proximidades havia outras árvores, nenhuma, porém, tão venerável como essa; mesmo outros terebintos, frondosas figueiras e carvalhos sempre verdes; estes espalhavam pelo chão pisado raízes nuas, e sua folhagem, pálida ao luar, tinha a aparência de leques espinhosos. Por trás das árvores, ao Sul, na direção do outeiro que encobria a cidade, e como a trepar pelas suas faldas, havia casas e estábulos, donde vinham de quando em quando, quebrando o silêncio da noite, o mugido cavo de um novilho, o blaterar de um camelo ou o zurro penoso de jumentos. Por volta da meia-noite, porém, a cena mostrava-se vazia; a lua quase cheia, brilhando lá no alto, iluminava primeiro o espaço que circundava a árvore-oráculo, fechado por um extenso muro musgoso feito de duas camadas de pedras quadradas, toscamente talhadas e parecia um terraço de parapeito baixo; depois deixava ver a terra plana que se estendia além, até as colinas ondulantes que fechavam o horizonte. Era uma região rica de oliveiras e de bosques de tamarizes, cortada por inúmeras veredas; mais ao longe, convertia-se em campo de pastagens, sem árvores, onde aqui e ali brilhava a luz vinda do acampamento de um pastor. Ao longo do parapeito floriam cíclames, com o seu cor-de-rosa e o seu lilás empalidecidos pelo luar; açafrões brancos e anêmonas vermelhas brotavam por entre a relva e o musgo ao pé das árvores. Corriam no ar fragrâncias de flores e ervas, de mistura com o cheiro de fumo das madeiras, de estrume e de exalações úmidas das árvores.

O céu estava esplêndido. Um largo halo de luz rodeava a lua. Apesar de suave, sua claridade era tão forte que quase doía nos olhos. Parecia que tinha sido lançada uma sementeira de estrelas, tal o número delas esparzido pelo céu, raras em alguns pontos, em outros incontáveis e dispostas em desenhos lucilantes. No Sudoeste, destacava-se Sírio-Ninurta, luzeiro azul e branco, nítido e vivo, uma gema a expedir raios; formava um grupo com Prócion, estando mais alto e mais afastado ao Sul, no Cão Menor. Marduk, o rei, surgira logo depois do pôr do sol e continuaria a luzir a noite toda; poderia rivalizar com Sírio se a lua não diminuísse o brilho de seus raios. Nergal lá estava, não longe do zênite, um pouco para Sudeste, o inimigo de sete nomes, o elamita, que agoura peste e morte; chamamos-lhe Marte. Mais cedo que ele, porém, Saturno, o justo e constante, se erguera acima do horizonte e cintilava para o Sul, no meridiano. Órion, caçador armado, com seu cinturão e sua esplêndida estrela vermelha, descambava para o Oeste. Aí também, mas mais para o Sul, pairava a Pomba; Régulo, no Leão, acenava lá do alto; a Ursa Maior também tinha subido até o vértice do céu, enquanto o alaranjado Arcturo, no Boieiro, estava ainda baixo a Nordeste, e a luz amarela da Cabra e a constelação do Cocheiro já tinham havia muito mergulhado no horizonte. Porém mais linda que todas essas, mais chamejante que qualquer outro portento ou que todo o exército de *kokabim*, era Ishtar, irmã, mãe e esposa, Astarte, a rainha, seguindo o Sol e já baixa no poente. Seu brilho era de prata e emitia raios furtivos; luzia em pontos de fogo e dela se erguia uma chama alta, como a ponta de uma lança.

FAMA E REALIDADE

Havia ali uns olhos versados na observação e interpretação de tudo isso, uns olhos escuros em que se refletia esse brilho multíplice. Procuravam o dique do zodíaco, o paredão fixo que reprimia as ondas do céu e onde as sentinelas do tempo montavam guarda; a ordem sagrada de signos que tinham começado a aparecer em rápida sucessão depois do breve crepúsculo daquelas latitudes; e primeiro o Touro, pois quando aqueles olhos viviam, o Sol no começo da primavera se achava no signo do Carneiro, e assim este signo desaparecia com o Sol nas profundezas. Aqueles olhos sagazes sorriam para os Gêmeos que no começo da noite baixavam do zênite; um olhar na direção de leste lhes mostrou a Espiga na mão da Virgem. Mas como que irresistivelmente atraídos, eles sempre se voltavam para o lado do céu onde a lua mostrava seu refulgente escudo de prata e os deslumbrava com o brilho puro e brando de sua luz.

Eram os olhos de um jovem que estava sentado à margem de um poço perto da árvore sagrada. A água profunda estava resguardada por uma parede de alvenaria, com um arco de pedra por cima; os pés nus do moço descansavam sobre degraus quebrados que, contornando o poço, conduziam até a boca, e tanto os pés como os degraus estavam molhados de água entornada. Num lugar mais seco ficavam sua túnica de cor amarela com um debrum cor de ferrugem e suas sandálias de vaqueta, que eram quase botins, pois tinham guardas onde se introduziam os calcanhares até os tornozelos. O rapaz descera a camisa de linho branco porém grosseiro e amarrara as mangas em volta dos quadris; seu corpo moreno tinha ao luar um brilho oleoso; o torso se afigurava cheio e pesado em proporção à cabeça de menino, e os ombros altos e quadrados pareciam egípcios. Banhara-se na água fria do poço, despejando-a sobre si repetidas vezes com o balde e a concha, o que era ao mesmo tempo um dever piedoso e um delicioso refrigério depois do incômodo calor do dia. Em seguida dera nova flexibilidade a seus membros friccionando-os com azeite perfumado. Extraía-o de uma caixa de vidro opaco e irisado que lhe estava ao pé, mas não tinha tirado da cabeça a leve coroa de mirto nem o amuleto que lhe pendia do pescoço, seguro por uma fita bronzeada. Era um saquinho costurado, que continha fibras de raízes de grande virtude protetora.

Parecia estar fazendo suas devoções. Tinha o rosto voltado para a lua que batia nele em cheio, os cotovelos sobre os quadris, os antebraços estendidos e a palma das mãos bem aberta. Estava sentado, balançando o corpo de um lado para outro, enquanto de seus lábios saíam palavras ou sons, meio falados, meio cantados... Na mão esquerda usava um anel de faiança azul. Tanto nas unhas das mãos como nas dos pés havia vestígios de hena cor de tijolo. Provavelmente sua vaidade o induzira a usar aquela tinta para fascinar as mulheres nos terraços, quando recentemente assistira a uma festa na cidade. Mas ele não precisava de cosméticos, podendo confiar só no lindo rosto que Deus lhe dera, e cujo formato oval, próprio de um rosto de criança, era deveras encantador, especialmente a meiga expressão dos seus olhos negros, ligeiramente oblíquos. Gente bonita gosta de realçar os dons da natureza e de "enfeitar-se", provavelmente em obediência ao seu papel de agradar e para prestar um serviço aos dons recebidos. É perfeitamente possível interpretar tal procedimento como um ato de piedade e assim justificá-lo; ao passo que é loucura da pior espécie estarem os feios a ataviar-se. Contudo, mesmo a beleza nunca é perfeita e exatamente por isso se apega à vaidade e faz daquilo que lhe falta um ideal — outro erro, pois o seu segredo reside precisamente no poder de atração do imperfeito.

A saga e a história teceram uma auréola de lendária formosura ao redor da cabeça desse jovem que está junto ao poço. Vendo-o agora na realidade, há para que nos admiremos, embora a lua o favoreça, contribuindo com seu suave encanto para ofuscar nosso julgamento. De fato, à medida que passavam os dias, o que não foi dito e cantado, em apócrifos e pseudepígrafos, em louvor do físico deste mancebo! Vendo-o agora na realidade, esses elogios nos fazem sorrir. O menos que se disse é que o seu semblante empanava o esplendor da lua e do sol. Afirmou-se literalmente, por escrito, que ele costumava usar um véu sobre a testa e o rosto, a fim de que os corações não se derretessem no fogo dos desejos terrenos, despertados pela beleza que Deus lhe dera; e, também, que os que o viram sem o véu, "abismados naquela contemplação felicíssima", não haviam mais reconhecido o jovem. A tradição oriental não hesita em declarar que metade da provisão de beleza existente no mundo coubera a esse jovem, sendo a outra metade repartida entre o resto do gênero humano. Um poeta persa de excelsa autoridade vai ainda mais longe: desenha o quadro fantástico de uma única moeda, do peso de seis onças, na qual toda a beleza da terra foi fundida. Cinco daquelas, assim canta cheio de arroubo o poeta, couberam ao protótipo, ao incomparável.

Uma reputação dessas, arrogante e incomensurável, por não ser mais possível averiguar-lhe a procedência, tem um efeito desconcertante e contagioso; é um verdadeiro obstáculo à observação objetiva dos fatos. Há muitos exemplos da influência de tal exagero por consentimento comum, que cega o juízo individual e faz aderir, voluntária ou mesmo fanaticamente, à opinião geral. Uns vinte anos antes do tempo de que agora falo, certo homem, estreitamente ligado, como ouviremos depois, ao jovem que está junto do poço, criava carneiros e os vendia no distrito de Harã, na região da Mesopotâmia. Era tal a fama daqueles carneiros que pagavam por eles preços fantásticos, conquanto toda a gente visse que se tratava de carneiros normais, e não de animais encantados, embora fossem de raça excelente. Tal é o poder da necessidade, comum a todo ser humano, de ficar com a maioria! Mas ainda que não devamos nos deixar influenciar neste assunto por informações que podemos confrontar com a realidade, todavia não caiamos no erro oposto, demonstrando excessiva tendência para criticar. O entusiasmo póstumo que ameaça a integridade do nosso julgamento não pode ter se originado do nada; deve estar radicado na realidade, e tal atributo deve ter sido pago em boa parte à pessoa quando ainda estava viva. Mas, para compreender isso, devemos acomodar-nos ao retrógrado gosto árabe de então — um ponto de vista estético que, na prática, era o único eficiente —, e, por certo, sob esse aspecto o jovem deve ter sido tão belo, tão bem aquinhoado, que à primeira vista podia realmente passar por um deus.

Prestaremos, pois, atenção às nossas palavras, e sem nos deixar levar pela condescendência nem assumir ares hipercríticos, aventaremos a asserção de que o rosto do mancebo adorador da Lua, sentado à beira do poço, era formoso até nos seus defeitos. Por exemplo, eram realmente muito grossas as aletas do seu nariz bastante curto e bem reto; mas isso mesmo as fazia parecer dilatadas, dava ao rosto vivacidade, paixão e um fugidio orgulho realçando a expressão benévola dos seus olhos. Os lábios grossos sugeriam altaneira sensualidade, que não queremos censurar, porque pode ser esse um sinal enganador e além disso, no que se refere à conformação dos lábios, devemos levar em conta a opinião local. Entretanto, julgamos andar com acerto quando achamos arqueado demais o espaço entre a boca e o nariz; ou melhor, assim seria se isso não fosse compensado pelo contorno simplesmente encantador dos cantos da boca, na qual, só de juntar os lábios, sem a menor contração muscular, se desenhava o mais sereno dos sorrisos. A testa era lisa na parte inferior, acima das sobrancelhas espessas e bem delineadas; na parte superior, abaulava-se sob o farto cabelo preto, cingido por uma correia de cor clara e pela coroa de mirto. Por trás, o cabelo caía como um saco sobre a nuca, deixando livres as orelhas. Quanto a estas, tudo iria muito bem se não fossem os lóbulos que se tornaram um tanto compridos e carnudos com o uso de grandes brincos de prata desde a mais tenra infância.

O mancebo então estaria rezando? Para isso sua posição era cômoda demais. Deveria ter ficado de pé. As mãos erguidas e a cantilena que murmurava mais pareciam um entretenimento em que se tivesse absorvido, um manso diálogo com o astro a que se dirigia. Balançava o corpo e balbuciava:

"*Abu — Chammu — Aot — Abaot — Abiram — Chaam — mi — ra — am...*"

Nessa improvisação misturavam-se todas as castas de alusões e associações remotas: nomes babilônicos de carinho para a lua, como *Abu* (pai) e *Chammu* (tio); Abrão, nome do seu suposto antepassado, e também, como variante flexionada do mesmo, transmitida pela tradição venerável, o nome lendário de Hamurabi, o Legislador: "Meu divino tio é sublime", sílabas cujo sentido era uma continuação da ideia de pai através dos domínios da primitiva religião oriental, do culto dos astros e da tradição da família, e fazia esforços gaguejantes para exprimir a nova coisa que se vinha formando, amada com tanta paixão, debatida e fomentada no espírito de seus parentes mais próximos...

"*Yao — Aot — Abaot —*", salmodiava ele. "*Yahu, Yahu! Ya — a — we — ilu, Ya — a — um — ilu —*", baloiçando-se com as mãos levantadas, oscilando a cabeça e sorrindo para a lua radiante. Mas outras manifestações, estranhas e quase terrificantes, começaram a insinuar-se nas atitudes daquela figura solitária. Parecia arrebatado pelo seu ritual lírico, ou o que quer que fosse, enlevado numa inconsciência crescente que não era de todo normal. Não cantara com muita voz. Provavelmente não podia fazê-lo, pois ela ainda não estava bem desenvolvida, essa voz aguda, quase de menino, sem plenitude nem ressonância. Agora, porém, ele a perdera totalmente; extinguiu-se num ofego e seu "*Yahu, Yahu!*" era um mero sussurro arquejante que saía de pulmões vazios pela falta de fôlego. No mesmo instante o corpo mudou de forma, o peito se afundou, o músculo abdominal deu começo a um estranho movimento de rotação, pescoço e ombros se estenderam para cima e se estorceram, as mãos tremeram, os músculos do braço tornaram-se salientes como tendões e num segundo as pupilas negras viraram-se para dentro, até ficar cintilando ao luar, de maneira tétrica, somente o branco dos olhos.

Devo notar aqui que ninguém poderia prever, pelo procedimento do jovem, um desconcerto deste. Seu acesso, ou qualquer outro nome que prefiram dar-lhe, surpreenderia e perturbaria um espectador. Estava em flagrante desarmonia com uma aparência tão atraente, para não dizer ajanotada, e com uma personalidade que imediatamente impressionava a todos pelo seu ar de cortesia afável e compreensiva. Se porventura se fosse tomar a sério seu procedimento, seria o caso de saber-se a quem estaria entregue o cuidado dessa alma que parecia em perigo, se é que a não influenciava um chamado celeste. Por outro lado, se aquilo não passava de um capricho e brinquedo de menino, ainda assim ficava de pé a questão. E, a julgar-se pelo comportamento posterior do aluado mancebo, parecia bastante provável tratar-se de qualquer coisa desse gênero.

O PAI

Do lado da colina e das casas chamaram-no pelo nome: "José! José!", duas ou três vezes, cada vez de mais perto. Na terceira, ele ouviu o chamado ou pelo menos mostrou tê-lo ouvido dessa vez, e verificou-se uma mudança imediata na sua atitude, enquanto murmurava: "Estou aqui". Seus olhos voltaram ao estado normal, deixou cair os braços, a cabeça pendeu sobre o peito, com um sorriso envergonhado. Era a voz de seu pai que o chamava, doce, um tanto queixosa e, como sempre, repassada de sentimento. Soou então de muito perto repetindo, embora ele já tivesse visto o filho junto ao poço: "José, onde estás?".

Como ele usava vestes compridas e o luar, apesar de toda a sua aparente e fantástica claridade, tem tendência para enganar, Jacó — ou, como ele se assinava, Yaakov ben Yitzhak — parecia um ser de estatura majestosa, quase sobre-humana, parado ali, entre o poço e a árvore dos ensinamentos, mais próximo a esta, de modo que a sombra da folhagem lhe fazia desenhos no manto. Sua figura — consciente ou inconscientemente — parecia ainda mais impressionante pela postura, pois ele se apoiava a um comprido bordão, empunhando-o tão alto que o braço se erguia acima da cabeça e a manga do seu manto ou veste superior lhe fugia da mão e do antebraço. A roupa, mistura de lã e algodão, com listras estreitas e de cor esmaecida, pendia-lhe em grandes dobras. Era a de um velho a mão que estava acima da sua cabeça e no punho notava-se um aro de cobre. O irmão gêmeo de Esaú, filho preferido, tinha então sessenta e sete anos. Sua barba não era farta, mas era longa e larga; nas têmporas fazia junção com o cabelo e caía-lhe das faces indo até o peito na mesma largura, como flocos esparsos e rebeldes, com um alvor de prata no luar, e por entre eles apareciam seus lábios finos. Fundas rugas partindo de cada aleta do nariz fino iam-se sumir na barba. Cobria-lhe a fronte, a meio, um xale, de escuro pano cananeu atirado sobre os ombros, provido de capuz e descendo em pregas até o peito. Seus olhos — uns olhinhos castanhos e brilhantes, com bolsas de pelanca por baixo, já cansados pela idade mas com uma argúcia que vinha da alma — procuravam ansiosos o rapaz ao pé do poço. O manto, repuxado e aberto pela posição do braço, deixava ver, por baixo, uma segunda túnica de pelo tinto de cabra que ia ter às pontas dos sapatos de pano; essa túnica apresentava-se com longas pregas franjadas e oblíquas, de modo que mais pareciam ser outras tantas túnicas, uma aparecendo debaixo da outra. Era, pois, volumosa e complicada a roupagem do velho, uma arbitrária combinação de vários estilos, elementos tomados à civilização oriental de mistura com outros, pertencentes mais à cultura beduíno-ismaelita e ao mundo do deserto.

Acertadamente procedeu José não respondendo ao último chamado; este já obtivera resposta, uma vez que Jacó vira o filho. Contentou-se com um sorriso que abriu os lábios carnudos e exibiu os dentes brilhantes, bem separados e brancos como só aparecem numa face escura. Acompanhou o sorriso com amáveis gestos de boas-vindas. Ergueu as mãos na posição com que saudara a Lua, meneou a cabeça e deu um estalinho com a língua, como a exprimir surpresa e satisfação. Levou a mão à testa e tornou a baixá-la para o chão, aberta, num movimento suave e elegante; em seguida, com os olhos entrecerrados e a cabeça atirada para trás, cobriu com ambas as mãos o coração e, sem separá-las, moveu-as várias vezes na direção do velho, tendo sempre o cuidado de trazê-las ao mesmo lugar, como para dar a entender que lhe ofertava o coração. Também apontou com ambos os indicadores para os olhos, tocou nos joelhos, no topo da cabeça e nos pés, tornando por intervalos à primeira atitude de saudação reverente com os braços e as mãos. Era um jogo encantador, executado com todas as regras prescritas pela boa educação, e José introduzia nele um encanto e uma arte pessoais — expressão de uma índole cortês e insinuante e além disso de uma boa dose de sentimento real. Era uma pantomima (a que o sorriso de que era acompanhada tirava todo caráter de formalidade), uma pantomima de submissão filial perante o senhor e progenitor, o chefe da tribo; mas tinha ainda a vivificá-la um lídimo prazer pela oportunidade de prestar uma homenagem. José bem sabia que nem sempre seu pai tinha representado na vida um papel dignificante e heroico. A altivez da sua fala e porte fora algumas vezes mal servida pela brandura e timidez de sua alma. Essas qualidades tinham lhe proporcionado horas de desalento, de fuga, de pálido terror, situações nas quais ninguém que o amasse quisera vê-lo, conquanto houvessem sido elas justamente as mais receptivas para a graça divina. De modo que, se o sorriso de José não vinha totalmente isento de faceirice ou da consciência do próprio triunfo, era não obstante provocado em boa parte pelo prazer de ver o pai, pela crescente beleza da noite enluarada e pela atitude verdadeiramente régia com que o velho se apoiava no bastão. Na pueril satisfação de José com aquela cena ia muito senso de puro efeito, sem consideração por quaisquer circunstâncias mais profundas.

Jacó ficou onde estava. Talvez estivesse percebendo o prazer do filho e desejasse prolongá-lo. Sua voz — que qualificamos de comovida porque vibrava sempre com uma tensão interior — soou de novo, meio interrogativa, meio afirmativa:

"É meu filho que está sentado aí à beira do poço?"

A pergunta era um tanto extravagante, parecia incerta e distraída, ou como se o interrogador achasse algo de surpreendente e de impróprio no fato de uma pessoa tão jovem estar sentada perto de um poço, como se fossem incompatíveis as ideias de menino e poço. O que ela em verdade exprimia era a preocupação de Jacó com a possibilidade de José — muito mais novo, para a imaginação paterna, do que realmente era — cair dentro do poço.

Alargou-se o sorriso do rapaz, deixando ainda mais visíveis os dentes separados. Meneou a cabeça sem responder. Mas mudou imediatamente de aspecto quando soou, em tom de severidade, esta ordem incisiva de Jacó: "Cobre a tua nudez!".

José, com os braços curvados acima da cabeça, correu os olhos, entre consternado e faceto, pelo seu corpo, depois, mais que depressa desatou as mangas e atirou aos ombros a túnica de linho. Era como se o ancião tivesse se conservado à distância em atenção à desnudez do filho, porque logo depois disso se aproximou. Apoiava-se deveras ao comprido bordão que segurava, erguendo-o e ferindo com ele o chão a cada passo que dava: havia doze anos que coxeava de uma perna, isto é, desde o tempo em que lhe acontecera certo acidente numa jornada, empreendida em penosas circunstâncias e por ocasião de um grande susto.

UM TAL YEBSHE

Não havia decorrido muito tempo depois do último encontro dos dois. Como de costume, José comera a ceia na tenda do pai, aromatizada de mirra e almíscar, na companhia daqueles dentre seus irmãos que se achavam em casa. Os demais estavam pastoreando outros rebanhos pela região que se estendia mais ao Norte, perto de uma cidade fortificada e santuário, situada num vale aos pés dos montes Ebal e Garizim. Esse lugar se chamava Siquém ou Shekem, "o pescoço", e também provavelmente Mabarta ou Desfiladeiro. Jacó tinha relações religiosas com o povo de Siquém. Verdade é que a divindade a quem os de lá dirigiam suas preces era uma variante do pastor sírio e formoso sr. Adônis e daquele Tamuz, adorável mancebo, despedaçado pelo javali, a quem lá no Baixo Egito davam o nome de Osíris, a Vítima; mas, já no tempo de Abraão e Melquisedec, rei-sacerdote de Siquém, essa personalidade divina assumira um caráter especial que lhe valera o nome de El Elion, Baal-Berit, isto é, o Deus supremo, o Senhor dos Exércitos, o criador e dono do céu e da terra. Tal concepção parecia certa a Jacó, que por isso se inclinava a ver no filho dilacerado de Siquém o Deus verdadeiro e altíssimo, o Deus de Abraão, e nos siquemitas, irmãos pelo laço da fé, mormente desde que a tradição oral, passada de geração em geração, dizia que o caminhante primitivo, numa conversa erudita, sustentada com o magistrado de Sodoma, chamara a seu Deus "El Elion", pondo-o assim em pé de igualdade com o Baal e o Adon de Melquisedec. O próprio Jacó, seu herdeiro na fé, anos antes, depois de regressar da Mesopotâmia, quando armou seu acampamento defronte da cidade de Siquém, tinha erigido um altar a esse deus. Também cavara ali um poço e adquirira direitos de pastoreio por bons siclos de prata.

Posteriormente, haviam surgido graves desinteligências entre o povo de Siquém e a gente de Jacó, com terríveis consequências para a cidade. A paz, porém, fora restaurada e reataram-se as relações, de forma que uma parte do rebanho de Jacó pastava nos terrenos de Siquém, e alguns de seus filhos e pastores andavam sempre longe, a cuidar desses rebanhos.

Dois dos filhos de Lia tinham tomado parte na refeição com o pai e com José: o ossudo Issacar e Zabulon, que desdenhava a vida de pastor, não queria tampouco ser agricultor e só tinha um desejo — ser marinheiro. Desde que estivera em Ascalon, à beira-mar, nada lhe parecia mais belo que tal vida. Contava tremendas histórias de suas aventuras e de monstruosas criaturas híbridas que viviam na outra banda da água e que somente os marujos conheciam: seres humanos com cabeça de touro ou de leão, homens de duas cabeças e de duas caras, tendo feições a um tempo humanas e caninas, de sorte que ora falavam, ora latiam; gente com pés parecendo esponjas de mar e outros quejandos aleijões. Tinham também estado presentes o filho de Bala, o ágil Neftali, e os dois de Zelfa: o honesto Gad e Aser, o qual, como de costume, tomara para si os melhores bocados, ao mesmo tempo que ia aprovando tudo quanto os outros diziam. O menino Benjamim, irmão germano de José, esse morava ainda nos alojamentos das mulheres, porque, sendo muito novo, não ficava bem que tomasse parte numa ceia com hóspedes, como a daquela noite. Havia um homem chamado Yebshe, que dizia vir de Tanac e que, enquanto comiam, falava nos viveiros de peixes e na grande quantidade de pombas que havia no templo da sua cidade. Já levava alguns dias de viagem e trazia consigo um tijolo em que o senhor de Tanac, Ashirat-Iashur, designado abusivamente como rei, escrevera, nos quatro lados, mensagens para seu "irmão", o príncipe de Gaza, chamado Rifat-Baal, desejando para este uma vida feliz e que todas as divindades mais importantes trabalhassem de acordo por seu bem, pelo bem de sua casa e de seus filhos; dizendo mais, que ele, Ashirat-Iashur, não podia mandar-lhe a madeira e o dinheiro que o outro, com mais ou menos direito, lhe pedia, já porque não os tinha, já porque ele próprio necessitava muito deles, mas que em compensação lhe mandava pelo tal Yebshe uma imagem de barro, extraordinariamente eficaz, da sua protetora pessoal, que o era também de Tanac — isto é, a deusa Ashera, para que lhe trouxesse bênção e o ajudasse a vencer a dificuldade com o dinheiro e a madeira. Yebshe, que usava uma barba pontuda e estava embrulhado da cabeça aos pés em lãs coloridas, viera partir o pão com Jacó, ouvir suas opiniões e pernoitar ali antes de continuar sua viagem em direção ao mar. Jacó lhe oferecera hospitalidade, informando-o apenas de que não devia aproximar-se deles com a imagem de Astarte — figura feminina vestida de calças, coroada e velada, segurando com as mãos os minúsculos seios — nem pô-la diante de seus olhos. Afora isso, agasalhara sem preconceito o homem, lembrando-se de uma história que passava de boca em boca sobre Abraão, o qual uma vez escorraçara furiosamente para o deserto um idólatra grisalho, havendo o Senhor repreendido-lhe a intolerância, e tivera de ir buscar outra vez o velho tonto.

Servidos por dois escravos, de blusões de linho a rebrilhar de asseio, o velho Madai e o jovem Mahalaleel, eles haviam se acocorado sobre almofadas em redor da esteira (pois Jacó era aferrado ao costume de seus pais e não queria ouvir falar em usar cadeiras como as pessoas elegantes da cidade, que macaqueavam as madeiras dos grandes reinos do Oeste e do Sul) e partilharam a ceia: azeitonas, um cabrito assado com o bom pão de Kemach e depois uma compota de ameixas e passas servida em tigelas de cobre, e vinho da Síria em taças de vidro colorido. Entre hospedeiro e hóspede estabeleceu-se uma conversa discreta, que era escutada com vivo interesse, ao menos por José, versando sobre assuntos públicos e particulares, questões divinas e humanas, estendendo-se mesmo às políticas. Falou-se sobre coisas da família de Yebshe e suas relações oficiais com Ashirat-Iashur, senhor da cidade; sobre a viagem feita até ali, atravessando a planície de Jezreel e a região montanhosa, seguindo a linha divisória das águas, montado num jumento, viagem que Yebshe contava continuar até o país dos filisteus, montado num camelo que ia comprar no dia seguinte em Hebron; sobre os preços locais do gado e das colheitas; sobre o culto da vara florescente, o "dedo", como era chamado, de Ashera de Tanac, oráculo da cidade, por intermédio do qual ela comunicara sua permissão de enviar uma de suas imagens, a que se daria o nome de "Ashera do Caminho", para seguir numa viagem destinada a alegrar o coração de Rifath-Baal de Gaza; sobre a festa da deusa, que fora celebrada recentemente com danças desenfreadas e imoderado consumo de peixe, durante a qual havia a troca de roupas entre homens e mulheres, em sinal do caráter andrógino ou duplo sexo de Ashera, conforme ensinavam os sacerdotes da deusa. Aqui Jacó anediou a barba e interrompeu o hóspede com perguntas circunspectas e sutis: como ficaria protegido agora o reino de Tanac, estando em viagem sua divindade tutelar? Como haveria o entendimento de conciliar a questão da imagem viajante e sua relação com a deusa? Não sofreria esta uma sensível diminuição do seu poder com a remoção de alguma parte de sua essência? Ao que respondera Yebshe que, a ser esse o caso, não era provável que o dedo de Ashera houvesse permitido a viagem, e mais, que os sacerdotes ensinavam que o poder inteiro da divindade residia em cada uma de suas imagens, sendo todas igualmente eficazes. Jacó objetara ainda com brandura que, se fosse verdade que Ashirat era macho e fêmea, ao mesmo tempo Baal e Baalat, mãe dos deuses e rei do céu, então deveria ser reverenciada não somente como igual a Ishtar, a respeito de quem se ouvia falar em Senaar, e a Ísis, deidade dos impuros egípcios, mas igual também a Shamash, Shalim, Adu, Adon, Lahama ou Damu, em suma, o deus supremo e senhor do mundo; e a conclusão a que se chegava era que se tratava de El Elion, o Deus de Abraão, Pai e Criador, a quem não se podia mandar em viagem porque ele estava sempre em toda parte, e a quem ninguém podia honrar comendo peixe, mas somente caminhando diante dele em pureza e sendo respeitoso na sua presença. Contudo, esses reparos de Jacó não foram bem compreendidos por Yebshe. Este, ao invés, declarou que assim como o Sol agia sempre a partir de certo signo e aparecia no mesmo, assim como ele dava da sua luz aos planetas de modo que cada um a seu jeito influenciava os destinos do gênero humano, assim também a essência divina se repartia e se transmudava nas várias divindades. Entre estas a deusa-deus Ashirat era bem conhecida por ser a representante especial do poder divino no sentido de fazer frutificar todas as plantas e de reviver anualmente a natureza, libertando-a do cativeiro do mundo inferior. Todos os anos ela transformava um galho seco em ramo florido, e nessa ocasião tinham cabimento por certo uns comes e bebes um tanto imoderados e umas danças algo desenfreadas, e mesmo uma liberdade e uma licença mais desbragadas que estavam em correlação com a festa da haste florida, visto como a pureza era um atributo privativo do Sol e da primitiva divindade ainda não dividida, e não de suas manifestações planetárias, devendo a razão estabelecer uma distinção bem nítida entre o que é puro e o que é santo — pois ele próprio, Yebshe, percebia não haver nenhuma conexão necessária entre as duas qualidades. A isso lhe retrucou Jacó com grande deliberação não ser seu desejo ofender ninguém, muito menos um hóspede que estava dentro do seu lar e era amigo do peito e mensageiro de um grande rei, tocando nas convicções de que estava imbuído por obra de seus pais e dos escribas de tabletes. Mas o Sol não era mais que uma obra da mão de El Elion e, como tal, indubitavelmente divino, mas não Deus. O intelecto devia fazer essa distinção. Realmente, estava em conflito com esse fato e provocaria a ira e o ciúme do Senhor ir alguém adorar uma ou outra das obras de Deus em vez de o adorar a ele, e o próprio hóspede Yebshe tinha por sua boca designado os deuses da região como ídolos, enquanto o interlocutor se abstinha, por caridade e polidez, de dar-lhes outra designação mais forte. E se aquele Deus que criara o Sol, as estrelas, os planetas e a própria Terra era o Altíssimo, devia ser também o único, e assim melhor seria que não se falasse de outros deuses, visto que então uma pessoa só teria de designá-lo com o nome que Jacó calara, precisamente pelo motivo de que o nome e símbolo "Deus Altíssimo" devia ser compreendido e reverenciado como igual a "Deus Único". Sobre esse ponto, a saber, sobre se essas duas ideias eram as mesmas ou diferentes, seguiu-se uma longa discussão, com que nunca se cansava o dono da casa, e que, se dependesse dele, teria se prolongado grande parte da noite, se não a noite toda. Yebshe, porém, preferiu mudar de assunto e voltar-se para o que ia acontecendo no mundo e nos seus distintos reinos, referindo-se a conflitos e intrigas em que ele, como amigo e parente do príncipe de uma cidade cananeia, era grandemente versado: dizia, pois, que a peste lavrara em Chipre, que ele chamava Alashia, e dizimara uma grande quantidade de homens, mas não todos, como o governador da ilha informara ao faraó do Baixo Egito, dando com isso uma desculpa para explicar o fato de terem cessado quase por completo os pagamentos do tributo em cobre; que o rei do país dos hititas, chamado Subiluliúma, tinha tal poderio militar que ameaçava subjugar o rei Tushrata de Mitani e retirar-lhe os seus deuses, embora Tushrata fosse aparentado com a família reinante em Tebas; que o cassita de Babel começava a tremer ante o príncipe-sacerdote da Assíria, que estava envidando esforços para retirar seu poder do reino do Legislador e para fundar um Estado independente às margens do rio Tigre; que o faraó enriquecera grandemente o sacerdócio do seu deus Amun com o dinheiro do tributo sírio e edificara para esse deus um novo templo de mil colunas e portas com dinheiro provindo da mesma fonte, mas que esta não tardaria a secar não só porque os beduínos andavam por lá saqueando as cidades, mas também porque as tropas hititas estavam descendo do Norte para disputar a soberania aos amonitas em Canaã e não poucos dos príncipes amoritas estavam fazendo causa comum com os estrangeiros contra Amun. Aqui Yebshe piscara um olho, provavelmente para indicar, entre amigos, que Ashirat-Iashur era daqueles que seguiam essa prudente orientação diplomática. Mas o interesse do dono da casa na conversação tinha diminuído sensivelmente desde que esta deixara de girar em torno da divindade. A palestra começou a esmorecer e todos se levantaram das almofadas: Yebshe para certificar-se de que continuava incólume Astarte do Caminho e depois recolher-se, Jacó para dar uma volta pelo campo, arrimado ao bordão, e lançar uma olhada aos estábulos e aos aposentos das mulheres. Quanto a seus filhos, José separara-se dos outros cinco à porta da tenda, ainda que evidentemente tencionasse ficar com eles, até vir a ordem ríspida do honesto Gad:

"Vai-te, menino casquilho, não precisamos de ti!"

A isso respondera José, após uma curta pausa para coordenar as ideias:

"Tu és como uma trave de madeira, Gad, sobre a qual ainda não passou a plaina, e como o bode que está sempre a dar marradas no meio do rebanho. Se eu repetir tuas palavras a nosso pai, ele te repreenderá; se eu as levar aos ouvidos de nosso irmão Rúben, ele, justo como é, te castigará. Seja, porém, como dizes, ide vós outros para a direita que eu irei para a esquerda ou vice-versa. Eu vos amo a todos, mas, ai de mim!, sou uma abominação aos vossos olhos, e especialmente hoje, que nosso pai me deu a provar do cabrito de seu prato e sorriu para mim. Portanto, seja assim, para que não haja motivo para a vossa ira e não caiais no pecado sem saberes o que fazeis. Adeus."

Tudo isso Gad escutara com explícito desdém, olhando-o por sobre o ombro, mas ainda assim curioso de ouvir o que o jovem diria dessa vez. Depois fez um gesto grosseiro e foi-se com os outros, seguindo José sozinho.

Ele dera um pequeno giro noturno, muito agradável, se é que se pode falar em prazer depois que a injúria de Gad o pusera num estado de depressão apenas aliviada em parte pela sua perícia em replicar. Dirigira-se para Leste, outeiro acima, onde a rampa era mais suave, e pouco depois chegou ao alto donde se descortinava uma vista para o Sul, de modo que pôde volver os olhos à esquerda, para o vale e para a cidade alvejante ao luar, com sua espessa muralha munida, nos cantos, de torres quadrangulares e portas, o átrio do paço com suas colunatas e o maciço do templo, circundado por um largo terraço. Gostava de olhar para a cidade na qual morava tanta gente. Do ponto em que se encontrava podia ver também a dupla caverna que Abraão solenemente comprara outrora ao hitita e onde descansavam os ossos de seus antepassados, a ancestral babilônia e os chefes posteriores da tribo. Os frontões das portas de pedra dos dois túmulos abertos na rocha eram bem visíveis à esquerda, perto do muro circular. Sentimentos de piedade religiosa, que têm suas raízes na morte, misturavam-se no seu peito com a viva simpatia que a vista da populosa cidade nele despertava. Em seguida voltara ao poço, onde se lavou, refrescou e ungiu e depois executou com a Lua aquele ritual amoroso algo decadente, no qual o surpreendera seu pai, sempre ansioso.

O DELATOR

O velho estava agora ao seu lado e, passando o bordão para a mão esquerda, pôs a direita sobre a cabeça de José e fitou seus olhos cansados, mas penetrantes, nos belos olhos negros do jovem. Este primeiro ergueu os seus, ao mesmo tempo que os lábios se entreabriram num sorriso, exibindo mais uma vez o lustroso esmalte dos dentes separados, depois baixou os olhos, não só por mera reverência, mas também por uma vaga sensação de culpa, despertada pela ordem do pai para que se cobrisse. Na verdade, não fora somente o aprazível frescor do ar noturno que o fizera remisso em repor as vestes; e ele bem suspeitou que o pai lhe estaria lendo no espírito os impulsos que o haviam levado a executar diante da lua aquele ritual seminu. O que é certo é que ele achara agradável e de bom agouro exibir seu corpo moço para aquela a quem se sentia preso por seu horóscopo e por toda a casta de intuições e imaginações, convencido como estava de que ela acharia prazer nisso e com o firme propósito de encantá-la — ou aos poderes superiores em geral — captando-lhes a benevolência. A sensação da luz fria que lhe roçava os ombros com o ar noturno lhe viera confirmar o êxito da sua pueril empresa, que aliás não devemos considerar impudente porque ela na realidade equivalia a um sacrifício do pudor. Não devemos nos esquecer de que o rito da circuncisão, tomado dos egípcios como prática exterior, tinha adquirido havia muito na família e na tribo de José um significado místico especial. Era o conúbio ordenado e determinado por Deus entre o homem e a divindade, sendo executado naquela parte da carne que parecia formar o foco do seu ser e sobre o qual era proferido todo voto físico. Alguns homens traziam gravado o nome de Deus no seu órgão reprodutor ou escreviam ali antes de possuir uma mulher. O pacto de fidelidade com Deus era de natureza sexual e, por isso, contraído com um criador e senhor ciumento que insistia pela posse exclusiva, infligia ele à virilidade humana um enfraquecimento moralizador no que dizia respeito ao sexo feminino. O sacrifício sangrento da circuncisão não tem uma conexão apenas física com a emasculação. A santificação da carne significava tanto o fato de tornar-se casto como a oferta da castidade em sacrifício; por outras palavras, tinha um significado feminino. Além disso, José, como ele muito bem sabia e todo o mundo lhe dizia, era formoso e gracioso, isto é, trazia consigo uma condição que implica uma certa consciência de feminilidade; e "formoso" era um epíteto sempre e por todos aplicado à lua, sobretudo à lua cheia, sem véu e sem nuvens, era em suma uma "palavra lunar", pertencente por direito à esfera celeste e só por transferência aplicável aos homens. Assim sendo, no espírito de José a ideia de "belo" e a ideia de "nu" corriam paralelas, podiam quase ser trocadas à vontade uma pela outra, e parecia-lhe um dever tanto de piedade como de prudência responder à beleza descoberta do astro com a sua própria nudez, para que pudessem ser mútuas a satisfação e a admiração.

Até que ponto chegava a relação entre esses vagos sentimentos e uma certa degenerescência que o seu proceder traía? Preferiríamos não tocar nesse assunto. Em todo caso, esses modos de ver tinham sua origem na significação primitiva de um desnudamento ritual que era ainda costumeiro e amiúde praticado diante das suas vistas, e justamente por essa razão sentiu uma vaga sensação de culpa na presença de seu pai a chamar-lhe a atenção. É que ele a um tempo amava e temia a espiritualidade do ancião e bem sabia que este repudiava como pecaminosa uma certa esfera de pensamento de que José era adepto, quando mais não fosse por mera fantasia e brinquedo pueril; essas ideias, ele as rechaçava de si como pré-abramitas, aplicando-lhes sua condenação mais fulminante e mais terrível, a palavra "idólatra". O mancebo preparava-se para receber uma advertência expressa e categórica nesse sentido. Mas Jacó, dentre os cuidados que como sempre o consumiam em relação a esse seu filho dileto, escolheu uma advertência diferente. Começou assim:

"Na verdade seria melhor que meu filho fosse dormir agora, já findas as suas devoções, no aconchego da tenda. Não é de bom grado que eu o veja sozinho aqui, quando a noite avança, sob as estrelas que brilham igualmente sobre os bons e os maus. Por que não ficou ele com os filhos de Lia e não acompanhou os filhos de Bala?"

Estava o pai perfeitamente inteirado da razão pela qual José mais uma vez não os tinha acompanhado, e José também sabia que só a aflição provocada em Jacó por aquela situação, que já havia muito perdurava, podia tê-lo induzido a tocar no assunto. Respondeu, espichando os lábios para a frente:

"Meus irmãos e eu discutimos a questão e a resolvemos em paz."

Jacó continuou:

"Pode acontecer que o leão do deserto e aquele que tem sua morada no juncal do desaguadouro, onde este corre para se misturar com o mar salgado, venha quando tem fome e caia sobre os rebanhos quando tem sede de sangue e procure sua presa. Há cinco dias o pastor Elmodad se rojou aos meus pés e confessou que uma fera rapace ferira de morte duas ovelhas durante a noite, arrastando consigo uma delas para devorá-la. Elmodad provou sua inocência sem necessidade de juramento, mostrando-me a outra ovelha toda ensanguentada, prova evidente de que o leão roubara a primeira. Assim a perda caiu sobre a minha cabeça."

"É pequena perda", disse José com lisonja, "a falar verdade, é como se nada fosse, comparada com as riquezas que o Senhor amorosamente prodigalizou ao meu senhor na Mesopotâmia."

Jacó baixou a cabeça, deixando-a pender um pouco para o lado, em sinal de que não se gloriava daquela bênção, muito embora se possa dizer que ela não se tornaria realidade se não fosse o seu inteligente concurso. E respondeu:

"Muito pode ser tirado daquele a quem muito foi dado. O Senhor fez-me de prata, pode fazer-me de argila e pobre como um caco no monturo, porque seu espírito é poderoso e não sabemos os caminhos da sua justiça. A prata tem um brilho fosco", continuou ele, desviando os olhos da lua, à qual José imediatamente lançou um olhar de esguelha. "A prata é aflição e o pior medo do medroso é a leviandade daqueles pelos quais se preocupa."

O rapaz dirigiu-lhe um olhar suplicante e fez um gesto carinhoso e tranquilizador.

Jacó não o deixou acabar e prosseguiu:

"Foi lá onde os pastores guardam seus rebanhos, a cem ou duzentos passos daqui, que o leão se introduziu sorrateiramente e arrebatou os cordeiros de sua mãe. E meu filho aqui sozinho, de noite, ao pé do poço, nu e despreocupado, sem uma arma, deslembrado e sem se lhe dar do coração paterno. Estás apercebido para o perigo e armado para a peleja? És como Simeão e Levi, teus irmãos, guarde-os Deus, que aos berros dão sobre o inimigo, de espada em punho, e que deitaram fogo à cidade dos amoritas? Ou és como teu tio Esaú, em Seir, nos desertos do Sul, que era caçador e homem do campo, de pele bronzeada e peludo como um bode? Não, és manso e morador das tendas porque és carne da minha carne, e quando Esaú veio até o vau com quatrocentos homens e minha alma não sabia o que resultaria daquilo perante o Senhor, pus na dianteira as criadas e seus filhos, teus irmãos, Lia com seus filhos em segundo lugar e a ti e a tua mãe, Raquel, pus na retaguarda..."

Seus olhos já haviam se enchido de lágrimas. Não podia, de olhos enxutos, proferir o nome daquela a quem amara acima de tudo mais, embora já houvesse oito anos que Deus tão incompreensivelmente lhe tirara a mulher, e sua voz, sempre tão carregada de sentimento, se engasgou e sumiu.

O rapaz estendeu os braços para o pai, levando depois aos lábios as mãos juntas.

"Quão inutilmente se perturba", disse ele em tom de terna censura, "o coração de meu pai e meu querido senhor! E quão extravagante é sua preocupação! Quando o nosso hóspede nos desejou boa saúde e foi ter com a sua preciosa imagem" (ele sorriu brejeiramente para agradar a Jacó, acrescentando), "que me pareceu pobre, impotente e desvaliosa, como louça de barro grosseira no mercado..."

"Viste-a?", interrompeu Jacó... Até isso o molestava e o preocupava.

"Roguei ao hóspede que me mostrasse a imagem antes da refeição da tarde", disse José, contraindo os lábios e encolhendo os ombros. "É obra medíocre e na testa está escrita a sua fraqueza... Quando a conversa entre ti e teu hóspede chegou ao fim, saí com meus irmãos, porém um dos filhos da escrava de Lia, creio que foi Gad, cujos modos são rudemente francos, me disse que eu não pusesse meus pés onde ele e os outros punham os seus, e me magoou de certo modo na alma, pois não me chamou pelo meu nome, mas com nomes falsos e maus a que não dou ouvidos..."

Saíra-lhe a coisa sem querer e sem pensar, porquanto ele havia descoberto uma certa tendência no seu íntimo: essa tendência lhe desagradava e ele desejava sinceramente dominá-la e até já a combatera com êxito, um momento antes. Nunca podia refrear a necessidade de comunicar seus pensamentos, e aqui ela operava num círculo vicioso com as más relações existentes entre ele e seus irmãos. Quanto mais era obrigado a afastar-se destes, mais sentia-se impelido para o pai, criando-se assim para ele uma posição intermédia que o induzia a fazer enredos. Essa indiscrição por sua vez aumentava o afastamento e assim por diante, de tal modo que não se podia dizer de quem partira o mal, e ao menos os mais velhos dentre os seus irmãos não podiam avistar o filho de Raquel sem torcerem o nariz. Mas a fonte primária de tudo era, sem dúvida, o amor de Jacó a esse seu filho, fato positivo que ninguém há de querer lançar em rosto àquele homem verdadeiramente sentimental.

Entretanto, o sentimento por sua própria natureza propende para irrepreensibilidade e para um debilitante culto de si mesmo; não sofre ficar escondido, não conhece reservas, procede de tal forma que chama para si as vistas, atira-se à face do mundo para obrigá-lo a prestar-lhe atenção. Tal é a intemperança do sentimental; e Jacó tinha a encorajá-lo a tradição, passada de tribo em tribo até a sua, da intemperança e capricho majestático do próprio Deus em assuntos de simpatia e preferência. O modo pelo qual El Elion preferia este e aquele sem que o merecessem, ou então acima de seus méritos, era muito arbitrário, difícil de compreender e, humanamente falando, injusto; era um estado de sentimento fixo e elevado que não se devia interpretar, mas tão somente reverenciar, com temor e êxtase, com a face no pó; e Jacó, que era o objeto consciente — bem que humilde e receoso — de uma dessas preferências, imitava seu Deus em insistir livremente nas suas próprias predileções sem absolutamente se preocupar com refreá-las.

A suave irrepreensibilidade do homem de sentimento foi a herança paterna que tocou a José. Mais tarde teremos ocasião de falar na sua incapacidade de impor limites à plenitude de suas emoções e da falta de tato que o ia levando a um perigo extremo. Aos nove anos, ainda criança, portanto, fora ele quem apresentara ao pai queixa contra Rúben, bom mancebo, porém impetuoso, o qual, vendo que Jacó, depois da morte de Raquel, armara sua cama com Bala, a serva, e a tomara como sua favorita, enquanto Lia com olhos vermelhos jazia esquecida lá na sua tenda, arrancara do seu novo lugar o leito do pai, rogando pragas ao móvel inocente. Foi um ato temerário, tanto do orgulho filial ferido, praticado por causa de Lia e do qual logo se arrependeu. A cama podia ter sido posta novamente e sem bulha no seu lugar; Jacó não precisava ter conhecimento do ocorrido. José, porém, presenciara tudo e não achou coisa melhor do que ir relatar ao pai o caso. E desde esse tempo Jacó, que não era ele próprio o primogênito pelos trâmites naturais, mas apenas de nome e legalmente, concebeu o plano de despojar Rúben de seus direitos, privando-o da bênção e conferindo-a não a Simeão, segundo filho mais velho de Lia e, portanto, o imediato na ordem, mas, com o mais arbitrário exercício de autoridade, a José, o primogênito de Raquel.

Os irmãos eram injustos com o rapaz quando diziam que a sua tagarelice tivera como alvo orientar a decisão paterna para esse fim. A verdade pura e simples é que ele não podia ficar calado. Mas o fato de ele não ter podido refrear a língua, nem ainda depois de saber do plano e da acusação que lhe assacavam os irmãos, já não era tão fácil de perdoar, pois era como alimentar as chamas da suspeita. Não se sabe bem como chegou aos ouvidos de Jacó a "brincadeira" de Rúben com Bala.

Foi essa história muito mais grave do que a da cama; aconteceu antes de se estabelecerem em Hebron, numa estação intermediária entre essa cidade e Bet-el. Rúben, então com vinte e um anos, em plena expansão de sua robustez e de seus instintos, não se contivera na presença da mulher de seu pai — essa mesmíssima Bala, a quem nutria tão grande aversão pelo fato de ter ela espoliado Lia, sua mãe. Ele a espiara no banho, primeiro casualmente, depois pelo prazer de humilhá-la sem que ela o soubesse, por fim, com crescente volúpia. Uma paixão sensual e impetuosa pelos encantos amadurecidos e artificiosamente conservados de Bala, pelos seus seios ainda firmes e pelo seu ventre macio, assenhoreara-se do vigoroso moço e não pôde ser acalmada por nenhuma das escravas e servas, todas obedientes e submissas ao mínimo aceno do jovem. Dirigiu-se sorrateiramente ao lugar onde estava a concubina e então favorita de seu pai, apanhou de surpresa, embora não lhe fizesse violência, seduziu, com toda a sua força e juventude pujantes, a mulher, que tremia de medo diante de Jacó.

Vagando então pelo campo, embora não precisamente com o intuito de espionar, José ouvira dessa cena de paixão, medo e culpa o bastante para fazer ao pai um relato simples e preciso de que Rúben havia "brincado" e "rido" com Bala. As palavras davam a entender menos do que ele realmente sabia, mas no modo de falar local insinuavam tudo. Jacó empalideceu e pôs-se a ofegar. Não eram passados muitos minutos depois que o rapaz contara toda a história e já Bala se atirava ao chão diante do senhor a choramingar e confessava sua culpa, dilacerando com as unhas os seios que haviam turvado a razão de Rúben, agora para sempre maculados e nos quais não mais haveria de tocar seu legítimo senhor. Ali se achava também o réu, envolvido apenas num saco em sinal de humilhação e sujeição, com as mãos levantadas acima da cabeça desgrenhada e coberta de pó, no mais completo aniquilamento, arrostando a solene borrasca da sanha paterna. Jacó chamou-lhe Cam, opróbrio do seu pai, dragão do caos, Beemot e hipopótamo sem vergonha, este último epíteto em alusão a uma lenda egípcia segundo a qual aquele animal teria o hábito perverso de matar o pai para acasalar à força com a mãe. Isso dava a entender que Bala, visto como Jacó dormia com ela, era realmente mãe de Rúben. Nas suas palavras tonitruantes percebia-se bem claramente a velha ideia sinistra de que Rúben, por ter coabitado com sua mãe, deixara patente o desejo de ser o senhor de todos e de tudo, e Jacó em represália ia fazê-lo o senhor de nada. Estendeu o braço e retirou do gemebundo filho o direito de primogenitura, mas retendo-o consigo, sem no momento passar adiante o título; de maneira que desde então a questão ficara indecisa, salvo quanto à majestática e efusiva predileção paterna por José, a qual tomava por hora o lugar de fato legal.

Circunstância curiosa é não ter Rúben guardado ressentimento contra o jovem José, sendo, antes, de todos os irmãos o que mais condescendente se mostrava para com ele. Teve retidão suficiente para não atribuir o procedimento do rapaz a pura malícia e no íntimo lhe deu razão por prezar a honra de um pai tão amante e por ter feito chegar ao conhecimento deste acontecimentos cuja gravidade Rúben era o primeiro a reconhecer. Cônscio da sua própria fraqueza, Rúben tinha boa índole e era justo. Por outro lado, ainda que forte e corpulento, era, como todos os outros filhos de Lia, bastante feio (tinha os olhos inexpressivos da mãe, sempre com aquele defeito constitucional das pálpebras a supurar, contra o qual ele empregava toda casta de unguentos, sem resultado apreciável). Era mais acessível que os outros aos tão gabados encantos de José; na sua rusticidade, comovia-se com estes e entendia lá consigo que aquela herança vinda dos antepassados errantes da sua raça, a bênção divina e a eleição, devia caber mais ao rapaz do que a ele ou a qualquer outro dos doze. Embora seriamente melindrado com os desejos e desígnios paternos relacionados com a bênção do primogênito, em espírito se conformou com eles.

José sabia muito bem o que fazia quando ameaçou desencadear a cólera de Rúben contra o filho de Zelfa, que aliás, com a sua franqueza, absolutamente não era o pior da turma. Muitas vezes Rúben se pusera, embora talvez com desprezo, ao lado de José, muitas vezes o defendera com a força de seu braço e censurara os irmãos quando, indignados com suas delações, sentiam-se provocados a cair sobre ele. Ao simplório jovem não tinham ainda servido de lição as antigas e sérias ocorrências em que Rúben fora o protagonista; nem com a magnanimidade deste se emendou e, quando cresceu, tornou-se um abelhudo mais perigoso e um mexeriqueiro ainda mais temível do que o fora em criança. Perigoso ele o era mais para si próprio, porque o papel cujo desempenho a si mesmo impusera fazia recrescer diariamente tanto sua observação como seu estado de isolamento; prejudicava-lhe a felicidade, provocava contra ele um ódio que não se sentia com forças de suportar e lhe dava sobejos motivos de recear os irmãos — o que afinal lhe acarretava nova tentação de adular o pai e de se garantir contra eles —, tudo isso a despeito de resoluções tantas vezes tomadas de refrear a língua e sanar assim suas relações com os dez, nenhum dos quais, a bem dizer, era um patife, e aos quais se sentia unido por um laço secreto e sagrado, por causa do número dos signos do zodíaco, cujo círculo ele e seu irmãozinho ajudavam a completar.

Tudo em vão. Toda vez que Simeão e Levi, sempre prontos a encolerizarem-se, tinham alguma briga com pastores de fora ou mesmo com gente do lugar, causando com isso vergonha à tribo; toda vez que Judá, homem orgulhoso e sofredor, a quem Ishtar atormentava, a ponto de ele achar motivo para lágrimas em coisas que nos outros provocavam riso, se envolvia em histórias secretas com as moças do campo, contrariando Jacó; toda vez que algum entre seus irmãos pecava na presença do Deus único e supremo, queimando incenso privadamente a um ídolo e punha assim em risco a fecundidade dos rebanhos, ameaçando fazer com que estes contraíssem pústulas, ronha ou modorra; ou toda vez que os filhos, quer em casa quer em Siquém, procuravam fazer um biscate com a venda do gado de refugo e dividir, entre si, o produto, na calada, o pai o sabia por intermédio do filho preferido. Chegavam-lhe mesmo ao conhecimento histórias falsas, sem nexo nem sentido, a que ele não obstante se sentia inclinado a dar crédito só por causa dos belos olhos de José. O rapaz afirmava que alguns dos irmãos várias vezes tinham cortado postas da carne de ovelhas e carneiros vivos e as tinham comido, e que isso fora feito pelos filhos das duas concubinas, e de um modo excessivo por Aser, que realmente era um glutão de marca maior. Esse apetite de Aser era a única prova a corroborar uma acusação de natureza incrível e que nunca poderia ser estabelecida contra os quatro. Objetivamente falando, era uma calúnia, mas, do ponto de vista de José, talvez não merecesse tal nome. Ele provavelmente sonhara com toda essa história, ou, com mais exatidão, se entregara a tal sonho em alguma ocasião em que merecera e estava esperando uma sova, para procurar abrigo atrás da falsidade junto ao pai, e depois não pôde ou não quis fazer a devida distinção entre verdade e pura imaginação. No caso presente, como era natural, a fúria dos irmãos não conheceu limites. Com tal veemência protestaram sua inocência que quase se tornavam suspeitos ou quase faziam acreditar que lá no fundo bem podia haver um grãozinho de verdade nas fantasias de José. Em geral nos exasperamos mais contra as acusações que na realidade são falsas, mas que não falta certo fundamento.

O NOME

Jacó esteve quase a sobressaltar-se com a menção dos nomes feios com que Gad mimoseara José e que o velho logo quis considerar um desrespeito flagrante aos seus mais sacrossantos sentimentos. José, porém, tinha um jeito tão encantador de dizer as coisas, com súbita vivacidade, de tranquilizar, de desconversar, que a ira de Jacó se dissipou antes mesmo de crescer, e o mais que pôde fazer foi contemplar com um sorriso de embevecimento os olhos negros e um tanto oblíquos do interlocutor, que uma doce astúcia tornava ainda mais pequenos.

"Não foi nada", disse-lhe o filho naquela vozinha aguda tão do agrado do velho por lhe fazer lembrar muito a de Raquel. "Censurei-lhe como irmão sua descortesia. Ele não se agastou com a censura, e assim deve ser levado a seu crédito o fato de nos termos separado às boas. Fui até o alto da colina para descortinar de lá a vista da cidade e ver a dupla casa de Efron. Purifiquei-me aqui com a água e a oração. Quanto ao leão com que meu pai cuidou amedrontar-me, o devastador do mundo inferior, a cria da lua preta, esse não saiu do seu bosque do Yarden" (José pronunciava o nome do rio com vogais diferentes das nossas, dizendo "Yarden" e proferindo o *r* no palato, mas não o fazendo vibrar, e dando ao *e* um som aberto), "mas achou seu repasto noturno na garganta do precipício, e os olhos do menino não o viram, nem perto nem longe."

Referia-se a si próprio como "o menino", porque sabia que com esse nome, dado-lhe desde a sua infância, comovia de um modo especial o pai. Continuou:

"Mas se ele tivesse vindo, dando chicotadas com a cauda, e rugisse à cata de presa, como rugem entoando cânticos de louvor os serafins, o menino pouco se atemorizaria, ou nada, diante de sua fúria. Decerto que o predador teria atacado de novo os cordeirinhos, ladrão como é, se Elmodad não o tivesse afugentado com tochas e matracas, e prudentemente haveria de evitar o filho do homem. Não sabe meu pai que as feras temem o homem e o evitam porque Deus deu a este o espírito de compreensão e lhe ensinou as diversas ordens dentro das quais se encaixam as coisas particulares? Não sabe como Semael se pôs aos gritos quando viu que o homem feito de terra sabia dar nomes à criação como se fosse seu dono e autor, e como todos os servos ardentes ficaram assombrados e baixaram os olhos porque eles podem saber exclamar 'Santo! Santo! Santo!' em coros harmônicos, mas não têm nenhuma compreensão das ordens superiores e inferiores? Também as feras se envergonham e metem o rabo entre as pernas porque as conhecemos e temos poder sobre seus nomes e assim podemos debilitar a presença rugidora da sua individualidade, chamando-as pelo nome. Se ele tivesse vindo, com seus longos passos furtivos, com seu focinho odioso, eu não perderia os sentidos tangido pelo terror nem empalideceria ante o seu enigma. 'Teu nome é Sede de Sangue?', ter-lhe-ia eu perguntado, divertindo--me à custa dele. 'Ou Pulo Assassino?' Mas nisso eu me aprumaria e haveria de bradar-lhe: 'Leão, Leão és tu, pela natureza e pela espécie. Aí está teu enigma desvendado diante de mim, de modo que eu o enuncio e com uma risada o desfaço'. E ele teria piscado os olhos ao ouvir o seu nome e mansamente se iria, só de escutar a palavra, impotente para me dar qualquer resposta, pois é completamente ignorante e nada sabe de instrumentos de escrita..."

E foi continuando a brincar com as palavras, coisa de que sempre gostava, mas de que agora se valia como lançara mão daquela fanfarrona precedente só para distrair o pai. Para ele era um prazer constante saber que a palavra *"sefer"* — livro e também petrechos de escrita — fazia lembrar o seu nome. É que, em contraste com todos os seus irmãos, nenhum dos quais sabia escrever, ele gostava de manejar o estilo e o fazia com tal perícia que poderia servir como aprendiz de escriba num dos lugares onde se guardavam documentos, Cariat-Sefer ou Guebal, se fosse possível Jacó pensar em tal carreira para seu filho.

"Se o pai quisesse vir aqui", continuou ele, "e se sentasse muito à vontade ao lado do filho junto do poço, por exemplo aqui sobre a borda, enquanto o filhinho letrado acercar-se-ia e sentar-se-ia a seus pés, como seria encantador tudo isso! Sim, porque então ele havia de entreter seu senhor, contando-lhe uma fabulazinha de nomes que aprendeu e sabe recitar com muita expressão. Foi no tempo das gerações de inundação que o anjo Semhazai viu sobre a terra uma donzela chamada Ishhara e enamorando-se da sua beleza disse: Ouve-me! Ela, porém, respondeu: Não penses que eu vá dar-te ouvidos, a não ser que primeiro me ensines o verdadeiro e real nome de Deus, pelo poder do qual sobes aos céus ao proferi-lo. Então o mensageiro, Semhazai, na sua loucura, ensinou-lhe o verdadeiro nome, porque desejava ardentemente que ela o escutasse. Mal, porém, se viu Ishhara na posse do que queria, que pensas, meu pai, que ela fez? Pois, sem mais aquela, estalou os dedos na cara do importuno mensageiro! É este o ponto culminante da história, mas ai! Vejo que o pai não escuta, pois seus ouvidos estão fechados por seus pensamentos e ele se acha imerso em profunda cisma."

Realmente, Jacó não estava escutando, mas "cismava". Era um cismar altamente expressivo, no mais verdadeiro sentido da palavra, era o mais alto grau de devaneio de um espírito emotivamente absorto. Essa era sempre a sua maneira. Quando dava para cismar, ele o fazia deveras, e toda a gente o percebia a cem passos e não só toda a gente notava que Jacó estava imerso em cisma, mas então pela primeira vez via o que é cismar de verdade e ficava atônita na contemplação daquela postura e daquele quadro: o velho arrimado ao seu bordão que empunhava com as mãos ambas, a cabeça inclinada sobre o braço; a profunda e sonhadora amargura dos lábios na barba de prata; os velhos olhos castanhos, como que a perfurar e cavar nas profundezas da memória e do pensamento — olhos cuja mirada se dirigia para o alto com tal força que quase ficava presa, as sobrancelhas pendentes... Os homens de sentimento são expressivos, porque a expressão se origina da necessidade de pôr à prova os sentimentos que vêm à tona irreprimidos e inconformados com o silêncio; essa expressão brota de uma natureza nobre e sensível, na qual a timidez e a austeridade, a magnanimidade e a sensualidade, a naturalidade e a pose — tudo isso aparece em cena num único e nobilitante papel, produzindo no espectador um sentimento de respeito, de envolta com uma ligeira vontade de sorrir. Jacó era muito expressivo, o que causava grande alegria a José, porque ele gostava da disposição altamente emotiva do pai e dela se orgulhava, mas era isso justamente o que perturbava e agitava os outros que tinham contato diário com ele, sobretudo os outros filhos, que em qualquer desacordo com o velho nada temiam mais do que seu poder de expressão. Foi o que se deu com Rúben ao ter de enfrentar o pai depois do que se passara entre ele e Bala. O medo e o respeito diante da frase altissonante eram então mais profundos do que agora; mas tanto naquela época como atualmente o homem comum, posto em tais conjunturas, sentir-se-ia tentado a defender-se supersticiosamente, empregando fórmulas como esta: "Deus me livre".

Em Jacó, no entanto, o poder da expressão, a vibração da voz, a elevação da linguagem e, de modo geral, a solenidade do seu caráter estavam ligados a uma disposição e tendência que eram outrossim a razão pela qual o viam com tamanha frequência entregue à poderosa e pitoresca meditação. Era tão propenso à associação de ideias que isso lhe caracterizava e regulava toda a vida interior, e em tais pensamentos se lhe exauria quase literalmente a natureza toda. Onde quer que fosse, havia harmonias e correspondências a vibrarem-lhe na alma, desviando-o e arrastando-o para considerações de longo alcance, que misturavam passado e futuro com o momento presente e lhe nublavam o olhar, como que perdido em profunda introspecção. Isso chegava a ser penoso, mas de modo nenhum peculiar só a ele, porquanto muitos sofrem com a mesma coisa em graus variáveis. Podia-se quase dizer que no mundo de Jacó os valores intelectuais e a "significação" — tomado este último termo no seu sentido mais próprio — dependiam da copiosa corrente de associações míticas de ideias e do poder que estas têm de impregnar o momento. Como parecera isso tão estranho, tão forçado e carregado de significação quando o velho na sua frase entrecortada exprimira receio de que José pudesse cair na cisterna! É que Jacó não podia pensar naquelas profundezas sem as juntar no seu pensamento, enriquecendo-as e consagrando-as, com a ideia do mundo inferior e do reino dos mortos — essa ideia que desempenhava um papel importante não nas suas convicções religiosas, mas provavelmente nas profundezas da alma e no poder da sua imaginação; aquela primitiva herança mítica de todos os povos, a concepção do mundo inferior, onde governava Osíris, o esquartejado, do lugar de Namtar, deus da peste, do império dos terrores, donde vinham todos os maus espíritos e todas as pestilências. Era o mundo a que desciam as constelações ao desaparecerem atrás do horizonte, tornando a levantar-se à hora marcada, ao passo que nenhum mortal que trilhasse o caminho dessas paragens jamais tornava a encontrá-lo quando quisesse voltar. Era o lugar da imundície e do excremento, mas também do ouro e das riquezas; o ventre em que qualquer pessoa enterrava a semente e donde ela brotava como grão nutritivo; a região da lua preta, do inverno e do tórrido verão, onde Tamuz, o pastor vernal, se precipitou no seu salto e se precipitava todo ano, quando o javali o matava, e toda a criação cessava e o mundo em prantos ficava árido, até que Ishtar, esposa e mãe, fazia uma peregrinação ao inferno para procurá-lo, rompia os ferrolhos empoeirados da sua prisão e, entre alegria e risos, tirava da cova e caverna o jovem formoso e amado para que ele reinasse sobre a nova estação e os campos floridos e viçosos.

Por que, pois, não havia de vibrar de emoção a voz de Jacó e não havia sua pergunta de provocar ecos estranhos e significativos, se para ele (não o espírito, mas o sentimento) o bocal do poço era uma entrada para o mundo inferior, tanto que bastava aquela palavra para suscitar tudo isso e ainda mais dentro dele? Um homem de senso embotado ou sem exercício, desprovido de imaginação, podia proferi-la sem ter na mente senão a imagem mais imediata e prática. Quanto a Jacó, isso conferia dignidade e solene espiritualidade a todo o seu ser, tornando-o expressivo a ponto de causar angústia. É impossível medir o efeito que produziu no culposo

Rúben o nome ultrajante de Cam que lhe lançou o pai. É que Jacó não era homem que empregasse tal epíteto dando-lhe apenas o sentido de mera e pálida alusão. Seu espírito tinha o tremendo poder de dissolver o presente no passado, de reerguer em todo o seu vigor o caso consumado, de identificar a sua própria personalidade com a de Noé, o pai a quem o filho espreitou, insultou e desonrou. E Rúben também sabia de antemão que isso seria assim e que ele teria literalmente de rojar-se como Cam diante de Noé, e daí o arrepio que lhe perpassou pelo corpo ao entrar em casa.

A atual disposição de espírito do velho que o levara àquele cismar tão profundo e manifesto era atribuível a recordações que lhe trouxera a parlenda do filho sobre "nomes". Eram recordações remotas e ansiosas que lhe pesavam no espírito como um sonho, dos velhos dias em que estivera aguardando o encontro com o irmão que vinha do deserto, com aquele irmão a quem lograra e que sem dúvida estava ainda sedento de vingança; e então, aspirando tão ardentemente ao poder do espírito, lutara por causa do nome com o desconhecido que o agredira. Fora aquele um sonho horrível, pesado, altamente sensual, e no entanto não destituído de uma certa doçura selvagem; não uma visão leve e passageira que se esvai, mas um sonho revestido de tal ardor físico, tão prenhe de realidade, que deixara atrás de si um duplo legado de vida como a maré deixa os frutos do mar sobre a praia com a vazante; a luxação da coxa de Jacó, da qual ficara mancando desde que o desconhecido lhe deslocara o fêmur durante a luta, e depois o nome — não o nome do estranho, que recusou dizê-lo, até o fim, até a aurora, quando já se fazia tarde, por mais que Jacó lho perguntasse, escaldante, a arquejar e com violência não correspondida —, não o nome do estranho, mas o outro, o segundo nome de Jacó, o cognome, que na peleja lhe deixou o desconhecido, para que Jacó o deixasse ir antes de o sol nascer, poupando-o ao doloroso risco de chegar atrasado: o título de honra que a partir dessa época fora conferido a Jacó quando o queriam lisonjear e fazê-lo sorrir: Israel, "Deus faz a guerra"... Revia em espírito na sua frente o vau de Jaboc, onde ele ficara sozinho no meio do matagal, depois de ter enviado adiante as mulheres, os onze filhos e os rebanhos e manadas que separara como presente destinado a pô-lo às boas com seu irmão Esaú, viu a noite inquieta e nublada, quando ele, inquieto como o firmamento, andara vagueando entre duas tentativas de dormitar, abalado ainda com a desavença com o pai de Raquel — de que com a ajuda de Deus saíra-se bem, sobrepujando aquele —, mas já atormentado ante a expectativa da chegada de mais outro a quem defraudara e traíra. Como exortara os Elohim na sua oração, como os conjurara a que lhe prestassem auxílio! Viu também o homem com quem inesperadamente se achara envolvido numa luta de vida e morte. A lua rompera de repente a nuvem e ele o vira peito a peito: os olhos de boi muito separados, que não piscavam, o semblante e os ombros brilhando como pedra polida; e no seu coração sentiu outra vez a fúria do desejo com que, em cochichos arquejantes, lhe perguntara o seu nome... Como fora forte! Pelejara com a desesperada força de um sonho, aguentando o embate com reservas não suspeitadas de energia no fundo de sua alma! Resistira a noite toda, até a aurora, até perceber que o homem chegaria tarde demais, chegando este a suplicar-lhe que o deixasse ir! Um não sobrepujara o outro; isso, porém, não viria acaso significar que a vitória fora de Jacó, uma vez que este não era nenhum homem extraordinário, mas um homem daqui de baixo, da semente humana? E contudo dir-se-ia que o homem dos olhos afastados duvidara disso. O doloroso golpe na coxa e a maneira como a agarrara tinham aparência de um exame. Talvez a intenção era verificar se ali havia uma articulação, se esta era móvel ou não, como a do desconhecido, fixa e não adaptada para sentar... E aí o homem tão bem soubera arranjar as coisas, que não lhe saíra da boca o seu nome, dando ele ao contrário outro nome a Jacó. Era capaz de ouvir na sua meditação, tão nitidamente como naquele dia com seus ouvidos mortais, a voz alta do homem, dizendo-lhe como um bronze a soar: "Daqui por diante teu nome será Israel", e nisso Jacó afrouxara os braços e deixara partir o dono da estranha voz, de modo que havia ainda alguma esperança de que ele tivesse chegado a tempo...

A REGIÃO SIMIESCA DO EGITO

A maneira como o solene ancião saía do seu devaneio não era menos expressiva do que o próprio estado de absorção. Com um fundo suspiro, com uma dignidade toda compenetrada, endireitava-se, sacudia-o de si e erguendo a cabeça olhava em redor com os olhos bem abertos, como quem acaba de acordar, e assim voltava completamente a si, abandonando o passado e volvendo ao presente. Parecia não ter escutado o convite de José para que se sentasse a seu lado; o rapaz percebeu muito embaraçado que este não era o momento para contar historietas, mesmo interessantes. O velho tinha ainda coisas de grande alcance para dizer; não fora o leão a sua preocupação única. José tinha lhe dado causa a outras e o pai a nada o poupava. Eis o que ele teve de escutar:

"Há uma região bem para o Sul, a terra da escrava Agar, chamada o país de Cam ou País Negro, a região simiesca do Egito. Os naturais dela têm a alma preta, embora tenham a cara vermelha, saem velhos do ventre materno, de modo que suas criancinhas parecem velhos e no berço balbuciam a palavra 'morte'. Ouvi dizer que carregam a virilidade de seu deus, de três varas de comprimento, pelas ruas, ao som de alaúdes e trombetas, e que coabitam com cadáveres pintados nas sepulturas. Não cabem em si de presunção, são lascivos e melancólicos. Vestem-se de acordo com a maldição lançada sobre Cam, que foi condenado a andar nu, com a sua vergonha exposta, já que as roupas deles são de linho tão fino como teia de aranha e é o que lhes tapa a nudez sem escondê-la: disso se ufanam, dizendo que usam tecido de ar. É que não têm pejo da sua carne e também não têm palavra nem entendimento para o que é pecado. Enchem de especiarias as barrigas de seus mortos e no lugar do coração colocam, como muito apropriada, a imagem de um escaravelho. São ricos e obscenos como o povo de Sodoma e Gomorra. É do agrado deles juntar suas camas e trocar as esposas, e, quando uma mulher andando pela rua vê um jovem e o deseja, deita-se com ele. São como os animais e ante estes se inclinam no interior de seus antigos templos; e ouvi dizer que uma virgem a quem nenhum homem conhecera até então, deixou-se cobrir na presença de todo o povo, no templo, por um carneiro chamado Bindidi. Será que meu filho aprova tais costumes?"

José percebeu a que espécie de culpa tais palavras se referiam e deixou pender a cabeça e o lábio inferior como uma criança com quem acabam de ralhar. Mas por detrás daquela expressão de arrependimento meio trombudo escondia-se um sorriso, porquanto bem sabia que a descrição feita por Jacó das usanças de Mitsraim estava cheia de preconceito, exagero e fáceis generalizações. Esperou com humildade, mas, percebendo que seu pai insistia por uma resposta, levantou uns olhos súplices, procurando no semblante do pai o primeiro indício de um sorriso, tentando cautelosamente provocar algum, ora avançando, ora recuando e mostrando-se por turnos sisudo e jovial. Isso já era uma tentativa de conciliação, antes que ele dissesse:

"Se de fato são esses os costumes de Mitsraim, meu querido senhor, então não permita Deus que este teu filhinho imperfeito os chame bons. Mas o que na verdade me parece é que a habilidade desses velhos escaravelhos em tecer linho com tal arte, que fica como o ar por sua transparência, bem podia servir-lhes de escusa, provisoriamente. E quanto ao ponto de não sentirem vergonha de sua carne, poderia ser dito em sua defesa por alguém de índole generosa que são muito magros e enxutos de carnes, e que a carne gorda tem mais motivo de sentir vergonha do que a enxuta, e de fato..."

Chegara, porém, a vez de Jacó fazer-se sério. Interrompeu o filho com uma voz na qual se percebia a inflexão de impaciente censura em conflito com a meiguice:

"Falas como criança que és! Sabes enfileirar as palavras e tua linguagem é enganadora como a de um vendedor de camelos quando quer fazer um negócio lucrativo, porém o sentido dela é inteiramente pueril. Não quero crer que estejas a zombar da minha ansiedade, a qual me faz tremer, com receio de que desagrades a nosso Deus e lhe excites a ira contra ti e contra a descendência de Abraão. Meus olhos viram-te nu, assentado sob a lua, como se o Altíssimo não tivesse nos infundido no coração o conhecimento do pecado, como se as noites de primavera não fossem frias nestas alturas depois do calor do dia e não te arriscasses a apanhar um fluxo maligno e não te pudesse acometer uma febre que te poria a delirar antes de cantar o galo. Por isso quero que ponhas imediatamente tua túnica, de acordo com o costume religioso dos filhos de Sem. Ela é de lã e sopra um vento de Galaad. E meu desejo é que não me aflijas porque meus olhos viram mais que isso, e grande é o meu medo que eles te vissem atirando beijos às estrelas..."

"Nada disso!", protestou José, aterrado. Com um salto pusera-se de pé e deixara a beira do poço para vestir a túnica parda e amarela, descendo até os joelhos, que o pai pegara e lhe estava estendendo; mas seu movimento súbito e a postura ereta pareciam exprimir certo repúdio à suspeita do ancião, a qual devia ser dissipada a todo custo e por todos os meios. Vamos tomando boa nota, porque aqui tudo é altamente significativo! O hábito que tinha Jacó de pensar, dispondo, por assim dizer, as ideias em diversas camadas e em associações entrelaçadas ficava patente no modo com que ele enfeixara três censuras em uma: falta de cuidado com a saúde, falta de recato e reincidência em matéria religiosa. Esta última era a mais funda e a pior camada do complexo de ansiedades, e José, com os braços nas mangas da túnica, com cuja abertura, na sua atrapalhação, não acertava, aceitou a batalha como aceitara a veste, a fim de pôr em relevo o seu empenho de negar um procedimento que ao mesmo tempo ele sabia justificar com grande finura.

"Nunca! De modo nenhum!", asseverou ele, enquanto sua bela e graciosa cabeça atinava afinal com a abertura da túnica. E com o intuito de convencer ainda mais, escolhendo com esmero as expressões, acrescentou:

"O espírito de meu pai está, asseguro-o, profundamente imerso nas trevas do erro."

Imprimiu aos ombros um movimento de torção para compor a camisa e puxou-a embaixo com ambas as mãos, arrancou da cabeça a coroa destrançada de mirto e a pôs de parte, depois sem olhar começou a endireitar os cordões que fechavam a veste pouco abaixo do pescoço. "Atirar beijos? Isso me é inteiramente estranho... Como podia eu pensar em cometer uma tão grande falta? Queira o meu caro senhor apenas repassar na consideração minhas faltas e verá que o exame não confere. Tinha eu, é verdade, os olhos voltados para o alto. Vi a luz fulgindo, os raios esplêndidos espalhando-se, e meus olhos, feridos pelos dados ardentes do sol, refrescaram-se no suave clarão da imagem da noite. Assim diz o canto que passa de boca em boca entre os homens:

Ele te deu o brilho, ó Sin. O tempo
Ele formou e as trocas de estação.
Uniu-te com a noite
E coroou com esplendor tua alta perfeição.

Isso ele disse cantando, de pé e num degrau do poço superior àquele em que estava o pai, com as mãos para o alto; nas pausas principais inclinava o corpo, primeiro a um lado e depois ao outro.

"Shapattu", disse ele. "Esse é o dia da solene consumação, o dia da beleza. Não está longe, chegará amanhã ou dentro de dois dias. Contudo nem mesmo no Shabbat teria eu a ideia de atirar beijos, ainda que secretamente, à demarcadora do tempo, pois não está escrito que ela brilha por sua luz própria, mas que Ele a fez brilhar e lhe deu a coroa..."

"Quem?", perguntou Jacó em voz baixa. "Quem a fez brilhar?"

"Marduk-Bel!", bradou José inconsideradamente, mas proferiu logo em seguida um espichadíssimo "Eh-h-h", acompanhando-o de um expiatório abanar de cabeça. E prosseguiu assim:

"... Como o chamam nas histórias. Mas é — o paizinho não precisa de aprendê-lo com o seu pobre filho — o Senhor de todos os deuses, mais forte do que qualquer Anunnaki e os Baais de todos os povos, o Deus de Abraão, que matou o dragão e criou o mundo triplo. Quando, irado, volta as costas, não mostra de novo a face e, se está encolerizado, nenhum outro deus ousa arrostar-lhe a fúria. Magnânimo é Ele e onisciente, os pecadores e blasfemos são para as suas narinas um fedor, mas aquele que saiu da terra de Ur para vir ao seu encontro, Ele o favoreceu e fez com o homem uma aliança segundo a qual será o seu Deus e de sua descendência. E sua bênção desceu sobre Jacó, meu senhor, a quem também pertence o belo nome de Israel, e que é um grande arauto do Senhor, cheio de discernimento e incapaz de instruir mal os filhos, a ponto de eles se meterem a atirar beijos às estrelas. Tal homenagem seria devida só ao Senhor, supondo que seja próprio atirar-lhe beijos, pois isso parece tão pouco adequado a tal majestade que quase se poderia dizer que, em comparação, melhor seria atirá-los às estrelas brilhantes. Mas, conquanto se possa dizer isso, contudo eu não o digo, e se na realidade levei algum de meus dedos à boca na intenção de atirar beijos, que nunca torne a levá-los ali com comida e assim morra de fome! E na verdade não quero mais comer, mas prefiro passar fome, se meu pai não se assentar logo comodamente aqui na borda do poço, ao lado de seu filho. Meu senhor está há muito tempo de pé, pois tem um santo defeito na coxa, o qual lhe adveio de maneira tão alta e estranha, como é sabido de todos..."

Arriscou-se a descer o degrau e a ir ter com o velho, passando-lhe cautelosamente um braço pelo ombro, convencido de que o encantara e abrandara com a sua garrulice. E Jacó, absorto na meditação da divindade, passando os dedos pelo pequeno sinete cilíndrico que lhe pendia sobre o peito, cedeu à branda pressão, pôs o pé no degrau e sentou-se sobre o bocal do poço, descansando o bordão no braço, ajeitou as vestes e por sua vez olhou para a lua, que brilhava na sua vetusta majestade e se espelhava, nos argutos e ansiosos olhos castanhos. José sentou-se-lhe aos pés, completando assim o quadro que ele mesmo prefigurara. Sentiu a mão do pai passeando-lhe pelos cabelos de um lado para outro, num movimento caricioso que o ancião executava talvez inconscientemente, e em voz mais baixa continuou:

"Eis aí, é tão belo e agradável assim! Eu podia ficar aqui, varando todas as horas da noite, como tantas vezes tenho desejado fazer. Meu senhor fixa o olhar nas feições do seu Senhor e eu, por minha vez, com o mais vivo prazer, fixo o meu nas dele, pois as considero como as feições de um deus que brilham com a luz reflexa. Não viste o rosto de meu cabeludo tio Esaú como o rosto da lua, quando, com inesperada brandura e afeição fraterna, se encontrou contigo junto ao vau, como tu mesmo me contaste? Mas isso também foi apenas um brando reflexo no seu rosto ardente e peludo, o reflexo do teu semblante que é como o da lua e o de Abel, o pastor cujo sacrifício foi agradável ao Senhor e não como o de Caim e o de Esaú, cujos rostos são como o campo arado quando o sol o vai rachando e como a gleba que toda se esterroa com a seca. Sim, tu és Abel, a Lua e o pastor, e todos nós, os teus, somos pastores e gente dos carneiros, não gente do sol, lavradores, como os camponeses suando por trás do arado e do boi e rezando aos Baais de sua terra. Nós, porém, dirigimos as nossas vistas para a senhora do caminho, a Errante, que lá se ergue em trajes de cintilante alvura... Mas, dize-me", prosseguiu ele, mal se detendo um momento para respirar, "nosso pai Abiram não partiu de Ur, na Caldeia, enfurecido, deixando atrás de si a sua cidadela lunar, porque o Legislador exaltou excessivamente seu deus Marduk, que outro não é senão o Sol ardente e chamejante, e o colocou acima de todos os deuses de Senaar, com grande vexame para o povo de Sin? E diga-me mais: aquele seu povo de lá não lhe chama Sem quando o quer exaltar, exatamente como era chamado o filho de Noé, cujos filhos são pretos mas graciosos, como era Raquel, e moram em Elam, Assur, Arfaxad, Lud e Edom? Espera e escuta, pois ocorre uma ideia a teu filho: a mulher de Abrão não era chamada Sahar, que é a Lua? Vou fazer-te um pequeno cálculo: sete vezes cinquenta dias são os dias do ano, mais quatro. Mas em cada mês há três dias em que os homens não veem a lua. Tire o meu senhor, se lhe apraz, três vezes doze de trezentos e cinquenta e quatro, ficando trezentos e dezoito dias de lua visível. Ora, havia trezentos e dezoito servos adestrados, nascidos na casa de Abraão, com os quais este desbaratou os reis do Oriente, os perseguiu além de Damasco, arrancando novamente seu irmão Ló das mãos de Codorlaomor, o elamita. Eis, pois, que Abiram, nosso pai, amava tanto a Lua, tão sagrado era para ele o seu fulgor, que contava os servos que deviam tomar parte na batalha precisamente de acordo com o número de dias durante os quais fulge a luz lunar. E assim, supondo que eu tivesse enviado beijos trezentas e dezoito vezes, quando nem uma única vez o fiz, teria sido isso tão grande pecado?"

A PROVAÇÃO

"És sagaz", disse Jacó, e a mão que ficara quieta enquanto era feito aquele cálculo começou a mover-se outra vez, e agora com pleno conhecimento do dono, sobre a cabeça de José, "és sagaz, Yashup, meu filho. É bela e graciosa por fora a tua cabeça, como era a de Mami" (usava o nome de carinho que o pequeno José dera a sua mãe, nome terreno e familiar de Ishtar, de origem babilônica), "e por dentro piedosa e sábia. Não menos vivaz era a minha quando eu tinha a tua idade, mas está fatigada com os acontecimentos, não somente com os novos, mas com os antigos que nos tocaram e que lhe dão motivo para ponderar; e ainda com as dificuldades e com a herança de Abraão, para mim objeto de meditações, porquanto não são bem claras as palavras do Senhor. O semblante dele pode ser suave de ver-se, mas é também como o ardor do Sol em chamas. Esse semblante destruiu Sodoma com o fogo. O homem atravessa o fogo do Senhor para purificar-se. É ele a chama devoradora que consome gordura das primícias do rebanho na festa do equinócio, lá fora em frente à tenda, quando escurece e nós estamos sentados lá dentro, a tremer, e comemos do cordeiro cujo sangue tinge as ombreiras das portas, porque o Exterminador passa..."

Interrompeu-se e retirou a mão da cabeça de José. O jovem ergueu os olhos e viu o pai cobrir o rosto com as mãos e notou que tremia.

"Que se passa, meu senhor?", gritou consternado e levantando-se levou suas mãos à altura das do pai sem se atrever a tocá-las. Esperou e repetiu a pergunta. Só depois de hesitar é que Jacó mudou de atitude. Quando descobriu o rosto, este parecia consumido de pesar, e o olhar cansado, passando ao lado do rapaz sem se deter nele, foi cravar-se no espaço.

"Eu pensava em Deus e fui acometido de terror", respondeu, e seus lábios pareciam mover-se com dificuldade. "Era como se minha mão fosse a de Abraão e estivesse sobre a cabeça de Yitzhak, e como se a sua voz passasse por mim e sua ordem..."

"Sua ordem?", perguntou José, como a desafiá-lo, fazendo com a cabeça um movimento rápido, de pássaro inquieto...

"A ordem e o preceito tu sabes, pois conheces as histórias", respondeu Jacó em tom de resignação. Estava agora com o corpo arqueado, e tinha a testa encostada à mão que segurava o bordão. "E escutei; pois será ele menos que Melek, o rei-touro dos Baais, a quem, quando os oprime a necessidade, levam o filho primogênito dos homens e numa festa secreta lhe entregam nos braços a criança? E ele não há de exigir dos seus o que Melek reclama dos que creem nele? Então ele o exigiu e eu ouvi-lhe a voz e disse: 'Aqui estou, Senhor!'. E meu coração parou e foi-se de mim o meu alento. Selei um burro pela madrugada, e levei-te comigo, pois eras Isaac, meu último e meu primogênito, e o Senhor nos sorriu quando foste anunciado, sendo tu o meu único e o meu tudo, e sobre a tua cabeça estava todo o futuro. Nisso ele exigiu de mim a tua pessoa, como era seu direito, apesar de ser contrário ao futuro. Então rachei lenha para o sacrifício, coloquei-a sobre o animal e em cima da lenha o menino. Com os servos da casa me pus a caminho, percorrendo uma distância de três dias de Bersabeia, descendo na direção de Edom e da terra de Muzri e na direção de Horeb, montanha do Senhor. Quando a vi de longe e o seu pico, mandei para trás o burro com os servos, pedindo-lhes que nos esperassem, e entreguei-te a lenha para o holocausto, peguei do fogo e da faca, e fomos sós. E quando me disseste: 'Meu pai!', não pude responder: 'Eis-me aqui', e em vez disso gemi na minha garganta. E quando observaste: 'O fogo e a lenha estão aqui, mas onde está o cordeiro para o sacrifício?', não pude dar a resposta que devia dar, isto é, que o Senhor em pessoa havia de ministrar a vítima para o holocausto, e não pude responder-te porque me sentia tão mal dentro de mim que minha alma era capaz de me escapar com as lágrimas. Gemi de novo e me olhaste, tu que ias ao meu lado. Ao chegarmos ao lugar, levantei um altar de pedra, arrumei a lenha, amarrei o menino e o coloquei sobre ela. Tomei a faca com minha mão esquerda e tapei os teus olhos. E quando levantei a faca e lhe encostei o gume à tua garganta, nesse momento neguei o Senhor, meu braço caiu, a faca rolou no chão e eu caí com o rosto na terra e mordi a erva do campo e bati-lhe com meus pés e meus punhos e bradei: 'Imola-o, imola-o, tu, ó Senhor e Destruidor, porque ele é meu filho único e eu não sou Abraão e minha alma desfalece diante de ti!'. Enquanto eu me debatia e gritava, um trovão estalou ali perto e foi perder-se ribombando, longe, no céu. E fiquei com o filho e sem o Senhor, pois não pude fazer o que Ele me ordenava, não, não e não", gemeu e sacudiu a cabeça nas mãos agarradas ao bordão.

"No último momento", perguntou José erguendo as sobrancelhas, "tua alma fraqueou? E daí a um instante", continuou ele, enquanto o pai mal volvia um pouco a cabeça, sem falar, "daí a um instante soaria a voz chamando-te: 'Não ponhas a mão sobre o menino nem lhe faças o que quer que seja!', e terias visto o carneiro na moita."

"Eu não sabia", disse o velho, "porque era como Abraão e a história ainda não tinha sido contada."

"Ah! Mas não disseste que gritaste: 'Eu não sou Abraão!'", disse José, sorrindo. "E se não eras ele, então eras meu pai Jacó, a história era antiga e tu sabias o fim. E também o menino que amarraste e que ias imolar não era Yitzhak", acrescentou ele com o mesmo gracioso movimento de cabeça. "Mas esta é a vantagem dos tempos de hoje: já sabermos o rumo que as coisas tomam e as histórias em que elas se realizaram e que foram estabelecidas por nossos pais. Podias portanto ter confiado na voz e no carneiro."

"Há sagacidade mas não sabedoria nas tuas palavras", retrucou o velho, esquecendo na discussão sua dor de há pouco. "Primeiramente, se eu era Jacó e não Abraão, era incerto se a coisa se passaria como antes e eu não podia saber se o Senhor permitiria que tudo acontecesse até o fim como aconteceu, quando ele suspendeu a mão. Em segundo lugar, que seria diante do Senhor a minha força, se ela me tivesse vindo do conhecimento antecipado do anjo e do carneiro e não da minha grande submissão e da fé que me diz que Deus pode fazer o futuro, passar através do fogo sem se chamuscar e quebrar os ferrolhos da morte, e que ele é o Senhor da ressurreição? Em terceiro lugar: porventura Deus me provou a mim? Não, mas a Abraão, que se manteve firme. Eu é que provei a mim mesmo com a provação de Abraão e se minha alma se retraiu foi porque meu amor era mais forte que minha fé e eu não pude", de novo se lamentou e encostou a cabeça ao bordão, dando largas outra vez à sua dor, agora que acabara de justificar suas razões.

"Certamente eu disse muita tolice", assentiu José com humildade. "Minha falta de sabedoria é, fora de dúvida, maior que a de muitos carneiros, e um camelo é semelhante a Noé em prudência, comparado com este teu filho insensato. Sem dúvida minha resposta à tua justa réplica não será mais esclarecedora, mas a este toleirão que aqui está parece que não eras nem Abraão nem Jacó, senão — é terrível dizê-lo — que eras o Senhor, que provou Jacó com a provação de Abraão, e que tinhas a sabedoria do Senhor e sabias a que espécie de prova ele queria submeter Jacó, a saber, aquela que ele não tencionava permitir que Abraão sofresse até o fim. Com efeito, ele lhe falou: 'Eu sou Melek, o deus-touro dos Baais. Traze-me teu primogênito!'. Quando, porém, Abraão se apressava em trazer-lho, disse o Senhor: 'Acaso sou eu Melek, o rei-touro dos Baais? Não, porque eu sou o Deus de Abraão, cujo rosto não é como o campo arado quando o sol o racha, mas sim como o rosto da lua, e o que eu mandei, não mandei para que o executasses, mas para que aprendesses que não deverias fazê-lo, pois isso é uma abominação aos meus olhos e, além disso, eis aqui um carneiro'. Meu paizinho, pois, apenas se divertiu, experimentando se podia fazer aquilo que o Senhor proibira a Abraão, e agora se rala ao verificar que nunca seria capaz de fazê-lo."

"Como um anjo", disse Jacó, levantando-se e balançando a cabeça na sua grande emoção, "tu falas como um anjo que assiste junto ao trono divino, Jehosif, meu filho de Deus. Oxalá pudesse Mami ouvir--te! Ela bateria palmas, e seus olhos, que são os teus, luziriam de alegria. Mas só metade da verdade está nas tuas palavras, estando a outra metade nas minhas, porque me mostrei fraco ao confiar em mim mesmo. Mas a parte de verdade que te compete tu a adornaste com o ornamento da graça e a ungiste com o óleo da agudeza, de modo que foi uma delícia para o entendimento e um bálsamo para o coração. Como é possível que as palavras de meu filho sejam uma torrente cheia de sabedoria e caiam alegremente sobre as rochas da verdade e batam, espadanando, no coração, fazendo-o pular de júbilo?"

DO ÓLEO, DO VINHO E DOS FIGOS

"Eis como isso se passa", respondeu José. "A agudeza é como um mensageiro que vai e vem e como um intermediário entre o Sol e a Lua e entre o poder de Shamash e de Sin sobre os corpos e os entendimentos dos homens. Tal foi o ensinamento de Eliezer, esse teu homem cheio de sabedoria, quando me transmitiu a ciência das estrelas e suas conjunções e seu poder sobre a hora, de acordo com seus aspectos. E quando pôs o ponteiro do meu nascimento em Harã na Mesopotâmia, ao meio--dia no mês de Tamuz, quando Shamash estava no centro do céu e no signo dos Gêmeos e no Leste se erguia o signo da Virgem." E apontou as constelações, uma das quais estava declinando para o poente, enquanto a outra se levantava a Leste, e continuou: "Saiba o meu bom pai que aquele é um signo de Nabu, um signo de Tot, o que escreve em tabletes, deus de espírito leve e ágil que, como tal, interfere nas coisas para o bem delas e promove o intercâmbio. E o Sol também, encontrando-se num signo de Nabu, era senhor da hora e estava em conjunção com a Lua, favorável a ele de acordo com o ensino dos sacerdotes e intérpretes, porque dela sua sabedoria recebe doçura e seu coração clemência. Mas Nabu, o intermediário, estava em oposição a Nergal, astuto e daninho, imprimindo um cunho de dureza a seu domínio e marcando-o com o sinete do fado. Igualmente Ishtar, cujos predicados são moderação e doçura, amor e misericórdia, culminava nessa hora e estava em bom aspecto para com Sin e Nabu. Ela também estava no signo do Touro e o instruiu para que desse tranquilidade e valor constante e plasmasse deleitavelmente a inteligência. Mas, acrescentou Eliezer, ela formava aspecto trino com Nergal no Capricórnio, despertando nele grande júbilo, porque sua doçura não seria insípida, mas como mel condimentado com ervas do campo. A Lua estava no signo de Câncer, que é o seu signo, e todos os indicadores, se não estavam em seus lugares, pelo menos se achavam em signos benéficos. Se, porém, Nabu, o sisudo, está unido com a Lua, colocada em posição vantajosa, então coisas grandiosas irão acontecer na Terra. E se, como naquela hora, o Sol tem um aspecto trino em relação a Ninurta, caçador e guerreiro, é um sinal de quinhão nos acontecimentos dos reinos da Terra e na administração da autoridade. Realmente não teria sido má natividade, de acordo com as regras, se a loucura de teu transviado filho não deitasse tudo a perder".

"Hum!", resmungou o velho, olhando para o lado, ao mesmo tempo que passava a mão de leve na cabeça do rapaz. "Fica isso ao cuidado do senhor — que governa as estrelas. Mas o que ele mostra com elas não pode significar a mesma coisa cada vez. Se fosses filho de um grande, de um poderoso do mundo, então se poderia interpretar que ias ter parte na vida do Estado e no governo. Sendo, porém, como és, pastor e filho de pastor, torna-se patente ao entendimento que tudo aquilo há de significar alguma coisa de menor importância. Mas fala-me ainda da agudeza como um mensageiro que vai e vem."

"Vou chegar agora a este ponto", disse José, "e nesse sentido estou dirigindo minhas palavras. A bênção de meu pai foi seu nascimento com o Sol no zênite tendo seu aspecto virado para Marduk na Libra e Ninurta no undécimo signo, ajustando-se a isso o reflexo entre dois intérpretes paternos, o rei e o guerreiro, trocando de lugar um com o outro. Está aí uma poderosa bênção! Mas meu senhor sabe quão poderoso é igualmente o materno e a bênção da Lua, a julgar-se pelas fortes configurações de Sin e de Ishtar. Lá, pois, estava provavelmente o entendimento, a agudeza de espírito, gerada, por exemplo, na oposição de Nabu a Nergal, provinda do escriba soberano e da luz dura do malvado retrógrado no Capricórnio, gerada para que ele faça de negociador e intermediário entre a herança paterna e a materna, mantenha o equilíbrio entre o poder do Sol e o da Lua e concilie jovialmente a bênção do dia com a da noite…"

Interrompeu-se esboçando um sorriso amarelo que Jacó, sentado acima e atrás dele, não viu. Disse-lhe o pai:

"O velho Eliezer tem muita experiência, ajuntou muita sabedoria e, por assim dizer, leu as pedras do tempo anterior ao dilúvio. Ensinou-te também muitas verdades e muitas coisas valiosas a respeito dos começos, as origens e relações das coisas e muita noção útil para ser usada no mundo. Mas de muitas delas não se pode dizer com certeza se hão de figurar entre as verdadeiras e úteis, e meu coração oscila hesitante por não saber se ele fez bem em te ensinar as artes dos astrólogos e magos de Senaar. Pois se é certo que reputo a cabeça de meu filho merecedora de toda a sabedoria, não me consta que nossos pais tenham lido nas estrelas ou que Deus tenha mandado Adão fazer isso, e estou preocupado e em dúvida sobre se isso não se aproxima bastante da adoração dos astros e se não será talvez uma abominação perante o Senhor e uma coisa duvidosa e diabólica que participa da natureza do culto e da idolatria." Abanou ansiosamente a cabeça, atingido no seu ponto mais sensível, isto é, a preocupação com o que é reto e a aflição meditativa em relação à obscuridade dos desígnios divinos.

"Há muita coisa em dúvida", respondeu José, se é que se pode chamar resposta ao que ele foi dizendo. "Por exemplo, é a noite que esconde o dia ou o dia que esconde a noite? Seria importante decidir isso e muitas vezes, no campo e na cabana, o tenho considerado, esperando, se chegar a uma decisão, tirar daí minhas conclusões quanto à virtude de bênção do Sol e da Lua e quanto à beleza da herança paterna e da materna. Minha mãezinha, cujas faces tinham o perfume das rosas, mergulhou na noite ao pôr no mundo meu irmão que ainda mora nas tendas das mulheres, e, moribunda, deu-lhe o nome de Ben-Oni. Ora, é bem sabido que em On, na terra do Egito, tem seu assento Osíris, o filho predileto do Sol, que é o rei do mundo subterrâneo. Tu, porém, puseste no menino o nome de Ben-yamin, dando a entender que ele é o filho da esposa verdadeira e preferida, e é esse um bonito nome. Todavia, nem sempre eu te obedeço, pois às vezes chamo meu irmão de Benoni, nome que ele ouve com agrado porque sabe que Mami, ao partir, quis que assim fosse. Ela já entrou no reino da noite e de lá nos ama, ao pequerrucho e a mim, e sua bênção é a bênção da Lua e das profundezas. Meu senhor não sabe das duas árvores no jardim do mundo? De uma sai óleo com que ungem os reis da terra para que vivam. A outra produz figos verdes e róseos e cheios de doces sementes cor de romã, e quem deles comer, terá por certo a morte. Das suas largas folhas Adão e Eva fizeram aventais para cobrir sua vergonha, visto como o conhecimento lhes coube em sorte debaixo da lua cheia do solstício do verão, quando ela atravessa o ponto nupcial para declinar e morrer. O óleo e o vinho são consagrados ao Sol, e feliz aquele de cuja testa goteja óleo e cujos olhos estão ébrios com o brilho do vinho tinto! Suas palavras serão brilho, riso e consolo para os povos e ele lhes mostrará o carneiro na moita para ser oferecido em sacrifício ao Senhor em vez do filho primogênito, e ficam assim curados do medo que os atormentava. Mas o fruto doce da figueira é consagrado à Lua, e feliz daquele que lá do seio da noite a mãezinha alimenta com a carne desse fruto. Ele crescerá como se vivesse junto a uma fonte e sua alma terá raízes de onde brotam as fontes, e sua palavra se fará carne e será viva como um corpo de barro e com ele estará o espírito de profecia…"

De que modo falava ele? Num sussurro. Era como estava fazendo antes de ser surpreendido pelo pai: aquilo não era inteiramente normal. Seus ombros se agitavam, as mãos tremiam-lhe sobre os joelhos, ele sorria, ao mesmo tempo que, de modo bizarro, os olhos giravam tanto que só aparecia a esclerótica. Jacó não viu isso, mas havia escutado. Inclinou-se para o filho, conservando, num gesto protetor, as mãos erguidas sobre a cabeça deste, sem contudo tocá-la. Mas depois pousou a mão esquerda nos cabelos de José, com o que imediatamente se aquietou o rapaz; ao mesmo tempo, com a outra procurou a mão direita do filho, conservada por este sobre o joelho, e disse com prudente familiaridade:

"Ouve, Yashup, meu filho, o que vou te perguntar, visto que meu coração me põe preocupado com o gado e com a prosperidade dos rebanhos. As primeiras chuvas foram benéficas; caíram antes de chegar o inverno, mas não houve aguaceiro que inundasse os campos, servindo apenas para encher as cisternas dos nômades; o que veio foi antes um brando chuvisco que fez bem à terra. O inverno, porém, foi seco e o mar não quis mandar o seu ar suave, o vento veio do deserto e da planície, e o céu estava claro, uma delícia para a vista mas uma apreensão para a alma. Ai de nós se as últimas chuvas tardam e não vêm, porque não haveria colheita para o lavrador e seria inútil semear, a erva murcharia toda antes do tempo, o gado nada acharia que comer e os ubres das vacas penderiam vazios. Diga então o meu filho o que pensa do vento e do tempo e qual pode ser a nossa esperança e o que há no seu espírito em relação às últimas chuvas, se virão a seu tempo."

Inclinou-se ainda mais para o filho, virando a cabeça de banda para escutar melhor.

"Tu escutas", disse José imediatamente sem ver, "e teu filho escuta ainda mais longe, tanto o que está por fora como o que está por dentro, e transmite ao teu ouvido conhecimentos e informações. Repercute na minha orelha um gotejar que vem dos ramos e um murmúrio de água a correr pelos campos, embora brilhe a lua intensamente e sopre um vento de Galaad. Esses sons não estão ainda no tempo mas dele se aproximam, meu faro os percebe com segurança, indicando-me que, antes que a lua de Nisan tenha declinado outro quarto, a terra ficará prenhe com a água viril do céu e, inebriada, desprenderá fumo e vapor, pois lhe sinto o cheiro, e os pastos regurgitarão de carneiros e de cereais os prados, e exultaremos entoando cânticos. Ouvi e aprendi que no princípio a terra era banhada pelo rio Tavi, que saía de Babel e a regava uma vez em quarenta anos. Depois, porém, o Senhor decretou que ela devia ser regada pelo céu, por quatro razões, uma das quais era para que todos os olhos se voltassem para o alto. Assim levantaremos agradecidos os olhos para os céus e para o trono onde estão todos os aparelhos do tempo e todos os aposentos das tempestades e dos furacões, como os vi em sonho quando ontem dormitava debaixo da árvore da ciência. Um querubim chamado Jofiel, pegando-me bondosamente na mão, levou-me lá para que eu visse tudo e de tudo me inteirasse. Vi as cavernas cheias de vapor, cujas portas eram de fogo, e vi a atividade dos operários e ouvi-os dizer um para o outro: Foram baixadas ordens em relação ao firmamento e à abóbada das nuvens. Eis que há seca na região ocidental e as planícies e várzeas do planalto estão ressequidas. Devem ser tomadas providências para que a chuva caia logo sobre o país dos amoritas, dos amonitas e dos ferezeus, dos madianitas, dos heveus e jebuseus, mas em especial sobre a região de Hebron na altura do divisor de águas, onde meu filho Jacó, conhecido como Israel, apascenta seus incontáveis rebanhos! Foi o que sonhei com tal vividez que não se deve escarnecer do que vi, e, como ademais isso se deu debaixo da árvore, meu senhor pode ficar sossegado e alegre, que tudo correrá bem com referência às chuvas."

"Louvados sejam os Elohim!", disse o ancião. "Mas ainda assim escolheremos os animais para o holocausto, daremos um jantar na presença dele e queimaremos as entranhas com incenso e mel, para que venha a suceder como dizes, pois receio que a gente da cidade e a do campo deitem tudo a perder procedendo lá à sua moda, organizando em honra de Baalat uma festa licenciosa de ajuntamentos carnais, com címbalos e alaridos, acreditando com isso promover a fecundidade e a frutificação. Bom é que meu filho seja agraciado com visões, que se explicam por ser ele o primogênito da minha verdadeira e mais querida esposa. Também a mim me foi revelada muita coisa na minha juventude, e o que vi quando vim de Bersabeia contra minha vontade e sem eu o saber fui dar ao lugar e à entrada, pode ser posto em confronto com o que te foi mostrado. Amo-te pelo que disseste para me tranquilizar com relação às chuvas, mas não vás dizer por aí que sonhaste debaixo da árvore, não o contes aos filhos de Lia nem aos das escravas, porque poderiam ficar irritados com o teu dom!"

"Juro-o e ponho minha mão debaixo da tua coxa", respondeu José. "Tua palavra é um selo sobre a minha boca. Bem sei que sou um tagarela, porém, quando a razão o ordena, sei dominar minha língua, com tanto mais facilidade quanto minhas humildes visões não são dignas de menção, comparadas com a que foi concedida ao meu senhor no lugar chamado Luza, quando os mensageiros subiam e desciam, da terra até às portas do céu, e os Elohim se lhe revelaram..."

DUETO

"Ah! Meu querido pai e muito querido senhor!", disse ele, virando-se com um alegre sorriso para abraçar o pai, passando-lhe o braço em volta do corpo, o que causou não pequeno prazer ao bom velho. "Que glória para nós que o Senhor nos ama e nos deseja e que o fumo de nosso sacrifício é agradável às suas narinas! Porque embora Abel não tenha tido tempo de gerar filhos, sendo assassinado no campo por Caim, por causa de sua irmã Noema, nós somos da raça de Abel, o morador das tendas, e da tribo de Isaac, o mais moço, sobre quem caiu a bênção. E por isso ambos temos entendimento e sonhos, proporcionando-nos ambas essas coisas um grande prazer. É, com efeito, muito valioso possuir conhecimentos e línguas para se saber falar e responder e dar a cada coisa o seu nome. É também de grande valia ser um tolo diante do Senhor, para que se possa esbarrar, sem o saber, no lugar que é o ponto de união entre o céu e a terra, e no sono receber avisos e informações que permitem interpretar visões e sonhos a fim de se ficar sabendo por meio destes o que pode acontecer de uma lua a outra. Foi o que se deu com Noé, o mais sábio dos homens, a quem o Senhor deu conhecimento antecipado do dilúvio para que salvasse sua vida. Foi o que se deu com Henoc, filho de Jared, homem de vida irrepreensível e que se lavava em água viva. E tal se deu com o menino Hanoc, sabes? Eu sei bem o que lhe sucedeu e sei que o amor de Deus a Abel e a Yitzhak foi tíbio em comparação com o que mostrou a Hanoc. Este era tão sábio, piedoso e versado nas tabletes do mistério que se apartou dos homens e o Senhor o levou desta vida, e assim ninguém mais o viu. Fez dele um anjo na sua presença, Metatron, o grande escriba e príncipe do mundo..."

Parou e empalideceu. A respiração se lhe tornara cada vez mais ofegante e nesse momento ocultou a face no peito do pai, que a acolheu alegremente, enquanto a voz do velho soava nos ares prateados:

"Conheço bem Hanoc, que foi da primeira tribo de homens, filho de Jared, que foi filho de Mahalaleel, que foi filho de Cainan, que foi filho de Enós, que foi filho de Set, que foi filho de Adão. Tal foi o nascimento e a tribo de Hanoc, a partir do começo. Mas o filho do filho de seu filho foi Noé, o segundo primeiro homem, e este gerou Sem, cujos filhos são trigueiros mas graciosos, e de Sem veio Héber no quarto grau, de modo que ele foi o pai de todos os filhos de Héber e de todos os hebreus e nosso pai..."

Essas coisas eram muito sabidas, não havia novidade no que dissera. Todo membro da tribo e da raça sabia na ponta da língua, desde a infância, a sucessão. O velho estava apenas aproveitando a ocasião para repeti-la e ratificá-la como assunto de conversa. Entendeu José que a palestra agora ia ficar "bonita", que iam dar princípio a uma "linguagem bonita"; por outras palavras, iam entabular uma conversa que não representava uma troca de ideias de caráter prático ou uma discussão intelectual, mas consistia num mero desfiar de assuntos bem conhecidos dos dois interlocutores; era uma lembrança, uma confirmação e uma edificação, uma espécie de antífona falada, semelhante à que os pastores nos campos trocavam ao redor de suas fogueiras noturnas, começando: "Tu sabes? Eu bem sei". Aprumou-se e proferiu a réplica:

"E eis que de Héber nasceu Peleg e gerou Serug, cujo filho foi Nacor, pai de Taré, hosana! Este gerou Abraão em Ur na Caldeia e partiu com seu filho Abraão e com a mulher deste, a qual se chamava Sahar, como a Lua, e era estéril, e com Ló, filho do filho de seu irmão. Levou-os consigo, tirando-os de Ur, e morreu em Harã. E então veio colher a Abraão a ordem do Senhor para que prosseguisse sempre, com as almas que ganhara para o Senhor através da planície e através do rio Eufrates, pela estrada que se estende entre Senaar e a terra de Amurru."

"Bem sei", disse Jacó, retomando a palavra. "Foi a terra que o Senhor lhe quis mostrar, porque Abraão era o amigo de Deus, e com seu espírito tinha na verdade descoberto o Deus mais alto entre os deuses. E foi para Damasco e aí teve Eliezer de uma serva. Depois continuou através da região com seu povo, que era o povo de Deus, e com seu espírito consagrou de novo os lugares de culto da gente daquela terra e os altares e círculos de pedra e instruiu o povo debaixo das árvores, anunciando-lhe a vinda da bênção, de modo que teve aumento naquelas terras e veio ter com ele a serva egípcia Agar, mãe de Ismael. E foi para Siquém."

"Isso sei eu tão bem como tu", entoou José, "pois nosso antepassado saiu do vale e se dirigiu ao lugar que é de todos conhecido e que Jacó achou, e construiu a Yahu, o Altíssimo, um altar do sacrifício entre Bet-el e o refúgio Hai. E seguiu dali para o Sul até Negueb, e é aqui, onde as montanhas vão em declive até Edom. Em seguida desceu de todo, chegando à imunda terra do Egito e ao país do rei Amenemet, e aí ficou prateado e dourado, pois era muito rico em tesouros e rebanhos. E subiu novamente para o Negueb, onde se separou de Ló."

"E sabes por quê?", perguntou Jacó só para fingir. "É porque Ló também era muito rico em ovelhas, bois e cabanas e a terra não podia contê-los a ambos. Quão manso foi então o pai, pois havia contenda entre os seus pastores sobre as pastagens, mas ele não fez como fazem os salteadores da estepe que matam os donos dos poços e pastagens que cobiçam. O que fez foi falar assim a Ló, filho de seu irmão: 'Não haja, eu te peço, rixa entre os teus e os meus! Porventura não se estende diante de ti toda a região? Separemo-nos, de maneira que um vá para a direita e outro para a esquerda, sem raiva'. Então Ló escolheu a região do Leste, para a qual se encaminhou e avistou toda a planície do Jordão."

"Assim foi na verdade", começou José por seu turno. "E Abraão morou perto de Hebron, a cidade dos quatro, e santificou a árvore que nos dá sombra e sonhos e que era um refúgio para o peregrino e um abrigo para quem não o tinha. Dava água aos sedentos, repunha no caminho certo os que se perdiam e os defendia dos ladrões. E não aceitava nem recompensa nem paga, porém vivia para adorar seu deus El Elion, o Senhor da Casa, o Pai misericordioso."

"Dizes bem", cantou Jacó. "E sucedeu que o Senhor fez um pacto com Abraão enquanto estava sacrificando à hora do pôr do sol. Tomou uma novilha, uma cabra e um carneiro, cada um de três anos de idade, uma rola e um pomba nova. Cortou em pedaços todos os que tinham quatro patas e separou as metades e colocou uma ave de cada lado e deixou aberto o caminho do pacto entre as partes, e ficou a olhar para as águias que se precipitavam sobre os pedaços. Nisso, salteou-o um sono que não era como o sono comum e desceu sobre ele o horror de uma grande escuridão. É que o Senhor lhe falou durante o sono e lhe mostrou os dilatados espaços do mundo e o reino que saía da semente do seu espírito, e se espalhava, separando-se do zelo e da verdade do seu espírito, e grandes coisas de que não tinham a mínima notícia os príncipes dos impérios nem os reis de Babel, de Assur, de Elam, de Hati e da terra do Egito. E durante a noite passou como uma chama ardente sobre o caminho do pacto entre os pedaços do sacrifício."

"Sabes tudo isso às mil maravilhas", levantou José sua voz de novo, "todavia eu sei mais. Pois é esta a herança de Abraão, que desceu sobre as cabeças, sobre Isaac e sobre Jacó, meu senhor: a promessa e o pacto. E já o mesmo não se deu com todos os filhos de Héber nem ela foi concedida aos amonitas, aos moabitas e aos edomitas, mas só ele era da raça escolhida do Senhor, na qual este escolheu para si o primogênito, não segundo a carne e o ventre, mas segundo o espírito. E Ele escolheu os mansos e os prudentes."

"Sim, tu o dizes como na realidade foi", retrucou Jacó, "pois o que aconteceu a Abraão e a Ló, isto é, a separação, isso mesmo sucedeu de novo e os povos se dividiram. Com efeito, os que Ló gerara da sua própria carne não ficaram juntos nas pastagens dele, quero dizer, Moab e Amon, pois este se afeiçoou ao deserto e à vida do deserto. Nas pastagens de Isaac não ficou Esaú, mas foi para outra terra com as esposas, com os filhos e filhas e todas as pessoas da sua casa, com os rebanhos, e tornou-se Edom nas montanhas de Seir. E o que não se tornou Edom, foi Israel, que é um povo especial, diferente dos nômades vindos da terra de Sinai e dos ladrões andrajosos oriundos da terra de Arabaia, diferente das pessoas de Canaã, diferente ainda dos camponeses e dos moradores das cidadelas, mas pastores, senhores e homens livres que não só tangem seus rebanhos, mas cuidam de seus poços e não esquecem o Senhor."

"E o Senhor não nos esquece nem a nossa condição de povo especial", gritou José, lançando para trás a cabeça e estendendo os braços na direção dos braços de seu pai. "O coração do filho está cheio de júbilo nos braços do pai, está enlevado com as coisas já sabidas e inebriado com a mútua edificação. Sabes o sonho mais doce de todos que tive muitas mil vezes? É o sonho da meninice e da bênção. Ao filho de Deus muito será dado, o que ele empreender prosperará, será bem-visto de todos e os reis o louvarão. Tenho grande desejo de cantar para o Senhor dos Exércitos com uma língua fluente e fácil como o estilo do escriba! Enviaram atrás de mim seu ódio e colocaram armadilhas sob meus passos, cavaram uma sepultura diante de meus pés e jogaram-me vivo dentro da cova, de modo que a escuridão ficou sendo minha morada. Mas lá das trevas da cova gritei pelo nome do Senhor e Ele me curou e me arrancou do mundo subterrâneo. Fez-me grande entre gente estranha e um povo desconhecido se prosterna diante de mim. Os filhos dos estranhos dirigiram-me palavras lisonjeiras, porque sem mim pereceriam…"

O peito dilatava-se-lhe em arquejos. Jacó contemplava-o com os olhos arregalados.

"José, que vês?", perguntou inquieto. "As palavras de meu filho estão cheias de convicção, porém não falam para o entendimento. Que quer ele dizer quando afirma que o povo de um país estranho se prosternará diante dele?"

"Eram só palavras bonitas", respondeu José, "para dizer algo de grandioso ao meu senhor. É a lua, é a lua que enfeitiça os sentidos."

"Guarda teu coração e teus sentidos e sê sensato!", disse Jacó incisivamente. "Assim fazendo, será como dizes, isto é, serás bem-visto de todos. Tenciono dar-te uma coisa com que teu coração se alegrará e que te assentará bem, porque Deus derramou graça em teus lábios, e peço que Ele te faça santo para sempre, meu cordeiro!"

A lua, brilhando com uma luz tão pura que transformava a matéria em essência, continuava, enquanto se entretinham, sua escalada do firmamento; as constelações mudavam de lugar conforme as leis que lhe regulam a hora. A noite estendia um tecido de paz, de mistério e de longínquo e vasto futuro. O velho esteve ainda sentado um pouco com o filho de Raquel à beira do poço. Ele chamava-lhe "Damu" — criancinha — e "Dumuzi" — o filho verdadeiro —, nomes que o povo de Senaar dava a Tamuz. Chamava-lhe também "Netser", palavra oriunda da língua de Canaã, que significa vergôntea e rebento florido, e o acariciava. Enquanto se dirigiam para a sua morada, rogou-lhe que não se vangloriasse diante dos irmãos e que não dissesse aos filhos de Lia nem aos das escravas que estivera tanto tempo com o pai em conversa íntima. José prometeu também isso. Mas já no dia seguinte não só lhes dizia isso senão que palrava impensadamente do seu sonho sobre o tempo, e isso os vexou muito mais quando o sonho se realizou, pois que as últimas chuvas caíram copiosas e abençoadas.

2. JACÓ E ESAÚ

GRAMÁTICA LUNAR

Na "linguagem bonita" que ouvimos, a antífona noturna entre Jacó e seu volúvel favorito junto ao poço, o velho mencionara Eliezer, que uma escrava tivera do antepassado deles durante a permanência da família em Damasco. É claro que as palavras de Jacó não podiam se referir ao erudito ancião que tinha também aquele nome e que era ele próprio filho alforriado de uma escrava e provavelmente irmão consanguíneo de Jacó. Vivia no acampamento deste, com dois filhos chamados Damasek e Elinos, e costumava transmitir a José, debaixo da árvore da ciência, muitos conhecimentos úteis e muitos outros supérfluos. — É claro como a luz meridiana que o homem a quem Jacó aludia era o Eliezer cujo filho primogênito, Abraão, o homem errante vindo de Ur ou de Harã, tinha sido, durante muito tempo, obrigado a considerar seu herdeiro, até que primeiro Ismael e depois — de um modo, pode-se dizer, risível, embora Sarai já tivesse ultrapassado a idade em que as demais mulheres concebem e Abraão fosse tão velho que bem se podia afirmar que vivera uns cem anos — Yitzhak, ou Isaac, o filho legítimo, viram a luz do dia. Mas uma coisa é a luz meridiana e outra o luar, e fora o luar que presidira a transmissão de todos aqueles conhecimentos supérfluos. As coisas têm aspecto diferente debaixo da lua e debaixo do sol e pode ter sido a claridade da lua que ao espírito se afigurasse como mais verdadeira. Por isso vamos dizer e admitir entre nós que, quando Jacó falou em Eliezer, se referia ao seu mordomo e primeiro servo, isto é, se referia também a ele; a ambos ao mesmo tempo, e não só a ambos mas ao Eliezer propriamente dito, porque desde o tempo do primeiro Eliezer, havia muitas vezes existido no acampamento do chefe da tribo um liberto chamado Eliezer, e este amiúde tivera filhos chamados Damasek e Elinos.

E Jacó podia estar certo de que a opinião que formava deste assunto seria também a de José, o qual bem longe andava de fazer uma distinção nítida entre o seu velho preceptor e o primitivo Eliezer, e tinha mesmo menos razão para fazê-la, uma vez que o próprio ancião não a fazia e, as mais das vezes, referindo-se a si mesmo, tinha em mente a Eliezer, o servo de Abraão. Tinha, por exemplo, mais de uma vez narrado a José a história de como ele, junto às pessoas da família na Mesopotâmia, pedira para Isaac a mão de Rebeca, filha de Batuel e irmã de Labão. Contara, digo, essa história sem omitir o mínimo detalhe, descendo a falar até nas pequenas luas e crescentes que tiniam sobre os pescoços de seus dez dromedários e no valor exato, em siclos, das argolas usadas no nariz, dos braceletes, dos vestidos de gala e das especiarias que tinham sido o dote da donzela Rebeca, e mencionava tudo isso como se lá estivera presente na ocasião. Encarecia o mais possível e ainda achava pouco, a doçura e a graça de Rebeca naquela tarde em que ela, junto ao poço próximo à cidade de Naor, baixara da cabeça o seu cântaro e o apresentara ao homem sedento para que bebesse. Gostava de lembrar, pois o trazia bem guardado na memória, que ela lhe dera o título de "senhor". Falou dos bons modos e do decoro com que ela saltara do camelo e pusera o véu assim que vira Isaac, que andava pelo campo a cismar na morte de sua mãe. José escutava com um prazer que não era de nenhum modo prejudicado pelas idiossincrasias sintáticas de Eliezer e que com certeza não o era pelo fato de não estar claramente delineado o eu do velho e pelo fato de esse Eu, por assim dizer, fender-se pela parte posterior e escorrer em esferas alheias à sua própria individualidade tanto no espaço como no tempo, incorporando à sua experiência acontecimentos que, lembrados e relatados à luz clara do dia, deviam propriamente ser postos na terceira pessoa. Mas que queremos dizer com este "propriamente"? Será o Eu de uma pessoa uma coisa aprisionada dentro de si mesma, rigorosamente enclausurada dentro dos limites da carne e do tempo? Acaso muitos dos elementos que o constituem não pertencem a um mundo que está na sua frente e fora dele? A ideia de que cada pessoa é ela própria e não pode ser outra não será algo mais do que uma convenção que arbitrariamente deixa de levar em conta todas as transições que prendem a consciência individual à geral? A concepção da individualidade pertence afinal à mesma categoria de concepções a que pertence a de unidade e inteireza, o conjunto e o todo; e nos dias sobre os quais escrevo a distinção entre espírito em geral e espírito individual não exercia tanto poder sobre a mente como no mundo hodierno, que deixamos atrás para falar do outro. É muito significativo o fato de que naqueles dias não havia palavras para concepções que dizem respeito à "personalidade" e à "individualidade", a não ser as de ordem externa como "religião e "profissão de fé".

QUEM ERA JACÓ

Justamente por estar tratando dessas questões, sinto-me impelido a contar a história da origem das riquezas de Abraão. Quando chegou no Baixo Egito (deve ter sido na época da duodécima dinastia) ele absolutamente não era tão abastado como quando se apartou de Ló. Sua extraordinária prosperidade se verificou mais ou menos da forma que se segue. Desde o começo nutrira a mais profunda desconfiança sobre a moral do povo; com razão ou sem ela, considerava-a um tremedal semelhante ao das embocaduras do Nilo. Temia por sua mulher Sarai, que estava com ele e era muito formosa. Apavorava-o a lascívia do povo que certamente cobiçaria logo Sarai e o mataria para se apossar de sua esposa. É tradição que, quando chegaram ao país, ele deu a Sarai instruções nesse sentido, julgando-se em perigo, e lhe recomendou que se fizesse passar por sua irmã para evitar os olhares maliciosos daquela gente sem pudor. Ela podia fazê-lo sem receio de estar a dizer uma falsidade porque era costume, especialmente no Egito, empregar a palavra "irmã" para indicar a mulher amada. Além disso Sarai era irmã de Ló, a quem Abraão costumava considerar como seu sobrinho e irmão; desse modo podia tê-la na conta de sua sobrinha e dar-lhe o nome de irmã no sentido lato que era comum, e foi o que fez, a fim de confundir os estranhos e proteger-se a si próprio. E veio a acontecer o que ele esperava — isso, e ainda mais. A trigueira formosura de Sarai foi notada tanto nas altas como nas baixas camadas; sua fama chegou até ao trono e a oriental de olhos de fogo foi arrancada ao convívio do "irmão" — não por força ou rapto, mas pelo elevado preço —, isto é, foi-lhe comprada dele, sendo julgada digna de admissão à sociedade seleta das mulheres do faraó. Para a habitação destas a levaram, e ao seu "irmão" — que ninguém pense ter se sentido ultrajado com o arranjo, sendo até considerado, na opinião comum, um sujeito de sorte — não só se permitiu depois ficar na sua vizinhança, senão que foi ainda cumulado de favores, presentes e benefícios por parte da corte, o que calmamente aceitou, tornando-se dentro em breve possuidor de muitos carneiros, bois, jumentos, servos e servas, jumentas e camelos. Nisso, porém, eis que estala na corte um formidável escândalo, muito embora conservado secreto aos ouvidos do povo. Amenemet (ou Senuseret, pois não se pode ter absoluta certeza sobre qual seria o conquistador da Núbia, que exatamente então repartia entre os dois países o benefício da sua soberania), Sua Majestade, pois, uma deidade na flor dos anos, foi ferido de impotência, e isso não uma mas repetidas vezes, justamente quando estava para provar a novidade. Parece, ademais, que à corte inteira, aos mais altos dignitários e administradores do reino, atingira o mesmo mal, o mesmo deprimente e — tomando-se em consideração o elevado sentido cósmico do dom da virilidade — calamitoso castigo. Era evidente que havia algo de anormal, algum equívoco, quiçá um feitiço ou a oposição de poderes superiores. Teve de comparecer ante o trono o irmão da hebreia, e tanto o interrogaram e tanto fizeram com ele que acabou confessando a verdade. O procedimento de Sua Santidade foi razoável e digno além de qualquer encômio. "Como é", pergunta-lhe, "que me fazes uma coisa dessas? Por que, com as tuas falas dobles, me expuseste a esse dissabor?" E sem sequer lhe passar pela ideia privar Abraão de algum dos presentes de que tão liberalmente o enchera, entrega-lhe sua mulher e lhes pede que em nome dos deuses sigam seu caminho, dando ao grupo condução segura até as fronteiras do reino. Assim o pai, não somente possuidor de uma Sarai intacta, mas também muito mais rico do que antes, deve ter se regozijado com a peça, coroada de tão bom êxito, que ele, simples pastor, soubera pregar. É lícito pensar que desde o começo ele tenha contado com uma providência divina no sentido de não permitir a contaminação de Sarai; que, nessa convicção bem firmada, tenha se locupletado com as dádivas generosas, certo de que o seu método daria fatalmente em resultado meter à bulha os impudicos egípcios. Somente assim o seu proceder — a negação do seu casamento e o sacrifício de Sarai — é apresentado sob o verdadeiro aspecto, como o plano magistral que foi.

Tal é a história cuja autenticidade é expressamente comprovada pela tradição, repetindo-a esta uma segunda vez, transportada a cena do Egito para Gerar, capital do país dos filisteus, na corte do rei Abimelec — para onde se dirigira o caldeu, vindo de Hebron com Sarai — e onde tudo se deu precisamente como antes, desde a ordem de novo dada por Abraão a sua mulher até o feliz êxito do estratagema. Essa repetição de uma narrativa com o intento de encarecer-lhe a verdade não é coisa comum, sem contudo chegar a ser propriamente estranha. Muito mais de notar é que, segundo a tradição — sendo que o documento que a corrobora vem, é certo, de um tempo posterior, mas a história deve ter sempre existido como tradição e, como tal, só prende a repetidas afirmações dos próprios pais —, a mesmíssima aventura, contada pela terceira vez, é atribuída a Isaac; donde se segue que este a confiara à memória como coisa que se sucedera ou podia ter sucedido. Com efeito, também Isaac, pouco depois do nascimento de seus gêmeos, por causa de uma carestia de trigo, foi ter à terra dos filisteus e à corte de Gerar com sua linda e inteligente mulher. Também ele, pelo mesmo motivo de Abraão em relação a Sarai, deu curso à história de que Rebeca era sua "irmã" — não sem certo fundamento, visto que ela era filha de seu primo Batuel —, e a história prossegue dizendo que neste caso foi o rei Abimelec quem, "olhando de uma janela" — isto é, como espia e grande abelhudo —, viu Isaac "brincando" com Rebeca, sua mulher, o que ao mesmo tempo o agastou e desiludiu, como só a um apaixonado pode acontecer ao descobrir que o objeto de sua paixão, que ele supunha livre, está na posse firme de outro homem. Suas palavras o traem, pois Yitzhak, ao ser interrogado, falou a verdade e recebeu do filisteu esta acerada resposta: "Que perigo, forasteiro, atraíste sobre nossas cabeças! Pois alguém do meu povo podia com facilidade ter se deitado com tua mulher e que culpa farias recair sobre nós!". A expressão "alguém do meu povo" é inequívoca. O que resultou, porém, foi que o casal só viu à sombra da proteção pessoal do monarca, que, apesar de lascivo, era temente a Deus, e debaixo desse amparo Isaac enriqueceu na terra dos filisteus, da mesma forma que Abraão outrora enriquecera ou lá ou no Egito, tornando-se tão opulento em gado e escravos que afinal aquilo já era demais até para os filisteus e eles discretamente se desembaraçaram de Isaac.

Supondo que a cena da aventura do Abraão tenha sido em Gerar, não é crível que o Abimelec da aventura do Yitzhak seja o mesmo que ficou impedido do marear a castidade conjugal de Sarai. Há uma diferença de caracteres; o amante principesco de Sarai introduziu-a sem mais nem menos no seu harém, ao passo que o Abimelec de Isaac se houve com muito mais cautela e reserva, de maneira que, a admitirmos ser ele uma só e a mesma pessoa, teríamos de inferir que o procedimento mais cauteloso do rei no caso de Rebeca foi devido ao fato de ter ele envelhecido muito, depois do episódio de Sarai, e também a achar-se escarmentado com o que sucedera da outra vez. O que, entretanto, aqui nos interessa não é a personalidade de Abimelec, mas a de Isaac e o problema da sua relação com esse caso das mulheres. E mesmo isso só indiretamente nos ocupa a atenção, isto é, no que diz respeito à questão de saber *quem era Jacó*, a quem vimos conversando ao luar com seu filhinho José, Yashup ou Jehosif.

Vamos ponderar as possibilidades! Ou Yitzhak submeteu-se em Gerar, com ligeiras variações, à mesma experiência que tocara em sorte a seu pai, ou ali ou no Egito. Neste caso temos um fenômeno que podíamos chamar de imitação ou repetição — isto é, um conceito que encara a tarefa do indivíduo como o preenchimento no tempo presente e a reconstituição fiel de certas formas dadas, segundo um quadro mítico estabelecido pelos pais. Ou então o marido de Rebeca não teve em pessoa aquela experiência, não a teve nos estreitos limites de sua pessoa carnal, mas considerou-a, por assim dizer, como fazendo parte integrante da história da sua vida, e a transmitiu como tal aos seus descendentes, porque fazia entre o Eu e o Não Eu uma distinção menos clara do que a que nós — com quão pouca razão já ficou demonstrado — costumamos, ou melhor, costumávamos fazer até o momento de nos enfronharmos nesta narrativa. Para ele a vida do indivíduo estava separada mais superficialmente da vida da tribo, nascimento e morte representavam um choque menos radical para a existência; em resumo, ele tinha a atitude do último Eliezer, à qual já aludimos, quando este relatava a José, na primeira pessoa, histórias relacionadas com o Eliezer primitivo, manifestando o fenômeno da individualidade aberta, que acompanha o da imitação ou sucessão e alternadamente com ele determina a consciência da personalidade própria.

Não nos iludamos quanto à dificuldade de escrever sobre pessoas que não sabem elas próprias exatamente quem são. Mas também não neguemos a necessidade de levar em conta estes vacilantes estados de consciência. E se o Isaac que tornou a viver a aventura egípcia de Abraão confundia a si mesmo com o Isaac que o nômade primitivo esteve a ponto de oferecer em holocausto, o fato não nos ministra base para a convicção de que ele não tenha se enganado e de que o sacrifício-tentação de fato não se enquadrasse num determinado esquema, ocorrendo repetidas vezes. O nômade caldeu era o pai do Isaac que ele quis imolar; porém, conquanto seja impossível ter sido esse Isaac o pai do pai de José que vimos ao pé do poço, todavia é bem admissível que o Isaac que renovou por imitação a peça rústica pregada por Abraão no

Egito, ou a tornou parte integrante da trama da sua vida pessoal — é bem admissível, dizíamos, que aquele Isaac tenha se confundido a si mesmo, ao menos em parte, com o Isaac que por um triz escapou de ser imolado, embora na realidade ele fosse um Isaac muito posterior e várias gerações afastado do primitivo Abiram. Com efeito, é evidente, sem necessidade de prova, que a história dos antepassados de José, tal como foi transmitida pela tradição, é uma piedosa abreviação dos fatos originais, isto é, da série de gerações que devem ter preenchido os séculos decorridos entre o Jacó que já conhecemos e o primitivo Abraão. E assim como Eliezer, mordomo e filho natural de Abraão, deve ter se reencarnado muitas vezes depois daquele dia em que pediu a mão de Rebeca para seu jovem amo, deve ter pedido muitas vezes a mão de uma Rebeca além do Eufrates, e agora, na pessoa do mentor de José, se rejubilava mais uma vez na luz do dia; assim, desde então, vários Abraões, Isaacs e Jacós viram o dia nascer da noite, sem terem ideias exageradamente exatas acerca do tempo e da carne, sem fazer distinções muito nítidas entre o seu presente e o presente de outras eras, sem delimitar suas próprias individualidades com referência às individualidades de anteriores Abraões, Isaacs e Jacós.

Esses nomes passavam de geração em geração, se é exato o termo ou tão compreensivo que o possamos aplicar à comunidade em que eles se repetiam. Com efeito, era essa comunidade cujo crescimento não se assemelhava ao de uma árvore genealógica, mas antes ao de um grupo de árvores baseando-se, como se baseava, em boa parte, na propagação da fé e na aquisição de almas. A chefia patriarcal da tribo, que coube ao primitivo Abraão, deve ser entendida mais como espiritual; não é questão decidida se José era realmente aparentado com ele pela carne, se era na verdade seu antepassado e em linha tão direta como se supõe. Tudo isso aliás era objeto de dúvida mesmo para eles, embora o crepúsculo da sua consciência e da consciência geral lhes permitisse discutir tais questões de uma forma aérea e vagamente piedosa, tomando as palavras como coisa real e a coisa real quase como simples palavras. Podiam chamar a Abraão, o caldeu, seu avô e bisavô, mais ou menos no mesmo espírito com que ele próprio chamava a Ló de Harã seu "irmão" e a Sarai sua "irmã", sendo também isso a um tempo verdade e mentira. Mas nem ainda em sonho podia o povo do El Elion asseverar que sua comunidade possuía pureza racial. O tronco babilônio e sumério — isto é, não inteiramente semítico — cruzara com representantes do deserto da Arábia; outros elementos tinham se introduzido, originários de Gerar, da terra do Muzri, e do próprio Egito — por exemplo, na pessoa da escrava Agar, que não fora julgada indigna de partilhar o leito do cabeça da tribo e cujo filho por sua vez se casara com uma egípcia. Por se tratar de fatos bastante conhecidos, não nos estenderemos a falar dos vexames que Rebeca sofria a cada hora das mulheres hititas do seu Esaú, descendentes de um tronco cujo progenitor não era Sem e que se introduzira na Síria lá a certa altura, vindo da Ásia Menor e da região uralo-altaica. Vários ramos foram ficando pelo caminho. Sabemos que o Abraão primitivo gerou filhos depois da morte de Sarai, tendo tomado para mulher a cananeia Cetura. Sua escolha não foi das mais felizes, se levarmos em conta as objeções que opusera ao casamento de Isaac com uma mulher de Canaã. Um dos filhos de Cetura foi Madiã, cujos descendentes habitaram ao sul de Edom-Seir, terra de Esaú, à beira do deserto da Arábia, tal como os filhos de Ismael em frente ao Egito. Abraão deu tudo que tinha a Isaac, o filho legítimo, e aos filhos das concubinas despediu-os, depois de os encher de presentes, afastando-os bem para o Oriente, onde eles perderam completamente o contato com El Elion, se é que algum dia tiveram tal contato, e adoraram seus próprios deuses. Era, porém, de caráter religioso o vínculo — isto é, a constante elaboração da ideia de Deus, transmitida de geração em geração, que, apesar de todo esse caldeamento de sangue, unia a comunidade espiritual, que entre outros hebreus, os filhos de Moab, Amon e Edom, era a única a arrogar para si esse nome e, precisamente na época a que chegamos, começava a associá-lo com um outro, o nome de Israel, destinado a influenciar a história comum.

O nome e título que para si conquistara Jacó, lutando, não tinha sido uma invenção de seu estranho adversário. Israel, o lutador de Deus, fora sempre o nome de uma tribo guerreira do deserto, dada a rapinas e de modos e costumes assaz primitivos; pequenos grupos desse povo tinham, ao tempo da mudança de pastagens, tangido seus rebanhos para colônias estabelecidas em terras férteis, tinham trocado sua existência puramente nômade por um estado mais ou menos fixo, e por conversão e acordo haviam se integrado na comunidade religiosa de Abraão. Lá no recesso das brenhas, seu deus tinha sido um guerreiro chamado Yahu, de hálito de fogo e desencadeador de tempestades, espécie de duende importuno, com traços mais de demônio do que de divindade, pérfido, tirânico e caprichoso. Seu povo trigueiro, ainda que ufano das proezas dele, vivia em contínuo terror, procurando sempre por meio de bruxedos e de ritos sangrentos amansar sua volúvel divindade a induzi-la a ser-lhes favorável. Por vezes, sem nenhuma provocação clara, Yahu investia de noite contra um homem a quem tinha todos os motivos de dispensar clemência e matava-o; mas podia também ser levado a abandonar seu intento se a esposa do agredido se apressasse em circuncidar seu filho com uma faca de pedra e tocar com o prepúcio as partes genitais do espírito maligno, empregando ao mesmo tempo uma fórmula mística, cuja tradução ou interpretação em língua vulgar tem encontrado até o momento dificuldades insuperáveis, mas que possuía o poder de acalmar o demônio e desviar-lhe a fúria. Conto isso apenas para dar uma ideia da índole de Yahu. Estava reservada a esta deidade sinistra, inteiramente desconhecida do mundo civilizado, uma extraordinária carreira teológica, simplesmente pelo fato de terem alguns de seus prosélitos penetrado na esfera da influência ocupada pelas ideias de Abraão a respeito de Deus. Arrastado assim para a órbita das especulações espirituais do homem errante, esse povo de pastores não só fortaleceu a base física da tradição religiosa caldaica, mas também trouxe elementos da sua deidade devastadora para alimentar a concepção da essência divina que forcejava por tornar-se real através do espírito humano; a isso deram também cor e substância Osíris do Oriente, Tamuz e Adonai, o filho mutilado e pastor de Melquisedec e seus siquemitas. Não escutamos nós, um dia, o seu nome, outrora um grito de guerra, pronunciado por lábios graciosos e belos? Sob a forma pela qual os trigueiros adoradores do deus o trouxeram do deserto, bem como em abreviações e variantes que o adaptaram ao dialeto cananeu, estava no número das palavras com que se procurava expressar o inexprimível. Durante muito tempo existira uma aldeia chamada "Be-ti-ya", "Casa de Ya", o que equivale a "Bet-el" ou "Casa de Deus"; e é fato comprovado que antes do tempo do Legislador houve gente de Amurru que imigrou para Senaar e trouxe consigo seus nomes, entre estes um para designar a divindade, o qual era Yahwe. E o Abraão primitivo dera à árvore situada perto do santuário das "Sete Fontes" o nome de Yahwe el olam, que quer dizer Yahwe é o deus de todos os tempos. Mas o nome que deram a si mesmos os guerreiros beduínos de Yahu ia tornar-se o nome da descendência espiritual de Abraão e o distintivo de um hebraísmo mais puro e mais alto, precisamente porque Jacó, naquela noite difícil, junto ao vau de Jaboc, o havia merecido... Jaboc.

ELIFAZ

Para homens como Simeão e Levi, robustos filhos de Lia, era motivo de secreta hilaridade o fato de ser aquele título ousado e, na aparência, ilegal, exatamente o que seu pai por assim dizer arrancara aos poderes celestes. Na verdade, Jacó não era um lutador. Nunca teria sido homem para fazer o que fez o primitivo Abrão, quando os mercenários do Oriente, as tropas armadas de Elam, Senaar e Larsa e de além do Tigre assolaram a região do Jordão por causa do tributo atrasado, saquearam as cidades e trouxeram consigo Ló de Sodoma e os bens deste. Cheio de decisão ousada e leal, Abraão reuniu algumas centenas de servos nascidos na sua casa, ajuntando-se a eles vizinhos de crenças parecidas, gente de El-Berit, o deus mais alto, partiu de Hebron com eles a marchas forçadas, alcançou os elamitas e os "goyim" em retirada, estabeleceu-lhes tal confusão na retaguarda que libertou muitos prisioneiros, entre os quais seu irmão Ló, e trouxe triunfalmente de volta muitos dos bens furtados. Não, Jacó não realizaria uma façanha dessas, não resistiria a tanto, e era o que admitia consigo mesmo quando José começou a contar-lhe a história tão sabida. "Não poderia fazê-lo", da mesma forma que, consoante sua própria confissão, não teria podido fazer a seu filho o que o Senhor exigia dele. Deixaria a Simeão e a Levi o encargo de libertar Ló. Se, porém, estes dois tivessem começado uma matança entre os adoradores da Lua e expedissem aquele berro terrífico de que dispunham quando a ocasião se apresentava, ele teria tapado o rosto com o xale e dito: "Que minha alma não tome parte nessa vossa resolução!". É que essa alma era branda e timorata, abominando o emprego da violência, tremendo só de pensar em vir a ser vítima dela, bem lembrada das várias ocasiões nas quais sua coragem viril soçobrara. Essas recordações, porém, jamais tinham afetado a dignidade ou a solenidade da alma, porque em tais estados de pressão física nunca deixava de brilhar um raio de luz, um influxo do espírito, uma revelação da graça, intensamente consoladora e reconfortante, que lhe fazia erguer a cabeça, seguro no conhecimento de ter lutado e triunfado, sacando forças lá das suas profundezas invencíveis.

O que acontecera com Elifaz, o esplêndido filho de Esaú? Elifaz nascera a Esaú de uma de suas mulheres hititas-cananeias, adoradoras de Baal, que ele havia muito trouxera consigo para Bersabeia, e das quais costumava dizer Rebeca, filha de Batuel: "É para mim um vexame ter de viver entre as filhas de Het". Jacó já não tinha certeza de qual delas seria aquela a quem Elifaz chamava sua mãe, provavelmente era Ada, filha de Elon. Fosse como fosse, esse neto de Isaac era, nos seus treze anos de idade, um rapazinho sobremaneira insinuante, de espírito simples porém bravo, generoso e de ideias elevadas, correto de corpo e alma, e dedicava a seu esbulhado pai Esaú grande amor e veneração. A existência lhe era ingrata a mais de um respeito, na complicada natureza das relações de família e em pontos de fé. Disputavam-lhe a alma nada menos de três crenças: o deus de seus avós, El Elion, os Baais do lado materno e uma divindade ameaçadora, que lançava setas, denominada Kusak, cultuada pelos montanheses do Sul, os "seirim" ou povo de Edom, com os quais Esaú em outros tempos tivera relações e para os quais acabou passando-se de todo. Fora um golpe tremendo para o jovem Elifaz a grande contrariedade e raiva impotente do homem peludo, causada por aquele acontecimento que Rebeca inspirara e que se dera na tenda onde seu pai se conservava às escuras por causa da enfermidade dos olhos — acontecimento que baniu Jacó da casa paterna e o pôs foragido por montes e vales. O ódio que Elifaz concebeu pelo seu jovem tio, que com falsos pretextos escamoteara para si a bênção paterna, foi crescendo com os anos, tornando-se quase mortal. Em casa, sob o olhar vigilante de Rebeca, nada se podia fazer contra o ladrão da bênção. Quando, porém, se soube da fuga de Jacó, Elifaz foi correndo ter com Esaú e o concitou a marchar em perseguição do traidor e matá-lo.

Esaú fugira para o deserto; estava tão acabrunhado, tão enfraquecido à força de chorar o seu fado deprimente, que não se sentia agora à altura da missão a que o provocavam. Chorava porque estava na sua natureza, porque era este o seu papel na vida. Sua maneira de considerar as coisas e a si mesmo era condicionada por hábitos ingênitos de pensamento, que o mantinham num cárcere, como mantêm o mundo todo, sendo que a índole desses hábitos tinha sido fixada pelas imagens cósmicas do ano no seu círculo. Pela bênção paterna Jacó tornara-se definitivamente o homem da lua cheia e "formosa", e Esaú o homem das trevas, isto é, o homem do sol, ou do mundo inferior, e no mundo inferior o que se tinha de fazer era chorar, embora fosse muito possível a uma pessoa acumular tesouros. Quando mais tarde jungiu sua sorte à dos montanheses do Sul, adotando-lhes o deus, ele o fez por lhe parecer isso adequado, porque aquela gente considerava o Sul como o mundo inferior, fazendo o mesmo julgamento com relação ao deserto para onde havia sido tocado Ismael, irmão também esbulhado de Isaac.

Mas muito antes dessa época, muito antes de receber a maldição, Esaú tinha, mesmo de Bersabeia, estabelecido relações com o povo de Seir. Disso concluímos que tanto bênção como maldição tinham sido apenas uma confirmação de fatos estabelecidos e que o caráter de Esaú, seu papel na Terra, havia muito fora fixado, estando ele desde muito tempo perfeitamente sabedor de que isso assim era. Fizera-se caçador e homem das estepes, em contraste com Jacó, que era um morador das tendas e pastor da lua; e se tornou tal, fê-lo certamente de acordo com sua natureza e tendo por base sua disposição marcadamente máscula. Seria no entanto um engano, seria cometer uma injustiça com a mitologia tradicional, na qual seu caráter estava arraigado, supor que só a sua vocação o imbuíra do sentimento e da consciência de si mesmo e do papel de adusto filho do mundo inferior. Ao contrário, escolhera a vocação por achá-la conveniente, isto é, por educação mítica e obediência ao plano. Considerando debaixo de um aspecto cultural suas relações com Jacó — e isto Esaú estava sempre disposto a fazer, apesar de ser tão hirsuto —, o fenômeno não era outro senão o da volta e revivescência, a reprodução no presente, sem se ter em conta a ideia de tempo, das relações entre Caim e Abel, nas quais Esaú fazia o papel de Caim, a começar pela sua qualidade de irmão mais velho, sem dúvida honrada pela nova ordem mundial, mas também provavelmente sentindo e sabendo que desde os tempos do matriarcado as mais pronunciadas preferências do coração humano são pelo filho mais moço. Se vamos admitir como acontecimento real a história do prato de lentilhas (pode ter sido um acréscimo posterior destinado a justificar o embuste da bênção, e Jacó ainda podia facilmente ter acreditado na sua veracidade), então a loucura aparente de Esaú é explicável em razão desses sentimentos. Pode ele ter sido tão pronto em ceder o direito da primogenitura porque esperava ganhar para si, em troca, ao menos as simpatias tradicionalmente concedidas ao mais moço.

Em resumo, o ruivo e cabeludo Esaú chorou e mostrou-se decididamente avesso a qualquer empresa de perseguição e vingança. Não queria envolver-se no assassínio de seu irmão, como fizera Caim, para não acentuar com isso o paralelo que desde o começo os pais tinham traçado a seu respeito. Quando, porém, Elifaz implorou, ou melhor, exigiu exaltadamente que ele próprio empreendesse a perseguição e a morte do abençoado, Esaú não fez objeção, mas entre lágrimas abaixou a cabeça consentindo. Tinha para si que o fato de um sobrinho matar o tio constituía a agradável quebra de uma negregada tradição e o estabelecimento de um novo alicerce histórico que devia servir como padrão para futuros Elifazes, ao mesmo tempo que livrava afinal Esaú do papel de Caim.

E, assim, Elifaz reuniu uns homens de seu pai, uns cinco ou seis que habitualmente o acompanhavam nas suas excursões pelas terras do Edom; provendo-se no arsenal doméstico, armou-os com compridas lanças de junco que terminavam numa ponta também comprida e aguda, adornada de tufos coloridos de cabelo, e tirou alguns camelos dos estábulos de Yitzhak ainda no escuro da madrugada. Antes de romper o dia, Jacó, montado num camelo entre dois escravos também montados, e bem abastecido, graças a Rebeca, de alimento e presentes, tinha já nos calcanhares o bando vingador.

Durante toda a vida Jacó nunca se esqueceu do medo que teve ao compreender o significado da aproximação daquela gente. Assim que os avistou, sorriu-lhe a esperança de que Yitzhak farejara bem depressa a sua partida e o mandara buscar. Mas ao reconhecer o filho de Esaú, viu logo do que se tratava e tremeu. Começou uma corrida de vida e de morte; roncavam os dromedários, dando suas longas passadas e alongando os pescoços, enquanto esvoaçavam as luzinhas e borlas que os adornavam. Mas Elifaz e seus homens traziam menos carga e corriam mais do que Jacó, que perdia a dianteira a olhos vistos. Ao ser alcançado pelos primeiros lanceiros, deu sinal de rendição, apeou com seus homens e esperou o perseguidor com o rosto no pó e as mãos sobre a cabeça.

O que então aconteceu tinha tocado o orgulho e a honra de Jacó mais ao vivo do que qualquer outra coisa na sua vida e era de molde a solapar e teria mesmo solapado para sempre a dignidade e a confiança em si próprio de outro homem qualquer. Viu-se ele obrigado, se queria viver — e isso ele queria a todo custo, não, convém lembrar, por uma covardia vulgar, mas porque estava consagrado, porque pesavam sobre ele as responsabilidades da promessa e da bênção que vinham dos tempos de Abraão —, viu-se obrigado a procurar, por meio de súplicas, amolecer o coração daquele rapaz, seu sobrinho, muito mais moço que ele e em situação muito inferior, que no ardor da ira já mais de uma vez lhe erguera a espada sobre a cabeça. Viu-se obrigado a abrandá-lo humilhando-se e derramando lágrimas, lisonjeando-o, fazendo-lhe chorosos apelos à magnanimidade, apresentando mil desculpas e rogos; numa palavra, demonstrando à saciedade, com aquela atitude, que era coisa indigna de Elifaz brandir a espada contra um suplicante tão desprezível. Fez tudo isso. Beijou os pés do rapaz, como se estivesse tomado de frenesi, atirou para o ar as mãos cheias de terra para que esta lhe caísse em cima da cabeça; sua língua não tinha descanso, implorando, conjurando, numa fluência despertada pelo medo e calculada para toldar o cérebro aturdido do rapaz, impedindo-o de cometer num ímpeto a ação fatal.

Fora acaso plano seu a trapaça? Empenhara-se por ela ou tivera sequer a ideia disso? Que suas entranhas se consumissem em sacrifício se fosse essa, ainda que remotamente, a verdade. Fora somente a mãe, e a avó, que quisera e planejara tudo, impelida pela fraqueza do seu excessivo e imerecido amor para com ele, e ele, Jacó, tudo fizera contra o plano, ponderando-lhe quão grande era o risco de que Isaac descobrisse a tramoia e amaldiçoasse não só ele mas igualmente a engenhosa Rebeca. Elifaz devia saber quão desesperadamente ele lhe pintara a sua própria posição aos olhos do nobre filho primogênito, mesmo que a trama surtisse efeito. Não foi jubiloso, não foi com o espírito leve nem audaciosamente, mas sim trêmulo de medo que entrara, levando o vinho e o guisado de cabrito com as peles nas mãos e no pescoço, envergando o traje de gala de Esaú, na tenda do pai e avô querido. De tanto medo, o suor lhe corria pelas juntas, a voz morreu-lhe na garganta quando Isaac lhe perguntou quem era ele, o apalpou e cheirou; mas Rebeca até mesmo se lembrara de ungir o filho com o perfume das flores do campo, odor característico de Esaú! Ele, um enganador? Era antes uma vítima da astúcia feminina, tal como Adão, tentado por Eva, a amiga da serpente. Que Elifaz durante toda a sua vida (e oxalá vivesse várias centenas de anos e mais ainda!) se guardasse bem do conselho da mulher e se furtasse com prudência às suas pérfidas ciladas! Ele, Jacó, se deixara colher numa dessas armadilhas e se arruinara. Ele, abençoado? Mas como se podia dizer que seu pai o abençoara, com uma bênção escamoteada como aquela, dada contra a vontade de quem a recebia? Podia ela ter algum valor ou peso? Podia ser de utilidade? (Ele sabia muito bem que bênção era bênção, revestida de plena eficácia e valor, e sua pergunta visava apenas a estabelecer confusão no espírito de Elifaz.) Ademais, havia-se ele, Jacó, prevalecido, com palavras ou atos, do erro, avocando a si o predomínio do lar e colocando em posição de constrangimento Esaú, seu superior legítimo? De nenhum modo e muito pelo contrário. Espontaneamente deixara livre o campo para o irmão, tendo a própria Rebeca, induzida pelo remorso, insistido com ele para que se ausentasse, e assim é que estava de partida para o desconhecido, para nunca mais voltar, para o exílio, para o mundo inferior, e seu quinhão seria agora chorar eternamente! Era a ele que Elifaz pretendia ferir com sua espada afiada, Elifaz, o pombo de asas fúlgidas, o jovem touro montês em todo o seu orgulho, o belo antílope? Não se lembrava mais das palavras do Senhor a Noé, segundo as quais pediria contas do sangue humano derramado, e não sabia que já não era mais como no tempo de Caim e Abel, mas que agora havia leis na terra, cuja violação podia ser muito perigosa para o jovem e nobre Elifaz? E tudo isso por causa do tio, caso este fosse morto. Se, porém, ele fosse poupado e desprezado, enviado de mãos vazias a peregrinar em longes terras onde não passaria de um estranho e de um servo, o coração de Elifaz se dilataria de júbilo e sua mãe seria abençoada entre as filhas de Het porque as mãos de seu filho haviam se abstido de derramar sangue e sua alma se afastara da maldade...

Assim prosseguiu Jacó com uma catadupa de razões sugeridas pelo medo, até o jovem Elifaz quedar-se atônito, com a cabeça andando à roda. Havia este esperado encontrar um ladrão provocador e o que lhe aparece é um pecador arrependido, cuja humildade parecia restaurar plenamente a perdida dignidade de Esaú, seu pai. Elifaz era, como o pai, uma boa alma. Uma onda cálida de generosidade veio substituir no seu íntimo o fogo da ira, e disse em altos brados que ia poupar a vida ao tio. Ouvindo isso, Jacó chorou de alegria e cobriu de beijos as mãos e os pés de Elifaz e a fímbria de sua túnica. No peito do jovem uma ligeira repugnância e um leve embaraço se misturavam a sentimentos mais nobres. Sentiu-se irritado com a sua própria hesitação e disse ao tio em tom áspero que tinha de devolver todos os objetos de valor, visto como tudo que Rebeca lhe dera pertencia a Esaú, a parte ofendida. Jacó tentou suavizar a decisão, porém Elifaz se limitou a gritar-lhe que se calasse e, literalmente, o depenou, deixando-lhe apenas a vida. Todos os vasos de ouro e prata, os jarros de azeite finíssimo e de vinho, os colares e braceletes de malaquite e cornalina, o incenso, os doces feitos de mel, todos os panos bordados e tecidos com que Rebeca lhe atochara os alforjes — tudo teve de ser restituído. Até os dois escravos que haviam clandestinamente deixado a casa, um deles por sinal sangrando de uma lançada recebida no ombro, tiveram de voltar com os animais que conduziam. E então Jacó, não lhe restando mais que um par de bilhas d'água pendentes da sela, pôde seguir seu triste caminho para o Oriente, sabe Deus com que disposição de ânimo.

... E SUA CABEÇA SE ERGUEU

Salvara a vida, sua preciosa vida, vinculada por um pacto, para Deus e para o futuro; que comparação podia haver entre isso e o ouro, a cornalina? A vida, com efeito, é tudo; e o jovem Elifaz tinha sido burlado ainda mais lindamente que o pai, mas por que preço? Acima e além dos objetos de valor, isso significara a perda total da honra do homem; na verdade, ninguém poderia sentir-se mais envergonhado que Jacó, depois de ter baixado a cabeça até o pó diante de um rapazelho, choramingando, com a cara suja de terra e lágrimas! E depois? Que aconteceu logo depois da degradação?

Quase imediatamente, ou poucas horas mais tarde, à noite, à claridade das estrelas, chegou à cidade de Luza, sita numa das encostas cheias de socalcos e vinhedos daquela região ondulante: era-lhe desconhecido aquele lugar, tanto como toda a zona vizinha. Algumas casas de forma cúbica se aglomeravam a meia altura da colina toda cortada de caminhos. Como uma voz interior o exortasse a procurar abrigo ali por aquela noite, guiou seu camelo estrada acima; o animal ainda não se recobrara do susto e se mostrava rebelde em consequência do recente episódio lamentável. Jacó se envergonhara diante dele. Abeberou-o na fonte fora dos muros e apagou do próprio rosto com a água corrente os vestígios da sua vergonha, sentindo com isso aligeirar-se-lhe o coração. Contudo, arruinado como se via, não quis pedir hospitalidade ao povo de Luza, mas foi conduzindo o camelo, agora a única coisa que possuía, montanha acima, para além do casario e até o cume plano. Aí chegando, sentiu vivamente não ter alcançado mais cedo esse local, pois nele havia um círculo de pedras — um Guilgal — que lhe dava o caráter de um santuário e aí o jovem salteador Elifaz não ousaria tocar-lhe.

No meio do Guilgal via-se uma pedra estranha, ereta, preta como carvão e de forma cônica, que evidentemente caíra do céu e possuía poderes celestes. Sua forma lembrava o membro viril, Jacó a saudou piedosamente com as mãos e os olhos levantados e se sentiu com isso grandemente fortalecido. Resolveu passar ali a noite, até o raiar do dia. Para descansar a cabeça escolheu uma das pedras do círculo e dirigindo-se a ela disse: "Vem, velha pedra fiel, levanta por uma noite a cabeça do perseguido!". Estendeu sobre ela a sua manta, deitou-se com a cabeça virada para o fálico emissário dos céus, piscou um pouco para as estrelas e adormeceu.

Então sucederam coisas importantes. Lá pela meia-noite, após algumas horas de sono profundo, sua cabeça foi alçada acima de toda ignomínia, chegando mesmo até à presença do Altíssimo, no qual se confundia tudo o que de real e de divino sua imaginação até então abrangera e que aquela alma, humilhada mas sorrindo em silêncio no seu aviltamento, erigia para consolo e fortalecimento próprio no âmbito de seu sonho... E contudo sonhava não estar longe do local, pois também no sonho estava ali deitado com a cabeça apoiada e dormia. Coava-se pelas suas pálpebras a plenitude de uma luz fulgente. Podia ver através delas: viu Babel, viu o cordão umbilical do céu e da terra, a escada que conduz ao palácio do Senhor, os inúmeros degraus largos e chamejantes, ladeados por guardas astrais e cujo poderoso aclive dava acesso ao templo supremo e habitação do Altíssimo. Não eram de pedra ou de madeira, nem de qualquer substância terrena; pareciam do bronze fundido e fabricados da mesma matéria com que o são as estrelas; e seu brilho astral se perdia numa expansão imensurável sobre a terra, atirando-se a tais alturas, tão vasto e ofuscante, que não o podiam tolerar os olhos abertos, de tal modo que só através das pálpebras se podiam ver esses degraus. Criaturas aladas, meio homens, meio animais, querubins, vacas com coroas e rostos de virgens, de asas dobradas, se mantinham imóveis de um e de outro lado e olhavam fito para a frente; suas pernas afastadas, uma para a frente, outra para trás, deixavam espaços que eram preenchidos com tabuletas de bronze onde se liam inscrições sagradas. Viam-se deitados deuses-touros, com a fronte coroada de pérolas e com madeixas que pendiam até as barbas em forma de franja e terminando em séries de cachos. Tinham as cabeças voltadas para fora, de modo que com os olhos serenos, providos dos longos cílios, contemplavam o homem adormecido; com estes alternavam-se formas leoninas, sentadas sobre a cauda, tendo os arqueados peitos cobertos de jubas ígneas. Pareciam lançar silvos das escancaradas mandíbulas, os pelos se destacavam ferozes de sob os focinhos chatos. Mas em toda a sua largura, entre esses animais, a escada fervilhava de mensageiros e servos que iam e vinham compassadamente, como numa dança lenta, em alegre conformidade às leis celestes. A metade inferior de seus corpos estava envolvida em vestes cobertas de caracteres pontudos, os peitos eram demasiado nédios para parecerem de mancebos e muito achatados para serem de donzelas. Com os braços erguidos carregavam bacias sobre as cabeças ou uma tabuleta na curva de um dos braços, apontando para ela com o dedo da outra mão. Muitos tocavam harpas e flautas ou alaúdes e tambores; atrás deles vinham cantores que enchiam os ares com suas vozes altas, metálicas e sibilantes e marcavam compasso batendo palmas. Assim envolvia toda a extensão dessa escada entre dois mundos uma onda imensa de sons harmoniosos, descendo e subindo até o estreito arco flamante que era o portão do palácio com colunas e altos pináculos. As colunas eram de tijolos dourados e delas ressaíam animais escamosos com patas dianteiras de leopardos e traseiras de águias; e os umbrais do portão de fogo tinham, de um lado e de outro, cariátides de pés de touros e chifres quádruplos, olhos de pedras preciosas e barbas encaracoladas e unidas em tufos nas bochechas. Na frente estava o sólio de ouro do poder régio e o escabelo também de ouro, e atrás deste um homem com arco e aljava que segurava um flabelo por sobre a coroa mitral do Poder. Esta era adornada de um véu tecido de luar e tinha franjas de pequenas chamas. Poderosos e nervudos eram os braços de Deus; numa das mãos ele segurava o sinal da vida e na outra uma grande taça para beber. Sua barba era azul e estava atada por laços de bronze. Debaixo das arqueadas sobrancelhas o semblante era terrível de severidade e bondade. Defronte dele estava outro homem com uma larga faixa em volta da cabeça, semelhante a um vizir e a um servidor mais próximo do trono; este tinha os olhos cravados na Face da Potestade e com a mão aberta mostrava Jacó dormindo na terra. Então o Senhor inclinou a cabeça e fez menção de pôr-se sobre seus vigorosos pés, apressando-se o servidor a remover o escabelo para que o Senhor se pudesse levantar. Deus ergueu-se diante do trono, estendeu em direção a Jacó o sinal da vida e encheu de ar os pulmões, dilatando-se-lhe então o peito. O esplendor da sua voz fez coro com o saltério e com a música estelar dos que subiam e desciam a escada e se confundiu numa harmonia suave e poderosa. E falou: "Eu sou! Eu sou o Senhor de Abiram, de Yitzhak e teu Senhor. Meus olhos pousam em ti, Jacó, com benevolência que vê longe. Farei a tua descendência numerosa como o pó da terra, e tu serás para mim abençoado antes de todos e possuirás as portas de teus inimigos. Contigo estou e te guardarei em todos os lugares aonde fores e te tornarei a trazer rico a essa terra onde dormes e nunca te desampararei. Eu sou e quero!". Assim trovejou na harmonia a voz do Rei e Jacó despertou.

Que visão tinha sido aquela, e que reerguer de cabeça! Jacó chorou de alegria e riu um pouco ao pensar em Elifaz, ao mesmo tempo que caminhava debaixo das estrelas, dentro do círculo de pedras, e viu aquela pedra sobre a qual repousara a cabeça enquanto contemplava.

Que lugar é este, pensava ele, ao qual vim dar por acaso? Sentia frio com o fresco da noite e repassavam-no arrepios de excitação ao mesmo tempo que falava: "Certo tenho razão para tremer tanto. O povo de Luza nada sabe a respeito deste lugar, embora tenha feito aqui um refúgio e um Guilgal. Certamente não sabem como eu não sabia que este é o lugar da presença e a porta do esplendor e um elo entre o céu e a terra!". Depois dormiu de novo, algumas horas de sono pesado e cheio de orgulho, cheio de secreto júbilo. Ao amanhecer, levantou-se, desceu até Luza e se encaminhou para o bazar. Tinha nas dobras do cinto um anel de sinete com uma pedra de lazulita azul-escura que escapara à busca dos servos de Elifaz. Vendeu-a por menos do que valia, trocando-a por alimentos secos e por dois jarros de óleo de que estava muito precisado para certo intento que tinha em mente e cuja realização julgava ser seu dever. Antes de prosseguir sua viagem para o Oriente e na direção do rio Naharina, subiu mais uma vez o outeiro até o lugar do sonho, ergueu a pedra sobre a qual recostara a cabeça para descansar, pô-la ereta como um obelisco e sobre ela entornou óleo em profusão, dizendo: "Bet-el, Bet-el será o nome deste lugar e não Luza, porque é uma casa da presença, e Deus, o Rei, se revelou aqui a seu humilde servo e fortaleceu-lhe o coração acima de todo encarecimento. Certamente passou dos limites e foi um exagero ter Ele me dito ao som das harpas que minha descendência seria sem conta como o pó e meu nome seria honorificado. Se, porém, Ele estiver comigo, conforme prometeu, e me guardar nessa jornada que empreendo e me der pão para comer e roupa para me vestir e eu possa assim voltar em paz para a casa de meu pai, então o Senhor será meu Deus e eu Lhe restituirei a décima parte de tudo que me der. E se se cumprir tudo aquilo com que Ele tão ilimitadamente me fortaleceu o coração, esta pedra que ergui como um pilar será um santuário, no qual se Lhe oferecerá alimento constantemente e ainda se queimará para suas narinas sal e incenso. Este é um voto e uma promessa em correspondência a outra promessa, e faça agora Deus, o Rei, como Lhe pareça no seu interesse".

ESAÚ

Foi isso que sucedeu com Elifaz, o esplêndido jovem, que, se se considerar bem tudo, não passava de uma pobre criançola comparado com Jacó a quem ele humilhara em sacrifício ao seu orgulho. Jacó, graças a recursos de força espiritual desconhecidos de Elifaz, triunfara com facilidade das humilhações a que o podia submeter um rapazelho, e fora precisamente da profundeza do aviltamento que saíra a revelação. E que sucedera ao pai? Teria a sua aventura sido diferente da do filho? Refiro-me àquele encontro com Esaú, do qual já ouvimos Jacó falar. Neste caso a exaltação e o fortalecimento vieram primeiro, em Fanuel, naquela noite de medo em que ele lutara pelo nome que fazia sorrir Simeão e Levi. Já de posse do nome, já triunfante, foi ao encontro do irmão, previamente armado contra qualquer humilhação que se tornasse inevitável; armado ainda contra a indignidade do medo inspirado pelo encontro que ia mais uma vez patentear a dessemelhança entre os gêmeos.

Convencido de que era aquela uma situação insustentável e que devia ficar aplanada, tomara a iniciativa de enviar recados a seu irmão; mas não podia dizer com que espírito Esaú se aproximava dele. Por intermédio de espiões soube que o irmão se pusera à testa de quatrocentos homens. Isso tanto podia ser interpretado como uma homenagem devida às mensagens brandas e cativantes que lhe mandara, como podia representar um perigo real. Tinha feito seus preparativos. As pessoas mais chegadas a ele e que lhe eram mais caras, Raquel e o filho de cinco anos, ele tivera o cuidado de esconder por trás dos camelos carregados e colocara Dina, a filha que tivera de Lia, dentro de um caixão como morta, o que quase a ia asfixiando; pusera os outros filhos em companhia de suas mães, na dianteira as concubinas e a prole destas. Foi dispondo por ordem os pastores com os presentes de gado, os duzentos cabritos e cabras, o mesmo número de carneiros e ovelhas, os trinta camelos fêmeas com cria, as quarenta vacas e dez bezerros, as vinte jumentas com seus potros; tudo isso fora colocado em ordem e tangido em manadas distintas, com um bom espaço de intermédio, de modo que Esaú pudesse ir perguntando de cada vez e obtivesse sempre a mesma resposta; isto é, que eram para ele, eram um presente de seu servo Jacó. E assim sucedeu. E, embora ao partir Esaú das montanhas de Seir, para se encontrar com o nômade que voltava, seu espírito estivesse ainda vacilante e dúbio no momento em que, depois de um lapso de vinte e cinco anos, se viu rosto a rosto com o irmão, sua disposição de ânimo foi a melhor possível.

Jacó achou essa alegria inteiramente descabida, ainda que tivesse feito tudo para provocá-la. Mal percebera que, ao menos no momento, nada tinha que temer, foi-lhe difícil esconder a repugnância que lhe causava a estúrdia boa-fé de Esaú. Nunca esqueceu a cena do encontro... Os dois filhos gêmeos de Rebeca tinham nessa época cinquenta e cinco anos; eram conhecidos em toda a redondeza, entre Hebron e Bersabeia, como "a erva cheirosa" e "a planta espinhenta". Mas "a erva cheirosa", Jacó, o homem de pele lisa, nunca procedera com a desenvoltura própria de tantos jovens, tendo-se revelado desde menino um morador das tendas, sisudo e tímido. E era agora um homem maduro, de muita experiência, opulento em bens acumulados, cheio de preocupações, suportando com dignidade o peso dos acontecimentos. De outro lado, Esaú, embora grisalho como o irmão, parecia ainda, como era noutros tempos, o mesmo fraco e insignificante filho da natureza, sempre a lamentar-se de aflição ou deixando-se levar por impulsos instintivos; não parecia sequer ter mudado nas feições, e efetivamente grande parte das mudanças que notamos nos nossos companheiros de meninice consiste em terem eles criado barba e acrescentado alguma ruga à sua fisionomia infantil.

A primeira coisa que lhe anunciou a aproximação de Esaú foi o som da gaita, o bem lembrado trilo, forte e cavo, produzido num feixe de canas de diferentes comprimentos, ligados por fitas em cruz. Era esse um instrumento muito apreciado pelos montanheses de Seir e talvez invenção deles. Esaú adquirira um havia tempos e adestrara seus lábios grossos em tirar dele melodias muito agradáveis. Jacó a conhecia desde muito e detestava aquela ridícula toada pastoril, o insípido "ti-ri-li" característico dos bárbaros do Sul: sua alma encheu-se de desprezo quando as primeiras notas lhe feriram os ouvidos. Esaú estava dançando. Com o instrumento na boca, o arco nas costas, em redor dos rins uma espécie de tanga feita de pele de cabra, e mais nenhuma roupa por ser tão hirsuto que dela não precisava e a pelugem a cair-lhe dos ombros em tufos gris-avermelhados; com as suas orelhas pontudas e o nariz esborrachado sobre o lábio inferior, vinha ele a dançar e a pular pelo campo na direção do irmão e do seu séquito; soprava, fazia sinais, ria e chorava, ao ponto de Jacó, entre envergonhado e desdenhoso, com dó e ao mesmo tempo com repugnância, murmurar lá consigo algo parecido com um "Por amor de Deus!".

Em todo caso apeou-se da alimária com a pressa que lhe permitiu sua coxa inchada e arregaçando as vestes foi-se arrastando pressuroso na direção do bode músico, não se esquecendo de pelo caminho dar todas as provas de submissão e humildade que se dispusera a executar, e essas lhe saíram fáceis ao seu amor-próprio após o triunfo da noite anterior. Apesar da dor que sentia, lançou-se por terra umas sete vezes, com a palma das mãos acima da curvada cabeça, e assim chegou aos pés de Esaú. Comprimiu de encontro a eles a testa, enquanto suas mãos tocavam os lanosos joelhos do irmão e seus lábios repetiam as palavras que, a despeito da bênção e da maldição, iam dar à situação um aspecto completamente favorável a Esaú, desarmando-o e conciliando-o: "Meu senhor! Teu escravo!". A atitude de Esaú não foi somente de apaziguamento, foi mesmo amistosa e terna além de toda expectativa, talvez até da sua própria expectativa. O que ele sentira ao ter notícia do regresso do irmão não passara afinal de uma excitação vaga e geral que ainda pouco antes do encontro poderia com a maior facilidade converter-se tanto em raiva como em ternura. Levantou Jacó do pó da terra, apertou-o, soluçando alto, contra o seu peito cabeludo e beijou-o, com fortes estalos, nos lábios e nas faces, afagos que o outro a custo suportou. Todavia ele próprio chorou, em parte porque, tendo-se mostrado infundados os seus receios, a tensão afrouxara, em parte graças à sua sensibilidade nervosa, mas em geral chorou ainda mais por causa da vida, do tempo e do destino humano. "Ó meu irmão, meu querido irmão!", tartamudeava Esaú no intervalo dos beijos. "Tudo está esquecido, toda a velhacaria de outros tempos, tudo!" Essa magnanimidade que tomava uma forma tão pungentemente explícita era mais talhada para secar as lágrimas a Jacó do que para fazê-las correr com mais abundância. Esaú pôs-se a fazer perguntas, deixando, entretanto, para o fim a questão que mais de perto lhe interessava, isto é, o que significavam aquelas manadas que iam sendo tangidas na frente da comitiva de Jacó. E em primeiro lugar, de sobrancelhas erguidas, indagou acerca das mulheres e crianças montadas nos camelos atrás do irmão. Estas então apearam e se adiantaram para serem apresentadas: primeiro as concubinas com seus quatro filhos se inclinaram diante do peludo homem, depois Lia com os seus seis, e por último Raquel, a dos olhos meigos, com José, que foram buscar lá da retaguarda. À medida que cada nome ia sendo mencionado, ele arrancava à sua gaita um trilo festivo, elogiava os peitos das mulheres e a robustez da prole. Comentou alto a vista fraca de Lia e deu-lhe um bálsamo fabricado de uma erva de Edom, para as suas pálpebras que tinham uma inflamação crônica. Recebendo o unguento, Lia beijou-lhe a ponta dos dedos dos pés e lhe agradeceu, mas com a raiva a ferver no coração.

Até a simples compreensão verbal entre os dois irmãos suscitara certa dificuldade. Procuravam usar a linguagem de sua infância comum, mas isso lhes era penoso, pois Esaú falava o rude dialeto de Seir, bastante diferente daquele falado na região de sua infância, por causa do acréscimo de palavras madianitas e de elementos provindos do deserto de Sinai; por seu lado, Jacó aprendera em Naharina a falar acádico. Auxiliavam-se mutuamente com gestos, porém Esaú achou palavras para exprimir a sua curiosidade diante dos rebanhos pingues, e as cerimônias que fez para aceitar o esplêndido presente, quando Jacó lhe deu a entender que com aquele meio esperava conciliar as graças do irmão, mostravam não lhe faltar certo conhecimento das boas maneiras. Afetou alegre indiferença pela riqueza, pelos haveres e quejandas frioleiras. "Não faças tal, ó meu irmão!", exclamava ele. "Seria uma rematada loucura. Toma o teu e conserva-o, eu to restituo, não tenho necessidade disso para esquecer aquele pecado velho e perdoá-lo. Eu me arranjei bem com a minha sorte e estou contente. Pensas que nós do mundo inferior passamos todos os dias da nossa vida tristes e cabisbaixos? Ora, meu Deus, isso seria um engano redondo! Nós na verdade não nos jactamos nem pomos os olhos em alvo por ter a bênção sobre a nossa cabeça, mas aqui ao nosso modo somos alegres, se queres saber! Para nós também é agradável dormir com uma mulher, nós também temos amor aos filhos que criamos. Julgas que a maldição de que te sou devedor, irmão trapaceiro que eu amo, fez de mim um mendigo tinhoso e faminto em Edom? Nada disso! Lá eu sou um senhor e grande entre os filhos de Seir. Tenho mais vinho que água, mel em abundância, azeite e frutas, trigo e cevada mais do que posso comer. Meus subalternos me enchem o papo, mandam-me todos os dias pão, aves domésticas e carne já preparadas para minha refeição, e caça que acossam no ermo com seus cães ou que eu próprio abato, e tarradas de leite bebo eu que me põem acordado metade da noite a arrotar. Presentes? Rebanhos e manadas como dom expiatório ou véu para tapar a vista, e tudo isso destinado a fazer-me esquecer a trapaça indigna que a mulher e tu usastes comigo? Fora, fora com isso!" Aqui ele tirou um trilo alegre da sua charamela. "Para que presentes entre mim e ti? O que importa é o coração, e eu perdoei e esqueci a antiga baixeza e não penso mais naquela macaqueação que fizeste de mim e de meu corpo cabeludo, quando apareceste diante de nosso pai com peles sobre a tua coxa e o teu pulso, seu maroto, negócio esse que ainda hoje na minha velhice me faz rir quando dele me lembro, mas que na ocasião me fez chorar lágrimas de sangue e me impeliu a mandar-te no encalço de Elifaz, obrigando-te a empalidecer de medo, ó joguete de mulheres!"

E de novo abraçou o irmão e lhe besuntou o rosto todo de ósculos, que Jacó simplesmente suportou sem lhos retribuir. As palavras de Esaú o enojavam profundamente. Achava-as estúpidas, levianas e

extremamente desagradáveis e estava ansioso por poder desembaraçar-
-se o mais breve possível daquele excêntrico parente, não sem primeiro
regular a situação e sem mais uma vez ficar quite com ele pelo direito
de primogenitura com tributo pago ali à vista, porquanto o que por
certo queria Esaú era que o convencessem e instassem com ele. Deu-
-se, pois, nova troca de cortesias, mais mostras de humildade, insistindo Jacó ainda mais nas ofertas, até que, quando Esaú afinal se deixou
persuadir a aceitar a dádiva das mãos do irmão e mostrar-se grato por
ela, foi realmente tomado de assalto o coração do pobre homem, e sua
reconciliação com Jacó foi muito mais sincera de que a de Jacó com ele.

"E agora, meu irmão", disse Esaú, "nada de pensar mais naquele
triste episódio de outros tempos! Pois não saímos do mesmo ventre, tu
e eu, um depois do outro, mas pode-se dizer que no mesmo tempo? Tu,
como sabes, seguraste meu calcanhar e eu, mais forte, te arrastei após
mim para a luz do dia. Lutamos um com o outro nas entranhas maternas, é bem verdade, e também fora delas, mas ponha-se um termo a
tudo isso! Vivamos fraternalmente um com o outro e, como gêmeos
diante do Senhor, comamos do mesmo prato e nunca mais, no resto da
nossa vida, nos apartemos um do lado do outro! Empreendamos, pois,
nossa jornada para Seir e moremos juntos!"

"Muito obrigado!", pensou lá Jacó consigo. "Ir eu para Edom, ser
um bode gaiteiro como tu e viver para sempre contigo, ó tolo? Mas não
é isso o que Deus quer nem o que minha alma quer. Tudo o que dizes
não passa de palavras ocas para os meus ouvidos, porque o que houve
entre nós não pode ser esquecido. Tu mesmo o trazes à tona em cada
palavra que proferes e pensas lá no teu fraco bestunto que poderá ser
perdoado e esquecido?"

"As palavras do meu senhor", disse em volta alta, "são um encantamento e cada uma delas calou profundamente no coração de seu servo com cujos desejos coincidem. Vê, porém, o meu senhor que comigo
estão meus filhos crescidinhos ao lado dos menores como este aqui de
cinco anos, chamado Jehosif, criaturinha fraca para tal caminhada; e
infelizmente também tenho uma filhinha morta no caixão e seria coisa
ímpia andar com ela aos trambolhões pelos troncos e pedras. Isso sem
falar nos meus bezerros e cordeirinhos de mama. Todos eles morreriam
se eu fosse andar depressa. Passe o meu senhor, a ele o peço, na frente
do seu servo; eu irei de meu vagar, acomodando-me à marcha do gado
que me precede e conforme puderem acompanhar-me meus filhos, até
que apanhe meu senhor em Seir para morarmos juntos afetuosamente."

Era uma recusa delicada e Esaú, olhando um tanto espantado, como tal a entendeu. Chegou a dar nova investida, sugerindo ao irmão que deixasse com ele parte da sua gente para guiar a comitiva e cobrir-lhe a retaguarda. Mas Jacó lhe respondeu que não era necessário, se é que achara graça nos olhos de seu senhor, de forma que a inanidade de suas palavras ficou patente. Esaú encolheu os ombros cabeludos, deu as costas ao formoso e falso e dali se encaminhou para suas montanhas com o gado e seu séquito. Jacó, atrás dele, foi retardando um tanto a marcha e na primeira volta tomou outro caminho e desapareceu.

3. HISTÓRIA DE DINA

A MOÇOILA

Como ele então veio ter a Siquém, é aqui o lugar de contar a história das graves complicações que se seguiram à sua estada nessa cidade e narrá--las como realmente se passaram, emendando um tanto aqueles miúdos enfeites e melhoramentos introduzidos mais tarde na "linguagem bonita" que começa dizendo: "Tu sabes? Eu bem sei", e foram transmitidos à posteridade como história da descendência e do mundo. Se vamos referir a história dos fatos funestos e no fim sangrentos daquela época, história essa inscrita nas velhas feições cansadas de Jacó, ao lado de outros acontecimentos que formavam o lastro de suas antigas recordações, fazemo--no porque ela é parte integrante da história espiritual do homem e lhe constitui o cunho característico da alma, e porque nada melhor do que sua atitude nesse episódio explica o motivo pelo qual Simeão e Levi se acotovelavam disfarçadamente um ao outro quando o pai fazia uso do título de honra que lhe fora outorgado por graça divina.

A malfadada heroína da aventura de Siquém foi Dina, única filhinha de Jacó, que lhe nascera de Lia no começo do seu segundo período de fecundidade, — no começo e não no fim, antes portanto de Issacar e Zabulon e não depois deles, como fixou uma tradição posterior. Essa tradição deve estar errada, porque de acordo com ela Dina não estaria fisicamente madura para a desgraça que a atingiu, seria apenas uma criança. A verdade é que ela era quatro anos mais velha que José, o que lhe daria nove anos de idade por ocasião da chegada de Jacó a Siquém e treze ao tempo da catástrofe. São dois anos mais do que os que a tradição lhe atribui, e dois anos importantes, porque durante eles a menina floriu, fez-se mulher e tão atraente como até então a nenhum filho de Lia fora dado ser, e mesmo, durante algum tempo, mais atraente do que se podia esperar desse tronco forte mas desgracioso. Ela era uma verdadeira filha da estepe mesopotâmica, onde não se pode dizer que, à primavera desde cedo carregada de botões e florida, siga-se um vivaz estio, porque mesmo em maio todo o encanto da natureza fica transformado em negro carvão por um sol impiedoso. Tais eram os predicados naturais de Dina; a estes os acontecimentos vieram acrescentar seu quinhão para torná-la antes do tempo uma mulher cansada e gasta. Em relação ao seu lugar na lista dos descendentes de Jacó, não é de grande importância o que os escribas registraram. Foi pressa ou indiferença o que lhes guiou as penas quando se limitaram a inserir-lhe o nome no fim da lista dos filhos de Lia em vez de o colocar no lugar que lhe compete — isso era questão de somenos, tratando-se de uma moça. Não iriam eles interromper a história dos filhos com uma coisa a um tempo tão insignificante e tão aborrecida como o nome de uma menina. Não havia muita diferença entre a esterilidade positiva e o nascimento de uma pessoa do sexo feminino; e o nome de Dina no seu lugar próprio forma uma como transição entre o curto período de esterilidade de Lia e o período de fecundidade seguinte, inaugurado, a bem dizer, com o aparecimento de Issacar. Qualquer menino de colégio hoje sabe que Jacó teve doze filhos, alguns lhes sabem até de cor os nomes, ao passo que muita gente boa ignora a existência da inditosa Dina e se mostra surpreendida ao ouvir mencionar tal nome. No entanto, Jacó a amava, amava-a tanto quanto lhe era possível em se tratando de uma filha da mulher não legítima; escondeu-a de Esaú num féretro e, quando chegou o tempo, seu coração sangrou por ela.

BESET

Israel, o abençoado do Senhor, com todos os seus bens e posses, seus rebanhos, dos quais só de carneiros havia cinco mil e quinhentas cabeças, com suas mulheres e a prole destas, com escravas e servos, pastores e vaqueiros, com burros e cabras e camelos de carga e de montada — Jacó, o pai, vindo do Jaboc e do encontro de Esaú, atravessou o Jordão, contente por ter deixado para trás o ardor do vale fluvial e os perigos dos javalis e leopardos ocultos nos bosquedos de álamos e salgueiros, achava-se então numa região relativamente montanhosa onde torrentes impetuosas regavam os vales floridos e frutíferos e a cevada crescia sem cultivo. Num desses vales foi dar com a cidade de Siquém, sítio aprazível, colocado à sombra do penhasco de Garizim. Tinha algumas centenas de anos de existência, com uma muralha circular de blocos de pedra soltos, encerrando duas cidades: a baixa, a Sudoeste, e a alta, a Noroeste. A cidade alta era assim chamada porque ficava sobre um terrapleno artificial de dez varas de altura. Cabia-lhe ainda esse nome num sentido figurado, porque era quase exclusivamente formada pelo palácio de Hemor, príncipe da cidade, e pelo maciço quadrangular do templo de Baal-berit. Essas duas monumentais construções foram as primeiras coisas que chamaram a atenção de Jacó e de seu séquito quando penetraram no vale e se foram aproximando da porta oriental da cidade. Siquém tinha uns quinhentos habitantes, não contando os vinte homens que formavam a guarnição egípcia, cujo capitão, um oficial na flor dos anos, viera da região do Delta e fora ali colocado com o único intuito de cada ano arrecadar algumas barras de ouro em forma de anéis, diretamente das mãos de Hemor, mas indiretamente dos importantes mercadores da cidade baixa. Esse ouro era depois encaminhado para a cidade Amun, e se lá por acaso não chegasse, isso causaria não pequenas contrariedades ao jovem Weser-ke-bastet. Era esse o nome do comandante.

Podem-se bem imaginar os sentimentos desencontrados com que o povo de Siquém viu aproximar-se aquela comitiva nômade. A informação lhes havia chegado por intermédio das sentinelas postadas sobre a muralha e os moradores da cidade que voltavam para casa. Quem podia dizer que aqueles caminhantes vinham com boas ou más intenções? Dado o caso que fossem más, o povo de Siquém tinha já tanta experiência de guerras e expedições de pilhagem que estava apreensivo com a segurança da cidade, apesar da grossa muralha que a rodeava. Aquilo não era gente de espírito belicoso, mas pacífica, afeiçoada ao comércio e amiga do conforto. O príncipe Hemor era um velho artrítico e rabugento, e seu filho Siquém um fidalgote mimado, um elegante madraço que vivia deitado em alcatifas a comer confeitos e doces. Em tais condições, a confiança da população no valor militar da guarnição ocupante seria ilimitada se houvesse um motivo qualquer a que tal confiança pudesse agarrar-se. Mas esse punhado de homens reunidos em torno de um estandarte encimado por um falcão e enfeitado com penas de pavão, embora se chamasse a si mesmo a divisão "refulgente como o disco solar", não despertava nenhuma confiança na hora da necessidade, e menos que todos, o comandante, o mencionado Weser-ke-bastet, que quase nada tinha de militar na sua pessoa. Era amigo do peito do jovem Siquém e tinha duas paixões na vida: as flores e os gatos. Viera da cidade de Per-beset, no Baixo Egito, nome este que os siquemitas adaptaram a sua fonética, transformando-o em Pi-beset e por isso chamavam o oficial simplesmente também "Beset". A divindade local da sua cidade era a deusa de cabeça de gato, Bastet, e a devoção de Beset à raça felina não conhecia limites. Aonde quer que fosse, estava cercado desses animais, e não só de vivos de todas as cores e idades, mas também de mortos, pois havia pelas paredes de seu alojamento várias múmias de gatos e chorava quando colocava diante delas oferendas de camundongos e leite. Com essa índole meiga bem se acomodava o seu amor às flores; como pendente aos traços de masculinidade, poder-se--ia considerar essa qualidade como uma agradável característica; mas faltando aqueles traços, o seu amor às flores não inspirava lá grande confiança. Trazia sempre um vasto colar de flores frescas, e por modesto que fosse o objeto do seu uso diário, devia vir com a competente grinalda. Enfim, tudo aquilo era uma coisa ridícula. Andava inteiramente à paisana; usava uma saia branca de batista através da qual era visível a tanga, e faixas em redor dos braços e da cintura. Nunca ninguém o vira metido numa couraça e, quanto a armas que usasse, só se tinha notícia de uma bengalinha. "Beset" fora feito oficial simplesmente por ter certa habilidade em escrever.

Quanto aos seus comandados, com os quais pode dizer-se que não se preocupava, tinham sempre nos lábios elegantes frases de louvor às façanhas guerreiras de um antigo rei de seu país, Tutmés III, e ao exército egípcio, que em sete campanhas sob seu comando conquistara toda a região que se estende até o rio Eufrates. Mas pelo que lhes dizia respeito, sua proeza principal consistia no consumo de ganso assado e cerveja. Em outras ocasiões, por exemplo um incêndio ou num ataque de beduínos aos povoados circunjacentes e que pertenciam à jurisdição da cidade, tinham-se mostrado uns rematados covardes, especialmente os egípcios natos, porquanto havia também alguns líbios amarelos e uns mouros da Núbia. Às vezes apareciam nas estreitas vielas de Siquém com seus escudos de madeira, suas lanças, suas foices e seus aventais de couro de três cantos protegendo a tanga e passavam correndo com estrépito como se estivessem a fugir, metendo-se por entre a chusma de homens montados em burros e camelos, no meio dos aguadeiros, que também vendiam melões, e entre os bufarinheiros em frente ao bazar, enquanto os moradores da cidade lhes faziam caretas pelas costas.

Quanto ao mais, esses guerreiros do faraó se divertiam com jogos de "Quantos dedos?" ou "Quem te bateu?" e com canções que tinham por tema as agruras da vida de soldado, especialmente daqueles que eram condenados a arrastar a existência nessa miserável terra de Amu, em vez de vicejar nas praias do doador da vida, que possui muitas barcas, e debaixo das colunas alegremente coloridas de "No", a cidade das cidades, a cidade incomparável, No Amun, a cidade de Deus. Não pode haver a menor dúvida de que eles se importavam com o destino e a proteção de Siquém tanto como com a de um grão de milho.

A ADMOESTAÇÃO

Mas os bons habitantes de Siquém ainda sentir-se-iam pior se ouvissem a conversa que os filhos mais velhos do chefe da tribo estavam tendo uns com os outros enquanto vinham chegando: discussão de planos referentes muito de perto a Siquém e que aqueles jovens empoeirados mas cheios de energia tramavam entre si antes de os submeter à apreciação do pai, o qual, ao ouvi-los, os vetou decididamente. Rúben ou Reuben, como o mais velho realmente se chamava, tinha então dezessete anos, Simeão e Levi contavam respectivamente dezesseis e quinze anos, Dã, filho de Bala, rapaz finório e engenhoso, tinha também quinze, e o veloz e esbelto Neftali era da mesma idade que o robusto mas tristonho Judá, tendo ambos catorze anos. Eram estes os filhos de Jacó que tomaram parte na conspiração. Gad e Aser, respectivamente, com onze e dez anos, conquanto já fossem uns meninos taludos e de inteligência desenvolvida, ainda dessa vez ficaram de fora, sem falar nos três filhos menores.

Mas que estavam discutindo? Tratava-se, nada mais nada menos, do mesmo tema que suscitava preocupação em Siquém. Lá do lado de fora estavam em plena conjuração aqueles espadaúdos mancebos, quase enegrecidos com o sol de Naharina, de cabelos endurecidos de unto, vestidos de felpudas blusas cintadas. Eram pastores e filhos da estepe, criados quase às soltas desde a infância, adestrados no arco e na faca, habituados a recontros com leões e touros selvagens e também a tremendas rixas com outros pastores de fora, por causa de direitos de pastagem. Pouco, muito pouco, haviam herdado da mansa e meditativa piedade de Jacó: suas preocupações eram de caráter estritamente prático, tinham esse espírito juvenil e provocador que anda sempre farejando insultos e procurando brigas. Possuíam grande orgulho da sua raça, embora nada soubessem da nobreza espiritual em que consistia a verdadeira grandeza do povo hebreu. Fazia muito tempo que não se acolhiam debaixo de um teto nem tinham morada fixa, e sua atitude em relação aos habitantes da terra fértil na qual penetravam era a de nômades cônscios de sua liberdade e audácia superiores, ocupados com sonhos de boa presa. Dã foi o primeiro que, com o canto da boca, sugeriu que tomassem Siquém por meio de ardil e a saqueassem. Rúben, rapaz honesto porém inclinado a entusiasmar-se depressa, foi logo conquistado, enquanto de seu lado Simeão e Levi, os maiores brigões da turma, dançavam e gritavam, aflitos para começar. Os mais moços encheram-se de orgulho, vendo-se chamados a tomar parte na empresa.

Afinal a ideia não era assim tão fantástica. Já sucedera a algumas cidades daquela zona terem sido cercadas por vagabundos do deserto, useiros e vezeiros em rapinagens, habirus ou beduínos, e terem até sido temporariamente ocupadas. Se não chegava a ser aquilo um acontecimento diário, também não era fato raro. Entretanto, a tradição, cujas fontes não se acham nas cidades mas entre os habirus ou ibrim propriamente ditos, os bene Israel, guarda silêncio com a mais pura consciência do mundo, convencida da permissibilidade dessas purificações épicas da realidade e sabedora de que estivera sempre nas cogitações dos homens do acampamento de Jacó um ajuste com Siquém pela força das armas, ajuste esse que apenas fora diferido por alguns anos, por causa da oposição do chefe da tribo — diferido, dizíamos, até os trágicos acontecimentos que tiveram Dina como protagonista.

Fosse como fosse, Jacó se opôs, e sua oposição foi majestática e invencível. Por essa ocasião, sua disposição de ânimo era bastante altiva, representando o produto combinado de sua cultura tradicional, a singular importância da sua vida interior e sua inclinação para associações de ideias de grande alcance. Nas suas solenes reflexões, o decurso dos vinte e cinco últimos anos de sua vida lhe aparecia à luz de suas relações com o cosmo, como um símbolo do círculo, como as alternativas de uma subida ao céu, uma descida ao inferno e de uma ressurreição, como uma realização extremamente feliz do plano místico do crescimento. Jornadeando de Bersabeia, tinha chegado a Bet-el, lugar da grande visão da escada, e era isso uma ascensão ao céu. Daí se aprofundara no vale do mundo inferior onde fora obrigado a servir duas vezes sete catorze anos, suando e curtindo frio, depois ficando riquíssimo por ter passado em esperteza um demônio ao mesmo tempo astuto e tolo chamado Labão. O hábito peculiar a Jacó de estar sempre a associar ideias o levava a enxergar no seu sogro da Mesopotâmia um demônio lunar preto e um dragão do mal, que o traíra, e a quem ele depois traiu também de uma forma requintada, espoliando-o e sobretudo livrando-lhe do encantamento sua Ishtar, a Raquel dos olhos meigos: rompeu os ferrolhos do mundo inferior e, levando o coração cheio de pio regozijo, subiu com ela e com todas as riquezas, dos abismos do mundo inferior e dirigiu-se para Siquém. O vale de Siquém não tinha necessidade de se apresentar com a floração luxuriante em que estava para os olhos de Jacó o saudarem como uma nova primavera e uma estação de renascimento no curso da vida; a recordação de que Abraão estivera naquele mesmo lugar contribuiu para enchê-lo de sentimentos de ternura e reverência, à medida que se aproximava. Seus filhos podiam acaso deter-se a pensar nas proezas guerreiras de Abraão, na sua temerária investida contra os exércitos do Oriente e em como embotara os dentes aos adoradores das estrelas, mas ele, Jacó, estava pensando na amizade de seu antepassado com Melquisedec, sumo sacerdote de Siquém, na bênção que recebera dele, na simpatia e no reconhecimento que tributara ao Deus de Abraão. Por tudo isso o modo como Jacó recebeu os filhos mais velhos quando, cautelosamente e numa linguagem quase poética, mencionaram suas indignas intenções, foi dos mais desanimadores.

"Afastai-vos de mim", bradou, "e imediatamente! Filhos de Lia e de Bala, devíeis envergonhar-vos! Somos porventura ladrões do deserto que caem como gafanhotos em cima de uma terra, como uma praga de Deus, e devoram a colheita do agricultor? Somos a ralé ou uma tribo sem nome, filhos de ninguém, que só têm de escolher entre mendigar ou roubar? Não foi Abraão um príncipe entre príncipes da terra e um irmão de poderosos? Se com as espadas gotejantes vos pondes contra os senhores das cidades e viveis no meio de guerras e alarmes, como podereis apascentar nossos cordeiros em solo hostil e nossas cabras entre as colinas que ressoam de ódio? Fora, imbecis! Submetei-vos. Atendei aos rebanhos e cuidai de que os animaizinhos de três semanas tenham a sua forragem, poupando assim o leite das mães. Ide apanhar o pelo dos camelos para termos material para a roupa dos escravos e guardas dos rebanhos, pois agora é tempo da muda. Ide, digo-vos eu, experimentar as cordas das tendas e os ilhós dos tetos das tendas para que nada apodreça e não suceda alguma desgraça fazendo desabar a casa de Israel sobre nossas cabeças. E sabei que agora me vou preparar para transpor a porta da cidade e falar em paz e sabedoria com o povo e com Hemor, seu pastor, para que façamos aliança com eles, legalmente e por escrito, e tenhamos terras deles e possamos negociar com lucro nosso e sem prejuízo de ninguém."

O AJUSTE

E assim sucedeu. Instalara Jacó seu acampamento não longe da cidade, junto a um grupo de antigos terebintos e amoreiras que lhe pareceram sagrados, numa extensão ondulante de prados e terra arável onde surgia o penhasco de Garizim, escalvado na parte superior mas fértil no sopé; à distância viam-se os desnudos alcantis do monte Ebal. Dali mandou três homens a Siquém com presentes para o pastor Hemor: um cesto com pombos, pão feito de frutas espremidas, uma lâmpada com a forma de um pato e alguns bonitos jarros com pinturas de peixes e pássaros. E mandou dizer que Jacó, o poderoso viajante, desejava tratar com os chefes da cidade, ao pé da porta, acerca de sua estada e direitos. Em Siquém a sensação foi de desafogo e prazer. Marcou-se a hora do encontro e, chegada esta, o gotoso Hemor saiu da porta oriental com o seu cortejo doméstico e seu filho Siquém, mancebo irrequieto; por curiosidade, compareceu também Weser-ke-bastet com uma grinalda de flores frescas, seguido de vários gatos. E do outro lado se postou com toda a sua dignidade Yaakov ben Yitzhak, assistido por seu servo mais velho Eliezer e pelos filhos maiores, dos quais exigira para essa ocasião a mais perfeita cortesia. E assim se encontraram junto à porta da cidade e ali vieram à fala, porquanto a porta era uma pesada construção, ressaindo tanto para fora como para dentro em arcadas. Na parte interior ficava a praça do mercado e a casa de justiça. Grande mó de povo acorrera ao local em seguimento aos chefes do conselho para observar e inteirar-se das negociações. Estas se processaram com as devidas formalidades, só se chegando ao âmago do assunto depois de certa hesitação, de sorte que a sessão durou seis horas e os mercadores fizeram muito negócio. Trocados os primeiros cumprimentos, os dois grupos sentaram-se um defronte do outro em bancos de dobrar, esteiras e tapetes e foram servidos refrescos: vinho aromatizado e coalhada com mel. Durante muito tempo a conversa girou apenas em torno do estado de saúde dos chefes e de suas famílias, depois passou à situação das comunicações nos dois lados do "desaguadouro", e daí para assuntos mais remotos. Mas a pouco e pouco, com relutância e encolher de ombros, foram-se aproximando do objeto do encontro, a princípio como quem não quer nada, parecendo propósito de cada parte dissuadir a outra de tocar na questão. Afetaram tratá-la com menosprezo, em virtude de seus elevados sentimentos de humanidade, precisamente porque era aquele o único tópico em debate e a verdadeira razão do encontro. Afinal é justamente esse deleite com o supérfluo, essa submissão a hierarquias artificiais e o tranquilo desperdício de tempo por amor a elas o que diferencia o civilizado do natural e constitui a soma total dos valores humanos.

Foi a melhor possível a impressão causada nos habitantes pela personalidade de Jacó. Perceberam bem, se não à primeira vista, logo ao iniciar-se a palestra, quem era o homem que tinham diante de si. Era aquele um senhor e príncipe de Deus e dos homens, aristocrata pela posse de dons do espírito, mercê dos quais sua pessoa igualmente era enobrecida. Evidenciava-se ali a mesma nobreza que desde tempo imemorial fora o cunho do sucessor ou da reencarnação de Abraão aos olhos do povo; sem depender de nascimento, baseada na forma e no espírito, ela conferira a essa raça o dom da chefia espiritual. A impressiva mansidão e profundeza do olhar de Jacó, seu irrepreensível decoro, seus gestos rebuscados, o trêmulo de sua voz, a linguagem culta e florida, estruturada em teses e antíteses, pensamentos rítmicos e alusões míticas, enfeitiçaram tanto a todos, em particular ao gotoso Hemor, que logo no começo dos debates se levantou e se aproximou do xeque para beijá-lo, no meio de estrepitosos aplausos do povo que se comprimia no pórtico. A verdadeira intenção do desconhecido que, como todos sabiam, era a sua fixação permanente e legal entre eles, constituía na realidade uma questão um tanto difícil para o chefe da cidade, porque se chegasse ao conhecimento das autoridades superiores que ele, Hemor, estava repartindo a região com os habirus, isso podia dar-lhe que fazer na sua velhice.

Tranquilizado, porém, por uma troca inteligente de olhares com o comandante da guarnição, que se tomara por Jacó da mesma simpatia que empolgara Hemor, entabulou as negociações com uma vasta mesura e a cativante proposta de que Jacó tomasse simplesmente a terra e os direitos como um presente, pedindo, porém, logo a seguir um preço elevado: cem siclos de prata por doze jeiras e meia de terreno de semeadura; acrescentou ainda, na expectativa do áspero regateio que se seguiria, que entre tal comprador e ele o dinheiro não tinha nenhuma expressão. Jacó, porém, não regateou. Sentiu um abalo na alma, seu espírito se exaltou à ideia da repetição de fatos, daquela duplicação de personalidades, do passado revivido no presente. Ele era Abraão, vindo do Oriente, comprando de Efron o terreno arado e o campo com as duas cavernas que serviam de túmulos. O fundador também não tinha ratinhado o preço com o chefe de Hebron e com os filhos de Het? Os séculos eram como se não fossem. O que tinha sido tornava a ser agora. O abastado Abraão e Jacó, o abastado do Oriente, eles fechavam um negócio com dignidade, sem muitos rodeios. Uns escravos caldeus trouxeram a balança com os pesos de pedra. Eliezer, o servo-mor, se aproximou carregando um pote cheio de prata finíssima; os escrivães de Hemor surgiram mais que depressa, acocoraram-se e se puseram a redigir as cláusulas de paz e concórdia, conforme a justiça e a lei. Foi pesado o dinheiro em pagamento da terra arável e das pastagens, foi declarado legal e sacrossanto o contrato, e maldito aquele que rompesse o vínculo. A gente de Jacó teve foros de cidadania iguais aos dos habitantes de Siquém, podendo transitar à vontade pelas portas da cidade, cruzar a região e comerciar nela. Os filhos de Siquém podiam tomar como esposas as filhas da tribo, e as filhas de Siquém os mancebos da mesma como esposos. Era coisa estabelecida por lei, e aquele que contrariasse tal dispositivo ficaria desonrado para o resto da vida. Seriam de Jacó as árvores do terreno por ele adquirido, e aquele que pusesse isso em dúvida era um inimigo da lei. Em testemunho do que, Weser-ke-bastet imprimiu sobre a argila o sinete do seu anel, que representava um escaravelho, Hemor sua pedra e Jacó o sinete cilíndrico que lhe pendia do pescoço. E assim foi feito. Trocaram beijos e lisonjas. E dessa maneira Jacó se domiciliou na terra de Canaã e perto da cidade de Siquém.

JACÓ HABITA JUNTO DE SIQUÉM

"Tu sabes?" — "Eu bem o sei." Mas quando os pastores de Israel mais tarde se reuniam em redor de suas fogueiras e mutuavam "linguagem bonita", bem longe estavam de o saber bem. Suprimiam alguns fatos e inventavam outros, tudo por amor à pureza da história. Nada diziam dos esgares que fizeram os filhos de Jacó, especialmente Simeão e Levi, ainda enquanto estava sendo redigido o contrato; disseram que este fora assinado depois de já haver começado o caso de Dina com Siquém, filho do castelão — começado, sim, mas de modo bem diverso de como eles o "sabiam". Afirmavam que certa condição, imposta a Siquém com referência à filha de Jacó, fizera parte do trato, quando a verdade é que aquela condição fora coisa totalmente outra e surgira numa ocasião que nada tinha que ver com aquela que eles pretendiam "saber" tão bem. Passemos a explicar. O contrato foi o começo. Sem ele não teria ocorrido o estabelecimento de Jacó em Siquém nem teriam se seguido os outros acontecimentos. Havia já quase quatro anos que viviam em suas tendas junto à cidade, na boca do vale, quando surgiram as complicações. Plantaram trigo nos campos e cevada sobre a marga dos campos, colheram o fruto de suas oliveiras, apascentaram seus rebanhos e negociaram com eles nas vizinhanças, cavaram, no lugar onde haviam se fixado, um poço de catorze varas de profundidade, muito largo e revestido de alvenaria, o poço de Jacó... Mas por que fazer um poço tão fundo e tão largo? Se o vale todo tinha tantas nascentes e a cidade possuía um poço em frente à sua porta, que necessidade tinham os filhos de Israel de construir um para si? Sim, eles não precisaram dele a princípio nem o abriram logo que se instalaram, mas um pouco mais tarde, quando se tornou evidente que era uma necessidade vital para eles, os "ibrim", ficar independentes no tocante à provisão de água e ter no seu próprio solo um manancial que não se esgotasse nem ainda na maior seca. O contrato fora feito e selado o pacto de fraternidade, e quem quer que o interpretasse mal pagaria com as entranhas. Mas ele tinha sido feito e selado pelos chefes, ainda que com os aplausos do povo; e aos olhos do povo de Siquém a gente de Jacó não deixara de ser estranha e erradia — por sinal que uns nômades não muito agradáveis ou inofensivos, mas antes vaidosos e autoritários — que vivia a jactar-se de sua espiritualidade superior, e ao mesmo tempo era capaz de defender os seus interesses no tráfico de lã e de gado, de um modo que vinha melindrar, pela comparação, o amor-próprio dos nativos. Em outras palavras, a fraternidade não era muito profunda. Outros pontos fracos havia para abalá-la, sendo um deles o que se referia ao abastecimento de água: isso não fora expressamente mencionado no contrato e dentro em pouco tempo foi negado aos hebreus o acesso aos mananciais existentes. É o que explica a existência do grande poço, o poço de Jacó. O seu aparecimento vem testemunhar o fato de que, mesmo antes de surgirem as perturbações mais sérias, houve entre a descendência de Israel e o povo de Siquém incidentes não diversos dos que costumavam ocorrer entre os nômades habirus e os proprietários da terra, por direito tradicional, e não que esses incidentes tenham se dado em consequência do contrato firmado diante da porta da cidade.

Jacó sabia disso e não sabia, isto é, desviava a vista e dirigia seu meigo olhar para as coisas familiares e para os assuntos espirituais. Por esse tempo ainda tinha consigo a sua Raquel de olhos doces, que conquistara com tanto trabalho, raptada com perigo, resgatando-a e levando-a para a casa dos seus pais. Era sua esposa verdadeira e amada, deleite de seus olhos, bálsamo para o seu coração e recreio para seus sentidos. José, vergôntea da árvore querida, o único filho legítimo, crescia a olhos vistos e estava então naquela idade encantadora entre a meninice e a adolescência, tornando-se na verdade um rapazinho tão simpático, inteligente e fascinante que o coração do pai se enchia de orgulho ao vê-lo, e os filhos maiores já haviam começado a entreolhar-se significativamente diante das loucuras que o pai cometia no seu rabicho pelo pirralho de língua afiada. Ademais, Jacó estava frequentemente fora, viajando. Entrou em contato com as pessoas da sua fé, na cidade e no campo, visitou os lugares dedicados ao Deus de Abraão nos vales e cumes, e em várias discussões expôs a essência do único Deus supremo. É certo que ele antes de mais nada se dirigiu para o Sul a fim de abraçar o pai, de quem estivera afastado a vida inteira, e para receber a confirmação de uma bênção com a qual evidentemente se beneficiara. Yitzhak ainda estava vivo, em idade avançada, e cegara completamente, havia muito. Rebeca descera alguns anos antes ao reino dos mortos. Sua morte dera causa a que Isaac mudasse o lugar de seu holocausto da árvore "Yahwe el olam" em Bersabeia para o terebinto-oráculo perto de Hebron, muito próximo da "caverna dupla" onde enterrara a filha de seu primo e sua esposa-irmã, e onde, decorrido pouco tempo, também ele, Yitzhak, a vítima poupada, depois de longa e acidentada existência, iria repousar, pranteado por seus filhos Jacó e Esaú. Mas isso foi mais tarde, quando Jacó, acabrunhado com a morte de Raquel, veio de Bet-el com o bebê assassino, o recém-nascido Ben-oni = Benjamim...

A VINDIMA

Quatro vezes o trigo e a cevada verdejaram e douraram-se nos campos de Siquém, quatro vezes as anêmonas no vale desabrocharam e morreram, oito vezes a gente de Jacó procedeu à tosquia (pois o velo dos seus cordeirinhos malhados tornava a crescer num abrir e fechar de olhos e eles lhe davam uma boa produção de lã duas vezes por ano: em Sivan e no outono, no mês de Tishri). Então celebrou-se a festa da vindima na cidade e nos socalcos cobertos de vinhas de Garizim, no plenilúnio do equinócio do outono, quando o ano se renovou. Por toda parte, gritos de alegria, procissões e oferendas da colheita na cidade e no vale; tinham apanhado as uvas a cantar, haviam-nas pisado com os pés descalços no lagar de pedra, suas pernas estavam da cor da púrpura até as coxas, o doce sangue escorria por um rego até a cuba e eles se ajoelhavam no meio de risadas e enchiam com ele os seus cântaros e odres para fermentar. Trasfegado o vinho, começava a festa de sete dias, sacrificavam a décima parte das primícias do gado e dos carneiros, dos cereais, do azeite e do mosto, banqueteavam-se e bebiam. Levavam a Adonai, o grande Baal, divindades inferiores para o servirem em sua casa, e conduziam-no processionalmente, carregando-o aos ombros em seu navio, ao som de tambores e címbalos; passeavam-no por toda a região para que ele mais uma vez abençoasse os campos e vinhedos. No meio da festa, no terceiro dia, tocavam música e dançavam em frente à cidade e ao castelo e na presença de quem quer que comparecesse ao local. Não se excetuavam nem mulheres nem crianças. O velho Hemor era transportado numa cadeira e também o era o irrequieto Siquém, acompanhados por um séquito de mulheres e eunucos; acorriam lá funcionários, negociantes e o povo miúdo. Saiu Jacó das suas tendas com mulheres, filhos e servos e todos sentaram-se juntos no lugar onde estava a música e onde iriam ser executadas as danças. Isso foi debaixo das oliveiras numa vasta parte do vale formada pela descaída do monte sagrado, onde este se erguia rochoso no alto e verdejante no sopé; nas gargantas do monte da maldição as cabras iam trepando em busca de erva seca. A tarde estava tépida e azul; a luz em declínio assentava bem a todos os homens e todas as coisas, dourando as formas das dançarinas que, com faixas bordadas em volta da cabeça e dos quadris, os cílios cobertos de um pó metálico e os olhos aumentados pela pintura dos cantos, se colocavam reboleando o ventre, diante dos músicos, e desviavam a cabeça dos tamborins que estes tangiam. Os músicos estavam de cócoras, dedilhavam seus alaúdes e liras e enchiam o ar com alto lamento de suas gaitas. Por trás dos músicos algumas pessoas marcavam compasso batendo palmas, outras cantavam, apertando a garganta com as mãos para emitir um som plangente. Havia também dançarinos, barbados e nus, com rabos de animais amarrados à cintura; pulavam como cabritos e procuravam agarrar as donzelas que lhes escapavam desviando com rapidez suas formas ágeis e moças. Jogava-se bola, sendo muito hábeis no jogo as mulheres jovens, que cruzavam os braços enquanto mantinham várias bolas no ar a um tempo ou enquanto uma delas se empoleirava na anca de outra. Grande era a satisfação dos habitantes da cidade e dos moradores das tendas, e se Jacó não gostava da algazarra e do som do zabumba, pois ensurdeciam o homem e o afastavam da contemplação divina, ainda assim mostrava cara alegre para comprazer ao povo e, por delicadeza, de quando em quando até marcava compasso com as mãos.

Foi nessa ocasião que Siquém, o filho do castelo, viu Dina, a filha dos ibrim, contando ela treze anos: viu-a pela primeira vez com os olhos desejosos e nunca mais deixou de suspirar por ela. Estava sentada com sua mãe Lia sobre uma esteira perto dos músicos, defronte do assento de Siquém, e este olhou para ela e não pôde desviar a vista deslumbrada. Não era bonita, como não o era nenhum filho de Lia, mas dela desprendia-se o feitiço da adolescência. Prendeu-o com uma doçura viscosa, semelhante aos fios do mel e da tâmara, até Siquém ficar como a mosca no pote de mel: o inseto puxa as patas glutinosas a ver se conseguirá livrar-se caso queira, mas não o quer deveras, porque é tão doce o mel, e contudo está terrivelmente apavorado de ver que não o consegue, por mais que o tente. Foi o que se deu com Siquém, que se remexia no seu banquinho flexível e estava todo corado. Dina tinha uma carinha escura, com umas franjas de cabelo preto aparecendo de sob a touca e uns olhos grandes, negros, pegajosos, cheios de uma doçura fatal, que se moviam furtivos, dominados pelo olhar do enamorado jovem. As narinas da donzela eram largas e pendente do septo se balouçava um anel de ouro; a boca era rasgada com uns lábios vermelhos e dolorosamente torcidos; queixo, pode-se dizer que não havia. Sua blusa sem cinto, de lã azul e vermelha, cobria apenas um ombro, deveras encantador na sua magreza graciosa; a situação não melhorava quando ela levantava o braço para amparar com a mão a cabeça pouco acima da nuca, ocasião em que expunha à vista de Siquém os pelos úmidos e crespos da pequenina axila e os delicados e duros seios, sob a camisa e a blusa. Bastante sério era ainda o efeito produzido pelos pezinhos escuros com suas argolas de cobre nos tornozelos e os anéis de ouro flexível em todos os dedos, exceto nos maiores. Mas pior que tudo eram as mãozinhas pardo-fulvas de unhas pintadas e dedos igualmente cobertos de anéis; brincava com elas no regaço com um ar ao mesmo tempo sisudo e infantil, e quando Siquém pensava em como aquelas mãos o afagariam no dia de seu enlace, a cabeça andava-lhe à roda e ele quase sufocava.

Mas aquilo em que pensou imediatamente, não querendo cogitar mais nada, foi no leito do amor. O costume lhe proibia falar com Dina e namorá-la, a não ser com os olhos. Mas mesmo a caminho de casa e depois de chegarem ao castelo, atordoava os ouvidos do pai dizendo que não podia viver, que enlouqueceria e morreria sem a menina habiratu e que o velho devia ir tratar de comprá-la para o seu leito, se não quisesse ver a vida do filho pendente de um fio. Que mais restava ao artrítico Hemor senão fazer-se conduzir por dois homens à presença de Jacó, na sua casa de peles, curvar-se diante dele, chamar-lhe irmão e com muitos rodeios falar-lhe do desejo do coração de seu filho Siquém, oferecendo copiosas arras na esperança de que o pai de Dina consentisse na união? Jacó ficou surpreso e consternado. Mil sentimentos antagônicos o puseram perplexo. De um ponto de vista mundano, ambicionava estabelecer relações de parentesco com uma casa principesca daquela região, relações que só poderiam ser úteis a si e a sua descendência. Ficou também comovido ao recordar-se dos dias distantes em que pedira a mão de Raquel ao demônio Labão e de como este o entretivera com promessas, o explorara e traíra. Agora achava--se ele no papel de Labão, um jovem dirigia olhos cobiçosos para sua filha e não tencionava imitar o procedimento do sogro. Por outro lado, tinha fortes dúvidas sobre a conveniência de tal enlace. Quanto a Dina, a simpática, nunca ele prestara grande atenção à pirralha, uma vez que toda a sua afeição se concentrava no insinuante José, nem jamais recebera do alto qualquer indicação que a ela se referisse. Contudo, Dina era sua única filha, a requesta de Siquém valorizava-a a seus olhos, e teve para si que devia guardar-se de atirar fora essa coisa sua, que até o momento tão pouco apreciara. Não tinha Abraão feito Eliezer pôr sua mão debaixo da coxa para jurar que não escolheria mulher para Yitzhak, o filho verdadeiro, entre as filhas de Canaã, em cujo meio vivia, mas que procuraria para ele uma da sua própria raça, entre seus parentes do Leste? E não havia Yitzhak transmitido a proibição a ele, Jacó, dizendo: "Não tomes para mulher nenhuma das filhas de Canaã!". Verdade era que Dina era menina e ainda por cima filha da mulher não escolhida por ele. Provavelmente, a questão do seu casamento não seria tão importante como a do casamento do abençoado. Todavia, também estava escrito que se devem cumprir os votos feitos diante do Senhor.

A CONDIÇÃO

Jacó mandou chamar seus filhos de Zabulon para cima, dez ao todo, e apelou para a decisão deles. Sentaram-se todos diante de Hemor, erguendo as mãos e balançando a cabeça. Os mais velhos, os que podiam falar em nome dos outros, não eram homens que aceitassem sem mais nem menos a ideia, como se não fossem capazes de encontrar coisa melhor. Foram unânimes na opinião de que o assunto devia ser estudado com vagar. Dina? Sua irmã? Filha de Lia, aquela criaturinha encantadora e preciosa, que mal acabava de sair da meninice? Dá-la a Siquém, o filho de Hemor? Certamente estavam diante de um caso que demandava madura reflexão, e assim pediram tempo para pensar. O que a isso os instigava era o seu instinto comercial, porém Simeão e Levi tinham outras ideias e acalentavam certas esperanças vagas. É que nunca tinham abandonado o seu antigo plano, e conquanto a recusa dos direitos da água não tivesse permitido a execução daquele, pensaram lá consigo que a atual pretensão de Siquém vinha favorecer-lhes a realização do desígnio.

O prazo para o exame foi de três dias. Reconduziram para o palácio a Hemor, que ficara um tanto ofendido. Decorrido o prazo, o próprio Siquém penetrou no acampamento, cavalgando um burro branco. Aconselhara-o o pai a que ele mesmo fosse atender o negócio, como era natural, dada a sofreguidão do seu desejo. Não se pôs a regatear nem a velar os seus sentimentos, não fez nenhum mistério do fato em si, a saber, do fogo que o consumia pela posse da donzelinha Dina. "Pedi o que quiserdes!", disse ele. "Não tenhais constrangimento em exigir arras e presentes, pois eu sou Siquém, filho do castelo, sou tratado com magnificência na casa de meu pai, e Baal me é testemunha de que vos concederei o que pedires!" Então lhe expuseram a condição já fixada entre eles e que devia ser cumprida antes de se passar a qualquer outra discussão.

É mister prestar muita atenção à ordem dos acontecimentos, porque não foi isso o que mais tarde ficou registrado na "linguagem bonita". Segundo esta, Siquém imediatamente cometeu a má ação, provocando contra si o estratagema e a violência dos irmãos. Mas o que na realidade se deu foi que o pretendente só se decidiu a fazer o que fez depois que a gente de Jacó procedeu incorretamente com ele, se não enganando-o, em todo o caso entretendo-o com promessas. Disseram-lhe que antes de tudo devia circuncidar-se. Isso era indispensável, porque, sendo eles quem eram e de acordo com suas crenças, seria um escândalo e uma abominação dar sua filha e irmã a um incircunciso. Essa estipulação tinha sido sugerida ao pai pelos irmãos, e Jacó, satisfeito porque com isso ganhava um pouco mais de tempo, nada achou, em princípio, que objetar contra ela, muito embora ficasse um tanto intrigado com a repentina piedade religiosa dos filhos.

Siquém deu uma gargalhada e pediu desculpa, cobrindo a boca com a mão. "É só isso?", indagou. Só isso exigiam? Mas, senhores meus! Estando ele disposto a dar um olho ou a mão direita para possuir Dina — que representava para ele a perda de uma coisa tão insignificante como o prepúcio? Por Sutec, aí não havia a mínima dificuldade! Seu amigo Beset era também circuncidado e pouco se lhe dava disso. Nenhuma das irmãzinhas de Siquém na sua casa de delícias e prazeres sentiria o mais leve melindre com a perda! Era dito e feito — a coisa seria executada pelas mãos de um dos sacerdotes do templo do Altíssimo, varão consumado na arte de curar. Assim que ficasse bom, estaria ali de novo. E partiu a toda a pressa, acenando aos escravos que lhe trouxessem o burro branco.

Sete dias depois estava de volta, mal curado, sentindo ainda o incômodo que lhe custara o sacrifício, mas irradiando confiança. Estava ausente, em viagem, o chefe da família. Jacó fugira ao encontro e incumbira os filhos de fazerem as suas vezes. Percebera que afinal de contas tinha sido impelido a representar o papel de Labão, o demônio, e preferiu desempenhá-lo à distância. O pobre Siquém disse aos filhos que estava cumprida a condição; não fora negócio tão sem importância como pensara, mas bem penoso, contudo estava agora feito e merecida a doce recompensa. E que disseram os irmãos? Sim, responderam-lhe, estava feito e eles talvez estivessem dispostos a acreditar, mas feito em más condições, sem compreensão, superficialmente, sem nenhuma significação. Estava feito, talvez, mas simplesmente em atenção à fêmea Dina e não com o sentido voltado para o casamento com "Ele". E com toda a probabilidade fora feito com uma faca de metal e não com uma de pedra como era indispensável, circunstância essa que tornava muito duvidoso o valor do ato. E além disso Siquém, o filho do castelo, tinha já uma esposa-irmã principal, a primeira e legítima, Rehuma, a mulher heveia; Dina, filha de Jacó, não seria mais que uma de suas concubinas. Não era possível pensar numa coisa dessas.

Siquém deu mostras de impaciência. Como podiam saber, retrucou ele, do espírito e da compreensão com que executara a desagradável cláusula? E quanto à história da faca de pedra, deviam ter lhe dito antes.

No que dizia respeito, porém, a Dina: ser uma concubina? O próprio rei de Mitani enviara sua filha, chamada Gulikhipa, com grande pompa, para desposar o faraó, não para ser a rainha do país porque já o era a deusa Tyie, mas a segunda mulher; e se o próprio rei Shutarna —

Sim, disseram os irmãos, isso ficara muito bem a Shutarna e Gulikhipa. Mas o caso agora era com Dina, filha de Jacó, príncipe de Deus e pertencente à raça de Abraão, e que ela não podia tornar-se concubina no castelo de Siquém, cuja evidência o seu próprio entendimento se encarregaria de lhe mostrar.

E teria Siquém de aceitar isso como a última palavra dos irmãos?

Eles levantaram os ombros e espalmaram as mãos. Quem sabe poderiam aplacá-lo com um presente, dois ou três carneiros, talvez?

Então, esgotou-se-lhe a paciência. O seu ardor custara-lhe um pesado tributo de vexames. O sacerdote do templo não se mostrara tão competente como dizia ser e de sua imperícia resultara muita dor e inflamação para o filho de Hemor. E era esse o resultado? Rogou-lhes uma praga que importava em reduzir a existência dos filhos de Jacó à imponderabilidade da luz e do ar — praga que eles imediatamente procuraram afastar de si com movimentos rápidos e destros — e retirou-se apressadamente. Quatro dias depois, Dina desaparecia.

O RAPTO

"Tu o sabes?" Novamente nos cumpre prestar atenção à sequência dos fatos. Siquém era um jovem apaparicado e débil, que não fora educado para renunciar com facilidade a um desejo sensual que lhe brotasse no coração. Não queremos com isso dizer que devemos tomar à letra aquelas histórias fantásticas dos pastores que o pintam com as cores mais carregadas que é possível imaginar. A razão pela qual a história ficou tão fundamente gravada nas feições aflitas de Jacó era justamente que ele próprio, por mais que quisesse contá-la e acreditar nela em sua forma menos brutal e mais aperfeiçoada, sabia muito bem, mesmo narrando-a desse jeito, quem tivera os primeiros pensamentos de violência e saque, quem desde o princípio gizara todo o plano; tampouco ignorava que o filho de Hemor não pensara de início em roubar Dina, senão que a havia honestamente pedido em casamento e só depois de ver-se ludibriado é que sentira-se no direito de fazer da sua felicidade a base de posteriores negociações. Numa palavra, Dina desapareceu raptada, roubada. Em plena luz do dia, no campo aberto, à vista da sua gente, uns homens do castelo a surpreenderam enquanto brincava com alguns cordeiros, puseram-lhe um pano sobre a boca, jogaram-na em cima de um camelo e já haviam se distanciado bastante, a caminho da cidade, quando os homens de Israel conseguiram ir-lhes no encalço. Ela se fora. Estava agora encerrada na casa de delícias e prazeres de Siquém, cercada de todo gênero de comodidades urbanas que desconhecia; e Siquém apressara a celebração da tão desejada boda, não tendo havido da parte dela nenhuma resistência sensível. Dina era uma criaturinha insignificante, muito submissa, sem discernimento ou faculdade de resistência. Tomava como coisa natural e justa o que quer que lhe sucedesse, contanto que o acontecimento tivesse uma feição clara e enérgica. Ademais, Siquém não lhe fez violência, muito pelo contrário, e todas as outras irmãzinhas, inclusive a primeira esposa, Rehuma, foram muito boas com ela.

Mas os irmãos! Simeão e Levi, sobretudo esses dois! Sua fúria parecia não conhecer limites — e Jacó, desorientado e aflito, teve de aguentar todos os excessos. Sua irmã, sua rolinha preta, sua única irmã e rebento da árvore de Abraão, desonrada, violada, vilmente seduzida! Quebraram todos os enfeites, rasgaram as roupas, vestiram-se de saco, arrancaram cabelos e barbas, soltaram uivos altíssimos e lanharam o rosto e o corpo com facas, a ponto de causar medo a quem os via. Deitaram-se de barriga, golpearam o solo com os punhos cerrados e juraram não comer nem descomer enquanto não arrancassem Dina dos libidinosos sodomitas e não tornassem igual ao deserto o lugar da desonra dela. Vingança, vingança, assalto, morte, sangueira e tortura eram as únicas palavras que sabiam. Jacó estava profundamente agitado e abatido. Bem sabia, e para seu mal o sabia, que afinal procedera como Labão e também não ignorava que os irmãos tinham agora sua grande oportunidade para empreenderem aquilo que sempre haviam intentado. Tivera muito trabalho para contê-los ainda que temporariamente, sem se expor a que lhe censurassem a falta de amor-próprio e sentimentos paternos. Até certo ponto tomou parte em suas manifestações de pesar e de raiva, vestindo uma túnica sórdida e desgrenhando um pouco o cabelo; mas ao mesmo tempo lhes ponderou que não havia grande vantagem em arrebatar Dina do castelo pela violência, pois isso nada remediaria e suscitaria uma nova questão, isto é, o que lhes cumpria fazer com a menina, raptada e ultrajada. Agora que ela estava mesmo em poder de Siquém, nenhuma pessoa de senso devia reclamá-la.

Seria muito mais prudente moderar a dor e esperar um pouco: esse modo de proceder parecia aliás ter sido sugerido pelo fígado de um carneiro que ele degolara naquela emergência. Tendo em vista a situação existente entre a cidade e a descendência de Abraão por força do ajuste, Siquém tinha que dar sinal de si, mais cedo ou mais tarde; haveria de fazer novas propostas e oferecer possibilidades de dar à negra questão um melhor aspecto, se não uma solução satisfatória.

E eis que o próprio Jacó se espantou ao vê-los concordar em que se aguardasse a vinda do mensageiro. A compostura repentina por eles tomada quase inquietou mais a Jacó do que seus excessos anteriores. Que coisa estaria oculta atrás dela? Observou-os desconfiado, porém não lhes tomou parte das deliberações e na verdade soube da decisão quase na mesma ocasião em que dela tiveram conhecimento os mensageiros de Siquém. Estes, exatamente como Jacó tinha esperado, apareceram depois de alguns dias, trazendo uma carta escrita em idioma babilônio sobre vários cacos de vasilhas de barro. Era delicada na forma e não menos amistosa e conciliadora no fundo. Eis o que dizia:

"A Jacó, filho de Yitzhak, príncipe de Deus, meu senhor e meu pai, a quem amo e a cujo amor tenho no mais alto apreço. Fala Siquém, filho de Hemor, teu genro que te ama, herdeiro do castelo, a quem o povo exalta em altos brados! Eu estou bem. Que tu também estejas de boa saúde! Que tuas mulheres, teus filhos e a gente de tua casa, teu gado, teus carneiros e cabras e tudo o que é teu rejubile no mais alto grau de bem-estar! Eis que Hemor, meu pai, fez há tempos contigo, meu segundo pai, um pacto de amizade e o selou, e tem existido entre nós uma amizade íntima durante quatro ciclos. No transcurso desse tempo foi meu constante desejo que os deuses mantivessem essa amizade inalterável para que assim como nós agora somos amigos um do outro por ordem de meu deus Baal-berit e de teu deus El Elion, que são quase um e o mesmo deus, diferindo um do outro apenas em coisas sem importância, assim permaneça por toda a eternidade e por muitos e muitos anos de jubileu, em atenção à cordialidade da nossa amizade!

"Quando meus olhos enxergaram tua filha Dina, filha de Lia, filha de Labão, o caldeu, meu desejo muito ardente foi que a nossa amizade não sofresse quanto à sua duração infinita, mas até crescesse em intensidade um milhão de vezes. Pois tua filha é como uma palmeira nova ao pé da água e como uma flor de romã no jardim, e por causa dela meu coração vibra de desejo, de tal maneira que sem ela a vida para mim não teria nenhum valor. Então, como sabes, Hemor, príncipe da cidade, a quem o povo aclama, saiu a falar com seu irmão e a pedir a opinião de meus irmãos, teus filhos, e voltou animado. Quando vim eu em pessoa cortejar Dina, tua filha, e suplicar-vos um pouco de alento para minhas narículas, dissestes: 'Amigo, antes que Dina possa ser tua, deves ser circuncidado na tua carne, porque, a não ser assim, isso seria uma abominação diante de nosso Deus'. E eu não ofendi o coração de meu pai e de meus irmãos porque fui gentil e disse: 'Vou fazer conforme quereis'. Minha alegria não teve limites, fui procurar Jectã, o que escreve no livro de Deus, para que fizesse em mim aquilo que vós tínheis dito e sofri dor às suas mãos e ainda depois, de tal modo que meus olhos verteram lágrimas, e tudo isso por amor de Dina. Quando de novo me apresentei, vi que fora em vão tudo o que eu fizera. Então veio ter comigo Dina, tua filha, uma vez que tinha sido cumprida a condição, e a conheci sobre a minha cama com supremo prazer meu e não menor dela, como lho ouvi de sua própria boca. Mas, para que não haja discórdia entre teu Deus e o meu, fixe meu pai imediatamente o preço e as condições do meu casamento com Dina, que tão doce é ao meu coração, para que se faça uma grande festa em Siquém no castelo e celebremos todos a boda com risos e cânticos. Hemor, meu pai, vai mandar gravar trezentos escaravelhos com meu nome e com o de Dina, minha esposa, em memória desse dia e da perpétua amizade entre Siquém e Israel. Dada no castelo aos vinte e cinco dias do mês da colheita. Paz e boa saúde ao destinatário."

A IMITAÇÃO

Esta foi a carta. Jacó e seus filhos se retiraram para estudá-la e, como o pai olhasse para eles, disseram-lhe o que tinham combinado fazer nessa situação. O velho se admirou grandemente, mas não pôde, em princípio, discordar da proposta dos filhos. É que o cumprimento da nova condição seria não somente um triunfo espiritual de real importância, mas significaria também arrependimento e satisfação pelo mau ato praticado. Quando, pois, apareceram novamente na presença dos emissários de Siquém, deu Jacó a palavra aos ultrajados irmãos de Dina, servindo Dã de intérprete para anunciar a decisão. Eram, disse ele, ricos pela graça de Deus e não faziam grande caso do montante do dote destinado a Dina, sua irmã, a quem Siquém com razão havia comparado a uma palmeira e a uma fragrante flor de romã. Isso ficava ao critério de Hemor e Siquém, que decidiriam de acordo com a sua dignidade.

Mas Dina não tinha "ido ter" com Siquém, como este houvera por bem expressar-se, ela fora roubada, tendo-se então criado uma situação inteiramente nova, que os irmãos não se sentiam preparados para aceitar sem mais nem menos. Por isso iam impor a primitiva condição, a saber, que assim como Siquém se submetera muito louvavelmente à circuncisão, assim todos os cidadãos machos de Siquém deviam agora fazer o mesmo, anciãos, homens maduros e moços, tudo o que tivesse o nome de macho em Siquém, no terceiro dia a contar do dia em que estavam, e com facas de pedra. Isso feito, podia ser verdadeiramente celebrada a boda em Siquém por entre risos e algazarra.

Se parecia um tanto extravagante a condição, era em todo o caso de execução fácil, e logo os mensageiros disseram sua opinião, isto é, que Hemor, seu senhor, não vacilaria em realizar o que fosse necessário. Mal haviam partido, porém, Jacó sentiu de repente avolumar-se-lhe no íntimo uma dúvida cruel acerca da significação e do intuito daquela cláusula aparentemente pia, tremeu até às entranhas e esteve quase a fazer voltar os mensageiros. Não podia crer que os irmãos tivessem esquecido seus antigos propósitos ou abandonado o plano de vingança pela sedução e desonra de Dina, e quando considerou a súbita e recente benevolência deles em face desse novo pedido e reviu em espírito o olhar estampado em suas faces, terrivelmente retalhadas, quando o mensageiro se referiu ao tumulto da festa das núpcias, maravilhou-se de como fora estúpido a ponto de não compreender-lhes os tenebrosos desígnios no próprio momento em que eles os exprimiram.

O que o pusera confuso fora o seu gosto pela imitação e repetição. Ele estivera pensando em Abraão; lembrara-se de como, por ordem do Senhor e em obediência à aliança com este feita, Abraão e toda a sua casa com ele, Ismael e todos os escravos, nascidos na casa ou comprados com dinheiro a qualquer estranho, tudo que trazia um nome masculino, fora circuncidado na carne do seu prepúcio. E ele tinha imaginado que a estipulação imposta pelos filhos se baseava nessa história: sim, com certeza a ideia se inspirara nisso, mas como pensavam levá-la a termo? Repetiu a história para si mesmo, isto é, como no terceiro dia, quando estava viva a ferida, o Senhor veio ter com Abraão para saber como passava. E parou em frente à cabana, não o tendo visto Eliezer. Abraão, porém, o viu e o convidou a entrar. Quando o Senhor o viu desatar e atar a ferida, disse: "Não convém que eu fique aqui". Tal fora a delicadeza com que Deus se houve na presença do sacrossanto sofrimento de Abraão. E qual seria agora a condescendência que os irmãos tinham em mente usar com os enfermos cidadãos de Siquém, no terceiro dia, quando mais doía a ferida? Essa imitação fez Jacó tremer e tremeu de novo ao notar a expressão estampada no rosto dos filhos ao receberem do emissário vindo do castelo a notícia de que fora prontamente aceita a condição e de que o sacrifício geral se consumaria no terceiro dia do prazo estipulado, a contar da véspera. Mais de uma vez esteve quase a levantar as mãos para implorar. Receou-lhes, porém, os ultrajados sentimentos fraternos, o justo direito de vingança; viu que aquele mesmo procedimento, antes tão solenemente vetado por ele, recebia agora, por força das circunstâncias, apreciáveis elementos de justificação. Chegou até a descobrir no seu íntimo certo sentimento de gratidão para com eles pelo fato de não o terem envolvido no conluio, por conservarem-no à parte e alheio, de sorte que não tinha necessidade de saber ou de suspeitar nada, a não ser que o quisesse, e simplesmente podia deixar que acontecesse o que estava para acontecer? Não tinha Deus, o Rei, em Bet-el, gritado por entre o som das harpas que ele, Jacó, haveria de possuir portas, e mesmo as portas de seus inimigos, não significaria isso que, apesar de todo o seu amor pessoal à paz, estava escrito nas estrelas que sua vida estaria ligada a conquistas, guerras e pilhagens? — O horror, o desassossego e um secreto orgulho da astúcia e virilidade da sua prole impediram-no de dormitar, e nada, absolutamente nada, dormiu na noite de horrores, na terceira noite após ter expirado o prazo, estando ele deitado na sua tenda, envolto no seu manto, e percebendo, estarrecido, o fragor do conflito armado que lá de longe lhe chegava aos ouvidos...

A CARNIFICINA

Chegamos ao fim desta verídica narração do interlúdio de Siquém, que mais tarde deu motivo a tantas epopeias e lendas coonestadoras — coonestadoras, dizemos, para Israel, em relação à ordem cronológica dos acontecimentos que levaram ao extremo, embora não em relação a esse próprio extremo. Quanto a este, nada havia que coonestar, e sobre a sua horridez incomparável a "linguagem bonita" insistia com jactância e ostentação. Mercê de seu infame estratagema, a gente de Jacó, embora muito inferior em número, sendo apenas constituída de cinquenta homens ao todo, obteve sobre os siquemitas uma vitória fácil. A muralha estava quase desprovida de guardas quando eles, sem fazer ruído e sem dificuldade, a escalaram com cordas e escadas de assalto. Uma vez no interior, depuseram todo o disfarce e se arrojaram sobre os assustados habitantes numa furibunda carnificina que estes, combalidos como se achavam, não estavam em condições de enfrentar. Tudo que era pessoa do sexo masculino em Siquém, moço ou velho, tinha febre e "se ocupava vivamente em desatar e atar sua ferida", operação essa que não excluía nem ainda a maior parte da guarnição. Ao contrário, os ibrim estavam sãos de corpo e sua fúria se inflamava aos gritos de "Dina!" que atiravam aos ares repetidas vezes, enquanto iam levando a cabo sua obra sangrenta. Com uma sanha e furor de leões, estavam já aqui, já ali e ao mesmo tempo em toda parte. Desde o primeiro momento perceberam os moradores da cidade tratar-se de uma calamidade que se aproximava inelutável e à qual pouca ou nenhuma resistência podiam oferecer. Simeão e Levi, os instigadores do conluio, foram os mais hediondos de todos; o grito de guerra que soltaram foi como o mugido de um touro e fez tremer até à médula dos ossos aqueles que o ouviram, infundindo-lhes aquele temor de Deus que faz a vítima procurar abrigo contra a morte somente na fuga e nunca na batalha. "Ai, infelizes de nós!", bradaram todos. "Estes não são homens, é Sutec que está entre nós! Baal, o glorioso, acha-se em todos os membros deles!" E, enquanto fugiam, nus, eram colhidos pelas cacetadas que os derribavam. Os hebreus tudo assolaram, literalmente, a ferro e fogo: nuvens de fumo se levantavam da cidade, do castelo e do templo, o sangue corria pelas ruas e casas. Só os fisicamente fortes foram feitos prisioneiros, sendo o resto trucidado; e, se sobre os mortos se perpetravam horrores, não devemos nos esquecer — vá isto como atenuante — de que tanto os agressores como as vítimas estavam, enquanto durava a refrega, possuídos de ideias poéticas, porquanto encaravam a luta como uma guerra de dragões, a vitória de Marduk sobre Tiamat, o dragão do caos, simbolicamente representado pelas numerosas mutilações e decepamentos de membros "destinados à exibição", atos esses que se seguiram à matança. Tudo isso mal durou duas horas; depois de terminado, verificou-se que Siquém, o filho do castelo, horrendamente desfigurado, tinha a cabeça enterrada no esgoto da latrina do seu próprio quarto de banho; o corpo de Weser-ke-bastet com a sua grinalda toda enxovalhada jazia a sangrar na rua, tendo sofrido certa mutilação que aos olhos de sua religião avita seria mais grave que a própria morte. O velho Hemor morrera simplesmente de medo. Dina, a insignificante causa inocente de tanta desolação, foi restituída à sua família.

O saque continuou ainda por muito tempo. Realizava-se o velho sonho dos irmãos: regalaram a alma com a rapina, com a pilhagem em alta escala; às mãos dos vencedores vieram parar as consideráveis riquezas da cidade e teve a aparência de um triunfo seu regresso a casa já antemanhã, com seus prisioneiros maniatados, com imensos carregamentos de bacias e gomis de ouro usados nos sacrifícios, sacos cheios de anéis, argolas, fivelas, cintos e colares, com belos utensílios domésticos de prata, âmbar, faiança, alabastro, cornalina e marfim, sem falar nas colheitas e provisões, linho, farinha, vinho e azeite. Jacó não saiu da tenda quando eles chegaram. Passara grande parte da sua vigília daquela noite fazendo um sacrifício expiatório ao Deus sem imagem, debaixo das árvores sagradas próximas ao acampamento: o sangue de um cordeirinho correra sobre a pedra e a gordura fora queimada com drogas odoríferas e especiarias. Mas no momento em que os filhos entravam na sua tenda inflamados, inchados de orgulho, trazendo consigo a irmã que haviam resgatado mediante tamanha barbaridade, ele, envolvido no seu manto, jazia com a face em terra e durante muito tempo não consentiu em olhar nem para a infeliz nem para seus sanguinários filhos. "Longe de mim", disse ele com um gesto de repulsa. "Loucos... malditos!" Eles mantinham-se em atitude provocadora, encrespando os lábios. "Devíamos acaso", perguntou um deles, "deixá-lo tratar nossa irmã como uma meretriz? Agora, sim, temos o coração lavado. Eis aqui a filha de Lia. Ela está vingada setenta e sete vezes." Jacó conservava-se calado e não queria descobrir a cabeça. Então disseram-lhe: "Se nosso senhor se dignasse de pôr os olhos nos bens e riquezas que estão lá fora. Ainda virá muito mais, pois deixamos homens encarregados de trazer dos campos os rebanhos dos habitantes da cidade e de conduzi-los às tendas de Israel". Nisso, ele se pôs de pé e ergueu os punhos cerrados sobre as cabeças dos filhos, gesto que os fez recuar. "Maldita seja a vossa raiva tão violenta", exclamou com toda a força, "e a vossa ira tão obstinada! Em que situação me pusestes, desgraçados! Fazeis-me cheirar mal diante dos habitantes desta região, como carniça exposta às moscas? Quando eles se unirem contra nós, que acontecerá? Nós somos inferiores em número. Eles nos trucidarão, e ficarão perdidas minha casa e a bênção de Abraão, que deveriam perpetuar-se em vós por todos os séculos, e será destruído o que tinha sido fundado. Idiotas! Vingais as ofensas que se vos fizeram e fazeis-nos ricos por ora, mas tendes tão fraca a cabeça que não pensais no futuro, na aliança, na promessa!"

Eles se limitaram a encrespar os lábios. Tudo que sabiam era repetir: "Consentiremos então que tratem nossa irmã como uma rameira?". "Sim!", vociferou ele fora de si, horrorizando-os. "Antes isso do que arriscar nossas vidas e a bênção." "Concebeste?", prosseguiu ele, dirigindo-se a Dina, que se encolhia no chão, aniquilada... "Como posso saber?", lamentou-se ela. "A criança não viverá", volveu o pai com resolução, e ela de novo chorou. Acalmando-se um pouco, Jacó disse: "Israel vai partir com tudo o que lhe pertence, levando os rebanhos e todas as coisas de que vos apossastes com a espada por causa de Dina. Não é conveniente que ele fique no lugar desta abominação. Durante a noite eu tive uma visão e o Senhor me disse no sonho: 'Toma teu caminho em direção a Bet-el!'. Partamos! Ajuntai as vossas coisas".

Tinha-lhe realmente sido concedida a visão e lhe fora dada a ordem quando, após o sacrifício noturno, enquanto os filhos saqueavam a cidade, passara por um brando sono na sua tenda. Foi uma visão sensata e bem-aceita de seu coração, porque Luza, o lugar de refúgio, que conhecia tão bem, tinha em semelhante circunstância um grande atrativo para ele; acolher-se ali era como abrigar-se junto aos pés de Deus, o Rei. Fugitivos de Siquém, que haviam escapado da sangrenta boda, estavam já a caminho das cidades vizinhas para contar o ocorrido. E também, justamente por esse tempo, certas cartas, escritas por vários chefes e pastores das cidades de Canaã e Emor, tinham chegado à cidade de Amun, para serem colocadas diante de Horus no palácio, a majestade sagrada de Amenotep III. Infelizmente nessa ocasião estava a divindade sofrendo de um ataque de nervos proveniente de um abscesso num dente, incômodo que frequentemente o afligia. Estava ele também preocupado com a edificação de um maravilhoso átrio para o templo de Amun, sito no quarteirão meridional da cidade, e com a construção do seu próprio túmulo no lado ocidental, de modo que absolutamente não se interessava por quaisquer novidades inquietadoras procedentes da miserável região de Amu, tais como estas: "As cidades do rei estão perdidas" e "A terra dos faraós caiu nas mãos dos habirus, que saquearam todas as regiões do rei", pois isso era o que estava escrito nas cartas dos pastores e chefes. Assim esses documentos, que ademais causaram na corte uma impressão um tanto cômica por estarem vazados num babilônio assaz deturpado, foram parar nos arquivos do reino, sem sugerirem ao espírito do faraó nenhuma medida contra os ladrões. Por isso, dessa vez, a gente de Jacó pôde gabar-se da sua boa sorte. Do mesmo modo as cidades próximas tinham ficado aterrorizadas com a excessiva selvageria do ataque e nada empreenderam contra os criminosos. À vista disso Jacó, o pai, empreendeu uma purificação geral; depois de recolher os numerosos ídolos que naqueles quatro anos haviam sido sorrateiramente introduzidos no seu campo e depois de os enterrar com suas próprias mãos debaixo das árvores sagradas, pôde calmamente pôr-se a caminho com as suas armas e bagagens. Deixando atrás de si aquele lugar de horror sobre o qual os abutres descreviam círculos, tomou, vagarosamente e aos solavancos, a direção de Bet-el em estradas já construídas.

Dina e sua mãe Lia iam montadas no mesmo camelo, animal forte e inteligente. Achavam-se acomodadas dentro de cestas suspensas a um e outro lado da bossa do animal e encimadas por um dossel. Dina baixara a cortina, viajando quase o tempo todo no escuro. Estava grávida. No tempo devido, deu à luz uma criança que, por ordem expressa dos homens da família, foi exposta. Quanto a ela, definhou e se encarquilhou muito antes do tempo. Quando tinha quinze anos, sua carinha lastimosa parecia a de uma velha.

4. A FUGA

O BALIDO PRIMORDIAL

Essas histórias são tristes! Eram um gravame para Jacó, o pai, que com dignidade se curvava ao peso delas, bem como ao fardo de suas imensas posses: acabrunhavam-no os últimos e recentes acontecimentos, não menos que os velhos e havia muito passados — as histórias e a história.

História é o que sucedeu e o que continua a suceder pelo tempo afora. Mas é também o registro estratificado em que assentam nossos pés, o solo abaixo de nós; e quanto mais fundo descem as raízes de nosso ser por entre as camadas que estão abaixo e além dos confins carnais do nosso eu e que, contudo, ao mesmo tempo o nutrem e condicionam — de modo que, em momentos de menos exatidão à maneira de nos exprimirmos, podemos referir-nos a elas na primeira pessoa e como se pertencessem à nossa carne —, mais prenhe de pensamentos se nos torna a vida, mais valiosa a alma da nossa carne.

Quando Jacó veio de novo a Hebron, também chamada a "cidade dos quatro"; quando voltou à árvore da ciência plantada e abençoada por Abrão — ou o chamado Abiram ou um outro, desconhecido — e entrou mais uma vez na casa de seu pai, depois de ter nesse ínterim sofrido aquele golpe mais cruel de que a seu tempo falaremos; entrou em franco declínio e finalmente morreu Isaac, que estava muito velho e cego, era ancião encanecido e tinha aquele nome avito, Yitzhak, filho de Abraão. Na hora tremenda da sua morte falou a Jacó e aos demais circunstantes, com voz forte e aterradora, num tom visionário e perturbado falou, repito, de "si mesmo" como da vítima poupada e do sangue do carneiro que todos deviam acreditar ser o seu próprio sangue, o do filho verdadeiro, derramado em sacrifício expiatório por todos. Sim, pouco antes do fim ele tentou com êxito notável balar como um carneiro e seu semblante exangue tomou uma assombrosa semelhança com os traços daquele animal — ou melhor, todos de súbito notaram que essa semelhança sempre existira, o que os pôs aterrorizados, obrigando-os a cair com o rosto no chão, a fim de não presenciarem a transformação do filho em carneiro, enquanto ele recomeçava a falar, chamando o carneiro de pai e de deus. "Eles imolarão um deus", tartamudeou numa linguagem antiga e poética, e prosseguiu, com a cabeça inclinada para trás, os olhos arregalados e parados e os dedos abertos, dizendo que todos deviam fazer uma refeição sacrifical com a carne e o sangue do carneiro imolado, como ele e Abraão tinham feito uma vez, pai e filho, a favor dos quais interviera o animal deus-e-pai. "Eis que foi imolado", ouviram-no estertorar; continuou a engrolar as palavras e a divagar, não ousando os presentes olhar para ele, "o pai e o animal em vez do homem e do filho, e nós comemos. Mas em verdade vos digo que será imolado o homem e o filho em vez do animal e no lugar de Deus, e haveis de comer." Aí balou novamente, com perfeita naturalidade e depois morreu.

Ficaram ainda algum tempo com a face em terra depois que Isaac parara de falar, sem saberem se ele realmente morrera e se não tornaria a falar e a balar. A impressão de todos foi que suas entranhas se lhes haviam revolvido lá no íntimo e as que estavam mais por baixo vinham ter até à parte mais alta, de modo que sentiam ímpetos de vomitar, porque as palavras e os modos do moribundo se revestiam de alguma coisa primordialmente torpe, de certo quê de terrífico, e contudo primitiva, pré-religiosamente sagrado, que estava muito abaixo de todas as camadas de civilização nas mais enjeitadas, esquecidas e ultrapessoais profundezas de suas almas e que tinham sido reviradas para a parte superior pela morte de Yitzhak produzindo um efeito nauseabundo: uma aparição obscena vinda lá do passado remoto e profundo do animal que era deus, isto é, o carneiro, o deus antepassado da raça, de quem ela provinha, e cujo sangue divino e tribal eles tinham certa vez, naquele passado inexprimível, derramado e consumido, a fim de fortalecer o vínculo entre a tribo e o deus-animal. Isso foi antes de vir ele, o Deus proveniente de tão longe, Elohim, o Deus vindo do além e do alto, Deus do deserto e Deus do cume da lua, que os escolhera, rompera a conexão existente entre eles e sua natureza primitiva, os casara com o anel da circuncisão e estabelecera um novo começo de deus no tempo.

Daí a razão pela qual se sentiram enojados à vista do rosto de Yitzhak, parecido com a cara de um carneiro, e ouvindo-lhe o balido. O próprio Jacó sentira náuseas. Mas também foi tomado de uma grande exaltação quando presidiu ao enterramento. Descalço e todo coberto de pó, com a cabeça rapada, assistira aos ritos, aos carpidos e à distribuição de vasos sacrificais para as oferendas ao morto, juntamente a Esaú, o bode tocador de gaita, que viera da sua montanha de cabras para ajudar a enterrar o pai na dupla tumba, e com a barba orvalhada de lágrimas juntar seus uivos, infantilmente irreprimidos, aos "Hoi-adon!" de carpidores e carpideiras. Juntos costuraram Yitzhak numa pele de carneiro, colocando-lhe os joelhos debaixo do queixo, e assim o deram ao tempo para o devorar, ao tempo que devora seus filhos para que estes não se lhe sobreponham, mas tem de vomitá-los de novo para viverem as mesmas velhas histórias, como os mesmos filhos. (O gigante não é capaz de perceber pelo tato que a mãe astuta lhe deu somente uma coisa parecida com uma pedra, embrulhada numa pele, e não a criança.) "Coitado do senhor!" — Esse grito tinha sido muitas vezes soltado a propósito de Yitzhak, a vítima que fora salva, e muitas vezes vivera ele de novo nos seus contos, falando-lhes na primeira pessoa, como devia ser, tanto porque o seu eu nessas ocasiões se esvaecia, acabando por se confundir com o arquétipo, como porque o que já fora se atualizava na sua carne e podia ter se repetido, de conformidade com o episódio inicial. Nesse sentido, Jacó e os demais o tinham ouvido e entendido quando, ao morrer, falara de novo no sacrifício evitado; tinham ouvido, por assim dizer, com duas orelhas, porém entendido num único sentido, tal como, de fato, nós ouvimos com ambas as orelhas e vemos com ambos os olhos, mas apreendemos como uma só coisa ouvida e vista. Além disso, Yitzhak era um homem muito velho a falar de um menino que estivera quase a ser imolado; talvez não seja o caso de se discutir se o menino de então fora ele próprio ou outro mais antigo, porque de qualquer maneira a criança de remotas eras, que chegara quase a ser a vítima de um holocausto, não podia ter sido mais estranha e mais alheia a ele próprio do que o menino que Yitzhak fora outrora.

O VERMELHO

Profundamente absorta em meditação e, contudo, poderosamente sublimada estava a alma de Jacó naqueles dias em que, com seu irmão

Esaú, enterrou o pai, porque todos os acontecimentos passados lhe surgiram na frente e se lhe fizeram presentes ao espírito, como outrora tinham de novo se tornado presentes na carne, de acordo com o arquétipo; para ele era como se o chão debaixo de seus pés fosse transparente, formado de camadas de cristal, que desciam cada vez mais sem nenhum fundo e alumiado por lâmpadas que ardiam entre as camadas. Caminhava sobre elas, entre as experiências da sua própria carne, Jacó, presente no tempo, e olhava para Esaú, que igualmente caminhava de novo com ele, conforme o seu arquétipo, e era Edom, o Vermelho.

Tal caracterização da personalidade de Esaú é sem dúvida inatacável; contudo, só não pode haver dúvida quanto a isso num certo sentido, só podemos qualificá-la de inatacável com uma ressalva. "Sua clareza" é como a claridade da lua, uma clareza ilusória e enganadora, na qual nós, que somos de hoje, mal podemos nos mover com a atitude de simplicidade meditativa que caracterizava as personagens da nossa história. Referimos como Esaú, o ruivo, havia, ainda na sua mocidade, quando se achava em Bersabeia, entabulado relações com a terra de Edom, povo das montanhas das cabras e das serras de Seir, cobertas de matas; contamos como ele cultivou essas relações e mais tarde se identificou inteiramente com aquele povo; passou-se com toda a sua família, com suas mulheres cananeias Ada, Oolibama e Basemate, seus filhos e filhas para eles e para o deus deles, Kusak. Já existia, pois, o povo das cabras e existia, não se sabe desde quando, antes de Esaú, tio de José, se transferir para junto desse povo. A tradição, posteriormente incorporada na crônica e tecida no decurso de gerações de "linguagem bonita", que alude a ele como sendo o "pai dos edomitas" e o bode original do povo das cabras, realmente não é outra coisa senão um conceito lunar, mágico e anfibológico, porque Esaú não foi o pai de Edom — não este Esaú, não ele pessoalmente, por mais que como tal seja considerado na narrativa e mesmo na maneira de exprimir-se dele próprio. Os edomitas existiam muito antes do tio de José: assim nos referimos a Esaú porque é muito mais seguro fixar-lhe a identidade em relação às gerações posteriores a ele do que às anteriores. Eram incomensuravelmente mais antigos do que ele, porquanto aquele Bela, filho de Beor, mencionado na árvore genealógica como o primeiro rei de Edom, foi o primeiro rei tanto como Menes o foi do Egito, e é sabido que o reinado de Menes é um exemplo típico de bastidor do tempo. De forma que o nosso Esaú atual não foi certamente o pai dos edomitas em nenhum sentido verdadeiro, e quando a respeito dele expressamente se cantava "ele é Edom" e não, por exemplo, "ele era Edom", o tempo presente não era uma simples casualidade, e melhor se entende a expressão relacionando-a com uma generalização extrapessoal e que não atende à circunstância de tempo. Histórica e também individualmente, o bode original da tribo das cabras foi um Esaú incomparavelmente mais antigo, cujas pegadas o Esaú atual seguia. Convém acrescentar que eram pegadas bem marcadas e que foram muitas vezes seguidas, bastando dizer, para finalizar, que provavelmente elas não eram nem sequer as pegadas daquele de quem a narrativa com justiça afirma que "ele *era* Edom".

E aqui, na verdade, nossa narrativa vem desembocar em mistérios e nossos pontos de referência se perdem no sem-fim do passado, onde toda origem se trai, revelando ser apenas uma parada aparente e uma meta inexpressiva, misteriosa por sua mesma natureza, uma vez que esta não se assemelha a uma linha, mas a uma esfera. A linha reta não tem mistério. O mistério está na esfera. Mas a esfera consiste em correspondência e reintegração; é uma dupla metade que se transforma em uma coisa única constituída pela junção de uma metade superior e uma inferior, um hemisfério celeste e um terrestre, que se completam, um ao outro num todo, de tal maneira que o que está em cima está também embaixo e o que sucede na esfera terrestre se repete na celeste e vice-versa. Esse intercâmbio complementar de duas metades que, juntas, formam um todo e uma esfera fechada, equivale a uma mudança real, isto é, a uma rotação. Roda a esfera: isso é próprio da natureza da esfera. O fundo é daí a pouco o alto e o alto é o fundo, tanto quanto é possível falar, a tal propósito, em alto e fundo. Não somente o celeste e o terrestre se reconhecem um no outro, mas, mercê da rotação da esfera, o celeste pode mudar-se em terrestre e este naquele, donde decorre que os deuses podem tornar-se homens e, por outro lado, os homens podem tornar-se deuses novamente.

Tudo isso é tão verdadeiro quanto é verdade que Osíris, o mártir esquartejado, uma vez foi homem, isto é, uma vez foi um rei do Egito, mas se fez deus, conquanto tivesse certo pendor constante a de novo tornar-se homem; aliás, verifica-se claramente esse fenômeno na forma de existência dos reis egípcios, todos os quais são ao mesmo tempo deuses e homens. A questão, porém, é saber-se o que foi Osíris no começo, se deus ou homem. Evidentemente, essa questão permanece insolúvel, porque não há começo na esfera rodante. O mesmo vale para seu irmão Set, que, como já sabemos, foi seu assassino e esquartejador. Dizem que este malvado tinha cabeça de burro e porte belicoso, sendo ainda por cima caçador, e que ensinou os reis do Egito a atirar com o arco, em Karnak, perto da cidade de Amun. Outros chamaram--no Tifão, e desde muito tempo fora ele identificado com Chamsin, o ardente vento do deserto, com o sol ardente, com o próprio fogo, e ficou sendo Baal Hammon ou o deus do fogo e foi chamado entre os fenícios e hebreus Moloc ou Melec, o rei-touro dos Baais, que com seu fogo devora as crianças e os primogênitos e a quem Abrão foi tentado a imolar Isaac. Que prova há de que Tifão-Set, o caçador vermelho, esteve primeiro e por fim nos céus e de que não é outro senão Nergal, o inimigo de sete nomes, Marte, o vermelho, o planeta de fogo? Com igual direito se poderia afirmar que foi no princípio e no fim um homem, Set, irmão do rei Osíris, a quem destronou e assassinou, e que só depois é que se tornou um deus e um astro, na verdade sempre pronto para se converter em homem novamente, de acordo com as rotações da esfera. Ele é uma coisa e outra, e nenhuma delas primeiro: deus-astro e homem, alternativamente. E por isso não há modalidade de tempo que se lhe adapte, a não ser o presente sem tempo, indicado na rotação da esfera, e, com razão, dele sempre se disse que "é o Vermelho".

Mas se Set, o archeiro, corresponde na alternação da terra e do céu a Nergal-Marte, o planeta ígneo, é claro que existe a mesma relação entre o assassinado Osíris e o régio planeta Marduk, para quem se voltavam da margem do poço aqueles olhos negros e cujo deus também é chamado Júpiter-Zeus. Conta-se que ele cortou com uma foice a virilidade de seu pai Cronos, aquela deidade gigante que devorava seus filhos, e teria feito o mesmo com Zeus se não fosse a esperteza de sua mãe. Zeus depôs o pai e se fez rei em lugar dele. Está aqui uma informação útil àqueles que, andando à cata da verdade, não têm o cuidado de parar a meio caminho. Porque por ela temos claramente que Set, ou Tifão, não foi o primeiro regicida, que o mesmo Osíris deveu o trono a um assassínio e que o que ele fizera como Tifão lhe foi feito como rei. Isso, por outras palavras, é parte do mistério da esfera, a saber, que, graças à rotação, a unidade e a identidade da pessoa subsistem apesar das mudanças de papel. Ele é Tifão enquanto está no estágio da preparação do homicídio; depois de consumado o ato, é rei na plena majestade do seu triunfo e o papel e o caráter de Tifão já tocam a outro. Muitos tinham para si que foi o vermelho Tifão e não Zeus quem privou Cronos da virilidade e o destronou. Mas é ocioso discutir isso porque a coisa de que estamos tratando é a mesma em rotação: Zeus é Tifão antes de vencer. Mas a relação de pai e filho também gira, não é sempre o filho a matar o pai, porque a qualquer momento o papel de vítima pode caber ao filho, que passa então a ser morto pelo pai; em outras palavras, Tifão-Zeus por Cronos. O Abrão primitivo provavelmente sabia tudo isso quando partiu para imolar seu único filho a Moloc, o Vermelho. Com certeza nutria a melancólica opinião de que devia basear-se na história e cumprir a tradição. Deus, porém, o impediu disso.

Tempo houve em que Esaú, tio de José, estava constantemente com seu tio Ismael, o expulso meio-irmão de Isaac por parte de pai; visitava-o com muita assiduidade na solidão do seu mundo inferior e com ele urdia planos de natureza revoltante, de que nos inteiraremos a seguir. Essa atração sem dúvida não era devida a um mero acaso; se se fala do Vermelho, tem-se que falar também de Ismael. Sua mãe se chamava Agar, que significa "a peregrina" — nome já escolhido de indústria para mandá-la para o deserto logo que fosse possível fazê-lo. Mas a causa imediata de sua expulsão foi Ismael, cujas características de afinidade com o mundo inferior tinham ido sempre tão acentuadas que com toda a probabilidade ele reteria permanentemente as boas graças dos deuses da terra superior. A respeito dele se escreveu que era um "zombador". Não que ele fosse solto de língua — pois só isso não o teria inabilitado para as esferas superiores — mas no seu caso, "zombar" deve ser interpretado como "brincar". É que Abrão casualmente o viu "por uma janela" entretendo-se de uma maneira característica do mundo inferior com Isaac, seu irmão consanguíneo mais novo. Ora, isso não deixava de constituir um perigo para Yitzhak, o filho verdadeiro, porque Ismael era lindo como o pôr do sol no deserto. Por isso o futuro pai de muitos filhos ficou alarmado e achou que era chegado o tempo de dar um passo decisivo. Tinham sido sempre más as relações entre Sara e Agar; esta blasonara de sua maternidade na presença da mulher estéril e já certa vez tivera de fugir diante da fúria ciumenta de Sara, que estava constantemente a fazer planos para provocar a expulsão da egípcia e de seu filho. Um dos motivos principais era a muito debatida questão da herança, que ainda estava pendente. Entre o filho mais velho da concubina e o mais novo da esposa legítima surgiu este problema: Ismael não deveria herdar juntamente com Yitzhak ou mesmo antes dele? — A situação era intolerável para o zeloso amor materno de Sara e não menos desagradável para Abiram. O que ele acabara de ver fez pender o prato da balança; deu à altiva Agar e ao filho desta um pouco de pão e uma garrafa de água, e a mandou embora para nunca mais voltar. Que podia ele fazer a não ser isso? Deveria Yitzhak, a oferenda expiatória salva do sacrifício, vir a ser apesar de tudo uma vítima do fogoso Tifão?

Essa questão deve ser entendida em toda a sua dimensão. Pode isso parecer injurioso a Ismael, mas não deixa de ser justo. É que a injúria residia nele próprio; é inegável que os seus modos não eram modos comuns e que ele mesmo não era uma pessoa comum. O seu próprio nome nos parece simbólico; significativo é também o fato de ele ter se tornado um excelente archeiro no deserto, causando isso tal impressão aos autores que estes o comparam a um onagro, o animal Tifão-Set, o assassino, o malvado irmão de Osíris. Sim, ele é o homem mau, o Vermelho, e Abraão fez bem de o expulsar e proteger o seu favorito, que recebera a bênção, contra as armadilhas do ardente e injusto. Quando Isaac gerou filhos no regaço de sua mulher, o Vermelho voltou para viver nas suas histórias ao lado de Jacó, o homem suave, e Rebeca deu à luz os gêmeos, a "erva cheirosa" e a "planta espinhenta", Esaú, o ruivo, de quem motejam mestres e sábios mais do que realmente o merecia essa personalidade terrena e vulgar. Chamam-lhe serpente e Satanás, e também porco, isto é, porco-do-mato, em alusão ao javali que despedaçou o pastor e senhor nos desfiladeiros do Líbano. Sim, na sua cólera erudita, eles o chamam um "deus estrangeiro", para que ninguém possa ser enganado pela sua insignificante pessoa, em relação ao que ele realmente é na rotação da esfera.

Ela gira e muitas vezes eles são pai e filho, os desiguais, o vermelho e o abençoado, e o filho castra o pai ou o pai degola o filho. Mas muitas vezes ainda — ninguém sabe o que eram eles a princípio — são irmãos, como Set e Osíris, Caim e Abel, Sem e Cam. E pode ser que haja três formando dois pares na carne: pai-filho de um lado, irmão-irmão de outro. Ismael, o onagro, fica entre Abraão e Isaac. Para um ele é o filho com a foice, para o outro o irmão vermelho. Então Ismael desejou castrar Abrão? Por certo desejou. Pois esteve a ponto de seduzir Isaac para o amor do mundo inferior, e se Isaac não tivesse gerado sobre o regaço de sua mulher, Jacó não teria nascido nem seus doze filhos, e que seria então da promessa da descendência incontável e do nome de Abraão, que significa "pai de muitos"? Mas agora vagueavam de novo no estado presente da carne, como Jacó e Esaú; se até Esaú, simplório como era, compreendia sua posição — com maioria de razão não compreendia a sua Jacó, homem instruído e ponderado?

DA CEGUEIRA DE YITZHAK

O olhar turvo e velado dos sábios olhos castanhos de Jacó, com sua expressão um tanto fatigada, pousou sobre o caçador, seu irmão gêmeo, no momento em que este o auxiliava a enterrar o pai, e todos os acontecimentos do passado surgiram de novo nele e se fizeram o presente, propício a reflexões: sua meninice e o modo como a decisão longamente esperada se cumprira afinal, com a bênção e a maldição e tudo quanto estas envolviam. Cismava de olhos enxutos, mas de vez em quando seu peito arfava sob o amargor dos pensamentos e dava interiormente um suspiro. Esaú, porém, uivava e choramingava, embora, afinal de contas, pouco tivesse ele por que ser grato ao velho a quem estavam cosendo uma mortalha — a bem dizer por nada, salvo pela maldição do deserto que era tudo quanto lhe restava depois de lhe haver sido retirada a bênção; e isso causava enorme pesar ao pai, conforme era convicção de Esaú. Para ele era uma necessidade essa convicção e por isso ansiava por ouvi-la repetidas vezes, nem que fosse da sua própria boca. Dez vezes enquanto trabalhavam, fungando e limpando o nariz, disse ele sempre a lamentar-se: "Tu, Yekev, foste amado da mulher, mas meu pai me amou a mim, e da minha caça é que gostava de comer. 'Meu peludo', dizia-me, 'meu primogênito, é-me saboroso o que mataste e preparaste ao fogo vivo para eu comer. Certo hei de comê-lo e agradecer-te tua habilidade! Tu continuarás sendo meu primogênito todos os dias e eu me lembrarei de ti.' Assim e não de outra maneira falava ele, cem, mil vezes. Mas a mulher te amava e te dizia: 'Pequeno Yekev, meu predileto!'. E os deuses sabem que o amor da mãe é um leito mais macio que o do pai. Foi o que aprendi por experiência".

Jacó estava calado. E Esaú continuava entre soluços e ia dizendo aquilo que sua alma tinha necessidade de ouvir: "Ah! Como ficou furioso o velho quando vim depois de ti e trouxe o que preparara a fim de ele se fortalecer para a bênção, e ele soube que não fora Esaú quem viera primeiro! Sua raiva não teve limites e ele clamava uma e mil vezes: 'Quem era então o caçador? Quem era ele? Eis que agora ele tem a bênção porque eu me fortalecera para dá-la. Esaú, meu Esaú, que nos resta por fazer?'".

Jacó permanecia silencioso.

"Não fiques tão calado, matreiro!", exclamou Esaú. "Estás bem concho com o teu silêncio e, ainda sem falar, me queres fazer passar por benigna tolerância, até que ele me ponha a bílis a bulir! Acaso não é verdade que o velho me amava e que ficou extraordinariamente furioso?"

"Tu o dizes", respondeu Jacó, e Esaú teve de se contentar com isso. Mas nem porque ele assim a tenha dito, ficou a coisa sendo mais verdadeira do que era, nem por isso a tornou ele menos complicada: continuou a ser uma equívoca meia-verdade, e se Jacó primeiro guardou silêncio e depois respondeu com três palavrinhas, não o fez por fingimento ou despeito, mas porque sentia-se impotente ante a complexa natureza daquela questão. Esta não podia ser abordada ao jeito de Esaú, com choros e exclamações, coisas aliás tão naturais e tão adequadas ao gênio do irmão — emoções de sobrevivente que procura enganar a si mesmo, apresentando sob o aspecto mais favorável possível as relações que existiam entre ele e o finado. Bem pode ser verdade que Isaac tivesse se irritado quando Esaú apareceu depois de Jacó, porque o velho podia recear que algum intrujão lhe pregasse no escuro uma peça, algum vilão sem nenhum laço de parentesco com ele, que tivesse ido embora depois de apanhar a bênção. Tal fato seria sem dúvida considerado catastrófico. Ficaria, porém, Isaac tão sinceramente agastado se soubesse que fora Jacó quem precedera Esaú? Eis aí uma questão a que não era tão fácil responder quanto o desejaria o coração deste. A rigor essa questão vem coincidir com a precedente, isto é, a de se saber se o amor dos pais realmente estava dividido entre os filhos de modo tão simples como o supunha Esaú: com o "ruivo" de um lado e com "o pequeno Yekev" do outro. Jacó achava algum motivo para dúvidas, porém percebeu ser impróprio transmiti-las ao inconsolável irmão.

Muitas vezes, quando o rapaz mais moço se aconchegava ao pé da mãe, ela lhe contara como fora penosa a gravidez nos últimos meses, antes de nascerem os dois irmãos; como ela se fora arrastando a custo, deformada e desajeitada, enquanto no seu ventre os dois não tinham paz, brigando por causa da precedência. Disse que ele, Jacó, era realmente o primogênito aos olhos do Deus de Isaac, mas que Esaú reclamara o direito com tal violência que Jacó cortesmente se retirara, deixando-o passar, provavelmente na secreta convicção de que não se presta grande atenção, entre gêmeos, à pequena diferença de idade, de que na realidade não era isso uma coisa decisiva, e de que só aqui fora e com o correr do tempo se manifestaria o verdadeiro primogênito, a fumaça de cujo sacrifício chegaria às narinas do Altíssimo. A história de Rebeca parecia plausível. Sim, Jacó certamente podia ter procedido dessa forma, parecia-lhe mesmo que se lembrava de assim ter feito. O que, porém, a narrativa materna deixava transparecer era exatamente isto: que a atrevida pretensãozinha de Esaú à prioridade nunca fora tomada a sério pelos pais e que a expectativa da bênção tinha durante muito tempo pendido na balança entre os irmãos, até o começo da sua idade viril e até o dia fatal; de modo que Esaú podia queixar-se de uma decisão tomada contra ele, mas não de uma injustiça arbitrária. Durante muito tempo, especialmente aos olhos do pai, sua prioridade real fora bastante forte para superar qualquer animosidade provocada pela natureza de Esaú — e por "natureza" entendo aqui tanto seus predicados físicos como os mentais e os morais —, mas chegou um tempo em que isso não mais se verificou. Desde o princípio ele tivera o corpo todo coberto de pelo ruivo, como a ninhada de uma cervicabra, e aparecera provido de uma dentadura completa. Esses fenômenos eram estranhos, porém Isaac se dispôs a acolhê-los à boa parte e interpretá-los no sentido mais favorável. Quis afeiçoar-se ao que nascera antes e foi até o autor e durante vários anos o defensor da ideia — a que Esaú se afez — de que este era filho seu e Jacó o era de sua mãe. Falava com o infante de pele lisa e sem dente e admoestando a si próprio, porquanto rodeava aquela criaturinha uma espécie de irradiação de doçura, brincava-lhe nos lábios minúsculos um sorriso discreto e amigo, ao passo que o outro enrugava o rosto e fazia um berreiro intolerável; porém o de pele macia era evidentemente frágil, não havia grande esperança de que vingasse, ao passo que o cabeludo parecia feito de matéria heroica e certamente iria longe diante do Senhor. Essas eram expressões diárias do pai, moendo mecanicamente ditados populares, conquanto por vezes tremesse de irritação interior, porque Esaú com seus dentinhos precoces feria os peitos de Rebeca, inflamando-os, de sorte que Jacó tinha de ser alimentado com leite de cabra diluído. "Ele será um herói", dizia Yitzhak a propósito disso, "ele é meu filho e meu primogênito. Mas o de pele macia é teu, filha de Batuel, vida da minha vida!" Assim a chamava quando aludia à questão e dizia que a criança delicada era filho dela e o áspero, dele. Quem, pois, preferia? Esaú. Foi o que mais tarde asseveraram os cantos dos pastores e o que na época ficou sabido em toda a redondeza: Yitzhak ama a Esaú, Rebeca a Jacó, tal era a opinião fomentada por Yitzhak, a que as suas próprias palavras davam curso — pequeno mito dentro de um mito muito maior e de muito mais significação, mas que contradizia o outro a tal ponto que finalmente ocasionou a cegueira de Yitzhak.

Como se deve entender isso? À luz do fato de que a fusão da alma e do corpo é muito mais profunda, a alma, algo muito mais físico e o corpo muito mais maleável por influência da alma, do que se tem por vezes imaginado. Isaac estava cego ou quase cego ao morrer, não há que negá-lo. Mas quando os gêmeos eram pequenos, sua vista não estava assim tão má, e se por volta do tempo em que eram já rapazes ela piorara muito, isso foi devido a ter Isaac se descuidado dela durante anos; poupara-a demais com o desuso, desculpando-se com a sua tendência para a conjuntivite, enfermidade muito comum no seu meio, tendo Lia e vários de seus filhos sofrido daquilo durante toda a vida. Mas o motivo real foi o desgosto. Será possível que um homem fique cego ou quase cego, como estava Yitzhak na velhice, porque não gosta de ver, porque se sente melhor numa obscuridade onde podem acontecer certas coisas que *devem acontecer*? Não afirmamos que tal causa devesse ter tal resultado, mas simplesmente que as causas existiram.

Esaú foi precoce como um animal. Ainda menino, casou várias vezes com filhas de Canaã, com mulheres hititas e hivitas, como sabemos, primeiro com Judite e Ada, depois com Oolibama e Basemat. Alojou suas mulheres nas tendas do pai, teve filhos delas e permitiu a elas e à sua prole que praticassem o culto ancestral da natureza e dos ídolos, à vista de seus pais, tanto mais despreocupadamente quanto a ele próprio pouco se lhe dava da nobre herança do pai, pois travara amizade de caça e de culto com o povo de Seir no Sul, prestando abertamente homenagem ao tempestuoso Kusak. Como depois disse o cântico e ainda se lê na crônica, isso era um "motivo de contrariedade" para Isaac e Rebeca: para ambos, mas naturalmente muito mais para Yitzhak do que para sua esposa-irmã, embora Rebeca desse expansão à sua raiva e Isaac ficasse calado. Quando falava, era para dizer: "O Vermelho é meu. Ele é o primogênito e tenho-lhe afeição". Mas Isaac, o abençoado, o guardião da ideia de Deus revelada a Abrão, ele que seus irmãos na fé consideravam como o filho e a reencarnação do caldeu, Isaac sofria profundamente com o que via, tendo de fechar os olhos para não ver, e sofria com a sua fraqueza que o impedia de pôr cobro àquela situação difícil, mandando Esaú para o deserto, como fora feito com Ismael, seu belo tio selvagem. O "pequeno" mito o impediu disso, isto é, a real prioridade de nascimento de Esaú, mito esse estreitamente relacionado com a debatida questão — a de saber-se qual dos gêmeos era o predestinado, o escolhido. Por isso queixava-se dos olhos, do corrimento deles, do ardor das pálpebras, queixava-se de enxergar embaraçado, como a lua quando vai morrendo, queixava-se de que a claridade o incomodava, e assim procurava o escuro. Iremos dizer que ele "cegou" para não ter de presenciar o culto idólatra de suas noras? Ah! Isso era o menos entre todas as coisas que lhe molestavam a vista, que lhe faziam suspirar pela cegueira, porque só assim podia acontecer aquilo que devia acontecer.

Quanto mais cresciam os rapazes, mais nítidas se faziam as linhas do "grande" mito que, apesar de todos os princípios do pai, tornavam o "pequeno" mito cada vez mais forçado e insustentável; cada vez mais claro se tornava *quem eram eles dois*, que pegadas seguiam, em que história se fundavam, o homem vermelho e o homem liso, o caçador e o morador das tendas. Como poderia Isaac, que com Ismael, o burro selvagem, formara o par de irmãos, que não fora Caim, mas Abel; não Cam, mas Sem; não Set, mas Osíris; não Ismael, mas Yitzhak, o filho verdadeiro: como poderia ele, com olhos que veem, reivindicar o direito de preferir Esaú? Por isso seus olhos lhe minguaram, como a lua que morre, e ele ficou nas trevas para poder ser traído com Esaú, seu filho mais velho.

O GRANDE LOGRO

Mas na realidade ninguém foi enganado, nem sequer Esaú, porque, se eu me aventuro aqui a escrever acerca de pessoas que nem sempre souberam com exatidão quem eram — não estando o próprio Esaú muito esclarecido a respeito do assunto, pois se reputava a si mesmo o bode primitivo do povo de Seir e o mencionava na primeira pessoa —, contudo essa casual falta de clareza relacionava-se apenas com o que era individual e condicionado pelo tempo. Ela era precisamente a consequência do fato de saberem todos perfeitamente bem, de maneira mítica e típica, independente do tempo, quem era cada indivíduo. Sabia-o Esaú, de quem não sem razão se disse que foi, lá a seu modo, um homem tão piedoso como Jacó. Ele naturalmente chorou e cometeu desatinos depois que se viu "traído" e nutriu intenções mais assassinas contra seu irmão favorecido do que as que contra o seu nutrira Ismael. Chegou até a discutir com este a possibilidade de um ataque contra ambos, Isaac e Jacó. Mas fez tudo isso porque era o papel que lhe cumpria desempenhar; sabia e aceitava o fato de que todos as acontecimentos são um cumprimento e de que o que acontecera tinha acontecido porque devia acontecer, de conformidade com o arquétipo, isto é, não era essa a primeira vez, o fato se dava de acordo com um rito e um padrão estabelecido e apenas recebia atualidade, como sucede com uma festa que volta sempre a cair na mesma data. Sim, porque Esaú, tio de José, não era o pai da tribo de Edom.

Assim, quando chegou a hora, tendo os irmãos quase trinta anos, a hora, digo, em que Yitzhak lá da escuridão da sua tenda mandou o escravo que o servia (mancebo a quem faltava uma orelha, que lhe fora cortada por ser ele um cabeça de vento e por causa de suas múltiplas negligências, amputação essa que o pôs completamente emendado) colocar-se em frente de Esaú no local onde este trabalhava com os servos no campo arado, cruzar os braços diante do peito negro e anunciar: "Meu amo tem precisão de meu senhor". Esaú sentiu-se como que pregado ao solo e seu rosto vermelho empalideceu sob o suor que o cobria. Murmurou a fórmula de aquiescência: "Eis-me aqui". E na sua alma ele refletiu: "Chegou a hora!". E encheu-se de orgulho, de temor e de solene aflição.

Em seguida, deixou o campo cheio de sol e foi ter com seu pai, que lá estava na meia-luz da tenda com duas pequenas compressas úmidas sobre os olhos, fez uma mesura e disse: "Meu senhor me chamou".

Isaac respondeu em tom meio queixoso:

"Esta é a voz do meu filho Esaú. És tu, Esaú? Chamei-te porque chegou o tempo. Aproxima-te mais de mim, filho meu mais velho, para que eu possa ter certeza de que és tu."

Com o seu avental de pele de cabra, Esaú ajoelhou-se junto do leito e levantou a vista na direção das pequenas compressas como se quisesse atravessá-las e atingir os olhos do pai, enquanto Isaac lhe apalpava os ombros, os braços e o peito, dizendo:

"Sim, estas são as tuas melenas e o velo vermelho de Esaú. Vejo-as com minhas mãos que por bem ou por mal aprenderam a fazer as vezes de meus olhos deficientes. Escuta agora, meu filho, abre os ouvidos e recebe as palavras de teu pai cego, porque chegou a hora. Vê tu, eu agora estou velho, não sei o dia de minha morte e, como meus olhos há muito tempo falharam, pode ser que em breve eu decline totalmente e desapareça nas trevas, de sorte que minha vida seja noite e não seja mais vista. Por isso, para que eu não morra antes de transmitir a bênção e de dar o meu poder e a herança, que seja agora como tem sido. Vai daqui, meu filho, toma tuas armas, tua aljava e teu arco, com que és poderoso diante do Senhor, e vai pelos campos e prados trazer-me a caça. Prepara para mim uma carne saborosa como eu gosto, cozida em leite azedo num fogo brilhante e bem temperada, e traze-ma para eu comê-la e me fortificar, a fim de que eu te abençoe antes de morrer, com mãos que veem. É esta a minha vontade, e, agora, vai!"

"Já está feito", murmurou Esaú, somente para dizer alguma coisa, e contudo permaneceu de joelhos e limitou-se a baixar profundamente a cabeça, de modo que os olhos cegos se fixaram no espaço, acima dela.

"Ainda estás aí?", perguntou Isaac. "Pensei durante um momento que tinhas partido, o que não me surpreendeu porque o pai está acostumado a ver tudo executado depressa com amor e temor, de acordo com o seu desejo."

"Já está feito", repetiu Esaú e saiu. Mas depois de ter levantado a pele dependurada na porta da tenda, deixou-a cair e voltou, ajoelhou-se de novo perto do leito e falou com voz estrangulada:

"Meu pai!"

"Que há ainda?", perguntou Isaac, erguendo as sobrancelhas acima das compressas. "Está bem", disse depois. "Vai, meu filho, que a hora chegou, a hora que é grande para ti e para todos nós. Vai, caça e cozinha, a fim de que eu possa te abençoar."

E Esaú saiu de cabeça erguida e se colocou diante da tenda, na hora do seu orgulho, e em voz alta anunciou a quem quer que o pudesse ouvir a honra que estava para lhe tocar. Os fatos não sucedem todos ao mesmo tempo, mas sim ponto por ponto, desdobram-se segundo um modelo, e seria falso dizer que uma narrativa é inteiramente triste porque o fim o é. Um conto com um desfecho lamentável tem ainda assim suas fases e horas gloriosas, e é justo que essas fases e essas horas sejam encaradas não tendo em vista o fim mas antes cada uma no seu aspecto particular, porque enquanto são o presente, têm força igual à atualidade da conclusão. Assim Esaú estava orgulhoso na sua hora e bradou com voz sonora:

"Ouvi vós todos, gente do pátio, filhos de Abrão que ofereceis sacrifício a Ya, ouvi vós também que sacrificais a Baal, mulheres de Esaú com vossa prole, fruto da minha virilidade! A hora do Esaú chegou. O senhor vai abençoar hoje o seu filho! Isaac me manda aos campos para que com o arco eu ache para ele carne saborosa que o fortifique por minha causa! Caí por terra!"

E enquanto os que estavam perto e o tinham ouvido se prostravam com o rosto no chão, Esaú viu uma criada a correr, de modo que os peitos lhe bamboleavam para cima e para baixo.

Foi esta a criada que esbaforida anunciou a Rebeca o que Esaú dissera na sua jactância. E de novo a mesma criada, quase sem fôlego de tanto correr, foi ter com Jacó, que estava tomando conta dos carneiros em companhia de um cão de orelha pontuda chamado Tam, e embebido em seus pensamentos se apoiava num comprido cajado arqueado na ponta. "A senhora...", arquejou ela, com a fronte tocando a relva. Jacó olhou para ela e depois de uma pausa um tanto longa respondeu muito baixo:

"Eis-me aqui". Durante a pausa pensara ele lá com sua alma: "Chegou a hora!". E encheu-se-lhe o coração de orgulho e reverente temor.

Deixou o cajado com Tam para que ele o vigiasse e se dirigiu à tenda de Rebeca, que já o aguardava com impaciência.

Rebeca, a sucessora de Sarai, era uma matrona de brincos de ouro, majestosa, de constituição robusta e uns traços que conservavam ainda muito da beleza que em outros tempos tanta sedução exercera em Abimelec de Gerar. Seus olhos negros tinham uma expressão de astúcia e firmeza debaixo das sobrancelhas em arco que o lápis bem acentuava e mostravam no espaço que as separava os dois vincos perpendiculares de um caráter enérgico. O nariz era bem-feito e masculino, pronunciadamente arqueado e de aletas bem abertas. Tinha a voz grave e cheia e sobre o lábio superior notava-se-lhe um ligeiro buço preto. O encaracolado cabelo negro e prateado se repartia no meio e lhe caía sobre a testa, velado pela mantilha parda que descia até as costas mas deixava descoberta a linda forma dos nobres ombros e braços, aqueles ombros, de uma cor de âmbar tirante a pardo, em que os anos não tinham tido ainda o poder de tocar. Ela usava um vestido de lã variegada, sem cinto, que lhe batia nos tornozelos. As mãos pequenas e cheias de veias tinham estado até havia pouco lidando no tear instalado no chão, e corrigindo as mulheres ali acocoradas que manejavam as lançadeiras, fazendo passar os fios através da urdidura. Ela, porém, lhes interrompera o trabalho, mandando-as a outras partes, e estava agora no interior da tenda à espera do filho, na sua tenda de senhora, provida de peles e esteiras. Encaminhou-se rápida para Jacó, que vinha entrando em atitude respeitosa.

"Yekev, meu filho", disse em voz baixa e suave, ao mesmo tempo que lhe tomava as mãos erguidas e as passava sobre o seio. "Chegou o tempo. O senhor quer te abençoar."

"Quer me abençoar?", perguntou Jacó, perdendo a cor. "A mim e não a Esaú?"

"A ti nele", respondeu ela impaciente. "Deixemos as sutilezas. Não fales nem procures discutir, mas faz conforme te é mandado, para que não se cometa nenhum erro nem aconteça nenhuma desgraça!"

"Qual é a ordem de minha mãezinha de quem recebo a vida, como no tempo em que eu estava ainda dentro dela?", perguntou Jacó.

"Escuta!", disse ela. "Ele mandou Esaú matar caça e preparar para ele uma carne saborosa que o fortaleça para a bênção. Isso podes tu fazer mais depressa e melhor que teu irmão. Vai, pois, aonde está o fato de cabras, toma dois cabritinhos, mata-os e traze-os. Das melhores partes eu farei para teu pai uma refeição tal que ele não deixará nada para ti. Agora, vai!"

Jacó começou a tremer e não cessou de tremer até o fim. De vez em quando custava-lhe um grande esforço refrear o bater de seus dentes. Ele disse:

"Misericordiosa mãe dos homens! Tua palavra é para mim como a palavra de uma deusa, todavia o que dizes é tão perigoso que nem se pode exprimir com palavras. Esaú é cabeludo no corpo todo e teu filhinho é liso, salvo numa parte ou noutra. Se nosso senhor me agarra e percebe minha macieza, como ficarei diante dele? Ficarei como se eu estivesse ali para o enganar, isso é certo, e em vez da sua bênção cairia imediatamente sobre a minha cabeça a sua maldição."

"Lá vens tu outra vez com tuas sutilezas!", disse-lhe ela, em tom autoritário. "Sobre mim caia a maldição. Não te preocupes com isso. Vai buscar os cabritos. Está para ser cometido um erro..."

Saiu a correr e foi até o declive próximo às tendas, onde pastavam as cabras, agarrou dois cabritinhos que alegres brincavam perto da mãe e os liquidou com um corte na garganta, gritando para o cabreiro que eram para a senhora. Deixou o sangue deles escorrer diante de Deus, atirou-os para cima do ombro segurando-os pelas pernas traseiras e foi para casa com o coração batendo. As cabecinhas pendiam-lhe nas costas, com seus curtos chavelhos enroscados, os focinhos fendidos e os olhos vidrados, — tão cedo sacrificados para tão grande fim. Rebeca estava esperando e fez com a cabeça um sinal aprobativo.

"Depressa", disse ela, "está tudo pronto."

Na sua tenda havia um fogão feito de pedra, e já ardia o fogo debaixo de um caldeirão de bronze, achando-se ali também tudo mais que era necessário para cozinhar. A mãe pegou os cabritos e pôs-se depressa a esfolá-los e cortá-los. Aquela criatura, robusta e ativa, toda se azafamava em redor do fogão quente, empunhando um garfo, aqui mexia, ali temperava, e durante todo esse tempo reinava silêncio entre os dois. Mas enquanto o prato estava cozinhando Jacó viu-a tirar da sua arca umas roupas que lá estavam dobradas, uma camisa e uma blusa. Eram os trajes festivos de Esaú que ela guardara para ele, conforme Jacó se lembrou, empalidecendo de novo. Depois viu-a cortar em tiras e pedaços com a faca as peles dos cabritos, que por dentro estavam molhadas e pegajosas de sangue, e ele à vista daquilo sentiu um arrepio. Rebeca, porém, mandou-o tirar a comprida blusa de meia manga, que era naquela ocasião sua roupa de uso diário, e foi lhe enfiando pelos braços lisos e arrepiados a camisa curta e em seguida o lindo casaco de lã azul e vermelha, que deixava descoberto um ombro e os braços livres. Depois disse: "Vem cá agora!". E enquanto os lábios dela se moviam murmurando algumas palavras e as sobrancelhas se lhe franziam acentuadamente, pôs sobre ele os pedaços de pele em todos os lugares em que a pele lisa estava exposta, no pescoço e nos braços, nas canelas e nas costas das mãos, e amarrou-os com linha, embora elas já fossem glutinosas e grudassem por si de uma forma bem desagradável.

Ela murmurou:

"Eu cubro a criança, cubro o jovem, fique mudada a criança, mudado fique o jovem por meio da pele e do pelo."

E de novo:

"Eu cubro a criança, engano o senhor, o senhor há de tocar, o pai há de comer, terão de servir-te os irmãos das profundezas."

Em seguida, com as próprias mãos lavou-lhe os pés, como fazia quando ele era pequeno; pegou no óleo aromático que tinha o cheiro dos prados e a fragrância das flores dos prados e que era o óleo de Esaú e com ele untou a cabeça de Jacó e seus pés lavados de fresco, e, enquanto fazia isso, murmurava com os dentes cerrados:

"Eu unto a criança, unto a pedra, o cego comerá; a teus pés, a teus pés hão de cair os irmãos das profundezas!"

Depois disse: "Está terminado"; ele se levantou, desajeitado e modificado pelo seu extravagante disfarce, com uma sensação esquisita de dureza e viscosidade nos braços e nas pernas e com os dentes a bater. Enquanto isso, ela acondicionava a saborosa carne numa travessa e ainda pão de trigo e azeite cor de ouro para nele se molhar o pão, e um canjirão de vinho; pôs-lhe tudo isso nas mãos e nos braços dizendo: "Agora segue teu caminho!".

E lá se foi Jacó, carregando a refeição, desazado e a caminhar com as pernas abertas, com muito medo que aquelas peles horrivelmente peganhentas escorregassem de sob as linhas que as prendiam. O coração batia-lhe forte, seu rosto estava desfigurado e os olhos ele os tinha cravados no chão. Muitas pessoas da casa, que o viram atravessar o pátio, levantaram as mãos e sacudiram a cabeça; beijaram a ponta dos dedos e disseram: "Vede o amo!". Chegou em frente à tenda de seu pai, colou a boca à cortina e falou:

"Aqui estou eu, meu pai! Pode teu servo erguer o pé para entrar até onde estás?"

Dos fundos da tenda veio a voz lamurienta de Isaac:

"Mas quem és tu? Acaso não serás um ladrão e filho de um ladrão, tu que chegas defronte da minha tenda e dizes: 'Aqui estou eu'? Qualquer um pode dizer o mesmo e tudo depende de quem o diz."

Jacó respondeu e não bateu os dentes porque os tinha cerrados: "Foi teu filho que disse 'eu', pois que cacei e matei para comeres".

"Isso é outro caso", respondeu Isaac do interior da tenda. "Então entra."

Entrou Jacó para a penumbra da tenda, nos fundos da qual havia um banco coberto feito de barro, que tomava toda a extensão da parede. Nele estava deitado Yitzhak, e embrulhado no seu manto; tinha sobre os olhos as compressas úmidas e apoiava a cabeça a um encosto provido de um semicírculo de bronze, que lhe alteava. Perguntou de novo:

"Quem és tu mesmo?"

E Jacó respondeu com voz sumida:

"Eu sou Esaú, o cabeludo, teu filho mais velho, e fiz conforme ordenaste. Senta-te pois, meu pai, e fortifica tua alma, porque aqui está a carne."

Isaac, porém, não se sentou ainda. "Como foi", perguntou ele, "que tão depressa achaste caça e com tanta rapidez conseguiste pô-la ao alcance do teu arco?"

"Foi o Senhor teu Deus que me proporcionou essa boa sorte", respondeu Jacó e sua voz desfalecia ao emitir algumas sílabas. No entanto, ele dissera "teu Deus", falando por Esaú, cujo deus não era o Deus de Isaac.

"Mas não sei o que se passa comigo!", prosseguiu Isaac, "pois tua voz está incerta, Esaú, meu filho mais velho; tenho a impressão de estar ouvindo a voz de Jacó."

Aí, de medo, Jacó não sabia o que dizer e tremia. Mas Isaac falou com doçura: "Contudo as vozes dos irmãos muitas vezes são parecidas e as palavras saem-lhes da boca com o mesmo som. Chega-te mais para cá para que eu possa apalpar-te com minhas mãos que veem e verificar se és ou não Esaú, meu filho mais velho".

Jacó obedeceu. Largou o que trazia, aproximou-se e ofereceu-se para ser apalpado. Chegando mais perto, viu que o pai tinha as compressas amarradas à cabeça com um cordão para não caírem quando ele se sentasse, da mesma forma que Rebeca prendera ao corpo dele as detestáveis peles.

Isaac apalpou um pouco no ar com os dedos abertos antes de tocar em Jacó. Afinal as magras mãos brancas acertaram com ele e o tatearam, e o cego passou-lhas pelo pescoço e pelos braços onde não havia roupa, nas costas das mãos e pelas pernas abaixo, tocando em todos esses lugares as peles dos cabritos.

"Sim", disse ele, "estes são os membros cabeludos e os velos vermelhos de Esaú. Vejo-os com minhas mãos videntes e devo convencer-me. A voz é a de Jacó, porém as mãos são as de Esaú. És tu então de fato o meu filho Esaú?"

"Tu o vês e o dizes", respondeu Jacó.

"Dá-me então de comer!", disse Isaac e sentou-se com o manto pendente dos joelhos. Jacó tomou a travessa, pôs-se de cócoras aos pés do pai e ofereceu-lhe a comida. Mas antes Isaac se inclinou pondo suas mãos sobre as de Jacó, cobertas de pele, e cheirou o prato.

"Está bom", comentou ele. "Preparaste-o bem, meu filho! Foi feito em creme azedo, conforme mandei, e há aí cardamomo, tomilho e um pouco de cominho." E foi dizendo os nomes de outras coisas que ali estavam e que ele discernia pelo olfato. Aprovou com um movimento de cabeça e pôs-se a comer.

Comeu tudo, e isso lhe tomou muito tempo.

"Trazes aí pão também, Esaú, meu filho?", perguntou enquanto mastigava.

"Sem dúvida", respondeu Jacó, "e bolinhos de trigo e azeite."

Partiu um pedaço de pão, molhou-o no azeite e o levou à boca do pai. O velho mastigava e servia-se de mais carne, anediando a barba e balançando a cabeça satisfeito, ao mesmo tempo que Jacó, de olhos fitos no seu rosto, o observava enquanto comia. Era aquele um rosto muito fino e transparente, com umas belas depressões nas faces e uma rala barba branca a brotar delas, um nariz delgado e alto de delicadas narinas, cuja cana lembrava a lâmina de uma faca. Apesar das compressas nos olhos, aquele rosto parecia tão espiritual, tão santo que dava ao repasto e à mastigação a aparência de uma coisa imprópria. Jacó quase sentiu-se envergonhado de observar o ancião comendo, como se este devesse ter vergonha de ser ele próprio observado. Mas podia ser que as compressas o protegessem; em todo o caso ia mastigando muito à sua vontade, movendo para baixo e para cima o queixo fino debaixo da barba escassa, e, como estivessem na travessa só as melhores partes dos cabritos, ele as comeu todas.

"Dá-me de beber!", pediu ele. Jacó deu-se pressa em ir buscar o canjirão de vinho e segurou-o ele mesmo chegando-o aos lábios secos de Isaac, cujas mãos se sobrepunham às cabeludas mãos do filho. Estando Jacó assim tão perto do pai, o ancião sentiu-lhe o cheiro do nardo nos cabelos e a fragrância das flores do campo nos trajes. Afastou então o cântaro para dizer:

"Na verdade é bem enganador o cheiro suave que se desprende dos trajes festivos do meu filho! É semelhante ao cheiro dos campos e prados na primavera, quando o Senhor semeou neles, às mãos-cheias e para nosso deleite, as flores odoríferas."

E com a ponta de dois dedos ergueu um poucochinho uma compressa e disse:

"Então tu és verdadeiramente Esaú, meu filho mais velho?"

Jacó riu-se em desespero e por sua vez perguntou:

"Quem senão ele?"

"Então está bem", falou Isaac e sorveu um bom gole que fez subir e descer debaixo da barba o pomo de adão. Em seguida, mandou derramar água sobre suas mãos. Depois que Jacó executou a ordem e as enxugou, disse o pai:

"Seja então assim."

E poderosamente robustecido pela comida e pela bebida, com o rosto corado, pousou as mãos sobre Jacó, que ali estava agachado e todo trêmulo, para abençoá-lo com todas as forças, e como sua alma se achava fortalecida pela refeição que fizera, suas palavras encheram-se de todo o poder e abundância da terra. Ele deu a Jacó a fertilidade e a voluptuosidade da terra, semelhante às de uma mulher, e ainda o orvalho e a água macha do céu; deu-lhe a plenitude do solo arável, da árvore e da videira, a exuberante fecundidade dos rebanhos e uma tosquia dupla em cada ano. Pôs sobre ele o pacto e o constituiu em guardião da promessa e da herança daquilo que tinha sido fundado através dos tempos. Suas palavras eram altissonantes e fluíam como uma torrente. Deu-lhe a vitória na batalha dos hemisférios, da luz e da treva, vitória sobre o dragão do deserto. Chamou-lhe Lua formosa, e portador do equinócio, do riso e da renovação do ano. Usou a expressão invariável que Rebeca murmurava, a expressão primitiva, tão velha que chegava a ser um mistério; ela não se ajustava com exatidão ao caso porque aqui os irmãos eram somente dois. Mas Isaac a proferiu solenemente sobre sua cabeça: "Os filhos de sua mãe servirão o abençoado, e todos os irmãos se prostrarão a seus pés ungidos". Depois gritou três vezes o nome de Deus e acrescentou: "Assim seja e assim venha a realizar-se!", e soltou Jacó de suas mãos.

Voou Jacó para perto da mãe. Mas pouco depois Esaú chegou a casa com uma cabra-montês nova que caçara, e a coisa ficou ao mesmo tempo cômica e trágica.

Jacó não presenciou nem desejou presenciar nada do que se seguiu, e se manteve escondido. Mas contaram-lhe tudo e ele se lembrava daquilo tão bem como se tivesse estado presente.

Ao voltar para casa, conservava Esaú a mesma otimista disposição de ânimo, naturalmente ignorando o que se passara na sua ausência; pois para ele a história ainda não chegara a esse ponto. Todo inchado de orgulho e amor-próprio, segurando o arco com o punho cabeludo e a caça sobre o ombro, caminhava triunfal, erguendo demasiado as pernas, voltando para todos os lados a cabeça com um ar de dignidade carrancuda, a fim de que fosse notado o seu esplendor e a sua primazia. Ainda a certa distância pôs-se de novo a gabar-se tão alto e com tal jactância que aquilo se tornava cômico e ao mesmo tempo doloroso para quantos o ouviam. Ao local acorreram aqueles que tinham visto Jacó metido nas suas peles entrar na tenda do amo e depois sair, e mesmo aqueles que não o tinham visto. Só não se aproximaram as mulheres e os filhos de Esaú, embora ele os chamasse repetidas vezes para virem presenciar sua grandeza e seu orgulho.

Acorreu toda a gente e riu ao vê-lo naquele ostentoso jogo de pernas. Fizeram em torno dele um círculo para ver e ouvir o que ele ia fazer. Começou a esfolar sua cabra-montês sem, no entanto, cessar de jactar-se; preparou-a e cortou-a, fez um fogo de gravetos, acomodou sobre o mesmo uma caldeira e aos berros ia dando ordens aos espectadores que riam, mandando-lhes trazer ora uma, ora outra coisa necessária para o banquete.

"Ah! Ah! Oh! Oh!", gritava ele. "Olá, santos basbaques! Ide buscar para mim o garfo grande! Trazei-me leite azedo de ovelha porque o assado sabe melhor com ele! E trazei-me sal da mina de sal, seus preguiçosos, coentro e alho, hortelã e mostarda para estimular-lhe o paladar, pois quero fartá-lo de tal modo que o vigor lhe fique a romper dos poros! Trazei-me ainda bom pão de farinha *scholet*, para comer com a iguaria, e azeite extraído da oliveira e coai o vinho, mandriões, para que não fique borra no vaso, senão... que o burro branco vos espezinhe! Ide buscar correndo, porque é a festa da engorda e da bênção de Isaac, a festa de Esaú, a festa do herói e do filho a quem o senhor enviou para caçar um animal e lhe preparar uma refeição e a quem ele vai abençoar dentro da sua tenda nesta hora!"

Assim foi continuando, dando trabalho à boca e às mãos, com suas interjeições, sua linguagem bombástica e suas fanfarronadas, gabando-se da preferência que lhe mostrava seu pai e exaltando o grande dia que chegara para o ruivo. O pessoal da casa se dobrava e torcia de riso, chorava e segurava as ilhargas. E lá foi ele com seu prato, carregando-o bem alto na frente como o tabernáculo, levantando bem alto as pernas e pavoneando-se até a tenda do pai. A gente gritava, batia palmas e sapateava, mas de repente ficou tudo mudo e quedo. É que Esaú chegara à porta da tenda e estava dizendo:

"Eis-me aqui, meu pai. Que meu pai se levante e coma da caça de seu filho para que tua alma o possa abençoar. É vontade tua que eu entre?"

E ouviu-se a voz de Isaac:

"Quem é que está dizendo que quer entrar na tenda do cego?"

"Esaú, teu filho cabeludo", respondeu ele, "caçou e cozinhou para teu fortalecimento, conforme ordenaste."

"Tolo e ladrão!", disse a voz. "Por que falas falsidade na minha vista? Esaú, meu filho mais velho, esteve aqui há muito e deu-me de comer e de beber e eu o abençoei."

Com isso Esaú levou tal choque que quase deixou cair tudo e deu um pulo tal que entornou o molho de creme azedo, sujando-se todo. Os mirões estalaram uma gargalhada retumbante. Balançaram um pouco a cabeça, porque a situação era muito divertida, e com os punhos enxugaram as lágrimas. Esaú, porém, entrou de golpe na tenda sem perguntar mais nada e então estabeleceu-se o silêncio, enquanto os do lado de fora tapavam a boca com as mãos e davam cotoveladas uns nos outros. Mas daí a pouco partiu lá do interior da tenda um berro, um berro simplesmente incrível, e Esaú precipitou-se para fora, não mais com o semblante vermelho, porém roxo, e com os braços erguidos. "Maldito, maldito, maldito!", bradou ele com quanta força tinha nos pulmões. Palavra que podemos usar hoje a propósito de qualquer insignificante contrariedade, mas que naquela ocasião e saindo da boca de Esaú, o cabeludo, era um grito novo, cheio do significado original, porquanto ele tinha realmente sido amaldiçoado, em vez de abençoado, solenemente traído e ridicularizado como ninguém o fora antes dele, aos olhos do povo. "Maldito", gania. "Traído, traído, traído!" E sentou-se no chão e pôs-se a uivar de língua de fora, enquanto as lágrimas lhe rebentavam grossas como avelãs, e a mó de gente que ali estava ao redor ria até chorar daquela tremenda burla, a história da mistificação a que fora submetido Esaú, o Vermelho.

JACÓ OBRIGADO A VIAJAR

Deu-se então a fuga. Jacó teve de fugir de casa e do acampamento. Sua mãe, Rebeca, criatura resoluta e dotada de um coração forte, tudo planejou e executou, mandando para bem longe o seu predileto, resignada a nunca mais tornar a vê-lo, pois que ele possuía a bênção e podia levá-la consigo pelos anos afora. Muito prudente era ela e enxergava muito longe para não adivinhar quais as consequências daquela solene traição, mas quis arcar com o peso que ela deliberadamente impusera ao filho e para isso ofertou seu coração em sacrifício.

Ela o fez silenciosamente; mesmo nas conversas necessárias com Isaac, não se dizia uma palavra da situação real dos negócios; evitavam tocar no assunto. Mas nada lhe escapava. Era muito natural que Esaú, lá na sua alma convulsionada, estivesse amadurecendo projetos de vingança e procurasse desmanchar o que ela havia feito. Rebeca sabia também que ele se aprestava para desempenhar o papel de Caim. Soube que ele entrara em contato com Ismael, o homem do deserto, o formoso mancebo trigueiro que tinha sido expulso. Eles tramavam juntos, nada podia ser mais natural. Pertenciam à mesma raça desfavorecida, o irmão de Yitzhak, o irmão de Jacó; caminhavam ambos nas mesmas pegadas, eram antipatizados, estavam banidos, seus caminhos deviam por força encontrar-se. As coisas na realidade estavam ainda piores do que o que previra Rebeca, porquanto Esaú dirigia seus pensamentos homicidas não só contra Jacó mas também contra Isaac. Ela ouvira dizer que ele propusera a Ismael a eliminação do cego, e depois disso ele, Esaú, se encarregaria de despachar o homem de pele lisa. Repugnava-lhe repetir o ato de Caim, repugnava-lhe afirmar-se no seu papel cada vez mais claramente, caso o imitasse. Daí lembrar-se de que o tio, agindo primeiro, lhe incutiria coragem. Mas Ismael fez objeções, o que deu a sua cunhada tempo para agir. A ideia não o seduzia. Certas recordações dos sentimentos que outrora ele nutrira para com seu irmão mais franzino, sentimentos esses que devem ter servido então de pretexto para a sua expulsão, tornavam-lhe difícil, dizia ele, levantar a mão contra Isaac. Era melhor que Esaú mesmo o fizesse; então ele, Ismael, espetaria uma seta com tanta destreza na nuca de Jacó que ela sairia do outro lado, na frente, e o favorito imediatamente se estatelaria ao comprido no chão.

Era muito de Ismael fazer tais propostas. Elas apresentavam alguma novidade, ao passo que Esaú apenas tinha na cabeça o fratricídio tradicional. Não entendeu o que o outro queria dizer e cuidou que estivesse apenas alanzoando. Parricídio era uma coisa em que nunca pensara; isso jamais tinha acontecido, não havia tal coisa, a proposta não tinha valor prático, era absurda. Podia vir a dar-se que um homem cortasse a virilidade a seu pai com uma foice, como tinha sido feito com Noé; mas matá-lo — essa ideia não passava de um despropósito. Riu-se Ismael da embasbacada incompreensão do sobrinho. Ele sabia que a ideia estava longe de ser disparatada, pois tinha como fundamento uma venerável realidade e era talvez o princípio de todas as coisas, e sabia que Esaú se detinha cedo demais na viagem ao passado e se contentava com um começo demasiado tardio, ao pensar que tal coisa nunca tivesse acontecido. Disse-lhe isso e mais ainda. Disse coisas que, quando ele as ouviu pela primeira vez, fizeram Esaú correr tomado de horror e com os pelos eriçados. Recomendou-lhe que depois que matasse o pai comesse fartamente da carne, a fim de incorporar a sua sabedoria e o seu poder, a bênção de Abrão de que era portador; e para esse intento ele não devia cozinhar o corpo de Isaac mas fartar-se dele cru, com ossos e sangue. Isso fez com que Esaú saísse correndo mais uma vez.

Faltou, já se vê, mas tomou-lhes algum tempo o acordo entre sobrinho e tio quanto à distribuição de papéis no drama do assassínio, e isso proporcionou à mãe Rebeca tempo para agir. Ela nada disse a Isaac do que seus parentes próximos estavam tramando contra ele. Marido e mulher restringiam suas conversações a Jacó, mas não no sentido de que o ameaçasse qualquer perigo, embora mesmo Isaac estivesse provavelmente inteirado disso. Não faziam nenhuma alusão à decepção ou à raiva de Esaú; em torno disso guardavam completo silêncio. Só diziam que Jacó devia empreender uma viagem à Mesopotâmia para travar relações com a sua parentela aramaica, porque, se ficasse ali toda a vida parado, havia perigo de também ele fazer um casamento infeliz. Nesse ponto os pais chegaram a um entendimento. Se Jacó tomasse para mulher uma das moças do país, dizia Rebeca, uma mulher hitita, que seria igual às mulheres de Esaú e cometeria a abominação de adorar ídolos, de que lhe valeria a ela a vida, perguntava Rebeca a Isaac com toda a seriedade? Isaac concordava e, tomando por base essa ponderação, combinou com ela mandar Jacó para fora durante algum tempo. Durante algum tempo, sim. Foi o que ela também disse seriamente a Jacó, pelo menos esperou que assim fosse. Ela conhecia Esaú, sabia que ele era uma criatura volúvel e leviana e que acabaria por esquecer tudo. No momento ele estava com tendências sanguinárias, porém seu ânimo podia mudar. Ela sabia que, enquanto ele estivera com Ismael no deserto, andara bebendo os ventos por Maelet, filha de Ismael, com a qual tencionava casar-se. Era possível que mesmo então já o seu espírito mais pendesse para essas cogitações pacíficas do que para pensamentos de vingança. Quando parecesse que ele havia se acalmado e desistido de tais ideias, ela mandaria um recado a Jacó para que regressasse ao lar e ao seu regaço. No momento, seu irmão Labão, filho de Batuel, que morava a dezessete dias de jornada dali, na região de Aram Naharaim, o receberia de braços abertos. Ficou assim assentada a fuga e Jacó foi-se secretamente preparando para viajar para Aram. Rebeca não chorou. Mas, na madrugada da partida, conservou-o durante longo tempo apertado nos seus braços, afagou-lhe as faces, pendurou amuletos no pescoço dele e no de seus camelos, abraçou-o ainda uma vez e pensou lá consigo que, se o Deus dela ou um outro assim o determinasse, talvez ela nunca mais o visse. E foi o que se verificou. Mas Rebeca não se arrependeu de nada, nem então nem mais tarde.

JACÓ CHORA

Sabemos o que aconteceu ao viajante no primeiro dia da sua jornada: o vexame por que passou e a grande exaltação que se lhe seguiu. Mas a exaltação foi interior, uma grande visão da alma, ao passo que o vexame foi real e físico, como a viagem, que ele depois teve de continuar por motivo daquele e como sua vítima, isto é, sozinho e qual um mendigo. A caminhada era longa e ele não era Eliezer: a este a terra "vinha-lhe ao encontro" enquanto ele andava. Pensou muito nesse velho, mensageiro e principal servo de Abrão, cujas feições eram muito parecidas, conforme rezavam as crônicas, com as do seu antepassado, e que havia palmilhado essa mesma estrada na grande missão de ir buscar Rebeca para Isaac. Mas ele viajara com a pompa adequada ao caso, com seus dez camelos e provido de todas as coisas, tanto das necessárias como das supérfluas, como o próprio Jacó também o estivera antes do seu negregado encontro com Elifaz! Por que é que Deus, o Rei, tinha julgado conveniente fazer-lhe isso? Por que o castigara com tanta desgraça e aflição? Pois ele não duvidava que se tratasse de um castigo, retribuição e compensação para com Esaú. Nessa sua jornada penosa ia ele meditando muito na índole do Senhor, que certamente tinha querido e ocasionado o que acontecera e todavia o punia a ele,

Jacó, por isso, fazendo-o pagar as lágrimas amargas de Esaú, ainda que só por formalidade, digamos, e com uma parcialidade benévola. Com efeito, todo o seu fardo, conquanto pesado, era acaso um preço justo pela vantagem obtida sobre o seu pobre mano que ficara permanentemente desfavorecido? Só de perguntá-lo a si mesmo Jacó se ria atrás da sua barba, que por sinal crescera durante a viagem e que lhe vinha escurecer ainda mais o rosto magro e trigueiro, brilhando de suor sob o manto úmido e sujo.

Ia bem entrado o verão. Era no mês de Ab, de calor e secura extremos. Uma camada espessa de pó cobria as árvores e o mato. Jacó ia montado desgraciosamente e sem conforto no seu camelo magro, cujos olhos grandes e experientes eram sem cessar infestados pelas moscas e cada vez denotavam maior cansaço e mais melancolia. Quando passava por outros viajores, cobria o rosto ou se apeava, conduzindo o animal pela rédea e caminhando ao lado dele numa das veredas paralelas que formavam a estrada e afundando os pés num oceano de cascalho poeirento. De noite dormia ao relento no campo, ao pé de uma árvore nalgum olival, arrimado aos muros de uma aldeia, conforme lhe tocava em sorte, deitando-se bem junto do seu animal para se aquecer, porque muitas vezes as noites eram frias e ele estava habituado a dormir dentro de casa e era muito sensível, tendo-se resfriado várias vezes e chegando a tossir, mesmo na zina do calor, como se fosse um tísico. A tosse era incômoda, impedia-o de ganhar a subsistência, pois, como era natural, ele tinha de fazê-lo relatando a toda a gente a história de suas calamidades e a razão pela qual ele, sendo filho de uma família como a sua, estava viajando numa tal penúria. Contava a história pelas aldeias, nos mercados, ao pé do poço fora dos muros, onde lhe permitiam lavar-se e dar água ao seu camelo. Homens, mulheres e meninos com seus cântaros se reuniam em torno dele e ouviam a narrativa, que, quando a tosse não a interrompia, era colorida e interessante. Dizia seu nome, gabava suas origens, descrevia por miúdo a vida de nababo que levava em sua casa e a mesa farta a que se sentava. Depois traçava o quadro do começo da viagem, falando na liberalidade com que ele, o primogênito de uma grande casa, fora provido para a viagem com destino a Harã, na terra de Aram, para o Oriente e para o Norte, além do rio Prat, onde moravam uns parentes seus, cuja fama entre os habitantes do país não era coisa de admirar pois que eles eram donos de miríades de carneiros e cabras. Ele tinha sido enviado a esses parentes já a negócio, já numa missão religiosa da mais alta importância. Detinha-se a esmiuçar os presentes ganhos e os que eram destinados a outras pessoas e que trazia na sua bagagem, os adornos de seus camelos, as armas que deviam garantir sua principesca segurança, as guloseimas destinadas para si e para os do seu séquito. Ia ele contando, e seus ouvintes, ávidos de emoções, embora sabendo muito bem que os viandantes exageram muito as coisas, mostravam-se unânimes em não fazer distinções entre o que era verdadeiro e o que era positivamente inventado, e enquanto iam ouvindo conservavam a boca e os olhos bem abertos. Naquele estado, pois, saíra ele de casa, mas infelizmente, certas partes da região andavam infestadas de bandidos. Estes eram muito crianças, mas de uma ousadia pouco comum. Ao atravessar ele com sua caravana um desfiladeiro, eles, em número muito superior, lhes haviam interceptado a frente e a retaguarda, não deixando sequer uma possibilidade de evasão pelos lados. Seguiu-se uma batalha, de mais sensação do que qualquer outra coisa no gênero, de que haja memória na lembrança dos homens. E aqui Jacó a descreveu com luxo de detalhes, lançada por lançada, golpe por golpe. O passo ficara cheio de cadáveres de homens e de animais, ele próprio prostrara sem vida sete vezes sete jovens salteadores e cada um de seus homens fizera o mesmo com um número menor deles. Mas, por desgraça, acabara por prevalecer a superioridade numérica do inimigo. Um por um, os seus foram baqueando à sua volta e, após muitas horas de combate, ele, o único sobrevivente, fora obrigado a implorar pela vida.

E por que, lembrara-se uma mulher de perguntar, não o haviam matado também?

Bem que o tentaram, respondeu ele. O chefe da quadrilha, que era o mais moço e o mais insolente de todos, estava já de espada erguida para desfechar o golpe mortal, mas Jacó naquele transe supremo chamara por seu Deus, invocando o nome do Deus de seus pais, e o que acontecera? A espada do sanguissedento mancebo se lhe rompera no ar em sete vezes setenta pedaços. Tão aturdido ficara o detestável sujeito e tão estarrecido de pavor que ele e os seus homens fugiram, carregando, porém, consigo todas as posses de Jacó, que ali ficara em extrema nudez. Muito embora estivesse nu, prosseguira no seu caminho, porque ao término deste estavam à sua espera bálsamo para suas feridas, leite e mel, roupas de púrpura e linho fino. Mas, ai! até atingi-lo, ele não tinha nem sequer um lugar para pousar a cabeça, nada com que silenciar os gritos do seu estômago, vazio havia já muitos dias.

Ele percutia o peito e seus ouvintes nas tendas onde vendiam carne e bebidas faziam o mesmo, porque os havia tocado a história de Jacó e eles achavam vergonhoso que ocorressem coisas tais e fossem tão pouco seguras as estradas. Na sua região, diziam eles, havia guardas pelos caminhos no espaço correspondente a cada duas horas de jornada. E davam então de comer ao homem aflito: bolos e almôndegas, pepinos, alho e tâmaras, por vezes até um casal de pombos ou um pato, e serviam feno e mesmo cereais ao animal, que precisava de forças para prosseguir a viagem.

E assim continuava ele, na direção do Jordão, para a Síria baixa, o desfiladeiro do Orontes e o sopé do monte Líbano; mas o avanço era lento porque ele tinha de ganhar o seu pão. Visitava os templos nas cidades, palestrava com os sacerdotes acerca da essência divina, causando neles boa impressão com as suas palavras prudentes e esclarecidas, de sorte que eles o deixavam fortalecer-se e prover-se nos depósitos do deus. Nas suas viagens ia vendo muita coisa bonita e sagrada; viu a montanha Dominadora do Norte longínquo cintilar como se a revestissem pedrarias e a ela dirigiu sua prece; viu regiões regadas pela neve das montanhas, onde os altos troncos das esbeltas tamareiras eram como as caudas escamosas dos dragões e onde a paisagem se enegrecia com as matas de cedro e sicômoro e havia árvores com cachos de frutos doces e farináceos. Viu cidades populosas e Damasco pousada entre pomares e jardins encantados. Havia lá um relógio de sol. E de lá, com medo e repulsa, avistou o deserto. Era vermelho, como convinha, esbeiçando para o Oriente numa bruma opaca e rubra, um mar de impureza; o campo do recreio dos maus espíritos, o mundo inferior. Sim, era este agora o destino de Jacó. Deus mandava-o para o deserto porque ele fora a causa do choro alto e amargo de Esaú. Era a vontade de Deus. Seu caminho, que nas alturas de Bet-el o levara a uma ascensão tão consoladora, atingira agora o ponto mais ocidental onde descia para as regiões infernais do mundo, e quem podia saber que perigo de dragões o aguardava lá? Chorou um pouco quando, a balançar sobre a corcova do seu camelo, penetrou no deserto. Na sua frente corria um chacal, de um amarelo sujo, orelhas em ponta, com o rabo esticado horizontalmente, animal de um deus triste, figura abjeta. Corria na frente dele, deixando-o às vezes aproximar-se tanto que Jacó podia perceber o ativo fartum; virava para trás a cabeça de cachorro e, com seus olhinhos abomináveis, olhava para o homem que montava o camelo, depois continuava a sua marcha, soltando uma risadinha curta. Jacó era muito versado nessas coisas e não podia deixar de reconhecer nele o abridor do caminho, que guia o viandante para o reino dos mortos. Surpresa teria se não o visse e chorou outra vez seguindo sua jornada por aqueles desolados e estéreis tratos de terra que ficam entre a Síria e Naharina, beirando penedos e escalvadas rochas, atravessando campos pedregosos e planícies de argila e areia, estepes adustas e moitas secas de tamargueiras. Estava bem orientado quanto à estrada que palmilhava, o mesmo caminho que seu primeiro antepassado, o filho de Taré, tomara outrora, mas em direção oposta, vindo ter ao lugar a que agora Jacó penosamente se dirigia, tendo sido mandado para o Oeste como ele o era agora para o Leste. O pensamento de Abraão o consolou um pouco na sua solidão; além disso o caminho deixava perceber um ou outro vestígio de seres humanos e de suas atividades. Aqui e ali havia uma torre de barro que se podia escalar, sobretudo para ter uma vista dos arredores, mas também no caso de alguém se querer livrar de uma investida de animais selvagens. A trechos via-se mesmo uma cisterna. Melhor que tudo isso era a existência de postes com tabuletas indicadoras da direção e pedras miliárias que tornavam possível a viagem mesmo durante a noite, bastando haver um pouquinho de luar: essas indicações tinham sem dúvida prestado serviço a Abrão nas suas jornadas. Jacó louvou a Deus pelos benefícios da civilização e foi acompanhando os sinais postos por Nemrod para indicar a direção do rio Prat, exatamente o rumo que ele tinha em vista e que era o rumo certo, a saber: aquele lugar onde o Muito Largo saía das gargantas da montanha, através da qual irrompia vindo do Norte, e serenava na planície. Oh! Hora maravilhosa aquela em que Jacó afinal se viu no terreno alagadiço entre os juncos e deixou o pobre do animal beber da enchente amarela! Atravessava-a uma ponte de barcas e do outro lado havia uma cidade, mas não era esta a morada do deus da lua, não era a cidade do caminho, a cidade de Naor. Esta ficava ainda mais longe, na planície oriental, que ele tinha de atravessar ainda com o auxílio das indicações, sob o sol abrasador de Ab. Dezessete dias? Ah! Muito mais que isso seria necessário para Jacó, que se via reduzido a ir desfiando sua história sangrenta, quantas vezes nem ele mesmo sabia, pois desistira de contar, e a única coisa que sabia era que a terra não vinha ao encontro dele, mas muito ao contrário parecia afastar, cada vez mais, a meta da fatigante caminhada. Mas nunca pôde esquecer, e disso falou até no seu leito de morte, como de repente lá surgiu ele, o término da sua jornada, quando menos esperava atingi-lo e o julgava bem distante; atingia-o realmente, ou quase o atingia. Afinal esse término viera, parece, ao seu encontro, com tudo que de bom e de precioso tinha para dar, exatamente todas aquelas coisas que um dia, depois da sua longuíssima permanência, Jacó teve de levar consigo.

JACÓ VAI TER COM LABÃO

Um dia, sobre a tarde, quando o sol mergulhava detrás dele numa pálida neblina e a sombra de Jacó e do camelo era como uma torre na planície; naquelas últimas horas do dia, quando o ar não refrescava mas parecia ser o próprio calor sob a cúpula de bronze do céu, a tremular sobre a erva mirrada e, dir-se-ia, prestes a explodir em chama; quando a língua de Jacó estava tão seca que lhe colava no céu da boca — pois não bebia água desde a véspera — e ele se deixava arrastar, aos solavancos, com o espírito tomado por uma espécie de vertigem, viu entre duas colinas que formavam como que uma ponte a abrir-se sobre uma grande extensão ondulada, um ponto a mover-se a boa distância, na planície que ficava além; e sua vista, penetrante apesar do cansaço, logo reconheceu um rebanho de carneiros com os pastores e os cães, todos em volta de um poço. Pulou de alegria e soltou um suspiro de gratidão a Ya, o Altíssimo, mas o único pensamento lúcido que pôde exprimir foi: "Água, água!", e esta palavra lhe brotou da garganta ressequida. Ao mesmo tempo, estalou a língua para o animal, que pareceu compreendê-la e alegrar-se com a notícia, porquanto reuniu as forças, esticou o pescoço, dilatou as ventas e alongou o passo.

Daí a pouco achava-se Jacó tão perto que já podia distinguir as marcas pintadas nos carneiros, o semblante dos zagais sob os enormes chapéus, seu peito cabeludo e as argolas que usavam nos braços. Os cães rosnaram e puseram-se em atitude de defesa, impedindo que os carneiros se espalhassem, mas os homens os aquietaram com uma palavra porque um único homem não lhes podia causar receio e além disso viram que este ainda de longe os cumprimentava delicadamente. Havia quatro ou cinco homens, lembrava-se Jacó, com uns duzentos carneiros de grande porte e rabo espesso, segundo logo o notou seu olho experimentado. Estavam ociosamente, parte acocorados e parte de pé, em redor do poço, ainda coberto com uma pedra redonda. Todos eles traziam fundas e um deles um alaúde. Jacó lhes dirigiu a palavra sem perda de tempo, chamando-os "irmãos" e, levando a mão à testa, disse-lhes ao acaso que era grande o deus deles, conquanto não estivesse certo de qual fosse esse deus. Mas a isso e a tudo mais que ele lhes disse apenas abanavam a cabeça, ou melhor, balançavam-na de um lado para outro, indicando o seu pesar com estalos de língua. Não era nada de estranhar, pois não conseguiam entender o que ele dizia. Aconteceu, porém, que um deles trazia uma rodela de prata sobre o peito, na qual estava escrito o seu nome Jerobaal e era, conforme declarou, natural da terra de Amurru. Sua fala não era exatamente igual à de Jacó, mas dava para que se entendessem e o pastor Jerobaal pôde assim fazer de intérprete e traduzir para a língua ummu-ummu dos outros o que Jacó dizia. Transmitiram seus agradecimentos por ele ter reconhecido o poder de seu deus, convidaram-no a sentar-se na roda e cada um se apresentou pelo nome: Bulutu, Shamash-Lamassi, Cachorro de Ea, ou algo semelhante. Jacó não esperou que eles perguntassem pelo seu nome e por suas origens, mas foi logo dizendo tudo, com uma ligeira porém amarga referência à desgraça que o reduzira àquela pobreza e rogou-lhes acima de tudo mais que lhe dessem um pouco d'água para molhar a língua ressequida. Bebeu-a ele de uma quartinha, empinando-a com sofreguidão, apesar de o precioso líquido estar já um pouco morno. Seu camelo, entretanto, teve de esperar; parecia que também os carneiros estavam à espera de que lhes dessem de beber, e contudo a pedra tapava ainda o bocal do poço sem que ninguém fizesse menção de removê-la.

Perguntou-lhe Jacó de onde eram seus irmãos.

"Harã, Harã", responderam. "Bel Harã, senhor do caminho. Grande, grande, o maior de todos."

"Pelo menos, um dos maiores", disse Jacó comedido. "O meu destino é Harã! Fica longe?"

Nada longe. A cidade ficava logo além do declive próximo. Podiam lá chegar com seus rebanhos dentro de uma hora.

"Louvado seja Deus!", exclamou Jacó. "Então eis-me no fim, depois de mais de dezessete dias de viagem. Mal posso acreditar!" E lhes perguntou se conheciam Labão, filho de Batuel, filho de Nacor, já que eram de Harã.

Conheciam-no muito. Não morava na cidade, mas apenas a meia hora de lá. Estavam à espera dos seus carneiros.

Estava ele bem de saúde?

Muito bem. Por quê?

"Porque ouvi falar nele", respondeu Jacó. "Vós pelais os vossos carneiros ou os tosquiais com uma tesoura?"

Todos, motejando, responderam que os tosquiavam, naturalmente. Era possível, indagaram, que lá donde ele vinha os pelassem?

"Não, não!", respondeu. Eram bastante adiantados lá em Bersabeia e regiões vizinhas, e possuíam tesouras.

Voltaram a falar em Labão e disseram que estavam esperando Raquel, filha dele.

"Sobre isso queria eu interrogar-vos!", disse ele, isto é, "sobre essa vossa espera. Há já algum tempo que o perguntava a mim mesmo. Estais aí sentados em volta do poço tapado, como sentinelas, em vez de afastar a pedra para que vossos rebanhos possam beber. Por que isso? É verdade que ainda é cedo para tangê-los para casa, mas vós bem que podíeis tirar a pedra e dessedentar os carneiros de vosso amo em vez de ficardes aí à toa, muito embora tenhais de ainda esperar pela tal moça, filha de Labão; como é mesmo o nome dela?"

Falava em tom autoritário, como homem que é mais que um servo, ainda que os tratasse de "irmãos". A água dera-lhe forças, tanto ao corpo como ao espírito, e ele sentia sua superioridade.

Conversaram entre si "ummu, ummu" e depois lhe disseram por intermédio de Jerobaal que o que eles faziam era regular e conforme à ordem e uma questão de delicadeza. Não podiam retirar a pedra, dar água aos animais e ir para casa antes que Raquel aparecesse com os carneiros que guardava para seu pai. Todos os rebanhos tinham de ser reunidos e conduzidos à casa ao mesmo tempo, e, quando Raquel chegava ao poço antes deles, ela também esperava até que eles chegassem e afastassem a pedra.

"Acredito no que dizeis", riu Jacó. "Afinal ela não passa de uma mocinha e para remover aquela tampa são precisos braços de homens." Responderam, porém, que lhes era indiferente o motivo da espera da moça, sendo certo que ela esperava, e por isso eles faziam o mesmo.

"Muito bem", disse-lhes Jacó. "Penso que tendes razão, nem vos ficaria bem proceder de outro modo. No entanto, fico triste que o meu camelo tenha de curtir sede tanto tempo. Como dissestes que é o nome da moça? Raquel?", repetiu ele... "Dize, Jerobaal, o que significa isso em nossa língua! Já pariu então essa ovelha que nos faz esperar tanto?"

Oh! não, disseram eles, ela era pura como os lírios primaveris do campo e sem mácula como as pétalas das rosas do jardim na orvalhada manhã, e não conhecera nunca os braços de um homem. Tinha doze anos.

Era evidente que eles a respeitavam e inconscientemente Jacó fez o mesmo. Sorriu-se e deu um longo suspiro, porque a ideia de se encontrar com a filha de seu tio lhe dilatava um pouco o coração, de alegre curiosidade. Conversou ainda algum tempo com os pastores por intermédio de Jerobaal, sobre os preços locais do gado ovino, quanta lã se obtinha por cinco minas e quantas silas de cereais seus amos lhes concediam por mês. Afinal disse um deles: "Lá vem ela". Jacó havia justamente começado a enganar o tempo com a sua história de salteadores, porém interrompeu-se e virou-se para o lado que o pastor indicava. E assim a contemplou pela vez primeira, o destino do seu coração, a noiva da sua alma, por amor de cujos olhos adoráveis iria servir catorze anos, a ovelha-mãe do cordeiro.

Raquel vinha caminhando no meio do seu rebanho, que se conservava bem unido a ela, e um cão com a língua de fora corria à orla daquela massa lanosa. Como para saudar o grupo, ela levantou o cajado, a arma dos pastores, que terminava numa foice ou faca de metal, pôs de uma banda a cabeça e sorriu. Pôde então Jacó, enquanto ela ainda estava a certa distância, ver pela primeira vez seus brilhantes dentes brancos com os espaços que os separavam. Ao aproximar-se mais, adiantou-se até alcançar, separando-os com o cajado, os animais que iam na sua frente. "Aqui estou", disse ela; apertou as pálpebras como faz uma pessoa míope e em seguida ergueu as sobrancelhas, surpresa e alegre, acrescentando: "Oh, um desconhecido!". Se não era excessiva a sua miopia, ela devia ter visto havia muito o vulto de Jacó e o camelo, mas a princípio não dera sinal disso.

Os pastores em redor do poço mantinham-se calados e observavam com reserva o encontro dos dois patrõezinhos. Também Jerobaal, olhando disfarçadamente para o ar enquanto mastigava uma semente, parecia perceber que eles se entendiam. Jacó cumprimentou Raquel com as mãos erguidas. O cão da pastora ladrava-lhes ao redor. Deu-lhe ela uma rápida palavra de resposta à sua saudação, e ali ficaram os dois, modestamente, lado a lado, aos raios róseos do sol poente, rodeados pelos carneiros que se amontoavam e envoltos pelas exalações cálidas e amigas dos animais, debaixo daquele vasto céu pálido.

Era de porte gracioso a filha de Labão, como se podia ver apesar do seu traje folgado: uma espécie de camisola ou avental amarelo, com um debrum vermelho, sobre o qual havia desenhos de luas pretas. Caía-lhe solto e à vontade da gola à bainha, mostrando os pezinhos descalços, mas ajustava-se bem em volta dos ombros, denotando-lhes a figura e pequenez, e tinha mangas que chegavam até a metade do braço. Seus cabelos pretos eram mais desgrenhados do que crespos, pelo menos tão curtos como nunca Jacó tinha visto na sua terra; somente usava-os bastante curtos — duas longas tranças, aneladas nas pontas, pendiam-lhe junto às faces, caindo sobre os ombros. Com uma delas brincava a moça enquanto estava ali a olhar. Que rosto encantador! Quem poderá descrever-lhe a magia? Quem poderia decifrar o conjunto desses miúdos e felizes arranjos que a vida, lançando mão quase às cegas de reservas hereditárias, acrescenta como toques mágicos ao feitiço de um rosto humano? É um feitiço que se equilibra no gume de uma navalha e pende, como bem se poderia dizer, de um fio de cabelo, de tal maneira que se fosse alterado um único traço insignificante, se o mais pequeno músculo recebesse uma disposição diferente, embora quase nada se modificasse, ainda assim se quebraria o encanto, se desfaria todo o pequenino milagre. Raquel era formosa, e o era de tal jeito ao mesmo tempo meiga e maliciosa que se podia perceber (Jacó o percebeu assim que ela olhou para ele) que o espírito e a vontade, a prudência e a coragem nas suas cópias femininas eram a fonte real de toda aquela graça, tão expressiva era toda a sua pessoa, tão abertos tinha os olhos para a vida. Observava o forasteiro, tendo uma das mãos a retorcer a trança e a outra a segurar o cajado, muito mais alto do que ela; via-o emagrecido pela jornada, com as vestes cobertas de pó, desbotadas, em farrapos, o rosto moreno, barbado e todo salpicado de camarinhas de suor, um rosto que não era o de um subalterno. Enquanto ela se detinha a olhar, as aletas, talvez um pouco grossas demais, de seu narizinho pareciam dilatar-se com brejeirice e o lábio superior, pouca coisa mais saliente que o inferior, parecia formar com este nos cantos da boca, sozinho e sem nenhuma distensão de músculos, essa coisa adorável que é um sorriso tranquilo. Mas mais gracioso e melhor que tudo era o olhar, que a sua miopia especialmente ameigava e transfigurava, aquela expressão dos olhos negros, quiçá oblíquos um tudo-nada, que, sem nenhum exagero, a natureza dotara do mais extraordinário encanto que ela pode dar a um semblante humano — uma noite profunda, líquida, eloquente no seu silêncio, amiga, a um tempo séria e jovial, e como nunca antes em toda a sua vida Jacó vira ou pensara ver.

"Quieto, Marduka!", gritou ela, abaixando-se para repreender o tão barulhento cão. E depois perguntou, como Jacó pôde adivinhar embora não compreendesse o sentido das palavras:

"De onde vem o meu senhor?"

Ele apontou para o Oeste passando a mão acima do ombro e disse: "Amurru".

Ela voltou-se para Jerobaal e rindo acusou-lhe com a cabeça.

"Tão longe!", comentou, com palavras e gestos. Em seguida desejou mais detalhes, dizendo que o Oeste era amplo e citando duas ou três de suas cidades.

"Bersabeia", respondeu Jacó.

Ela estremeceu e repetiu a palavra, e sua boca, que ele já começara a amar, pronunciou o nome de Isaac.

O rosto dele crispou-se, seus olhos mansos encheram-se de lágrimas. Ele não conhecia a gente de Labão nem estava aflito por entrar em contato com eles. Era um foragido, escapo ao mundo inferior, e não estava ali por sua espontânea vontade nem sentia poderosos motivos para se comover daquela forma. Seus nervos, porém, cederam; a tensão da jornada os debilitara. Jacó tinha atingido sua meta, e aquela menina, de olhos tão docemente negros, pronunciara o nome de seu pai tão distante e era filha do irmão de sua mãe.

"Raquel", disse ele num soluço e estendendo-lhe os braços, enquanto as mãos lhe tremiam, "posso beijar-te?"

"Como ousas reclamar tal direito?", perguntou ela e recuou cheia de um risonho espanto. Não dera sinal de suspeitar o que quer que fosse, exatamente como antes não parecera notar a presença do estranho.

Mas este, com um braço ainda estendido para ela, apontou com o outro para si.

"Jacó, Jacó", disse ele. "Eu! Filho de Yitzhak, filho de Rebeca, Labão, tu, eu, filho da irmã, filha do irmão..."

Ela deu um gritinho. Pôs uma mão sobre o peito dele e assim o conservou afastado de si enquanto juntos iam apurando o parentesco que havia entre eles, rindo, mas com lágrimas nos olhos. Gritavam nomes, aprovavam com a cabeça, reconstituindo a árvore genealógica por meio de sinais que faziam um para o outro, ajuntando os dedos indicadores, cruzando-os ou atravessando o esquerdo na ponta do direito.

"Labão, Rebeca!", gritava ela. "Batuel, filho de Nacor e Milca! Teu avô e meu!"

"Taré!", exclamava ele. "Abrão e Isaac, Nacor e Batuel! Abraão, antepassado teu e meu!"

"Labão e Adina!", gritava ela. "Lia e Raquel! Irmãs, primas tuas!"

E, sem cessar, balançavam aprobativamente a cabeça, rindo entre lágrimas, enquanto iam chegando à conclusão da consanguinidade existente entre eles, tanto pelo lado de ambos os pais de Jacó como pelo lado paterno dela. Raquel lhe apresentou sua face e ele a beijou com solenidade. Três cães saltaram para o lado deles, latindo, como costumam fazer esses animais quando os entes humanos, com boas ou más intenções, põem as mãos uns nos outros. Os pastores aplaudiram em ritmo, cantando em voz de falsete: "Lu, lu, lu!". Ele a beijou, primeiro numa face, depois na outra. Não permitiu a seus sentidos perceberem da feminilidade da moça mais que a maciez dessas faces. Beijou-a reverente e solenemente; porém o belo negrume de seus olhos já o tinha enfeitiçado e sentiu-se favorecido ao receber com tanta presteza aquele ósculo. Há muito quem precise primeiro olhar com infinito anseio, desejar a servir muito, até que lhe seja concedido aquilo que a Jacó caíra como que no regaço, por ser ele o primo que vinha de longe.

Quando ele a largou, Raquel riu, esfregando com a palma da mão as faces em que a barba do primo fizera tanta cócega, e gritou:

"Depressa, Jerobaal! Shamash, Bulutu! Afastai a pedra para que os carneiros possam beber, os vossos e os meus, dai também água ao camelo de meu primo Jacó e aviai-vos com perícia, ó homens, porque vou ter correndo com meu pai Labão para lhe dizer que chegou Jacó, filho da irmã dele. Ele anda pelos campos não longe daqui e virá correndo a toda a pressa e com alegria para abraçá-lo. Aviai-vos e segui-me porque saio já voando..."

Pelo tom e pelo gesto Jacó foi apanhando o sentido do que ela dizia e mesmo algumas palavras. Já, por amor dos lindos olhos dela, entrava a aprender a língua da terra. E quando Raquel se pôs a correr, ele deteve os pastores e gritou de modo que ela pudesse ouvir:

"Alto lá, irmãos, não toqueis na pedra, que isso é trabalho para Jacó! Vós a guardastes como boas sentinelas, mas agora quem vai retirá-la da boca do poço para Raquel minha prima sou eu sozinho! A longa viagem não deu cabo de toda a força de meus braços e convém que eu dê toda a força deles à filha de Labão e remova a pedra, para que o negror possa ser tirado da lua e a redondeza das águas se torne bela."

Assim lhe abriram passagem, e com toda a sua força ele moveu a pedra, retirando-a, embora não fosse aquilo trabalho para *um* homem só, mas com a sua robustez arredou a pesada pedra, ainda que seus braços não fossem dos mais fortes. Os animais avançaram juntos e ouviu-se um confuso e variado balido de carneiros, cabras e cordeiros, enquanto, pondo-se de pé, roncava o camelo de Jacó. Os homens tiravam a água viva e a derramavam nos canaletes. Com Jacó vigiavam a dessedentação, enxotando os animais que já haviam bebido e abrindo caminho para os que ainda tinham sede. Uma vez saciados todos, puseram de novo a pedra sobre o bocal, cobriram-na com terra e mato para que não se ficasse conhecendo o lugar e gente intrometida não se utilizasse do poço. Foram tangendo de volta todos os carneiros juntos, assim os de Labão como os de seus amos, enquanto, no meio da balbúrdia, Jacó sobrelevava a todos montado no seu camelo.

TORRÃO DE ARGILA

Nisso, vinha vindo, a correr, um homem de gorro com guarda-nuca; de repente estacou. Era Labão, filho de Batuel. Em tais ocasiões ele sempre vinha correndo; assim o fizera uns decênios atrás, passada já uma geração veloz, quando encontrara Eliezer, o casamenteiro, com seus dez camelos e seu séquito junto ao poço e lhe dissera: "Entra, bendito do Senhor!". Agora, já com a barba embranquecendo, correu de novo porque Raquel lhe dissera que estava ali, vindo de Bersabeia, não um escravo, mas o neto de Abrão, Jacó, filho de sua irmã. Se ele parara ficando à espera de que os outros lhe chegassem ao pé, era porque não tinha visto nenhum adorno de ouro na testa de Raquel nem braceletes como os que Rebeca recebera, e porque viu que o desconhecido não vinha à frente de uma luzida caravana, mas completamente só, montado numa magra e estafada alimária. Assim sendo, não estava para fazer concessões nem para se apressar demais ao encontro do suposto sobrinho, mas manteve-se ali de pé com os braços cruzados, desconfiado, enquanto Jacó se aproximava.

Não foi lerdo Jacó em compreender tudo, vexado e atrapalhado como estava, sabendo da sua pobreza e do seu desamparo. Ah! Ele não vinha como um rico embaixador, encantando a casa com presentes caros que surgissem dos seus alforjes, e com quem insistiam para que ficasse um dia ou dez. Aparecia ali como um fugitivo e um homem sem teto, com as mãos vazias, despedido da sua casa, mendigando abrigo: estava mais que justificada a sua postura humilde. Mas reconheceu logo quem lhe estava em frente e viu que não convinha humilhar-se demasiado. Por isso não foi com excessiva pressa que se apeou, mas adiantou-se na direção de Labão com toda a dignidade da sua raça, saudando-o com decência e dizendo:

"Pai meu e meu irmão! Tua irmã Rebeca me enviou para dizer-te que por ordem dela eu viva durante algum tempo debaixo do teu teto; saúdo-te em nome dela e em nome de Yitzhak, senhor dela e meu, e ainda em nome de nossos antepassados comuns, e exoro ao Deus de Abrão que defenda a tua saúde, a de tua mulher e de tuas filhas."

"E a ti igualmente", disse Labão, tendo percebido o alcance das palavras de Jacó. "És tu realmente filho de Rebeca?"

"Sou-o deveras", respondeu o outro. "Sou o primogênito de Yitzhak, tu o dizes. Recomendo-te que não te deixes iludir nem pela minha falta de séquito nem pela minha veste, estragada pelo sol. Meus lábios vão te explicar todas essas coisas a seu tempo, e verás que se nada tenho, salvo aquilo que é o mais importante, tenho ao menos isso, e se me chamas 'Bendito do Senhor', escolhes bem tuas palavras."

"Então venha de lá um abraço", disse sombrio Labão, depois que o pastor Jerobaal traduziu tudo isso para a sua língua ummu-ummu. Pôs os braços nos ombros de Jacó, inclinou-se primeiro para a direita e depois para a esquerda e beijou o ar num lado e no outro. Foram muito equívocas as primeiras impressões que em Jacó produziu o tio. Tinha ele um par de rugas malévolas entre os olhos e um destes era quase fechado e piscava, embora parecesse enxergar mais com este do que com o outro. Do mesmo lado havia na boca um ricto nitidamente característico do mundo inferior, uma contusão paralítica do canto do lábio, debaixo da barba grisalha, que dava a aparência de um sorriso azedo, incutindo certa desconfiança a Jacó. Labão era robusto e tinha cabelos grisalhos que apareciam atrás sob o guarda-nuca. Usava uma veste que lhe batia no joelho, trazia enfiada no cinto uma faca e um chicote. As mangas eram estreitas e deixavam livre o antebraço nervudo, coberto de pelo grisalho como o era o das musculosas coxas e o das largas mãos quentes. Eram estas (Jacó logo o percebeu) as mãos de um homem de posses, cujos pensamentos giravam no círculo escuro e estreito dos bens terrenos, um perfeito "torrão de argila". Contudo, de semblante era o tio quase simpático, tinha umas sobrancelhas fartas e ainda completamente pretas, nariz grosso e bem-conformado em relação à testa e lábios cheios destacando de entre a barba. Raquel herdara os olhos dele, como o notou Jacó com esse misto de reconhecimento, emoção e ciúme com que investigamos a fonte terrena e a história natural dos característicos físicos de um ente amado. É agradável esse conhecimento enquanto nos dá a sensação de estarmos penetrando nos mistérios e descobrindo as íntimas origens de alguma coisa que amamos, mas por outro lado é desagradável, e os nossos sentimentos em relação ao imediato antecessor ou antepassado de tais traços físicos constituem uma curiosa mistura de temor e repugnância.

Labão disse:

"Sê, pois, bem-vindo e acompanha-me, estrangeiro, uma vez que afirmas, e eu o quero crer que és meu sobrinho. Em outros tempos tivemos quarto para Eliezer, palha e forragem para os seus dez camelos e tudo isso havemos de ter também para ti e para teu único animal, pois quer-me parecer que não tens mais que um. Tua mãe então não mandou dádivas, ouro, trajes, especiarias ou coisas dessas?"

"Na verdade ela mandou e em abundância, fica certo disso", respondeu Jacó. "Depois que eu tiver lavado os meus pés e tiver comido alguma coisa, te será explicado o motivo por que não está mais comigo nenhuma daquelas coisas."

Empregava de propósito aquele tom altaneiro para manter sua dignidade diante do labrego, o qual de fato se surpreendeu de ver tanta pobreza combinada com tamanho orgulho. Não falaram mais até chegarem à propriedade de Labão, onde os deixaram os outros pastores para continuarem seu caminho até a cidade, enquanto Jacó ajudava o tio a recolher os carneiros ao aprisco de barro, que para maior segurança contra animais ferozes tinha uma caniçada no alto. Três mulheres os estavam observando do telhado da casa, sendo uma delas Raquel, as outras a mulher de Labão e sua filha mais velha, Lia, que era estrábica. A casa e construções anexas (além da moradia havia outras cabanas feitas de junco e umas casinhas servindo de depósito e que lembravam colmeias) fizeram forte impressão em Jacó, o morador das tendas, mas ele vira nas cidades, pelas quais passara, casas muito mais bonitas e por isso não deixou entrever nenhuma admiração. Começou mesmo a pôr defeito nisto e naquilo: disse uma palavrinha de menoscabo a propósito da escada de madeira que ia até o teto exterior e disse que deviam fazer uma escada de tijolo, e também que a casa toda devia levar uma caiação em regra e se deviam pôr gelosias nas janelas do andar térreo.

"Há uma escada que vai do pátio até o alto", disse Labão. "Para mim, é bem boa a minha casa."

"Não digas isso!", respondeu Jacó. "Se o homem se contenta com pouco, o mesmo faz Deus em relação a ele e retira sua mão de abençoar. Quantos carneiros tem o meu tio?"

"Oitenta", respondeu o hospedeiro.

"E cabras?"

"Umas trinta."

"E bois não tem?"

Labão fez com a barba um movimento irritado, indicando uma das cabanas de barro e palha, que era o estábulo, mas não mencionou nenhum número.

"Devia haver mais", disse Jacó. "Mais de cada espécie de animais." Labão lançou-lhe um olhar sombrio, mas debaixo dessa capa de mau humor havia uma perscrutação curiosa. E dirigiram-se para a casa.

A REFEIÇÃO DA TARDE

Vários choupos se elevavam acima do telhado da casa de moradia, um deles com a casca danificada de cima abaixo por um raio. A casa era uma construção tosca de dimensões modestas, feitas de adobe a esboroar-se, mas a leveza da parte superior lhe dava certo encanto arquitetônico, pois o teto coberto de terra e com pequenas construções de caniço só em parte pousava em obra de alvenaria — a saber, no meio e nos cantos; o resto se sustentava em pilares de madeira. O quadro ficaria mais fiel se falássemos num grupo de telhados, porquanto a casa toda formava um quadrado que envolvia um pequeno pátio no centro. Alguns degraus de barro batido conduziam até a porta de madeira de palmeira.

Dois ou três escravos estavam trabalhando no pátio quando tio e sobrinho o atravessaram, um oleiro e um padeiro que batia a massa de pão cevada na parede externa de um fornilho. Uma criada de tanga ia buscar água a um regatinho próximo, chamado o canal Bel, que por sua vez corria de outro, o canal Elil. Labão regava seus campos abertos de cevada e gergelim com a água do canal Bel. Pertencia este a um comerciante da cidade, que o mandara abrir e cobrava um tributo exorbitante de azeite, milho e lã pelo seu uso. Para além dos campos arados o terreno se estendia até o horizonte, erguendo-se lá no fim a torre escalonada do templo da Lua de Harã.

As mulheres haviam descido do teto e esperavam o amo e o seu hóspede na antessala à qual dava acesso a porta da casa e onde se achava, fixo no centro do chão de barro, um enorme pilão para moer milho. Adina, mulher de Labão, era uma matrona de aspecto insignificante, tendo na cabeça um pano que, caindo-lhe sobre os ombros e as costas, se sobrepunha à boina muito justa que lhe cobria os cabelos, um colar de pedras de cores alegres e uma expressão facial que era, na sua falta de elegância, semelhante à do seu marido, só que os cantos da boca tinham uma expressão antes de amargura que de azedume. Não tinha filhos, fato que talvez contribuísse para explicar a melancolia de Labão. Posteriormente Jacó soube que eles tinham tido um filho logo no princípio da sua vida conjugal e que o haviam sacrificado quando estava sendo construída a casa, enterrando-o vivo num pote de barro, com lâmpadas e bacias, nos alicerces da construção, com o fim de invocar as bênçãos da prosperidade sobre a casa e a fazenda. Mas o sacrifício não tinha acarretado nenhum benefício especial, e depois disso Adina não tivera filhos homens.

Pelo que se refere a Lia, certamente não era menos bem-conformada, era até maior e mais imponente que Raquel. Constituía, porém, um bom exemplo da estranha desvalorização que sofre uma boa figura quando tem a coroá-la uma cara feia. Tinha cabelos extraordinariamente espessos e de um louro cinzento, cobertos por um pequeno gorro, que lhe caíam na nuca reunidos num enorme coque. Seus olhos de um verde-gris envesgavam lamentavelmente para o lado do nariz rubicundo, e as pálpebras eram inflamadas e vermelhas. Vermelhas eram também suas mãos, que ela procurava ocultar como fazia com o seu estrabismo, conservando baixos o mais possível os olhos, numa espécie de dignidade envergonhada. Ao olhar para as irmãs, pensou lá consigo Jacó: aqui temos a lua pálida e a brilhante. No entanto, dirigiu a palavra a Lia e não a Raquel quando passavam pelo patiozinho calçado, no centro do qual havia um altar. Ela, porém, apenas emitiu uma espécie de cacarejo, desculpando-se, como o haviam feito os zagais no campo, e parecia estar aguardando um intérprete cujo nome cananeu ela mencionou várias vezes, isto é, um doméstico chamado Abdcheba, o mesmo que eles tinham visto cozinhando bolos no pátio externo. Depois de terem subido a escada de tijolo que levava ao telhado e de terem chegado ao quarto aberto onde foi feita a refeição, foi ele quem trouxe água para Jacó lavar os pés e as mãos e disse que nascera numa aldeia pertencente aos senhores de Urusalim; que, razão da pobreza de seus pais, fora vendido como escravo pelo preço fixo de vinte siclos — quantia que, evidentemente, determinava a opinião modesta que ele tinha de si mesmo — e que desde então tinha várias vezes mudado de dono. Era baixo, grisalho e de peito sumido, mas tinha língua desembaraçada; tudo que Jacó dizia, ele imediatamente passava para o idioma da terra e traduzia a resposta com igual fluência.

O aposento em que haviam se instalado era estreito e comprido, lugar aprazível e arejado. Entre os pilares que sustentavam o teto podia-se de um lado olhar para os campos que iam escurecendo, de outro para o tranquilo quadrilátero do pátio interno, com os seus toldos coloridos, e cujo chão era calçado de seixos, cintando todo o local ao redor uma galeria de madeira. Caía a noite. A criada de tanga, que tinha ido buscar água, fora agora buscar fogo no fogão e acendera três lâmpadas de barro que ficavam sobre um tripé. Em seguida ela e Abdcheba serviram o jantar: uma terrina com uma espécie de mingau grosso, preparado com óleo de gergelim ("Pappasu, pappasu!", bradou Raquel com alegria infantil, lambendo comicamente os lábios e batendo palmas); bolos quentes de farinha de cevada, rábanos, pepinos, grelos de palmito, e, como bebida, leite de cabra e água do canal, de que havia uma boa provisão numa enorme ânfora de barro colocada sobre um dos pilares. Havia ainda duas grandes arcas de barro encostadas à parede exterior, cheias de bacias de cobre, vasos de leite, taças e um moinho de mão. A família tomara assento, uns aqui, outros ali, em redor de uma espécie de tablado todo coberto de couro e que servia de mesa: Labão e sua mulher se reclinaram um ao lado do outro num canapé, as filhas, cruzando as pernas, sentaram-se sobre uns feixes de junco com almofadas por cima, e a Jacó coube uma cadeira sem encosto e que era de barro pintado de cores alegres e, para apoiar os pés, um banquinho no mesmo estilo. Para o pappasu havia duas conchas feitas de chifre de vaca, com que os comensais serviam-se uns aos outros; depois de se utilizar dela, cada um enchia sua concha na terrina e a passava ao vizinho. Jacó estava sentado ao lado de Raquel e, servindo-a, enchia tanto a concha, de cada vez, que a fazia rir. Lia percebeu a coisa e, de pura mágoa, seu estrabismo se acentuou ainda mais.

Pouco se falou durante o repasto e mesmo esse pouco teve relação com a comida. Dizia Adina a Labão:

"Come, meu marido, tudo é teu!"

Ou a Jacó:

"Vem, forasteiro, alivia a tua fadiga com o alimento!"

Ou ora o pai ora a mãe dizia a uma das filhas:

"Estou vendo, tiras tudo para ti e nada deixas para os demais. Refreia tua avidez, senão a bruxa Labartu revolverá tuas entranhas e te fará vomitar."

Mesmo frioleiras dessas Abdcheba não deixava de traduzir para Jacó. Este começou a tomar parte na conversação, dizendo a Labão na língua do lugar:

"Come, pai e irmão, tudo é teu!"

Ou a Raquel:

"Vem, irmã, come e alegra teu coração."

Abdcheba e a criada de tanga comiam ao mesmo tempo que os outros, interrompendo sua refeição quando deviam servir e daí a pouco de novo se punham de cócoras para mastigar um rábano ou para, cada um por sua vez, beber de uma tigela leite de cabra. A criada, cujo nome era Iltani, ia com a ponta dos dedos limpando dos seios pendentes as migalhas que ali caíam.

Terminado o jantar, Labão pediu bebida forte para si e para o hóspede. Abdcheba arrastou um odre de cerveja, feita de espelta fermentada, e foram enchidas duas taças a que vinham adaptados canudinhos de palha para sorver o líquido sem as inúmeras sementinhas de trigo que sobrenadavam. As mulheres se retiraram, depois de Labão ter, de passagem, colocado a mão sobre a cabeça de cada uma. Deram boa-noite a Jacó e, quando o saudou Raquel, mais uma vez ele contemplou o amável negror de seus olhos e viu a alvura de seus dentes, com os espaços entre eles, enquanto ela dizia, rindo:

"Muito, muito pappasu, concha cheia!"

"Abraão, antepassado, teu, meu!", respondeu ele, como a explicar, repetindo o gesto de colocar um dedo indicador atravessado na ponta do outro. Novamente balançaram a cabeça aprovando como o tinham feito no campo, enquanto a mãe sorria com amargura, Lia olhava para o nariz e o pai piscava, com os lábios imobilizados na habitual expressão sombria. Daí a pouco estavam sós tio e sobrinho no quarto ventilado de cima, só tendo ficado ali de cócoras ao lado deles Abdcheba, bufando por causa dos esforços feitos durante a refeição, e conservando os olhos cravados nos lábios ora de um ora de outro.

JACÓ E LABÃO FAZEM UM AJUSTE

"Fala-me agora, meu hóspede", disse o dono da casa, depois de um trago, "e conta-me as peripécias da tua vida!"

Jacó então lhe narrou tim-tim por tim-tim as coisas tais como haviam se passado na realidade. Só não carregou muito as tintas no episódio do seu encontro com Elifaz, ainda que mesmo aí, já que sua extrema penúria, isto é, sua nudez externa e despojo de tudo, era uma testemunha assaz eloquente, teve de render um preito à verdade. De quando em quando, depois de ter relatado um vasto e recordável número de acontecimentos, interrompia sua narrativa e fazia um gesto para o lado de Abdcheba, que então se punha a traduzir. Enquanto iam se desenrolando os casos, Labão foi bebendo grandes quantidades de cerveja, escutando soturno, piscando os olhos e por vezes fazendo gestos com a cabeça. Jacó falou objetivamente. Não quis pintar com cores nem boas nem más os últimos acontecimentos desenrolados entre ele, Esaú e seus pais; limitava-se a narrar com liberdade e temor de Deus porque podia com legítimo orgulho deixar todo o ocorrido apoiar-se sobre o grande fato decisivo diante do qual sua atual nudez e despojamento desapareciam como coisa insignificante, isto é, que era ele, e nenhum outro, o abençoado.

Labão escutava, piscando com dificuldade. Tinha já sorvido tanta cerveja pelo canudo que seu rosto era como a lua no minguante quando surge vermelha e ameaçadora no horizonte, e seu ventre crescera tanto que ele teve de desapertar o cinto, deixou descair dos ombros o casaco, ficando só de camisa, com os musculosos braços cruzados sobre o robusto peito seminu, onde se via o pelo grisalho. Acocorado sobre a cama, pôs-se a fazer perguntas, as perguntas que faria um homem de negócios, prático e experimentado, sobre essa bênção de que tanto se gabava seu interlocutor. É que ele, Labão, não estava disposto a engolir sem mais nem menos tudo aquilo. Tinha suas dúvidas. Percebia que havia qualquer coisa esquisita naquela história. Jacó havia explicado com inteira clareza que Esaú era, indubitavelmente, o homem da maldição e ele o homem da bênção. Considerando, porém, como fora colhida essa bênção, a ele, Labão, lhe queria parecer estar misturada à mesma alguma maldição. Todos sabiam como eram os deuses. Eram todos iguais, os deuses locais, com quem Labão naturalmente andava em boas avenças, e os deuses vagos e anônimos que pertenciam ao povo de Isaac e aos quais ele por igual aceitava condicionalmente. Os deuses queriam e causavam as ações humanas, porém se culpa havia, esta era dos homens. A posse em que se fundamentava o caso de Jacó tinha uma farta dose de culpa; a questão era saber qual a parte culpada. Jacó lhe garantia a sua inocência. Assegurava que pessoalmente quase nada tinha feito, limitando-se a deixar que as coisas acontecessem, e mesmo isso com grande compunção própria. A maior parte da culpa cabia à enérgica Rebeca, que fora quem arrumara tudo. "Sobre mim recaia essa maldição!", dissera ela, querendo por certo aludir ao caso em que o pai tivesse percebido o embuste. Mas essas palavras se referiam ao caso todo, isto é, à responsabilidade que ela tomara sobre si e à aceitação materna da inocência do filho.

"Materna, sim", disse Labão. A bebida o fazia respirar forte pela boca, e seu corpo descaía ora para a frente ora para os lados. Quis pôr-se teso, depois descambou para uma banda. "Maternal. O modo como procedem as mães e os pais. E também os deuses." Pais e deuses mostravam sua parcialidade da mesma forma discutível. Sua bênção era força e a fonte da bênção era força, porquanto também o amor, e especialmente este, era pura força, e os deuses e os pais abençoavam seus preferidos, por amor a eles, com uma vida de força, faziam-nos poderosos no bem e no mal. Era esse o modo por que procediam, essa era a bênção. "Recaia sobre a minha cabeça a maldição" — isso não passava de conversa, era a parolagem de uma mãe, não levando em conta o fato de que o amor era força e força que abençoa e força da vida e nada mais. Mas, afinal de contas, Rebeca era apenas uma mulher e Jacó era o portador de uma bênção em cuja aquisição andava envolvida bastante culpa. "Em ti será punida a culpa", disse Labão com a voz pastosa, apontando com a pesada mão e o braço para seu sobrinho. "Traíste e serás traído! Abdcheba, mexe essa língua e traduze-lhe tudo isso, patife! Comprei-te por vinte siclos e se dormires em vez de interpretar, eu te deixarei uma semana sepultado na terra até a altura da boca, velhaco."

"Tem mão em ti e cobre-te de vergonha", disse Jacó e cuspiu no chão. "Será que meu pai e meu irmão me amaldiçoaram? Que ideia é essa que tens aí na cachimônia? Não sou eu porventura tua carne e teu sangue?"

"Lá isso és", respondeu Labão. "Quanto a isso não há dúvida. Falaste-me de Rebeca, de Isaac e de Esaú, o ruivo, e és Jacó, filho de minha irmã, como provaste. Eu te abraço. Temos, porém, que estudar o caso à luz do que me acabas de dizer, e tirar as consequências para ti e para mim de acordo com as leis do comércio e da economia. Convencido estou da verdade dos teus relatos, todavia não tenho motivo para louvar tua sinceridade, uma vez que para explicar o estado em que te encontras não tinhas outro remédio senão dizer a verdade. E esta não afina com a tua primeira declaração de que Rebeca havia te mandado aqui para me renderes teus respeitos, pois é certo que, se aqui vieste ter, foi porque se te tornara impossível a permanência em tua casa, onde tua vida corria perigo da parte de Esaú depois do que tu e tua mãe fizestes, façanha que eu não nego tenha sido coroada de bastante êxito, mas que presentemente te reduziu à condição de um mendigo nu. Não me vieste procurar por tua espontânea vontade, mas porque não tinhas outro lugar onde cair morto. Tu me foste dado e daí se tira a seguinte consequência: tu não és hóspede, mas servo na minha casa."

"Meu tio fala com justiça, sem entretanto misturar com ela o sal do amor", disse Jacó.

"São modos de dizer", prosseguiu Labão. "Eu falo com a rudez natural que rege a vida do comércio e por esta estou habituado a governar minhas ações. Os banqueiros de Harã são dois irmãos, filhos de Ishullanu; eles podem exigir de mim o que quiserem pois sabem que eu tenho premente necessidade da água deles, e por isso exigem o que lhes apraz, e uma vez que eu não esteja em condições de satisfazê-los, eles me venderão com tudo o que me pertence e embolsarão o produto da venda. Nesta vida não se pode ser bobo. Tu me és enviado e eu me utilizarei de ti. Não sou tão rico nem tão abençoado que possa me dar ao luxo de praticar a caridade de escancarar minha porta para os desamparados. Pares de braços que trabalhem para mim não tenho mais que os desses indivíduos aí, cuja força é mais ou menos como a de um sapo, e os da criada Iltani, que tem miolos de franga ou de galinha choca; o oleiro trabalha a jornal e eu o contratei só por dez dias, e quando for o tempo da ceifa ou da tosquia, não sei de onde vou tirar trabalhadores, porque não lhes posso pagar. Já faz muito tempo que Raquel, minha filha mais nova, anda tomando conta dos carneiros e aguentando de dia a canícula e de noite a geada. É o que vais fazer para teres casa e comida e nada mais, porquanto não sabes para onde irás nem és homem para impor condições. Eis como se apresenta toda a questão."

"Gostosamente cuidarei dos carneiros por amor de tua filha Raquel", disse Jacó, "e servirei em lugar dela para que a vida se lhe faça mais suave. Nasci pastor, sei criar carneiros e estou certo que farei bem. Jamais me passou pela cabeça levar vida de preguiçoso e ser uma boca a mais para sustentares. Sabendo agora que é para Raquel, tua filha, e que eu posso substituir a força dela pela robustez dos meus braços de homem, fico duas vezes contente de poder servir."

"Ah! É assim?", perguntou Labão, lançando-lhe um olhar de esguelha e piscando muito, enquanto deixava pender o canto da boca. "Está bom", acrescentou. "É o que tens que fazer por bem ou por mal, porque a tanto te obrigam as condições da vida de comércio. Se, porém, tu o fazes com tanto prazer, está aí uma vantagem para ti, sem ser um prejuízo para mim. Amanhã faremos o contrato."

"Vês?", disse Jacó. "Pode suceder que haja vantagens para ambas as partes, suavizando assim as naturais asperezas. Nisso com certeza não havias tu pensado. Não quiseste misturar à tua justiça o sal do amor, por isso dei-te um pouco do meu, apesar de nu e nulo como estou e sou neste momento diante de ti."

"São modos de dizer", terminou Labão. "Redigiremos o contrato e o selaremos, para que fique tudo em ordem e ninguém que queira proceder ilegalmente o possa atacar. Agora vai, porque estou com sono e encharcado de cerveja. Apaga as lâmpadas, sapo!", disse ele a Abdcheba, estendeu-se sobre a cama, cobriu-se com o seu casaco e pegou no sono, com a boca aberta e torta. Jacó podia dormir onde quisesse. Subiu ao teto, deitou-se sobre uma colcha debaixo do toldo de uma choça de caniço e pensou nos olhos de Raquel até que o sono veio beijar-lhe.

5. SERVINDO LABÃO

QUANTO TEMPO JACÓ ESTEVE COM LABÃO

Foi este o começo da estada de Jacó na região de Labão e na terra de Aram Naharaim, a que ele em seus pensamentos dava o nome de Kurnugia, primeiro porque, desde o princípio, representara para ele o mundo inferior, meta, durante algum tempo, dos seus passos errantes; depois porque no correr dos anos se tornou patente que essa terra, rodeada de correntes d'água, sabia prender um homem com firmeza; revelou-se, literalmente, uma terra de onde nunca mais se voltava. Que se entende por "nunca mais"? Entende-se, ao menos aproximadamente, até que o Eu já não conserve sua forma e suas condições, já não seja mais ele mesmo. Uma volta depois de vinte e cinco anos já não será a do Eu que, ao partir, calculava regressar dentro de seis meses ou no máximo dentro de três anos e reatar sua vida no ponto em que ela fora interrompida. Voltar assim é para aquele Eu não voltar "nunca mais". Vinte e cinco anos não são um espaço de tempo, são a vida mesma, são, se ocorrem nos verdes anos de um homem, o âmago, a medula da vida. E se Jacó ainda viveu muito tempo depois do regresso, atravessando então a parte mais importante e mais árdua de sua existência (pois calcula-se, segundo a nossa conta exata, que ele tinha cento e seis anos quando, morador outra vez do mundo inferior, partiu solenemente desta vida), pode-se dizer que ele sonhou o sonho que era a sua vida lá longe na casa de Labão, na terra de Aram. É que ali ele amou, casou, ali quatro mulheres lhe geraram seus filhos até o mais moço, em número de doze; ali cresceu em importância e adquiriu suas grandes posses. Mas o jovem que partira nunca voltou; foi um homem de cabeça grisalha, com cinquenta e cinco anos, um errante xeque oriental, quem retornou para o Oeste como para um país estrangeiro e dali se dirigiu para Siquém.

É fato perfeitamente demonstrável o de que Jacó morou vinte e cinco anos com Labão, e tal é a conclusão infalível de qualquer investigação imparcial. O canto e a tradição se mostram muito mais inexatos, o que neles seria mais desculpável do que em nós. A acreditar num e na outra, Jacó passou ao todo vinte anos de sua vida com Labão: catorze e depois seis. É que eles aderem à opinião segundo a qual Jacó exigira a Labão sua liberdade, vários anos antes de quebrar o enferrujado ferrolho e fugir; tal, porém, não lhe foi concedido por Labão, que sempre o amarrava, impondo-lhe novas condições, durante um novo período. O tempo em que isso aconteceu é fixado pela expressão "quando Raquel deu à luz José". Mas quando foi que isso aconteceu? Se haviam decorrido só catorze anos, então nesses catorze, ou melhor, na segunda metade desse período, devem ter nascido todos os doze filhos, inclusive Dina e José e excetuando somente Benjamim. Isso em si não seria impossível, se se considera que estavam em atividade quatro mulheres, de acordo com a ordem de nascimentos estabelecida por Deus; porém a coisa passou-se diferentemente. O guloso Aser, mais velho cinco anos que José, nasceu *depois* de terminado o segundo período de sete anos, a saber, no oitavo ano do casamento; e uma consideração mais minuciosa mostrará que José não podia ter nascido menos de dois anos depois de vir ao mundo Zabulon, o amigo do mar, isto é, no décimo terceiro ano do casamento ou no vigésimo da permanência em Harã. Como podia ser de outra maneira? Ele era o filho da velhice de Jacó; devia este ter no mínimo cinquenta anos quando nasceu o seu predileto e por consequência já devia estar com Labão havia vinte anos. Mas desses vinte só dois períodos de sete, catorze no total, foram anos de serviço real; de maneira que entre eles e o tempo do aviso de saída e assinatura de novo contrato medeia um espaço de seis anos durante o qual não houve contrato, período remansoso que, do ponto de vista da riqueza alcançada por Jacó, deve ser incluído nos últimos cinco, durante os quais vigorou um outro contrato. Sim, porque, embora estes anos ofereçam a melhor e mais convincente explicação da surpreendente prosperidade do nosso homem, não podem afinal ser um período de tempo suficiente para a acumulação de uma fortuna cuja enormidade foi tão celebrada no canto e na tradição. É perfeitamente admissível que neste particular tenha sorrateiramente se introduzido muito exagero; por exemplo, a afirmação de que Jacó tenha possuído duzentos mil carneiros é francamente inaceitável. Mas ele deve ter sido dono de muitos milhares, não falando do outro gado, de seus escravos, seu ouro e sua prata. As palavras de Labão, quando apanhou seu genro na fuga, segundo as quais este devia restituir o que tinha "roubado" de dia e "roubado" de noite, não teriam sentido se as riquezas de Jacó tivessem sua origem simplesmente no último ajuste feito com Labão, se ele já não tivesse, no mencionado intervalo, feito muito negócio para si próprio e lançado as bases do futuro edifício da sua fortuna.

Vinte e cinco anos! Para Jacó eles passaram como um sonho, como a vida passa para o vivente, em desejos e consecuções, em expectativas, desilusões, realizações — uma sucessão de dias que ele não conta, cada um dos quais dá o que tem de dar, e, na esperança e na luta, na paciência e na impaciência, vão sumindo-se um a um no passado, diluindo-se em unidades maiores, em meses, anos e decênios, cada um dos quais, afinal, é como um só dia. Pode-se discutir se a monotonia ou a variação organizada faz o tempo passar mais depressa; em qualquer caso a questão é a passagem do tempo: o vivente vai avançando, esforça-se por deixar atrás de si o tempo, a rigor o seu esforço vem dar na morte, cuidando ele que esse esforço está sendo dirigido para diversos alvos e momentos críticos de sua vida. E ainda que para ele o tempo esteja articulado e dividido em épocas, em outro sentido o tempo é uniforme porque é o *seu* tempo, avançando sempre debaixo do signo constante do seu próprio Eu; de sorte que para ele a passagem do tempo e a vida são sempre acompanhadas por duas forças favoráveis, uniformidade e articulação.

No fim das contas é um negócio arbitrário esse de dividir o tempo, que não difere muito do de traçar linhas na água. Pode uma pessoa traçá-las de uma ou de outra maneira, que, enquanto ele as vai traçando, a água corre e torna a ajuntar-se na mesma uniformidade. Nós dividimos de diversas maneiras o período de cinco vezes cinco anos da estada de Jacó em Harã em vinte mais cinco e depois, ainda, repartimos aquele número em catorze, seis e cinco; mas bem pode ser que ele mesmo tivesse dividido aqueles vinte e cinco anos nos sete primeiros até o matrimônio, depois nos treze, no decorrer dos quais lhe foram nascendo os filhos, e finalmente nos cinco restantes, que completavam o período da mesma forma que os cinco dias intercalados completam as doze vezes trinta do ano solar. O seu cômputo podia ser este ou outro. Assim como assim, foram vinte e cinco anos ao todo, uniformes não só porque foram os anos de Jacó, mas ainda porque em todas as circunstâncias exteriores eles foram perfeitamente iguais e qualquer variação que possam apresentar sob qualquer aspecto não foi bastante para obstar ao curso de sua uniformidade.

JACÓ E LABÃO RATIFICAM O AJUSTE

Logo no começo da estada de Jacó em Harã sobreveio uma espécie de breve parêntesis na contagem do tempo, pois o contrato firmado entre ele e Labão, no dia seguinte ao da sua chegada, foi anulado depois de um mês apenas de vigência e substituído por outro muito mais rigoroso. O tio tomara imediatamente providências para dar sanção legal à situação de Jacó em sua casa, tal como ele a concebera, lá do seu ponto de vista seco e materialístico, enquanto se embebedava com cerveja. Labão, Jacó e Abdcheba partiram cedo do sítio e se dirigiram a cavalo à cidade de Harã, devendo o escravo servir de testemunha perante o tabelião e funcionário da justiça. Tinha esse juiz o seu escritório instalado num pátio onde se comprimia um grande número de pessoas que ali se achavam a fim de regularizar ou contestar contratos: compradores e vendedores, senhorios e inquilinos, homens e mulheres que queriam casar-se ou divorciar-se. O notário e seus dois secretários ou assistentes agachados ao lado dele não tinham mãos a medir para satisfazer as exigências da população citadina e da gente do campo, de modo que Labão e seus companheiros tiveram de esperar muito tempo até que chegasse a vez de ser solucionado o seu caso, aliás insignificante e de fácil despacho. Labão primeiro teve de arranjar um dos presentes (havia por ali pessoas que ficavam aguardando dessas pechinchas) e pagar-lhe com trigo e azeite para servir de segunda testemunha. Este homem e mais Abdcheba ficaram como garantidores do contrato e ambos apuseram-lhe seu sinete calcando o polegar no reverso convexo da tablete de argila. Labão possuía um anel cilíndrico, Jacó perdera o seu e por isso selou com a fímbria de seu traje. Assim atestaram o texto simples que um dos escribas ia garatujando de acordo com o ditado maquinal do juiz: Labão, criador de carneiros, tomava para seu serviço e até nova ordem tal e tal homem, natural da terra de Amurru, sem domicílio próprio, filho de tal e tal homem, obrigando-se o dito homem a dedicar as forças de seu corpo e de seu espírito ao serviço da casa e dos negócios de Labão, sem outra paga mais que a satisfação de suas precisões corporais. Invalidação, apelo, queixa — nada disso era mencionado. Todo aquele que, contrariando a lei, quisesse no futuro insurgir-se contra esse contrato e procurasse impugná-lo, não teria direito de propor uma ação e seria multado em cinco minas de prata. E nem mais uma palavra. Labão teve de pagar as custas, o que fez atirando à balança duas chapas de cobre, não sem resmungar. Mas aquilo na verdade lhe saíra muito em conta, a saber, ligar Jacó com tais compromissos, porquanto dera mais importância à bênção de Yitzhak do que tinha dado a entender, e supor que ele ignorasse o excelente negócio que tinha feito seria querer-lhe diminuir a sagacidade na sua profissão. Ele era um homem torvo e desagradável aos olhos dos deuses, sem confiança na sua estrela e por isso infeliz até então nos seus empreendimentos. Nem um momento sequer deixou de reconhecer que podia sair-se às mil maravilhas tomando como sócio um homem abençoado.

Por isso, depois de assinado o contrato, ficou, tanto quanto era capaz, de muito bom humor, fez umas compras, adquirindo gêneros, fazendas e objetos de uso caseiro, e provocou o companheiro a que exprimissem sua admiração pela cidade e pelo ruidoso tráfego da mesma. Fez-lhes ver a grossura dos muros e bastiões e a beleza dos jardins bem regados que os circundavam, onde festões de trepadeiras se entrelaçavam às tamareiras; os esplendores sagrados de E-hulhul, o templo murado, cujos átrios tinham portas chapeadas de prata e guardadas por touros de bronze; a altura da torre, que se elevava em degraus no seu imenso terrapleno, rodeado de baluartes — colosso construído com azulejos de sete cores diferentes, sendo o cimo de um azul vivo, de sorte que o santuário e os aposentos provisórios do deus, onde estava instalado seu tálamo nupcial, se confundiam com a cor de safira do firmamento. Diante de todas essas curiosidades Jacó só sabia soltar uns monossílabos interjetivos. As coisas da cidade não tinham encantos para ele, não gostava nem do burburinho e do tumulto nem da desconhecida imponência dos edifícios, que pareciam assumir ares de eternidade, mas que no seu modo de ver estavam fadados à destruição dentro de um prazo que na presença de Deus era realmente insignificante, pouco importando a habilidade com que aquelas montanhas de tijolos eram tornadas estanques e protegidas com camadas de betume e esteiras de junco. Consumiam-no saudades das campinas de Bersabeia, mas, como a contrastar com os pretensiosos esplendores da cidade que oprimiam sua alma de pegureiro, chegava a pensar que o sítio de Labão era sua casa, lá onde o esperava um par de olhos negros em cuja expressão já pudera ler as melhores disposições e com os quais — ele bem o percebera — tinham de ser discutidos assuntos importantes. Pensava nela enquanto distraidamente ia olhando aquelas construções condenadas e presunçosas, nela e no Deus dele que prometera guardar-lhe os passos naqueles estranhos e reconduzi-lo rico ao lar, no seu Deus, o Deus de Abrão por causa do qual chegava a sentir ciúmes contemplando a casa e o átrio de Bel-Harã, aquela fortaleza de uma crença idólatra, guardada por grifos de bronze e touros selvagens, em cujo recesso mais interior, refulgente de pedrarias e construído de vigas de cedro dourado, erguia-se sobre um pedestal de prata a estátua barbada do ídolo, que recebia fumo, incenso e adoração de um ritual regiamente preparado. Num doloroso contraste, o Deus de Jacó, que ele acreditava ser o maior de todos, tão grande que chegava a ser único, não possuía casa na terra, era adorado na simplicidade, debaixo de árvores e sobre elevações de terreno. Sem dúvida ele assim o queria e não de outra forma, e Jacó sentia-se ufano de que o seu grande Deus votasse ao desprezo e à zombaria esses esplendores terrenos e urbanos, porque eles não o honrariam de forma condigna. Mas mesmo na sua ufania entrava de mistura alguma suspeita de que até o seu Deus gostaria de morar numa casa esmaltada, com traves de cedro e adornada de carbúnculos, que certo teria de ser sete vezes mais bela que a casa do ídolo da Lua, e só desistira disso porque o seu povo ainda não era bastante poderoso para lhe edificar uma morada assim. "Podeis esperar", refletia consigo Jacó, "e ide-vos ufanando quanto quiserdes dos esplendores de vosso alto senhor Bel! O meu Deus me prometeu em Bet-el fazer ricos todos aqueles que creem nele. Quando formos ricos, edificaremos para ele uma casa de ouro puro e safira, de cristal de rocha e jaspe, por dentro e por fora, de tal modo que as casas de todos os vossos deuses e deusas tenham que empalidecer diante dela. O passado é terrível e o presente é poderoso só por estar aí diante de todos. Maior, porém, e mais santo é sem nenhuma dúvida o futuro, grande e consolador para o coração oprimido daquele a quem ele foi prometido."

A EXPECTATIVA DE JACÓ

Apesar de já ser tarde quando tio e sobrinho voltaram da cidade, Labão teimou em ir pôr a tablete com o contrato num quarto que ficava na adega de sua casa e onde se depositavam tais documentos. Jacó foi com ele, cada qual carregando uma lâmpada acesa. O quarto ficava debaixo do soalho da alcova sita no lado esquerdo da casa, em frente à galeria onde na véspera tinham feito a refeição. Esse aposento era uma espécie de arquivo, não deixando de ser também uma capela e um jazigo, pois ali repousavam no centro os ossos de Batuel, guardados num cofre de barro cercado de vasos e oferendas de alimentos e trípodes com caçoulas. Por ali também, bem sepultado no solo ou encerrado nalguma parede lateral, devia estar o pote ou cântaro com os restos mortais do filhinho sacrificado de Labão. No fundo da adega havia um nicho, tendo na frente um altar quadrado, de tijolos, e aos lados duas fileiras de bancos estreitos. No lado direito estavam várias tabletes, recibos, contas e contratos, ali bem guardados. Sobre o banco fronteiro viam-se uns dez ou doze idolozinhos, curiosos de ver, uns com carapuças altas e caras infantis, mas com barba, outros calvos e lampinhos, de saias parecidas com escamas e bustos nus, segurando tranquilamente o queixo com as mãos juntas. Outros usavam vestidos de feitio grotesco que caíam em pregas até os pés, ficando, porém, de fora os dedos rechonchudos. Eram estes os espíritos domésticos, os adivinhos, os *terafins* de Labão, nos quais depositava grande confiança, tendo por hábito consultá-los nos casos de maior monta. Protegiam a casa, explicou ele a Jacó, prediziam o tempo com bastante acerto, davam-lhe conselhos em questões de compra e venda, indicavam a direção em que se desgarrava um carneiro sumido e assim por diante.

Jacó não se sentiu bem entre aqueles ossos, tabuletas de recibos e idolozinhos, e deu graças quando tornaram a subir a escada que, através de um alçapão, voltava do mundo inferior para o superior e puderam ir dormir. Labão fizera suas devoções diante do esquife de Batuel, mudando a água que ali estava para refrescar o finado e "dando-lhe de beber". Fez também suas zumbaias aos *terafins*, só faltando fazê-las também aos documentos. Tanto o culto dos mortos como a idolatria repugnavam a Jacó; ficou aflito com a confusão e falta de clareza que reinavam naquela casa em pontos de religião. Era de esperar que Labão, que enfim era irmão de Rebeca e sobrinho-neto de Abraão, tivesse mais instrução religiosa. Ele não desconhecia a tradição piedosa de seus parentes do Oeste, porém tanta observância local tinha vindo misturar-se às suas convicções primitivas que acabou por superá-las, passando a ser meramente subsidiário à contribuição abraâmica. Apesar de estar ao pé da fonte e do próprio ponto de partida da história espiritual de sua tribo (e talvez justamente por ter ficado ali), ele se considerava a si próprio um súdito integral de Babel e prosélito de sua religião oficial, falando a Jacó a respeito de Ya-Eloim, "o deus de teus pais" e baralhando-o ridiculamente com Marduk, o deus de Senaar. Tal coisa causou decepção a Jacó, pois esperava encontrar ali maior cultura, como também o esperavam seus pais lá em sua casa, e tomou-se de apreensões em especial por causa de Raquel, porque decerto naquela linda cabecinha havia de lavrar igual confusão. Assim, dali por diante aproveitava toda ocasião para orientá-la na direção do Deus verdadeiro e justo. É que, desde o primeiro dia e a bem dizer desde o momento em que a vira junto ao poço, começou a pensar nela como se fosse sua noiva; e provavelmente não será exagero dizer que ela também, naquele gritinho que lhe escapou quando se convenceu do seu parentesco com Jacó, o reconheceu como seu noivo.

O casamento entre parentes era naquele tempo, e por excelentes razões, coisa muito comum. Era o único arranjo decente, sensato e respeitável. Sabemos já como o pobre Esaú prejudicou a si próprio com os seus casamentos excêntricos. Não era nenhuma mania da parte de Abraão o insistir em que Yitzhak, o filho verdadeiro, tomasse para esposa somente uma mulher da sua raça e da casa de seu pai, isto é, da casa de Nacor em Harã, para que soubesse com quem iria unir-se. Vindo para aquela casa em que havia duas meninas casadouras, estava Jacó seguindo as pisadas de Isaac ou, com mais exatidão, as de Eliezer, e a ideia de casamento estava para ele, como para Isaac e para Rebeca, ligada à da visita, como o estaria igualmente para Labão, se esse homem de negócios estivesse em condições de logo reconhecer um genro naquele foragido maltrapilho. A Labão, como a outro pai qualquer, teria repugnado, por perigosa, a ideia de entregar suas filhas a uma raça estranha e desconhecida, o que equivaleria, consoante a expressão de que ele provavelmente se haveria de servir, a "vendê-las fora do país". Muito mais sensato e mais decente era, para elas, continuarem, quando já casadas, no seio da tribo, e estando ali, por assim dizer, ao alcance da mão um primo pelo lado paterno; este, isto é, Jacó, era para elas o marido natural e predestinado. E isso se aplicava não somente a uma das jovens, mas a ambas. Era esta a presunção geral e tácita na casa de Labão quando Jacó chegou. Era certamente a de Raquel. Fora ela quem primeiro saudara o recém-chegado, e compreendia muito bem o seu papel neste mundo para saber que era bonita e graciosa, ao passo que Lia tinha a vista "fraca". E, todavia, naquele olhar abertamente revelador de seu coração, que ela dirigira a Jacó junto ao poço, não estava pensando unicamente em si. A vida dispunha de tal modo as coisas que a chegada do primo tornaria rivais essas irmãs e companheiras de folguedos, mas não em relação à questão decisiva de saber-se qual delas ele escolheria; a Raquel realmente incubia usar a sua grande força de sedução para vantagem de ambas. Mais tarde é que viria surgir uma questão, isto é, qual delas seria para o primo e marido uma esposa melhor, mais capaz, mais fecunda e mais amada, questão essa em que ela não tinha nenhuma vantagem e que não dependia de um poder mais ou menos efêmero de sedução.

Tal era a atitude dominante na casa de Labão, e somente Jacó, dando causa a muito mal-entendido, considerava as coisas diferentemente. É que em primeiro lugar, embora ele soubesse que, além da mulher legítima, podia um homem ter concubinas e escravas que geravam para ele filhos meio legítimos, não sabia e durante muito tempo não soube que naquela região, e em especial em Harã e redondezas, o casamento com duas esposas igualmente legítimas era não só frequente mas até de praxe nas famílias abastadas. Em segundo lugar, seu coração e seus sentidos estavam tão cheios dos encantos de Raquel que não lhes sobrava tempo para se concentrarem na irmã desgraciosa e mais madura. Mesmo quando por delicadeza falava com ela, não pensava nela, e Lia sabia disso e sorria com amargura, amortalhando com dignidade sua tristeza no coração e baixando as pálpebras para esconder seu estrabismo. Labão também o percebia e tomava as dores pela primogênita, rejubilando, uma vez que Jacó a desdenhava, de tê-lo reduzido à situação legal de servo assalariado.

JACÓ FAZ UMA DESCOBERTA

Jacó procurava falar com Raquel o mais frequentemente que podia; isso, porém, era bastante raro por estarem ambos sempre ocupados durante o dia. Ademais, Jacó percebia encontrar-se na situação de um homem que, tendo o coração tomado por um grande sentimento que ele estimaria tornar a preocupação única de seus dias, é no entanto compelido a mourejar precisamente pelo objeto do seu enlevo, e nesse trabalho se vê forçado a esquecê-lo. Para um homem da sensibilidade de Jacó isso era realmente duro. Ele teria de bom grado repousado no sentimento e feito dele a sua vida, e contudo não o podia, pois tinha de mostrar-se homem exatamente para honrar o seu sentimento, visto que, se não o fizesse, como poderia honrá-lo? Não havia dúvida de que eram uma e a mesma coisa, seu amor a Raquel e seu trabalho para Labão, se ele não se saísse bem neste, como haveria de sair-se bem no outro? Labão devia estar convencido do valor da pretensão de seu sobrinho e devia estar ansioso por prendê-lo a si. Numa palavra, Jacó não devia deitar a perder a bênção de Isaac, porque o papel de um homem era fazer o possível para evitar que fracassasse a bênção, e saber honrar o sentimento de seu coração.

No começo, o prado onde guardava os carneiros de seu tio não ficava longe, não mais de uma hora da casa de Labão. Para lá ia cada manhã com o farnel no seu surrão de pastor, uma funda no cinto e armado com o longo cajado, e lá ficava o dia todo, com o cão Marduka. Essa proximidade dava-lhe a vantagem de poder dormir em casa, recolhendo seu rebanho ao pôr do sol, e brilhar no seio da família com seus conselhos e exemplos. Com isso folgava, pois, a não ser assim, o pastoreio lhe daria pouca margem para convencer Labão de que este trouxera bênção para sua casa introduzindo nela o foragido sobrinho. Não faltava um cordeiro quando, à hora de recolher, ele, de cajado em punho e sob as vistas do tio, devolvia ao redil o rebanho inteiro. Ensinava os cordeirinhos, nascidos no verão, a alimentar-se tão cedo que economizava para Labão muito leite e coalhada, e à força de perícia e de dedicação curou de pústulas um dos dois bodes, que era um excelente reprodutor. Para Labão, no entanto, tudo isso não representava mais que o serviço que se podia esperar de qualquer pastor competente e não lhe arrancava nenhuma palavra de gratidão, nem essas ocasiões nem numa outra em que Jacó, pouco depois de começar a exercer o seu ofício, colocou habilmente lindas gelosias nas janelas do andar térreo. Por sovinice, recusou-se a custear a caiação das paredes externas da casa, e Jacó teve de renunciar à ideia de marcar sua chegada com uma tão assinalada melhora na aparência do sítio. Fazia tudo que lhe era possível para mostrar que com ele descera a bênção àquele lugar e é possível que a tensão interior produzida por todos os seus ardentes desejos e esforços o tenha preparado para revelações e tornado o protagonista de um acontecimento de enorme alcance do qual durante toda a sua vida havia de se recordar com alegria.

Encontrou água nas proximidades do trigal de Labão, água viva de uma nascente subterrânea; encontrou-a, como ele bem sabia, com a ajuda do Senhor, seu Deus, conquanto o milagre tenha sido acompanhado de fenômenos um tanto esquisitos que eram evidentemente uma concessão de sua pura essência divina ao espírito local e às ideias correntes na região. Jacó acabara de ter uma conversa com a adorável Raquel do lado de fora da casa, e sua linguagem fora tão franca quanto galante. Dissera a ela que seu encanto era igual ao da egípcia Hator, ou ao de Ísis, ou à beleza de uma novilha. A luz de sua feminilidade brilhava em redor dela, dizia ele poeticamente; era como uma mãe nutrindo com úmida quentura a boa semente, e recebê-la por esposa e ter dela filhos era seu maior desejo. Raquel escutava com um encanto casto e nobre. Tinha vindo o primo e esposo, tinha-o ela avaliado com os olhos e o amava com todo o ardor da mocidade. Com a cabeça dela entre as mãos, Jacó lhe perguntava se ela também gostaria de dar-lhe filhos, ela dissera sim com a cabeça e seus meigos olhos negros haviam se marejado de lágrimas, e essas lágrimas ele lhas beijara ao caírem, sentindo-lhas ainda a umidade nos lábios. Ao crepúsculo, entre a luz do dia e o luar, ele saíra pelos campos; de repente sentiu seus pés presos e puxados para trás, enquanto um tremor estranho lhe perpassava pelo corpo, indo, como um corisco, dos ombros aos dedos dos pés. Firmando bem os olhos, viu bem à sua frente, uma figura fora do comum. Tinha o corpo de um peixe, cintilando com revérberos prateados e trêmulos à claridade da lua e do crepúsculo, e sua cabeça era a cabeça de um peixe. Mas, debaixo desta e por esta coberto como por um gorro, estava um rosto humano com uma barba anelada, tendo igualmente a criatura pés humanos que lhe saíam do rabo de peixe e um par de bracinhos. Estava agachada e parecia tirar do solo alguma coisa num balde que segurava com ambas as mãos, despejá-lo e tornar repetidas vezes a puxá-lo sempre cheio. Depois deu uns passinhos para o lado com seus pés minúsculos e foi deslizando pela terra adentro até desaparecer.

Jacó imediatamente compreendeu que o vulto era o de Ea-Oanes, deus das águas profundas, senhor do centro da terra e dos oceanos acima dos abismos, a quem o povo daquelas redondezas atribuía a posse de quase todos os seus conhecimentos valiosos, reputando-o muito grande, tão grande como Elil, Sin, Shamash e Nabu. Naturalmente Jacó sabia que ele não era tão grande, comparado com o Altíssimo, conhecido de Abrão, em primeiro lugar pela razão de ter ele uma forma, por sinal que extravagante. Sabia que, se Ea lhe aparecera para lhe mostrar alguma coisa, isso só poderia ser por instigação de Ya, o Único, o Deus de Isaac, que morava com ele. No entanto, o que aquele deus inferior havia lhe indicado com seus gestos nem por isso deixava de ter grande importância em si e também em todas as suas consequências e ramificações. Assim sendo, depois que se acalmou, foi correndo até o pátio a buscar ferramentas, tirou da cama Abdcheba, o homem dos vinte siclos, para ajudá-lo, passou metade da noite a cavar, dormiu uma hora e depois continuou a cavar até que, muito contrariado, teve de conduzir os carneiros para fora e deixar de lado suas pesquisas durante o dia todo. Nesse dia, enquanto pastoreava o rebanho de Labão, não teve sossego nem em pé, nem deitado, nem sentado.

Ainda faltava muito para começarem as chuvas de inverno e para serem retomados os trabalhos da lavoura. Tudo estava estorricado. Labão não dava atenção aos campos e preferia trabalhar no pátio, de modo que não fora até o lugar onde Jacó estava e nada sabia das atividades que este recomeçara naquela tarde, continuando à luz da lua que surgia até aparecer Ishtar. Cavou em vários pontos dentro de uma pequena circunferência e foi furando cada vez mais fundo sem que o detivessem argila ou pedra. Escorria-lhe da testa o suor. Mas quando começou a clarear o céu oriental, antes mesmo de fulgurar no horizonte a primeira risca do sol, a água esguichou, brotou com toda a pujança o manancial, saltando a três palmos de altura dentro do buraco e começando a encher o fosso informe e aberto à pressa; borrifou a terra em redor e o gosto da água era igual ao dos tesouros do mundo inferior.

Então Jacó rezou, mas mesmo enquanto rezava, correu a procurar Labão. Quando o viu de longe, diminuiu o passo, aproximou-se, saudou-o e disse contendo o fôlego:

"Achei água."

"Que dizes?", perguntou Labão, descaindo o canto da boca.

"Uma nascente do seio da terra", retrucou Jacó. "Cavei-a entre o pátio e o campo; jorra à altura de uma vara."

"Estás possesso."

"Nada. O Senhor meu Deus me mostrou, conforme a bênção de meu pai. Venha o meu tio ver."

Labão correu como correra ao ser-lhe anunciada a chegada de Eliezer, o rico mensageiro. Muito antes de Jacó, que seguia mais devagar, estava ele ao lado do fosso borbotoante, espiando.

"Isto é água corrente", disse ele, com certa emoção.

"É como dizes", concordou Jacó.

"Como foi que fizeste isto?"

"Tive fé e cavei."

"Esta água", disse Labão, sem tirar os olhos do poço, "eu posso levá-la ao meu campo num canal aberto e regá-lo."

"Será muito bom", respondeu Jacó.

"Posso", prosseguiu Labão, "dizer aos filhos de Ishullanu em Harã que renuncio ao contrato, visto como já não tenho necessidade da água deles."

"Era esse o pensamento que também me havia passado pelo espírito", disse Jacó. "Além disso, podes construir um tanque para captá-la e fazer um pomar com tamareiras e todas as qualidades de árvores frutíferas, como figueiras, romãzeiras e amoreiras. Se te parecer bem, podes plantar ainda pistácias, pereiras e amendoeiras e acrescentar uns medronheiros, e terás das tâmaras a polpa, a seiva e o caroço, enquanto a árvore te dará o palmito para alimento, as folhas para diversos trabalhos de tecelagem, as nervuras para muitos usos caseiros, a entrecasca para tecer e fazer corda e a madeira para construção."

Labão nada disse. Não abraçou o abençoado nem lhe caiu aos pés. Silencioso, ereto, fez meia-volta e retirou-se. Jacó também se foi, procurou Raquel até que foi achá-la no estábulo, ocupada na ordenha. Contou-lhe tudo e acrescentou que já agora podiam os dois com toda a probabilidade ter seus filhos. Deram-se as mãos e puseram-se a dançar e a cantar: *"Hallelu-Ya!"*.

JACÓ PEDE A MÃO DE RAQUEL

Depois de estar um mês com Labão, Jacó procurou-o e disse que, devendo a ira de Esaú já ter diminuído bastante, ele, Jacó, tinha algo que lhe dizer.

"Antes de falares, ouve-me", respondeu Labão, "porque eu tencionava conversar contigo. Eis que faz um mês lunar que estás a meu serviço e temos feito juntos nossas oferendas sobre o teto, pela lua nova, no quarto crescente, pela lua cheia e no minguante. Nesse tempo contratei, além de ti, três servos aos quais pago, durante certo período, de acordo com a lei. Em minhas terras foi achada água não sem teu concurso, e já começamos a aproveitar a nascente, construindo um muro em roda e um rego de tijolos para a canalização. Medimos o poço que vai ser feito, e, se plantarmos uma horta, haverá muito trabalho em que se tornará necessária a força de muitos braços, dos teus e daqueles que ajustei, a quem dou comida e roupa e recompenso cada um com cinco silas de trigo diariamente. Até agora tens-me servido sem paga, por parentesco e por amor, de acordo com o nosso contrato. Vamos, porém, fazer um novo contrato, porque não é justo, diante dos deuses e dos homens, que os servos estranhos sejam pagos e que tu, por seres meu sobrinho, me sirvas de graça. Dize-me, pois, qual deve ser teu salário. Eu quero dar-te o que dou aos outros e um pouco mais se selares uma permanência comigo de tantos anos quantos dias tem a semana, como toda a gente os conta até que o campo arável fique de pousio e a terra descanse, não podendo ninguém semear nem colher. Assim me servirás sete anos em troca da recompensa que pedes."

Tal foi a fala de Labão e o curso que tomaram seus pensamentos; fala razoável que vestia pensamentos razoáveis. Mas os pensamentos — e não somente as palavras — do homem preso à terra não passam de uma roupagem e um disfarce para suas íntimas esperanças e desejos, que ele veste de forma especiosa, de sorte que está disposto a mentir mesmo antes de falar, e se suas palavras têm tal tom de honestidade, é porque os pensamentos é que são falsos e não elas. Labão estava francamente horrorizado de ouvir Jacó expressar seu desejo de ir-se, porque desde a achada do manancial caíra ele na conta de que o sobrinho era realmente um abençoado e tinha a mão feliz; e assim ele devia fazer tudo para prendê-lo a si, porque então seus negócios prosperariam com a bênção que o outro levava consigo aonde quer que fosse. O encontro do manancial fora uma poderosa bênção, tão cheia de consequências que um dos benefícios dela, e não o menor, era ter Labão ficado livre do pesado tributo que pagava aos filhos de Ishullanu. Eles tinham alegado toda sorte de pretextos, declarando que sem a sua água Labão nunca teria plantado seu campo, e por isso, usasse-a ele ou não, devia-lhes o óleo, o trigo e a lã, ele e sua posteridade para todo o sempre. O juiz, porém, temeu os deuses e decidiu em favor de Labão, fato esse que Labão se inclinava a interpretar como mais uma manifestação do Deus de Jacó. E havia agora muita coisa em andamento, muita coisa empreendida, para cuja prosperidade e sucesso se fazia imprescindível o influxo da bênção. As relações econômicas entre os dois foram modificadas em favor do sobrinho: Labão percebeu que tinha necessidade dele; Jacó estava bem inteirado do fato e podia exercer uma certa pressão com a ameaça de se ir embora, o que o senso prático do tio estava disposto a levar na devida conta. Por isso, antes mesmo de Jacó aplicar essa pressão, Labão a preveniu, reconhecendo que as condições de servidão do filho de Rebeca eram indignas dele e tirando-lhe as palavras da boca com as suas razoáveis propostas. Ninguém melhor que Jacó sabia que ele não podia sonhar em voltar para casa, que as circunstâncias de maneira nenhuma aconselhavam a tanto; alegrava-se com o fato de o tio admitir que a vantagem estava com o sobrinho e sentia-se grato para com ele por ter vindo ao seu encontro, embora soubesse muito bem que o oferecimento não tinha raízes no afeto, mas no interesse próprio. Sentia-se mesmo grato para com ele pelo interesse que prendia o tio a si, o abençoado, porque o homem é feito de tal maneira que a amizade, que é a expressão externa do interesse, muitas vezes suscita uma correspondência de afeições. Mas, acima de tudo, Jacó estimava Labão por causa daquilo que este tinha para dar-lhe e por aquilo que ele tinha em mente pedir-lhe e que era coisa muito mais importante que um punhado de trigo e alguns siclos. Disse-lhe, pois:

"Meu pai e irmão, se queres que eu fique aqui e não volte para Esaú, ainda mesmo que este já esteja aplacado, e queres que te sirva, dá-me para esposa tua filha Raquel e seja ela o meu galardão, porque a beleza dela é igual à de uma novilha e seus olhos pousam em mim com benevolência. Nós dois já conversamos e dissemos um para o outro que gostaríamos de ter filhos que fossem parecidos conosco. Dá-ma, pois, e eu sou teu."

Labão não ficou de modo algum surpreendido. Nós já dissemos que desde o princípio ele teve Jacó na conta de um pretendente e só graças à situação deplorável do jovem é que aquela sua ideia passara para um plano secundário em seu espírito. Agora que a situação do sobrinho melhorara tanto, não era estranho que ele fizesse reviver a ideia, e também a Labão, o materialão, não era desagradável perceber — como ele logo percebeu — que a vantagem tática tornava com isso a passar para as suas mãos. Porque Jacó, confessando o seu amor a Raquel, se lhe entregava, por assim dizer, à discrição, ao mesmo tempo que afrouxava a pressão da sua ameaça de ir embora. O que, porém, contrariou o pai foi Jacó ter mencionado Raquel, só a ela, passando Lia inteiramente em silêncio. E respondeu:

"Então eu teria de dar-te Raquel?"

"Sim, Raquel. É este por igual o desejo dela."

"Não Lia, minha filha mais velha?"

"Não. Ela não é tão cara ao meu coração."

"Ela é a mais velha e a que cumpre pedir em primeiro lugar."

"Realmente, ela é um pouco mais velha. Seus traços e seu talhe são também belos, apesar de certos pequenos senões, ou justamente por causa deles, e provavelmente ela seria fecunda e geraria filhos para mim, tais como eu desejo. Mas meu coração pende para Raquel, tua filha mais moça, porque ela é para mim como Hator e Ísis; ela irradia encanto feminino, como Ishtar, e seus doces olhos me acompanham aonde quer que eu vá. Olha, faz ainda uma hora que meus lábios estavam úmidos das lágrimas que ela derramou por mim. Dá-ma, pois, e trabalharei para ti."

"Por certo é melhor dá-la a ti do que a um estranho", disse Labão. "Mas terei então de dar Lia, minha filha mais velha, a um desconhecido, ou terá ela de fenecer sem um marido? Toma primeiro Lia; toma ambas!"

"Teu coração é bondoso", disse Jacó, "mas não vá ofender teus ouvidos o que direi agora: Lia nada representa para os meus desejos viris, ao contrário; ao passo que ao teu servo só interessa Raquel."

Labão olhou para ele durante algum tempo com os seus olhos quebrados e caídos e disse torvamente:

"Como queres. Sela então comigo o contrato de que ficarás na minha companhia sete anos e me servirás por essa recompensa."

"Sete vezes sete!", exclamou Jacó. "Um jubileu, em nome do Senhor! Quando será o casamento?"

"Passados sete anos", respondeu Labão. "Podemos calcular a consternação de Jacó."

"Como", exclamou ele, "terei de servir-te por amor de Raquel sete anos, antes que ma dês?"

"E de que outro modo há de ser?", respondeu Labão, mostrando-se surpreso. "Tolo seria eu se ta desse já, para te evaporares daqui quando bem te aprouvesse, e eu que me queixasse às paredes. Ou dize-me lá onde está o preço da compra, onde estão as arras, o dote, os presentes que terás de dar-me para eu os atar no cinto da noiva e que, de acordo com a lei, deverão ficar para mim, no caso de desistires do casamento? Tu os tens aí, tens as minas de prata e os demais objetos, ou onde estão eles? És tão pobre como um rato-do-mato e ainda mais pobre. Visto isso, fique firmado e selado perante o juiz que eu te vendo a moça por sete anos que vais servir, e que a paga será entregue quando fizeres jus a ela. E depositaremos a tabuleta lá embaixo com as outras, e a confiaremos à guarda dos *terafins*."

"O Senhor me deu um tio de coração muito duro", comentou Jacó melancólico.

"Qual nada!", respondeu Labão. "Sou duro tanto quanto a situação me permite, e, se ela dispuser de outro modo, então amolecerei. Mas tu terás para esposa a menina. Vai, pois, sem ela, ou então serve."

"Servirei", concordou Jacó.

A LONGA ESPERA

Assim passou o prelúdio, o primeiro período preliminar da longa permanência de Jacó com Labão. Foi apenas de um mês, findo o qual, entrou em pleno vigor o novo contrato, com o seu termo marcado para expirar dali a tantos anos. Era um contrato de casamento e ao mesmo tempo um contrato de serviço, uma mistura das duas coisas, um ajuste sui generis como provavelmente ao *mashkim* ou juiz presidente poucas vezes tinha sido apresentado igual, embora seja provável que uma vez ou outra tenha lhe aparecido alguma coisa semelhante, e a que ele reconheceu caráter jurídico, dando-o como suscetível de tratamento legal e apto, uma vez que houvesse o consentimento de ambas as partes, a tornar-se obrigatório por lei. O contrato foi escrito em duas vias e em seguida discutido com as partes interessadas, a fim de esclarecer quaisquer pontos duvidosos, e foram tomadas por termo as declarações de ambos, de modo que subsistisse uma prova concludente e clara do que tinham acordado. Um homem dissera ao outro: Dá-me tua filha para esposa, e o outro homem respondera: Que me darás por ela? E o primeiro homem nada tivera para dar. Então dissera este outro homem: Vendo que não podes apresentar nenhum dote, nenhum presente para ser dependurado no cinto da noiva na cerimônia nupcial, tu me servirás por tantos anos quantos são os dias de uma semana. E esse será o preço que pagas e a noiva será tua para as núpcias uma vez expirado o termo, juntamente com uma mina de prata e uma criada que darei como dote, mas de tal maneira que o preço da criada seja calculado como dois terços da mina de prata e o outro terço seja pago em metal ou em frutos dos campos. Disse então o primeiro homem: Assim seja. Em nome do rei, assim seja. Cada uma das partes ficou com um dos contratos. Nenhum bem possa advir a todo aquele que se insurgir contra esse contrato, procedendo ilegalmente.

O ajuste era razoável, o juiz o reputou equitativo e do ponto de vista econômico o próprio Jacó não tinha muito de que se queixar. Se ele devesse a seu tio uma mina de prata, a sessenta siclos a mina, sete anos de trabalho não bastariam para pagar a dívida, porque o salário médio de um servo contratado era de seis siclos por ano e sete anos não perfariam aquela importância. Compreendeu com toda a profundeza que o ponto de vista econômico era uma coisa puramente ilusória se houvesse uma balança justa, uma balança divina, digamos, o prato em que estavam os sete anos faria ir pelos ares o prato que continha a mina de prata. Mas, afinal de contas, ele ia passar esses sete anos em companhia de Raquel e assim o sacrifício do amor seria compensado com muita alegria, além de que, a partir da assinatura do contrato, ela seria legalmente sua noiva, não podendo nenhum outro homem aproximar-se dela sem se tornar tão culpado como se raptasse uma mulher casada. Sete anos! Sete anos deviam eles, filhos de irmão e de irmã, esperar um pelo outro. Estariam numa época muito diferente da vida quando chegasse o tempo em que pudessem ter seus filhos, o que não deixava de ser uma condição dura, oriunda ou da crueldade de Labão ou da sua falta de imaginação e, em suma, mostrava mais uma vez e com a mais viva evidência que ele era um homem sem coração nem empatia. Outra injustiça foi a sua extraordinária sovinice e sua tendência para querer passar a perna até na pessoa que lhe era mais próxima e mais cara, do que era um exemplo a cláusula do contrato referente ao dote — esse dote paterno que expirava depois de sete anos seria tão mau negócio para o pobre Jacó, mormente porque a problemática criada fora avaliada numa quantia no mínimo duas vezes maior do que a que se pedia por um escravo medianamente decente por aquelas bandas ou no Oeste. Mas não havia jeito de remediar a situação, nesta ou noutra qualquer afronta. Tempo viria, pensava consigo Jacó, em que lhe seria dado fazer um melhor arranjo. No fundo de sua alma, sentia ele viva a promessa de um bom negócio e uma secreta força e capacidade para realizá-lo. Eram estas, por certo, maiores do que as porventura existentes no ânimo desse demônio do mundo inferior que lhe saíra o seu sogro Labão, o arameu, cujos olhos haviam se aformoseado nos de sua filha Raquel. Com relação aos sete anos, o recurso era agora preparar-se para vencê-los. Muito mais fácil sem dúvida seria pôr-se a dormir até que eles passassem; como, porém, não só isso não era possível mas até, bem ponderadas as coisas, parecia preferível observá-los ativamente, Jacó tratou de tirar do espírito aquela ideia.

Foi o que ele fez e é o que tem de fazer também o historiador, e não imaginar que pode pular e riscar o tempo com uma simples frase como esta: "Sete anos se passaram". É um costume dos narradores de história dizer coisas como essa; e contudo ninguém devia deixar as palavras, uma vez que devem ser faladas, passarem pelos seus lábios ao de leve, ou de outra maneira que não sejam prenhes de sentido e hesitantes, em razão da reverência que se há de ter pela vida, de sorte que quem ouve as sinta também prenhes de sentido e se maravilhe de como possam passar aqueles anos, cujo término se vê apenas com o entendimento mas não com a alma, ainda que esses anos transcorram como se fossem alguns dias. Pois tal é a tradição: que os sete anos, diante dos quais Jacó a princípio se encolhera com medo passaram como dias; e a tradição deve afinal remontar até às próprias palavras dele, deve ser, como dizem, autêntica e além disso muito esclarecedora. O que aqui se nos depara não é por certo nenhum encantamento dos sete dormentes ou coisa que o valha, e sim o encantamento do próprio tempo, cujas unidades maiores passam como passam as menores, nem devagar nem depressa, mas simplesmente passam. Um dia tem vinte e quatro horas, e embora uma hora constitua um espaço de tempo largo e mais que suficiente para muita vida e para muitos milhares de pulsações do coração. No entanto, de uma manhã para a outra passam tantas dessas horas, no estado de vigília ou no de sono, de um modo ou de outro; como isso se passa não o sabes, da mesma forma que não sabes como passam sete dias, uma semana, quatro das quais são uma unidade suficiente para que a lua passe por todas as suas fases. Jacó não disse que sete anos correram "tão depressa" como dias; ele não faria uma comparação tão depreciativa do valor de um dia de vida. E o dia também não anda "depressa", mas anda, com as suas partes manhã, meio-dia, tarde e noite, um entre outros; e do mesmo modo anda o ano, com as suas estações, de uma primavera a outra, da mesma maneira indefinível, um entre outros. — Nesse sentido foi que Jacó disse que sete anos passaram para ele como dias.

É ocioso lembrar que um ano consta não somente de suas estações, a sucessão de primavera, reverdecimento da terra e tosquia das ovelhas, ceifa e calor abrasante do verão, primeiras chuvas e novo plantio, neve e noites gélidas, e novamente girando até virem as flores rosadas da tamargueira. Isso é apenas o arcabouço do ano; o ano é em si uma filigrana de vida, prenhe de acontecimentos, todo um oceano para sorver. O dia igualmente e, em menor escala, também a hora, se quiserdes, formam uma filigrana que se compõe de pensamento, sentimento, ação e acontecimento; mas são muito pouco absolutas as diferenciações de tamanho entre as unidades do tempo, e o seu metro relativo é a medida de nós mesmos, de nosso sentimento, de nossa adaptação ou da falta desta. Conforme as circunstâncias, sete dias ou até mesmo sete horas podem ser mais duros de engolir, constituindo uma aventura mais ousada no tempo, do que sete anos. Mas que quer dizer "ousada"? Ou mergulhe com o sangue a escaldar ou mergulhe a tiritar na corrente do tempo, não existe uma alma que não seja forçada a render-se. E nada mais se exige. Essa corrente nos arrasta, nos arrebata no seu vórtice sem que o percebamos, e, se volvemos o olhar, o ponto em que entramos nela fica "muito para trás"; serão, por exemplo, sete anos de distância, anos que passaram como dias. Não, não podemos sequer exprimir ou distinguir a maneira pela qual o homem se entrega ao tempo, se com alegria ou com medo, porque a necessidade domina tais distinções e as torna vãs. Ninguém afirma que Jacó tenha empreendido atravessar com alegria os seus sete anos, pois que só depois de decorridos eles é que pôde ter filhos de Raquel. Mas esse desassossego do espírito foi muito atenuado pelas reações da sua vitalidade que condicionaram suas relações com o tempo e as do tempo com ele. É que Jacó ia viver cento e seis anos, e, embora seu espírito ignorasse isso, sabia-o seu corpo e a alma da sua carne. E assim, sete anos para ele, mesmo sem serem tão pouco como sete anos na presença de Deus, contudo não foram aproximadamente tanto quanto seriam para uma pessoa que tivesse de viver só cinquenta ou sessenta anos; por isso sua alma podia encarar com mais tranquilidade o tempo de espera. E, finalmente, seja dito para conforto de todos nós, que não foi uma pura espera que ele teve de suportar, pois esta teria sido longa demais. Uma espera, e nada mais, é uma tortura; ninguém aguentaria ficar sentado sete anos ou até mesmo sete dias, ou andar para baixo e para cima e esperar, como se pode aguentar talvez durante uma hora. Isso não pode dar-se nas unidades maiores de tempo, porque a espera se alonga e se esgarça, ficando ao mesmo tempo mais densamente ocupada com o mero viver, de forma que durante longos períodos ela se torna vítima do puro esquecimento, isto é, se recolhe às profundezas da alma e já não está conscientemente presente. Assim uma meia hora de pura e simples espera é mais temível e uma prova mais cruel para a paciência do que uma espera que se estende por sete anos de vida. O que esperamos para daí a pouco nos afeta precisamente por causa da sua proximidade, como um estímulo muito mais penetrante e mais imediato do que se estivesse afastado; transforma a nossa paciência em impaciência arrasadora dos nervos e dos músculos, torna-nos mórbidos; não sabemos mesmo que fazer com os nossos membros; ao passo que uma espera de longo prazo nos deixa em paz; ela não somente permite, mas nos força a pensar em outras coisas e a fazer outras coisas, porque temos de viver. Tal é a origem desta surpreendente verdade: seja qual for o grau de ânsia com que esperamos, não o fazemos com mais dificuldade, porém mais facilmente, quanto mais distante no tempo ficar o alvo de nossas esperanças.

Estas reflexões consoladoras, que equivalem simplesmente a afirmar que a natureza e a alma conhecem meios e modos de auxiliar a si mesmas, mostravam-se particularmente verdadeiras no caso de Jacó. Servia sobretudo como pastor de Labão, e bem sabemos que um pastor tem muitas horas de ócio. Durante horas a fio, durante meio dia às vezes, seu destino é a contemplação, e se ele está esperando alguma coisa, essa espera não fica envolvida em muita atividade. Mas está aqui o valor de uma espera a longo prazo, pois não se pode dizer que Jacó não fosse capaz de se conservar sentado, nem de pé, nem deitado, ou que andasse a correr pelos prados com a cabeça entre as mãos. Pelo contrário, sua alma estava tranquila, embora também um pouco triste, e a espera formava não a melodia, mas o acompanhamento musical de sua vida. É claro que pensava muito em Raquel e em seus futuros filhos, quando estava longe dela e só, com o cão Marduka, nas longas horas em que lá ficava deitado, apoiado nos cotovelos e com a face nas mãos ou com estas cruzadas na nuca, com uma perna descansando sobre o outro joelho, à sombra das rochas ou do matagal, ou arrimado ao seu cajado na intérmina planície com a carneirada a pastar em volta dele. E não pensava somente nela, mas também em Deus e em todas as histórias que sabia, as recentes e as antigas, na sua fuga e na sua peregrinação, em Elifaz e na sublime visão de Bet-el; na festa popular por ocasião da maldição de Esaú; em Yitzhak, o cego; em Abrão, na torre, na inundação, em Adapa ou Adama no jardim do paraíso... que lhe trazia à memória outro jardim — o que ele, com a sua bênção, ajudara Labão, o diabo, a plantar e que viera representar para este homem tão grande acréscimo de prosperidade.

Não é demais saber-se que no primeiro ano do contrato Jacó não tomou conta dos carneiros ou muitas vezes não teve essa ocupação. Desempenhava-a ora Abdcheba, o homem dos vinte siclos, ou uma das filhas de Labão, enquanto Jacó, por desejo ou por ordem do tio, se consagrava aos trabalhos oriundos da sua abençoada descoberta: a captação da água e a construção do tanque, para o que utilizou uma depressão natural do terreno, ajeitou-a com pás de cavar, cercou-a com uma parede e firmou o fundo com pedra e betume. Afinal lá estava o jardim. Labão punha grande empenho em que esse novo empreendimento tivesse o concurso das mãos abençoadas do sobrinho, porque estava agora inteiramente convencido de que a bênção, obtida com tanta astúcia, era realmente eficaz, e se lisonjeava da esperteza com que pusera essa eficácia a serviço de seus próprios interesses. Não podia haver a menor dúvida de que o filho de Rebeca trazia sorte, quase contra a sua vontade, e que bastava a sua presença para dar um vigoroso impulso a empreendimentos que pareciam fadados a arrastar-se na vagareza ou a malograr-se? Que burburinho de prosperidade andava agora pelo terreiro e pelos campos de Labão! Cavava-se, martelava-se, arava-se, plantava-se! Labão tinha tomado dinheiro emprestado para poder aumentar seus negócios e fazer as necessárias aquisições. Tinham lhe adiantado os filhos de Ishullanu em Harã, apesar de terem perdido a demanda em torno da água. Eram homens calmos e práticos, que não se deixavam levar por nenhuma emoção. A perda da ação absolutamente não lhes parecera motivo para se negarem a fazer negócio com o homem que a ganhara; eram precisamente os recursos graças aos quais Labão a ganhara que agora o tornavam creditado aos olhos deles. Concederam-lhe o empréstimo sem vacilar. Assim se faz no comércio e Labão não se surpreendeu. Ele precisava de dinheiro sonante, quando nada fosse, para pagar e dar de comer aos três novos servos contratados que eram propriedade de um prestamista do lugar. Jacó dirigia-lhes o trabalho, ajudando às vezes, fiscalizando sempre tudo. Não é necessário dizer que sua posição na casa, mesmo sem haver nenhum acordo expresso nesse sentido, absolutamente não era igual à daqueles escravos de cabeça rapada e marcados, que traziam o nome de seu dono escrito com tinta indelével na mão direita. O contrato de sete anos, guardado lá embaixo entre os *terafins*, longe estava de o incluir nessa categoria. Ele era sobrinho do dono da casa, noivo da filha deste, e era ainda por cima senhor do olho-d'água, engenheiro e jardineiro-chefe. Tudo isso Labão lhe reconhecia e sabia bem por que o fazia.

Também acreditava saber por que encarregava Jacó de comprar a maior parte das ferramentas, material, sementes e plantas necessárias para as novas operações nas quais estava empregado o dinheiro do empréstimo. Confiava na mão feliz de seu sobrinho, e com razão, porque tudo lhe saía com vantagem e o material que adquiria era melhor do que quando era ele quem se incumbia da aquisição, dada a sua má catadura e a sua falta de bênção. Mas Jacó também lucrava e esse período foi testemunha dos tênues começos da prosperidade que deveria depois assumir tão vastas proporções. Ele planejava seus negócios na cidade pondo-se em contato com sócios espalhados por toda a região. Não o fazia no sentido rígido e fixo de ser o intermediário e agente autorizado de Labão, mas como se fosse um livre comerciante, revelando-se nesse cargo como um homem tão bom, tão experimentado, social e conversável que conseguia sempre pôr de parte um maior ou menor lucro privado, em dinheiro ou em gêneros, tornando-se assim dentro em pouco dono de um pequeno rebanho de carneiros e cabras, ainda antes de começar a tomar conta dos carneiros de Labão. Deus, o Rei, bradara ao som das harpas que Jacó tornaria rico à casa de Yitzhak, e isso era ao mesmo tempo uma promessa e uma ordem — porquanto tais promessas dificilmente podem ser cumpridas sem a cooperação humana. Iria ele desmentir a Deus, o Rei, e ridicularizar a sua palavra por puro descuido e ilimitada consideração com um tio que era o primeiro a lidar com os negócios de maneira eminentemente prática sem todavia conseguir tirar deles qualquer vantagem? Jacó não foi sequer tentado a cometer tal erro. Não vá, entretanto, alguém pensar que ele iludiu Labão e lhe passou a perna secretamente. Não, tanto que em geral Labão estava ao corrente do que Jacó fazia; quanto a pormenores, ele descaía os cantos da boca e fazia vista grossa. É que não podia deixar de reconhecer que as coisas quase sempre lhe traziam vantagens mais apreciáveis do que quando ele lidava com elas usando suas mãos pesadonas, além de que tinha alguma razão para ter medo de Jacó e ser conivente no que ele fazia. O sobrinho era muito sensível e, em consideração à bênção, era necessário muito cuidado no tratar com ele. Ele o declarava abertamente e advertiu a Labão uma vez por todas com palavras francas: "Se meu senhor me censurar e discutir comigo a propósito de qualquer insignificante negócio que venha a ser vantajoso para mim em seu serviço, e se vir com maus olhos a circunstância de não ser só ele que aufere alguma vantagem do tino de seu servo, então ele mirrará o meu coração dentro do peito e a bênção no meu corpo, e seus negócios não mais prosperarão em minhas mãos. A tal Belanu, de quem comprei sementes para ti, necessárias para a ampliação da tua lavoura, assim falou em sonho o Senhor meu Deus: 'Com Jacó, o abençoado, é que estás negociando. Eu dirijo a cabeça e os pés desse homem. Por isso toma cuidado ao fazeres o cálculo dos cinco kur que ele vai comprar-te por cinco siclos, a duzentos e cinquenta silas o kur, e não duzentos e quarenta ou duzentos e trinta, como poderias calcular se fosse com Labão, do contrário terás de ajustar contas comigo! Jacó te dará nove silas de azeite em vez de um siclo e cinco minas de lã em vez de mais um, e ainda um bom carneiro do valor de um siclo e meio, e pelo resto um cordeiro do seu rebanho. Tudo isso ele vai te pagar pelos cinco kur de semente em vez de cinco siclos, além de muitas palavras animadoras e olhares amigáveis, de forma que gostarás de entabular negócio com o teu comprador. Se, porém, lhe aumentar o preço, acautela-te, porque me meterei no meio de teus rebanhos e os ferirei de peste, castigarei tua mulher com a esterilidade e os filhos que já tens com a cegueira e a loucura e aprenderás a conhecer-me'. Então Belanu temeu o Senhor meu Deus e fez como ele ordenara, de modo que comprei a cevada mais barato que outra pessoa e muito mais barato que meu tio. Experimente ele ver se é capaz de fazer um negócio com nove silas de azeite por um siclo e cinco minas de lã por mais outro, quando no mercado a gente compra doze silas e mais por aquela quantia e seis minas de lã, sem levar em conta o curso do câmbio. E pelo outro siclo e meio não terias dado no mínimo três cordeiros ou um porco e um cordeiro? Assim sendo, tirei do teu rebanho dois cordeiros e os marquei com a minha marca e eles agora são meus. Pois que se passa entre ti e mim? Não sou eu o noivo de tua filha e por intermédio dela o que é meu não é igualmente teu? Se queres que a bênção te aproveite e que eu te sirva com sabedoria e de boa mente, é preciso que uma recompensa e uma promessa me estimulem, senão minha alma se cansa no teu serviço e minha bênção não virá beneficiar tuas obras".

"Podes ficar com os cordeiros", disse Labão. E isso foi o que se deu entre eles várias vezes até que Labão preferiu não dizer mais nada e deixar Jacó fazer como bem entendesse, porquanto para ele não era negócio que o sobrinho viesse a fatigar-se de fazer bem-feitas as coisas, e assim acabou cedendo. Folgou, porém, quando viu terminado o serviço de canalização da água, cheio o poço, o jardim plantado e dilatado o campo, e ele pôde ver Jacó afastado do pátio, na guarda do rebanho, primeiro muito próximo, depois bem mais longe, de modo que durante semanas e meses a fio ele não aparecia debaixo do teto de Labão, mas armava lá longe o seu leve abrigo contra o sol e a chuva, em plena campina, perto de uma cisterna, e construía redis de barro e caniçada e uma torre provisória para se refugiar e para lhe servir de atalaia. Ali vivia, alimentando-se com frugalidade, empunhando o seu cajado, a funda ao cinto, e com o cão Marduka guardava os rebanhos espalhados e deixava passar o tempo. Conversava com Marduka, que fingia entendê-lo e um pouco o entendia mesmo, abeberava seus animais e à tardinha os recolhia aos apriscos. Sofria o calor e o frio, o sono era muito breve porque os lobos uivavam de noite em busca dos cordeirinhos, e às vezes mesmo um leão se introduzia furtivamente no meio deles e Jacó tinha de fazer o barulho de uma dúzia de homens, berrando e batendo à matroca para afugentar a fera rapace.

PROSPERIDADE DE LABÃO

Ao reconduzir de volta os carneiros, que se achavam distantes da casa um dia ou pouco mais de viagem, a fim de prestar contas ao dono do rebanho e das crias, deixando passar todos os carneiros sob o seu cajado, viu Raquel, que o estava esperando, e lá se foram os dois de mãos dadas a conversar longamente sobre a sua sorte, falando do tempo que ainda tinham de esperar um pelo outro sem poderem ter filhos, e se consolavam mutuamente. Quem mais precisava de consolo era Raquel, pois para ela o tempo custava mais a passar e a espera se lhe fazia mais incômoda porque ela não chegaria, como Jacó, aos cento e seis anos de idade, mas só aos quarenta e um, e assim sete anos eram mais do dobro da sua vida como o eram da dele. As lágrimas da jovem brotavam do fundo da alma quando se viam separados e seus doces olhos negros se inundavam de copioso pranto enquanto ela ia se lamentando:

"Ah, Jacó, meu primo vindo de longe, tu que me estás prometido, quanto sangra o coração da tua Raquelzinha, na impaciência da sua alma! Mudam as luas, os dias vão passando e isso é para mim ao mesmo tempo penoso e alegre, porque brevemente vou fazer catorze anos e só quando eu tiver dezenove é que as harpas e os tambores soarão para nós e poderemos acolher-nos à alcova nupcial, ficando eu diante de ti como está diante de Deus a Imaculada no alto do templo, e tu me dirás: 'Farei fecunda esta mulher como fecundo é o fruto do pomar'. Tudo isso está ainda tão longe, conforme a vontade de nosso pai, que me vendeu a ti, para que eu não seja mais como sou quando soar a hora, e quem pode dizer se antes desse tempo não tocará em mim algum demônio, salteando-me alguma enfermidade que chegue talvez a atingir até mesmo as raízes da minha língua, frustrando qualquer ajuda humana? E ainda que eu me restabeleça daquele toque, quem me assegura que ele não me fará perder todos os cabelos e não deixará manchada a minha pele, tornando-a tão amarela que o meu amigo não mais me conheça? Tudo isso eu receio horrivelmente, não consigo dormir, atiro para longe as cobertas e passeio pela casa e pelo pátio enquanto meus pais dormem, aflijo-me com o tempo porque ele passa e não passa, de convencida que estou que serei fecunda por teu intermédio e que, quando eu completar dezenove anos, já podíamos ter tido seis filhos ou mesmo oito, no caso de alguns serem gêmeos, e ponho-me a chorar por ser tão longa a espera."

Então Jacó tomou-lhe a cabeça entre as mãos e beijou-a debaixo dos olhos, os olhos de Labão, valorizados pela formosura; secou-lhe as lágrimas com beijos, de sorte que seus lábios ficaram úmidos e disse:

"Ah! Fica alegre, minha ovelhinha-mãe impaciente, tão boa, sábia e inteligente! Essas tuas lágrimas eu as levo comigo para o campo, elas serão companheiras da minha solidão e penhor e sinal de que és minha e muito minha e de que ora com paciência, ora com impaciência esperas por mim como eu por ti. Eu te amo, o negror de teus olhos para mim é caro acima de tudo, o calor da tua cabeça encostada à minha chega-me até os refolhos da alma. Teus cabelos são pretos e sedosos como o pelo das cabras, como o das cabras do monte Galaad. Teus dentes alvejam como a luz que brilha e tua face me faz pensar na suavidade dos pêssegos. Tua boca lembra os figos novos quando envermelhecem no ramo, e, quando eu a selo com um beijo, a respiração que te escapa do nariz tem qualquer coisa da fragrância das maçãs. Tua formosura é maravilhosa, mas será ainda maior quando tiveres dezenove anos, confia em mim, e teus seios serão como cachos de tâmaras e como cachos de uvas. És pura de sangue, minha amada, e nenhuma doença pode contaminar-te nem demônio algum tocar-te. O Senhor, meu Deus, que me conduziu para junto de ti e te guardou para mim, te terá na sua santa guarda. E pelo que me diz respeito, é inabalável meu amor e minha ternura para contigo; é como uma chama que a chuva de muitos anos não pode apagar. Penso em ti quando estou deitado à sombra do rochedo ou do matagal, ou quando, de pé, me arrimo ao meu cajado, quando me ponho a procurar o carneiro que se tresmalhou, ou trato da ovelhinha doente, ou carrego em meus braços o cordeirinho fatigado, quando defronto o leão e quando abebero os meus rebanhos. Em tudo que faço penso em ti e mato o tempo, pois este passa sem cessar em tudo que eu faço e tenho de fazer, e Deus não permite que ele pare um momento, quer eu descanse, quer esteja a correr. Tu e eu não estamos à espera de uma coisa vaga e sem certeza, mas conhecemos bem a nossa hora e nossa hora nos conhece e vem ao nosso encontro. E até certo ponto não é mau que haja ainda algum tempo entre nós e ela, porque, quando ela chegar, nós iremos daqui para a terra, para onde foi nosso antepassado, e bom será se então eu estiver na posse de muitos haveres, a fim de que se cumpra a promessa de meu Deus de que ele me conduzirá cheio de riquezas de volta à casa de Yitzhak. Teus olhos são para mim como os de Ishtar, deusa do casamento, quando ela disse a Gilgamesh: 'Tuas cabras terão crias aos pares e tuas ovelhas terão dois cordeirinhos de cada vez'. Sim, embora não possamos ainda nos abraçar e tornar-nos fecundos, nossos carneiros são para nós e produzem aos pares por nossa causa, para que eu faça a prosperidade de Labão e a minha e fique abastado perante o Senhor, antes de partirmos daqui."

Assim a consolava e a delicadeza de seus sentimentos achava as palavras próprias, falando nos carneiros e na fecundidade destes como se simbolizasse a deles dois. Verdadeiramente era como se a deusa local da fertilidade, algemada e impedida de promover a fecundidade humana devido à intransigência de Labão, se livrasse e se vingasse da sua perda nos animais do campo, e especialmente nos rebanhos de Labão que Jacó pastoreava. Prosperavam eles como nenhum outro e manifestavam a bênção como antes nunca acontecera, de modo que Labão se felicitava de ter tomado Jacó a seu serviço, pois grandes eram seus lucros. Andava ele fortemente admirado de tal fecundidade quando, montado num boi, saía numa viagem de um ou dois dias e verificava pessoalmente o crescimento de seus rebanhos. Mas nada dizia, nem em bem nem em mal; nem em mal, sim, porque a mais trivial esperteza o aconselhava a tratar com finura tal criador e homem da bênção, ainda mesmo que este tirasse sua vantagenzinha de vez em quando, conforme ele próprio não se acanhara de dizer. Não seria de boa política combater o princípio por ele assentado, uma vez que fosse aplicado com moderação, porquanto um homem desses é sensível e ninguém deve ofender a bênção que ele traz no seu corpo.

A verdade é que Jacó estava muito mais no seu elemento como criador de gado e zagal de carneiros do que o estivera quando fiscalizava os trabalhos do pátio e do jardim. Pegureiro era ele por nascimento e criação, homem da lua, não homem do sol e lavrador. A vida passada nos prados, conquanto trabalhosa e até cheia de perigos, era a vida conforme ao seu coração e à sua natureza, era uma vida contemplativa e não desprovida de dignidade e lhe dava lazer para pensar em Deus e em Raquel. E ele gostava dos carneiros, gostava deles com o espírito e com os sentidos, eles o atraíam para o seu cismar profundo e delicado. Amava-lhes a quentura, seu modo de vida, agora dispersos aqui e ali, depois reunindo-se e amontoando-se, o coro idílico e composto de várias vozes do seu balido, soltado ali sob a imensa abóbada do céu. Gostava daquelas fisionomias solenes e fechadas, daquelas orelhas em forma de colher, dispostas na horizontal, daqueles largos olhos embaciados, com a lã a crescer na base do focinho chato. Gostava da cabeça possante e majestosa do carneiro e do formato mais fino e delicado da ovelha, da carinha inocente do cordeirinho. Gostava da preciosa lã, enovelada e basta, carregada pacientemente no lombo, do velo sempre a renovar-se, que duas vezes por ano, na primavera e no outono, ele, Labão e os escravos lhes lavavam no corpo para depois tosquiar. E seu interesse conferia-lhe mestria na arte de criar, de cuidar, de dirigir com cautela o cio e vigiar os partos, pois conhecia as raças e cada animal, os característicos físicos e as qualidades das lãs e sabia utilizar esses conhecimentos no seu trabalho, embora não ousemos atribuir completamente a tais conhecimentos os notáveis resultados que ele conseguia. É que não se pode dizer que ele só aperfeiçoasse a qualidade da lã e da carne, pois a verdade é que debaixo de suas mãos a fecundidade dos rebanhos aumentava sempre, ultrapassando qualquer medida conhecida. Não havia uma ovelha estéril nos seus apriscos, todas pariam, sendo duplos e triplos os partos, continuavam fecundas aos oito anos, seu cio durava dois meses e só quatro a prenhez, cordeirinhos e ovelhinhas se desenvolviam com espantosa rapidez, estando eles e elas aptos a procriar com um ano, e pastores estranhos asseveravam que nos rebanhos de Jacó, o homem vindo do Oeste, os carneiros castrados andavam com o cio na lua cheia. Isso era um gracejo ou uma crendice, porém mostra os surpreendentes resultados de Jacó nesse terreno, dando a entender que eles não podiam provir dos simples conhecimentos e da habilidade de um pastor. Teremos de invocar a deusa local da fertilidade para explicar esses comentários meio invejosos? Quanto a nós, pensamos que a explicação está antes no estado de espírito do pastor. Ele era um amante insofrido. Não podia ainda tornar-se fecundo em companhia de sua Raquel, e assim como tantas vezes acontece na história do mundo que a repressão de desejos e forças encontre vazão em realizações do espírito, assim, por um processo semelhante de transferência, exprimiam-se na simpatia e no cuidado com a vida confiada ao sofredor.

A tradição que forma o comentário erudito a um texto original, que por sua vez representa uma versão literária posterior dos cantos e recitativos dos pastores, tem coisas extraordinárias que contar das felizes transações de Jacó. Em seu entusiasmo, ela torna-se culpada de exageros que não devemos procurar diminuir demais para que, no afã de consertar, não acabemos desfigurando de novo a história. Talvez a exageração não esteja tanto nas glosas e comentários posteriores quanto nos próprios acontecimentos primitivos, ou antes nos seres humanos envolvidos neles, pois bem sabemos quão grande é a propensão que têm os homens para encarecer o valor de alguma coisa que se tornou moda admirar e cobiçar. Foi o que se deu com os verdadeiros ou supostos triunfos de Jacó. A notícia da extraordinária excelência desses triunfos se espalhou entre os criadores de gado das redondezas próximas e distantes de Harã. (Deixamos de lado a questão de saber-se até que ponto os cegava a história da bênção.) Fato é que toda a gente ambicionava possuir um que fosse, dentre os carneiros de Jacó. Isso era para eles uma questão de honra. Vinham de longe para negociar com o jovem pastor e mesmo quando, ao chegarem ao local, descobriam que em última análise não se tratava de nenhuma raça sobrenatural de carneiros, mas de uma raça boa, comum, esforçavam-se por achá-los miraculosos, porque era essa a moda. Um carneiro que estava perdendo todos os dentes incisivos e que portanto devia ter no mínimo seis anos, compravam-no eles como se fosse um carneirinho de um ano ou um animal de truz, só porque Jacó o dizia. Dizem que trocou um carneiro por um camelo, um burro por um escravo ou escrava, e, embora nenhuma dessas transações fosse a norma e a prática constante, bem podem ter ocorrido no comércio, e ainda mesmo com relação aos escravos podem tais narrativas não ser inteiramente destituídas de fundamento. É que com o andar do tempo Jacó precisou de ajudantes no seu trabalho, auxiliares de pastor, que contratava de outros negociantes, pagando por eles lã, requeijões, peles, tendões ou animais vivos. Com o correr do tempo designou alguns desses pastores guardas independentes dos prados e do pastoreio, fazendo com eles um trato fixo: sessenta e seis ou setenta cordeiros ao ano por cada cem carneiros, uma sila de requeijões pelo mesmo número ou uma mina e meia de lã por cada carneiro — lucros que, como é natural, iam ter às mãos de Labão, mas que, como passavam antes pelas de Jacó, sempre deixavam alguma coisa no caminho, quando nada porque ele sabia tão bem como empregá-los para ainda renderem mais.

Seriam essas as únicas bênçãos que a gestão de Jacó assegurava ao nosso rústico Labão? Não, uma vez que admitamos que existia uma relação evidente entre a presença do sobrinho e a maior dentre todas as bênçãos que estavam a exigir gratidão da parte do nosso homem. E penso que podemos admiti-lo, quer interpretemos o fato num sentido místico, quer somente de acordo com os ditames da razão. Se nós fôssemos aqui um simples inventor de casos e encarássemos o contrato feito com o público como uma obrigação de forjar historietas que teriam um agradável, ainda que efêmero, poder de convicção, o que nós vamos dizer por certo nos exporia à censura de estar levando as coisas longe demais e de exagerar a credulidade alheia, a qual, enfim, sempre tem limite. Por felicidade, tal não é o nosso papel. Alicerçamo-nos em fatos transmitidos pela tradição, que não são menos certos só porque alguns deles dão a impressão de terem sido inventados recentemente. Achamo-nos, pois, na posição de asseverar o que temos de dizer no tom tranquilo e firme de quem, em frente de todas as dúvidas e censuras, possui convicção do que afirma.

Numa palavra, Labão, filho de Batuel, tornou-se pai outra vez durante os sete primeiros anos da permanência de Jacó, e pai de filhos varões. Foi conferido ao nosso homem, além da crescente prosperidade, o prêmio do sacrifício não recompensado e rejeitado, o filhinho que lá embaixo estava no cântaro de barro. E não um prêmio único, senão triplo. Três vezes, no terceiro, no quarto e no quinto ano da estada de Jacó, Adina, mulher de Labão, aquela mulher insignificante, preparou-se para dar à luz; e mesmo os gemidos com que ela acolhia o seu novo estado eram de orgulho. Usando em roda do pescoço o símbolo da gravidez, uma pedra oca encerrando outra menor que lá dentro chocalhava, e, no meio de preces e de uivos, foi levada para a cama em casa de Labão e em presença dele, ajoelhando-se sobre dois tijolos, para dar espaço para a criança em frente à porta de seu corpo. Uma parteira segurava-lhe os braços nas costas, outra se agachava defronte dela a fim de observar a porta. A despeito da idade de Adina, todos os três partos foram felizes e sem perigo para ela. Tinham levado muitas vezes oferendas consistentes em alimentos para Nergal, o Vermelho: cerveja, pão de trigo e até carneiros, de sorte que, estando ele aplacado, não interviriam na questão seus catorze escravos portadores de doenças. E por isso em nenhum dos três casos se revolveram as entranhas da parturiente nem a feiticeira Labartu fechou a porta de seu corpo. Nasceram-lhe, pois, três robustos pimpolhos cujos altos gritos transformaram a tristonha casa de Labão num verdadeiro berço de vida. A um puseram o nome de Beor, a outro o de Alub e ao terceiro o de Muras. E depois dessas três sucessivas gestações e partos não só Adina não sofreu nenhum dano mas até ganhou aparência mais moça e menos insignificante e entrou a enfeitar-se com fitas, cintos e colares que Labão comprava para ela em Harã.

O coração de Labão estava tão contente quanto lhe era possível estar. Mostrava-se radiante, o mais que podia; o lado pendente da sua boca parecia menos azedo e tomara até a aparência de um sorriso complacente, senão escarninho. Tudo bem pesado, o acréscimo verificado em seus negócios e sua incessante prosperidade, juntando-se à venturosa renovação de fecundidade e ao piedoso abrandamento da maldição que havia tanto tempo escurecia o seu lar em consequência da malfadada especulação na esfera espiritual, tudo isso, dizemos, justificava qualquer satisfação consigo próprio que o homem pudesse sentir. Ele não tinha dúvida que o nascimento de seus filhos, como os demais aspectos da sua boa sorte, estava em relação íntima com a presença e a sociedade de Jacó, com a bênção de Yitzhak; faria muito mal se duvidasse disso. A nova disposição de ânimo em que estava o casal, sobretudo Labão, em virtude do bom negócio que seu sobrinho lhe ocasionara, deve ter estimulado suficientemente sua atividade conjugal de tal modo que se lhe retiraram as comportas da fecundidade. Em todo o caso é sempre de presumir a influência de Jacó, o que aliás não impedia que Labão se enchesse de orgulho pessoal. Vamos e venhamos, lá devia refletir consigo, fora ele próprio quem tivera a genial ideia de ligar o abençoado à sua casa, aquele fugitivo e mendigo do qual emanava prosperidade aonde quer que se dirigisse e ainda mesmo que ele não o quisesse. A falar verdade, da alegria muito moderada que Jacó mostrou por ocasião do nascimento de Beor, de Alub e de Muras, Labão deduziu que muito provavelmente o sobrinho não os desejara em absoluto.

"Dize-me agora, meu sobrinho e genro", disse-lhe Labão quando saía pelos campos montado num boi, a visitar os rebanhos, ou quando Jacó por sua vez voltava à casa para lhe prestar contas. "Dize-me se não sou digno de louvor e se os deuses sorriem ou não para Labão, quando me dão filhos na minha velhice e minha mulher Adina, toda ancha com eles, os põe no mundo, ela que antes era uma tão fraca figura!"

"Realmente", concordava Jacó. "Tens motivo para te rejubilares, mas ainda assim não é caso esse de tamanha maravilha aos olhos do nosso Deus. Abrão tinha cem anos quando gerou Yitzhak e é notório que já então Sarai não se achava na idade em que as demais mulheres concebem, quando o Senhor lhes preparou essa alegria."

"Tens um modo esquisito", retrucava Labão, "de diminuir as coisas grandes e estás me saindo um desmancha-prazeres."

"Não nos fica bem", replicava friamente Jacó, "fazer grande caso da boa fortuna quando para ela contribuímos com boa parte dos nossos esforços."

6. AS IRMÃS

O ANIMAL IMUNDO

Quando ia chegando o fim dos sete anos e ia se aproximando o tempo em que Jacó devia conhecer Raquel, com dificuldade podia o moço acreditar nessa realidade, e contudo se alegrou sobremaneira e seu coração batia mais forte toda vez que pensava na grande hora. Raquel contava agora dezenove anos e o tinha esperado conservando puro o seu sangue, que a tornava invulnerável aos maus espíritos e às doenças que a arrebatassem ao seu noivo. Realmente ela era, em relação à flor da sua mocidade e à sua formosura, tudo o que Jacó com ternura profetizara: mais linda que todas as jovens da região, com as suas formas cheias mas delicadas, as brandas tranças dos cabelos, as espessas aletas do narizinho, a suave expressão dos olhos oblíquos e míopes e a noite aprazível que descansava lá na profundeza deles; linda acima de tudo na maneira sorridente pela qual o lábio superior se sobrepunha ao inferior, contornando-lhe com inexprimível magia os cantos da boca. Sim, ela era bela mais que todas, porém se digo, como Jacó sempre dizia a si mesmo, que ela era mais bela sobretudo diante de Lia, não quer isso significar que Lia fosse mais feia que todas as outras moças, mas simplesmente que ela era o objeto de comparação mais próximo e por causa da proximidade de Raquel sofria mais que todas. É muito possível imaginar-se um homem menos escravizado do que Jacó a esse único ponto de vista, preferindo a filha mais velha, apesar de seus olhos azuis míopes e injetados e do ar altivo e ao mesmo tempo triste com que, baixando as pálpebras, tratava de esconder seu estrabismo. Porque o basto cabelo louro de Lia lhe caía em cachos pelo pescoço e pelos ombros e o seu todo era o de uma mulher fecunda, madura para a maternidade. Podia-se dizer muita coisa em louvor de Raquel; por exemplo, que ela não gabava seus encantos pessoais deprimindo os da irmã nem se envaidecia com a formosura de seu rostinho, imagem e parecença da lua cheia, como o de Lia podia ser a da minguante. Não era Raquel tão pouco instruída que não respeitasse o astro também nessa sua última fase, e a verdade é que no seu íntimo ela desaprovava o fato de Jacó rejeitar tão decididamente sua irmã e concentrar seus pensamentos exclusivamente nela, muito embora não lograsse eliminar de seu coração toda a satisfação feminil que sentia com aquela preferência.

O casamento foi marcado para a lua cheia do solstício do verão. Raquel confessava estar ansiosa pela chegada do grande dia. Contudo, nas semanas precedentes ela andara triste, chorando em silêncio sobre o ombro de Jacó ou escondendo o pranto com o rosto unido ao dele, e respondendo à sua indagação aflita apenas com um sorriso dorido e um rápido sacudir de cabeça que lhe fazia saltar as lágrimas dos olhos. Que é que lhe pesava na alma? Jacó não o sabia e, contudo, muitas vezes ele próprio também sentia-se acabrunhado. Lamentaria ela a perda de sua virgindade, já que estava a terminar o tempo da floração para dar lugar ao da frutificação? Tal é a tristeza de viver, que de modo algum é incompatível com a felicidade; e Jacó também a conhecia. O dia do casamento é o dia da morte e uma festa do solstício; galga a Lua as alturas e de lá vira a face outra vez para o Sol no qual vai mergulhar. Jacó tinha de conhecer aquela a quem amava e começar a morrer. De então por diante ele não ficaria só, vivendo para si e como senhor do mundo; seria dissolvido nos seus filhos e em sua pessoa ele iria pertencer à morte. Contudo ele os amaria, amaria aqueles que se tornavam os portadores das suas vidas divididas e diversas, porque era a si próprio que ele conscientemente vertera no ventre de Raquel.

Por essa época, teve um sonho de que se lembrou por muito tempo, em razão das circunstâncias de suave tristeza que o acompanharam. Sonhou numa noite quente de Tamuz, estando ele nos campos entre os seus rebanhos, numa noite em que o alfanje da lua tinha a frente virada para o lado esquerdo do céu, essa mesma lua que, uma vez cheia, marcaria a data da festa nupcial. Mas no sonho ele ainda se via fugindo da sua casa, ou então seria outra fuga, vendo-se outra vez expulso e obrigado a percorrer o deserto vermelho; e tal qual se dera da primeira vez, um chacal corria à sua frente, de orelhas fitas, com a cabeça de um cachorro, o rabo esticado horizontalmente, a olhar para trás e a rir. Era uma repetição da realidade, da mesma realidade que agora se renovava para se completar, porque da primeira vez ficara incompleta.

Viajava ele entre pedregulhos soltos e um matagal árido, não se vendo nenhum outro vegetal. A criatura maldita serpeava por entre rochas e moitas, aparecendo, sumindo e tornando a surdir além. Numa das vezes em que ele desaparecera, Jacó pestanejou; quando de novo abriu os olhos, o avejão surgiu-lhe pela frente sentado em cima duma pedra, e era ainda um animal quanto à cabeça, a costumeira cabeça de cão com as orelhas bem esticadas, um focinho avantajado e uma bocarra que se rasgava até as orelhas; tinha, porém, corpo humano até os pés um tanto sujos, agradável à vista e semelhante ao corpo de um mancebo esbelto. Sentado, esparramara-se na rocha, numa postura negligente; tinha uma das pernas encolhida e encostava à coxa o cotovelo, formando-se-lhe no abdômen uma dobra; a outra perna estava esticada para a frente, tocando o solo com o tornozelo. Dava gosto ver essa perna, comprida, de finos tendões, levemente recurvada, de joelho delicado. Mas uma pele cor de barro amarelo começava nos ombros pequenos, na parte superior das costas e no peito do deus, indo embeber-se pela cabeça de cão adentro, com as largas mandíbulas e os olhinhos finórios, que ficava tão mal àquele corpo e era para ele uma humilhação tão dolorosa, que podia qualquer pessoa imaginar quão belo seria aquele corpo sem tal excrescência. À medida que ia se adiantando, atingia-o em cheio um fartum terrível que infelizmente se desprendia do corpo do chacal. E quão triste e ao mesmo tempo extravagante foi ver a criatura escancarar as fauces e, ajeitando-se para falar, ouvi-la emitir uma voz trabalhosa e gutural:

"Ap-uat, Ap-uat."

"Não é necessário que te incomodes, filho de Osíris", disse Jacó. "Tu és Anúbis, guia e abridor do caminho, como bem sei, e eu me admiraria muito se não te encontrasse aqui."

"Foi um erro", disse o deus.

"Que dizes tu?", perguntou Jacó.

"Estavam enganados", disse o outro com a sua fala difícil, "os que me geraram, o senhor do Oeste e minha mãe Néftis."

"Causa-me dó ouvir isso", disse Jacó. "Mas, conta-me, como foi que aconteceu isso?"

"Ela não devia ter sido minha mãe", respondeu o mancebo, aprendendo pouco a pouco a governar a queixada quando falava. "Ela não era a certa. E culpada foi a escuridão. Ela é uma vaca, para ela tudo é indiferente. Usa o disco do sol entre seus chifres, em sinal de que uma vez ou outra o sol penetra nela para com ela gerar o novo dia; porém a procriação de tantos filhos refulgentes nunca fez mossa na sua triste indiferença."

"Procuro entender", disse Jacó "por que isso pode ser um perigo."

"Muito perigoso", volveu o outro, balançando a cabeça. "Às cegas, com todo o benévolo ardor da sua natureza de vaca, ela abraça tudo que vai ter com ela, e soturnamente passiva, deixa que tudo aconteça, embora aconteça somente por causa do escuro."

"Isso é um mal", disse Jacó. "Mas qual devia então ser tua mãe verdadeira, não sendo Néftis?"

"Não sabes?", perguntou o jovem chacal.

"Não sei discernir com precisão", respondeu Jacó, "entre o que me dizes e o que é já do meu conhecimento."

"Se não o sabes", respondeu o outro, "então eu não to poderia dizer. No princípio, não exatamente no princípio, mas quase, havia Geb e Nut, o deus da terra e a deusa do céu. Tinham quatro filhos: Osíris, Set, Ísis e Néftis. Ísis era a irmã-esposa de Osíris e Néftis a de Set, o Vermelho."

"Até aí está tudo claro", disse Jacó. "E estes quatro então não tiveram bem presente ao espírito esse arranjo?"

"Infelizmente, não", respondeu Anúbis; "não da parte de dois deles. Que queres? Nós somos seres fracos, distraídos, um tanto aéreos desde o berço. Cuidado e previdência são vis características humanas, mas, por outro lado, de quanta coisa na vida não tem sido causa o descuido?"

"É a pura verdade", confirmou Jacó. "Deve-se ter cuidado. Para falar com franqueza, a causa do que me dizes está no fato de serdes vós outros apenas ídolos. Deus sabe sempre o que quer e o que faz. Ele promete e cumpre, faz um pacto e mantém-se-lhe fiel para todo o sempre."

"Que deus?", perguntou Anúbis. Jacó lhe respondeu:

"Estás a fingir. Quando o céu e a terra se juntam, nascem quando muito heróis e grandes reis, mas nenhum deus, quanto mais quatro. Geb e Nut, tu mesmo o disseste, não foram exatamente o princípio. Donde vieram eles?"

"De Tefnut, a grande Mãe", respondeu prontamente o vulto de cima da pedra.

"Bem está. Tu o dizes porque eu o sei", continuou Jacó no seu sonho. "Mas Tefnut terá sido o princípio? De onde veio Tefnut?"

"O oculto, aquele que não foi gerado, cujo nome é Num, foi quem a chamou", respondeu Anúbis.

"Não te perguntei o nome dele", disse Jacó. "Agora, porém, começas a falar com critério, meu canicho. Não tive a intenção de discutir contigo, que afinal és um ídolo. Qual foi então o erro de teus pais?"

"A culpada foi a noite", repetiu o malcheiroso, "e aquele que carrega o açoite e o cajado de pastor estava despreocupado e distraído. Na sua majestade procurou Ísis, sua irmã-esposa, e por engano topou na noite escura com Néftis, irmã do Vermelho. E assim ela acolheu aquele grande deus, cuidando que era o seu noivo, e logo a ambos os envolveu a completa despreocupação de uma noite de amor."

"Será possível que sucedam tais coisas?", admirou-se Jacó.

"Com toda a facilidade", respondeu o outro. "Na sua despreocupação a noite conhece a verdade e a seus olhos nada representam os atilados preconceitos do dia. O corpo de uma mulher é igual ao de outra, bom para o amor, bom para a geração. Só o semblante diferencia um corço de outro, escolhendo um e não o outro. O semblante é coisa do dia, cheio de fantasias vivas, porém perante a noite, que conhece a verdade, o semblante nada vale."

"Falas com rudeza e sem sentimento", disse Jacó, muito inquieto. "Pode-se ter motivo para falar assim quando se tem uma cabeça igual à tua e um rosto que se deve cobrir, apenas para poder dizer que tua perna é bonita quando está estirada na tua frente."

Anúbis olhou para baixo, recolheu a perna, pondo-a junto da outra, e meteu as mãos entre os joelhos.

"Deixa-me em paz!", disse ele. "Um dia hei de ficar livre desta minha cabeça. Queres escutar o resto da história?"

"Que aconteceu depois?", perguntou Jacó.

"Naquela noite", continuou o outro, "Osíris, o senhor, foi para Néftis como Set, o Vermelho, marido dela, e ela foi para Osíris como Ísis, sua senhora. Ele estava com vontade de gerar e ela de conceber, e para a noite nenhuma outra coisa era de importância. E tiveram prazer um e outro em gerar e conceber, porquanto, acreditando estarem-se amando, estavam procriando. Então aquela deusa ficou grávida e fui eu o filho dela, mas a verdadeira esposa devia ter sido Ísis."

"Triste", disse Jacó.

"Quando veio a manhã, separaram-se a toda a pressa", relatava o homem-besta; "e tudo podia ter corrido bem se o deus não tivesse deixado com Néftis, por esquecimento, a grinalda de lótus que ele usa.

Set achou-a e soltou altos berros. Desde esse tempo ele persegue a vida de Osíris."

"Enquanto vais me contando, recordo-me de tudo", disse Jacó. "Depois vem a história do cofre, para dentro do qual o vermelho atraiu seu irmão e o matou por intermédio dela, de forma que Osíris, o senhor assassinado, foi levado pela corrente até o mar, lá ficando a boiar num cofre soldado."

"E Set tornou-se rei de todas as terras e sentou-se sobre o trono de Geb", acrescentou Anúbis. "Mas não é nisso que eu quero me deter, nem é isso que dá a esse teu sonho um cunho particular. O Vermelho não foi rei das terras muito tempo, porque Ísis deu à luz o jovem Horus, que o matou. E enquanto Ísis ia pelo mundo procurando e pranteando o seu senhor assassinado, que ela perdera, e gritava sem cessar: 'Vem para tua casa, vem para tua casa, ó menino amado e belo, vem para tua casa!', eis que lhe aparece ao lado Néftis, esposa do assassino, à qual o deus trucidado abraçara por equívoco, e a foi acompanhando, sempre ao seu lado, aonde quer que ela fosse, e ambas partilharam a sua dor e juntas se lamentavam: 'Ó tu, cujo coração já não bate, ó senhor da beleza, quem me dera ver-te!'."

"Isso foi triste e amistoso", comentou Jacó.

"E este", respondeu o que estava sentado em cima da pedra, "é o sentido do sonho. Pois quem foi que esteve com ela e a auxiliou na sua busca, na sua peregrinação e no seu choro, tanto naquela ocasião como mais tarde, quando Set encontrou o cadáver que havia sido descoberto e que fora novamente escondido, e o espostejou em catorze pedaços, que Ísis teve de procurar outra vez? Quem senão eu, Anúbis, filho da esposa ilegítima, fruto do assassinado, que estive sempre ao lado de Ísis na sua peregrinação e na sua busca, e, enquanto ela vagava errante, punha o braço em volta do meu pescoço para se apoiar em mim, e nós nos lamentávamos juntos: 'Onde estás, braço esquerdo do meu deus formoso, e tu, omoplata, e tu, pé do seu lado direito, onde estás tu, nobre cabeça, e tu, sagrado sexo, que parece irremediavelmente perdido, tanto que nos vemos obrigados a substituí-lo por uma imagem feita de madeira de sicômoro?'."

"Tu falas de maneira obscena", disse Jacó, e tal qual o deus da morte das duas regiões. Anúbis, porém, replicou:

"E tu, aí onde estás, devias ter mais entendimento para tais assuntos, pois és noivo, vais gerar e morrer. No sexo está a morte e na morte o sexo, que é o mistério da câmara da sepultura, e o sexo rompe os laços da morte e se ergue contra a morte, como aconteceu com Osíris, o senhor, sobre quem pairou Ísis na forma de um abutre fêmeo e fez correr o sêmen do morto e coabitou com ele, ao mesmo tempo que ia se lamentando."

"Agora é melhor que eu acorde", refletiu Jacó. E quando ainda pensava em ver o deus levantar-se de cima da pedra e desaparecer, formando uma e a mesma coisa o mover-se e o desaparecer, viu que estava deitado ao relento, sob a cúpula do firmamento estrelado, ao pé do aprisco de seus carneiros. Logo se esvaiu o sonho que tivera com Anúbis, o chacal, e à sua lembrança só aflorava a aventura da jornada pelo deserto e, pouco depois, era essa a única recordação que Jacó guardava do sonho. Mas uma vaga melancolia, agradável de sentir-se, ainda perdurou algum tempo na sua alma, detendo-se naquela Néftis, abraçada por engano, e que contudo andara na companhia de Ísis na sua busca e no seu luto, enquanto esta, a despojada, era acarinhada e amparada por aquele que fora o fruto de um equívoco.

O CASAMENTO

Por essa época Labão e Jacó frequentemente conferenciavam sobre o próximo acontecimento e as comemorações do dia das núpcias, bem como sobre a maneira pela qual Labão tencionava realizar os festejos, ficando então Jacó inteirado de que seu sogro tinha planos ambiciosos e naquela ocasião não ia olhar as despesas.

"Isso vai me custar", dizia Labão, "um bom dinheiro, porque há agora várias bocas a sustentar. Não tenho, porém, de que me queixar, pois não vão mal os negócios, antes vão até bastante bem nestes tempos, e isso graças a várias circunstâncias, entre as quais convém mencionar a bênção de Isaac. Por isso pude pagar mais trabalhadores e comprei duas servas para se virem juntar à abebalhada da Iltani, as quais têm boa figura e se chamam Zelfa e Bala. No dia do casamento vou dá-las às minhas duas filhas, Zelfa a Lia, a mais velha, e Bala à segunda. No ato do casamento ficará sendo tua a serva, dando-a a ti eu de presente, e o preço dela será computado como dois terços da mina de prata, conforme o nosso contrato."

"Abraço-te agradecido", disse Jacó, sacudindo os ombros.

"Mas ainda não é tudo", continuou Labão. "Toda a festa ficará unicamente a meu cargo. Vou convidar gente no Shabbat de longe e de perto e contratar músicos que tocarão e dançarão e vou abater dois novilhos e quatro carneiros, e hei de fartar os convidados com tanta bebida que eles cheguem a ver as coisas aos pares. Isso tudo, bem sei, vai me custar os olhos da cara, mas de bom grado o suporto e não torço o nariz, pois trata-se, nada mais nada menos, do casamento de minha filha. Pretendo ademais dar um presente à noiva que ela deverá usar e que irá alegrar-lhe o coração. Comprei-o há muito de um viajante, custou-me muito dinheiro e tenho-o guardado na arca. É um véu no qual a noiva deverá envolver-se para ser santa para Ishtar e consagrada. Serás tu quem lho levantará. Pode ter pertencido à filha de um rei em tempos idos, tendo servido de veste virginal a uma filha de príncipes, tão artisticamente bordado é todo ele com vários símbolos de Ishtar e Tamuz, e ela, a que não tem mancha, velará sua cabeça nele. Imaculada é ela e deverá ser como uma *enitu*, como a noiva do céu, a quem cada ano na festa de Ishtar os sacerdotes de Babel conduzem até deus na presença de todo o povo, galgam com ela os degraus, passam pelas sete portas, em cada porta vão retirando alguma peça do seu vestuário e dos seus ornamentos, até chegarem à última porta, onde retiram a última peça e levam nua a santa donzela à mais alta alcova da torre Etemenanki. Lá ela recebe o deus sobre o leito na escuridão da noite e é extraordinariamente grande o mistério."

"Hum", murmurou Jacó. Labão arregalara os olhos e estendera os dedos aos lados da cabeça, tomando um ar de santidade que, na opinião do sobrinho, não tinha nada a ver com aquele torrão de argila. Continuou Labão:

"É muito bonito quando o noivo tem uma casa e terreno próprio ou é cercado de grande estima em casa de seus pais, donde ele vem com grande pompa buscar a noiva e levá-la processionalmente por terra ou por água para a sua morada e herança. Tu, porém, como bem sabes, não passas de um foragido sem teto, desavindo com os teus, e moras comigo em minha casa, na qualidade de meu genro, do que eu aliás não estou me queixando. Não haverá cortejo de noivos por terra ou por água, e ficareis aqui depois da festa e da noite nupcial; mas, depois que eu me meter entre vós e tocar em vossas frontes, faremos como é o costume da nossa terra em tais casos e vos conduziremos ao som de cânticos em redor do pátio e até a alcova nupcial. Lá te assentarás na cama e ficarás com uma flor na mão, à espera da noiva. Também conduziremos com tochas e cantos a que é sem mancha. Chegados à porta da câmara nupcial, apagaremos as tochas, eu conduzirei ao pé de ti a consagrada e vos deixarei para que tu lhe entregues a flor no escuro."

"É esse o costume e é conforme à lei?", perguntou Jacó.

"Aqui e em toda a redondeza, tu o dizes", retrucou Labão.

"Então também eu o aprovo", respondeu Jacó. "Suponho que haverá também uma tocha a arder ou uma lampadazinha com um pavio, para que eu possa enxergar minha noiva quando tiver de lhe entregar a flor e também depois."

"Cala-te!", bradou Labão. "Pudesse eu saber o que trazes no espírito com esse teu modo impudico de falar, exprimindo-te assim diante do pai, para quem é sumamente penoso levar sua filha a um homem que a irá despir e dormir com ela. Ao menos na minha presença, cabe segurar tua língua torpe e refrear dentro de ti tua extrema concupiscência! Não te bastam tuas mãos e queres ainda engolir a pura donzela com teus olhos para aguçar tua lascívia na vergonha dela, na sua virgindade trêmula? Guarda respeito diante do mistério da alta torre!"

"Perdoa-me!", disse Jacó, desculpando-se. "Não havia nos meus pensamentos tanta impureza como a que soa na tua boca. Eu folgaria de poder ver minha noiva com os meus olhos, mas uma vez que o costume local é tal como tu mo descreveste, ficarei satisfeito por enquanto."

E assim chegou o dia da plenitude do esplendor, chegou o dia da boda, e em casa de Labão, o adiantado criador de carneiros, e no seu terreiro matavam-se animais, fervia-se, assava-se, fabricava-se cerveja, tudo andava numa roda-viva, tudo era movimento e barulho, todos os olhos vertiam lágrimas com a fumaça do lume que crepitava debaixo das panelas e no interior dos fornos. Labão poupava carvão e alimentava o fogo quase que só com espinheiro e estrume. O dono e a dona da casa e todas as pessoas que moravam sob o mesmo teto, sem excetuar Jacó e os escravos, tudo se azafamava no trabalho, a fim de fazer uma recepção condigna a tantos hóspedes e preparar-lhes o banquete. A boda devia durar sete dias e durante todo esse tempo deviam ser inesgotáveis as provisões de boca, constando de bolos e roscas, sopas grossas, pão de peixe, purés e papas de leite, cerveja, caldo de frutas e bebidas espirituosas, sem falar no carneiro assado e no lombo de vaca. A não ser assim, não teriam fim as troças e palavras malévolas em referência à casa. Enquanto trabalhavam, iam entoando cânticos a Uduntamku, o Gordo, o deus da pança, a divindade que presidia aos festins. Todos cantavam e todos trabalhavam nos preparativos: Labão, Adina, Jacó e Lia, a vadia Iltani, Bala e Zelfa, criadas das filhas, Abdcheba, o homem de vinte siclos, e os escravos recentemente comprados. Os filhos tardios de Labão, vestidos de camisolinha, corriam tumultuosamente por entre a azafamada turba, escorregavam no sangue, enxovalhando-se todos, o que fazia os pais torcerem-lhes as orelhas, arrancando-lhes uivos de chacal. Só Raquel ficava em casa, quieta e desocupada, pois agora não podia ver o noivo nem ser vista por ele, e examinava o custoso véu, presente de seu pai, que ela devia usar na festa. Era esplêndido de ver--se, um espécime magnífico das artes de tecer e bordar. Parecia até uma sorte imerecida a circunstância feliz que viera introduzir na casa de Labão e na arca deste uma preciosidade como aquela. O que a vendera por preço tão inferior devia estar realmente premido pela necessidade.

Era grande e largo, destinado a usar-se externamente e também como vestido de baixo, com mangas amplas para enfiar os braços quando se quisesse; o feitio era tal que podia uma parte dele ou ser estendida de modo que cobrisse a cabeça ou envolvê-la e aos ombros ou deixá--la cair pelas costas. Não conseguiam as mãos tomar-lhe o peso certo, pois que era leve e pesado ao mesmo tempo, variando ainda o peso em diferentes lugares. O fundo era de um azul desmaiado, tecido com tal finura que fazia pensar num sopro de ar que por ali tivesse passado, um nada vaporoso que uma mão podia conter e apertar e que, no entanto, pesava muito aqui e ali por causa dos desenhos bordados que o cobriam com as suas cores brilhantes, faiscantes, e que eram uma obra perfeita e bela, em ouro, prata e bronze, e em todos os tons imagináveis: branco, púrpura, rosado e azeitonado, branco e preto a um tempo, tudo isso mesclado e fundido como pinturas em lustroso esmalte. E que desenhos e que pinturas! Aqui estava Ishtar-Mami, em várias formas, uma minúscula figura nua, apertando com as mãos ambos os seios dos quais jorrava leite, e tendo aos lados o Sol e a Lua. Por toda parte se via a estrela de cinco pontas de variegadas cores, que significa "deus". A pomba, ave da deusa-mãe do amor, estava tecida quase que só em fio de prata. Gilgamesh, o herói, dois terços deus e um terço homem, era representado estrangulando um leão na curva do braço. Podia-se ver o casal de escorpiões humanos que nos confins da Terra guardava o portão pelo qual passa o Sol ao imergir no mundo inferior. Distinguiam-se vários animais, em certa época amantes de Ishtar e por ela metamorfoseados: um lobo, um morcego, o mesmo que outrora fora Ishullanu, o jardineiro. Mas o pastor Tamuz, seu primeiro companheiro na sensualidade, e por quem ela resolvera chorar cada ano, estava figurado num pássaro brilhante. Não faltava o flamívomo touro do céu, a quem Anu mandara contra Gilgamesh porque por este Ishtar suspirava em vão e se desentranhara em férvidas queixas. O vestido escorregava por entre os dedos de Raquel: via um homem e uma mulher sentados a cada lado de uma árvore, estendendo as mãos para o fruto, enquanto uma cobra se erguia por trás da mulher. Lá se via bordada outra árvore, essa sagrada, tendo a cada lado dois anjos barbados que a tocavam com escamosas pinhas masculinas para a fazerem frutificar, enquanto por cima da árvore da vida pairava o emblema feminino rodeado pelo Sol, pela Lua e pelas estrelas. Havia ainda frases entretecidas no véu, com sinais cuneiformes deitados, em pé ou inclinados. Raquel decifrou: "Tirei minha túnica, devo pô-la de novo?".

Lá estava ela entretida com aquela trama brilhante e variegada, o esplêndido vestido e véu; envolvia-se nele e fazia alguns movimentos a ver como lhe ficava, achando sempre novos modos de panejar sua transparência tão rica de imagens. Foi assim enganando o tempo enquanto esperava e os demais preparavam o festim. Às vezes recebia visitas de sua irmã Lia, que também experimentava sobre o seu corpo as belezas do véu, depois sentavam-se juntas, afagavam-se uma à outra, misturando aos afagos as lágrimas. Por que choravam? Só elas o sabiam. Nós diremos, por enquanto, que cada uma chorava pelos próprios motivos.

Quando Jacó se punha a cismar, com o olhar vago, e voltavam e se tornavam vivas no seu espírito todas as histórias que se lhe haviam gravado nas linhas do semblante, impondo à sua vida uma carga de que ele não se envergonhava, quando se lhe faziam presentes esses casos, como no dia em que ele e seu irmão gêmeo de pelo ruivo haviam enterrado o pai — então havia um dia e um caso que possuíam mais do que todos os outros esse dom de se tornarem presentes, tendo-lhe infligido uma derrota tão terrível para os seus sentidos e tão humilhante para os seus sentimentos, que durante muito tempo sua alma não conseguiu sobrepujá-la e só recobrou a fé em si mesma com a chegada de um sentimento, que era como um renascimento e uma ressurreição daqueles outros que haviam sido tão cruelmente espezinhados. Mais presente, digo eu, que todas as demais se lhe fazia a história do dia do seu casamento.

Toda a gente da casa de Labão tinha lavado a cabeça e os membros na água do tanque abençoado, ungido a própria pessoa e frisado os cabelos conforme o gosto de cada qual, vestido suas roupas de gala e queimado muito óleo perfumado, a fim de receber, exalando suaves odores, os convidados que se aproximavam. Estes vinham a pé, no lombo de burros, em carros puxados por bois e mulas, só homens ou homens com mulheres e mesmo com crianças, quando estas não tinham com quem ficar em casa. Eram os camponeses e criadores de gado das redondezas, também eles ungidos, frisados e vestidos com as suas melhores roupas, gente igual a Labão, com os mesmos hábitos de vida e o mesmo modo de pensar. Saudavam, levando a mão à testa, indagavam da saúde de todos e iam-se espalhando, uns pela casa, outros pelo terreiro, ficando estes em volta de caldeiras ferventes, amesendando-se aqueles à sombra. Depois de lhes ter sido derramada água sobre as mãos, aprestaram-se, com significativos estalidos dos lábios, a iniciar o longo repasto, não sem antes invocarem Schamash e elogiarem Labão, pai da noiva e anfitrião dadivoso. O banquete estava sendo servido no pátio externo da casa, entre os depósitos, bem como no interno em redor do altar, no terraço da casa e nas galerias de madeira. Em volta do altar estavam agrupados os músicos contratados por Labão em Harã; tocavam harpas, tambores e címbalos e também dançavam. O dia estava ventoso e mais ainda a tarde. Nuvens deslizavam na frente da lua, velando-a completamente de quando em quando, o que para muitos dos presentes era de mau agouro, bem que eles não ousassem manifestar essa sua opinião. Era uma gente simples que não fazia distinção entre o escurecimento total e a passagem de uma nuvem pela face da lua. Um vento quente invadia, gemendo, todas as dependências, encanava pela chaminé dos depósitos, esfuziava, zunindo, por entre os altos choupos, e remoinhando, entre os cheiros ativos que se exalavam das iguarias, os perfumes dos almiscarados convivas e a fumaça que se desprendia das panelas e caldeirões, os misturavam todos em rajadas de vapor e parecia querer levar de assalto as chamas das trípodes, sobre as quais ardiam folhas de nardo e resina de budulhu. Quando Jacó se lembrava do dia de seu casamento, infalivelmente acudia às suas narinas aquela mistura, trazida pelo vento, de especiarias, suor e carne assada.

Ele tomara assento com a família entre vários convidados no quarto superior, onde sete anos antes pela primeira vez partira o pão com seu desconhecido parente; sentara-se com o dono da casa, sua fecunda esposa e suas filhas a uma mesa repleta das mais variadas sobremesas e guloseimas, pães doces e tâmaras, pepinos e alho, e brindava os convivas, que erguiam seus copos para ele e para Labão. Raquel, a noiva a quem dentro em pouco ia receber como esposa, estava sentada a seu lado e Jacó de quando em quando beijava a fímbria do véu que a envolvia nas suas dobras cheias de figuras. Ela não o levantara para comer ou beber. Parecia que a consagrada fora para a mesa com a fome saciada. Ali estava quieta e calada, limitando-se a inclinar, submissa, a cabeça coberta quando seu véu era osculado. Jacó também estava calado e absorto, tinha uma flor na mão, um galho florido de mirto colhido no bem regado jardim de Labão. Bebera cerveja e vinho de tâmara e seus sentidos estavam um pouco toldados; sua alma não podia nem soltar-se para o pensamento nem despertar para a observação e sentia-se pesada no interior do corpo ungido, e seu corpo era sua alma. Gostaria de poder pensar, de poder compreender como seu Deus permitira que tudo aquilo sucedesse: como tinha posto no caminho do fugitivo a amada, a criatura humana a quem bastou que ele viesse para elegê-la o seu coração e amá-la no tempo e na eternidade, com um amor que a ultrapassava para se projetar nos filhos que esse mesmo amor iria gerar. Procurava alegrar-se com a vitória que alcançara sobre o tempo, sobre aquele tempo difícil da espera que lhe fora imposta, ao que parecia, em castigo pela ruína de Esaú e pelo amargo pranto deste. Queria depositar aos pés de Deus, entre agradecimentos e louvores, esse triunfo que ao Senhor pertencia. Deus, servindo-se dele e da sua diligente paciência, domara o tempo, esse monstro de sete cabeças, como outrora o dragão do caos, de maneira que o que fora apenas desejo íntimo e espera era agora o presente, e Raquel ali estava ao seu lado envolvida no véu que dentro em breve lhe seria dado a levantar. Procurava tomar parte nessa alegria da sua alma. Mas dá-se com a alegria o que se dá com a espera dela; quanto mais tempo uma pessoa espera, menos pura é a alegria, mais ela se apresenta cheia de atividades práticas e de necessidades da existência. E quando vem essa alegria tão ativamente esperada, não é ela feita da matéria divina, senão que se tornou corporalmente presente e tem peso material, como toda a existência. É que a vida do corpo nunca é pura beatitude, mas uma mistura, parcialmente desagradável, e, se a alegria se torna a vida do corpo, a alma se torna outro tanto e não é mais outra coisa senão o corpo, com os poros nadando em óleo, a que pertence agora aquela beatitude, outrora distante.

Jacó, ali sentado, com as pernas estendidas pensava no seu sexo, de que aquela alegria se tornara agora propriedade, e que dentro em pouco ia, nas sagradas trevas da alcova nupcial, dar uma prova do seu poder. Sua alegria era a alegria do casamento e uma festa de Ishtar; era celebrada com excessos de comida e bebida, tendo ainda a rodeá-la os odores de mil especiarias, ao passo que noutro tempo fora uma coisa de Deus, em cuja mão repousava. E como noutro tempo Jacó se afligira com a espera, sendo obrigado a esquecê-la engolfando-se na vida e na atividade, assim agora se afligia por causa de Deus, que era o Senhor da vida e de todo o futuro tão suspirado, e contudo, agora que a hora não tardaria a soar, devia ceder seu domínio aos ídolos especiais da parte física, em cujo signo estava essa hora. E por isso Jacó beijou a figurinha nua de Ishtar, erguendo a orla do véu de Raquel assentada ali ao seu lado como uma pura vítima da procriação.

Labão, que estava sentado defronte, inclinou o corpo para a mesa, apoiando sobre ela os braços pesados, e cravou os olhos no genro.

"Alegra-te, filho e filho de minha irmã, porque tua hora está próxima e próximo está o dia da recompensa, no qual te será entregue a paga, conforme a lei e o contrato, pelos sete anos que trabalhaste para a minha casa e meus negócios, a contento do seu chefe. Essa recompensa não consiste nem em bens nem em ouro, mas é uma meiga donzela, minha filha, que teu coração deseja e que possuirás segundo o teu próprio desejo e que te será submissa nos teus braços. Calculo o alvoroço que te vai no peito, pois a hora é grande para ti, é verdadeiramente uma hora de vida que para ti há de ser a maior, tão grande como a hora em que na tenda de teu pai recebeste a bênção, conforme tu mesmo me contaste, homem esperto e filho de uma mulher esperta!"

Jacó não lhe prestava atenção.

Labão, porém, zombou dele com palavras pesadas na presença dos comensais:

"Dize-me, pois, meu genro, ouve-me e responde-me como te sentes. Tremes ante a ventura de abraçar tua noiva? Não sentes o medo que sentiste com aquela história da bênção, quando, com os joelhos a tremer, entraste na tenda de teu pai? Não disseste que de puro medo o suor te corria pelo corpo e tua voz ficou presa na garganta no próprio momento em que ias arrebatar para ti a bênção, tirando-a de Esaú, o maldito? Olha, homem feliz, não vá a alegria privar-te da tua virilidade na hora em que mais precisas dela, que tua noiva poderia levar isso a mal!"

O aposento superior quase vinha abaixo com as risadas, e mais uma vez Jacó sorriu e beijou a imagem de Ishtar a quem Deus entregara àquela hora. Afinal, porém, Labão a muito custo conseguiu pôr-se de pé, cambaleando um pouco, e disse:

"Vamos, pois, que já é meia-noite e eu quero unir-vos."

Os presentes se aglomeraram para verem Jacó e Raquel ajoelhar-se no pavimento ladrilhado diante do pai da noiva e ouvirem Jacó responder às perguntas de acordo com a praxe. Perguntou-lhe Labão se aquela mulher ia ser sua esposa e ele seu marido e se queria dar a ela a flor, ao que Jacó respondeu afirmativamente. Perguntou-lhe se era bem-nascido, se faria rica aquela mulher e fecundo o seu ventre. Jacó respondeu que era filho dos grandes, que encheria o regaço dela de prata e ouro e que a tornaria fecunda como o fruto do pomar. Então Labão tocou a fronte de ambos, colocou-se no meio deles e sobre eles pousou suas mãos. Em seguida disse-lhes que se levantassem e se abraçassem e que então já estavam casados. E restituiu à mãe a consagrada, porém ao sobrinho travou-lhe do braço e o foi levando na frente dos convivas, que se agrupavam atrás, e começaram a cantar. Desceram a escada de tijolo que conduzia ao pátio ladrilhado, e os músicos, levantando-se do seu lugar, puseram-se a andar, tomando a dianteira do cortejo. Seguiam-se rapazes com tochas e, depois destes, meninos de camisolas curtas com turíbulos a balouçar entre as correntes. Conduzido por Labão, Jacó vinha andando por entre aquela nuvem de grato aroma, segurando na mão direita o galho florido de mirto. Não estava tomando parte nos tradicionais cânticos que se avolumavam em tom à proporção que caminhavam, e só entrou a trautear um pouco depois que Labão o acotovelou e lhe disse que abrisse a boca. Quanto a Labão, cantava com voz de baixo profundo e sabia todos os cânticos de cor; eram cantigas sentimentais e amorosas, tendo por assunto um par de namorados que estavam para contrair matrimônio e com impaciência aguardavam a grande hora. Falavam da procissão que partia do deserto como colunas de fumaça perfumada de mirra e alfazema e aludiam ao noivo que vinha vindo, com a coroa com que o coroara sua mãe no dia de sua boda. Tudo isso se referia ao cortejo que no momento serpeava pelo pátio, porém as alusões não quadravam a Jacó, porquanto sua mãe estava muito longe dali, ele era um fugitivo e não estava levando a amada à casa da mãe dele para introduzi-la no quarto daquela que o havia gerado. Justamente por essa razão, ao que parecia, Labão cantava com mais gosto, glorificando o que na realidade deveria ser, em presença do que estava sendo, para que Jacó pudesse sentir a diferença. Depois falava o noivo, no canto, e a noiva dava uma resposta inflamada e cantavam alternadamente coisas de uma paixão arrebatada, de mútuo louvor e anelo. Fora-lhe recentemente preparado o tálamo na alcova artesoada; um ao outro apontavam o caminho que lá ia ter, prometendo-se reciprocamente o maior prazer na união do seu amor trescalante a nardo. A mão esquerda do esposo ficaria debaixo da cabeça dela e sua destra a abraçaria, e mais doce que o vinho das encostas seria o seu amor mútuo. Era o que um dizia ao outro no canto, encarecendo cada qual, na mais embriagadora linguagem, os encantos do outro.

E finalmente pediam aos presentes que não arrancassem àquele sono de delícias nem a noiva nem o noivo até que estes por si mesmos despertassem. Nesse sentido imploravam a todos no cântico, pelos cabritos-monteses e pelas corças dos campos, e todos lhe apoiavam de coração as palavras, caminhando e cantando; até os meninos turiferários cantavam com prazer, ainda que não percebessem o alcance do que diziam. E assim marchavam processionalmente, na noite ventosa e quase sem lua, em redor do vasto terreno de Labão, uma e duas vezes, e passaram em frente à casa e em frente à porta principal feita de madeira de palmeira. Labão, precedido pelos músicos, chegou defronte do quarto nupcial do andar térreo, que tinha igualmente uma porta, e introduziu Jacó segurando-lhe a mão. Com tochas estabeleceu uma claridade suficiente para Jacó poder orientar-se no interior da alcova e distinguir a posição da mesa e da cama. Depois Labão desejou-lhe bênção para a sua virilidade e voltou a reunir-se com o povo que se aglomerava na entrada. Foram-se todos, cantando como quando tinham vindo, e Jacó ficou sozinho.

Muitos anos mais tarde, já na idade provecta, e mesmo no leito de morte, onde ainda falou com solenidade a respeito do assunto, de nada Jacó se lembrava com maior clareza do que aquela sua espera no escuro do aposento nupcial, varado por uma corrente de ar, porque o vento da noite penetrava pelas aberturas das janelas debaixo do teto, vindo também do lado do terreiro por diferentes frinchas, agitando tapetes e colgaduras com que, conforme Jacó vira à claridade das tochas, tinham decorado as paredes, e fazendo um barulho característico. Era o quarto que ficava por cima do arquivo e do jazigo da família, com os *terafins* e os recibos. Jacó pôde perceber com os pés, através do fino tapete ali colocado, a argola do pequeno alçapão pelo qual se descia à adega. Tinha visto o leito e com as mãos estendidas para a frente a tatear se dirigira até ele. Era a melhor cama da casa, uma das três. Labão e Adina haviam se assentado sobre ela naquela primeira refeição sete anos antes. Era um sofá com pés revestidos de metal, tendo para descanso da cabeça um encosto de bronze polido. Tinham colocado cobertas de cama sobre a armação de madeira e linho fino sobre elas, conforme Jacó pôde sentir, e almofadas à cabeceira. Mas era uma cama estreita. Na mesa ao lado havia cerveja e um pouco de comida. Havia ainda no quarto dois tamboretes estofados, e na cabeceira da cama duas lâmpadas, mas estavam desprovidas do óleo.

Jacó apalpou as lâmpadas e verificou que estavam secas, enquanto lá se achava ele exposto ao vento e no escuro e lá fora o cortejo se movimentava em busca da noiva, enchendo a casa e o pátio com o rumor dos cânticos e das passadas. Sempre conservando a flor na mão, sentou-se na cama e pôs-se a escutar. A procissão saía outra vez da casa, com as harpas e os címbalos na dianteira, trazendo Raquel, sua amada, a quem pertencia todo o seu coração, e lá vinha ela envolta no véu. Labão a conduzia pela mão como fizera com Jacó; talvez lá estava também Adina, e a música dos cânticos epitalâmicos aumentava de volume e depois aos poucos sumia. Por fim, ele ouviu as palavras:

> *Meu amado é meu, é todo meu.*
> *Sou um jardim fechado, cheio de aprazíveis frutos*
> *e de aromas das mais delicadas especiarias.*
> *Vem, ó amado, ao teu jardim.*
> *Come os frutos saborosos, refrigera-te com*
> *o sumo que deles mana!*

Os passos dos cantores vieram morrer à soleira da porta e esta abriu-se um pouco, de modo que chegaram ao aposento com mais nitidez alguns trechos da música e algumas vozes, depois já lá estava no interior a donzela velada, que fora introduzida por Labão, o qual rapidamente fechou a porta, ficando os dois sós e no escuro.

"És tu, Raquel?", perguntou Jacó depois de um intervalo, tendo antes esperado que se afastassem os que estacionavam em frente à porta... Sua pergunta tinha o mesmo alcance daquela que dirigimos a uma pessoa que acaba de chegar: "Voltaste da tua viagem?". O viajante está ali em carne e osso, sendo, pois, vã essa pergunta que só fazemos para que ele ouça alguma coisa. Ele, naturalmente, nada responde e apenas sorri. Jacó percebeu que ela inclinava a cabeça, percebeu-o pelo frêmito e pelo ligeiro farfalhar do véu levíssimo.

"Minha pequena muito amada, minha rolinha, menina de meus olhos, coração do meu peito", disse ele com ardor. "Está tão escuro e venta tanto... Eu estou aqui sentado na cama, e se tu não a viste ao entrar, digo-te que ela está em linha reta para quem entra e depois um pouco para a direita. Vem, pois, mas não vás esbarrar na mesa, que podes magoar tua delicada pele e também entornar a cerveja. Não tenho sede de beber cerveja, só tenho sede de ti, minha romã. Como é bom terem te trazido até aqui para mim e não ter eu de ficar mais sozinho no vento. Vens agora? Gostosamente me adiantaria ao teu encontro, mas acho que não posso por ser de lei e de praxe que eu te entregue a flor estando aqui sentado, e embora ninguém nos veja, bom é que sigamos à risca o que está prescrito, para assim podermos de fato estar bem-casados como tem sido o nosso firme desejo durante tantos anos de espera."

Esses pensamentos o assoberbaram e chegou a faltar-lhe a voz. Ficou à mercê das recordações daquela espera que aguentara, ora com paciência, ora com impaciência, em atenção àquela hora, e essas lembranças o comoveram até o fundo d'alma. O pensamento de que ela também esperara com ele e agora por sua vez se via atingindo a meta de seus desejos despertou-lhe no espírito as mais gratas emoções. Assim é o amor quando é completo: comoção e volúpia ao mesmo tempo, ternura e desejo. E, enquanto a comoção arrancava lágrimas dos olhos de Jacó, ia ele ao mesmo passo sentindo a efervescência da sua virilidade.

"Aqui estás", disse ele, "achaste-me no escuro como eu te achei depois de mais de dezessete dias de viagem, quando vinhas com os teus carneiros e disseste: 'Oh! Um desconhecido!'. Então escolhemo-nos um ao outro entre os homens e servi por tua causa sete anos e agora o tempo jaz aos nossos pés. Minha corça e minha pomba, eis aqui a flor! Tu não a vês nem a encontras, por isso vou guiar a tua mão até o ramo para que possas pegar nele; eu dou-to e assim somos uma coisa só. Mas tua mão eu conservarei, pois que a amo tanto e amo os ossos do teu pulso com que estou tão familiarizado que o reconheço mesmo na escuridão, e tua mão é para mim como tu mesma e como teu corpo todo, que é como um feixe de trigo engrinaldado de rosas. Minha irmã, meu amor, reclina-te aqui ao meu lado, que de tal modo me ajeitarei que haja espaço para dois e até para três, em sendo preciso. Quão bom é Deus que nos permite estarmos juntos e sós, estando tu ao pé de mim e eu ao pé de ti! Só a ti amo por causa do teu semblante que agora não posso ver mas que vi milhares de vezes e beijei por puro amor, pois é tua formosura que coroa teu corpo como se fosse com rosas, e quando penso que és Raquel, com quem tenho estado tantas vezes, mas nunca assim, e que esperei por ti e tu por mim e ainda agora esperas por mim e pela minha ternura, invade-me uma ventura mais forte que eu e me subjuga. Envolve-nos uma escuridão mais espessa que esse teu véu que te envolve a ti, ó puríssima, e a escuridão nos venda os olhos, de sorte que eles nada veem na sua frente e estão cegos. Mas são só eles, graças a Deus, e mais nenhum outro dos nossos sentidos, pois ouvimos um ao outro quando falamos e já não pode nos apartar a escuridão. Dize-me, minha alma, estás também tu enlevada com a magnitude desta hora?"

"Amado senhor, tua sou com enlevo", disse ela brandamente.

"Quem falou isto podia ter sido Lia, tua irmã mais velha", respondeu ele. "Naturalmente não por causa do sentido, mas no modo de falar. Na verdade são muito parecidas as vozes das irmãs e as palavras lhes saem da boca com o mesmo som. É que o mesmo pai as gerou na mesma mãe e elas se distinguem um pouco pela idade e se movem com movimentos diferentes, mas são uma mesma coisa no ventre de sua origem. Vê tu, estou com um pouco de medo das minhas palavras cegas, porquanto eu levianamente disse que as trevas não têm poder sobre a nossa fala, e, no entanto, sinto afinal de contas que elas exercem uma influência poderosa em minhas palavras e se engolfam dentro delas, de modo que chego a tremer um pouco diante dessas mesmas palavras. Alegremo-nos com a distinção que tu és Raquel e eu Jacó e não, por exemplo, Esaú, meu irmão vermelho! Meus antepassados e eu, junto aos rebanhos, meditamos muito na pessoa de Deus, e em quem é ele, e nossos filhos e os filhos de nossos filhos nos imitarão nas nossas reflexões. Mas nesta hora vou dizer e tornar claras as minhas palavras, para que a treva se afaste delas: 'Deus é a distinção!'. E assim agora ergo o teu véu, ó minha amada, para que eu possa te ver com mãos que veem, e ponho-o cuidadosamente sobre esta cadeira que aqui está, pois ele é inestimável com os seus desenhos e passará de uma geração a outra e será usado por um sem-número de pessoas amadas. Aqui estão os teus cabelos pretos e graciosos, que eu conheço tão bem. Conheço-lhes a fragrância inconfundível, levo-os aos meus lábios, e que poder têm as trevas sobre eles? Elas não podem interpor-se entre meus lábios e teus cabelos. Aqui estão os teus olhos, uma noite a sorrir dentro de outra, aqui suas delicadas órbitas e aqueles lugares macios debaixo delas, de onde tantas vezes afastei com meus beijos as insofridas lágrimas, de que ficavam embebidos os meus lábios. Aqui estão tuas faces, lisas como frouxel e como a mais preciosa lã de cabras vinda de terras estrangeiras. Aqui teus ombros, que às minhas mãos se afiguram maiores do que os vejo de dia, aqui teus braços, aqui..."

E emudeceu. Depois que suas mãos videntes largaram o rosto da noiva e lhe acharam o corpo e a pele do corpo, Ishtar os transpassou a ambos até a medula, o touro do céu resfolegou e o seu hálito foi como os hálitos de ambos que se misturavam. E toda aquela noite de vento Jacó achou a filha de Labão uma companheira ideal, grande no prazer e potente para conceber, recebendo-o ela muitas e repetidas vezes, que eles não contaram mas que os pastores, cantando ao desafio, diziam ter sido nove.

Mais tarde dormiu no chão ao lado dela, porque a cama era estreita e ele quis-lhe dar lugar e conforto para o seu descanso. Estendeu-se ao lado da cama, com a face encostada à mão da esposa, que pendia do leito. Raiava a manhã. Com seu vermelho pálido aparecera ela silenciosa diante das janelas e pouco a pouco foi inundando com a sua claridade o aposento nupcial. Quem primeiro despertou foi Jacó, com a luz a coar-lhe pelas pálpebras e com o silêncio reinante, pois a festança continuara pela noite a dentro, com muito riso e algazarra na casa e no terreiro, e só pela madrugada, quando já dormiam os recém-casados, é que se estabelecera a calma. Também sua posição não era muito cômoda, embora a suportasse com alegria, e assim com facilidade acordou. Mexeu-se e sentiu-lhe a mão, lembrou-se de tudo e voltou o rosto para beijá-la. Depois levantou a cabeça para contemplar sua amada que dormia. Ainda estremunhando e com os olhos pegajosos, sem grande disposição de fitar os objetos, olhou para ela. E era Lia.

Baixou a vista e sacudiu a cabeça com um sorriso. "Ah!", pensou ele, enquanto ainda assim um calafrio lhe percorria o corpo, indo parar na boca do estômago, "que loucura, que miragem já com o dia claro! As trevas dançavam na frente de meus olhos e agora que eles de fato se descerraram, enxergam coisas absurdas. Uma irmã será tão misteriosamente parecida com a outra? E essa semelhança se revelará então durante o sono delas, embora não exista nenhuma parecença nas suas feições? Deixem-me olhar de novo!"

Mas não olhou porque receou fazê-lo, e o que ele lá estava a dizer com os seus botões não era mais que um balbuciar desorientado. Vira que ela era loura e tinha o nariz um tanto vermelho. Esfregou os olhos com o nó dos dedos e, ainda que relutante, olhou. Era Lia que ali estava a dormir.

As ideias embaralharam-se-lhe tumultuosas no cérebro. Como viera Lia parar ali, e onde estava Raquel, que tinham trazido para junto dele e a quem conhecera naquela noite? Levantou-se cambaleando e recuou até o meio do quarto. Aí estacou, metido na sua camisola, com as faces entre os punhos cerrados. "Lia!", berrou com a voz estrangulada. Ela sentou-se de golpe na cama, piscou, sorriu e baixou as pálpebras como ele a tinha visto fazer tantas vezes. Um ombro e um dos seios estavam descobertos, eram alvos e formosos.

"Jacó, meu marido", disse ela, "seja como meu pai determinou. Ele assim o quis e assim o dispôs, e os deuses vão nos dar motivos pelos quais tenhamos de agradecer a ele e a eles."

"Lia", gaguejou ele e apontou para a própria garganta, peito e testa, "desde quando és tu?"

"Fui sempre eu", respondeu ela, "e fui tua esta noite desde que me embrulhei no véu. E fui sempre terna contigo e afetuosa como Raquel, desde que te vi do teto. E não te provei isso mesmo durante toda esta noite? Dize tu próprio se eu não te servi tão bem como poderia fazê-lo uma mulher e se não fui forte no desejo! E tenho íntima certeza que concebi de ti, que será um filho varão, forte e valente, e nós o chamaremos Rúben."

Então Jacó pôs-se a refletir em como era possível tê-la tomado por Raquel naquela noite, encaminhou-se para a parede, encostou aí o braço e reclinando nele a fronte chorou amargamente.

Nessa posição ficou algum tempo, dilacerado por suas emoções, e vinha-lhe repetidas vezes à ideia como tinha acreditado nela e a conhecera, como toda a sua alegria tinha sido impostura e a hora da realização se transformava na da vergonha. E para isso servira ele tanto tempo e o vencera! Tinha a impressão de que lá no seu íntimo o estômago e o cérebro se lhe revolviam. Seu desespero não conhecia limites. Lia não sabia mais o que dizer e também chorava de quando em quando como fizera na véspera com Raquel. É que viu quão pouco tinha sido ela a que o havia tantas vezes recebido, e a única coisa que lhe vinha reconfortar o peito era pensar que ela ia agora com toda a probabilidade ter um lindo filho de nome Rúben.

Depois ele a deixou e saiu precipitadamente do quarto. Quase ia tropeçando nos que dormiam em cada canto, pela casa e pelo pátio, na desordem em que os havia deixado o festim, em cobertores uns, outros em esteiras ou no chão nu, todos a cozer a bebedeira. "Labão!", berrava ele, ao mesmo tempo que ia saltando por cima de vultos que emitiam grunhidos de mau humor, se espreguiçavam e recomeçavam a roncar. "Labão!", repetiu um pouco mais calmo, pois que o tormento, a amargura e o feroz desejo de ajustar as contas não haviam lhe amortecido de todo a consideração para com os que ali repousavam, àquela hora matinal, após o tremendo rega-bofe de há pouco. "Labão! Onde estás?" E parou em frente à porta do quarto do patrão, que lá estava a dormir com sua mulher Adina, bateu e gritou: "Labão, vem aqui fora!".

"Que é?", disse Labão do lado de dentro. "Quem me chama tão cedo assim, depois de eu ter bebido?"

"Sou eu. Tens de vir aqui fora!", berrou Jacó.

"Oh! Deveras?", disse Labão. "Com que então é o meu genro que chama e diz, como diria uma criança: 'sou eu', como se fosse possível identificar-se com isso? Mas conheço a voz e saio já para ouvir o que é que ele tem para me dizer assim de madrugada, justamente agora que eu estava no melhor do sono." E lá apareceu ele, de camisola, com o cabelo revolto, estremunhado.

"Eu estava dormindo", repetiu, "e era um sono tão bom e que me estava fazendo tanto bem. Como é que não dormiste ou não procedeste de acordo com o teu novo estado?"

"É Lia", disse Jacó com os lábios a tremer.

"Pois que dúvida!", retrucou Labão. "E tu me tiras, de manhã cedo, de um sono reparador e depois de tantas libações, para me vires dizer uma coisa que eu sei tão bem como tu?"

"Dragão, tigre, homem diabólico!", bradou Jacó fora de si. "Venho dizer-te não para ficar sabendo, mas para mostrar-te que eu sei e para, torturado como estou, pedir-te uma explicação."

"Antes de mais, vai tomando cuidado com essa tua voz!", disse Labão, "e vê se a abaixas o máximo possível! Tenho de ser eu a exigir-te respeito, se não levas em contas o que as circunstâncias impõem. Pois não só sou teu tio e sogro e patrão ainda por cima, contra o qual não fica bem estares a gritar como um assassino, mas deves reparar também que a casa e o terreiro estão cheios de hóspedes meus que dormem a sono solto e que mais tarde vão sair comigo para caçar e se entreter no deserto e nos juncais dos brejos, onde poremos armadilhas para os pássaros, para a perdiz e a abetarda, ou mataremos um javali para fazer nossas libações sobre ele. Para tanto estão os meus hóspedes fortalecendo-se no sono, que para mim é sagrado, e mais para tarde vamos continuar a beber. Quanto a ti, quando no quinto dia saíres do quarto nupcial, te reunirás a nós nos prazeres da caça."

"Não há caça que me possa oferecer atrativos", respondeu Jacó, "pois não se acham para aí voltados os meus sentidos, que tu puseste em tal desordem e encheste de tanta vergonha que eles estão a bradar da terra para os céus. Porque tu me enganaste além de qualquer limite, com crueldade e desfaçatez, introduzindo furtivamente Lia, tua filha mais velha, no meu aposento, em lugar de Raquel, por amor de quem eu te servi. Que devo eu agora fazer contigo e comigo?"

"Escuta aqui", disse-lhe Labão, "há umas palavras que era melhor que não pusesses na boca e não as soltasses alto, porquanto lá na terra de Amurru reside, segundo sei, um homem cabeludo que chora, carpe seus pelos e anda à tua procura para te matar. Esse, sim, pode falar em embuste. É desagradável ter um homem de corar em lugar de outro homem que devia envergonhar-se e não se envergonha de si mesmo, e é o que se passa neste momento entre ti e mim por causa das tuas mal escolhidas palavras. Tu dizes que eu te traí? Em que sentido? Levei para junto de ti alguma noiva que já não fosse pura e que fosse indigna de subir os sete degraus para ter acesso aos braços do deus? Ou levei-te alguma deformada ou mutilada de corpo ou alguma que gritasse com a machucadura que lhe infligiste e que não te fosse prestadia na tua lascívia? Foi dessa maneira que eu te traí?"

"Não", disse Jacó, "não dessa maneira. Lia é grande no conceber. Mas tu abusaste da minha boa-fé e me enganaste dispondo as coisas de tal jeito que não vi e fiquei a noite toda com Lia em vez de ficar com Raquel e dei àquela o meu coração e o melhor da minha energia, do que me arrependo tanto que nem tenho palavras para dizê-lo. Isso, tu, lobo em corpo de homem, me fizeste a mim."

"E a isso chamas embuste e impudentemente me comparas a feras do deserto e a espíritos maus porque me ative ao costume e como homem direito não ousei violar o que é sagrado e tradicional? Não sei como são essas coisas lá na terra de Amurru ou no país do rei Gog, mas na nossa terra não damos a mais moça antes da mais velha. Isso seria esbofetear a tradição e eu sou um homem respeitável e observante da lei. Por isso fiz o que fiz e procedi sabiamente contra tua sem-razão e como um pai que sabe o que é bom para suas filhas. Tu ofendeste rudemente o amor que tenho à minha filha mais velha quando me disseste: 'Lia nada representa para os meus desejos viris'. Acaso não merecias uma lição e uma advertência? Porque acabas de ver se ela representa ou não alguma coisa para os teus apetites viris!"

"Eu nada vi!", acudiu Jacó. "Era Raquel que tinha em meus braços!"

"Sem dúvida, a aurora te provou isso mesmo", retrucou Labão em tom de escárnio, "mas a verdade é que a minha Raquelzinha nada tem de que se queixar. Porque a realidade foi de Lia, porém a intenção foi de Raquel. E agora tenho-te eu ensinado também a intenção para Lia e, seja quem for a que abraces no futuro, dessa será tanto a realidade como a intenção."

"Tu então me darás Raquel?", perguntou Jacó...

"Mais que certo", respondeu Labão. "Uma vez que a queiras e me pagues o preço legal, ela será tua."

Jacó, porém, objetou:

"Para obter Raquel eu te servi sete anos!"

"Sim", respondeu Labão, digno e solene, "serviste-me por uma filha. Se queres agora ficar com a segunda, o que não deixaria de ser-me agradável, tens de pagar outra vez!"

Jacó guardou silêncio. Depois de alguns momentos, disse:

"Obterei o preço da compra e vou ver como posso entrar com o dote. Vou tomar de empréstimo uma mina de prata a alguém com quem tenho feito negócios e igualmente adquirirei presentes para os dependurar no cinto da noiva, pois, como é natural e sem que nisso entrasse a minha vontade, algumas posses sempre vieram ter às minhas mãos no decorrer deste longo tempo, e agora tenho de meu mais do que na ocasião em que pedi pela primeira vez Raquel em casamento."

"Aí voltas tu a falar sem nenhuma delicadeza", respondeu Labão, com solene balançar de cabeça, "e trazes tolamente à baila coisas que seria preferível enterrares no teu peito; devias antes alegrar-te por ficarem calados os demais e não discutirem contigo a respeito delas, em vez de andares aí com um chocalho a dizê-las em voz alta, obrigando os outros a envergonharem-se em teu lugar, já que não te envergonhas por ti mesmo. Não quero ouvir falar de posses inesperadas ou outros escândalos semelhantes. Não aceito de ti prata como dote nem alfaia alguma venha de quem vier, a título de presentes para a noiva. O que tens de fazer é servires-me pela segunda filha o tempo que serviste pela primeira."

"Lobo em corpo de homem!", gritou Jacó, mal podendo conter-se. "E só me darás Raquel depois de outros sete anos?"

"Quem disse tal?", contraveio Labão com ar superior. "Quem foi que fez a mínima alusão a uma coisa dessas? Tu é que estás aí sozinho a alanzoar sem tom nem som, chegando na tua pressa a equiparar-me a um lobisomem. Eu sou pai e não quero que minha filha fique suspirando pelo homem até que ele envelheça. Vai tu agora ocupar o teu posto, guarda a tua semana e a tua honra. Depois, sem bulha nem matinada, te será dada a segunda e tu me servirás como seu marido mais sete anos."

Jacó pendeu a cabeça e não disse palavra.

"Estás calado", continuou Labão, "e não te decides a cair de joelhos diante de mim. Estou curioso de saber se ainda consigo despertar em teu coração o reconhecimento. O fato de estar eu aqui, de manhã cedo, vestido de camisola, com o meu sono interrompido, que tanta falta me faz, a parlamentar contigo, não basta para fazer nascer em ti tal sentimento. Ainda não mencionei que com a segunda filha recebes outrossim a segunda escrava que comprei. A Lia dou Zelfa em dote e Bala a Raquel, e deverão ser incluídos nele dois terços da mina de prata que te dou. Assim tu, que ainda há pouco vivias estéril e sozinho no mato, ficas da noite para o dia com quatro mulheres e com um harém como o do rei de Babel e de Elam."

Jacó continuava calado.

"Ah! Homem cruel", disse ele por fim, suspirando. "Tu não sabes o que me fizeste, não sabes nem pensas nisso, assim o creio, não tens disso a mínima ideia no teu coração de ferro! Malbaratei a melhor parte do meu ser esta noite com a mulher que meu coração não pedia e essa ideia me esmaga assim como dilacera igualmente a recordação da mulher verdadeira a quem era dirigida toda aquela expansão de afetos. E tenho agora de me contentar com Lia a semana toda, e quando já estiver fatigada a minha carne, pois que não passo de um ser humano, quando ela já estiver saciada e minha alma inteiramente entorpecida, incapaz de manifestar sentimentos elevados, então é que me será dada a mulher legítima, Raquel, meu tesouro. E achas isso muito justo. Mas jamais se poderá remediar o que me fizeste a mim, à tua filha Raquel e mesmo a Lia, que lá está sentada na cama em pranto, porque não era a ela que eu tinha no espírito."

"Queres dizer com isso", perguntou Labão, "que, passada com Lia a semana do casamento, não te restará mais potência viril para tornares fecunda a segunda?"

"Isso não, Deus me livre!", respondeu Jacó.

"Então tudo mais são fantasias", concluiu Labão. "Estás satisfeito com o nosso novo contrato e a coisa ficará assim, ou não ficará, entre mim e ti?"

"Sim, assim ficará", disse Jacó e voltou para junto de Lia.

O CIÚME DE DEUS

São essas as histórias de Jacó, escritas na sua fisionomia senil, tais como passavam diante do seu olhar vago que se lhe enredava nas sobrancelhas quando ele se engolfava no seu solene cismar, quer estando só, quer em companhia de outras pessoas. E em tais ocasiões esse olhar as sobressaltava tanto que elas se acotovelavam umas às outras e cochichavam: "Silêncio! Jacó está pensando nas suas histórias!". Muitas delas nós já contamos, exibindo-as no seu verdadeiro aspecto, mesmo algumas que pertencem a uma parte muito avançada da sua vida, como as relacionadas com a volta de Jacó ao Oeste e os acontecimentos que se seguiram. Mas há ainda por preencher dezessete anos ricos em incidentes e episódios, sendo os mais importantes o duplo casamento de Jacó com Lia e Raquel e o nascimento de Rúben.

Mas Rúben era de Lia e não de Raquel. Lia gerou para Jacó o primeiro filho deste, o qual mais tarde perdeu levianamente o seu direito de primogenitura, porque ele era instável como a água. Não foi Raquel que o concebeu e gerou. A noiva do coração de Jacó não apresentou a seu senhor esse filho nem, de acordo com a vontade de Deus, Simeão, Levi, Dã ou Judá ou outro qualquer dos dez, terminando com Zabulon, embora, ao findar a festa nupcial, depois de Jacó ter deixado Lia no quinto dia e buscado distrair-se na caça com os outros, lhe tenha sido dada Raquel, episódio sobre o qual não queremos nos deter mais. Já referimos como foi que Jacó recebeu Raquel; em resultado da chicana de Labão, o demônio, ele primeiro a recebeu na pessoa de Lia, e de fato foi celebrado um duplo casamento, o casamento com duas irmãs, com uma das quais ele realmente se casou e com a outra só na intenção. Neste sentido, que significa "realmente"? De certo ponto de vista Rúben foi filho de Raquel, concebido da união com ela. E, no entanto, ela, que estava tão pronta e tão desejosa, retirou-se vazia, e Lia se arredondava a olhos vistos e toda contente juntava as mãos por cima do seu peso, pondo meigamente a cabeça para um lado e baixando as pálpebras para que não vissem seus olhos tortos.

Ela deu à luz sobre os tijolos, mostrando excelente perícia, pois foi tudo questão de uma hora ou duas, simples brinquedo de criança. Rúben irrompeu como um jorro d'água, e quando Jacó, chamado às pressas, veio do campo onde se procedia a apanha do gergelim, já tinham dado banho na criança, esfregando-lhe sal pelo corpo e envolvendo-a finalmente em cueiros e fraldas. Pôs a mão sobre ela e na presença de todos disse: "Meu filho". Labão fez uma curta alocução apresentando felicitações. Conjurou Jacó a que fosse tão incansável como ele próprio, a que nos próximos três anos acrescentasse anualmente um novo título a seus créditos, e a parturiente gritou jubilosa lá da sua cama que seria prolífica doze anos a eito, sem interrupção. Raquel escutou isso.

Ela não conseguia afastar-se do berço, que estava dependurado do teto por meio de cordéis, de modo que da cama Lia podia embalá-lo com a mão. Raquel sentava-se do outro lado e olhava para a criança. Quando esta chorava, Raquel se levantava e a dava à irmã, que a punha ao peito apojado de leite e intumescido de veias; avidamente contemplava a criança a mamar e via como esta ia ficando rubicunda e inchada de satisfação e, enquanto a olhava, apertava com as mãos seus próprios seios delicados.

"Minha pobrezinha", costumava dizer-lhe Lia. "Não te aflijas, que chegará a tua vez. Olha que tuas perspectivas são muito melhores que as minhas, pois para ti é que estão voltados os olhos do senhor, e por uma vez que ele me procura, a ti ele procura quatro ou seis. E assim como podes falhar?"

Mas fossem quais fossem as perspectivas para Raquel, em Lia, por disposição de Deus, é que elas se vinham realizar, pois mal esta deixou o descanso puerperal, já andava outra vez de esperança, carregando Rúben às costas e Simeão no ventre. O segundo, mesmo começando a desenvolver-se, não lhe causou grande mal, nem a fez gemer o fato de lhe estar ele desfigurando notavelmente o corpo, mas antes se manteve robusta e alegre até o fim e trabalhou no pomar de Labão até chegar a sua hora, quando então se lhe alterou o semblante e ela deu ordens para que lhe arrumassem os tijolos. Veio Simeão ao mundo com a maior facilidade e deu um espirro. Todos o admiraram e Raquel mais que todos, mas que angústia lhe causava admirá-lo! Pois dessa vez a coisa era um pouco diferente; Jacó o gerara com Lia, sabendo bem o que fazia e sem estar enganado; o filho era inteiramente desta, sem sombra de dúvida.

E, enquanto isso, que sucedia à pequenina Raquel? Com que enlevo, com que seriedade ela fixara os olhos de seu primo, com que coragem e animação para a vida! Com quanta confiança ela esperara e sentira que ia dar-lhe filhos que haviam de ser parecidos com eles dois, algumas vezes até gêmeos! E, no entanto, lá se ia ela vazia, enquanto Lia embalava seu segundo filho. Como podia ser isso?

Quando procuramos explicar esse fato melancólico, a única coisa que temos é a letra da tradição. Eis o que ela diz em poucas palavras: "E quando o Senhor viu que Lia era odiada, abriu-lhe o ventre, ao passo que Raquel era estéril". Exatamente por esse motivo. É uma tentativa de explicação, tão boa como qualquer outra, uma hipótese, uma vez que não temos uma informação direta e autêntica de El Shadai a respeito da significação do seu decreto e com certeza não existia nenhuma. Entretanto, seria conveniente rejeitar a interpretação se soubéssemos de uma melhor, mas, uma vez que não sabemos, preferimos considerar essa como perfeitamente certa.

O que em substância há é que essa disposição de Deus não era originariamente dirigida nem contra Raquel nem a favor de Lia. Era antes uma advertência e uma disciplina para Jacó, que por meio dela ficava sabendo que a branda soberania que concedia a seus sentimentos, a arrogância com que os acalentava e publicava não eram vistas com bons olhos por Elohim, embora essa mesma tendência para a seleção, esse entregar-se sem freio a um favoritismo arbitrário, esse orgulho do sentimento que não queria submeter-se a julgamento mas antes exigia que todo o mundo o tomasse pela sua avaliação, pudessem ser atribuídos primordialmente a um protótipo mais elevado de que era de fato a cópia mortal. Devo dizer "embora"? Precisamente pelo fato de que a glorificação que Jacó concedia a seus sentimentos era uma reprodução da outra é que ela foi punida. Quem quer que se aventure a tocar nesse ponto deve tomar cuidado com suas palavras. Mas ainda depois do mais escrupuloso exame das palavras que citamos, não há dúvida que o móbil principal da medida foi o *ciúme* que Deus tem de um privilégio que, como ele procurou dar a conhecer com a humilhação a que submeteu o sentimento de Jacó, reputava como sua prerrogativa exclusiva. Podem levar-me a mal essa interpretação, e hão de arguir que um motivo tão mesquinho e apaixonado como o ciúme não quadra como explicação de decretos divinos. Aqueles, porém, que se escandalizam com a interpretação têm ampla liberdade de considerar o decreto como uma relíquia, espiritualmente não digerida, de estágios antigos e menos disciplinados no desenvolvimento da essência divina — manifestações primitivas que já procuramos explanar alhures, mencionando, por exemplo, o tipo facial de Yahu, guerreiro e regulador das alterações do tempo, senhor de um bando trigueiro de filhos do deserto, seus pretensos soldados, que exibia traços duros e violentos, distintos de quaisquer outros traços sagrados.

O pacto de Deus com o espírito humano atuante em Abrão, o emigrante, era um pacto que tinha em mira a santificação mútua, uma aliança em que a necessidade humana e a divina de tal forma se misturavam que não é fácil dizer-se de que lado, o humano ou o divino, partia o impulso original. Não deixava de ser, em todo o caso, um pacto, cuja existência mostra que a santificação de Deus e a do homem representam um processo duplo no qual ambos estão muito intimamente "ligados". De outro modo, podia alguém perguntar, por que fazer um pacto? A ordem dada por Deus aos homens: "Sede santos como eu sou santo!", pressupõe já a santificação de Deus no homem; o que ela realmente significa é: "Que eu seja santificado em ti e sê tu também santificado!". Por outras palavras, a purificação de Deus ao passar da divindade tenebrosa e violenta à divindade santificada, inclui, se remontarmos até o seu ponto primitivo, a do homem também, no qual ela se consuma por desejo expresso de Deus. Entretanto, esse elo interior entre as duas situações e os fatos de Deus só alcança sua verdadeira dignidade com o auxílio do espírito humano e, por outro lado, o homem só se torna digno com a contemplação da realidade divina e com a referência dessa realidade ao mesmo Deus — precisamente essa combinação eminentemente conubial, essa reciprocidade de relações, selada na carne e garantida pelo anel da circuncisão, torna compreensível que exatamente o ciúme, como sobrevivência do estágio apaixonado e não santificado de Deus, tenha permanecido mais tempo com Ele, quer como ciúme dos ídolos, quer talvez do seu primitivo direito e prerrogativa de exuberância de sentimento — o que é no fundo a mesma coisa.

Com efeito, que outra coisa, a não ser idolatria, foi aquele sentimento irreprimível de um ser humano por outro, que Jacó permitiu a si mesmo ter em relação a Raquel e posteriormente, quiçá mesmo de maneira intensificada, em relação ao primogênito dela? O que se passou entre Jacó e Labão ainda pode, até certo ponto, ser encarado como uma merecida retribuição pelos sofrimentos e pela sorte de Esaú, como um ajuste de contas em relação àquele contra o qual a balança pendera sem nenhuma equidade. Mas por outro lado, quando uma pessoa considera o triste destino de Raquel e se lembra de tudo o que teve de suportar o jovem José, o qual, se por fim logrou imprimir aos acontecimentos uma orientação inteiramente favorável a si, foi porque soube ser fino e muito hábil nas suas relações com Deus e com os homens, essa pessoa se convence sem a menor sombra de dúvida que aqui se trata de ciúme, e ciúme da mais pura água, tomado no seu sentido mais literal, ciúme não puramente geral e dirigido contra uma prerrogativa, mas ciúme altamente pessoal dos objetos do sentimento idólatra, que despertaram nele uma raiva vingadora. Numa palavra, aquilo de que aqui se trata é de paixão. Podemos, se quisermos, dar-lhe o nome de sobrevivência primitiva; o que é fato é que só na paixão a palavra turbulenta do "Deus vivo" é posta à prova e se cumpre. Depois de ouvirmos a história toda, veremos que José, por mais que suas fraquezas o tenham prejudicado, tinha mais compreensão desse Deus vivo e tomava melhor conhecimento dela que o seu progenitor.

A TURBAÇÃO DE RAQUEL

Claro está que a pequena Raquel não sabia de nada disso. Pendurava-se ela ao pescoço de Jacó e chorava: "Dá-me filhos, senão morro!". E ele lhe respondia: "Minha pombinha, que adianta tudo isso? Tua impaciência torna também impaciente teu esposo, que eu jamais pude imaginar que um sentimento desses contra ti viesse aninhar-se em meu coração. Na verdade não há razão para andares continuamente ao pé de mim com rogos e lágrimas. Acaso estou eu no lugar de Deus para negar-te o fruto de teu ventre?".

Declinava de si a responsabilidade, atribuindo-a a Deus, como quem dissesse não ser sua a culpa, tendo ele dado amplas provas de que não merecia censura. Pois não era ele fecundo em Lia? Aconselhar a irmã mais moça a dirigir seus rogos a Deus equivalia a dizer-lhe que a culpa era dela, no que, bem como no trêmulo da sua voz, ele traía sua impaciência. Era natural que se irritasse, porque era toleima da parte de Raquel estar-lhe a implorar uma coisa pela qual ele próprio era o primeiro a suspirar, sem, no entanto, vir culpá-la de se lhe malograrem as esperanças. Todavia, merece escusa a pobre moça, pois, permanecendo estéril, era ela que saía perdendo. Tinha uma índole boníssima, mas aquilo era mais do que sua natureza feminil podia aturar sem sentir inveja da irmã; e a inveja é um dissolvente das emoções, em que infelizmente vem à tona muita coisa além da admiração, e a reação não pode naturalmente ser das melhores. Isso não podia deixar de solapar o sentimento de fraternidade entre as duas e de fato já o tinha feito. A posição materna de Lia era mais vantajosa do que a da infecunda coesposa, cuja aparência era mais a de uma virgem, e a outra seria uma hipócrita se conseguisse ocultar a consciência de sua superioridade. Segundo uma expressão corrente, embora tola, a esposa que tivesse felicitado seu marido dando-lhe filhos era a "amada" e a outra era a "odiada". Essa terminologia era detestável aos ouvidos de Raquel e ainda por cima falsíssima; era muito humano que ela não estivesse contente com o fato, tendo de dar-lhe forma verbal e exprimi-lo. E infelizmente a coisa resultou em que ela deu para aludir, com os olhos a faiscar e o rosto pálido, à nunca disfarçada preferência de Jacó e às suas mais frequentes visitas à noite, ponto, não há dúvida, delicado para Lia, que, quando tocavam nele, cifrava-se a responder com um encolher de ombros o qual equivalia a uma pergunta, esta, por exemplo: e que lhe adiantavam a ela, Raquel, aquelas visitas? E assim foi-se por água abaixo a amizade das irmãs.

Com o coração apertado, ficava Jacó entre as duas.

Labão não via aquilo com bons olhos. Se rejubilava de ver exaltada a filha que Jacó menosprezara, sofria por causa de Raquel e também começava a temer pelo seu bolso. O legislador pusera por escrito que, se uma esposa não tivesse filhos, o sogro devia devolver o preço da compra, pois que tal casamento não passava de um fracasso. Labão tinha esperança de que Jacó não houvesse entendido isso, mas podia vir a sabê-lo qualquer dia, e, quando já não restasse esperança quanto ao caso de Raquel, Labão ou seus filhos se veriam na contingência de ter que pagar a Jacó dinheiro de contado pelos seus sete anos de serviço. Isso dava muito que pensar a Labão.

Por isso, quando no terceiro ano de seu casamento Lia se achava novamente em estado interessante, sendo dessa vez Levi o esperado, e do lado de Raquel não havia nenhum sinal visível, Labão insinuou que certas medidas podiam ser postas em prática. Insistiu mesmo em que se fizesse alguma coisa de positivo e introduziu na conversa o nome de Bala, dizendo que Jacó devia coabitar com ela para que ela gerasse sobre os joelhos de Raquel. Seria um erro supor que a ideia, aliás singela e fácil de ocorrer a qualquer um, tivesse partido de Raquel e muito menos que fosse defendida por ela. Seus sentimentos neste particular se achavam em tal confusão que a única coisa que lhe restava era aquiescer à sugestão e mais nada. É, porém, certo que ela estava em excelentes relações de amizade com Bala, sua escrava, linda criaturinha, ante cujos encantos Lia mais tarde teve de abandonar inteiramente o campo; e sua legítima aspiração à auréola da maternidade dissipou toda e qualquer repugnância natural que pudesse ter sentido, procedendo como em outros tempos procedera seu severo pai e introduzindo no leito de Jacó, com suas próprias mãos, uma substituta.

Propriamente o que se deu foi o contrário: ela conduziu Jacó pela mão para junto de Bala, que se perfumara toda e cuja cabecinha estava nadando num mar de felicidade. Deu na moça um beijo de irmã e disse-lhe: "Uma vez que assim tem de ser, minha querida, fico contente de que sejas tu. Sê mãe de milhares!". O exagero era a simples expressão do seu desejo de que Bala fosse prolífica em lugar de sua senhora. E a escrava imediatamente correspondeu à expectativa, dando parte do seu sucesso à ama, para que esta o dissesse ao marido e aos pais. Nos meses que se seguiram, Bala suportou o crescer do seu corpo com um pouco menos de majestade do que o fizera Lia em relação ao dela, e Raquel, que se mostrara desde logo cheia de ternura pela criança e que muitas vezes não se pejava de encostar o ouvido e as mãos acariciantes à forma arredondada de Bala, podia ler nos olhos de todos os que a observavam o crescente respeito que lhe valia seu sacrifício.

Coitada de Raquel! Seria ela feliz? Graças a um recurso de que se lançava mão em tais casos, havia até certo ponto atenuado a força do decreto divino. Mas seu coração suspirante sentia-se confuso por ver que seu mérito aumentava num corpo alheio. Não passava aquilo de um mérito pela metade, de uma meia alegria, de uma meia ilusão que ela própria formava para seu uso, provisoriamente sancionada pelo costume, mas destituída de confirmação que se manifestasse em carne e sangue na pessoa de Raquel. Os próprios filhos seriam apenas meio reais, os filhos que Bala ia criar para ela e para o marido a quem tão esterilmente amava. De Raquel tinha sido o prazer, a dor seria da outra. Isso era conveniente, sem deixar de ser uma impostura e uma abominação, não nos pensamentos dela porque eles davam sua aprovação à lei e ao costume, mas para o seu coraçãozinho sincero e valente. Trazia nos lábios um sorriso perturbado.

Contudo, ia executando piedosa e alegremente tudo que lhe era concedido ou prescrito para executar. Bala deu à luz sobre os joelhos dela, conforme exigia o costume. Raquel abraçou-a pelas costas e horas a fio partilhou do trabalho, dos gritos e gemidos, fazendo ao mesmo tempo de parteira e de parturiente. Não foi um parto fácil: Bala lutou vinte e quatro horas completas, e no fim Raquel estava quase tão esgotada quanto a mãe carnal, o que não deixou de ser um regalo para o seu coração.

E assim veio ao mundo esse pimpolho de Jacó que recebeu o nome de Dã, apenas umas semanas depois do nascimento de Levi, filho de Lia, no terceiro ano do casamento. No quarto ano, quando Lia teve aquele a quem chamou Judá (louvor a Deus), Bala e Raquel com suas forças conjugadas apresentaram ao marido o segundo filho e puseram-lhe o nome de Neftali por lhes ter parecido que seria um bom lutador. Assim Raquel teve, em nome de Deus, dois filhos. E depois disso não houve durante algum tempo nenhum nascimento.

os *DUDAIM*

Jacó passara os primeiros anos de seu casamento quase que inteiramente no pátio de Labão, deixando aos auxiliares de pastor e jornaleiros o cuidado dos rebanhos nos prados, embora os visitasse de quando em quando, com rigoroso controle, e recebesse os acréscimos, quer em animais quer em gêneros, que pertenciam a Labão — mas não todos e, às vezes, nem sequer a maior porção. É que muita coisa existente fora e mesmo dentro do terreiro, onde Jacó fizera várias construções novas para guardar suas mercadorias, pertencia já ao genro de Labão. O que, pois, se verificou com o andar do tempo foi que se podia falar do entrelaçamento de dois negócios florescentes e de um cálculo de interesses bastante complicado, que evidentemente Jacó superintendia e controlava, mas que escapava à competência de Labão, embora este não o reconhecesse de forma alguma, já por medo de tornar patente sua falta de tino, já pelo velho receio de contrariar a bênção que estava no corpo de seu superintendente, se viesse meter-se em seus negócios ou se pusesse a criticá--los. Não valia a pena correr tal risco, quando as coisas iam tão bem. Cumpria-lhe fechar os olhos a quaisquer irregularidades que visse. E era o que ele fazia, quase não ousando abrir a boca para falar em negócios, tão clara e esmagadora a prova de que Jacó era realmente o predileto filho de seu Deus. Em quatro anos obtivera ele para si seis filhos e "dispensadores de água", o dobro do que Labão fora capaz de fazer na vizinhança da bênção. Não tinha limites seu secreto respeito, tendo apenas a diminuí-lo um pouco a esterilidade de Raquel. Era deixá-lo agir como entendesse e ainda dar graças pelo fato de não ter até agora pensando em ir-se embora e empreender suas caminhadas erráticas.

A ideia da volta, de sair daquele buraco, daquele mundo inferior que era a terra de Labão, nunca na realidade estivera afastada das cogitações de Jacó, pensando ele nisso então, volvidos doze anos, com a mesma intensidade com que o pensaria passados vinte ou mesmo vinte e cinco. Mas ia-se deixando ficar, fisicamente cônscio como estava de que tinha muito tempo de vida (ele que ia viver cento e seis anos) e se desabituara de ligar a ideia de partir com o tempo em que se podia supor estar extinta a cólera de Esaú. Ademais, havia se verificado certo enraizamento da sua vida no solo de Naharina, porquanto ele tinha passado muita coisa naquele lugar e as coisas que nós passamos num lugar são como outras tantas raízes que fincamos no chão. Mas o pensamento dominante em Jacó era que ele não tirara ainda bastante vantagem da sua permanência ali, não era ainda um homem suficientemente abastado. Produzia duas coisas o mundo inferior: lama e ouro. Com a lama já ele se familiarizara na forma da cruel espera e da decepção ainda mais cruel com que Labão, aquele demônio, lhe rasgara a alma na noite de núpcias. E quanto ao ouro, já ia começando a encher-se de riquezas, mas não o suficiente ainda, não em abundância; devia ir enfardelando tanto quanto pudesse, porque Labão ainda não fora bastante sangrado. Não estavam ainda quites, o homem devia ser logrado ainda mais completamente, não pelo simples gosto da vingança, mas porque era justo que quem enganara fosse enganado, apesar de nosso Jacó ainda não ter encontrado os meios eficazes de fazê-lo cumprir o decreto.

Tudo isso o foi segurando, ao passo que suas ocupações e negócios o mantinham entretido. Por essa época ele ficava muito tempo fora de casa, no campo e na estepe, absorvido, na reprodução de gado e no comércio por sua própria conta ou por conta de Labão, o que pode ser uma razão, entre outras, para explicar o decréscimo no curso das bênçãos com referência à progênie, embora suas mulheres e filhos, bem como os de Labão que iam crescendo, muitas vezes estivessem na companhia dele junto aos redis e lá vivessem em tendas e choças. Raquel andava agora com ciúmes de Bala, com cujo auxílio conseguira filhos; dava expansão ao seu sentimento e proibira as relações entre o senhor e a escrava, curvando-se ambos prontamente à sua ordem. Ela mesma ia continuando estéril, já entrado o quinto e depois o sexto ano. Aquilo prometia durar sempre. O corpo de Lia também estava em pousio, o que não deixava de lhe causar vexame, mas assim ficou um ano e depois dois, acabando ela por dizer a Jacó:

"Não sei o que significa isso nem que espécie de afronta é essa com que sou castigada e que me deixa vazia e inútil! Se tivesse só a mim, tal não aconteceria nem eu havia de ficar dois anos sem a bênção da maternidade. Mas minha irmã é tudo para nosso senhor e tira de mim o meu marido, de sorte que dificilmente tenho mão em mim e não a amaldiçoo, embora goste dela. Talvez essa rixa é o que me enfraquece o sangue e não me deixa produzir fruto e teu Deus já não se lembra de mim. O que, porém, foi do agrado de Raquel é também do meu; toma, pois, Zelfa, minha escrava, dorme com ela para que ela possa gerar sobre o meu regaço e eu tenha filhos por seu intermédio. Se já sou indigna diante de ti, em todo o caso terei ainda filhos, pois que eles são como bálsamo para as feridas que abre em mim a tua frieza."

Jacó não se sentiu com coragem de censurá-la pela queixa. Disse-lhe que ela também tinha valor diante dos seus olhos, porém suas palavras traziam a marca de uma polida indiferença. Nisso ele era digno de censura. Não seria ele capaz de mostrar sentimentos um pouco mais bondosos para com aquela mulher, embora tivesse sofrido tanto por causa dela? Qualquer palavra de bondade que pronunciasse haveria de por força parecer-lhe uma traição aos seus mais caros sentimentos? Dia viria em que havia de arrepender-se muito da arrogância de seu coração. Esse dia, porém, estava ainda muito longe e antes de ele chegar teria de ser concedido o mais alto triunfo ao seu sentimento...

Provavelmente Lia fizera aquela sugestão em torno de Zelfa só por formalidade, como um modo de insinuar a Jacó que ele devia fazer-lhe visitas mais frequentes. Mas a sublimidade do sentimento de Jacó não o deixou perceber essa circunstância. Disse somente que estava disposto a utilizar-se do auxílio de Zelfa para renovar a bênção da paternidade prometida à sua raça. Raquel naturalmente não pôde recusar seu consentimento, sobretudo depois que a peituda Zelfa, que tinha uma certa semelhança com Lia e nunca fora muito bem-vista de Jacó, veio com humildade pedir licença à favorita. Então a escrava de Lia, com brandura e complacência própria de uma serva, recebeu seu senhor, concebeu e deu à luz sobre os joelhos de sua ama, que a ajudou a gemer. No sétimo ano de casamento e décimo quarto da estada de Jacó na casa de Labão, ela teve Gad e o encomendou à sorte; no oitavo e décimo quinto, o guloso Aser. Jacó tinha agora oito filhos.

Por essa ocasião, pouco antes do nascimento de Aser, deu-se o episódio dos *dudaim*. Quem teve a sorte de achá-los foi Rúben, que era na época um menino de oito anos, trigueiro e musculoso, de pálpebras inflamadas. Já tomava parte no trabalho da primeira safra, para o qual Labão e Jacó tinham vindo depois de deixar a tosquia, e que fazia resfolegar os trabalhadores da casa e outros contratados para a ocasião, Labão, o criador de carneiros, que, quando Jacó chegara, não tinha outra coisa semeada a não ser um campo de gergelim, agora, depois que aparecera a água, plantara cevada, painço, espelta e sobretudo trigo. Seu plantio mais importante era o trigal, cercado por um muro de barro e todo cruzado de canais de irrigação. Tinha seis jeiras de comprimento, ondulando sobre uma elevação chata de terreno e possuía boa marga e em abundância. Se Labão de tempos a tempos o deixava de pousio, como nunca deixou de fazer em obediência a uma tradição venerável, ele produzia trinta vezes mais.

Aquele foi um ano de bênção. Tinha sido amplamente recompensado pelo céu o pio labor da plantação, do arado, da mão semeadora, da enxada, da grade e do balde d'água. Antes de se formarem as espigas, o gado de Labão tivera ali um pasto verde e farto. Nenhuma gazela andara por ali forrageando, nem infestara a região qualquer nuvem de gafanhotos, nem houvera o flagelo das enchentes a desorganizá-lo. A colheita foi abundante em Iyar e Jacó, embora, como todos o sabiam, não fosse lavrador, dessa vez deu uma prova da bênção também nessa esfera, e por palavras e atos obteve uma semeadura mais farta que de costume. O resultado foi que, embora os grãos aparecessem em número um pouco menor na espiga, a colheita foi maior e tão maior que Labão, conforme Jacó procurou explicar-lhe com algarismos, teve um lucro mais apreciável, apesar do quinhão fixo que cabia ao genro.

Estavam todos trabalhando no campo, inclusive Zelfa, que nos intervalos do trabalho amamentava Gad e Aser. Só Lia e Raquel haviam ficado em casa para preparar a comida. Os ceifeiros brandiam suas foices entre o trigo, com os corpos a rebrilhar de suor, cantando hinos enquanto trabalhavam; usavam uns chapeirões de junco para se protegerem do sol e aventais de pele de carneiro ao redor dos rins. Outros cortavam palha ou amarravam os feixes, colocavam-nos sobre burros ou em carros de bois, que levavam o abençoado produto para a eira, onde era batido por bois, ventilado, joeirado e empilhado. O rapazinho Rúben se revelara um homem entre os trabalhadores. Agora, na tarde dourada, sentia os braços doloridos e se pusera a vagar pela orla do campo. Lá, ao pé do muro de barro, encontrou a mandrágora.

Não era qualquer olho que enxergaria aquilo, só um olho penetrante e experimentado. As toscas folhas ovais apareciam apenas um pouquinho à flor do solo, só sendo visíveis para um olhar escolado. Pelas suas bagas, os próprios *dudaim*, de cor escura e mais ou menos do tamanho de avelãs, Rúben conheceu o que ficava por baixo, na terra. Riu e agradeceu a Deus. Tomou da sua faca, traçou ali um círculo e cavou até a raiz ficar dependurada apenas por uns delgados fios. Em seguida proferiu duas palavras mágicas para sua própria proteção e, com um rápido puxão, arrancou a raiz. Pensara que ela ia dar um grito, mas nada sucedeu. E todavia era exatamente um homenzinho mágico bem-conformado que ele segurava pelo topete, branco como carne, com duas pernas, do tamanho de uma mão de criança, barbado e todo coberto de cabelos fibrosos. Não havia dúvida: era um gênio, capaz de provocar risos de assombro. O menino sabia das suas propriedades, que eram muitas e úteis, mas sobretudo, sabia-o Rúben, eram boas para as mulheres. Por isso pensou logo em Lia, sua mãe, e correu a casa para levar-lhe.

Lia ficou encantada. Elogiou e felicitou seu filho mais velho, deu-lhe uma mão-cheia de tâmaras e recomendou-lhe que não se gabasse da achada na presença do pai e do avô. "Silêncio não é pecado", disse ela e não era necessário que ficassem todos sabendo o que tinham em casa; bastava que todos partilhassem do benefício. "Saberei aguardar o tempo", concluiu ela, "e obter do que me trouxeste tudo o que tem para me dar. Graças, Rúben, meu primogênito, filho da primeira esposa, graças por te haveres lembrado dela! Outros há que nem se recordam que ela existe. Deles tens essa tua mão feliz. Agora podes seguir teu caminho."

Assim ela o despediu e tratou de guardar o tesouro para si. Mas sua irmã Raquel tinha estado espreitando e vira tudo. Quem mais tarde ia ter o costume de espiar exatamente assim e depois ir dar com a língua nos dentes, com prejuízo para si próprio? Estava-lhe isso na massa do sangue, ao lado dos seus múltiplos encantos e ela o transmitiu a sua prole.

"Que foi que nosso filho te trouxe?", perguntou a Lia.

"Meu filho não me trouxe nada, a não ser uma bagatela qualquer. Acaso estavas por aqui perto? Na sua criancice ele me trouxe um escaravelho e uma bonita pedra colorida."

"O que ele te trouxe foi um bonequinho de terra, com as folhas e o fruto", disse Raquel.

"É verdade. Ele me trouxe isso também", respondeu Lia. "Ei-lo. Vê como é baixotinho e gorducho. Meu filho o achou para mim."

"Oh! É mesmo", exclamou Raquel, "tens razão, ele é firme e carnudo, e tem muitos *dudaim*, cheios de semente." Cruzando as mãos, encostara-as à formosa face e quase as estendia agora, como a implorar alguma coisa. E perguntou:

"Que vais fazer com isto?"

"Naturalmente vou vesti-lo com uma camisinha", respondeu Lia, "depois que o lavar e ungir, e vou recliná-lo num cestinho e esperar que ele traga bênçãos à casa. Afugentará os demônios do ar, para que nenhum deles entre num homem ou num animal no estábulo. Predirá o tempo e descobrirá coisas ocultas para o presente, ou que estão ainda no futuro. Tornará invulnerável um homem se eu o meter na roupa deste, lhe trará lucro nos negócios e lhe dará ganho de causa perante o juiz, ainda quando não esteja com a razão."

"Como palras tu!", disse Raquel. "Porventura não sei eu de tudo isso? Mas que mais vais fazer?"

"Vou cortar as folhas e os *dudaim*", respondeu Lia, "e fazer uma decocção que faz dormir quem a cheire e, se cheirar durante muito tempo, perderá a fala. É uma infusão forte, menina, e quem a tomar em grande quantidade, seja homem ou mulher, morrerá, mas em quantidade pequena é bom contra picada de cobra, e se alguém cortar sua carne, essa mistura lhe dará uma carne nova."

"Mas tudo isso é como se nada fosse", disse Raquel, "e o que acima de tudo trazes aí na mente, disso não falas. Ah, minha querida irmãzinha, minha Lia querida", exclamou ela, entrando a adulá-la e suplicar-lhe pondo as mãos como faz uma criancinha. "Veiazinha dos meus olhos, tu que és a mais majestosa das filhas! Dá-me, eu te suplico, do *dudaim* de teu filho, para que eu seja fecunda, pois que o pesar que tenho com a minha esterilidade me consome a vida e sinto tanta vergonha da minha desvalia! Vê, minha corça, morena do cabelo de ouro, tu conheces as virtudes da beberagem, como pode enfeitiçar os homens, como é semelhante ao orvalho do céu sobre a infecundidade das mulheres, tornando-as aptas a conceber e dar à luz sem dificuldades! Tu tens seis filhos, e eu apenas dois que não são meus. Que te adiantam, pois, os *dudaim*? Dá-mos, minha burrinha selvagem, se não todos, ao menos um pedaço deles, que eu te bendirei e me atirarei aos teus pés, pois que o meu desejo é como uma febre ardente!"

Mas Lia apertou ao seio a mandrágora e olhou para a irmã com olhos tortos, ameaçadores.

"Que descaramento é esse?", perguntou. "Vem até aqui a favorita, espreita, espia e não é que quer ficar com os meus *dudaim*? Já não chega que me tires o marido, cada dia e cada hora, e queres tomar também os *dudaim* do meu filho? É uma pouca-vergonha."

"Por que falas com tanto ódio?", replicou Raquel. "Não podes falar de outra maneira, ainda mesmo forçando-te? Não me faças perder a tramontana, desfigurando tanto assim as coisas, que eu quero ser meiga contigo em atenção aos dias da nossa meninice! Dizes que tomei de ti Jacó, nosso marido? Foste tu quem mo tomou naquela santa noite em que te deitaste secretamente com ele quando devia ser eu, e ele na sua cegueira instilou em ti Rúben, em vez de fazê-lo em mim. Rúben seria agora meu filho, se tudo tivesse corrido como devia ser, e teria me trazido o talo e a raiz, e se me tivesses pedido, eu te daria."

"Como falas!", replicou Lia. "Com que, então, serias tu a mãe de meu filho? E por que não concebeste até hoje e queres fazer bruxarias e mágicas que te ajudem? O que eu sei é que a mim tu nada darias. Pois algum dia, quando Jacó te afagava e queria te levar consigo, te lembraste de dizer-lhe: 'Não te esqueças também de minha irmã'? Não, o que fazias era pores-te toda lânguida, toda requebros, dando-lhe teus peitos para que ele com eles se entretivesse, e em nada mais pensavas a não ser em como melhor o cortejarias. E agora vens cá mendigar e dizes 'eu te daria'!"

"Ah! Que coisa detestável!", retrucou ainda Raquel. "Tudo isso que o teu gênio te obriga a dizer é horrendo e odioso, e eu com isso sofro, porém sofro infinitamente mais por tua causa, porquanto é uma maldição não se ter força para dizer outra coisa a não ser horrores quando se abre a boca! Não foi por ciúme (sejam disso testemunhas os deuses dele e os de nosso pai!) que eu não mandei Jacó para ti quando ele me procurava. É que com nove anos de casada continuo estéril, o que me põe desesperada, e cada noite que ele me escolhe, aguardo com fervor a bênção e não me quero arriscar a perdê-la. E tu, que podes sem inconveniente abrir mão dela de vez em quando, que tencionas fazer? Queres enfeitiçá-lo com os *dudaim* e não mos queres dar. Assim ele me esquecerá, tu terás tudo e eu nada, pois eu tenho o amor dele e tu tens o fruto, no que há uma espécie de compensação. Agora, porém, queres ficar com tudo, com o amor e com o fruto, e eu que aguente... É assim que pensas em tua irmã!"

E sentou-se no chão e chorou alto.

"Fico com o boneco do meu filho e vou-me embora", disse Lia com frieza.

Então Raquel deu um pulo, esqueceu-se das lágrimas e implorou bem claro num murmúrio:

"Não faças tal, por amor de Deus, fica e escuta! Ele permanecerá comigo esta noite, pois foi o que me disse hoje de manhã quando nos separamos. 'Criatura dulcíssima', disse-me ele, 'obrigado por esta vez! Hoje será cortado o trigo, e depois do calor do dia eu virei, minha querida, refrescar-me na suavidade da tua luz que é como a da lua.' Ah! Que jeito de falar tem o nosso marido! Parece que pinta as coisas e as reveste de majestade. Não o amamos nós duas? Mas esta noite eu o deixarei contigo por causa dos *dudaim*. Repito-te que o deixarei contigo, se quiseres dar-me um pouco deles. Esconder-me-ei e tu lhe dirás: 'Raquel não quer, esta noite ela não está para beijos e arrulhos, tu dormirás comigo. Tais foram suas palavras'."

Lia corou e empalideceu.

"Falas a sério?", disse ela, hesitando. "Queres vender-mo pelos *dudaim* de meu filho, de modo que eu possa dizer-lhe: 'Esta noite és meu'?"

"Tu o dizes", respondeu Raquel.

Então Lia lhe deu a mandrágora, com folhas, raízes e tudo, entregando-lha depressa e dizendo, a cochichar, e com o peito arfando:

"Toma, vai, não deixes que te vejam."

Quanto a ela, caindo a tarde e voltando a gente do campo, foi ao encontro de Jacó e lhe disse:

"Hoje vais dormir comigo, porque nosso filho achou uma tartaruga e Raquel ma pediu por esse preço."

Jacó respondeu:

"Então o que eu valho é uma tartaruga e uma caixa matizada, feita da sua couraça? Não me lembro de estar assim tão resolvido a dormir esta noite com Raquel! Parece que ela comprou o certo com o duvidoso, e louvo-a por isso. E se assim combinastes, que assim seja. Não deve um homem proceder contra o conselho de uma mulher nem contrariar--lhe as decisões já tomadas."

7. RAQUEL

O ORÁCULO DO AZEITE

Foi assim gerada a pequena Dina, criança malfadada. Mas por intermédio dela abriu-se de novo o ventre de Lia: após uma pausa de quatro anos, a vigorosa criatura entrou outra vez em atividade. No décimo ano do casamento ela deu à luz Issacar, o jumento ossudo, no décimo primeiro Zabulon, o tal que não quis ser pastor. Pobre Raquel! Ela recebeu os *dudaim* e Lia produziu o fruto. Assim o quis Deus ainda por algum tempo, até que sua vontade mudou, ou melhor, atingiu um novo estágio, e mais um segmento do seu plano foi dado a conhecer, e a Jacó, o homem da bênção, foi outorgada uma alegria tão cheia de vida e prenhe de sofrimento que o seu senso humano, sujeito ao cárcere do tempo, era incapaz de entendê-la quando ele a recebeu. O labrego Labão provavelmente tinha razão quando disse, no descaimento em que o pusera a cervejada, que bênção é força, força vital e nada mais. É vã crendice supor que a vida dos homens abençoados é só felicidade e simples bem-estar. A bênção é na verdade apenas a base de sua existência, a refulgir como ouro por entre uma plenitude de contrariedades e provações.

No décimo segundo ano do casamento e décimo nono da estada de Jacó em terras de Labão, não houve nenhum nascimento. Mas, no décimo terceiro e vigésimo, Raquel ficou em estado interessante.

Que grande mudança aquilo vinha significar, que principiar de novo! Pode-se calcular o júbilo ansioso e incrédulo, a receosa exaltação de Jacó. Raquel tinha então trinta e um anos e ninguém mais esperava que Deus tencionasse ainda agraciá-la com a maternidade. Aos olhos de Jacó ela era Sarai, a quem o homem triplo anunciara um filho contra todas as leis da probabilidade. Ele a chamava com o nome daquela mãe venerável, quando sentava-se a seus pés e, entre lágrimas de adoração, lhe contemplava o rosto pálido e crispado que a ele parecia mais formoso que nunca. A esse fruto tanto tempo retido e afinal concebido, a essa criança que por desígnios imperscrutáveis tinha sido durante tantos anos negada a seus ansiosos anelos, Jacó a chamava, enquanto ainda Raquel a trazia no seio, com o nome primitivo e arcaico de um deus jovem que, pode-se dizer, havia muito não era oficialmente reconhecido, conquanto fosse amado do povo: Dumuzi, o filho legítimo. Lia ouviu-lho. Ela lhe dera seis filhos legítimos e uma filha igualmente legítima.

Mas entendera mesmo sem isso. Abertamente e com toda a franqueza, dissera a seus quatro filhos mais velhos, que por esse tempo contavam de dez a treze anos, eram rapazelhos bem desenvolvidos, vigorosos, prestadios e de aspecto másculo, embora antes feios que bonitos e todos com marcada tendência para terem as pálpebras inflamadas:

"Filhos de Jacó e de Lia, para nós tudo se acabou. Se ela lhe dá um filho (e como os deuses veem o meu coração, assim desejo a ela alegria e saúde), o senhor não mais olhará para nós, nem para vós, nem para os menores, nem para os filhos das escravas, e para mim muito menos, ainda que eu fosse dez vezes a primeira esposa. E tal sou eu, pois sete vezes o Deus dele e os deuses de meu pai me abençoaram com a maternidade. Ela, porém, é a preferida e por isso é como se fosse a primeira e a única, tamanho é o sentimento dele, e ao filho que ainda não viu a luz ele chama Dumuzi, conforme já lho ouvistes. Dumuzi! Isso é como uma faca no meu peito, uma bofetada em meu rosto e como um vergão na cara de cada um de vós, e no entanto temos de aturá-lo, porque assim é, meus filhos. Devemos ser fortes, eu e vós, e segurar nosso coração com as mãos ambas, para que ele não arrebente com a injustiça. Devemos amar e honrar nosso senhor, embora venhamos a ser no futuro desvaliosos diante de seus olhos e seu olhar pouse em nós como se não existíssemos. A ela também eu amarei e vou fazer violência ao meu coração para não amaldiçoá-la. Ele sente ternura para com a irmãzinha, em memória dos dias da nossa infância, porém impaciente suspira por amaldiçoar a preferida, aquela que vai gerar Dumuzi, e tão divididos estão os meus sentimentos para com ela que me sinto doente com isso em todo o meu corpo e nem mais me conheço a mim mesma."

Embora sem jeito, Rúben, Simeão, Levi e Judá a acariciaram. Seus olhos vermelhos maquinavam algo, ela mordia o lábio inferior. Foi aí o começo. Foi o que ateou no coração de Rúben a primeira centelha daquela ação, filha de uma ira incontida, que ele ia praticar por causa de Lia e que seria o começo do fim de seu direito de primogenitura. Foi aí lançado no coração dos irmãos o germe do ódio contra a vida que por ora também ainda não passava de uma semente; começou a semeadura do que seria uma safra de indizível angústia para Jacó, o homem da bênção. Devia isso ser assim? Não podia a paz, não podiam os sentimentos de concórdia reinar entre a tribo de Jacó, não podiam os acontecimentos encaminharem-se suavemente para uma tolerância mútua? Por desgraça, não, se o que aconteceu tinha de acontecer. E se o fato de ter acontecido é uma prova de que devia acontecer. Muita coisa sucede no mundo, e como não podemos desejar que as coisas fiquem sem acontecer, também não podemos maldizer as paixões que são seu instrumento, porque sem paixão e crime nada poderia ir adiante.

O grande reparo que se fez no estado de Raquel foi em si mesmo uma coisa monstruosa para Lia e um tormento para o seu espírito, uma vez que suas passadas gravidezes, sempre excelentemente toleradas, nunca haviam chamado a atenção de quem quer que fosse. Mas Raquel, com a dela, tornou-se como que uma pessoa sagrada. Embora fosse Jacó o autor da concepção, parecia que dela participava cada pessoa da casa, desde Labão até o mais humilde eguariço. Todos passavam por ela na ponta dos pés e só lhe dirigiam a palavra com vozes brandas e compassivas, tendo a cabeça inclinada e descrevendo com as mãos umas curvas que se diria quererem afagar o ar que a rodeava. Só faltava juncarem-lhe de ramos o caminho e alcatifarem-no todo, a fim de prevenirem qualquer topada que lhe viesse magoar os pezinhos. Com um sorriso amarelo ia ela aceitando todo aquele culto, menos para si e para seu amor-próprio do que em atenção ao fruto de Jacó com que afinal fora abençoada, em honra do Dumuzi, o filho genuíno. Mas quem irá diferençar doçura de arrogância, numa pessoa agraciada com a bênção?

Toda munida de amuletos, foi-lhe vedado arredar uma palha, tanto em casa como no pátio, assim no jardim como no campo. Jacó o proibira. Ele chorava se ela não comia ou não podia reter o alimento, porquanto Raquel se debilitava de semana para semana, sendo muito de temer que estivesse sendo atribulada por algum mau espírito do ar. Sua mãe Adina a envolvia em ataduras e a emplastrava de unguentos preparados de acordo com alguma velha receita, cujo efeito devia ser duplo: naturalmente emoliente e curativo por um lado, e por outro encanto e proteção contra o mal. Moía dulcamara, agrião-da-terra, língua-de-cão e a raiz da planta de Namtar, senhor das sessenta doenças, misturava o pó com óleo puro e expressamente consagrado e fazia massagens na região do umbigo da que ia ser mãe, com um movimento de baixo para cima, resmungando, enquanto isso, uma geringonça sem pés nem cabeça:

"Utukku malvado, malvado Alu, ide-vos embora; mau espírito da morte, Labartu, Labashu, doença do coração, cólicas, dores de cabeça, dor de dente, Asakku, nocivo Namtaru, ide-vos embora, longe desta casa, por céus e terra eu vos esconjuro!"

No quinto mês Labão insistiu para que Raquel fosse levada a um sacerdote vidente do templo de Sin, E-hulhul, em Harã, a fim de lhe ser predito o seu futuro e o da criança. Jacó, fiel aos seus princípios, levantou a voz contra isso e recusou sua cooperação. Mas foi só da boca para fora. No íntimo, ele estava tão aflito como os demais para ouvir a profecia e era o primeiro a desejar que não se perdesse tempo. Além disso, o profeta de que se tratava, o velho vidente e encarregado do templo, Rimanni--Bel (isto é, Bel, tem piedade de mim), filho e neto de profetas, era um adivinho muito popular e perito no vaticínio do azeite, tendo, conforme o consenso geral, uma arte consumada e possuindo uma freguesia enorme e constante. Naturalmente Jacó se recusou a comparecer diante dele como suplicante e a sacrificar à Lua, mas estava tão curioso de ouvir o que quer que fosse dito, de qualquer ponto de vista, a respeito do estado de Raquel, que não ousou contrariar abertamente o desejo dos pais.

Assim, partiram Labão e Adina em direção a Harã, segurando cada um de seu lado a rédea do burro no qual ia montada a pálida gestante. Guiavam-no com cuidado, não fosse ele tropeçar e sacudi-la, e iam puxando também o carneiro para o sacrifício. Jacó acenou-lhes um adeus. Ficou em casa para não afligir seus olhos com as pomposas abominações de E-hulhul e não acabrunhar seu espírito com a vista da casa existente ao lado dele, na qual viviam as prostitutas do templo e os meninos do amor, cujos abraços podiam ser alugados para honra do ídolo e mediante o pagamento de bom dinheiro. Assim, sem se contaminar pessoalmente, ficou aguardando o veredicto do filho de videntes, a profecia por meio da observação do azeite, que os dois lhe trouxeram. Evidentemente o vaticínio dera-lhes que pensar. Jacó escutou em silêncio a narrativa feita por eles do que se passara no recinto do templo e na presença de Rimanni-Bel, que profetizava pela inspeção do azeite e que era também chamado por abreviação Rimut. "Chamai-me apenas Rimut!", dissera-lhes ele com doçura. "De fato eu me chamo Rimanni-Bel para que Sin tenha compaixão de mim, mas eu próprio tenho muita compaixão daqueles que em suas necessidades e dúvidas aprendem a sacrificar. Por isso chamai-me simplesmente 'Compaixão' quando me dirigirdes a palavra: é mais breve e diz bem com a minha aparência." Em seguida indagou deles que coisas necessárias tinham trazido consigo, examinou a oferenda e viu que era perfeita e indicou-lhes que comprassem para o holocausto tais e tais especiarias numa tenda sita no átrio principal.

Era um homem encantador o tal Rimanni-Bel ou Rimut, metido nas suas vestes de linho e com a sua carapuça de forma cônica, igualmente de linho. Já era velho, mas era delgado de corpo e não deformado pela corpulência, tinha a barba branca, nariz rubicundo e abatatado e uns olhos de pisca-pisca que comunicavam alegria a quem quer que os visse. "Sou bem-feito de corpo", disse ele, "sem senão nem por dentro nem por fora, como a vítima do sacrifício quando é bela, como o carneiro quando não há nada que dizer contra ele. Tenho altura e cintura proporcionadas, minhas pernas não se metem para dentro nem se curvam para fora, não me falta um dente sequer, não sofro de nenhuma doença no escroto nem sou vesgo. Só meu nariz é, como devem ter notado, um tanto ou quanto rubro, mas é de pura alegria e não por outra causa qualquer, porque sou sóbrio como a água mais cristalina. Eu podia andar nu diante de deus, como era antes o costume, conforme lemos e nos contam. Agora estamos diante dele metidos em linho alvo, e também nisso eu me rejubilo, porque o linho é igualmente puro e sóbrio e condizente com a minha alma. Não nutro inveja contra meus irmãos, os sacerdotes exorcistas, que fazem seus bruxedos vestidos de vermelho e usam um manto, cercados de terrífico esplendor, a fim de incutir medo nos demônios, espreitadores e espíritos do ar. Eles também são úteis e necessários e valem a sua paga, porém Rimanni-Bel (isto é, eu) não quisera ser um deles nem um dos sacerdotes que fazem a ablução e a unção, nem um possesso, nem ainda um sacerdote carpidor nem um daqueles cuja virilidade Ishtar trocou em feminidade por santo que isto seja. A nenhum deles tenho o mínimo rancor, minha pele me assenta muito bem, nem me interessa praticar outra espécie de vaticínio que não seja mediante o exame do azeite, por ser, sem termo de comparação possível, o mais razoável, o mais claro e o melhor. Cá entre nós, no agouro que se faz mediante a inspeção do fígado e no oráculo da flecha entra uma boa dose de arbítrio e também a interpretação de sonhos e êxtases não deixa de estar exposta a erros, de modo que amiúde sou obrigado a rir comigo mesmo. Porém vós, pai, mãe e jovem gestante, tomastes o caminho certo e batestes à porta conveniente. Eu descendo de Enmeduranki, rei que foi de Sipar antes da inundação, sábio e depositário da arte com que o haviam dotado os excelsos deuses, qual seja a de observar o azeite na água e, do modo com que se apresenta o azeite, reconhecer o que de futuro se vai dar. Dele descendo eu em linha reta de pai a filho, e a tradição não se quebra, porque sempre o pai fez o filho amado jurar sobre a tábua e os petrechos de escrever de Shamash e de Adad e o fez aprender a obra 'Quando o filho do vidente' até Rimut, o jovial e irrepreensível (e esse sou eu). Do carneiro — bom é que de antemão o saibais — eu recebo a parte posterior, a pele e uma terrina de caldo, mais os tendões e metade das entranhas, de acordo com as tábuas e com as disposições. O deus fica com o lombo, a perna direita e uma soberba posta de assado. O resto nos toca a nós na refeição do templo. Estais satisfeitos?"

Foram essas as palavras de Rimut, o filho do vidente. E sacrificaram sobre o teto que fora aspergido de água benta, levaram até à mesa do senhor quatro vasos de vinho e doze pães e ainda um mingau feito de coalhada e mel, e salpicaram tudo. Depois espalharam especiarias sobre o candelabro para o incenso e imolaram o carneiro. O oferente o segurou, o sacerdote o degolou e efetuou-se devidamente a oferenda. Deve ter sido interessante ver o velho Rimut, com os seus membros escorreitos, executar a dança final diante do altar, dando seus pulos circunspectos! Labão e as mulheres não sabiam como melhor encarecer tudo aquilo diante de Jacó, que escutava calado e escondia sua impaciência de conhecer o veredicto.

E, a propósito, que resultou da observação do azeite? O que dela se concluiu foi um tanto obscuro e equívoco, quase não trazendo luz à questão. Soava tanto auspiciosa como ameaçadoramente, mas talvez fosse esse também o som que emitiria o futuro se falasse; e falara, ou pelo menos eles tinham escutado um zumbido, como que emitido entre os dentes. Rimanni-Bel pegara na vara de cedro e na tigela, fizera uma prece, cantara e deitara azeite na água e água no azeite, e, com a cabeça posta a uma banda, observara os desenhos resultantes. Formaram-se dois círculos, um grande, outro menor, indicando que Raquel, a filha do criador de carneiros, teria provavelmente um filho. Do azeite, quando agitado, saíra um círculo dirigindo-se para Leste e aí parara: a parturiente recobraria a saúde. Do azeite, ao ser sacudido, saíra uma bolha: a divindade protetora dela lhe estaria ao lado na sua hora grave, e grave seria esta. A criatura sairia ilesa de seus apuros, pois que o azeite fora ao fundo e subira ao ser derramada a água, dividira-se e outra vez se juntara; assim a criatura ficaria sã e salva, apesar de sofrer bastante. Como, porém, o azeite, ao ser posta a água, descera e depois novamente viera à tona, aderindo à beira da tigela, o doente na verdade se levantaria, mas o são estaria condenado a morrer. "Mas não o menino!", não teve mão em si Jacó que não exclamasse. Não, para a criança parecia existir um processo inverso, de acordo com o azeite, mas aqui justamente a questão tornava-se pouco clara para o entendimento humano. A criança baixaria ao buraco enquanto ainda viva, dando-se com ela o que se verifica com o grão de trigo que não medra, a não ser que morra. Este, assegurou-lhes Rimut, era indiscutivelmente o significado do azeite separando-se quando ele acrescentara a água e depois juntando-se outra vez e cintilando de maneira especial, voltado para o lado do sol, porquanto isso queria dizer que a cabeça se ergueria, superando a morte. Não estava muito clara a coisa, acrescentara o vaticinador, ele mesmo não a percebia, pois não tinha a pretensão de ser mais sábio do que era; mas, fosse qual fosse o significado, este era autêntico. Agora, a respeito da mulher: ela não veria, de acordo com a prova e a contraprova, a estrela de seu filho ao atingir esta o galarim; tomasse, portanto, cuidado com o número dois, pois este era em qualquer caso um número aziago, mas em especial para a filha do criador de carneiro. De acordo com o azeite, ela não devia empreender nenhuma jornada no signo dois, senão ela seria como um exército que não chega ao fim da campanha.

Foi essa a fala e o resmungo. Jacó ouviu e meneou a cabeça, ao mesmo tempo que encolhia os ombros. Que concluir daí? Aquilo era de uma certa monta, uma vez que se referia a Raquel e ao nascituro, porém em última análise a gente devia fiar em si mesma e deixar que o futuro dispusesse a seu talante dos seus próprios resmungos. Destino e futuro reservavam a si próprios amplos poderes. Muita coisa podia acontecer e deixar de acontecer e sempre seria possível conciliar tudo com a profecia e dizer por fim: "Era então isso que ela significava". Meditou Jacó horas seguidas sobre a natureza dos oráculos em geral e transmitiu o resultado de suas ponderações a Labão, que aliás não estava disposto a escutá-lo. Um oráculo seria por sua natureza a revelação de um futuro no qual nada era possível alterar, ou seria ele uma advertência aos seres humanos para que se acautelassem e fizessem a sua parte, a fim de conjurar uma desgraça impendente? Isso pressupunha que o destino e o decreto não eram fixos, que era dado aos homens alterá-los. Mas se era esse o caso, o futuro não estava fora do alcance do homem, senão dentro dele, e como podia então um homem lê-lo? Além disso, acontecera muitas vezes evitar-se a desgraça anunciada por meio de medidas adequadas, ou que mesmo sem essas medidas ela podia não ter acontecido, o que vinha baixar tanto o destino como a advertência à categoria de um escárnio e divertimento dos demônios. O azeite dissera que Raquel, após muita dificuldade, daria à luz um filho. Se, porém, fosse ela abandonada à sua sorte enquanto estivesse de parto, se não fossem ditas umas palavras cabalísticas nem levadas a cabo as necessárias unções, como havia de agir o destino para forçar o cumprimento da profecia? Mas então não era pecado provocar um bom fim contrário ao destino?

Labão não era homem para tais sutilezas. Aquilo, dizia ele, não estava bem pensado, era tortuoso, sofístico e coisa oriunda só do desejo de criticar. O futuro era o futuro, o que queria dizer que ele ainda não existia e por isso não estava fixo, mas algum dia ele havia de existir e então seria assim e não de outro jeito; portanto, de certa maneira ele estava marcado, isto é, de acordo com a sua natureza de futuro, e isso era tudo quanto seria lícito dizer a tal respeito. Contudo o vaticínio acerca dele era esclarecedor e fazia bem ao coração, sendo contratados e pagos para dizê-lo aqueles vates. Estes estudavam durante anos, sob a égide do rei das Quatro Regiões em Babel-Sippar, nas duas margens do rio Eufrates, favorito de Shamash e amado de Marduk — o rei da Suméria e da Acádia, que ali residia num palácio cujos alicerces tinham muitas braças de profundidade e numa sala do trono refulgente de esplendores. Por isso, nada de críticas da parte de Jacó!

Este aliás já silenciara. Contra Nemrod de Babel ele nutria uma funda desconfiança, herdada do primitivo homem errante. O fato de ter Labão invocado em favor do veredicto todo aquele aparato não o tornava mais sagrado na opinião de Jacó, nem ainda o saber que seu sogro jamais levantaria um dedo sem ir tomar conselho com o vidente. Labão dera em troca da consulta um carneiro e várias qualidades de comestíveis destinados ao ídolo lunar e por esse motivo tinha plena certeza de poder confiar no que ouvira. Jacó, que nada pagara, tinha mais liberdade para fazer suas restrições mentais; mas por seu lado estimara ter ouvido algo sem pagar nada por isso, e, pelo que dizia respeito ao futuro, este ao menos num ponto estava determinado, a saber, no que se referia ao sexo da criatura que Raquel trazia no seio. A decisão já tinha sido feita no ventre dela, só que não era possível conhecê-la. Havia, pois, um futuro marcado, e isso vinha corroborar a fé de que, afinal, o azeite de

Rimanni-Bel designara um menino. E Jacó ficara também grato pelas advertências práticas que o profeta dera, pois como sacerdote e um dos encarregados do templo ele tinha algum conhecimento da arte de curar e não economizara avisos e conselhos referentes ao parto, misturando de maneira edificante encantamentos e invocações com prescrições médicas. Não deixava de manifestar-se aqui, aparentemente, uma certa contradição entre as suas duas funções, visto que não havia nenhuma medicina que valesse contra o futuro.

Não foi coisa de somenos aquilo a que submeteram a pequena Raquel. Muito antes de chegar a sua hora (que esteve quase a ser a última) começou o tratamento; teve de beber tisanas detestáveis, como por exemplo uma grande quantidade de óleo ao qual haviam adicionado, moída, uma pedra eficaz em casos de gravidez; teve de sujeitar-se a cataplasmas de betume, gordura de porco, peixes e ervas, pedaços de animais imundos que como as cataplasmas lhe eram amarrados ao corpo com cordas. Quando ela dormia, havia sempre à sua cabeceira uma oferenda que constava de um cabritinho, para que os vorazes demônios levassem a oferenda e a deixassem em paz. Perto dela, dia e noite, ficava uma boneca de barro representando a imagem de Labartu, a bruxa que nascera num pântano, e na boca desta punham o coração de um leitãozinho, que era para afastar os demônios do corpo da gestante, atraindo-os para a imagem; de três em três dias quebravam esta com uma espada e a escondiam num canto da parede, devendo-se, ao fazê-lo, ter cuidado de não olhar para trás. A espada era atirada num braseiro ardente que Raquel devia ter ao pé de si, embora o tempo já fizesse muito calor e estivesse próximo o mês de Tamuz. Circundava-lhe a cama uma paredezinha de papas, e as três pilhas de grão que havia no quarto tinham sido ali colocadas também por indicação de Rimanni--Bel. Quando as primeiras dores se fizeram sentir, apressaram-se a tingir os lados da cama com o sangue de um leitão e a emplastar a porta da casa com gesso e betume.

O NASCIMENTO

Era no verão. Já haviam passado os primeiros dias do mês de Tamuz, o despedaçado, o senhor dos rebanhos. Desde o grande momento em que Jacó soube que sua legítima esposa muito amada andava de esperança, não se arredara do lado dela. Com suas próprias mãos tomara parte no cuidado e tratamento, mudando unguentos e ataduras e chegando uma vez a quebrar e enterrar a imagem de Labartu. Esses tratamentos e práticas não eram executados por ordem do Deus de seus pais, mas, acima e além de todos os ídolos e videntes, podiam — quem sabe? — provir dele e, fosse como fosse, eram as únicas coisas de que se podia lançar mão no momento. Raquel — pálida e esgotada, só pesada no corpo, onde o seu fruto ia insensata e impiedosamente sugando-lhe toda a força e os sucos vitais para vantagem própria — costumava frequentemente levar a mão do esposo até o lugar onde ele podia perceber certos movimentos indecisos. Nessas ocasiões Jacó falava com Dumuzi através do véu da carne e lhe infundia ânimo para irromper para a luz do dia, recomendando-lhe, porém, que, ao fazê-lo, tomasse cuidado quando trespassasse pelas colinas, a fim de que a linda pastora viesse a sofrer o menos possível. E quando afinal se desenhou nos lábios de Raquel um sorrisozinho contrafeito e, quase a abafar, disse que o momento estava próximo, Jacó ficou todo alvoroçado, chamou os pais e as criadas, mandou-lhes aprontar os tijolos e, desorientado, pôs-se a andar de um lado para outro, com o coração a transbordar de desejos e súplicas.

Não há palavras de condigno encômio para a prontidão e coragem de que Raquel deu provas. Com bravura e júbilo, resolvida a suportar o que houvesse, dispôs-se a ajudar a natureza. E fê-lo não por amor do crescente respeito de que era alvo, nem porque ia deixar agora de ser a esposa infecunda e odiada da fraseologia popular, mas por um sentimento mais profundo, mais físico de honra, pois que não é só a sociedade humana que possui esse sentimento; a carne também tem o seu e melhor, como Raquel teve oportunidade de aprender quando, sã e salva e por amor à honra, ela se tornara mãe por intermédio de Bala. O sorriso que lhe aflorou aos lábios quando começou sua provação era bem diferente daquele outro sorriso atoleimado que a consciência dolorida da sua carne lhe afivelara então à flor do rosto. Seus lindos olhos míopes, avivados pela felicidade, pousavam nos de Jacó, em honra do qual ia agora dar ao mundo uma criatura. Era chegada a hora pela qual tanto suspirara, ávida de viver para vê-la, quando o desconhecido primo, vindo de tão longe, lhe surgira pela primeira vez lá nos campos.

Pobre Raquel! Tão contente, tão cheia de boa vontade para a obra da natureza, e esta lhe mostrou em retorno tão pouca benevolência, foi tão madrasta para a valente sofredora! Impaciente como estava para tornar-se mãe, sinceramente convencida da sua aptidão para isso, provavelmente

Raquel era na carne muito menos feita para a maternidade do que Lia, a que não era amada. E assim a espada da morte ficou pendendo-lhe sobre a cabeça quando ela concebeu pela primeira vez e da segunda vez caiu-lhe em cheio e degolou-a? Será possível que a natureza lute assim contra si mesma, frustrando a confiança e o orgulho que ela própria plantou no coração? Parece que assim é. Foi ao menos o que se deu com Raquel: seu júbilo não foi aceito, sua confiança foi desmentida — tal a sorte que coube ao seu coração pronto e bem-disposto. Ela e Jacó tinham esperado sete anos, depois durante mais treze anos tinham se visto decepcionados. E agora, quando até que enfim a natureza concedera a suspirada bênção, essa mesma natureza pedia um preço mais exorbitante do que o que juntas haviam pagado pelas suas honras maternais Lia, Zelfa e Bala. Trinta e seis horas, desde a meia-noite até o meio-dia e novamente durante toda uma noite até o meio-dia seguinte, durou o esforço tremendo, que a deixaria exânime se durasse mais uma hora ou mesmo meia. Já no começo Jacó se afligiu ao ver a decepção dela, que esperara uma decisão rápida e triunfante e agora via que nada se mexia. Foram falsos os primeiros indícios: sobrevieram compridas pausas após as primeiras dores, horas vazias, silenciosas, infrutíferas, durante as quais ela não sofria, mas sentia-se fatigada e envergonhada. Amiúde, falava assim a Lia: "Contigo, mana, a coisa foi bem diferente!", e Lia, dirigindo um rápido olhar ao marido, tinha de convir que assim fora. Depois vinha a angústia que se apossava da parturiente, cada vez mais cruel e cada vez durando mais, e contudo, passada ela, tudo parecia ter sido em vão. Raquel ia dos tijolos para a cama e da cama para os tijolos. As vigílias noturnas, as horas do dia passavam, sucedendo-se umas às outras e ela a corar e gemer por causa da sua impotência. Não gritava quando as dores vinham e apertavam; cerrava os dentes e desempenhava desesperadamente o seu papel; não queria assustar seu senhor, cujo coração meigo bem conhecia. Jacó, quando o cansaço lhe permitia, cobria-lhe de beijos as mãos e os pés, tendo a alma dilacerada. Em nada a ajudou sua fortaleza de ânimo, que foi rejeitada. E uma vez que se exauriu, ela realmente gritou e de tal modo gritou, com tanta força e desespero, que já não reconheciam nela a pequena Raquel. Por esse tempo (era já a segunda manhã) ela não estava mais em si, qualquer pessoa o percebia por aquele uivar horrendo, porquanto a voz já não era a dela, dir-se-ia serem os demônios a vociferar: o coração do leitãozinho não tivera poder para os desviar do seu corpo, transferindo-os para a boneca de barro.

Aqueles eram padecimentos inúteis que apenas mantinham a paciente numa tortura inflexível e lhe arroxeavam o rosto, obrigando-a ainda a estender os dedos como se quisesse agarrar o ar. Jacó andava pela casa e pelo terreiro como um doido, esbarrando em tudo porque tinha os polegares nos ouvidos e os outros oito dedos tapando os olhos. Apelava para Deus não mais para que lhe desse um filho, que já não lhe interessava, mas tão somente para que Raquel tivesse uma morte pacífica, que a livrasse daqueles infernais tormentos. Labão e Adina, cujas beberagens, unções e massagens não haviam produzido nenhum resultado, profundamente abatidos murmuravam invocações e no meio dos gritos entoavam cânticos a Sin, o deus lunar, relembrando-lhe como outrora ele sustentara uma vaca a parir e rogando-lhe que agora também desatasse os laços do corpo daquela mulher e aliviasse os estertores da padecente. Lia se mantinha como que pregada ao chão a um canto do quarto, com os braços descidos aos lados do corpo e as costas das mãos viradas para cima, e silenciosa contemplava com seus vesgos olhos azuis aquela luta de vida e de morte da amada de Jacó.

E eis que de repente Raquel despede um grito final, o derradeiro e furioso berro demoníaco, tão forte e vibrante que ninguém consegue soltá-lo segunda vez sem morrer nem ouvi-lo duas vezes sem perder o juízo. Então a mulher de Labão teve mais que fazer do que estar a cantar acerca da vaca de Sin, porque o filho de Jacó, seu undécimo e seu primeiro filho, saíra do ventre escuro e sanguinolento da vida — Dumuzi-absu, verdadeiro filho do abismo. Foi Bala, mãe de Dã e de Neftali, que pálida e a rir saiu correndo pelo pátio afora, onde estava Jacó, e com voz abemolada anunciou ao patrão que nos nascera um filho, que um filho nos fora dado e que Raquel estava viva. Jacó, a tremer em cada membro, arrastou-se até a puérpera, ajoelhou-se ao lado e chorou. Toda alagada de suor, transfigurada pela mão da morte, Raquel soltava um canto ofegante de exaustão. Dilacerada estava a porta de seu corpo, ela mordera a língua e sentia-se morrer de cansaço. Fora esse o prêmio da sua alegre prontidão.

Não tinha força para virar a cabeça nem para sorrir, porém tocava a testa ao marido, ali de joelhos a seu lado, enquanto volvia os olhos para o berço balouçante, como a indicar que ele devia ver que a criança estava viva e pôr a mão no filho. Já fora este banhado, parara de chorar, estava enfaixado e dormia. Eram lisos e negros os cabelos daquela cabecinha que ao sair rasgara a mãe; as pestanas eram compridas e as mãozinhas tinham unhas bem-feitas. Não era bonito naquele momento, não se pode falar em beleza numa criança tão tenra. E todavia Jacó viu, como não vira nos filhos de Lia nem observara nos das escravas, viu, ao primeiro relance, algo que lhe encheu o coração tanto mais quanto mais olhava, com reverente enlevo, enchendo-lho até transbordar. Havia nessa criança recém-nascida alguma coisa inefável, uma beleza clara e fulgente, uma proporção de formas, uma simpatia, um encanto divino de que Jacó acreditou, se não entender, ao menos reconhecer a essência. Pôs a mão sobre a criança e disse: "Meu filho". Ao tocá-la, ela abriu os olhinhos que eram azuis e refletiam o fulgor do sol que lá brilhava no alto céu; com sua mãozinha minúscula, tão minúscula mas inteira, segurou o dedo de Jacó, segurou-lhe brandamente e adormeceu. Raquel, a mãe, também dormia a sono solto. Jacó, porém, como que prisioneiro de tão ternos sentimentos, lá se deixou ficar inclinado, a contemplar, quiçá durante uma hora, o seu filhinho tão claro, até que este vagiu com fome e o pai o tirou do berço.

Chamaram ao menino José, também Yashup, que, sendo interpretado, significa "acréscimo", como quando chamamos a nossos filhos Augusto. Seu nome todo, com Deus, era Yosef-el ou Josifia; querendo eles, porém, que a primeira sílaba tivesse relação com o Altíssimo, chamavam-lhe Yehosef.

BRANCOS E MALHADOS

Agora que Raquel dera à luz José, Jacó estava numa curiosa disposição de ânimo, muito jovial e delicado, falando só num tom trêmulo de voz que traía a sua emoção, e a complacência própria de que dava mostras chegava a ser culpável. A criança nascera por volta do meio-dia e o signo da Virgem surgira no Oriente. Jacó sabia que esse signo correspondia a Ishtar, revelação planetária da divina feminilidade, e queria por força ver em Raquel uma virgem celeste e deusa-mãe, uma Hator e Ísis com a criança ao seio, ao passo que o filho era uma maravilha, um ungido, a cujo aparecimento estava ligada uma época de bênçãos e júbilo, e que lá seria nutrido na força de Yahu. Não há remédio senão acusá-lo de arrogância e exagero. Mãe e filho formam, não há dúvida, um quadro santo, mas a mais elementar consideração por certas sensibilidades devia ter impedido Jacó de fazer deles "uma imagem", no sentido mais escandaloso do termo, e da pequena Raquel uma divina donzela astral. Bem sabia que ela não era nenhuma virgem, tomada a palavra no seu sentido comum. Do contrário, como se poderia explicar tal coisa? Quando usava a palavra "virgem", fazia-o somente num sentido mítico e astrológico. Mas é que ele insistia na alegoria com um prazer descomedido demais, deixando que deslizassem de seus olhos lágrimas de complacência. E já que ele era realmente pastor e a amada do seu coração se chamava Raquel, era mais que natural e até delicioso que ele chamasse ao filhinho dela "o cordeiro". Mas o tom com que se referia ao cordeiro nascido da virgem não era absolutamente um tom de gracejo; parecia antes reivindicar para o garotinho que lá estava no berço pênsil a santidade do primeiro representante do rebanho, a vítima imaculada a este pertencente. Todos os animais selvagens, dizia ele na sua exaltação, haviam de atacar o cordeiro, porém este os derrotaria a todos e desceria a paz sobre a terra, sobre os anjos e os homens. Chamava a seu filho ramo e rebento da raiz mais tenra, ligando essa representação oriunda da sua alma ultrapoética com a imagem da primavera do mundo e do começo daquela quadra de bênçãos na qual o celeste mancebo golpearia os poderosos com o bastão da sua boca.

Que exagerações do sentimento! Contudo, no espírito de Jacó a "chegada da época abençoada" tinha, na medida em que era possível colocar a questão no tempo dele, um sentido inteiramente prático. Significava a bênção das riquezas. Jacó estava convicto de que o nascimento de um filho da esposa legítima era um penhor seguro de que seus negócios, tivessem ele secretamente prosperado muito ou pouco enquanto ele andara servindo Labão, tomariam agora um rumo ascensional imenso e decisivo. Estava certo de que o sujo mundo inferior havia de, dali por diante, entornar para ele, sem reserva, todos os cabedais de ouro que possuía. Com esse pensamento andava, é verdade, ligado um outro mais nobre, provindo das esferas do sentimento: ele sonhava com a sua volta, carregado de tesouros, ao mundo superior e à terra de seus pais. Sim. O advento de Jehosif era como um momento decisivo no curso da sua vida que, falando a rigor, devia necessariamente coincidir com a sua saída dos domínios de Labão. Isso, porém, não podia ser nem era prudente. Raquel não estava em condições de viajar. Era vagaroso e difícil o restabelecimento após um parto tão terrível, que a deixara macilenta e enfraquecida. Também não se podia pensar em empreender com um infante uma exaustiva caminhada de mais de dezessete dias como aquela, já certa vez feita por Eliezer. É surpreendente, é quase ridículo, ver como algumas vezes esses assuntos são levianamente decididos e postos de parte. Assim é que nos contam que Jacó ficou catorze anos com Labão, sete e depois mais sete, decorridos os quais nasceu José, partindo aquele para a sua terra. E dizem-nos expressamente que, por ocasião do encontro com Esaú no vau do Jaboc, Raquel e José se aproximaram e se inclinaram diante de Edom. Agora, como podia uma criança de peito aproximar-se e inclinar-se? É que por essa época José já tinha cinco anos e foram exatamente esses os cinco anos que Jacó ainda morou com Labão depois dos vinte, por sinal que em virtude de um novo contrato. Ele não podia partir, mas podia portar-se como quem estava para partir a cada momento, fazendo assim pressão no casca-grossa do seu sogro, pois que não havia outro meio de ajeitá-lo, a não ser explorando as absorventes necessidades da vida econômica.

Foi então que Jacó se dirigiu a Labão e lhe disse:

"Peço a meu pai e tio que se digne de inclinar seus ouvidos para escutar-me."

"Antes de falares", atalhou-o apressadamente Labão, "escuta-me, que eu tenho assunto urgente para tratar contigo. Não podemos continuar como estamos até agora, e não me sofre o ânimo aguentar durante muito tempo a falta de ordem legal nos negócios entre homens. Serviste-me sete anos e depois outros sete pelas mulheres e de acordo com o nosso contrato que está lá embaixo sob a guarda dos *terafins*. Mas de alguns anos para cá — creio que são seis — contrato e documento perderam toda validade, não havendo pois mais lei alguma, imperando apenas o uso e a rotina, de modo que ninguém sabe a quantas anda. A nossa vida está parecida com uma casa construída sem prumo, e é, para falar verdade, como a vida das bestas. Vejo claramente, porquanto os deuses me deram olhos, que vens para um ajuste de contas, visto que me tens servido sem condições nem paga estipulada, pois tens posto de lado para ti toda a casta de mercadorias e bens que não vou contar e que agora são teus, e quando meus filhos Beor, Alub e Muras torceram o nariz vendo tudo isso, eu os repreendi. Todo trabalho merece sua paga, sendo apenas necessário regularizá-la. Visto isso, vamos fazer um novo contrato por mais sete anos, e me acharás disposto a subscrever qualquer condição que tenciones impor-me."

"Não pode ser", disse Jacó, sacudindo a cabeça, "e infelizmente meu tio está a desperdiçar suas preciosas palavras, que não desperdiçaria se me tivesse ouvido primeiro. É que não venho falar a Labão a respeito de novos contratos, senão a respeito de sua permissão e licença para eu partir. Vinte anos tenho te servido e tu mesmo és testemunha de como desempenhei meu serviço. A mim não me fica bem pronunciar as únicas palavras apropriadas ao caso. A ti caberia dizê-las."

"Como negá-lo?", disse Labão. "Tens-me servido satisfatoriamente, mas não é disso que ora se trata."

"Estou ficando velho e encanecido no teu serviço, sem necessidade", prosseguiu Jacó, "porque há muito que passou a cólera de Esaú, e já não existe o motivo pelo qual tive de deixar a casa paterna e abandonar minha terra natal. A índole infantil do meu irmão caçador já há muito não conserva nenhuma recordação dos casos antigos. Muitos anos atrás eu bem podia regressar, a qualquer hora, à minha terra e não o fiz. E por que não? A resposta a esta pergunta requer apenas umas poucas palavras que não me seria decente pronunciar porque elas encerram elogio. Agora, porém, Raquel, a donzela celeste, na qual tu te tornaste belo, gerou para mim Dumuzi, José, meu filho e dela. A ele quero levar comigo, bem como meus outros filhos, os de Lia e os das escravas, quero montar num animal que me conduza à minha terra e ao meu lugar, onde possa afinal cuidar da minha própria casa, como durante tanto tempo o fiz só com a tua."

"Eu o sentiria muito, no mais verdadeiro sentido da palavra", respondeu Labão, "e farei tudo que puder para que isso não venha a suceder. Pode o meu filho e sobrinho dizer livremente e sem fingimento o que quer, no tocante a novas condições, e eu lhe juro por Anu e Elil que me achará bem-disposto anuir a qualquer proposta razoável."

"Não sei o que acharias razoável", disse Jacó, "considerando quais eram tuas posses quando aqui cheguei e como aumentaram debaixo da minha mão. Até Adina, tua mulher, se tornou fecunda, pois que com vigor inesperado te deu três filhos quando já a neve ia te alvejando a cabeça. Podias ter falado e contudo não quiseste falar. Assim sendo, eu também me calo e me vou."

"Fala e ficarás", respondeu Labão.

Então Jacó estipulou sua condição, dizendo o que queria como paga, para ficar mais um ano ou coisa assim. Labão esperava muito, mas não aquilo. No primeiro momento ficou tonto e seu espírito se viu a braços com dois problemas — o de entender a exigência e o de circunscrevê-la aos limites convenientes.

Trata-se da famosa história dos carneiros malhados, mil vezes contada ao pé do fogo e da fonte, mil vezes celebrada nos cantos ao desafio organizados em honra do pastor Jacó, como uma obra-prima de inteligência e sagacidade — a história em que o próprio Jacó, na velhice, quando se punha a devanear, não podia pensar sem que um sorriso lhe encrespasse os lábios finos, quase velados pela sua barba... Em suma, ele pediu para si tudo o que nascesse malhado de branco e preto, tanto carneiros como cabras; não o que já tinha nascido — vamos entender bem o negócio! —, mas tudo o que nos rebanhos de Labão futuramente nascesse com manchas brancas e pretas. Tudo o que saísse nessas condições viria constituir a sua paga e ajuntar-se aos bens que ele fora acumulando durante os longos anos em que estivera a serviço do tio. Tratava-se de repartir entre patrão e empregado os animais que fossem nascendo daí por diante, e não exatamente em partes iguais, porque um bom quinhão, o maior, era de crias brancas, constituindo as crias pintadas a parte menor, de modo que o critério de Jacó era apenas um critério de seleção. Todavia ambos sabiam muito bem que as ovelhas pintadas eram mais lascivas e mais prolíficas do que as brancas, e Labão o disse imediatamente, com um misto de cólera e respeito pela audácia e pela esperteza do sobrinho.

"Tu tens ideias!", exclamou ele. "Tuas exigências desorientam a gente! Com que então queres ficar com os carneiros malhados, os mais esplêndidos e ardentes? Não digo que não, porque te dei carta branca para pedires e cumpro minha palavra! Se esta é a condição que impões para não sair daqui, arrancando-me do coração minhas filhas Lia e Raquel, tuas mulheres, de sorte que eu, velho como estou, nunca mais as veja — então seja como queres. Contudo, digo-te com franqueza que o negócio me fere profundamente."

E Labão sentou-se, imobilizando-se como se o tolhesse a paralisia.

"Ouve!", disse Jacó. "Pelo que vejo, minha condição te melindra muito e não te agrada nem um pouco. Assim, uma vez que és o irmão de minha mãe e o pai de Raquel, a virgem estelar e minha mulher legítima e muito amada, vou submeter minha exigência a uma condição que a tornará menos terrível a teus olhos. Vamos hoje passar um exame a todo teu rebanho e vamos separar toda ovelha e todo carneiro malhado, bem como todos os animais pretos ficando lá só os brancos, de modo que estes não saibam da existência daqueles. Depois disso, tudo que sair pintado é meu, fica sendo minha paga. Estás satisfeito?"

Labão olhou para o sobrinho e piscou os olhos.

"Três dias de jornada!", exclamou de repente. "De três dias de jornada será a distância que vamos pôr entre os brancos, os pretos e os manchados. Haverá completa separação na criação de uns e de outros, de maneira que não saibam estes que aqueles existem. Assim o estipulo eu! E isso será selado em Harã perante o juiz e depois o instrumento ficará guardado lá embaixo, com os *terafins*. É essa a minha última palavra."

"É duro o que exiges", comentou Jacó, "duro e oprimente. No entanto, desde o começo notei que meu tio em matéria de negócios é rígido, severo, inflexível. Por isso, aceito a tua condição."

"Fazes bem", respondeu Labão, "pois nunca devia eu apartar-me de tais normas. Agora ouve e dize-me: que rebanho tencionas levar ao pasto e fazer passar por baixo do teu cajado, conservando-o para ti individualmente? O malhado ou o branco?"

"É legal e natural", disse Jacó, "que cada um guarde o que é seu e de onde lhe virão os lucros. Fico com os malhados."

"Não, senhor!", revidou Labão. "Nem por sombras! Fizeste teu pedido, que não é nada modesto. Agora, porém, é a minha vez e eu vou pedir o que me parece mínimo e o mais módico para honra do negócio. Tu concordas comigo de novo neste contrato. Mas se és meu empregado, o interesse do negócio exige que guardes os carneiros que vão dar lucro, isto é, os brancos, e não aqueles cujas fêmeas vão parir em teu proveito, isto é, os pintados. Beor, Alub e Muras, meus filhos que Adina, toda ufana, deu à luz na velhice, cuidarão dos carneiros manchados."

"Hum", disse Jacó. "Seja assim também. Não quero teimosamente contrapor meu querer ao teu, pois conheces minha mansidão."

E assim foi feito o ajuste, sem que Labão desconfiasse do papel que estava representando, nem percebesse que estava caindo redondamente no logro. A curteza do seu intelecto não dava para que ele entendesse do que se tratava. O que ele queria antes de tudo era apegar-se à bênção de Yitzhak e calculava que o efeito dela havia de contrabalançar sobejamente a natural superioridade dos carneiros pintados. Sabia que o rebanho branco, do qual, depois de feita a separação com todo o cuidado, não era possível esperar crias malhadas, se propagaria mais abundantemente sob os cuidados de Jacó do que o rebanho pintado que estava entregue às mãos fiéis mas pesadas de seus filhos. Que tolo foi ele! Contava na verdade com a bênção, porém não tinha descortino suficiente para imaginar o resultado da esperteza e do espírito inventivo de Jacó, sem falar na sua incapacidade absoluta para sequer sonhar com o plano que lá estava atrás da exigência e das concessões de seu genro, a saber, o lúcido raciocínio, baseado em larga experiência prévia, que era o alicerce de toda aquela tramoia.

Porque não devemos supor que só depois de feito o contrato e com o intuito de torná-lo vantajoso para si é que Jacó descobriu o maravilhoso ardil graças ao qual obteve ovelhas e carneiros malhados, embora só dispondo de machos e fêmeas de cor branca. A ideia primitiva surgira sem nenhum intuito de lucro, fora apenas uma diversão do espírito que seria posta à prova com a mira na ciência. O trato com Labão não passava de um ensejo para tal. A ideia vinha dos tempos anteriores ao casamento de Jacó, quando ele era ainda um suspirante e seu interesse na criação de carneiros era enorme e muito vivo; ela de fato se originara de uma adivinhação simpática e de uma inspiração emotiva. Não se pode gabar bastante a intuição que lhe mostrou o meio de fazer a natureza confessar um de seus segredos mais maravilhosos e de confirmar sua descoberta por meio da experiência. Ele descobriu o fenômeno do choque na gravidez. Descobriu que, estando a fêmea no calor do coito, a vista do animal pintado afetava o cordeiro que estava então sendo concebido, o que vinha dar como resultado o animal malhado. Devemos acentuar o fato de que a curiosidade de Jacó era inteiramente abstrata, e foi inteiramente intelectual o prazer com que ele tomou nota dos sucessos que ia obtendo. Entretanto, o instinto o ensinou a ocultar a Labão e a quem quer que fosse que ele tinha dado um mergulho no mundo da mágica. Agora, a ideia de tirar vantagem daquela descoberta foi uma ideia secundária, que só se cristalizou quando as circunstâncias o levaram a fazer o novo ajuste com o sogro.

Para os pastores, em seus cânticos, bastou o resultado, isto é, a formidável aparelhagem do mais maravilhoso dos embustes. Era constante assunto de suas éclogas o modo como Jacó o pregara a Labão na menina do olho, frustrando-lhe as precauções e roubando-o sistematicamente; como tomara umas varas verdes de choupo e de aveleira, fizera nas respectivas cascas uns cortes, formando assim umas listras brancas, e as pusera diante dos rebanhos nos regos aonde vinham beber e onde estavam acostumados a copular; como as ovelhas e as cabras conceberam diante das varas e pariram cordeirinhos e cabritinhos com listras e manchas, apesar de serem todos brancos, tanto os machos como as fêmeas; e como Jacó fizera isso especialmente na primavera, ficando sendo de Labão os animais tardios e menos fecundos. Tudo isso os pastores diziam e cantavam acompanhando-o com seus alaúdes, ao mesmo tempo que riam a bandeiras despregadas, lembrando-se da impagável peça. Eles não tinham a piedade de Jacó nem a sua formação mística, e não conheciam o sentimento do dever que lhe guiava a ação:

primeiro, tinha ele de ajudar a Deus, o Rei, no cumprimento da promessa que este fizera de o cumular de riquezas; segundo, era preciso enganar aquele demônio de Labão, que o enganara antes nas trevas, impingindo-lhe Lia, majestosa mas com cara de cachorro, acrescendo ainda que tinha de se realizar o dito, segundo o qual um homem nunca deixava o mundo inferior senão carregado dos tesouros que lá jaziam tão profusamente espalhados por entre a imundície.

E foi o que se deu. Eram três os rebanhos que pastavam: o branco, guardado por Jacó, o preto e pintalgado, de que cuidavam os filhos de Labão, e o rebanho de propriedade de Jacó, que foi sendo acumulado no curso dos negócios feitos durante aqueles anos e de que tomavam conta os empregados de Jacó e seus ajudantes de pastor, ao qual rebanho de quando em quando se vinham juntar as crias pintadas que iam nascendo do rebanho malhado e, por mágica, também do branco. E dessa maneira foram crescendo tanto as posses do homem, que era aquilo objeto forçado dos comentários e do espanto de toda a região: o número incontável de gado, e fatos e malhadas, a enorme quantidade de escravos e escravas, de camelos e de jumentos que eram de propriedade de Jacó. No fim estava ele muito mais rico do que Labão, o labrego, mais rico do que todos os homens de negócios que tinham sido convidados para a sua boda.

O FURTO

Ah! Como Jacó se lembrava! Como se lembrava ele com a maior nitidez! Toda a gente o percebia ao vê-lo de pé, engolfado em profundo cismar, e toda a gente se acautelava para represar suas próprias manifestações individuais em reverências àquele acervo de vida e de história que constava de tantas camadas. Tornara-se precária a situação do abastado Jacó. O próprio Deus, El, o Altíssimo, notara que a bênção ia ficando incômoda, de tão enorme e desmedida, e lhe dera em sua presença as correspondentes instruções. Por outras palavras, chegou ao conhecimento de Jacó, e era coisa facílima de acreditar, que seus cunhados, herdeiros de Labão, Beor, Alub e Muras, tinham uma certa disposição relativa a ele, expressa em murmurações que eram repetidas pelos ajudantes de pastor e pelos criados, que as ouviam dos empregados dos primos de Jacó em encontros casuais no pátio. O fato de terem elas uma auréola de verdade não as tornava menos inquietantes. "Aquele tal

Jacó", diziam eles, "tinha vindo parar ali antes de eles aparecerem no mundo, e tinha vindo de que maneira? Como um mendigo e fugitivo, não tendo outra coisa mais que a pele do seu corpo. Nosso pai na sua bondade deu, por amor dos deuses, teto e carinho ao vagabundo. E vejam agora o rumo que as coisas vão tomando diante de nossos próprios olhos! Cevou-se ele na nossa carne e no nosso sangue e vai tomando para si os bens de nosso pai, ficando tão gordo e tão rico que já chega a ser um fétido para o nariz dos deuses! Porque aquilo era ladroeira, e da grossa, cometida na presença deles e defraudando os herdeiros de Labão. É tempo de se fazer alguma coisa para restabelecer a justiça de uma forma ou de outra, em nome dos deuses da região: Anu, Elil e Marduk, sem esquecer Bel Harã, a quem dirigíamos as nossas preces, de acordo com o costume de nossos pais, ao passo que nossas irmãs, mulheres desse estrangeiro, tinham parte com o Deus dele e Senhor de sua tribo, que lhe ensinava artes mágicas que faziam sair malhados os cordeiros nascidos na primavera, passando para ele, em virtude de um contrato de má morte, aquilo que era propriedade de Labão. Mas havemos de ver quem se mostrava mais forte naquele terreno e naquelas planícies, quando a coisa se tornasse séria: os deuses da região, que ali moravam havia séculos, ou o deus dele, que não tinha outra casa a não ser Bet-el e que não era senão uma pedra no alto de um outeiro. Podia bem ser que algo acontecesse ao homem, fazendo-lhe justiça, e que um leão o dilacerasse nos campos — o que não seria uma mentira, porque nós na nossa raiva éramos como leões. Quanto a nosso pai, Labão, era fiel demais ao contrato e o temia, lá embaixo onde ele estava junto com os pequenos deuses da casa. Mas podia-se dizer-lhe que fora um leão e ele ficaria satisfeito. Verdade era que esse salteador do Oeste tinha filhos robustos, dois dos quais, Simeão e Levi, urravam de um modo que metia medo. Mas a nós também deram os deuses braços de bronze, apesar de sermos filhos de um homem de idade, e podiam golpear de repente e sem aviso prévio, à noite, quando ele estivesse a dormir, e depois dizermos que fora o leão: o pai o acreditaria com facilidade."

Tais eram as conversas dos filhos de Labão entre si, conversas que evidentemente não eram para Jacó ouvir, mas de que este era informado pelos ajudantes de pastor e pelos criados que contratava. Ao ouvi--las, Jacó abanava a cabeça, cheio de desaprovação objetiva, porque, refletia ele, sem a bênção de Isaac, aqueles jovens não teriam nas narinas um sopro de vida, àquela bênção se devia toda a prosperidade de Labão, e eles deviam ter vergonha de estar assim a tramar contra ele que vinha a ser afinal de contas a fonte da própria existência dos conspiradores. Mas fora disso começou a inquietar-se e daquele momento em diante procurou ler nas feições de Labão e decifrar o que a respeito se estaria passando no espírito do dono da casa, se este estaria disposto a acreditar que fora um animal feroz que matara Jacó, no caso de lhe dizerem isso os cunhados. Examinava a cara do homem quando este saía, montado no seu boi a ver a criação, e achava que devia examiná-la mais uma vez; montava a cavalo ele próprio e ia até a casa discutir sobre a tosquia, e de novo se punha a estudar o semblante do sogro. E o que ele positivou foi que esse semblante já não se mostrava para com ele, Jacó, o que fora na véspera e na antevéspera. Não correspondia ao seu olhar perscrutador; as feições pareciam descaídas e nem uma vez o homem levantava os olhos para Jacó, senão que os desviava e baixava, enquanto discutia com o genro sobre os negócios de mais importância. E assim, depois desse segundo exame, tornou-se claro e certo para Jacó que não só o homem acreditaria na besta-fera, mas até lhe agradeceria no seu coração.

Então soube Jacó o suficiente e ouviu em sonho logo que adormeceu a voz de Deus, que lhe dizia: "Trata de sair daqui!". E insistindo mais: "Ajunta tudo o que tens, e melhor hoje que amanhã, toma tuas mulheres, teus filhos e tudo de que, durante esse tempo, tiveste aumento por meu intermédio, e põe-te a andar com esse imenso peso para a tua terra, na direção do monte Galaad, que estarei contigo".

A ordem fora dada em termos gerais; ao homem pertencia a consideração e o arranjo dos detalhes. E, cautelosamente e em silêncio, começou Jacó a pôr em andamento a sua fuga do mundo inferior. Lá do campo onde se achava mandou recado, chamando-as, a suas mulheres Lia e Raquel, filhas da casa, a fim de conversar com elas e ter certeza de que ficariam do seu lado. Quanto às concubinas, Bala e Zelfa, não era aquela uma questão para a qual se lhes pedisse assentimento, porquanto elas só tinham que obedecer.

"Dá-se isto, assim e assim", disse ele às mulheres, quando os três se puseram de cócoras diante de sua tenda. "Vossos três irmãos menores andam querendo matar-me por causa dos meus bens que são vossos e herança de vossos filhos. E quando examino o rosto de vosso pai a ver se ele me ampararia contra os maus intentos dos filhos, chego à conclusão de que ele não olha para mim, como fazia ontem e antes de ontem, não olha mesmo nada, deixando uma metade do seu rosto pender como se fosse paralítico, enquanto a outra metade não toma conhecimento de mim. Mas como é isto, se eu o tenho servido com todas as minhas forças? Sim, três vezes sete e mais quatro anos, porém o que ele fez foi trair-me e mandar-me contratar conforme o quis, alegando que tais são as asperezas do comércio. Mas o Deus de Bet-el, o Deus de meu pai, não permitiu que ele me fizesse nenhum mal e até virou em meu favor todas as coisas. E quando me foi dito que as crias malhadas seriam a minha paga, eis que bastava pularem bodes e carneiros e todo o fato e rebanho se pintalgava, de maneira que o que pertencia a vosso pai passou a ser possessão minha. Por isso devo eu agora morrer e se dirá que foi um leão que me comeu. Porém o Senhor de Bet-el, para quem ungi a pedra, quer que eu viva e fique velho, e por isso me deu ordem em sonho para que eu tome tudo o que é meu e secretamente atravesse a água e vá para a terra de meus pais. Eu falei, agora falai vós!"

Concordaram logo as duas mulheres com a opinião divina. Aliás, nem podia ser de outra maneira. Coitado de Labão! Provavelmente ele teria perdido, mesmo que se tratasse de uma escolha a fazer, e não se podia dizer que fosse esse o caso. Elas eram de Jacó. O preço por que este as adquirira tinham sido os catorze anos de trabalho. Em circunstâncias comuns, seu senhor e comprador já havia muito as teria levado da casa de seus pais para o seio da sua própria tribo. Tinham sido as mães de oito de seus filhos mesmo antes de a natureza agir e de Jacó tornar fecunda, por fim, aquela a quem primeiro pedira em casamento, a noiva legítima. Seria possível que elas o deixassem partir, com os filhos e com Dina, filha de Lia, para ficarem agarradas ao pai que as vendera? Iria ele fugir sozinho com as riquezas que o seu Deus subtraíra a Labão para ele e para seus filhos? Ou descobririam ao pai e aos irmãos o planejado, para deitarem o esposo a perder? Cada uma dessas coisas era mais impossível que a outra. Além disso, elas o amavam; haviam emulado no amor para com ele desde o dia da sua chegada, e não havia momento melhor do que aquele para cada uma lhe mostrar sua dedicação. Uma e outra o agarraram, cada uma de seu lado, e falaram ambas ao mesmo tempo:

"Eu sou tua! Não sei nem quero saber o que a outra pensa. Mas eu sou tua, onde estás e aonde fores. Se te vais furtivamente, leva-me furtivamente contigo e tudo que o Deus de Abraão te deu, e que Nabu, guia e deus dos ladrões, esteja conosco!"

"Obrigado!", respondeu Jacó. "Agradeço igualmente a ambas. No terceiro dia a contar de hoje Labão vai partir para a tosquia de seu rebanho. Para isso fará uma jornada de três dias, para tosquiar seus carneiros malhados, com Beor, Alub e Muras. E, quando ele partir, ajuntarei meus rebanhos que estão no centro, entre esta banda e aquela, os rebanhos que Deus me deu, e de hoje a seis dias, já estando Labão bem longe, nos poremos todos a caminho, com a nossa imensa bagagem, e iremos em direção do rio Prat e em direção de Galaad. Ide, que eu vos amo a ambas quase igualmente! E enquanto a ti, Raquel, menina de meus olhos, tem todo o cuidado com o cordeiro da virgem, Jehosif, o filho legítimo, e trata de prover-te de bons agasalhos para as noites frias, porquanto o rebento é frágil como a haste da qual brotou com tanta dor e tormento. Ide, pois, e fazei conforme vos disse."

Assim e ainda com várias outras minúcias foi traçada a fuga, da qual na sua velhice Jacó se recordava com um misto de comoção e de alegria pela sua esperteza. Essa lembrança lhe vinha a cada passo e até a sua morte ele falou no que a pequena Raquel fizera na sua doce ingenuidade e finura. Ela o fez inteiramente só, nenhuma pessoa o soube e nem mesmo depois ela o confessou a Jacó, para não carregar a consciência deste com o seu ato e para que ele pudesse jurar a Labão com o coração limpo... E que foi que ela fez? Como iam retirar-se às escondidas e todo o mundo estava no signo de Nabu, ela também resolveu apossar--se secretamente de umas certas coisas. Depois que Labão partiu para proceder à tosquia e ficando a casa em pleno sossego, ela suspendeu o alçapão e desceu a escadinha que levava ao aposento onde se achavam os túmulos e onde eram guardados os recibos, tomou os pequenos deuses-lares de Labão, os *terafins*, segurando-os um por um pelas suas barbas e pelas suas cabecinhas femininas, meteu-os debaixo do braço e na escarcela, conservou dois na mão e, sem ser notada, esgueirou-se para os alojamentos das mulheres a fim de ocultar as imagens entre os trens domésticos, podendo assim elas seguir na viagem furtiva. A verdade é que havia muita confusão naquela cabecinha, e foi precisamente isso que pôs tão comovido e preocupado a Jacó quando soube do caso. Segundo declaração da própria Raquel, o amor que lhe dedicava a conquistara para o Deus dele, o Altíssimo e Único, tendo-a feito abjurar os deuses da sua infância. Todavia, lá no fundo de seu coração, continuava parcialmente idólatra, pelo menos julgava melhor continuar assim, por via das dúvidas. Para o que desse e viesse, resolveu levar consigo os adivinhos e conselheiros de Labão, não fossem eles dar-lhe informação do caminho que levavam os fugitivos, e quis também conservá-los como uma defesa contra a perseguição, pois esta era, conforme a crença local, uma das virtudes daqueles ídolos. Sabia a confiança que Labão depositava naqueles homenzinhos e naquelas figurinhas de Ishtar, sabia quanto ele estimava aqueles pequenos tesouros e, com tudo isso, furtou-lhes por causa de Jacó. Não é, pois, de admirar que Jacó a tenha beijado quando ela, com os olhos úmidos, confessou o fato e só a censurou, ainda assim muito benignamente e como se aquilo não tivesse grande importância, pelo seu estouvamento e por ela o ter feito jurar falso em presença de Labão quando este os alcançou, pois que ele às cegas oferecera como penhor a vida de todos os seus, em testemunho de que os deuses não estavam debaixo de seu teto.

NO ENCALÇO

Os *terafins* não patentearam nessa circunstância sua eficácia como protetores, talvez porque não quiseram pôr-se do lado contrário aos seus legítimos donos. No terceiro dia Labão soube que o filho de Yitzhak fugira, levando suas mulheres, escravas, a prole e tudo que possuía, e fugira naturalmente na direção do Oeste. Mal chegara ele ao lugar onde iam ser tosquiados os carneiros malhados e pretos, chegou-lhe a notícia, trazida pelos criados e guardas, os quais, se não esperavam alvíssaras, também estavam longe de prever o resultado, pois sua lealdade quase lhes ia custando umas pauladas. Furioso, voou para casa o homem e lá descobrindo o roubo dos ídolos partiu no encalço dos fugitivos, com seus filhos e um grupo de homens armados.

A configuração do caso de agora se assemelhava à do sucedido vinte e cinco anos antes, quando Jacó, jornadeando para lá, tivera Elifaz a seguir-lhe as pegadas. Via-se ele de novo perseguido e, dessa vez, de uma maneira mais temerosa porque as forças perseguidoras podiam movimentar-se com muito mais facilidade do que a sua longa caravana de gado, animais de carga e carros de bois, que lá se ia arrastando pelo pó como um verme. O alarme que sentiu quando as vedetas e os espias postos à retaguarda anunciaram a aproximação de Labão era mesclado de uma espécie de prazer diante da correspondência e da simetria. É dado como de sete dias o prazo que Labão necessitou para apanhar seu genro. Este já passara o deserto, isto é, a pior parte da jornada, já alcançara os cumes arborizados do monte de Galaad, de onde desceria para o vale do Jordão, onde este vai desaguar no mar de Ló ou mar Morto. Foi quando seu impulso inicial afrouxou e ele teve de sujeitar-se ao encontro e à explicação.

A cena, a paisagem de sempre, o rio, o mar e a nevoenta cordilheira são a testemunha silenciosa e garantem a veracidade daquelas histórias que povoavam continuamente o espírito de Jacó e lhe tornavam tão aterrador o semblante quando ele se punha a cismar. Nós as relatamos pormenorizadamente como se pode provar terem elas sucedido, em constante harmonia com a montanha e o vale. Foi aqui; está tudo de acordo; nós próprios descemos às profundezas e olhamos da praia ocidental do mar de Ló, cujas águas sabem tão mal, vimos tudo com nossos próprios olhos, vimos que está tudo conforme e que uma parte condiz com a outra. Sim, aqueles cumes azulados lá para Leste, além da barrela, são Moab e Amon, as terras dos filhos de Ló que foram expulsos e que suas filhas lhe geraram. Bem longe, para o Sul, além do mar, vislumbra-se Edom, Seir, a terra dos bodes, de onde Esaú se precipitou ao encontro de seu irmão, encontrando-o no Jaboc. Ali está também o monte de Galaad, onde Labão alcançou seu genro, e há uma relação local entre aquele monte e a água do Jaboc para onde depois se dirigiu Jacó. Está tudo em perfeita ordem. O nome de Galaad, na banda oriental do Jordão, provavelmente foi usado por extensão muito mais para o Norte, até o rio Yarmuk, que junta suas águas tumultuosas com as do Jordão não longe do mar de Kineret ou Genesaré. Mas o nome se aplica com mais exatidão aos cumes que se estendem para Oeste e para Leste nas duas margens do Jaboc, e partindo deles desce-se até os matagais deste e atinge o vau que Jacó escolheu para passagem dos seus. Mas pernoitou diante dele e lhe sucedeu aquela estranha aventura que a partir desse dia o fez sempre coxear um pouco no seu andar. Ademais está patente que, como a entrada ia dar no *ghor* quente da corrente, ele, com a sua fatigada caravana de seres humanos e animais, não tomou o caminho do país natal, mas seguiu em linha reta em direção ao Oeste, engolfando-se no vale de Siquém, no sopé do Garizim e do Ebal, onde esperava poder descansar. Sim, tudo está em inteira concordância e prova uma vez por todas que é verdade o que dizem os cânticos dos pastores.

Nunca se saberá ao certo quais seriam as disposições de espírito que vinham animando Labão, o casca-grossa, durante a sua ofegante perseguição. Com efeito, seu procedimento, quando alcançou o alvo, foi uma surpresa muito agradável para Jacó, cujo espírito mais tarde se rejubilou por estar em tão perfeita consonância com a inesperada brandura de Esaú ao encontrarem-se. É que o estado de ânimo de Labão andara evidentemente tão confuso como o do Vermelho. Ele bufara de raiva e pegara em armas contra o fugitivo, mas depois limitou-se a qualificar de loucura o procedimento de Jacó e durante a conversa que teve com o sobrinho confessou que um deus, o deus de sua irmã, o visitara em sonho e lhe ameaçara a vida se ele não falasse com bons modos ao genro. Isso é bem possível, porquanto para Labão seria suficiente ouvir falar no deus de Abrão e de Nacor para atribuir-lhe uma existência tão real como a Ishtar ou a Adad, muito embora ele não o incluísse no número de seus deuses. Contudo, permanece duvidoso se ele, ainda que não pertencente à fé, tenha realmente visto e ouvido em sonho a Yeho, o Único. Professores e comentadores confessam-se perplexos, e o que é mais provável é que ele tenha vestido com as roupagens de uma visão certos sentimentos e receios que o assaltaram pelo caminho, certas considerações que se lhe avivaram no silêncio de sua alma. Jacó devia estar tão pouco inteirado do assunto como o próprio Labão, mas concordaria no modo de expor a questão. Vinte e cinco anos tinham ensinado a Labão que estava lidando com um homem abençoado. Sua cólera é compreensível, se se considera que com a sua partida Jacó afastava a bênção por cuja causa Labão fizera tantos sacrifícios, mas não menos compreensível é que sua primitiva intenção de se opor a Jacó com violência veio afrouxando pelo caminho por causa de certos temores seus. Não podia haver objeção nenhuma contra o fato de Jacó ter trazido consigo as filhas de Labão. Ele as comprara, eram suas, corpo e alma, e o próprio Labão certa vez escarnecera do mendigo que não tinha para onde conduzi-las no cortejo nupcial saído da casa paterna. Os tempos tinham mudado, pois que agora os deuses consentiam que aquele homem o despojasse a ele, Labão! Ao partir no encalço do genro, não tinha a intenção consciente de, pela força das armas, reaver o que lhe fora tirado, mas sentia-se, ao fazê-lo, vagamente impelido a amortecer o golpe que lhe tocara ao perder tudo o que passara das suas mãos para as de Jacó ao menos separando-se amigavelmente do ladrão feliz, pois seria melhor para ele se assim o fizesse. Havia apenas uma coisa que o punha furioso e que ele queria a todo custo pôr em pratos limpos, a saber, o furto dos *terafins*. Este era o motivo claro e definido entre os outros vagos e mais ou menos aéreos que o atiçavam: tinha de reaver os seus deuses penates. Se agora o leitor descobrir lá no seu coração uma pontinha qualquer de simpatia por esse negociante caldeu e homem de contratos, vai sentir certa dor d'alma ao saber que ele nunca mais os recuperou!

O encontro do perseguidor com o fugitivo realizou-se na maior tranquilidade e — o que é estranho — sem qualquer mostra de desagrado. Considerando o estado de Labão ao partir, seria de esperar um embate violento. A noite descera sobre Galaad e Jacó armara seu campo sobre um úmido planalto, amarrara os camelos, reunira bem juntos carneiros e cabras para conservarem o calor, quando, caladamente e como se fosse uma sombra, se aproxima Labão, levanta sua tenda nas proximidades e, sem mais delongas, some-se dentro dela para o descanso noturno.

Mas saiu cedo e se dirigiu com passos pesados para a de Jacó, diante da qual este, um tanto perplexo, o esperava. Puseram a mão na testa e no peito e sentaram-se um ao lado do outro.

"Conforta-me a alma", assim principiou Jacó a espinhosa entrevista, "em rever meu pai e tio. Faço votos que as incomodidades da viagem não tenham contribuído para diminuir-lhe o bem-estar corporal!"

"Sou mais forte do que mo permite a idade", replicou Labão. "E tu com certeza sabias disso, uma vez que me impuseste uma caminhada dessas."

"Como assim?", perguntou Jacó.

"Como assim?", repetiu Labão. "Homem, reflete no que fizeste comigo, esquivando-te secretamente de mim e do nosso contrato, à laia de um ladrão, roubando-me minhas filhas como se fosse pela espada! No meu modo de ver as coisas, devias ter ficado sempre comigo, conforme o contrato que me custou o sangue e a que, apesar dos pesares, me mantive fiel de acordo com o modo de pensar da nossa terra. Se, porém, tu não o aguentavas e fazias tanto empenho em te ires embora, por que não abriste a boca e falaste como filho? Apesar de já tão tarde, podíamos validar o que no momento oportuno as circunstâncias em que te achavas não to consentiram, e te acompanharíamos com pompa ao som de harpas e de címbalos por terra e por água, de acordo com o costume. E, entanto, que fizeste? És então obrigado a andar sempre furtando de dia e de noite, e não tens coração aí dentro de ti nem entranhas de sentimento, pois não quiseste conceder à minha velhice oportunidade de beijar minhas filhas pela última vez? Vou te dizer o que fizeste. Procedeste loucamente — eis o que me ocorre para descrever tua atitude. E se eu quisesse, se ontem de noite eu não tivesse ouvido em sonho uma voz, talvez a voz de teu Deus, que me aconselhou a não me meter contigo, podes bem crer-me que meus filhos e criados têm bastante ferro nos braços para te fazerem pagar tua loucura em te esgueirares assim como um ladrão!"

"Sim", retrucou Jacó, "o que é verdade continua sendo verdade, e os filhos de meu patrão são javardos e leõezinhos e já há muito teriam me tratado como quem são, se não de dia, de noite durante o meu sono, e tu de boa mente terias acreditado que tinha sido um animal feroz e terias me pranteado imensamente. Perguntas-me por que saí calado e não fiz discursos? Acaso não devia eu recear que tu não concordarias e que antes não terias me tomado minhas mulheres, tuas filhas, ou no mínimo que me imporias novas condições para me conceder a licença de partir e terias me despojado de meus bens e do que me pertence? Meu tio é duro e seu deus é a lei inflexível dos tratos e contratos."

"E por que me roubaste meus deuses?", bradou Labão de repente, enquanto na sua fronte as veias, intumescidas pela raiva, ficavam quase tão grossas quanto um dedo.

Jacó ficou sem fala, e foi o que disse depois de alguns instantes. Mas no íntimo sentia-se aliviado ao ver Labão pôr-se do lado onde não estava a razão, visto que se saía com uma afirmação tão louca.

"Deuses?", repetiu ele estupefato. "Os *terafins*? Queres dizer que eu tirei as tuas imagens do aposento? Isso chega a ser a coisa mais risível e ridícula que ouvi em toda a minha vida! Homem, chama o bom senso em teu socorro e vê bem de que me acusas! Que valor e importância podiam ter para mim os teus ídolos, aquelas imagenzinhas de barro, para que eu me fosse tornar culpado por causa delas? Não ignoro que elas, como qualquer outro traste doméstico, foram formadas no torno e postas a secar ao sol e não têm sequer o poder de fazer o nariz de um escravozinho resfriado parar de escorrer. Como, porém, parece que os perdeste, seria melhor não estares aí a louvá-los."

Labão respondeu:

"Não te falta espírito refalsado e esperteza para te pores a fingir que não lhes dás apreço e para que eu acredite que não estão contigo. Mas não há ninguém que atribua tão pouco valor aos *terafins* que não os roube com muito prazer. Isso é impossível. E uma vez que eles já não estão no lugar onde estavam, é sinal que quem os tem és tu."

"Escuta uma coisa!", disse Jacó. "É bem bom que estejas aqui e que te hajas apressado a correr no meu encalço durante tantos dias por causa desse negócio, porque ele tem de ser esclarecido completamente. Eu, o acusado, assim o exijo. Franqueio-te o meu acampamento. Percorre-o todo, anda por onde te aprouver e dá a tua busca! Remexe em tudo sem receio e a teu talante, que te dou carta branca. Se achares os teus deuses com alguém, seja quem for, dá-lhe cabo da vida; seja eu ou seja um dos meus, não importa, mata-o aqui na mesma hora diante dos olhos de todos, mata-o com o fogo, com a espada ou enterra-o vivo, conforme

303

escolheres. Principia tua busca aqui comigo e procura cuidadosamente, pois insisto em que se execute a coisa às direitas."

Sentia o coração leve por lhe ter sido possível transferir o caso todo para os *terafins*, de modo que toda a questão teria agora de girar em torno destes, podendo ele no fim fazer o papel de parte ofendida. Não sonhava sequer que o terreno estava sumamente escorregadio debaixo dos seus pés e que o que ele estava fazendo era desafiar a morte. Pois o culpado não era outro senão a sua inocente Raquel, mas com a grande sagacidade de que era dotada, pondo em campo extrema habilidade e decisão, acabou saindo ilesa da ação louca que praticara.

Eis o que Labão respondeu: "Seja então assim!", e erguendo-se de golpe entrou a dar uma busca no campo, à cata das suas imagens. Sabemos exatamente como foi feita essa procura: no começo mostrou-se ele muito zeloso e minucioso, porém, à proporção que as horas passavam e a busca se tornava infrutífera, ficou cansado e sem ânimo. O sol fora esquentando muito e embora ele quase estivesse sem roupa de cima e conservasse aberta a camisa até o pescoço e arregaçadas as mangas, o suor lhe escorria de sob o gorro e o rosto se lhe afogueara tanto que era de recear para aquele velho robusto um ataque apoplético. E tudo por causa dos *terafins*! Será possível que Raquel tivesse coragem de ver seu pobre pai tão torturado e zombar dele assim, sem mesmo pestanejar? É necessário que nos lembremos do poder de sugestão e de comunicação que emanava da expressiva personalidade de Jacó e do influxo espiritual que ele exercia sobre todos quantos o cercavam e especialmente sobre aqueles que o amavam. Pela força do seu espírito e da sua vontade própria, Raquel desempenhava uma parte divina, a da virgem dos céus e mãe do menino celeste que trazia a bênção. Inclinava-se a ver o resto do mundo, inclusive seu pai, pelos olhos de Jacó e a aprovar o papel que a ele fora designado. Para ela como para o seu amado, Labão não era mais que um demônio da lua negra, que por sua vez era agora submetido, e em mais solene estilo, a uma traição, e Raquel viu tudo isso com o olhar firme, porque se tratava de um acontecimento sagrado, significativo e predestinado, esse que ali estava se desenrolando, e em que Labão mesmo desempenhava o seu papel com maior ou menor consciência e consentimento. Ela não tinha simpatia por Labão, exatamente como não a tinha por Esaú a gente de Yitzhak por ocasião do grande embuste.

Labão chegara de noite e na manhã seguinte fora ter bem cedo com Jacó, sem dúvida para exigir do genro aquilo que estava em poder dela. O pai se levantara depois da entrevista e dera começo à busca — tal foi a informação que lhe deu a criadinha que ela mandara a espreitar e que na pressa com que estava havia suspendido a saia e a prendia com os dentes, a fim de correr com mais facilidade, de maneira que estava quase despida na frente. "Labão está dando busca!", disse ela num murmúrio, esbaforida. Então Raquel se deu pressa em ir buscar os *terafins*, que estavam embrulhados num pano, e os levou para a frente de sua tenda preta, onde tinham sido amarrados seu camelo e o de Lia, animais de boa raça, grotescamente belos com suas sábias cabeças de pequenas serpentes no cimo dos pescoços flexíveis, e com umas patas tão largas que pareciam almofadas, de sorte que não se enterravam na areia. Estavam deitados em cima da palha que os criados tinham posto ali com fartura para eles e ruminavam sobranceiros. Raquel jogou entre a palha os deuses furtados, enterrou-os completamente nela e sentou-se sobre o lugar que revolvera, na frente dos animais, de modo que estes olhavam por sobre o ombro dela enquanto iam mastigando. Nesta postura ficou esperando Labão.

Este, como sabemos, começara a sua busca pela tenda de Jacó, revolvendo inteiramente toda a bagagem do genro, sacudindo os capachos, arrancando da cama de vento colchão, camisas, lençóis e cobertas de lã, revirando a caixa que continha o jogo de Jacó, "olho mau", que ele gostava de jogar com Raquel, quebrando na operação violenta cinco das figurinhas de pedra. Imprimindo aos ombros puxões espasmódicos de raiva, saíra dali e fora à tenda de Lia, depois à de Zelfa e de Bala, nada poupando, na sua procura, dentre as coisas das mulheres, tremendo tanto que espetou os dedos nos alfinetes delas e sujou a barba com a tinta verde que usavam para aumentar os cantos dos olhos; tão desastrado se tornara pelo seu zelo e pela convicção de que ser ridículo era o seu papel na vida.

E assim foi indo, até chegar ao lugar onde Raquel estava sentada e disse:

"Eu te saúdo e desejo boa saúde, minha filha! Não pensavas ver-me."

"Muito boa saúde!", respondeu ela. "Meu pai procura alguma coisa?"

"Procuro objetos furtados", disse Labão, procuro por todas as vossas choças e rebanhos.

"Mau negócio!", comentou ela, meneando a cabeça. Os dois camelos continuavam a olhar por cima do ombro dela e pareciam rir com finura e arrogância. "Por que é que Jacó, meu marido, não te ajuda na busca?"

"Ele nada encontraria", respondeu Labão. "Tenho de procurar sozinho e de me cozinhar neste sol abrasador sobre o monte Galaad."

"É verdade, verdade; péssimo negócio!", disse ela de novo. "É ali que eu moro. Dá uma passada de olhos lá por dentro se o julgas oportuno, porém cuidado com as minhas panelas e colheres! Tua barba já está um pouco verde!"

Labão inclinou-se e entrou. Saiu pouco depois, tornou a passar perto de Raquel e dos camelos, sem nada dizer, mas suspirando.

"Não havia lá objetos furtados?", perguntou ela.

"Que meus olhos vissem, não", retrucou ele.

"Então devem estar noutro lugar", Disse Raquel. "Com certeza meu senhor se admira de não me levantar diante dele, como o requerem o respeito e as boas maneiras. É só porque estou um tanto indisposta e não tenho muita liberdade nos meus movimentos."

"Indisposta?", indagou Labão, curioso. "Será que sentes ora frio, ora calor?"

"Não é tal, estou somente indisposta", respondeu ela.

"Mas que sentes?", perguntou mais uma vez. "Algum dente estragado ou um furúnculo?"

"Não, meu senhor, é coisa de mulheres. Estou com o meu incômodo de regras", respondeu Raquel, enquanto os camelos sorriam mais escarninhos e arrogantes do que nunca sobre o ombro dela.

"Só isso?", disse Labão. "É coisa sem importância e até me alegro de que estejas assim, pois é sinal que não estás grávida. Bem sabes que não tens muita queda para ter filhos. Bênçãos sobre ti! Devo procurar minhas coisas."

E com isso deixou-a e rebuscou até a tarde quando já o sol descambava e Labão sentia-se esfalfado. Depois, justo, extenuado e decomposto, voltou para junto de Jacó com a cabeça baixa.

"Então, onde estavam as imagens?", perguntou Jacó.

"Em nenhuma parte, parece", respondeu o outro, levantando os braços e deixando-os cair.

"Parece?", troçou Jacó; porque agora estava senhor do terreno, sabia que podia dizer o que quisesse. "Então dizes 'parece', e não queres acreditar na minha inocência depois de nada teres achado embora procurasses durante dez horas, pondo meu acampamento de pernas para o ar, esquadrinhando tudo na tua fúria de querer matar a mim ou a um dos meus? Revolveste toda a minha bagagem. É certo que te dei franca permissão, mas, fazendo o que fizeste, não mostraste grande delicadeza. E que foi que achaste de teu? Põe-no aqui em minha presença e acusa-me diante de tua gente e da minha, e que a voz pública escolha entre nós dois! Como te sujaste e te afogueaste, e tudo para destruir-me! E qual foi o meu crime? Eu era moço quando vim ter contigo e agora sou um homem maduro, muito embora tenha esperança de que me seja concedida uma vida longa. Muito tempo passei em teu serviço e fui para ti um chefe de criados tal que o mundo ainda não viu outro; só a cólera me faz dizer isto que o acanhamento traz cerrado dentro de mim. Eu descobri água, o que te permitiu desembaraçares-te dos filhos de Ishullanu e sacudir o jugo dos que dispunham de dinheiro, e começaste a florir como a rosa no vale de Saron e a deitar frutos como a tamareira nas baixadas de Jericó. Os partos duplos sucediam-se entre as tuas cabras e ovelhas. E seja eu fulminado se algum dia comi um carneiro da tua malhada, eu que tosava a erva com as gazelas e ia matar minha sede no bebedouro dos teus animais. Assim vivi para ti e te servi catorze anos por tuas filhas, seis por nada vezes nada e cinco pelos refugos de teus rebanhos. De dia o calor me abrasava, a geada dos campos me fazia tiritar de noite, o cuidado e a preocupação com o que te pertencia afastava de meus olhos o sono. Se algum incidente desagradável ocorria com teus rebanhos, se um leão investia contra eles, depredando-os, não bastava que eu jurasse a minha inocência, era preciso que te indenizasse pelo prejuízo, porque procedias comigo como se eu estivesse te roubando dia e noite. E mudaste meu salário conforme achaste melhor e me impingiste Lia quando eu julgava estar abraçando minha noiva legítima — vexame que sentirei nos membros do meu corpo pelo resto da minha vida! E não fora estar comigo o Deus de meu pai, Yahu, o Todo-Poderoso, certamente terias despedido-me com as mãos vazias. Mas Deus não quis que zombassem de sua bênção. Ele nunca falou com um estranho, mas contigo falou por minha causa e te admoestou a noite passada, para que só me tratasses com amizade. E posso dizer que me trataste cordialmente, quando chegas aqui e vens com esse absurdo de eu ter furtado os teus deuses? Mas, já que não os encontras apesar de todas as buscas, é que a perda deve ser só aparente."

Labão suspirou e guardou silêncio.

"Tu és tão astuto e tão falso", disse ele por fim, cansado, "que eu não me atrevo a opor-te resistência e ninguém se atreveria, porque de qualquer modo levarias vantagem. Quando, porém, lanço a vista ao redor de mim, afigura-se-me que estou sonhando. Tudo que vejo é meu: filhas, filhos, rebanhos, carros, animais e homens, tudo me pertence, mas tudo passou, não sei como, para as tuas mãos, e levas tudo isso contigo diante de meus olhos, enquanto fico a sonhar. Mas, vê tu, eu sou de boa paz e desejo fazer um trato e uma aliança contigo, para que nos separemos em harmonia e eu não me veja ralado de desgostos todos os dias da minha vida por tua causa."

"Faz bem ouvir essas palavras", respondeu Jacó. "Isso conforta mais do que ter a gente de ouvir-te dizer 'parece' e lamúrias semelhantes. O que dizes fala-me ao coração, nem podia ser de outro modo porque geraste para mim a donzela, a mãe de meu filho, na qual te tornaste belo, e seria reprovável que o temor de Labão me fosse estranho. Se saí calado, levando comigo o que me pertence, só o fiz para te ser menos dura a separação. Todavia, meu coração exulta de podermos separar-nos em bons termos de amizade, porque assim poderei pensar em ti com o espírito tranquilo. Desejo levantar aqui um padrão. Deverei fazê-lo? Olha que eu o faria de boa mente. Quatro servos meus e quatro teus amontoarão as pedras para a nossa refeição e a nossa promessa, a fim de comermos na presença de Deus e fazermos um pacto diante dele. Estás contente?"

"Tu o dizes", respondeu Labão, "pois na verdade não vejo que possamos fazer outra coisa."

Então Jacó foi-se dali e ergueu uma bela pedra bem alta, para que Deus estivesse no meio deles. Oito homens fizeram uma pilha de pedras de várias espécies e tamanhos, e ambos tomaram assento em cima dela e comeram um guisado de carneiro, achando-se no meio do prato toda a gordura do rabo. Jacó, porém, deixou Labão comer quase toda a gordura, tendo apenas provado dela. Assim comeram juntos ao ar livre e selaram o contrato por cima do monte de pedras, com os olhos e com as mãos. Labão jurou pelas filhas, não tendo outra coisa por que jurar; Jacó teve de jurar, pelo Deus de seus pais e pelo temor de Isaac, que não maltrataria suas mulheres e não tomaria outras além delas: o monte de pedras e a refeição foram as testemunhas. Labão não se preocupava muito com as filhas, porém escolheu-as porque desejava muito regular sua situação com o abençoado, vendo se assim podia conciliar o sono.

Passou ainda aquela noite na montanha com suas filhas. Na manhã seguinte abraçou-as, deu-lhes uma última bênção e se dispôs a voltar. Jacó soltou um suspiro de alívio, seguindo-se-lhe outro, mas este de ansiedade, porque lhe lembraram novos cuidados. É que, como diz o provérbio, quando um homem se livra de um leão, é provável que logo se veja diante de um urso. Vinha agora o Vermelho.

BENONI

Quando, após os graves acontecimentos de Siquém, Jacó se dirigiu para Bet-el e daí prosseguiu em direção a Cariat-Arbe e à casa de Isaac, duas mulheres da sua comitiva andavam de esperança — duas, bem entendido dentre as que ocupam um lugar na história, porque das escravas nada se pode dizer com certeza, sendo possível que houvesse várias no mesmo estado. Grávida estava Dina, a infeliz criança, sendo o malogrado Siquém o autor da gravidez. Sobre o fruto que trazia nas entranhas pesava uma cruel sentença. Ela viajava oculta aos olhos do público. Grávida, pois, estava ela e grávida estava Raquel.

Que alegria! Mas moderai vosso júbilo, lembrai-vos e guardai silêncio, porque Raquel morreu. Assim o quis Deus. A meiga ladra, aquela que encontrava Jacó junto ao poço, pondo nele os olhos com infantil inquietação, lá dentre o rebanho de Labão que ela pastoreava — quando chegou a hora de dar à luz, durante essa jornada, foi levada para a cama e, se da primeira vez resistira com dificuldade, dessa sucumbiu. Foi-se-lhe o alento e ela morreu. A tragédia de Raquel é a tragédia da coragem que não foi aceita.

Refoge-nos o ânimo ao querermos aprofundar os sentimentos de Jacó nessa ocasião, quando se extinguiu a vida da noiva do seu peito, que partiu deste mundo como a vítima sacrificada ao seu décimo segundo filho. O nosso ânimo reluta quando nos pomos a imaginar o quanto a razão se lhe abateu e como se viu calcado no pó o moderado orgulho de suas emoções. "Senhor", gemia, ao vê-la expirar, "que fazes?" Bem podia ele gemer assim. Mas o perigoso e até assustador foi ver que Jacó não desistiu da sua obstinação, da sua arbitrária preferência, quando Raquel morreu, nem se animou a enterrar tais sentimentos com ela, naquela cova aberta às pressas à margem do caminho. Mas, como se quisesse prevenir o Onipotente de que nada ganharia com a sua crueldade, transferiu aqueles sentimentos, com toda a sua arrogante exuberância, para o primogênito de Raquel, o lindo menino de nove anos, José, amando-o com uma dupla e provocativa preferência, e oferecendo assim ao destino mais um lado vulnerável para receber seus golpes. Fica-se afinal sem saber se aquele homem sentimental de fato desprezou conscientemente uma vida de paz e descanso, se conscientemente desafiou o destino e não desejou outra coisa senão viver no meio de sobressaltos e com uma espada pendente sobre a cabeça. Tal arrogância evidentemente acompanha o excesso de sentimento, porquanto esse excesso pressupõe uma disposição para sofrer, e sabe-se que nada existe mais despido de preocupações que o amor. A contradição que aqui se observa na natureza é precisamente esta: os que escolhem essa vida são espíritos brandos, espíritos que não foram formados para suportar aquilo que acarretaram para si mesmos, ao passo que os que poderiam suportá-lo não pensam em expor-se, e por isso nada lhes pode suceder.

Raquel contava trinta e dois anos quando, numa indizível agonia, deu à luz José, e trinta e sete quando Jacó quebrou os enferrujados ferrolhos e a levou consigo. Tinha ela quarenta e um anos quando novamente ficou grávida, e nesse estado teve de partir de Siquém para a viagem que empreendiam. Somos nós que assim calculamos, pois que não era costume dela nem do seu povo estar a fazer tais contas. Teria de pensar muito antes de poder dizer, mesmo aproximadamente, quantos anos tinha. Era essa, em geral, considerada uma questão sem importância. É quase desconhecida no mundo oriental a exatidão cronológica do Ocidente. Considera-se lá muito mais simples abandonar o tempo e a vida a si mesmos e às trevas, sem os sujeitar a sistemas de medida e contagem. Está um homem tão pouco prevenido para responder a uma pergunta referente à sua idade que o indagador poderá ficar surpreendido com um erguer de ombros e uma resposta deste gênero: "Quarenta ou setenta, quem sabe?". Jacó também não fazia ideia clara da sua idade, nem se preocupava com isso. Certos períodos passados no serviço de Labão foram, é certo, religiosamente computados, mas outros não; ademais, ele não sabia, nem lhe importava saber, que idade tinha quando lá chegara. Pelo que diz respeito à idade de Raquel, o imutável presente do seu amoroso convívio não o deixou notar as naturais mudanças que o tempo, observado e contado ou não, deviam ter operado na pessoa dela, tão graciosa e gentil, transformando a formosa donzela na mulher madura. Para ele, como em geral acontece, Raquel era ainda a noiva que adorara ao pé do poço, aquela que com ele aguentara os sete anos de espera enquanto ele lhe enxugara com beijos as lágrimas impacientes que ela derramava. Ele a via com olhos que alcançam longe, como uma cópia esfumada daquele em que pela primeira vez embebera os olhos, quadro cujas partes essenciais jamais poderiam ser tocadas pelo tempo: a amável noite que dormia naqueles olhos profundos, o hábito que têm os míopes de apertá-los, as possantes aletas do pequeno nariz, a formação dos cantos da boca, seu tocante sorriso, aquele modo tão característico de colar os lábios um ao outro, o qual se reproduzia no idolatrado menino. Mas, acima de tudo, a malícia, a mansidão, a bravura do caráter, a expressão radiosa de amor à vida, que já no poço, ao primeiro relance, fez o coração de Jacó dilatar-se no peito e que tão claro se manifestou no campo de Siquém quando ela lhe revelou seu estado.

"Mais um ainda! Aumenta-o, Senhor!", era esse o sentido do nome que, extenuada e quase a morrer, ela dera ao seu primogênito. E agora que um outro viria formar ao lado do primeiro, ela não tinha medo, gloriava-se de poder sofrer mais uma vez tudo o que sofrera antes em homenagem à sua condição de esposa e para contribuir para o aumento. E aqui provavelmente veio em seu auxílio um estranho esquecimento orgânico que ocorre às mulheres, porquanto muita mulher que prestes a dar à luz jura nunca mais querer saber do marido para não ver renovadas as dores que a cruciam, passado algum tempo, já está grávida de novo, porque a recordação das dores se esvai completamente para o seu sexo, da maneira mais inexplicável. Por outro lado, Jacó tinha ainda bem vivo na memória o inferno que suportara e revoltava-se ao pensar que, depois de nove anos de repouso, o corpo de Raquel iria novamente ser submetido àquele paroxismo. Alegrava-se pelo renovado crédito que isso ia trazer a ela, e também porque agora o número de seus filhos ia erguer-se até o templo do zodíaco. Isso era uma ideia fascinante. E sem embargo turbava-o o pensamento de que vinha aí todo concho um sucessor do seu predileto. Sim, porque o mais moço é quase sempre o preferido e Jacó já sentia em si uns toques de ciúme por causa de José, que vinham atrapalhar um tanto a sua expectação de pai e desde o princípio o impediram de mostrar-se completamente satisfeito com o estado de Raquel, como se na realidade já pairasse sobre ele um pressentimento.

Era ainda o tempo das chuvas de inverno em Kislev, quando ela lhe disse. A tragédia de Dina, a infeliz criança, estava ainda num futuro distante. Ele cercava com o mesmo carinho e cuidado de antes a que ia ser mãe pela segunda vez. Segurava-lhe a cabeça desesperado quando ela estava doente e gritava por seu Deus quando a via definhar e tornar-se pálida e só crescer aquela parte dela onde o grosseiro egoísmo natural do fruto ia expandindo sua crueldade inconsciente. Aquela coisa lá no seu ventre estava mesmo disposta a crescer. Sem dó nem piedade, sem querer saber de mais nada, ia o filho em formação sugando para si seiva e energia à custa daquela que o trazia nas entranhas; incapaz de refletir, ia se alimentando dela, fosse para o bem ou para o mal; e caso esse novo ser soubesse exprimir a ideia que fazia do estado das coisas, ou melhor, se tivesse alguma ideia, diria que a mãe era apenas um meio para a sua atividade, não era mais que a torre da sua robustez e do seu sustento; ela teria de ficar para trás, esquecida e largada como uma casca ou concha inútil depois que ele nascesse, pois isso era a essência e o sentido de todo aquele processo. Certo ele não poderia dizer nada disso nem sequer pensar em tais coisas, mas indiscutivelmente era isso que queria dizer, e Raquel sorria anuindo. Nem sempre a maternidade é (nem deve ser) um sinônimo tão perfeito assim de sacrifício. Mas em Raquel tal se mostrara a disposição da natureza, já assim procedera no caso de José, embora não tão abertamente e de um modo tão terrível para Jacó como agora.

A irritação que mostrou para com seus filhos mais velhos, Simeão e Levi, aqueles Dióscuros refratários, quando da façanha deles em Siquém, foi mais em atenção a Raquel. Jamais lhe teria acudido ao espírito empreender tal viagem com aquela mulher frágil e pejada, na qual então a única coisa forte que existia era o fruto do seu ventre. Mas aqueles mancebos desmiolados, com as suas ideias de honra e de vingança, o tinha obrigado a dar tal passo. Justamente naquela ocasião é que as insensatas criaturas, cegas de raiva, tinham achado oportuno ferir de morte os homens e, por pura maldade, mutilar os animais! Eles eram filhos de Lia como o era Dina e por causa desta foram arrastados àquela fúria desatinada. A eles, que importava o precário estado de saúde da esposa legítima e preferida de seu pai ou a preocupação em que este andava por causa dela? Nem por um momento lhes passou pela doida cabeça tal pensamento. E agora tinha-se chegado àquele extremo e todos tiveram de partir. Já eram passadas oito e mais luas depois que Raquel lhe dissera o seu segredo: oito luas contadas e luas de Raquel, enquanto ela crescia e diminuía, enquanto a criança crescia nela e ela declinava. O ano redondo recomeçara florido, estavam em Elul, o sexto mês, na zina do calor estival. Não seria tempo próprio para viajar, porém a questão ali não era de escolha. Raquel teve de montar num animal. Ele escolheu para ela um burro, um animal amestrado, evitando expô-la ao forte balanço do camelo. Sentou-se ela o mais para trás que pôde, onde o chouto era mais suave, tendo sido encarregados de guiar o animal dois servos, sobre os quais pesava a ameaça de uma sova toda vez que o burro desse alguma topada. E assim se puseram a caminho com os rebanhos. Sua meta era Hebron, para onde devia seguir imediatamente a maior parte da caravana, mas para si, para suas mulheres e para uma certa parte da comitiva Jacó determinou uma curta parada em Bet-el, onde acharia um santuário contra quaisquer perseguições e ataques e onde com prazer descansaria mais uma vez em memória daquela noite de exaltação e do sonho da escada luminosa.

Este foi o erro de Jacó. Duas paixões tinha ele na vida: Deus e Raquel. Estas entraram em conflito ali, e para ceder à paixão espiritual atraiu um desastre sobre a terrena. Devia ter seguido diretamente para Cariat-Arbe, aonde chegaria em quatro ou cinco dias de marcha batida. Se Raquel tivesse morrido lá, ao menos isso não se daria de maneira tão deplorável como se deu, à beira do caminho. Ficou, porém, vários dias com ela em Luza, no alto da colina, em Bet-el, onde outrora dormira tão pobre e sonhara tão divinamente. Agora também ele estava em perigo e em dificuldades e seu espírito ansiava por uma força do alto que lhe erguesse a cabeça e lhe dissesse coisas extraordinárias. O Guilgal mantinha-se inalterado, com a pedra preta no centro. Jacó mostrou-a à sua gente e indicou o lugar onde tinha dormido e fora favorecido com a extravagante visão. Mas a pedra que lhe levantara a cabeça e que ele ungira já não estava lá. Isso o afligiu. Colocou outra no lugar, aspergindo-a com óleo. Passou o dia todo fazendo várias devoções, libações e sacrifícios, que lhe deram aborrecimentos e preocupações, porque era sua tenção converter aquele lugar, que ele reconhecia como um Lugar da Presença, num sítio de muito maior expressão do que a significação a ele atribuída nas redondezas, isto é, um local apropriado para o culto e digno deste. Queria ainda construir um fogão de terra, de onde pudesse subir no fumo o alimento para Ya, e também fazer um altar divino na própria rocha que encimava o topo da colina, com degraus que conduzissem a uma plataforma em que se praticaria uma escavação, servindo esta de bacia para as libações, com pequenos escoadouros que as recolhessem. Isso deu não pequeno incômodo a Jacó, tomando-lhe muito tempo a direção da obra. Sua comitiva espiava e ouvia as ordens. Da cidade de Luza também tinham vindo algumas pessoas, intrigadas com o que se passava, e estirando-se ou pondo-se de cócoras encheram o espaço livre na frente do altar e observavam os movimentos daquele sacerdote e profeta andante cochichando e trocando impressões, vendo-se estampada em seus semblantes tal ou qual apreensão. Nada havia de marcadamente novo no que viam, conquanto estivesse patente a essas pessoas que aquele imponente estrangeiro gostava de interpretar o que é usual num sentido não usual e até irregular. Por exemplo, ele apontava para os chifres colocados nos quatro cantos da mesa destinada aos sacrifícios e lhes dizia que eles não eram cornos da lua nem cornos de touro de Marduk-Baal, mas chifres de carneiros. Isso era uma novidade e elas o discutiram entre si. Ouvindo dirigir-se ao Senhor e chamar-lhe Adonai, durante muito tempo julgaram que se referisse ao formoso mancebo que tinha sido esquartejado e se reerguera, porém depois se convenceram de que ele se referia a outra pessoa. O nome de El, não o conheciam. Por equívoco pensaram que este se chamasse Israel, quando Israel era o nome do próprio Jacó, aplicado primeiro à sua pessoa, depois a todos quantos comungavam na crença da qual ele era o chefe. Depois, durante algum tempo, pensou-se que ele próprio era o deus dos chifres dos carneiros ou fazia-se passar por tal; isso, porém, mais tarde foi posto nos seus devidos termos. Não se devia fazer nenhuma representação material de Deus porque, conquanto ele tivesse corpo, não tinha forma. Era fogo e nuvem. Alguns deles aceitaram isso, outros rejeitaram. Em todo o caso, era certo que as ideias do tal Jacó acerca do seu Deus eram altamente significativas, muito embora se notasse na pessoa majestosa e sábia daquele homem uma espécie de inquietação, se não uma expressão real de dor. Era admirável quando lá no alto degolava o cabrito com suas próprias mãos, deixava escorrer o sangue e o passava nos cornos que não eram os da lua. Do mesmo modo vinho e azeite eram derramados em profusão diante do Desconhecido e era trazido pão, pois o estrangeiro devia ser rico — circunstância que depunha em favor dele e do seu Deus. Queimou as melhores porções do cabrito. A fumaça que então se ergueu tinha o cheiro suave de *samim* e *besamim*; com o resto foi preparado um repasto e já para poder tomar parte nele, já também porque os conquistara a insinuante personalidade daquele peregrino, o fato é que várias pessoas da cidade se prontificaram a sacrificar ao Deus de Israel, quando mais não fosse como subsídio ao seu próprio culto tradicional. Enquanto se processavam essas aproximações e relações, muitas pessoas do lugar tinham ficado encantadas com a incrível beleza de José, o filho mais moço de Jacó. Beijavam a ponta dos dedos quando ele aparecia, batiam as mãos sobre a cabeça, bendiziam os seus próprios olhos e quase estouravam de tanto rir quando, com adorável desfaçatez, ele se proclamava o predileto de seus pais por causa dos seus encantos mentais e físicos, gozando essa presunção infantil com aquela irresponsabilidade pedagógica que caracteriza nossas relações com os filhos dos outros.

Jacó passou no retiro as últimas horas daquele dia, apercebendo-se para as revelações que lhe pudessem ser concedidas durante a noite. E de fato elas vieram, embora sem o vigor surpreendente da primitiva experiência. Fez-se ouvir uma voz grandiosa, abstrata, vaga e sublime que lhe falou da fecundidade e do futuro, do vínculo carnal com Abrão e, de maneira mais impressiva, do nome com que o adormecido lutara enérgica e angustiosamente no Jaboc, e que ele à viva força lhe confirmou, quase vedando-lhe seu nome antigo e primitivo, apagando-o e dando autoridade ao novo. Com isso encheu-se o coração do ouvinte de um sentido eletrizante de novos inícios, como se uma grande fenda se abrisse, como se as velharias tivessem sumido e o tempo e o mundo fossem passar por uma renovação. De tal modo tudo isso ficou estampado nos ademanes do homem no dia seguinte, que todos o evitaram. Na sua profunda absorção, ele parecia ter esquecido o estado de Raquel e ninguém ousava lembrar-lho, e ainda menos que todos a própria paciente, que na sua afetiva modéstia subordinava ao cismar de Jacó a grande necessidade que ela sentia de prosseguir a viagem. Afinal ele deu ordem de partida.

Do monte das Oliveiras perto de Jebus, também chamado Uru--Shalim, onde um homem hitita de nome Putichepa administrava o governo e cobrava os impostos em nome do egípcio Amun, podia-se ver lá embaixo — e muitas pessoas com certeza estariam vendo — a pequena comitiva composta de poucas figuras que ia serpeando pela encosta de Bet-el abaixo para daí a pouco se estender por aquela vasta e ondulante região, estorricada então pela estação calmosa. Passaram por Jebus à esquerda e rumaram para o Sul, demandando a casa de Lahama ou Bet-Lahem. Seria desejo de Jacó entrar em Jebus a fim de tomar com os sacerdotes umas informações acerca do deus-Sol Shalim, divindade local daquelas bandas do Oeste, da qual a cidade tomava seu segundo nome. Ele sentia-se inspirado ao ouvir falar mesmo em divindades falsas e estrangeiras, pois isso incentivava o seu trabalho interior que era concentrar-se na imagem do Deus único e verdadeiro. Mas a história de Siquém e a narrativa do que seus filhos tinham feito com a guarnição e com Beset, capitão desta, podiam mui facilmente ter chegado aos ouvidos do preposto de Amun, o pastor Putichepa, sendo, pois, mais prudente que o viajante guardasse discrição. Além disso, em Bet-Lahem, a casa do pão, ele podia discutir com os incensadores do Lahama a origem desse fenômeno do ressuscitado e do sustentador, por cujo culto o próprio Abraão no seu tempo mostrava vivo interesse, considerando-o provavelmente relacionado com a sua fé. Rejubilou ao ver a cidade que o saudava da sua posição. Já era bem entrada a tarde. O sol no ocaso, descambando por trás de uma nuvem azulada de tormenta, emitia a espaços de seu feixe de raios alagando de luz a paisagem montanhosa, de modo que a pequena localidade aninhada nos outeiros alvejava com a luminosidade vespertina. A poeira e as pedras cintilavam com aquela última claridade branda e solene, e o coração de Jacó deixava-se invadir de um sentimento ufano e pio da divindade. À direita deles, por trás de um muro de pedra solta, estendiam-se vinhedos tingidos de roxo, enquanto à sua esquerda pequenos pomares enchiam os espaços não ocupados pelo cascalho. As serras distantes empalideciam imergindo na sombra, rodeadas de uma refulgência diáfana. Uma anosa amoreira, em grande parte oca, se inclinava de través para a estrada, tendo o tronco escorado por um montão de pedras. Estava exatamente passando por ela quando Raquel, desmaiando, escorregou do burro.

As dores tinham começado horas antes, a princípio leves. Ela não quis inquietar Jacó e interromper a viagem, por isso nada disse. Naquele momento, porém, foi tão grande a sua agonia, tão dilacerante, que privou dos sentidos o frágil receptáculo do volumoso fruto. O alto dromedário de Jacó, esplendidamente ajaezado, dobrou os joelhos para que seu dono apeasse. Gritou por uma velha escrava *guti*, que viera da outra margem do Tigre, perita em assuntos de mulheres e que antes já ajudara em muitos partos em casa de Labão. Puseram a paciente debaixo da amoreira enquanto vinham arrastando os coxins. Se não foram as ervas aromáticas que lhe deram a cheirar, foram novas dores que a fizeram voltar a si. Prometeu não desmaiar outra vez.

"Ficarei atenta e trabalharei d'agora em diante", disse ela a custo. "Vou apressar a coisa para não deter muito tempo a comitiva, meu caro senhor. Ai! Que isso me acontece justamente agora, quando estamos tão perto do termo da jornada. Mas nenhuma de nós escolhe a sua hora."

"Não tem importância, minha pomba", respondeu brandamente Jacó. E, instintivamente quase, murmurou uma invocação como as que em Naharina é de uso dirigir-se a Ea em momentos de aperto: "Vós nos criastes. Esteja, pois, longe de nós qualquer doença, febre paludosa, sezão e toda desgraça". A comadre *guti* repetia outras preces parecidas e pôs na doente um amuleto de sua propriedade, que veio juntar-se aos que ela já usava. Quando as dores se exacerbavam mais, ela dizia a Raquel, estropeando a sua língua babilônica:

"Consola-te, mulherzinha fecunda, e aguenta o furor do embate! Este teu filho virá juntar-se ao primeiro, é o que vejo na minha experiência, e teus olhos não se fecharão antes de o veres, pois a criança é cheia de vida."

E na verdade o era, aquele centro e significado do todo, e decididamente achava que sua hora tinha chegado; fez força para vir à luz, envidou tudo para despir-se da casca materna. Deu-se à luz, por assim dizer, por si mesmo, investindo rudemente com o estreito ventre, sem o auxílio daquela que tão gostosamente acolhera o germe e o nutrira em seu corpo, mas, apesar de sua boa vontade, não tinha força para expeli-lo. De nada valeu estar a velha a palrar-lhe instruções, a arrumar-lhe os membros, a mostrar-lhe como devia respirar, em que posição manter o queixo e os joelhos. O seguinte espasmo de dor destruía todo o esforço coordenado; sob a pressão do terrível castigo, ela se revolvia desatinadamente na cama, banhada em suor frio e mordendo os lábios roxos. "Oh! Oh!", gritava e punha-se a chamar ora os deuses de Babel, ora o Deus de Jacó. A noite caiu, o disco argênteo da lua parecia uma barquinha a vogar por cima das colinas. A enferma, despertando de um desmaio, disse:

"Raquel vai morrer."

Todas as pessoas em volta dela, Lia, as escravas e as outras mulheres choraram alto e levantaram os braços em súplica. Depois fez-se ouvir de novo, agora mais perceptível, o murmúrio monótono, semelhante ao zumbido de um enxame de abelhas, com que quase ininterruptamente vinham acompanhando o parto de Raquel. Jacó, segurando-lhe a cabeça nos braços e notando-lhe o desespero, só conseguiu, após uma longa pausa, proferir soturnamente:

"Que dizes tu?"

Ela abanou a cabeça e fez um esforço para esboçar um sorriso. Sobreveio um intervalo, enquanto o atacante, lá no seu buraco, parecia ter parado para refletir. Essa pausa teve quase a aprovação da parteira, a qual pensou que ela fosse durar algum tempo. Jacó lembrou que se aproveitasse a trégua para fazer uma maca leve na qual se transportaria Raquel para a estalagem em Bet-Lahem. Ela, porém, não o consentiu.

"Começou aqui", disse com os lábios apertados, "deixem que acabe aqui. Quem nos assegura que na estalagem haverá acomodações para nós? A parteira está enganada. Eis que logo começarei, Jacó, meu marido, a trazer-te nosso segundo filho."

Pobrezinha! Não havia esperança de que ela o conseguisse, apesar de todos os seus esforços. Sabia disso, mesmo ao pronunciar aquelas palavras. O que em seu coração pensava e sabia, já o havia dito; e novamente, durante a noite, entre duas fases de martírio, ela ainda uma vez manifestou o seu conhecimento e o seu pensamento oculto, quando com os lábios rígidos e já inchados em virtude da fraqueza do coração, falou no nome que deviam dar ao seu segundo filho. Indagou de Jacó o que pensava e ele respondeu:

"Ele é o filho da única e legítima mulher e será chamado Ben--jamim."

"Não", disse ela, "não fiques zangado, que minha ideia é melhor. Deve ser Ben-oni o nome desse vivente. Assim chamareis ao novo senhor que eu te trago. Ele lembrará Mami, que o formou belo conforme a tua imagem e a dela."

Graças ao seu dom para as associações sutis de ideias, Jacó compreendeu quase sem ser preciso parar para refletir. Mami ou "a sábia Ma-ma" era um nome popular de Ishtar, mãe dos deuses e formadora dos homens de quem se afirmava que fazia lindas a criança macha e a criança fêmea, segundo a sua própria imagem. Por causa do seu engenho e da sua fraqueza, Raquel confundira a pessoa da criadora divina com a sua própria maternidade, tanto mais facilmente quanto José muitas vezes a chamava Mami. Mas para os iniciados, para aqueles cujo pensamento toma o caminho certo, "Ben-oni" significava "Filho da Morte". E contudo ela já não sabia que havia se traído e enveredou por esse caminho para fazer Jacó entender a verdade a tempo, para que não lhe fosse doloroso demais o golpe e o fizesse perder o juízo.

"Benjamim, Benjamim", repetiu ele chorando. "Benoni, não!" E foi então que ele dirigiu para o alto, para a luz prateada daqueles mundos superiores, como se fosse uma confissão que ele entendia, aquela sua pergunta: "Senhor, que fazes?".

Para tais perguntas não há resposta. Contudo é uma glória para o espírito humano que nesse silêncio ele não se afaste de Deus, mas antes aprenda a compreender a majestade do incompreensível e a progredir por meio deste. A seu lado as mulheres e escravos caldeus cantavam suas ladainhas e invocações mágicas, acreditando poder dobrar aos humanos desejos os poderes insensatos. Mas Jacó nunca compreendera tão claramente como nessa hora por que tudo aquilo era falso e por que Abrão tinha saído de Ur para fugir daquela erronia. A visão que lhe fora outorgada dentro dessa imensidade foi cheia de horror mas também cheia de força. Sua preocupação contínua com a divindade, que sempre se lhe traía no semblante ralado de cuidados, fez naquela noite horrenda um progresso que tinha certa relação com os tormentos de Raquel. E precisamente no espírito do amor dela é que Jacó, seu esposo, tiraria vantagem espiritual da sua morte.

A criança veio ao mundo mais ou menos ao terminar a última vigília da noite, quando já o firmamento ia tomando a coloração indecisa da aurora. A velha teve de arrancá-la à força do mísero ventre, porque ela sufocava. Raquel já não pôde gritar: perdera os sentidos. Saiu muito sangue, sendo tal a perda que seu pulso mal latejava debilmente. Ela viveu ainda uma hora. Viu a criança viva e sorriu. Quando lhe trouxeram José, não o conheceu.

A derradeira vez que abriu os olhos foi quando o nascente começara a purpurejar e a claridade da manhã lhe beijava o rosto. Fitou os olhos em Jacó, que se inclinava sobre ela, seus lábios se contraíram um pouco e ela engrolou estas palavras:

"Olhai! Um desconhecido!... Por que então devo deixar que me beijes? Talvez porque és o primo vindo de longe e nós somos ambos descendentes do mesmo antepassado? Então, beija-me", e os pastores perto do poço se alegram e dizem: "Lu, lu, lu!".

Ele beijou-a, tremendo, pela última vez. Ela disse mais:

"Eis que tu afastas a pedra para mim, Jacó, meu amor, com a força de teus braços de homem. Afasta-a agora da sepultura e deposita dentro dela a filha de Labão, pois aparto-me de ti. Todos os fardos foram tirados de sobre mim, o fardo dos filhos, o fardo da vida, e a noite está aí. Jacó, meu esposo, perdoa-me por eu ter sido infecunda e ter te dado só dois filhos; mas esses dois, Jehosif, o abençoado, e o pequerrucho, o filho da morte, como me custa apartar-me deles! E também de ti, Jacó, meu amado, sinto apartar-me, porque éramos feitos um para o outro. E agora tens de cismar sozinho e aprender sem Raquel quem é Deus. Aprende, pois, e adeus. Perdoa-me também", disse ela num arquejo, "o ter furtado os *terafins*." E então a morte roçou-lhe o semblante, cuja luz apagou.

A um sinal de Jacó, feito com a mão, cessou o resmoneio dos suplicantes. Caíram todas com o rosto no pó. Ele, porém, conservou-se sentado, com a cabeça da morta ainda nos braços, enquanto suas lágrimas rolavam silenciosamente e aos borbotões sobre o peito de Raquel. Passado algum tempo, perguntaram-lhe se não convinha improvisarem um esquife para conduzir a morta para Bet-Lahem ou para Hebron e aí sepultá-la.

"Não", disse ele, "começou aqui e aqui há de terminar. Ela há de repousar no lugar onde Ele quis que ela morresse. Abri uma sepultura, cavando-a bem perto do muro! Tirai das arcas linhos finos para amortalhá-la e escolhei uma pedra que sirva tanto de tampa da sepultura como de memória da morta. Depois Israel prosseguirá seu caminho, sem Raquel e com a criança."

Enquanto cavavam, as mulheres soltaram os cabelos, desnudaram os peitos e misturaram terra com água para se enxovalharem em sinal de luto, e cantaram ao som da flauta o lamento "Triste de nossa irmã", golpeando a testa e batendo nos peitos. Jacó, porém, susteve a cabeça de Raquel até que lha vieram tirar.

Depois que a terra acolheu a amada e se fechou sobre ela, no lugar onde Deus a levara para si, à beira do caminho, Israel continuou sua marcha, tendo feito uma parada em Magdol-Eder, uma torre antiga. Lá Rúben pecou com Bala, a concubina, e foi amaldiçoado.

FIM DO PRIMEIRO ROMANCE

O JOVEM JOSÉ

I. TOT

DA BELEZA

Continua a história e conta que José, tendo dezessete anos, era pastor como seus irmãos, vivendo em companhia dos filhos de Bala e de Zelfa, esposas de seu pai. Assim era na verdade, e temos provas do que o belo colóquio diz ainda a seu respeito, a saber, que José levava à presença do pai toda informação má que colhia sobre eles. Não seria difícil encontrar-se um ponto de vista encarado do qual José podia ser considerado um rapazelho insuportável. Era este o ponto de vista dos irmãos. Nós não o partilhamos, ou melhor, podemos aceitá-lo um momento para logo o abandonarmos. É que José era mais do que isso. Contudo, as passagens por nós citadas, embora exatas, necessitam, uma por uma, de sua explicação, para ficar bem clara a situação e para que aquilo que se encolheu ao entrar no domínio do passado possa de novo expandir-se, assumindo suas reais proporções e sua atualidade.

José tinha dezessete anos, sendo aos olhos de quantos o viam o mais formoso entre os filhos dos homens. A falar com franqueza, não é com agrado que discreteamos sobre formosura. Não é enfadonho o que se desprende tanto da palavra como da ideia? A beleza não é um pensamento ao mesmo tempo pálido e elevado, um sonho de pedante? Supõe-se existirem leis reguladoras da beleza. Mas uma lei fala ao entendimento, não às emoções, porquanto estas refogem à tutela daquele. Daí a insipidez da beleza perfeita que não deixa nada que se possa perdoar. Precisam as emoções ter algo que se lhes perdoe, se não voltam-se para outra parte, com um bocejo. Ninguém, a não ser o pedante com o seu amor ao que é consagrado e convencional, pode render tamanha homenagem à mera perfeição a ponto de se entusiasmar por ela; é difícil atribuir-se muita profundeza a essa espécie de entusiasmo. Uma lei obriga e edifica exteriormente; a compulsão interior não é coisa de lei, mas de mágica. A beleza é uma mágica exercida sobre as emoções e, como tal, sempre meio ilusória, muito vacilante e efêmera em seus efeitos. Coloque-se uma cabeça feia sobre um corpo formoso: este já não será formoso em nenhum sentido que possa impressionar as emoções, a não ser, talvez, no escuro, e então trata-se de um engano. Na verdade, quanta ilusão, quanta trapaça, quanto engano andam metidos no reino do belo! E por que razão? Porque esse negócio é, ao mesmo tempo, o reino do amor e do desejo; porque o sexo se imiscui e determina o conceito de beleza. O mundo está cheio de histórias de moços vestidos de mulheres, virando a cabeça dos homens, de moças de casaco e de calças despertando paixões nas pessoas do seu próprio sexo. E em cada caso desses, uma vez descoberto o embuste, as emoções arrefecem, porque a beleza perdeu seu objetivo prático. Talvez, até, que a formosura humana, em seus efeitos sobre os sentidos, não seja outra coisa senão a magia do sexo, o próprio sexo que tenha se tornado visível, de modo que se possa com mais propriedade falar de um homem completo, de uma mulher perfeitamente feminina, do que de um ente formoso. Somente mercê de uma vitória alcançada sobre si mesmo é que um homem ou uma mulher pode referir-se à beleza de um seu semelhante. São raros — embora, naturalmente, se deem e possam ser provados — os casos em que a qualidade efetiva das emoções triunfe de uma evidente falta de alcance prático. O que aqui entra em cena é o momento da juventude, isto é, uma magia que as emoções tendem a confundir com a beleza, de maneira que, se a juventude não é marcada por senões demasiado graves, suscita no observador a impressão da beleza e até a si própria ela causa tal impressão, circunstância que o seu sorriso trai inequivocamente. Ela possui encanto — manifestação de beleza que por sua própria natureza paira no centro, entre o masculino e o feminino. Um jovem de dezessete anos não é belo no sentido de uma masculinidade perfeita. Também não é belo no sentido de uma feminilidade destituída de alcance prático, o que atrairia bem poucas pessoas. Mas uma coisa havemos de admitir: que a beleza mostrando-se com a graça da juventude deve sempre inclinar-se tanto interior como exteriormente para o lado feminino. Isso faz parte da sua essência, de suas ternas relações com o mundo, bem como das relações do mundo com ela, e se pinta no seu sorriso. Aos dezessete anos, é verdade, pode uma pessoa ser mais formosa que uma mulher ou um homem, tão formosa como uma mulher e um homem, formosa de ambos os lados, bela e graciosa em tal grau que faça tanto homens como mulheres ficarem boquiabertos, e levá-los a perder a cabeça.

Foi o que se verificou com o filho de Raquel, e por isso se diz que era o mais belo entre os filhos dos homens. Era isso uma louvaminha exagerada, pois houve e há legiões de pessoas igualmente formosas. Desde os tempos em que o homem não mais viveu nos abismos nem andou de rastos, mas de algum modo encaminhou seus passos para a imagem corpórea de Deus, não é raro que um jovem de dezessete primaveras exiba para olhos admiradores pernas igualmente tão belas e tão delgados quadris, um busto tão bem-feito e uma pele também da cor do ouro; era de boa altura, nem baixo demais nem demasiado alto; sabia ter-se de pé e andar de um jeito quase divino, tendo descoberto o áureo meio-termo entre a delicadeza e a força corporal. E não é nada extraordinário que sobre tal corpo tenha se assentado não uma cabeça de cachorro, mas uma encantadora cabeça humana e um rosto dotado de um sorriso quase divinal. É o que se vê cada dia. Mas no mundo e na vizinhança de José era a sua pessoa e a sua presença que exerciam a magia da formosura sobre as emoções dos que o contemplavam. Era opinião geral que o Eterno derramara graça sobre seus lábios, que eram por certo bem cheios, exceto quando ele os movia para falar ou sorrir. É verdade que essa graça tinha seus opositores; aqui e ali havia certa má vontade contra ela. Isso, porém, nada prova, não se podendo sequer dizer que esses opositores não participassem da opinião geral. Muita coisa nos autoriza a dizer que, em substância, o ódio dos irmãos a José não era outra coisa senão o encantamento geral com sinais negativos.

O PASTOR

Já falamos o bastante sobre a beleza de José e seus dezessete anos. Que ele guardava os rebanhos com seus irmãos, isto é, com os filhos de Zelfa e os de Bala, é um asserto que igualmente está pedindo explicação, expansão e restrição.

Jacó, o abençoado, era um estranho no país, um *ger*, como diziam, um hóspede tolerado e respeitado. Não porque tivesse morado tanto tempo fora de sua pátria, mas por natureza, posição e herança, como filho de pais que também tinham sido *gerim*. Não se fizera ele um cidadão estabelecido e membro da classe dominante na cidade; não consistia nisso a dignidade que possuía. A origem desta estava na sabedoria e nas riquezas, nas duas coisas juntas, e na impressão que causava sua pessoa e atitude. Mas não no seu sistema de vida; este era frouxo, conquanto perfeitamente legal, e caracterizado por uma certa — se assim se pode dizer — ambiguidade ordenada. Vivia em tendas diante dos muros de Hebron como vivera outrora diante das portas de Siquém, e podia um belo dia pôr-se de novo a caminho em demanda de outros poços e pastagens. Contudo, não era um beduíno, trazendo sobre a fronte a marca de Caim, sinal do nomadismo e da rapina, terror e abominação tanto para os habitantes da cidade como para os do campo. Isso ele absolutamente não era. Seu Deus era semelhante aos outros Baais do país na sua inimizade mortal a Amalec; ele, Jacó, tinha-o muitas vezes demonstrado, armando sua gente para ajudar os habitantes de Hebron e os camponeses criadores de gado a rechaçarem as hordas que irrompiam dos desertos do Sul — povo que criava camelos e dado à pilhagem, que tatuava o corpo com as marcas de suas tribos. E, contudo, Jacó não era um camponês; decididamente não o era. Não estaria a condição de camponês em harmonia com seus sentimentos religiosos, tão diversos dos sentimentos dos cultivadores da terra, queimados pelo sol. Além disso, na sua situação de *ger* e hóspede, não tinha direito a possuir terras, mas apenas o lugar da sua vivenda. Arrendava ora aqui, ora ali, um pouco de terra de lavradio, umas vezes lisa e plana, outras declive e rochosa, com solo fértil entre o pedregulho onde podiam germinar o trigo e a cevada. Aí trabalhavam seus filhos e escravos. Como toda a gente sabe, também José fazia de semeador e de ceifeiro, bem como de pastor. Mas este gênero ocasional de viver rústico não era de grande significação na existência de Jacó. Ele o exercia sem grande entusiasmo, apenas como prova de sua permanência. As verdadeiras riquezas, o grosso cabedal de sua vida consistiam na sua imensa propriedade móvel, os rebanhos. Com os produtos destes se abastecia fartamente de trigo e mosto, de azeite, figos, romãs, mel e até de prata e ouro; e a posse dessas coisas regulava suas relações com os habitantes da cidade e com a gente do campo — relações essas cuidadosamente determinadas e estipuladas por numerosos contratos que lhe conferiam foros de cidadão, a despeito do gênero irregular de vida que levava.

Para manutenção de seus rebanhos ele precisava ter boas relações comerciais com os habitantes, com os negociantes da cidade e com os camponeses que trabalhavam para eles ou deles arrendavam. Se Jacó queria ter a vida assentada, se não desejava que o tomassem por um nômade que invadira alheias terras e as talara, era-lhe necessário ter contratos válidos e amistosos com o povo de Baal, estipulando que tocaria seus rebanhos para o restolho e os deixaria vaguear e pastar em terras de pousio. Verdade é que no momento estas não eram em grande número ali pelas colinas. Tinha havido uma longa e abençoada quadra de paz; havia nas estradas um contínuo vaivém, os habitantes da cidade que especulavam com as terras medravam extraordinariamente com o comércio das caravanas, com o dinheiro proveniente de armazenagem, despacho e acompanhamento das mercadorias que vinham da terra de Marduk passando por Damasco, sobre a estrada a leste do Jordão, atravessando essa região até o mar e daí até a terra da lama, ou então na direção oposta. Aumentou suas terras, e seus escravos e servos da gleba as cultivavam. Além dos lucros que tirava dos negócios, enriqueciam-no os produtos do solo. De modo que, como já haviam feito com Labão os filhos de Ishullanu, pôde submeter ao seu domínio até camponeses livres, fazendo-lhes empréstimos. O cultivo e a colonização se desenvolveram com rapidez, já não havia terras de pastagem suficientes, e como outrora os prados de Sodoma não mais comportavam Ló e Abrão juntos, também agora a terra já não comportava Jacó. Teve de dividir seus rebanhos. Combinou-se que a maior parte iria para pastagens sitas a cinco dias de jornada ao Norte, naquele mesmo vale de Siquém, rico em mananciais, onde Jacó estivera antes. Aí exerciam o pastoreio durante a maior parte do tempo os filhos de Lia, desde Rúben até Zabulon, enquanto os quatro de Bala e Zelfa e os dois de Raquel viviam com o pai. Assim sucedia como sucede com as representações dos signos do zodíaco, dos quais somente seis são visíveis no mesmo momento: José não se cansava de aludir a esse símbolo ou parábola. Convém notar que os seis de Siquém voltavam quando em Hebron era tempo da colheita, havendo aumento de trabalho. Mas pelo comum estavam de quatro a cinco dias afastados, o que também importa notar, porque justifica o que se dizia do jovem José, isto é, que ficava com os filhos das escravas; é essa a explicação.

José, porém, não trabalhava cada dia com os irmãos no campo. Não se há de tomar muito a sério o seu trabalho. Nem sempre guardava os rebanhos ou revolvia a terra arável para a semeadura do inverno quando aquela estava fofa com as chuvas. Só trabalhava uma vez ou outra, quando lhe lembrava ou quando tinha disposição. Jacó concedia-lhe muito tempo livre para misteres de espécie mais nobre dos quais vamos falar agora. Mas, quando trabalhava com os irmãos, em que caráter o fazia? Como ajudante ou como feitor? Nunca o souberam os irmãos. Estes lhe davam ordens e até com bastante aspereza, mas ele pouco trabalhava, procedendo não como se fosse da sua igualha, como um qualquer dentre os filhos do mesmo pai, mas como representante e emissário deste, posto lá para fiscalizá-los. Resultava daí que os irmãos não gostavam de tê-lo ao pé de si, ficando, por outro lado, irritados quando lhe dava na veneta ficar em casa.

A LIÇÃO

Quando acontecia isso, ficava ele com o velho Eliezer debaixo da árvore de Deus, o grande terebinto vizinho ao poço, ocupado em cultivar a ciência. Do velho Eliezer diziam ser muito parecido com Abrão. Verdade é que não podiam saber isso porque nenhum deles conhecera o caldeu nem deste lhes chegara, atravessando os séculos, qualquer retrato ou representação. Aquela asserção só podia ser uma maneira indireta de dizer que os traços de Eliezer os ajudavam quando tentavam evocar a imagem do primitivo emigrado e amigo de Deus. Não que os traços do ancião fossem amplos e majestosos, como toda a sua figura e porte, mas sim porque lhes era peculiar algo de pacatamente comum e de divinamente inexpressivo que tornava fácil atribuir a sua imagem a um venerável desconhecido de outras eras. Eliezer era pouco mais velho que Jacó e vestia-se como ele, usando trajes que tinham um pouco de beduínos e outro tanto do estilo da gente de Senaar, com as faldas guarnecidas de folhos; e na faixa que lhe cingia a fronte estavam depositados seus petrechos de escrita. Sua fronte, na parte que o manto deixava visível, era serena e sem rugas. As sobrancelhas ainda negras se estendiam em arco estreito desde a raiz ampla e pouco profunda do nariz até as têmporas. Por baixo das sobrancelhas a conformação dos olhos era tal que as pesadas e vultosas pálpebras superiores e inferiores, quase desprovidas de pestanas, pareciam lábios entre os quais se movia o negro globo ocular. O nariz, de aletas finas, se inclinava regularmente até o bigode que partia dos cantos da boca indo confundir-se com a barba de um amarelo-claro. Por baixo do bigode via-se bem nítida a linha vermelha do lábio inferior. As faces, cuja pele amarelada era recortada de uma infinidade de pequenas rugas, destacavam acima da linha da barba; esta linha, ponto de encontro das faces e da barba, se apresentava tão extraordinariamente regular que dava a impressão de que a barba estivesse amarrada por trás das orelhas e pudesse ser tirada. Aliás, a impressão predominante que se tinha era que o rosto todo era uma máscara, ocultando-se por debaixo desta o verdadeiro rosto de Eliezer. José lembrava-se de que, em criança, tivera essa impressão.

Corriam as mais variadas e absurdas histórias a respeito de Eliezer e de suas origens, que mais tarde serão aqui discutidas. No momento basta dizer que era o mordomo de Jacó e seu mais antigo escravo, sabia ler e escrever e era o mestre de José.

"Dize-me, filho da esposa legítima", perguntava ele ao rapaz, estando ambos sentados à sombra da árvore da ciência: "quais são as três razões pelas quais Deus criou o homem por último, depois dos animais e das plantas?"

Ao que responderia José:

"Deus criou o homem em último lugar, primeiro para que não se pudesse dizer que ele ajudara o Criador na obra da criação; segundo, para o homem se humilhar, podendo dizer a si mesmo com toda a convicção: 'A mosca-varejeira me precedeu'; terceiro, para que pudesse sentar-se à mesa do banquete como hóspede para o qual todas as coisas tinham sido preparadas."

Eliezer devia responder com satisfação:

"É como dizes", e José havia de rir.

Mas isso não é nada. É apenas um exemplo dos muitos exercícios de aperfeiçoamento da memória e da sagacidade, dos inúmeros ditos facetos e historietas dos tempos antigos em que o rapaz devia tornar-se versado. Eliezer começara as lições desde os tenros anos de José, e este aprendera havia muito a enfeitiçar seus ouvintes, que aliás já estavam boquiabertos só de contemplar-lhe a formosura. Já à beira do poço procurara entreter seu pai com a fábula de nomes, narrando como a donzela Ishhara perguntara ao lascivo mensageiro o nome de Deus e como, ainda bem não acabara ela de aprender o nome verdadeiro, o gritara e em virtude dele subira, intacta na sua virgindade, burlando o importuno Semhazai. Recebera-a o Senhor nas alturas com grande dignação, dizendo-lhe: "Escapaste do laço do pecado, por isso vamos dar-te um lugar entre as estrelas". E foi essa a origem da constelação da Virgem. O mensageiro Semhazai foi condenado a deter-se aqui embaixo no pó, até aquele dia em que Jacó, filho de Yitzhak, teve perto de Bet-el o seu sonho da escada que ia até o céu. Somente servindo-se dessa escada é que Semhazai pôde subir outra vez, profundamente humilhado por só tê-lo conseguido no sonho de um ente mortal.

Poder-se-á dar a isso o nome de ciência? Não, porque era apenas verdade pelo meio, um mero adorno para o espírito, embora adequado a discipliná-lo para a recepção de austeras e sagradas verdades. Assim José aprendeu com Eliezer o que era o universo, a saber, o universo celeste, composto simbolicamente do céu superior, da terra celeste do zodíaco e do mar celeste meridional. Àquele corresponde exatamente o universo terrestre, dividido também em três partes: atmosfera, reino terrestre e oceano terrestre. Este — assim aprendeu José — corria em volta do disco da Terra como uma faixa, mas estava também por baixo dela e, no tempo do grande dilúvio, bem pode ter irrompido por todas as fendas e misturado suas águas com as do mar celeste que se despenhavam do alto. Mas o reino terrestre dava a quem o contemplasse a mesma ideia da terra firme, e a terra celeste lá no alto era como uma região montanhosa com dois picos, o Sol e a Lua, Horeb e Sinai.

O Sol e a Lua, com outros cinco astros errantes, formavam o número sete dos planetas e transmissores de ordens que circundavam as margens do zodíaco em sete círculos de diversa dimensão, de maneira que esta se assemelhava a uma torre redonda de sete degraus, cujos terraços conduziam para o alto ao supremo céu setentrional e à sede do Senhor. Lá estava Deus, e seu monte sagrado refulgia como se fosse de pedrarias ígneas, tal como o Hermon cintilava com a neve sobre a região do Norte. Enquanto falava, Eliezer indigitava o monte do Senhor no seu candor resplandecente, visível de qualquer parte, portanto também desde a árvore, e José não distinguia o que era celeste e o que era terrestre.

Aprendeu a maravilha e o mistério dos números sessenta, doze, sete, quatro e três, o caráter divino inerente à medida, e como tudo combinava e se correspondia, de tal forma que a única coisa que se podia fazer era cair em assombro e adorar a grandeza da harmonia.

Doze eram as constelações do zodíaco; formavam as estações do grande círculo e eram os doze meses de trinta dias cada um. O círculo menor correspondia ao maior; também aquele era dividido em doze períodos; assim havia um espaço de tempo sessenta vezes maior que o disco solar e era esta a hora dupla. Ela era o mês do dia e mostrava-se outro tanto engenhosamente divisível. O diâmetro do disco solar estava contido tantas vezes na órbita solar visível nos equinócios quantos eram os dias do ano, isto é, trezentas e sessenta vezes, e precisamente nesses dias o nascer do Sol durava desde o momento em que surgia no horizonte sua orla superior até o em que o astro se apresentava cheio e luminoso: a sexagésima parte de uma hora dupla. Aquele, pois, era o minuto duplo; e assim como o verão e o inverno formavam a grande revolução terrestre, e o dia e a noite formavam a pequena, assim das doze horas duplas provinham doze horas singelas, respectivamente para o dia e para a noite, e sessenta minutos singelos para cada hora do dia e da noite.

Que ordem, que harmonia, que justeza em tudo isto?

Mas observa ainda, Dumuzi, ó filho verdadeiro! Desanuvia teus sentidos, aguça-os!

Sete era o número dos astros errantes e dos transmissores de ordens, e a cada um pertencia um dia. Mas sete era também e em especial o número da Lua que abria o caminho dos deuses, seus irmãos, lá no firmamento, isto é, o número de seus quartos que eram de sete dias cada um. Sol e Lua eram dois, como tudo o mais no mundo e na vida, como o sim e o não. Por isso poderíamos agrupar os planetas como dois e cinco e também com quanta razão mais da parte do cinco! Esse número tinha uma maravilhosa relação com o doze, visto que cinco vezes doze formam o sessenta, que, como se viu, é sagrado; porém ainda mais maravilhoso com sete porque cinco e sete são doze. E não era tudo. Com tal divisão e agrupamento obtinha-se uma semana planetária de cinco dias, ocorrendo setenta e duas dessa espécie no ano. Mas cinco era o número pelo qual se devia multiplicar o setenta e dois para se chegar ao glorioso trezentos e sessenta — soma ao mesmo tempo dos dias do ano e resultado numérico daquela divisão da órbita solar pela linha mais comprida que era possível traçar sobre o disco.

Isso era mirífico.

Por outro lado, podiam-se dispor os planetas em três e quatro, com o mais alto direito de ambos os lados. Era três o número dos regentes do zodíaco; Sol, Lua e Ishtar. Era ademais o número cósmico, determinando tanto em cima como embaixo a divisão do universo. Além disso, quatro era o número dos pontos cardeais, a que correspondiam as divisões do dia; era esse igualmente o número das partes em que se dividia a órbita solar, cada uma presidida por um planeta; era ainda o número da Lua e de Ishtar, cada uma das quais mostrava quatro fases. Se, porém, se multiplicasse quatro por três, qual o resultado? O resultado era doze!

José riu, porém Eliezer levantou as mãos e disse: "Adonai!".

E como sucedeu que se se dividissem os dias da Lua pelo de suas fases, isto é, por quatro, de novo se obtinha a semana de sete dias? Aqui se via o dedo do Altíssimo.

Com todas essas coisas o jovem José, sob a direção do velho, ia se entretendo como se fosse com um jogo, a um tempo divertido e proveitoso. José percebia que Deus dera ao homem intelecto para tratar essas matérias sagradas e dar-lhes mais coerência: para que os trezentos e sessenta dias coincidissem com o ano solar, o homem teve de no fim intercalar outros cinco dias. Eram dias difíceis e maus, dias de dragões, maldições e noites invernais; só depois de passarem, surgia a primavera, predominando outra vez a quadra das bênçãos. O número cinco aparecia aqui num aspecto intolerável. Mas treze era também ruim, e por quê? Porque os doze meses lunares tinham só trezentos e cinquenta e quatro dias, sendo mister agregarem-se-lhe de quando em quando uns meses suplementares, que correspondiam à décima terceira constelação zodiacal, o Corvo. Aquele excedente deu ao treze o cunho de número aziago, do mesmo modo que o corvo era uma ave de mau agouro. Foi por isso que Benoni-Benjamim quase morrera ao atravessar as portas do nascimento como quem atravessa a passagem estreita entre os picos do "Monte do Mundo" e por pouco não sucumbira na luta contra as potências do mundo inferior, e tudo porque era o décimo terceiro filho de Jacó. Mas Dina fora aceita como vítima em seu lugar e perecera.

Bem estava examinar o absoluto e penetrar na natureza do espírito de Deus. Os portentos que operara com os números não eram totalmente perfeitos, o homem, com a sua inteligência, teve de ajustá-los. Mas a retificação foi seguida de desgraça e maldições, de que não escapou nem o simpático número doze, que se tornou agourento. Ele teve de ser acrescentado aos trezentos e cinquenta e quatro dias do ano lunar a fim de fazê-los coincidir com os trezentos e sessenta e seis do ano lunar-solar. Se, porém, se considerava trezentos e sessenta e cinco como número dos dias, estava sempre faltando, consoante o cálculo de José, um quarto de dia. Com o correr do tempo essa diferença vinha a perfazer mil quatrocentos e sessenta vezes ou um ano inteiro. Este era o período de Sírio. Tornou-se sobre-humana a concepção que José fazia do tempo e do espaço, passando dos círculos menores a outros e outros incomparavelmente maiores que os circundavam, a anos completos de espantosa extensão. O próprio dia era um ano pequeno, com suas estações, sua claridade estival e sua noite invernal, e os dias estavam encerrados no grande giro de revolução. Mas era grande só comparativamente e mil quatrocentos e sessenta de tais dias formavam o ano de Sírio. O mundo, entretanto, se compunha do desenvolvimento dos anos maiores — ou talvez ainda não definitivamente os maiores —, cada um dos quais tinha seu verão e seu inverno. Este começava quando todas as estrelas se achavam na constelação do Aquário ou do Peixe; quando as estrelas se achavam na constelação do Leão ou do Câncer, era o verão. Cada inverno se inaugurava com uma inundação, cada verão com um incêndio, de modo que entre um ponto inicial e um ponto final se completavam todas as revoluções do mundo e os grandes movimentos circulares. Cada um desses compreendia quatrocentos e trinta e dois mil anos e era a exata repetição de todos os movimentos precedentes, porque os astros haviam voltado à mesma posição e deviam reproduzir no conjunto os mesmos efeitos. Por isso as revoluções do mundo eram chamadas "renovações da vida", e também "repetições do passado" e "retorno perpétuo". Seu nome era também "Olam", "o éon"; mas Deus era o Senhor dos éons, El olam, o que vive nos éons, Hai olam, e pusera no coração do homem "olam", isto é, a capacidade de pensar nos éons e ao mesmo tempo, em certo sentido, ter o domínio sobre eles...

Era essa uma instrução de proporções soberbas. José se entretinha em grande estilo. Com efeito, que coisa não sabia aquele Eliezer! Mistérios que tornavam o estudo um prazer ao mesmo tempo grande e lisonjeiro, precisamente por serem mistérios, conhecidos na terra apenas por um reduzido número de indivíduos excepcionalmente discretos e inteligentes, nos templos em suas barracas, e dos quais não participavam as grandes massas do vulgo. Assim, Eliezer sabia e ensinava que a vara dupla babilônia tinha o comprimento do pêndulo que executa sessenta oscilações duplas em um minuto duplo. Apesar de tagarela, José não o dizia a ninguém, pois isso vinha mais uma vez manifestar o caráter sagrado do número sessenta, que, multiplicado pelo excelente número seis, dava como resultado o mais sagrado de todos, trezentos e sessenta.

Aprendeu as medidas de comprimento e distância, deduzindo-as ambas do seu próprio passo e do curso do Sol. Isso, garantiu-lhe Eliezer, não era temerário, porquanto o homem era o universo resumido que correspondia exatamente ao vasto universo. E assim os números sagrados do ciclo planetário desempenhavam seu papel na estrutura toda da medida e no tempo que se tornava espaço.

Tornava-se o vácuo e com isso o peso. José familiarizou-se com os pesos e com os valores monetários do ouro, da prata e do cobre, segundo o uso babilônio e o fenício, o uso régio e o comum. Exercitava-se em cálculos comerciais, aprendeu a trocar cobre por prata e a trocar um boi por medidas de azeite, vinho e trigo correspondentes ao seu valor metálico. E em tudo isso era tão ágil de espírito que Jacó, ao ouvi-lo por vezes, dava um estalo com a língua e exclamava:

"És tal qual um anjo, um verdadeiro anjo de Arabot!"

José ficou ainda conhecendo as enfermidades humanas mais importantes e seu tratamento, o corpo humano que por sua vez se compunha, consoante a tripartição cósmica, de sólidos, líquidos e gases. Aprendeu a associar as partes do corpo aos signos do zodíaco e aos planetas; a entender como a gordura dos rins sobrepuja as demais em valor, visto como o órgão que ele rodeava estava em correlação com o da geração e era a sede das energias vitais; a reconhecer o fígado como ponto de partida das emoções; a aprender de cor um sistema de instrução escrito em seções sobre um modelo de argila, pelo qual ficava patente que as vísceras eram um espelho do futuro e uma fonte de prognósticos fidedignos. Depois recebeu noções sobre os povos da terra.

Eram estes em número de setenta ou com mais probabilidade setenta e dois, pois era este o número das semanas planetárias de cinco dias que formavam um ano. Alguns deles tinham costumes extraordinários e práticas religiosas extravagantes. Isso se verificava em especial com relação aos bárbaros do extremo Norte que habitavam o país de Magog, muito além dos cumes do monte Hermon e ainda para lá da região de Hanigalbat, ao norte do Touro. Mas o extremo Ocidente, chamado Társis, era também medonho; para lá, vindos de Sidônia, haviam se dirigido sem sombra de temor uns homens, depois de haverem velejado dias sem conta através dos vastos mares verdes. Por aquele caminho os povos de Sidônia e Guebal tinham penetrado em Cetim, que seria a Sicília, afeiçoados ao comércio e às distâncias, estabelecendo aí colônias. Tinham feito muito para tornar conhecidos os pontos extremos da Terra, não propriamente para o proveito particular de Eliezer, para lhe ministrar matéria de ensino, mas por se sentirem impelidos a visitar paragens longínquas, impingindo aos respectivos habitantes, com bonitas palavras, seus estofos de púrpura e artísticos bordados. Havia ventos que quase sem esforço levavam os navegantes para Chipre ou para Elisa, para Dodanim, que era Rodes. Daí, sem grandes riscos, eram levados até a terra de Muzri e o Egito, de onde uma corrente marítima, favorável a seu espírito mercantil, lhes reconduzia à pátria as embarcações. Mas a própria gente do Egito submetera e escancarara à ciência Kush, terras dos negros ao longo do Nilo, para o meio-dia. Arrojaram-se corajosamente ao mar e haviam descoberto as terras do olíbano sobre o baixo mar Vermelho, Punt, o reino da Fênix.

No extremo Sul achava-se, segundo a lenda, o país do ouro, Ofir. Quanto ao Oriente, havia em Elam um rei a quem ninguém ainda conseguira perguntar se ele podia estender o seu olhar para lá dos seus domínios. Provavelmente não.

Tudo isso é apenas um extrato das informações transmitidas por Eliezer a José à sombra da árvore de Deus. O rapaz ia pondo-as por escrito debaixo da direção do velho, depois com a cabeça inclinada sobre o ombro lia tudo até saber de cor. A leitura e a escrita eram naturalmente a base e o acompanhamento de tudo o mais; do contrário, tudo aquilo não passaria de um cochicho, de uma atoarda, passada de homem a homem para depois dissipar-se. Por isso José punha-se de cócoras debaixo da árvore, bem ereto, com os joelhos abertos, tendo no regaço os petrechos de escrita, a tablete de barro sobre a qual fazia com um estilo sinais cuneiformes, as folhas feitas de faixas finíssimas de caule de papiro ou o pedaço liso de pele de carneiro ou de cabra sobre a qual enfileirava suas garatujas, utilizando-se de uma cana mascada ou acabada em ponta que embebia na escudela vermelha ou preta das suas tintas. Algumas vezes usava a escrita comum da região, para se exercitar na língua do seu tempo e daquelas redondezas e também para aprender a escrever cartas e notas comerciais de maneira esmerada, como faziam os fenícios. Noutras ocasiões, porém, empregava a escrita de Deus, a escrita oficial e sagrada de Babel, a escrita da lei, da doutrina e das lendas, e para isso se servia do estilo e da tablete de argila. Eliezer possuía muitos modelos bonitos; escritos acerca dos astros, hinos ao Sol e à Lua, tábuas cronológicas e meteorológicas, listas de tributos, bem como fragmentos das grandes fábulas em versos de tempos primitivos. Destas nenhuma era verdadeira, mas eram vazadas em termos tão atrevidos e impressivos que se gravavam na mente do leitor como se fossem fatos reais. Tratavam da criação do mundo e do homem, do combate de Marduk com o dragão, da elevação de Ishtar da escravidão à dignidade real e da sua descida ao inferno, da erva fecundante e da água vital das coisas assombrosas que sucederam a Adapa, Etana e àquele Gilgamesh, cujo corpo era de carne divina e que contudo não conseguiu a vida imortal. José lia tudo isso correndo seu dedo indicador pelas tábuas, e o copiava em recatada postura, ereto, baixando apenas as pálpebras. Lia e copiava a história da amizade de Etana com a águia que o transportou até o céu de Anu, atingindo tal altura que a terra sob seus pés era como uma torta e o mar como um cesto de pão. Quando, porém, mar e terra haviam desaparecido de seus olhos, o medo se apoderara de

Etana e ele se engolfara nos abismos juntamente com a águia — desfecho bem humilhante. José esperava, em caso idêntico, haver-se mais airosamente do que o herói Etana. Mas a esta preferia ele a história do homem da floresta, Engidu, e como a mulher da cidade de Uruk o convertera à civilização. Ela ensinou o bruto feroz a comer e beber de maneira decente, a ungir-se com óleo e a usar roupas, a ser em suma um homem verdadeiro e um morador das cidades. José achava tudo isso encantador. Achava estupendo como a rameira polira aquele lobo da estepe, tornando-o sensível ao aperfeiçoamento próprio após seis dias e sete noites de amor. Ao recitar esses versos, a língua de Babel caía-lhe dos lábios num fosco esplendor. Eliezer beijava a fímbria da túnica de seu discípulo e exclamava:

"Ave, filho de uma mulher formosa! Teus progressos são maravilhosos; em breve serás o Mazkir de um príncipe, o historiador de algum grande monarca! Lembra-te de mim quando chegares ao teu reino!"

Então lá ia José ter com os irmãos no campo ou no prado a fim de prestar-lhes leves serviços. Mas eles, mostrando-lhe os dentes, diziam:

"Eis vem aí todo lépido o peralvilho de unhas sujas de tinta, que andou lendo pedras antediluvianas! Talvez ele vá agora mungir as cabras, mas talvez tenha vindo somente para espiar se cortamos nacos de carneiro para a nossa panela? Se só de nós dependesse a coisa, não voltaria ele com os ossos inteiros, porque lhe daríamos uma tunda, e, se não chegamos a tanto, é só por medo de Jacó."

CORPO E ESPÍRITO

Se considerarmos não os detalhes, mas o sentido geral das más relações entre José e seus irmãos, enquanto iam aumentando com os anos, não as provocações e desinteligências diárias, mas as causas fundamentais desse desagradável estado de coisas, verificaremos que essas causas são a inveja e a presunção. Os mais amantes da justiça não achariam nada fácil decidir que falta, ou, referindo-nos às pessoas, que pecador — o rapaz ou o grupo que cada vez mais ameaçador para com ele se manifestava — era o principal responsável pela aborrecida situação. A estrita justiça e o desejo sincero de afastar toda e qualquer tentação de parcialidade poderiam levar-nos a considerar a presunção como o mal primário e a fonte do agravo. Mas, por outro lado, poderíamos com toda a justiça ser levados a confessar que no mundo não tem havido frequentemente tanto motivo para presunção — e naturalmente para inveja — como aqui.

Na verdade é raro andarem juntas neste mundo beleza e ciência. Com razão ou sem ela, estamos habituados a considerar feio o saber e vulgar a graça e — pelo que diz respeito a esta — a considerá-la vulgar, sem mais nenhuma outra preocupação. Com efeito, que necessidade tem a graça de possuir letras, espírito, sabedoria, se ela até corre o risco de ser desfigurada e destruída se possuir aquelas coisas? Entretanto, o preenchimento típico da voragem que separa o espírito da beleza, a fusão dessas boas qualidades num único ser, parece o afrouxar de uma tensão que se costuma considerar uma manifestação apoiada no que é natural e no que é humano, a qual nos faz instintivamente pensar no que é divino. O olho imparcial necessariamente contempla com enlevo tal apresentação de divino desafogo e de ausência de esforço, ao passo que ela só pode suscitar sentimentos de amargura naqueles que têm razão para achar-se ofendidos ou eclipsados pela sua luz.

Era o que aqui se dava. Essa deleitável aceitação que certas vistas encontram imediatamente no coração humano e que temos por hábito chamar objetivamente de beleza era invariável no caso do primogênito de Raquel. Subscrevamos ou não com o mesmo entusiasmo a opinião da época, o que é fato é que toda a gente então o achava tão encantador que sua graça logo se tornou proverbial por aquelas bandas. A essa era dado recolher em si a intelectualidade e suas artes, agarrá-la com sereno fervor, acolhê-la em si, para depois novamente difundi-la, com a marca do seu selo — o selo da graça —, de modo que aconteceu que entre beleza e espírito já não houve nenhum contraste e quase nenhuma diferença. Dissemos há pouco que a eliminação da sua tensão natural devia produzir uma impressão divina. Tudo isso há de entender-se com critério. Não que tenha se elevado no divino, porquanto José era um ser humano, por sinal que bem defeituoso e com uma compreensão bastante viva para não deixar de reconhecer esse fato; mas aquela tensão se eliminou no divino, isto é, na Lua.

Já descrevemos uma cena muito típica das relações físicas e mentais que José cultivava com esse astro prodigioso. Certo, aquilo se passara na ausência do pai, que, ao chegar, foi logo repreendendo o filho por estar se desnudando num namoro com a desnuda rutilância lá do alto. Mas no espírito do jovem a ideia de Lua estava ligada a mais alguma coisa do que à simples ideia de encanto e formosura. Tinha essa ideia igualmente uma relação íntima com o conceito de sabedoria e de letras.

A Lua era a imagem celeste de Tot, o babuíno branco e inventor dos sinais, o porta-voz e escriba dos deuses, o que lhes registrava as palavras, o padroeiro de todos aqueles que escreviam. Assim foi a magia combinada da beleza e do saber, juntos e como uma unidade, que lhe pôs a alma em arroubos, dando especial significado a seu solitário culto. Como culto, era vago, confuso e propenso a degenerar — com probabilidades de assustar o pai prudente —, mas por isso mesmo embriagador, porque as emoções mentais e físicas se misturavam nele de uma forma tão encantadora.

Sem sombra de dúvida todo ente humano tem e acalenta, mais ou menos conscientemente, alguma concepção, alguma ideia querida, que forma a fonte de sua paixão secreta, e pela qual seu sentimento da vida se alimenta e sustém. Para José essa ideia preciosa era a coabitação do corpo e do espírito, da beleza e da sabedoria e a consciência reciprocamente fortalecedora dos dois elementos. Viajantes e escravos caldeus haviam lhe relatado que, quando Bel projetou criar o gênero humano, fez que lhe decepassem a cabeça, seu sangue foi misturado com a terra e dos torrões borrifados de sangue fora criada a vida. José não prestava fé a esse conto, mas quando queria tornar-se cônscio da sua própria existência e experimentar um misterioso sentimento de júbilo nela, recordava-se daquela mistura cruenta do terrestre com o divino, inebriando-se de especial gozo ao saber-se formado de tal substância. A sorrir, lembrava-se de que a consciência do corpo e da beleza deve ser aperfeiçoada e fortalecida pela consciência da mente e do espírito, e vice-versa.

O que ele cria era que o espírito de Deus, que o povo de Senaar chamava "Mummu", adejara por sobre as águas do caos e criara o mundo com o poder da palavra. "Que maravilha!", pensava ele: o mundo surgira pelo poder da palavra livremente articulada, e ainda hoje, por presente e real que fosse uma coisa, ela só se tornava real e presente quando o homem lhe dera vida em palavras, chamando-a pelo seu nome. Não deveria, pois, uma bela e graciosa cabeça convencer-se também da sua sabedoria expressa em palavras?

Mas todos esses ensinamentos e tendências, que Jacó encorajava por motivos que ainda vão ser mencionados, só serviam para apartar cada vez mais José dos filhos de Lia e das escravas. Isso o colocava sozinho e em si mesmo trazia as sementes da presunção e da desconfiança. Repugna-nos dizer que os irmãos, os primeiros filhos de Jacó cujos nomes todos sabem de cor, eram afinal indivíduos vulgares. Seria pouco justo qualificá-los assim, pelo menos a dois deles, o complicado e paciente Judá e Rúben, homem fundamentalmente bom. Em primeiro lugar, tratando-se de qualquer deles, não se podia cogitar de beleza, quer falando-se dos que mais se aproximavam de José na idade, na altura com dezessete anos, quer dos que por esse tempo já andavam na casa dos vinte, embora fossem rapazes robustos, especialmente os filhos de Lia, e se ufanassem da sua força e agilidade, mais que todos Rúben, mas também Simeão, Levi e Judá. E no que toca à palavra e à sabedoria, não havia nenhum dentre eles que não se gabasse de sua completa ignorância e de seu menoscabo de tais talentos. Neftali, filho de Bala, era conhecido desde a sua meninice "pelo seu dom da fala". Mas eram muito modestas nesta matéria as reivindicações populares, e a soma total dos dons de Neftali se reduzia a uma oca loquacidade sem nenhuma base em coisas altas. Todos os irmãos eram, em suma — como devia ter sido José para poder adaptar-se à sociedade fraterna —, pastores e às vezes, quando calhava, lavradores. Eram por certo, nessas duas ocupações, pessoas capazes, guardando, muito naturalmente, grande ressentimento para com o irmão mais moço, que imaginava, com a conivência do pai, poder também ele ser lavrador e pegureiro, mas só uma vez ou outra, porquanto sua ocupação habitual era escrever e ler nas tábuas. Posteriormente arranjaram para José uma alcunha, expressão eloquente do seu ódio: ele era o "sonhador". Por essa época, porém, chamavam-no escarninhamente Noé-Utnapíshti, o sapientíssimo, o ledor de pedras da época antediluviana. De seu lado, José os agraciava chamando-lhes "cabeças de cachorro" e "gente que não sabia distinguir o bem do mal" — atirando-lhes isso na cara, escudado apenas no medo que tinham do pai, porque do contrário eles lhe dariam surras memoráveis. Isso devia ser penoso de ver, mas os seus belos olhos não devem nos desencaminhar a ponto de acharmos a resposta menos reprovável do que a zombaria. Pelo contrário; porquanto, de que vale a sabedoria se não é capaz de defender-nos contra a arrogância?

Como procedia Jacó, o pai, diante disso? Ele não era nenhum letrado. É certo que, além do seu dialeto cananeu meridional, falava babilônio, este até melhor que aquele. Mas não sabia falar a língua dos egípcios, provavelmente porque, como já vimos, desconfiava de tudo e condenava tudo que vinha daquele país. Para ele o Egito representava a terra da imoralidade e da tirania feudal. O serviço do Estado, que sem a menor dúvida se sobrepunha a tudo naquela região, melindrava seu senso avito de independência e de responsabilidade pessoal. O culto dos animais e dos mortos lá florescente era para ele uma loucura e uma abominação, o dos mortos ainda mais que o dos animais, pois que a veneração de tudo quanto está debaixo da terra, que começava mesmo com a terra, com o grão que lá apodrecia para frutificar, era para ele sinônimo de impudicícia. À terra da lama lá existente ele não dava o nome de "Keme" nem de "Mitsraim", mas de "Xeol", o inferno, o reino dos mortos. Sua aversão, alicerçada em causas tanto éticas como intelectuais, era extensiva ao exagerado respeito que, segundo ouvira, lá se votava às letras. Nesse ponto, ele, pessoalmente, não ia além da assinatura do seu nome nos contratos, isso quando não preferia apor-lhes o seu timbre. Tudo o mais deixava a cargo de Eliezer, seu servo mais antigo, estando plenamente justificado o seu procedimento porque as habilidades dos nossos criados são habilidades nossas, e em qualquer caso a dignidade de Jacó não se apoiava em tais coisas, sendo essencialmente pessoal, natural e espontânea. Baseava-se ela na força do seu sentimento e da sua experiência, na plenitude da sua história sutil e expressiva, na natural simplicidade que irradiava da sua pessoa e que era de todos percebida, na preponderante personalidade de um homem prendado que tinha sonhos audazes e privava com Deus, homem, em suma, que não necessitava embaraçar-se com livros e escritas. Seria ocioso comparar Jacó com Eliezer, e certamente nunca teria ocorrido a este a ideia de tal confronto. Mas afinal teria Eliezer algum dia tido o sonho da escada ou, com a ajuda de Deus, teria feito descobertas no reino da natureza, como a operada pela simpatia mágica na cria do gado miúdo de pelo malhado? Não, nunca!

Mas então por que favorecia Jacó a educação literária de José, permitindo que lhe fossem inoculadas doutrinas cujo perigo para o rapaz e para as relações deste com seus irmãos não havia de ter lhe passado despercebido? Isso tinha duas razões, brotando ambas do seu amor; uma de natureza ambiciosa, outra de natureza pedagógica. Lia, a desprezada, sabia o que dizia quando, falando consigo mesma e com os filhos de suas entranhas, ao tempo do nascimento de José, profetizara que dali em diante eles nada mais representariam aos olhos de Jacó. Desde o dia em que o filho da esposa verdadeira, Dumuzi, o único rebento e filho da virgem, lhe fora concedido, Jacó não pensara em mais nada a não ser em pôr este último filho na frente dos que haviam chegado primeiro, em colocá-lo à testa dos demais e fazer do primogênito de Raquel o primogênito de todos os outros. Foi bem real a ira que experimentou quando Rúben cometeu aquela grave falta com Bala; foi real sim, e sem dúvida sincera, mas também um pouco estudada e intencionalmente exagerada. José não o sabia ou só o sabia pela metade; quando, porém, com pueril malícia repetiu ao pai o que vira, foi este o primeiro pensamento de Jacó: Agora posso amaldiçoar meu filho mais velho e ficará livre o lugar para o mais moço! Mas se lhe acudiu essa ideia, teve medo da cólera dos filhos que vinham logo depois de Rúben. Por isso não ousou tirar imediata vantagem da oportunidade e pôr José no lugar do culpado. No momento sustou a coisa, aguardando e por assim dizer reservando para o filho amado o lugar de honra, o lugar da herança e da escolha. É que se tratava da escolha hereditária, da bênção de Abrão, que Jacó levava consigo e que ele recebera de seu pai cego em lugar de Esaú; e ele também, ao transmiti-la, desejava que as coisas não se processassem com tanta regularidade que fossem depois falseadas. Se fosse possível, de José seria esse grande bem, e José era, tanto na carne como no espírito, mais apto a recebê-lo que o grosseiro e leviano Rúben. Lançaria mão de todos os recursos para incutir no espírito de todos, inclusive no dos irmãos, que José possuía altos dons, por exemplo, o saber. Os tempos haviam mudado: até então os herdeiros espirituais de Abrão não tinham tido necessidade dessa prenda. O próprio Jacó não lhe sentira a falta. Mas quem podia saber se no futuro não seria, se não necessário, pelo menos útil e desejável que o abençoado fosse igualmente um letrado. Grande ou pequena, não deixava de ser uma vantagem, e quanto mais vantagens sobre os irmãos tivesse José, melhor.

Foi esta uma das razões do consentimento de Jacó. A outra tinha razões mais profundas no desvelado coração do pai: dizia respeito à salvação da alma do rapaz e à sua saúde espiritual. Vimos como Jacó, naquela cena à beira do poço, interrogara cautelosamente o filho acerca das próximas chuvas, ao mesmo tempo que tinha sobre ele as mãos como em atitude protetora. Somente a grande necessidade de uma informação sobre tão importante assunto foi que o induziu a valer-se de uma disposição de ânimo do filho que sem embargo lhe inquietava o coração paterno, embora este não deixasse de apreciá-la.

Percebera em José estados d'alma próximos ao êxtase, tendências para arroubos meio fingidos, não muito pronunciados mas às vezes genuinamente proféticos. Como pai, sua atitude nesse ponto vacilava, impressionado como andava com a equívoca mistura de mal e de santidade que há em tais tendências. Dos irmãos não havia um sequer que revelasse o mais leve indício de pertencer aos eleitos; não tinham eles nenhuma aparência de videntes e de pessoas visitadas por Deus. Ninguém precisava perder o sono por causa deles. Êxtases, para o bem ou para o mal, não eram coisas de que entendessem. E de certo modo entrava bem nos planos de Jacó o fato de José se diferençar deles em tais pontos. Poder-se-ia interpretar tal fato como uma distinção que, acrescentada às outras, tornava mais convincente a escolha.

Apesar disso, Jacó não deixou de inquietar-se um pouco com o que vira. Havia por ali certa gente... seu coração paterno não desejava que Jose sé tornasse um deles. Eram santos parvajolas, babões, energúmenos, que ganhavam a vida pondo espuma pela boca e fazendo profecias. Eram oráculos humanos que andavam a palrar baboseiras ou eram visitados nas suas cavernas por curiosos e que ganhavam dinheiro ou obtinham que-comer desempenhando a tarefa de achar objetos perdidos ou predizendo dias felizes. Por motivos religiosos, Jacó não gostava deles, como ninguém de resto gostava, conquanto todos procurassem não ofendê-los. Andavam imundos e tinham uns modos tolos e desordenados; a criançada os acossava aos gritos de "Aulasaulalakaula", arremedando-lhes a fala desconexa. Eles se feriam e mutilavam, comiam coisas estragadas, traziam no pescoço uma canga ou um par de chifres na cabeça e algumas vezes andavam nus. Eram típicas desses indivíduos as duas usanças: os chifres e a nudez. Não era difícil rastrear a fonte desse procedimento: a imundície do culto de Baal, a prostituição ritual, a fertilidade mágica e os sacrifícios orgíacos aos pés de Melek, o Rei-Touro. Não era isso nenhum mistério; toda a gente conhecia tais ideias e respectivas associações. Mas a gente que andava em torno de Jacó tomava conhecimento disso com uma espécie de respeito natural inteiramente diferente da sensibilidade da tradição espiritual de Jacó. Não tinha ele objeções contra um oráculo razoável, por exemplo o da seta ou o obtido pelo sorteio para saber qual o tempo favorável para uma transação comercial, e era provável que tomasse nota do modo como os pássaros voavam ou da direção que, durante um sacrifício, tomava a fumaça. Mas, quando soçobrava a razão, esse dom divino, quando lhe tomava o lugar uma fúria infrene, aí começava o que ele chamava "uma loucura", palavra que era na sua boca uma palavra forte, tão forte que exprimia o último ponto de desaprovação. Era "Canaã"; era tudo quanto tinha relação com a sinistra história do avô na sua tenda, que tinha de andar nu, com sua virilidade exposta, e fazer coisas abomináveis com os Baais da região. Despir-se, andar cantando pelas ruas, banquetear-se com intemperança, entregar-se oficialmente à luxúria com as mulheres do templo, cultuar Xeol, isso e mais "Aulasaulalakaula" e profecias feitas em meio a convulsões epilépticas, era tudo uma e a mesma coisa, era tudo "uma loucura" aos olhos de Jacó.

Torturava-o a ideia de que a tendência pueril de José a revirar os olhos e sonhar pudesse ter qualquer ligação com essa região impura da alma. Também Jacó, como sabemos, era um sonhador — mas um sonhador respeitável! Em seu sonho vira Deus, o grande Rei, e seus anjos, e ao som envolvente das harpas recebera dele as mais confortadoras promessas. Sua cabeça se erguera da aflição e da humilhação exterior. Mas essa exaltação, pela sensatez, comedimento e integridade espiritual com que se operara, era bem distinta de qualquer espécie de mágica malfazeja. Não seria deplorável que dons tão excelsos e tais bênçãos dos pais fossem nos filhos inconstantes desfazer-se em requintada corrupção? Era fascinante rever o pai na figura dos filhos, mas era também assustador e estranho naquele débil rejuvenescimento! Havia ao menos para consolo a ideia de que José era ainda muito criança; ele perderia sua inconstância, tornar-se-ia mais sólido e robusto, ficaria, com o crescer da idade, mais cordato, mais amigo da razão, o dom divino. Mas ao olho atilado de Jacó não escapava que a propensão do jovem para certa espécie suspeita de arroubo tinha seus pontos de contato com a nudez e por conseguinte com a entrega do corpo, com Baal e Xeol; com a necromancia, com o desvario do que se passa debaixo da terra. Daqui o motivo pelo qual Jacó aprovava a influência do homem letrado sobre o filho dileto. Bom era que José aprendesse alguma coisa, convinha que, sob uma orientação sábia, se exercitasse na palavra e na arte de escrever. Ele, Jacó, prescindira dessas coisas; seus sonhos mais audazes tinham sido modestos e respeitáveis. Mas os do filho, o velho o percebia, precisavam ser disciplinados pelo emprego do entendimento e da exatidão. Por esse modo era bem possível que descesse uma bênção para firmar a sua juventude inconstante, de modo que ele não viesse a apresentar nenhum traço de semelhança com vagabundos e epilépticos chifrudos e nus.

Assim ponderava Jacó consigo mesmo. Parecia-lhe que certos elementos obscuros que haviam entrado na formação de seu filho necessitavam de um afrouxamento e de uma purificação na parte intelectual. E assim vemos que o velho, à força de refletir, chegou à pueril conclusão de José, a saber, que o conhecimento do corpo devia ser corrigido e retificado pelo do espírito.

2. ABRAÃO

O SERVO MAIS ANTIGO

Abrão pode realmente ter se parecido com Eliezer. Também não é impossível que não se parecesse nada com o seu servo. O patriarca talvez fosse magro, miúdo, com alguns tiques nervosos e talvez trouxesse as marcas deixadas pelos colmilhos da inquietação. A afirmação de que Eliezer, o preceptor de José, se parecia com o emigrante da lua certamente nada tinha que ver com a pessoa do erudito chefe dos criados, agora visível na carne. Aquela gente falava no presente, mas se referia ao passado e transferia para este o que falava naquele. Eliezer, diziam, "parecia-se" de rosto com Abraão; poder-se-ia facilmente justificar a tradição considerando-se o nascimento e a origem do velho casamenteiro. É que provavelmente ele era filho de Abraão. É verdade que alguns têm para si que Eliezer era o servo que Nemrod de Babel dera a Abrão quando foi obrigado a deixá-lo partir. Isso, porém, é tão pouco provável que chega a ser impossível, porque Abraão nunca entrou em contato direto com o potentado em cujo reino se efetuara o seu êxodo de Senaar; este nunca se importara com aquele. O conflito de que resultara ser o antepassado espiritual de Jacó expulso do país fora um conflito mudo e interno. Tudo o que se diz acerca do contato pessoal entre ele e o legislador do seu martírio, do seu encarceramento, de ter ele sido submetido a uma prova de fogo num forno de cal, todas essas narrativas (só nos ocuparemos das feitas por Eliezer a José) resultaram ou de uma combinação arbitrária de lendas ou foram transmitidas desde o mais remoto passado cristalizando-se num passado muito mais próximo, isto é, um passado que só contava seiscentos anos. O rei que, no tempo de Abrão, restaurou as torres dando-lhes ainda maior altura não tinha o nome de Nemrod, porque este era apenas um título régio e dinástico, mas chamava-se Amrafel ou Hamurabi, sendo o verdadeiro Nemrod o pai daquele Bel ou Babel a quem se atribuíra a construção da torre e da cidade e que se tornou um rei dos deuses depois de ter sido um rei dos homens como o egípcio Osíris. A figura do Nemrod original pertence, pois, a épocas anteriores a Osíris, donde se pode conjeturar o abismo histórico que o separa do Nemrod de Abrão, ou antes bem se pode perceber a incomensurável natureza desse abismo. Quanto aos acontecimentos que se supõe terem ocorrido durante o seu reinado — por exemplo, como o nascimento de um menino muito perigoso ao seu poderio lhe foi predito por seus astrólogos; como, em consequência disso, ele decretara uma matança geral de inocentes; e como um menino de nome Abrão escapou da matança e foi criado numa caverna por um anjo que o alimentou de leite e mel que a criança lhe sugava da ponta dos dedos, e mais coisas dessas — tudo isso naturalmente é desprovido de qualquer fundamento histórico rastreável. Em resumo, a figura do rei Nemrod é bem parecida com a de Edom, o Vermelho: é um presente através do qual brilha um passado cada vez mais distante, perdendo-se no que é divino, que por seu turno se originou do que é humano em profundezas ainda mais insondáveis de tempo. Dia virá em que veremos ter se verificado o mesmo em relação a Abraão. Mas, no momento, bom é que nos restrinjamos a Eliezer.

Este, portanto, não foi dado de presente a Abrão por "Nemrod". Devemos considerar isto como uma fábula. É muito possível que ele tenha sido filho natural de Abrão, tido de uma escrava e nascido provavelmente em Damasco durante a estada da gente de Abraão nessa florescente cidade. Mais tarde Abrão o alforriou, ficando, porém, sua situação na família um tanto inferior à de Ismael, filho de Agar. Quanto aos filhos de Eliezer, Damasek e Elinos, o caldeu durante muito tempo considerou o primeiro deles como seu herdeiro, na falta de herdeiros legítimos, até que primeiro nasceu Ismael e depois Yitzhak, o filho verdadeiro. Mas Eliezer conservou o seu lugar e sua importância entre a gente de Abraão, tendo-lhe cabido a honra de ir a Naharina pedir a mão de Rebeca para Isaac, a vítima rejeitada.

Como sabemos, Eliezer relatou muitas vezes e com prazer a José a história dessa viagem. Sentimo-nos arrastados, talvez muito de nosso gosto, a escrever aqui simplesmente a palavra "ele", apesar de saber muito bem que, consoante o nosso modo de pensar, não era por certo o Eliezer de Abrão que estava falando com José. O que aqui nos desencaminha é o seu modo natural de empregar a primeira pessoa, "eu", quando falava naquela jornada e a muda aquiescência de seu discípulo a essa sua sintaxe lunar. José sorria mas meneava a cabeça também: agora, se o sorriso implicava alguma crítica e o menear da cabeça alguma sugestão de delicada indulgência, ninguém o pode dizer. Para sermos precisos, preferimos crer no seu sorriso a crer no seu balançar de cabeça e estamos propensos a pensar que a atitude de José em relação ao modo de falar de Eliezer era mais clara e perspicaz do que a do digno meio-irmão de Jacó.

Assiste-nos razão para assim nos referirmos a Eliezer, pois que ele não era outra coisa. Yitzhak, o filho legítimo, antes de ficar cego, fora homem de desejos veementes, que absolutamente não limitara suas atenções à filha de Batuel. A circunstância de ter esta sido estéril como Sarai durante muito tempo deve tê-lo levado a procurar às vezes um herdeiro alhures; anos antes de nascerem Jacó e Esaú tivera ele um filho de uma formosa escrava. Esse filho se chamou Eliezer e este mais tarde obteve a alforria. Era, de fato, tradicional que tal filho alcançasse a liberdade e recebesse o nome de Eliezer. Poder-se-ia escusar o proceder de Yitzhak, a vítima rejeitada, com o fundamento de que tinha de haver um Eliezer. Tinha sempre havido um desses nos terrenos da família espiritual de Abraão, desempenhando as funções de mordomo e chefe dos criados e sendo, sempre que isso era possível, enviado a arranjar uma noiva para o filho da esposa legítima. O chefe da casa dera-lhe também regularmente uma esposa da qual teve dois filhos, Damasek e Elinos. Numa palavra, Eliezer era uma instituição, como Nemrod de Babel. E quando ele e o jovem José, à hora da lição, se sentavam à sombra acolhedora da árvore da sabedoria, ao lado do poço, e o rapaz, envolvendo os joelhos com os braços, fitava os olhos no semblante do velho mestre que "se parecia com Abraão" e sabia dizer "eu" de um modo tão majestoso, estranhas ideias e sentimentos deviam atravessar aquele espírito juvenil. Seus lindos e graciosos olhos estavam pregados na figura do narrador, mas, traspassando-a, iam deter-se na infinda perspectiva das figuras de Eliezer que diziam todas "eu" pela boca da presente manifestação. Já as sombras do crepúsculo envolviam a grande árvore quando eles ali se sentavam, mas por trás de Eliezer o ar embebido da luz solar palpitava no ardor e a sucessão de identidades se perdia não nas trevas mas na claridade...

A esfera gira. Nunca se pode saber com certeza onde uma história tem sua verdadeira nascente original, se é no céu ou na terra. A melhor homenagem que se pode prestar à verdade é asseverar que as histórias se passam ao mesmo tempo e concordemente tanto aqui como lá e só aos nossos olhos é que aparentam descer e de novo subir. As histórias descem como um deus que se torna homem, elas se fazem terrenas e, por assim dizer, burguesas. Bom exemplo do que queremos dizer nos é oferecido por uma das fanfarronadas preferidas da descendência de Jacó — a chamada batalha dos nove reis —, isto é, a derrota infligida por Abrão ao exército do Oriente, a fim de pôr em liberdade seu "irmão" Ló. Eruditos redatores e comentadores dos últimos tempos aventam a opinião de que Abrão seguiu os reis, desbaratou-os e os repeliu para além de Damasco não com trezentos e dezoito homens, tal como o conto chegara ao conhecimento de José, mas inteiramente só, acompanhado apenas de seu servo Eliezer, e que as estrelas haviam pelejado por eles, de modo que venceram e derrotaram o inimigo. Acontece que o próprio Eliezer contou a José a história também dessa forma — o jovem estava familiarizado com as variantes. Contudo vê-se que, relatada desse modo, a história perde o seu caráter terrestre e por isso heroico que lhe dera a lenda, tomando outro bem diverso. A ouvi-la assim (era esta também a impressão de José), é como se dois deuses, senhor e servo, houvessem combatido e vencido números superiores de gigantes ou de inferiores Elohim. E isso só pode significar que o acontecimento é reconvertido, no interesse da verdade e da justiça, na sua forma celeste e nela restaurado. Mas iríamos por isso denegar-lhe sua forma terrena? Pelo contrário, podíamos até dizer que a verdade e a realidade que a vestiam no céu provam as mesmas qualidades na terra. O que está no alto baixa, mas o que está embaixo não poderia, digamos assim, acontecer, se não fosse a sua imagem e cópia celeste. Em Abrão fez-se carne o que antes fora celestial; baseou-se ele no que é divino, nisso ele se susteve quando vitoriosamente pôs em debandada os salteadores da outra margem do Eufrates.

Não teria, por exemplo, a narrativa da viagem de Eliezer, empreendida para pedir a mão de Rebeca, sua própria história em que se baseava e em que seu herói e narrador podia basear-se a si mesmo, enquanto vivia e contava o fato? Algumas vezes o velho transformava essa história de um modo singular e foi com esta versão, que era a preferida, que ela chegou até nós. Diz-se, pois, que quando Abrão mandou Eliezer à Mesopotâmia pedir Rebeca em casamento para Isaac, o servo fez em três dias a caminhada de Bersabeia a Harã, na qual se gastam vinte dias ou dezessete, no mínimo, e que a terra "saltava ao encontro dele". Só nos é possível entender isso em sentido figurado, uma vez que a terra jamais salta nem corre na direção de ninguém. Contudo ela *parece* assim fazer para aquele que anda com extrema facilidade e, por assim dizer, com pés alados. Além disso os comentadores silenciam sobre o fato de que a viagem foi feita, como era costume, com caravana, animais e bagagem; não mencionam os dez camelos. O que esclarecem acerca da história é antes de modo a sugerir que o mensageiro e filho natural de Abrão venceu a distância sozinho e com asas nos pés, com tal rapidez, realmente, que pés alados não seriam bastantes, ele precisaria de asas também no chapéu... Em resumo, temos de concluir que a narrativa da viagem terrestre e carnal de Eliezer é uma tradição terrestre baseada numa tradição celeste. Assim foi que, ao contar esse caso a José, ele confundiu não somente a linguagem mas também um tanto ou quanto a história e disse que a terra "lhe saltara ao encontro".

Sim. Quando o olhar reflexivo do jovem discípulo descansava sobre a atual manifestação carnal de Eliezer, a perspectiva da sua personalidade perdia-se não nas trevas mas na luz. E isso é verdade não somente em se tratando da identidade de Eliezer, mas da de outras pessoas, e fácil é conjeturar quais. E aqui, como uma espécie de luz antecipada que se projeta sobre a história de José, permita-se-nos dizer que eram as mais reais e duradouras aquelas impressões que o jovem recebia das conversas com o velho Eliezer. Os meninos não estão desatentos quando seus mestres dizem que eles o estão. O que os ocupa é atender a outras coisas talvez mais importantes que as que o mestre rigidamente prático está recomendando à sua atenção. José, por muito distraído que parecesse, observava mais que os jovens muito observadores, provavelmente muito mais do que lhe conviria observar.

COMO ABRAÃO DESCOBRIU A DEUS

No parágrafo anterior, pusemos em certo sentido a Abraão, o amo de Eliezer, na mesma categoria que o servo mais antigo. Que sabia Eliezer de Abraão? Muita coisa e de vária espécie. O servo falava a respeito do senhor por assim dizer com duas línguas, ora de um jeito, ora de outro bem diverso. Algumas vezes o caldeu era simplesmente o homem que descobrira a Deus, de modo que este beijara os dedos, jubiloso, e exclamara: "Até aqui nenhum homem me chamara Senhor e Altíssimo, agora serei assim chamado!". A descoberta não se processara sem trabalho e sem dor; o primeiro pai se afligira não pouco. E na verdade suas dores e esforços tinham ficado dependendo e obedecendo ao impulso de uma concepção muito própria dele: a concepção de que era da mais alta importância decidir-se a quem ou a que devia o homem obedecer. Isso produziu impressão em José, ele o compreendeu imediatamente, sobretudo na parte que dizia respeito a dar importância ao caso, porque para dar qualquer espécie de importância ou significação às coisas ou a qualquer coisa, uma pessoa devia, diante de Deus e dos homens, tomá-las a sério. O primeiro pai tinha sem sombra de dúvida tomado a sério a questão de saber-se a quem devia o homem servir e dera-lhe uma resposta notável, a saber: só se deve servir ao Altíssimo. Resposta verdadeiramente notável, porque revelava um sentimento da própria dignidade que podia ser chamado excessivo e arrogante. O homem podia ter dito a si mesmo: "Que sou eu e de que sirvo ou de que serve o ser humano em mim? Que importância tem que eu sirva um pequeno deus ou ídolo ou uma divindade menor?". Ser-lhe-ia isso mais cômodo. No entanto, em vez disso eis o que ele disse: "Eu, Abrão, e a humanidade dentro de mim, deve servir ao Altíssimo exclusivamente". Assim começou tudo (como aprouve a José ouvir).

Com isso começou Abrão a pensar que só à mãe-terra se devia serviço e culto porque ela produzia frutos e conservava a vida. Mas notou que ela precisava da chuva do céu. Por isso levantou os olhos para o firmamento, viu o sol em toda a sua glória, com todo o seu poder de abençoar e amaldiçoar, e esteve a pique de decidir-se por ele. Mas nisso o sol se pôs e Abrão se convenceu de que o astro não podia ser o mais excelso. Olhou então para a lua e para as estrelas, para estas com especial expectativa e esperança. Podia ter sido a causa primeira de seu tormento e de seu desejo de peregrinar o fato de ter o seu amor à Lua, a divindade de Ur e Harã, sido ofendido pelas exageradas honras oficiais prestadas ao princípio solar, Shamash-Bel-Marduk, por Nemrod de Babel, sendo elas uma ofensa a Sin, o pastor das estrelas. Isso podia até ter sido uma astúcia de Deus, o qual, querendo glorificar-se em Abiram e tornar-se conhecido por seu intermédio, suscitou nele, com o seu amor à Lua, uma primeira contradição e desassossego, desfrutou com vantagem sua própria aquele amor e fez dele o misterioso ponto de partida da sua carreira. Quando surgiu a estrela-d'alva, tanto o pastor como o rebanho desapareceram e Abrão concluiu: "Não, nem eles são deuses dignos de mim". Sua alma estava grandemente turbada e ele refletiu: "Altos são eles na verdade, mas se não tivessem acima de si um guia e senhor, como podia um pôr-se, outro erguer-se? Não seria decente para mim, um homem, servi-los de preferência a servir Aquele que os governa". E o ânimo de Abraão se avizinhava da verdade, tão suplicante, tão aflito que o Senhor se comoveu profundamente e disse de si para consigo: "Eu te ungirei com o óleo da alegria mais que a todos os teus companheiros!".

E assim, por um impulso dirigido ao Altíssimo, Abraão descobrira a Deus. À força de ensinar e refletir, dera-lhe uma forma e um corpo, prestando com isso grande benefício a todos aqueles a quem dizia respeito essa descoberta: a Deus, a si mesmo e às almas que ganhou com tal ensinamento. A Deus, preparando a realização dele no espírito humano; a si mesmo e sobretudo aos prosélitos, assenhoreando-se do que era múltiplo e angustiosamente incerto e transformando-o no uno definido e reconfortante de que provém tudo o mais, o bem e o mal, o subitâneo e o temeroso, bem como o regulador benéfico, o ser em que em qualquer caso se devia confiar. Abraão enfeixara as forças numa força única e a chamara o Senhor, exclusivamente e uma vez por todas. Não era aquilo proceder como num dia festivo em que se entoam hinos e se acumulam poderes e honras sobre a cabeça de um deus, Marduk, Anu, Shamash, fazendo o mesmo com outro deus no dia seguinte ou no seguinte templo. "Tu és o Único e o Altíssimo, sem Ti não se administra a justiça, não se tomam deliberações; nenhum deus no céu ou na terra pode opor-se a Ti, estás muito acima de todos eles." Quantas vezes não havia isso sido dito e cantado num impulso de servil devoção no reinado de Nemrod! Abraão descobriu e sustentou que isso só podia ser dito com verdade a respeito de um que era sempre o mesmo, que era essencialmente o conhecido, porque tudo viera dele e que assim tornara conhecidas todas as coisas conforme sua origem. Os homens no meio dos quais ele se criara afligiam-se ao extremo de, nas orações e ações de graças, não errar essa fonte. Se, por ocasião de alguma calamidade, faziam penitência, colocavam no começo de sua oração toda uma lista de invocações às suas divindades; penosamente invocavam cada deus cujo nome acertavam de saber, para que não ficasse excluído o daquele dentre eles que havia mandado a aflição (não podiam precisar qual). Abraão, porém, sabia qual era e o dizia a seu povo. Era sempre e somente Ele, o Altíssimo e Supremo, que podia ser o único Deus verdadeiro do gênero humano e que indefectivelmente respondia ao clamor do homem rogando amparo e ao seu cântico de louvor.

Apesar de jovem, José compreendia bem a audácia e o vigor de ânimo expressos nas primeiras ideias que de Deus tivera o antepassado e com que haviam se horrorizado muitos a quem ele quis transmiti-las. Pode Abrão ter sido alto e de feições amáveis na sua velhice como Eliezer, como pode ter sido miúdo, magro e curvado. O que é certo é que tivera a imensa coragem de concentrar todas as múltiplas propriedades do divino, toda a bênção e toda a aflição, no Deus único, de tomar ali sua posição e de se apegar única e inseparavelmente ao Altíssimo. O próprio Ló, pálido de medo, dissera-lhe:

"Mas e se o teu Deus te abandonar, estás abandonado, deveras!"

A isso respondera Abrão:

"É verdade, tu o dizes. E então não pode haver nem no céu nem na terra desamparo igual ao meu em extensão, ele é extremo. Lembra-te, porém, de que, se eu o aplacar e ele for minha proteção, nada me poderá faltar e eu possuirei as portas de meus inimigos!"

Ouvindo isso, Ló sentiu-se fortalecido e falou:

"Então eu serei teu irmão!"

Sim. Abrão soubera comunicar sua exaltação de espírito. Recebeu o nome de Abiram, a saber, "meu pai é excelso", ou ainda, provavelmente com igual justeza, "pai do excelso". Num certo sentido Abraão era pai de Deus. Dera-lhe ele o ser percebendo-o e pensando-o. As poderosas propriedades que Abrão atribuíra a Ele eram provavelmente posse original de Deus, não sendo Abrão o autor delas. Mas não o seria ele afinal, de certo modo, quando as reconheceu, pregou e, pensando, as tornou reais? As poderosas propriedades de Deus eram realmente alguma coisa objetiva, com existência fora de Abraão, mas ao mesmo tempo estavam também nele e eram dele. O poder da sua própria alma era, em certos momentos, pouco distinto delas. Esse poder se entrelaçava e fundia conscientemente numa só coisa com Ele, e esta foi a origem do pacto que o Senhor então instituiu com Abraão. Era aquilo na verdade a confirmação exterior de um fato interior, mas era também a origem do caráter peculiar do temor de Deus que Abrão tinha. Pois, desde que a grandeza de Deus era alguma coisa terrivelmente objetiva fora dele, ao mesmo tempo coincidia, até certo ponto, com a grandeza da sua própria alma e era um produto dela, assim esse temor de Deus era um pouco mais que temor no sentido comum da palavra: era não só temor, mas também e ao mesmo tempo a existência de um laço, uma familiaridade e amizade. E de fato o antepassado tinha algumas vezes uma certa maneira de tratar com Deus que deve ter provocado o assombro do céu e da terra, se não forem levadas em conta as extraordinárias involuções de tais relações. Por exemplo, o modo familiar com que se dirigiu ao Senhor por ocasião da destruição de Sodoma e Gomorra não andava muito longe da insolência, considerando-se a temível grandeza e poder de Deus. Mas afinal quem se ofenderia se Deus não se ofendeu? E Deus não se ofendeu. "Ouve, ó Senhor", dissera então Abrão, "há de se fazer de uma maneira ou de outra, mas não das duas ao mesmo tempo! Se queres ter um mundo, não podes exigir justiça; se, porém, tomas a peito a justiça, o mundo está perdido. Pegas na corda pelas duas pontas: queres ter um mundo e queres justiça nele. Mas se não moderares tuas exigências, o mundo não poderá existir." Chegara a acusar de astúcia o Senhor e a lançar-lhe em rosto que, enquanto de outra vez jurara não mais mandar o extermínio na água, agora vinha com o extermínio no fogo. Deus, que provavelmente não podia tratar de outro modo as duas cidades depois do que havia sucedido ou quase sucedera a seus mensageiros em Sodoma, tomara à boa parte ou pelo menos não levara a mal o que Abrão tinha dito, pois que o Senhor se envolvera num benévolo silêncio.

Esse silêncio era a expressão de um fato tremendo relacionado com o lado exterior de Deus e igualmente com a grandeza interior de Abrão de que provavelmente ela era a criação real: o fato de que a contradição em termos de um mundo que devia existir e ao mesmo tempo ser justo repousava na própria grandeza de Deus; o fato de que Ele, o Deus vivo, não era bom ou só era bom entre outros atributos, inclusive os maus, e de que assim sua essência incluía o mal e com ele era sacrossanta; era a própria santidade e promovia a santidade!

Ó maravilha! Fora ele quem esfacelara Tiamat e destruíra o dragão do caos. O grito exultante com que na criação os deuses haviam saudado a Marduk, e que era repetido em cada Dia de Ano-Bom pelo povo do país de Abrão, pertencia de direito a Ele, o Deus de Abrão. Dele emanava ordem e alegre confiança. Se as chuvas antecipadas e as tardias caíam no seu tempo marcado, era isso obra sua. Ele pusera barreiras ao mar imenso, relíquia do dilúvio primitivo, pátria do Leviatã, para que na sua mais desaforada turbulência não as violasse. Fez o Sol nascer na sua força criadora até o zênite e à tarde encetar a sua jornada para o inferno. Fez também a Lua medir o tempo com a sua periódica sucessão de fases. Fez as estrelas brilharem e ordenou-lhes que formassem imagens. Regulou a vida dos homens e dos animais, alimentando-os de acordo com as estações. De lugares onde nenhum homem estivera caiu a neve e regou a terra, cujo disco ele fixara na inundação de modo que ela nunca ou só muito raramente oscilasse. Quanta bênção, bondade e benefício havia em tudo isso!

Mas como um homem que vence um inimigo, como a vitória se assenhoreia das propriedades do vencido, assim Deus — era o que parecia —, ao destruir o monstro do caos, incorporou a si mesmo a essência daquele e talvez só com isso tenha atingido pleno desenvolvimento sua majestade viva. A luta entre a luz e as trevas, o bem e o mal, o benefício e o horror sobre esta terra não era, como acreditava o povo de Nemrod, a continuação daquela guerra desencadeada por Marduk contra Tiamat. Também não partiam de Deus as trevas, o mal e o terror desconhecido, o terremoto, o relâmpago que estala, a praga dos gafanhotos que escurece o sol, os sete ventos maus, o *abubu* de poeira, as serpentes e os vespões. Se lhe chamavam o Senhor da pestilência é porque Ele as mandava mas também as curava. Ele não era o Bom, mas o Tudo. E era santo! Santo não por causa da bondade, mas por causa da vida e do excesso de vida; santo na majestade e no terror, sinistro, perigoso, mortífero, tanto que uma omissão, um erro, a mais insignificante negligência na atitude de um mortal para com Ele podia ter tremendas consequências. Era santo, porém exigia também santidade e o fato de exigi-la pela sua simples existência dava ao santo um sentido maior do que o de mero terror. A discrição que Ele impunha tornava-se piedade, e a majestade viva de Deus tornava-se a medida da vida, a fonte do sentimento do crime, o temor de Deus e o caminhar diante dele em santidade e justiça.

Deus estava presente e Abraão caminhava diante dele, santificado na sua alma por aquela proximidade externa dele. Eles eram dois, um Eu e um Tu, e ambos diziam "Eu" e para o outro "Tu". É verdade que Abrão constituiu as propriedades de Deus com o auxílio da sua própria grandeza d'alma, sem a qual Ele não saberia constituí-las ou chamá-las, ficando elas assim nas trevas. Mas afinal de contas Deus continuava sendo um poderoso Tu, dizendo Eu, independente de Abraão e do mundo. Estava no fogo mas não era o fogo e por isso seria muito errado adorar o fogo. Deus criara o mundo no qual aconteciam coisas tão tremendas como a borrasca ou o Leviatã. Devia-se ter isso em conta para se medir devidamente sua grandeza exterior e, quando não para medi-la, ao menos para concebê-la. Ele era necessariamente muito maior do que todas as suas obras e necessariamente tal fora das suas obras. Chamavam-lhe *makom*, espaço, porque Ele era o espaço no qual o mundo existia, porém o mundo não era o espaço no qual Ele existia. Ele estava também em Abraão, que O reconheceu em virtude do Seu próprio poder. E era isso justamente que fortalecia e completava o sentido existente em Abraão do seu próprio Eu, que não se destinava a perder-se em Deus, a tornar-se uma mesma coisa com Ele e não ser mais Abraão, mas antes se mantinha decididamente ereto perante Ele, naturalmente a grande distância porque Abraão era apenas um homem e feito de barro, porém ligado a Ele pelo conhecimento e santificado pela alta essência e presença da divindade. Fora nessa base que Deus fizera seu pacto com Abraão, essa aliança tão promissora para ambas as partes. Disso era Deus tão cioso que queria ser reverenciado inteiramente só pelos seus adoradores, sem que estes pudessem sequer volver um olhar furtivo para aqueles outros deuses de que o mundo andava cheio. Estava aqui o fato importante: por intermédio de Abraão e de seu pacto viera ter ao mundo alguma coisa que nunca antes ali estivera e que os povos não conheciam — a maldita possibilidade de que o pacto pudesse ser desfeito e de que alguém pudesse renegar o seu Deus.

Muitas outras coisas sabia ensinar o primeiro patriarca sobre Deus, mas não sabia *contar* nada dele — nada no sentido em que outros sabiam de seus deuses. Não existiam histórias acerca de Deus. Talvez isso fosse a coisa mais notável: a coragem com que desde o princípio Abrão representou e exprimiu a essência de Deus, dizendo simplesmente e sem mais rodeios "Deus". Deus não procedera, não nascera de nenhuma mulher. No trono, ao lado dele, não havia nenhuma mulher, nem Ishtar nem Baalat e mãe de Deus. Como podia haver? Bastava o senso comum para se entender que, considerando a natureza de Deus, não era aquilo uma concepção possível. Plantara Deus no Éden a árvore da ciência e da morte e o homem comera do seu fruto. Nascimento e morte eram coisas do homem e não de Deus; Ele não via nenhuma mulher divina ao seu lado, porque não necessitava de conhecer mulher alguma, sendo ao mesmo tempo Baal e Baalat. Também não tinha filhos. Não o eram os anjos nem Sebaot que o servia nem aqueles gigantes a quem alguns anjos haviam gerado das filhas dos homens, desencaminhados que foram pela luxúria delas. Ele estava só; era isso uma marca da sua grandeza. Essa condição divina de não ter nem mulher nem filhos talvez possa explicar seu grande ciúme em relação ao seu pacto com o homem; seja como for, ela certamente explica o fato de não ter Ele nenhuma história e de nada haver que dizer sobre Ele.

Tudo isso, porém, há de ser entendido num sentido limitado, referindo-se tudo ao passado e não ao futuro, se é possível "falar-se" aqui em futuro, porque Deus afinal teve uma história, mas esta se referia ao futuro, um futuro tão glorioso para Ele que seu presente, esplêndido em si, não podia comparar-se àquele. E essa mesma diferença entre o presente e o futuro projetava sobre a sagrada majestade e grandeza de Deus uma sombra de esforço e de suspensão, de sofrimento e de promessa não cumprida, que devemos francamente reconhecer para entender a natureza ciosa do seu pacto com o homem.

Viria um dia, o derradeiro, que só Ele havia de trazer o cumprimento de Deus. Esse dia era fim e princípio, destruição e novo nascimento. O mundo, que era ou talvez não era o primeiro mundo, se dissolveria na catástrofe final; reinaria mais uma vez o caos, o silêncio primitivo. Então Deus recomeçaria sua obra mais maravilhosamente do que antes, sendo Senhor da destruição como o era da criação. Do caos e da confusão, da lama e das trevas sua palavra suscitaria um novo cosmos; mais alto do que antes ressoariam as exclamações de júbilo dos anjos testemunhas de tudo, porque o mundo renovado excederia o outro a todos os respeitos e nele Deus haveria de triunfar sobre todos os seus inimigos!

Assim seria: no fim dos dias Deus seria rei, rei dos reis, rei dos homens e dos deuses. Mas não era Ele isso mesmo já agora? Sim, era, em todo o sossego e no conhecimento de Abrão, e contudo não reconhecido e admitido em toda parte e por isso não inteiramente realizado. A realização da grande e ilimitada realeza de Deus estava reservada para aquele primeiro e último dia, para o dia da destruição e da ressurreição, em que seu esplendor absoluto, soltando-se dos laços que ainda o retinham, surgiria ante os olhos de todos. Nenhum Nemrod se exaltaria contra Deus, com despudoradas torres de terraços. Nenhum joelho humano se curvaria a não ser perante Ele, nenhuma boca mortal entoaria louvor a outrem. Deus, como na verdade o era desde a eternidade, agora seria realmente senhor e rei de todos os demais deuses. Ao clangor de dez mil trombetas voltadas obliquamente para o céu, entre cânticos e crepitar de chamas, por entre uma tempestade de raios e de granizos, Ele, revestido de majestade e de terrores, se encaminharia para o seu trono, passando no meio de um mundo que orava com a face no pó, a fim de tomar posse, à vista de todos e para sempre, de uma realidade que era a Sua verdade.

Ó dia da apoteose divina, dia da promessa, da expectação e do cumprimento! Ele acarretaria — note-se — a apoteose de Abraão, cujo nome daí por diante seria uma palavra abençoada, com que se saudariam umas às outras raças da humanidade. Era esta a promessa. Mas esse dia memorável não estava no presente, mas num distante futuro. Até lá o tempo seria de espera. Era isso que deixava traços de sofrimento nas feições divinas do dia de hoje, indícios do que vai ser e ainda não se realizou. Deus atado, Deus padecendo, Deus na prisão. Isso lhe moderava a exaltação; todos os sofredores podiam adorá-lo e Ele consolava aqueles que não eram grandes, mas pequenos no mundo, e isso lhes inoculava no coração um sentimento de escárnio contra tudo que se assemelhava a Nemrod e contra a grandeza despudorada. Não. Deus não tinha histórias como o egípcio Osíris, a vítima, o mutilado, o que fora enterrado e ressurgira, ou como Adônis-Tamuz, por quem as flautas desferiam endechas nos desfiladeiros, Tamuz, senhor do aprisco, cujo lado o javali Ninib dilacerou, baixando ele à prisão para dali de novo se erguer. Longe, bem longe de nós pensar que Deus estava associado aos mitos da natureza, a qual esmaecia na aflição e gelava na angústia para poder renovar-se de acordo com a promessa, no meio de risos e de um chuveiro de flores: ao grão que apodrecia nas trevas e na prisão da terra para poder levantar-se e brotar; à morte e ao sexo; ao culto corrompido de Melek-Baal e ao seu ritual de Tiro, onde homens havia que ofereciam seu sêmen ao deus de abominações, revirando sinistramente os olhos na sua loucura e despudor. Não permitisse Deus que Ele estivesse metido em torpezas tais! Mas estava atado e era um Deus à espera do futuro, o que estabelecia uma certa semelhança entre Ele e aquelas outras deidades sofredoras. Por isso foi que em Siquém Abrão conferenciou longamente com Melquisedec, única pessoa que podia entrar no templo do Baal do pacto e de El Elion, discutindo se podia existir qualquer semelhança entre Adon e o Deus de Abraão e até que ponto chegava essa semelhança.

Mas Deus beijara a ponta dos dedos e exclamara com secreto ressentimento dos anjos: "É incrível o conhecimento que de mim possui esse filho da terra! Não é que começo a tornar-me conhecido por seu intermédio? Na verdade eu vou ungi-lo!".

O AMO DO MENSAGEIRO

Dessa maneira e com essa simplicidade Eliezer delineara para José a figura de Abraão. Mas, sem ele o perceber, sua língua se dividia enquanto ele falava, referindo-se então o servo ao amo de outra maneira inteiramente diversa. Era sempre de Abrão, o homem de Ur, ou, com mais justeza, de Harã, que falava a língua bífida de Eliezer, chamando-lhe bisavô de José. Ambos, o velho e o moço, sabiam perfeitamente que a não ser à claridade do luar, Abrão não era o homem, aquele súdito inquieto de Amrafel de Senaar, e que nenhum bisavô do homem vivera vinte gerações antes dele. Todavia era esta uma ligeira inexatidão comparada com outras que tinham de deixar passar, pois que o Abraão de que a língua agora falava com tamanha volubilidade e incoerência tampouco era aquele que vivia então e sacudira o pó de Senaar dos seus pés, mas uma figura diferente bem perceptível muito anteriormente ao outro, visível através dele, se assim se pode dizer, de modo que o olhar do rapaz vacilava e se obscurecia nessa perspectiva como já se obscurecera e vacilara ante o chamado "Eliezer", transparência certamente muito mais luminosa porque por ela se coava a claridade.

Então apareceram todas as histórias referentes àquela metade da esfera em que senhor e servo, não com trezentos e dezoito homens, mas sós, sem se falar na ajuda dos poderes sobrenaturais, haviam rechaçado o inimigo para lá de Damasco, e em que "o chão saltara ao encontro" do mensageiro Eliezer; a história do nascimento de Abraão predita por uma profecia; a matança dos inocentes por sua causa; sua infância passada numa caverna onde um anjo o alimentava enquanto sua mãe o procurava por todas as redondezas. Tudo aquilo trazia a marca da verdade: em algum lugar e de algum modo aquilo era verdade. As mães sempre vagueiam e procuram; elas têm muitos nomes mas andam pelos campos e procuram o pobre filho que se extraviou no mundo ínfero, foi morto ou mutilado. Dessa vez ela se chamava Amatla e provavelmente também Emtelai, nomes com que não é impossível tenha simpatizado a fantasia de Eliezer, porque mais se ajustavam ao anjo do que à mãe: aquele, com efeito, para dar à cena mais verossimilhança, levando-se em conta a língua bifendida do servo, bem pode ter tido a forma de uma cabra. José achava tudo isso muito nebuloso; demudava-se-lhe a expressão dos olhos quando ouvia dizer que a mãe dos caldeus se chamava "Emtelai", porquanto este nome significa "mãe do meu excelso" ou, por outras palavras, "mãe de Deus".

Acaso devia o bom Eliezer ter sido censurado por falar assim? Não. As histórias vêm do alto como um deus se torna homem; elas por assim dizer se tornam burguesas e terrenas sem por isso deixarem de realizar-se no alto e de ser narráveis na sua forma celeste. O velho, por exemplo, se referia aos filhos daquela Cetura, que Abrão na velhice tomou por concubina: Madã, Madiã e Jecsã, isto é, Zamrã, Iesbac e que outros nomes tenham. Estes filhos haviam "refulgido como o relâmpago". Abrão construíra para eles e para sua mãe uma cidade de ferro, tão alta que o sol jamais brilhava no interior dela, sendo ela iluminada por pedras preciosas. Seu ouvinte tinha de ser muito mais obtuso do que era para não ver que essa cidade de ferro significava o mundo inferior, aparecendo nessa versão Cetura como rainha do mesmo. Que conceito inatacável! Cetura não passava de uma simples mulher cananeia a quem Abraão, já velho, conferiu a honra de partilhar o seu leito, mas ela foi igualmente a mãe de toda uma série de progenitores e senhores árabes do deserto, como a egípcia Agar tinha sido mãe de Ismael. E quando Eliezer dizia a respeito dos filhos que eles refulgiam como o relâmpago, isso não queria dizer outra coisa senão vê-los com ambos os olhos em vez de os ver com um só, em sinal do simultâneo e da unidade do duplo, isto é, como chefes beduínos sem pátria e como filhos e príncipes do mundo inferior, como Ismael, o bastardo.

Depois, momentos havia em que o velho falava em tom estranho de Sara, mulher do antepassado. Chamava-lhe "filha do castrado" e "rainha do céu", acrescentando que ela levava uma lança e que era muito justo ter ela sido originariamente chamada Sarai, a saber, "heroína", e ter sido depois rebaixada por Deus a Sara, que quer dizer "senhora". Igual coisa sucedera ao irmão-marido de Sara, pois também ele passou de "Abrão", que quer dizer "o pai excelso" e "pai do excelso", a "Abraão", isto é, "o pai de muitos", de uma posteridade numerosa, espiritual e física. Mas teria ele por isso deixado de ser Abrão? De nenhum modo. O que havia é que a esfera girava, e a língua sutil, bifurcando-se entre Abrão e Abraão, ora falava desta forma, ora daquela.

Nemrod, o pai do país, procurara devorá-lo, mas ele tinha sido arrebatado para longe, fora criado numa caverna por um anjo-cabra e depois de crescido tratara o rei voraz e sua idólatra majestade de tal maneira que se podia mesmo dizer que o monarca veio a sentir o ardor da foice. Muito sofrera antes de poder galgar essa posição. Fora feito cativo, e era confortador ouvir contar como empregara o tempo do seu encarceramento para fazer prosélitos e converter ao Altíssimo os guardas do calabouço. Condenaram-no a ser sacrificado a Tifão, em outras palavras, a ser queimado vivo; fora introduzido num forno de cal ou (variavam as versões de Eliezer) havia subido à pira. Esta última versão parecia a José a mais verdadeira porque sabia que ainda no seu tempo se celebrava em muitas cidades a "festa da pira". Aliás, haverá festas que no fundo não tenham uma ideia, festas sem algum fundamento, festas irreais? No Dia de Ano-Bom, no dia da criação, por exemplo, o povo, em piedosa mascarada, faz coisas que hauriu de si mesmo ou que sugou dos dedos de um anjo e que realmente nunca aconteceram? O homem não fantasia as coisas. Certamente ele é muito inteligente desde que comeu o fruto da árvore e não está longe de ser um deus. Mas com todo o seu engenho como poderia ele descobrir uma coisa que não existe? Assim, deve haver alguma verdade na história da pira.

Conforme Eliezer, Abraão fundara a cidade de Damasco e fora seu primeiro rei, o que não deixa de ser uma afirmação sedutora. Mas as cidades não costumam ser fundadas por homens e os seres a que se costuma dar o nome de seus primeiros reis não usam semblantes humanos. O próprio lugar denominado Hebron, de nome Cariat-Arbe, em cujo território estavam estabelecidos, não fora construído por mãos humanas, mas pelo gigante Arba ou Arbaal, consoante rezava a lenda. Por outro lado, Eliezer persistia em asseverar que o fundador de Hebron fora também Abraão, o que não era nem devia ser uma contradita à opinião do vulgo. O antepassado mesmo devia ter possuído o porte de um gigante: isso era claro, a depreender-se da afirmação de Eliezer segundo a qual ele dera passos de uma légua.

Quanto, pois, para José, em momentos de devaneio, a figura de seu antepassado, o fundador de cidades, se confundia, na perspectiva remota, com a de Bel de Babel, construtor da torre e da cidade e que ficou sendo um deus depois de ter sido homem e ser enterrado na tumba de Baal? Com Abraão o que se dera parecia ter sido o oposto. Mas que montava isso nessa ordem de ideias? Quem podia dizer o que fora Abraão no princípio e onde realmente começam as histórias, se embaixo ou no alto? Elas são o presente da esfera que gira, a unidade do que é dupla, a estátua que traz esta inscrição: "Ao mesmo tempo".

3. JOSÉ E BENJAMIM

O BOSQUETE DE ADÔNIS

A meia hora de distância da instável colônia de Jacó, de suas tendas, estrebarias, apriscos e celeiros, na direção da cidade, havia uma grota coberta de mirto espesso e crescido, formando uma espécie de bosquezinho que o povo de Hebron acreditava ser consagrado a Astarot-Ishtar e ainda mais a seu filho, irmão e marido Tamuz-Adônis. O ar que corria nesse recanto, embora quente no verão, deixava uma sensação agradável. Não era um lugar impenetrável, mas varado de numerosas aberturas tortuosas que podiam ser consideradas como atalhos. Escolhido um ao acaso e descendo-se por ele, ia-se dar numa clareira formada pela monda feita nas moitas. Havia aí um templozinho. Uma pedra cônica, quadrangular, pouco mais alta do que um homem, com emblemas da geração gravados nela, uma Masseba, provavelmente ela própria um símbolo da procriação, estava erigida no centro da clareira. Sobre a sua base tinham sido depositadas ofertas votivas, vasos de barro cheios de erva da qual brotavam folhazinhas brancas e verdes. Havia ainda coisas artísticas, tais como tabuinhas, unidas em forma quadrangular, revestidas de pano, do qual destacava-se singularmente uma tosca figura humana, enfaixada, verde, uma vez que as mulheres ofertantes haviam coberto de terra frutífera o desenho de um morto sobre o pano, plantando aí trigo, regando o grão e aparando os brotos, de modo que a figura verde jazia alteada sobre o fundo.

A esse lugar ia frequentemente José com seu irmão Benjamim, que contava então oito anos. Benjamim já crescera o suficiente para se desembaraçar da tutela das mulheres e gostava de acompanhar o irmão sempre que podia. Era um menino rechonchudo, que já não andava sem roupa e usava uma espécie de casaco de manga curta, de cor avermelhada ou azul-escura, bordado na fímbria e que lhe dava pelo joelho. Tinha uns bonitos olhos garços, que costumava fitar no irmão com absoluta confiança, e cabelo reluzente e basto cobrindo-lhe a cabeça como um capacete de metal do meio da testa até a nuca, deixando livres as orelhas. Estas eram pequenas e firmes, como o nariz e as mãos de dedos curtos, uma das quais travava na do irmão quando andavam juntos. Era de gênio afável, tendo herdado da mãe os modos brandos. Havia contudo no seu todo um quê de melancólico e de acanhado. Sabia daquela circunstância pela qual não lhe cabia nenhuma responsabilidade, sabia em que hora e de que maneira sua mãe morrera, e o sentimento de uma culpa tragicamente inocente que trazia consigo era avivado pelo procedimento de Jacó para com esse filho seu. À atitude do pai não faltava ternura, mas tinha ela o cunho de uma penosa reserva que se lhe notava por procurar desviar os seus dos olhos do filho. Todavia, de quando em quando apertava ao seio com um longo e cálido abraço o mais jovem de seus filhos, chamando-lhe Benoni e segredando-lhe ao ouvido o nome de sua mãe Raquel.

Assim, quando o menino cresceu a ponto de não precisar mais andar agarrado à barra da saia das mulheres, não encontrava no pai um ar de intimidade natural mas sim no irmão, a quem cada vez mais se afeiçoava e votava admiração. Conquanto todos, ao vê-lo, lhe sorrissem erguendo as sobrancelhas, todavia José se sentia isolado, tendo, pois, mais necessidade daquela fraterna afeição. De seu lado ele também percebeu fundamente a existência do mesmo laço natural e, sem levar em conta a diferença de idade, fez do irmãozinho o amigo e confidente, a tal ponto que isso se tornou para Benjamim mais um fardo que um motivo de orgulho ou satisfação. Aquele inteligente e sedutor Jossef (assim Benoni lhe pronunciava o nome) dizia tanta coisa que não lhe podia entrar! Sua própria ânsia de querer interpretar o que ouvia tornava mais espessa a sombra de melancolia que se estendia sobre o pequeno matricida.

De mãos dadas desciam a colina onde estava o olival de Jacó. Ali os filhos das escravas colhiam as azeitonas e as espremiam. Na verdade eles haviam mandado José embora depois que o rapaz fora ter com Jacó no curral, local onde o patriarca se achava recebendo de Eliezer uma prestação de contas, e o inteirara de que em quase todas as árvores os rapazes tinham deixado o fruto amadurar demais, impedindo-o assim de dar o melhor azeite, e ainda que, na sua opinião, os irmãos empregavam excessiva brutalidade ao esmagarem as azeitonas na prensa. Em consequência disso, Dã, Neftali, Gad e Aser haviam sido repreendidos. Então, com os braços abertos e com a boca escancarada de um lado ordenaram a José que se fosse dali. José chamara Benjamim e lhe dissera:

"Vem comigo, vamos para o nosso lugar."

Pelo caminho falou-lhe:

"Eu disse 'em quase todas as árvores'. Exagerei um pouco, como é costume quando se fala. Reconheço que mais exato seria dizer 'em algumas delas'. Trepei a uma delas, a de três troncos, muito velha, aquela que tem uma cerca em redor, apanhei o fruto e o fui jogando num pano, enquanto os irmãos infelizmente estavam usando paus e pedras. Com meus próprios olhos vi que ao menos naquela árvore o fruto ficara maduro demais. Das outras nada direi. Mas eles se portam como se eu simplesmente estivesse mentindo e como se fosse possível obter-se azeite fino apedrejando-se daquela maneira as preciosas azeitonas, esmagando-as. Podia eu ver aquilo e ficar calado?"

"Não", respondeu Benjamim, "tu sabes mais do que eles e és obrigado a ir ter com o pai para que ele também fique sabendo. Estou contente de que tenhas brigado com eles, meu Jossef, porque assim me chamaste para junto de ti."

"E agora, meu nobre Ben", disse José, "vamos dar um pulo por cima deste pequeno muro; um, dois, três..."

"Sim", respondeu Benjamim, "isso é bom, mas agarra-me com força. É mais interessante pularmos juntos e também mais seguro para mim, que sou ainda pequeno."

Eles corriam, saltavam e prosseguiam. A mão de Benjamim ficava quente e suada quando José a retinha na sua; então este pegava-a pelo pulso e sacudia no ar para que a aragem a secasse. Isso divertia tanto o pequeno que ele ria até tropeçar e cair.

Quando chegavam ao murtal, no bosquedo de Deus, tinham de se separar e de andar um atrás do outro nas estreitas veredas. Entretinham-se imenso metendo-se por aquele labirinto, à cata de uma abertura sinuosa que lhes permitiria prosseguir por certa distância até não poderem mais avançar, ou, embarafustando pelos meandros daquele dédalo, subindo ou descendo a encosta, achavam um caminho mais longo para irem dar afinal num beco sem saída. Procuravam nova estrada, rindo e conversando, defendendo seus rostos contra arranhões e golpes. José ia partindo ramos que com a primavera pompeavam e ajuntava-os para com eles formar a coroa que gostava de usar na cabeça. Benjamim queria fazer o mesmo; reunira seus ramos e suplicava ao irmão que fizesse uma coroa também para ele. Mas logo percebeu que José não queria que seu irmão menor se adornasse com mirto verde. Ele não o dizia assim abertamente, mas a verdade é que queria guardar só para si o tal adorno. Benjamim sabia que por trás dessa reserva se acobertava alguma ideia particular do irmão. Mais de uma vez vira José com esses pensamentos secretos que não confiava a ninguém, e muito menos ao irmãozinho. Mas Benoni suspeitava que aquele ciúme da grinalda de mirto tinha alguma coisa que ver com o direito de primogenitura e com a bênção que, como todos sabiam, reservada pelo pai a José, adejava sobre a cabeça do jovem.

"Fica quieto, pequeno!", dizia José, beijando os cabelos do companheiro. "Lá em casa eu vou fazer para ti uma coroa de folhas de carvalho ou de variegado cardo, ou uma grinalda de sorveira com suas pérolas cor de escarlate. Que dizes a isto? Não é muito mais bonito? Que havias de fazer com o mirto? Ele não te assenta. Devemos escolher o enfeite que mais se casa com a nossa pessoa."

A isto respondia Benjamim:

"Tens toda a razão, eu bem o vejo, Josefia, Yashup, meu Jehosif. És mais sábio que todos os outros e eu nunca poderia dizer o que tu dizes. Mas, quando falas, vejo tudo e concordo contigo de tal modo que teus pensamentos se tornam meus e eu fico sendo tão sábio qual tu me fazes. Vejo que cada um deve fazer sua escolha e que não é qualquer enfeite que serve para cada pessoa. E vejo que te deterias ali e me deixarias tão sábio como eu era antes. Mas se prosseguisses e dissesses a teu irmão as coisas com mais clareza, verias que eu havia de te acompanhar; teu irmãozinho não havia de te decepcionar."

José guardava silêncio.

"Isto ouvi eu o povo falar", continuava Benjamim, "que o mirto significa juventude e beleza; é o que diz a gente grande. Se eu o repito, isso nos faz rir a ambos, pois como se poderia dizer que tais palavras me convêm? Jovem sou, na verdade, ou melhor, pequeno, não tanto jovem como pequerrucho. Tu és jovem e formoso; o mundo está cheio da fama da tua formosura. Quanto a mim, eu sou mais objeto de troça do que de admiração. Quando olho para os meus membros, vejo que não guardam proporção com o resto do corpo; sou barrigudo como quem ainda mama e minhas bochechas se incham como se estivessem cheias de vento; do meu cabelo nem é bom falar: parece um gorro de pele de lontra. Assim, se o mirto assenta à mocidade e à beleza, sendo disso o emblema, então é a ti e não a mim que ele assenta e não me fica bem usá-lo. Bem sei que uma pessoa pode errar e prejudicar-se em tais coisas. Tu o vês, por mim mesmo e, antes que fales, eu entendo muita coisa, mas naturalmente não entendo tudo e por isso deves ajudar meu entendimento."

"Meu homenzinho", retrucou-lhe José, envolvendo-lhe o corpo com seu braço, "gosto do teu gorro de lontra, da tua pancinha e das tuas bochechas rechonchudas. Tu és meu irmão mais querido, meu único irmão verdadeiro e carne da minha carne, porque saímos ambos do mesmo abismo que se chama *absu*, mas para nós é Mami, a doce mulher por quem Jacó serviu. Desçamos até a pedra e vamos descansar."

"Com muito prazer", concordou Benjamim. "Vamos ver aquelas armações e vasos que lá puseram as mulheres, dando àquilo um aspecto de jardinzinho, e me explicarás a significação da pedra, pois gosto de ouvir falar nisso." Afinal prosseguiu ele enquanto iam descendo a vereda íngreme: "Mami morreu ao dar-me a vida, e metade do meu nome quer dizer filho da morte; pelo menos neste sentido poderia convir-me o mirto, pois ouço o povo dizer que ele é também um enfeite da morte".

"Sim, há lamento no mundo por causa da juventude e da beleza", disse José, "porque Ashera faz chorar e conduz à ruína aqueles a quem ama. Deve ser por isso que o mirto é uma árvore da morte e uma grinalda da mesma. Também por isso é que ele possui esse cheiro penetrante que trescala o ramo que tens na mão. É ele o adorno de todo o sacrifício, separado para os separados e destinado aos predestinados. Juventude consagrada, eis o nome do holocausto. Mas o mirto usado no cabelo é a planta balsâmica silvestre."

"Agora não me apertas mais com o teu braço", notou Benjamim "e deixas teu irmãozinho caminhar só."

"Aqui tens outra vez o meu braço!", exclamou José. "És meu verdadeiro e querido irmão, e lá em casa hei de fazer para ti uma coroa de todas as flores do prado, com todas as cores do arco-íris, e todos os que te virem hão de rir de alegria. Serve-te esta combinação entre mim e ti?"

"Como és bondoso!", disse Benjamim. "Dá-me tua túnica para que eu lhe beije a fímbria com meus lábios!"

Consigo ele pensava: "Com certeza o que ele tem na mente é a herança e a bênção. E contudo torna a causar-me uma estranha impressão a referência que ele faz a todo o sacrifício e à planta balsâmica silvestre. É possível que pense em Isaac quando fala do holocausto e da juventude consagrada. Com certeza sua intenção é que eu entenda que o mirto é a grinalda sacrifical e isso me inquieta um pouco".

Disse depois em voz alta:

"Quando falas como agora, és duplamente formoso. Na minha loucura eu não posso dizer se o perfume do mirto provém das tuas palavras ou das árvores. Mas vê, aqui está o santuário. Há agora mais dádivas do que da última vez que aqui estivemos: foram acrescentados dois deuses da semente na armação e dois vasos com brotos. Aqui andaram mulheres. Fizeram uns jardinzinhos em frente da gruta; eu gostaria de vê-los. Mas a pedra está intacta, ninguém a removeu do túmulo. Estará agora o Senhor lá dentro, com a sua linda forma, ou para onde terá ele ido?"

Benjamim se referia a uma depressão rochosa, emoldurada de arbustos, entalhada na encosta do outeiro. Não era alta mas podia conter um homem de estatura regular e estava parcialmente fechada por uma pedra. Dessa cavidade se utilizavam as mulheres de Hebron para o ritual da festa.

"Não", respondeu José à pergunta do irmão, "a figura não está aqui nem é visível na roda do ano. É guardada no templo de Cariat-Arbe e só aparece na festa do solstício, quando o sol começa a declinar e a luz principia a baixar ao mundo inferior, e as mulheres a manejam de acordo com o seu costume."

"Depositam-na ali na cavidade?", perguntou Benjamim. Já fizera a mesma pergunta noutra ocasião e José lhe dera explicações. Depois fingira ter se esquecido a fim de ouvir de novo a história e fazer José falar de Adonai, pastor e senhor, o assassinado, por quem se erguiam lamentações em todo o mundo. Nessas ocasiões ele por assim dizer ouvia os pensamentos entremeados às palavras de José, escutava o tom e o ritmo da sua fala. Tinha uma vaga ideia de que assim poderia surpreender os pensamentos secretos do irmão, que estavam em solução nas suas palavras como o sal está em solução no mar.

"Não, o sepultamento realiza-se mais tarde", respondeu José. "Primeiro elas o procuram." José estava sentado na base do santuário de Astarot, aquela pirâmide de pedra escura toscamente lavrada, cuja superfície parecia coberta de pequenas pústulas. Já se ocupava em entretecer a coroa de mirto e nas costas de suas mãos, em ativo movimento, sobressaíam os finos tendões.

Benjamim olhava-o de lado. Um brilho fosco que se lhe notava nas faces e no queixo era uma prova de que já fazia a barba. Para isso usava uma mistura de azeite e potassa e uma faca de pedra. Se deixasse a barba crescer, que aconteceria? Pode ser que isso o mudasse muito. É possível que ainda não tivesse muita barba; mesmo assim, que seria da sua beleza, aquela notável beleza dos seus dezessete anos? Podia trazer sobre os ombros uma cabeça de cão que não seria muito grande a diferença. Temos de convir que a beleza é um bem muito perecível. "Elas o procuram", continuou José, "pois ele é o excelso perdido. Algumas daquelas mulheres esconderam a figura nas moitas, mas procuram com as demais, sabem e não sabem onde ela está, mostram-se propositadamente desorientadas. E, enquanto dão busca, lamentam em coro e separadas: 'Onde estás, ó meu deus adorado, meu esposo e meu filho, meu variegado pássaro-pastor? Sinto saudades tuas! Que sucedeu contigo na grota, na verde pradaria, no mundo?'."

"Mas sabem", interveio Benjamim, "que o Senhor está morto e mutilado?"

"Ainda não", retrucou José. "Isso é a festa. Sabem-no porque foi descoberto uma vez, e ainda não o sabem porque não soou a hora de descobri-lo de novo. Na festa cada hora tem a sua ciência, e cada uma das mulheres é a deusa buscadora antes de tê-lo encontrado."

"Mas depois acham o Senhor?"

"Tu o dizes. Ele jaz no matagal, e o seu lado está despedaçado. Todos se aglomeram em torno dele, erguem os braços e soltam gritos agudos."

"Já o ouviste e viste?"

"Sabes que já o ouvi e vi duas vezes, mas fiz-te prometer que não dirias nada ao pai. Ficaste calado?"

"Fiquei, é claro!", assegurou Benoni. "Seria eu capaz de afligir nosso pai? Já o afligi bastante ao vir ao mundo."

"Lá tornarei no momento oportuno", disse José. "Estamos agora tão longe da última vez quanto da vez próxima. Quando espremem o azeite, é o momento da volta. É uma festa esplêndida. O Senhor jaz entre arbustos e ainda está aberta a ferida mortal."

"Que aspecto tem?"

"Já to descrevi. Uma bela figura, de pau de oliveira, de cera e de vidro, porque suas pupilas são de vidro preto e têm pestanas."

"É jovem?"

"Já te disse, é jovem e belo. Os veios da madeira amarela são finos como as veias do seu corpo, seus cachos são negros e o pano que lhe cinge os lados é tecido de várias cores com pérolas, vidro em pasta e franjas de púrpura na bainha."

"Que tem nos cabelos?"

"Nada", respondeu laconicamente José. "Fizeram-lhe de cera os lábios, as unhas e as marcas sobre o corpo, sendo ainda de cera rubra a terrível ferida do dente de Ninib. Ela sangra."

"Disseste que as lamentações das mulheres são fortes quando o encontram?"

"Muito fortes; até então era somente o lamento do que estava perdido, agora começa o grande lamento por tê-lo achado, e é um lamento muito mais agudo. É o treno das flautas por causa de Tamuz, por causa do Senhor, porque aqui, neste ponto, estão sentados músicos que com toda a força tangem flautins, cujo som dorido penetra nos ossos. Então as mulheres soltam os cabelos e entregam-se a excessos em todos os seus gestos, proferindo lamentações em roda do cadáver: 'Ó meu esposo e meu filho!'. É que cada qual quer ser como a deusa e se queixa: 'Nenhuma te amou mais que eu'."

"Devo soluçar, ó José. A morte do Senhor é trágica demais para mim pobre pequeno e me toca as fibras mais íntimas. Mas por que devia o jovem e formoso ser dilacerado no bosquedo, no mundo, entre as sarças, provocando tantas lamúrias?"

"Tu não entendes", respondeu José. "Ele é o mártir e a vítima. Desce ao abismo para sair de lá e ser glorificado. Disso estava certo Abrão quando ergueu o cutelo sobre o filho verdadeiro, mas quando ia descarregar o golpe, havia um carneiro no seu lugar. É por isso que quando levamos em holocausto um carneiro ou um cordeirinho, lhe apomos um selo com a figura de um homem, como sinal da substituição. Mas o mistério da substituição é maior, foi decidido na constelação de homem, Deus e animal, e é o mistério da troca. Assim como o homem oferece o filho no animal, assim o filho se oferece a si mesmo por meio do animal. Ninib não é maldito porque está escrito: É necessário matar um deus e a significação do animal é a do filho, que conhece a sua hora como na festa e conhece também a hora em que subverterá a morada da morte e tornará a sair da caverna."

"Ah, se já estivéssemos naquele ponto", disse o pequeno, "se já fosse começar a festa da alegria! Depositam o Senhor na tumba ali na caverna?"

Continuando o seu trabalho, José se embalava com o corpo de um lado para outro e cantarolava com voz fanhosa:

Nos dias de Tamuz tocai flautas de lazulita,
Tocai ao mesmo tempo o anel de cornalina!...

"Soltando lamentações, trazem-no aqui para a rocha", disse depois, "e os tangedores imprimem tanta força ao som de suas flautas que é de cortar o coração. Eu vi as mulheres muito ocupadas com o cadáver que traziam no regaço. Lavavam a figura com água e a ungiam com óleo de nardo, de maneira que a face do Senhor e o seu corpo sulcado de veias reluziam e gotejavam. Em seguida o enfaixavam em pano e lã, envolviam-no em mantos de púrpura e o estendiam sobre um esquife, aqui ao pé da pedra, continuamente a lamentar-se e prantear:

> *Choramos por Tamuz!*
> *Choramos pelo filho dileto, minha primavera, minha luz!*
> *Adon! Adonai!*
> *Prostramo-nos com lágrimas*
> *Porque estás morto, meu deus, meu esposo, meu filho!*
> *És um tamariz que no canteiro não bebeu água,*
> *E cuja copa não produziu rebentos sobre o campo!*
> *És uma vergôntea que não foi plantada no seu rego d'água,*
> *Um sarmento cujas raízes foram arrancadas,*
> *Uma erva verde que não bebeu água no jardim!*
> *Ai, meu Damu, filho meu, minha luz!*
> *Ninguém mais do que eu te teve amor!*

"Sabes as tais lamentações palavra por palavra."

"Conheço-as", conveio José.

"E tu também ficas, ao que posso ver, profundamente comovido", acrescentou Benoni. "Uma ou duas vezes, enquanto cantavas, pareceu--me que ias prorromper em lamentos, embora as mulheres da cidade o façam somente como elas sabem e embora o filho não seja Adonai, o Deus de Jacó e de Abraão."

"Ele é o filho e o dileto", disse José, "e é a vítima. Que dizes aí que eu me ia comovendo? Não sou pequeno e chorão como tu."

"Não, mas és jovem e belo", respondeu humildemente Benjamim. "Daqui a pouco ficará pronta a coroa que para ti reservas. Vejo que na frente a fizeste mais alta e mais larga que atrás, como um diadema, para mostrar a tua habilidade. Alegro-me que a ponhas na cabeça mais que com a coroa de sorveira silvestre que queres fazer para mim. Mas o belo deus ficará agora quatro dias sobre o esquife?"

"Tu o dizes e te mostras bem lembrado", assentiu José. "A tua inteligência aumenta e dentro em breve estará desenvolvida e perfeita, podendo-se então falar contigo sobre qualquer coisa, não se excetuando nenhuma. Lá fica ele exposto até o quarto dia, e diariamente vêm ao bosquedo os da cidade com flautistas e diante dele batem no peito e se lamentam:

Ó Duzi, meu soberano, quanto tempo aqui jazes!
Ó Senhor do aprisco, ó desfalecido, quanto tempo aqui jazes!
Eu não comerei pão, eu não beberei água
Porque morreu a juventude, morreu Tamuz!

"Mesmo no interior do templo e nas casas se queixam assim. Mas no quarto dia vêm e o põem na arca."

"Numa caixa?"

"Deve-se dizer 'arca'. 'Caixa' também seria uma palavra adequada, mas neste caso inconveniente. Desde o tempo antigo se diz 'a arca'. O senhor nela se acomoda à maravilha. Ela é feita à sua medida, de madeira, pintada de vermelho e preto, e não poderia ficar-lhe mais a calhar. Mal o ajeitam dentro dela, descem a tampa, calafetam-na com breu em todos os sentidos e com lágrimas o sepultam lá na caverna, empurram a pedra para a frente dela e voltam para casa."

"Cessam agora os prantos?"

"Isso não retiveste bem na memória. No templo e nas casas continuam a lamentar-se durante dois dias e meio. Mas no terceiro dia, quando cai a noite, começa a festa do acender das lâmpadas."

"Com isso me rejubilava. Acendem umas poucas lâmpadas?"

"Inúmeras lâmpadas por toda parte", disse José, "tantas quantas possuem; em torno das casas debaixo do céu, bem como nos caminhos, em toda a floresta, em toda parte ardem lâmpadas. Depois vêm ao sepulcro e ainda uma vez soltam queixumes, sendo este até o lamento mais amargo, nunca como agora o som das flautas é tão penetrante quando se ergue o clamor: 'Ó Duzi, há quanto tempo estás aí!'. E depois desse luto ainda por muito tempo as mulheres trazem o peito todo arranhado. À meia-noite faz-se silêncio geral."

Benjamim segurou o braço do irmão.

"De súbito se faz silêncio?", interrogou ele. "E tudo se cala?"

"Todos ficam imóveis e emudecem. O silêncio é profundo. Eis senão quando vem de longe uma voz perdida, forte, clara e jubilosa: 'Tamuz vive! O Senhor ressurgiu! Ele pôs por terra a morada da sombra da morte! Grande é o Senhor!'."

"Ah, que notícia, José! Eu sabia que à sua hora de festa viria essa notícia, mas causa-me arrepios como se nunca a tivesse ouvido. Quem é que chama?"

"É uma jovem de feições delicadas, escolhida a dedo cada ano e nomeada para tal mister. Com isso exultam os seus pais e são muito honrados. A anunciadora vem com um alaúde na mão; ela toca e canta:

Tamuz vive, Adon ressuscitou!
Ele é grande, grande é o Senhor!
Ele abriu os olhos que a morte cerrara.
A boca, que a morte selara, ele a abriu.
Seus pés que estavam peados caminham de novo.
Erva e flores brotam sob seus passos
Grande é o Senhor, Adonai é grande!

"Mas enquanto a jovem se aproxima e canta, todos se precipitam sobre o sepulcro, afastam a pedra e encontram a arca vazia."

"E o despedaçado onde está?"

"Não está lá mais. A tumba só o reteve por três dias. Ressuscitou."

"Oh!... Contudo, José, como... perdoa a este bochechudinho, mas que coisa me estás contando? Peço-te que não enganes aquele que teve a mesma mãe que tu! Uma e outra vez me disseste que a bela pessoa fica de ano em ano guardada no templo. Portanto que coisa significa aqui 'ressuscitou'?"

"Tolinho", replicou José, "falta muito ainda para que a tua inteligência seja desenvolvida e perfeita; embora ela venha aumentando, assemelha-se ainda a uma barquinha que balouça sobre o mar celeste. Não é essa a festa nas suas horas, da qual te falei? E porventura se enganam aqueles que a celebram hora por hora, conhecendo a hora próxima mas santificando a presente? Todos sabem que o corpo é guardado no templo, contudo Tamuz ressuscita. Estou quase a acreditar que o teu pensamento é que a imagem não é o deus porque o deus não é a imagem. Acautela-te bem, porque é ele! Com efeito, a imagem é o meio do presente e da festa. Mas Tamuz, o Senhor, é o Senhor da festa."

Dizendo isso colocou sobre a cabeça a coroa que naquele momento acabara de fazer.

Benjamim pôs-se a contemplá-lo com olhos arregalados.

"Deus dos nossos pais", exclamou entusiasmado, "como te assenta o diadema de verde mirto que te vi fabricando aqui com tuas mãos hábeis! Só em ti fica bem, e quando penso que figura faria sobre o meu gorro de lontra, reconheço que erro seria se não o conservasses para ti. Dize-me a verdade", continuando ele, "e conta-me ainda: quando a gente da cidade encontra vazia a arca e a tumba, volta para casa silenciosa, alegre, recolhida?"

"Começa então o júbilo", emendou José, "irrompe então a festa da alegria. 'Vazio, vazio, vazio!', gritam todos. 'A tumba está vazia, Adon ressurgiu!' Beijam a criança e gritam: 'O Senhor é grande!'. Depois beijam-se uns aos outros e bradam: 'Glorificado é Tamuz!'. Depois executam uma dança vertiginosa ao redor do monumento de Astarot, aqui, à luz das lâmpadas. E também na cidade toda iluminada reina a alegria, banqueteiam-se e bebem, e o ar está cheio dos gritos da anunciação. No dia seguinte ainda se saúdam beijando-se duas vezes e dizendo: 'Ele ressuscitou verdadeiramente!'."

"Sim", disse Benjamim, "assim é, e assim já me descreveste da outra vez. Só que eu tinha esquecido e pensava que voltassem para casa silenciosos. Que festa estupenda em todas as suas horas! Portanto, agora foi erguida a cabeça ao Senhor por esse ano, mas ele conhece a hora em que Ninib de novo o abaterá nos bosques."

"'De novo', não", corrigiu José, "é sempre uma vez e a primeira vez."

"Como tu dizes, caro irmão, assim é. O meu modo de exprimir-me foi o de uma pessoa inexperiente, foi a linguagem de um petiz. Sempre uma vez e a primeira vez, visto que Ele é o Senhor da festa. Mas se se pensa bem, para que a festa se desdobrasse, em algum tempo deve ter sido uma a primeira vez que Tamuz morreu e o Belo foi despedaçado. Ou não é assim?"

"Quando Ishtar desaparece do céu e baixa a despertar o filho, é esse o acontecimento."

"Bem, assim é lá no alto, mas como é aqui embaixo? Tu lhe chamas o acontecimento. Mas conta-me a história!"

"Dizem", respondeu José, "que era uma vez um rei em Guebal, ao sopé do monte Hermon, que tinha uma filha de formosa aparência; e Nana, como por lá chamam Astarot, o fez enlouquecer de luxúria: esta o agarrou pela sua carne e o seu sangue, e ele conheceu a filha."

Assim falando, José indicou os sinais gravados sobre a pedra monumental ao pé da qual estavam sentados.

"E como a moça ficasse grávida de um menino", prosseguiu José, "e o rei visse que era o pai do seu neto, perturbou-se, foi tomado de fúria e arrependimento e esteve quase a matá-la. Os deuses, porém, bem sabendo que tudo aquilo fora preparado por Ashrat, transformaram a gestante numa árvore."

"Em que árvore?"

"Uma árvore ou um arbusto", disse José abespinhado, "ou um arbusto da grossura de uma árvore. Eu não estava lá para poder te dizer como era o nariz do rei e que brincos usava a ama da filha do rei. Se queres escutar-me, escuta-me, mas não me venhas com perguntas inoportunas como quem atira pedras nas cercas!"

"Se me ralhas, eu choro", lamuriou-se Benjamim, "e depois terás de consolar-me. Por isso não me ralhes, mas acredita que eu não desejo outra coisa senão estar aqui a ouvir-te."

"Passados dez meses", continuou José sua narrativa, "a árvore se abriu e saiu Adonai, o menino. Viu-o Ashera, a culpada de tudo, e não quis que ninguém o tomasse para si. Por isso o guardou no reino ínfero junto à deusa Ereshkigal. Mas esta também não o quis entregar a ninguém e disse: 'Jamais o deixarei sair daqui, porque é este o país de onde não se volta'."

"Por que não queriam as deusas entregá-lo a ninguém?"

"A ninguém, nem ainda a uma delas. Tu deves indagar e saber tudo; se, porém, de uma coisa se pode concluir outra, basta falar de uma, que a outra logo se torna evidente. Adon era o filho de uma jovem graciosa, e que na geração dele andara o dedo de Nana era coisa certa. Entende-se, pois, mesmo sem dizê-lo, que ele fora criado para dar motivo a invejas. Por isso quando a senhora do prazer apareceu no reino ínfero para reclamar o menino, a sra. Ereshkigal foi tomada de terror no imo d'alma e rangeu os dentes. Disse ela ao porteiro: 'Procede com a deusa segundo o costume'. E assim Ashtarti teve de transpor as sete portas, deixando nas mãos do porteiro, em cada uma das portas, uma peça do seu traje, a mantilha que tinha sobre a cabeça, os colares, a faixa, os braceletes, e na última porta o pano que lhe cobria as partes pudendas, de maneira que apareceu nua diante da deusa Ereshkigal exigindo a restituição de Tamuz. Então as duas deusas se engalfinharam, esgadelhando-se uma à outra como se seus dedos fossem garras."

"Esgadelharam-se com as unhas por causa da criança?"

"Sim, cada uma enfiou os dedos pelos cabelos da outra e se desgrenharam, tal era a sua mútua inveja. Depois a deusa Ereshkigal trancafiou a deusa Ashtarti no reino ínfero com sessenta fechaduras e feriu-a com sessenta enfermidades, de modo que a terra ficou esperando em vão a sua volta e o brotar estava peado e o florescer comprimido. De noite os campos ficavam brancos, a terra produzia sal. Não medrava erva, não crescia grão. O touro já não cobria a vaca nem o burro se inclinava mais sobre a jumenta nem sobre a mulher o homem. O ventre materno estava fechado, a vida, abandonada pelo prazer, inteiriçava-se na desolação."

"Ah, Josefia, passa depressa a outra hora da história e não insistas mais nesta! Já não posso ouvir dizer que o burro não se dobrava mais sobre a jumenta e que a terra se encoscorava de sal. Acabarei chorando e suarás o topete para me acalmares."

"Também chorou o mensageiro de Deus ao ver tudo isso", observou José, "e em pranto foi dar a notícia ao Senhor dos deuses. Este disse: 'Não é bom que o florescimento fique detido. Vou intervir'. E interpôs--se entre as deusas Astarot e Ereshkigal, dispondo que Adônis passasse um terço do ano no reino inferior, um terço na terra e um terço onde bem quisesse. E assim Ishtar reconduziu à terra o seu dileto."

"E onde ficou o rebento da árvore neste último terço?"

"É difícil dizê-lo. Em diversos lugares. Havia em volta dele muita inveja e muitas intrigas da inveja. Astarot o amava, mas mais de um deus o levou consigo e não o deu a ninguém."

"Trata-se de deuses criados à semelhança do homem e assim como eu sou?", inquiriu Benjamim.

"Como foste criado", respondeu José, "é claro e a todos compreensível; mas, tratando-se de deuses e semideuses, a coisa não é tão simples. Muitos não chamam Tamuz soberano, mas soberana. E pretenderão então dizer Nana, a deusa, ao mesmo tempo, porém, falar no deus que está com ela, ou então falar nele em vez de falar nela, já que também Ishtar é afinal uma mulher? Já tenho visto imagens dela que a representavam barbuda. Por que não digo então que tenho visto imagens 'dele'? Jacó, nosso pai, não faz nenhuma imagem para si. Sem dúvida o mais prudente é não fazer nenhuma imagem. Mas temos de falar e as imprecisas e tolas decisões que se entremeiam à nossa fala não bastam para a verdade. Ishtar é a estrela-d'alva?"

"É, e a estrela da tarde."

"Então ela é uma e outra coisa. A respeito dela li sobre uma pedra estas palavras: 'De tarde é mulher, de manhã homem'. Como fazer uma representação disso e que expressão escolher para achar a verdade? Vi uma imagem de Deus, representando a água do Egito que rega os campos, e o seu peito era pela metade o de uma mulher, pela outra metade, o de um homem. Talvez fosse Tamuz uma donzela e só com a morte ficou sendo um jovem."

"É uma virtude da morte mudar a natureza de um corpo?"

"O morto é deus. Ele é Tamuz, o pastor, que se chama Adônis, mas nos países do Sul se chama Osíris. Lá ele tem bigodes anelados e parece que, quando estava vivo, era uma mulher."

"Disseste-me que as faces de Mami eram sobremodo delicadas e ao beijá-las sentia-se o perfume de pétalas de rosas. Não quero representá-la para mim como uma imagem de barbas! Se exiges isso de mim, serei mau e não o farei."

"Louco, eu não o exijo de ti", disse José, rindo-se. "Somente te informo sobre a gente do Sul e as ideias que têm sobre aquilo que não é compreensível para todos."

"Também as minhas rechonchudas bochechas são tenras e delicadas", observou Benjamim, e com a palma das mãos apalpava as faces. "Provém isso de que ainda não sou sequer um jovem, mas um pirralho. Tu és jovem. Por isso tens o rosto limpo de barba até seres um homem."

"Sim, eu me conservo puro", respondeu José. "Mas tu o és. Tens faces delicadas como as de Mami porque és ainda como um anjo do Altíssimo, um anjo de Deus, do Senhor, que se associou com a nossa estirpe e com quem esta está associada na carne por intermédio do pacto de Abraão. De fato ele é para nós um esposo do sangue, cheio de ardor, e Israel é a esposa. Mas Israel é uma esposa ou um esposo? Isso não é compreensível para todos, e não se deve fazer disso uma imagem, porque em todo caso ele é um esposo, castrado, consagrado e poupado para ser esposa. Se em espírito eu faço para mim uma imagem de Elohim, ele é como meu pai que me ama mais que meus companheiros. Mas eu sei que em mim ele ama Mami, porque eu vivo, ao passo que ela está morta, e ela vive para ele somente numa outra forma. Eu e mamãe somos um só todo. Mas quando Jacó olha para mim, acredita ver Raquel, tal como a gente do país pensa em Nana quando dá a Tamuz o título de Senhora."

"Eu também quando te afago, ó Josefia, ó querido Jehosif, penso estar afagando Mami!", exclamou Benjamim, e passou o braço em torno do pescoço de José. "Vê, tu a substituis, a representas. A mãe de faces mimosas tinha que se dirigir para o Ocidente por amor da minha vida e assim o pequerrucho é um órfão e desde o berço um malfeitor. Tu, porém, és para mim o que seria ela, tu me seguras pela mão e me conduzes pelo bosquedo, pelo mundo, pela pradaria, tu me narras a festa de deus em todas as suas horas e fazes para mim grinaldas como as faria ela, embora, como é natural, não me concedas tudo, mas reserves algumas coisas para ti. Ah, se ela não tivesse sofrido pelo caminho tantos incômodos que lhe ocasionaram a morte! Se tivesse sido como a árvore que com toda a comodidade se abriu, se descerrou para dar passagem ao broto! Como disseste? Que árvore foi? A minha memória é curta como as minhas perninhas e os meus dedos."

"Agora vamo-nos embora", disse José.

O SONHO CELESTE

Então os irmãos ainda não o chamavam o "sonhador", mas decorrido pouco tempo chegou-se a esse ponto. Se por então o chamavam somente "Utnapíshti" e "ledor de pedras", a benignidade dessas denominações, que para eles eram nomes repugnantes, apenas se explica por serem aqueles mancebos inteiramente destituídos de imaginação, de capacidade inventiva. Bem que eles queriam pôr-lhe alcunhas mais fortes, mas não conseguiam achar nenhuma; por isso ficaram muito contentes quando puderam dar-lhe o nome de "sonhador de sonhos", que já era mais forte. Mas ainda não chegara o dia destinado a tal denominação. A loquacidade de José a propósito do sonho da intempérie, com que consolara o pai, não havia bastado para chamar-lhes a atenção sobre essa sua arrogante qualidade, e, de resto, até então tinha ocultado aos irmãos os sonhos que havia muito vinha tendo. Os sonhos mais fortes ele não os contava nunca, nem aos irmãos nem ao pai. Os que, por desventura sua, contava eram relativamente mais modestos. Com Benjamim, porém, desabafava; nas horas de confidência contava-lhe seus sonhos, ainda os mais pretensiosos, sobre os quais todavia José possuía tanto domínio de si que podia silenciar. É escusado dizer que o pequeno, curioso como era, os escutava com atenta complacência, provocando antes o irmão para que os narrasse. Sendo, porém, já um pouco melancólico graças a certos obscuros mistérios de mirtos, mesmo escutando não podia furtar-se a uma angustiosa opressão que queria atribuir à própria inexperiência e que procurava dominar. Contudo aquela opressão tinha uma razão bem substancial, e ninguém poderá livrar-se da preocupação ante a grande imodéstia de um sonho como o seguinte, que Benjamim teve de escutar sozinho várias vezes. Mas, como é fácil de imaginar, precisamente a circunstância de ser ele o único que sabia daquele sonho oprimia não pouco o petiz, por mais que ele reconhecesse ser isso necessário e embora se sentisse com tal muito honrado.

Quase sempre José contava o sonho com os olhos fechados e em voz baixa (que, no entanto, de quando em quando irrompia violenta), com as mãos cruzadas sobre o peito, evidentemente em meio a grande comoção, muito embora advertisse seu ouvinte que não se deixasse comover e escutasse tudo com sossego.

"Não deves ficar abatido", recomendava-lhe, "nem soltar exclamações, nem chorar nem rir, porque senão, não falo."

"Como me seria isso possível?", reclamava Benjamim em resposta a cada recomendação. "Sou pequeno, é verdade, mas não sou pateta. Sei o que faço. Enquanto me mantenho impassível, esqueço que é um sonho para poder divertir-me. Mal me invade o medo ou me vêm calafrios, lembro-me de que tudo que narras não é mais que um sonho. Isso acalmará os meus sentidos e assim não te interromperei."

"Sonhei", começou José, "que estava no campo com o rebanho, achando-me só entre as ovelhas que pastavam em volta do outeiro sobre o qual me deitara, e em suas encostas. Estava eu então deitado de bruços, tendo uma palhinha na boca e os pés no ar e meus pensamentos eram ociosos como meus membros. Sucedeu, pois, que uma sombra se estendeu por sobre mim e em cima do lugar onde eu estava, como uma nuvem que encobre o sol, e ao mesmo tempo se ouviu nos ares uma grande bulha e, quando levanto os olhos, vejo no alto uma águia com as enormes asas abertas, grande como um touro e tendo na testa os chifres de um touro. Fora ela que me engolfara na sombra. Ao meu redor havia um rugir de vento e de força e, incontinente, a águia se arrojou sobre mim, empolgou-me pelos quadris, levou-me pelos ares, arrancando-me, com um grande bater de asas na terra, ao rebanho de meu pai."

"Ó prodígio!", interrompeu Benjamim. "Não é que eu tenha medo, mas não gritaste por socorro à gente que ficava por baixo de ti?"

"Não, por três razões", respondeu José. "Antes de tudo, porque no vasto campo não havia ninguém que pudesse me escutar; em segundo lugar, senti tanta falta de fôlego que, ainda que o quisesse, não poderia gritar; em terceiro lugar, eu não queria gritar, antes o meu espírito estava cheio de um grande júbilo, como se eu estivesse à espera daquilo havia muito tempo. A águia, colocada por trás de mim, segurava-me pelos quadris, sustendo-me diante de si com as suas garras, sua cabeça por cima da minha, enquanto minhas pernas pendiam ao vento da ascensão. Às vezes inclinava sua cabeça para a minha, olhando-me com olhos bem abertos. E então dizia com seu brônzeo bico: 'Estou acaso te segurando bem, rapazinho, e não estarei te apertando demais com as minhas garras irresistíveis? Saberás que eu as refreio para não magoar a tua carne, porque ai de mim se tal acontecesse!'. 'Quem és tu?', perguntei-lhe. E respondeu a ave: 'Sou o anjo Amfiel a quem foi dada esta figura para a presente missão. Porque, filho meu, já não poderás permanecer na terra, mas deves ser transportado para outro lugar. Tal é o decreto'. 'Mas por quê?', perguntei.

"'Cala-te', disse a águia num fragoroso bater de asas, 'e acautela tua língua contra perguntas, como devem fazer todos os céus. Tal é efetivamente o decreto do Sumo Amor, e contra ele é inútil cavilar e objetar; experimenta falar e perguntar, o decreto de Deus abate energicamente quem quer que pergunte, e ninguém ouse escaldar a língua contra o Imenso!' Com tais palavras me aquietei e fiquei calado. Mas meu coração transbordava de uma alegria que metia nojo."

"Folgo que estejas aqui sentado ao pé de mim", disse Benjamim, "como a demonstrar que tudo era um sonho. Mas não ficaste triste de teres de afastar-se da terra sobre as asas da águia, e não sentiste um pouco deixar-nos, deixar, por exemplo, o pequerrucho que sou eu?"

"Eu não estava vos deixando", respondeu José. "Fui arrancado de vós e não podia mudar as coisas, mas para mim era como se estivesse esperando tal arrancada. Depois, no sonho nem tudo se nos faz presente, mas só uma coisa, e esta era a repugnante alegria que me inebriava o peito. Grande era essa alegria e grande era o que estava acontecendo comigo, e assim pode ser que me parecesse pequeno aquilo sobre que estás me interrogando."

"Não te quero mal por isso", assegurou-lhe Benjamim, "mas contemplo-te admirado."

"Obrigado, pequeno Ben! Deves também refletir que talvez a ascensão me tirasse a memória, uma vez que eu continuava a subir sem parar entre as garras da águia que, depois de duas horas duplas, me disse: 'Olha lá embaixo, meu amigo, que coisa viraram a terra e o mar!'. A terra, quanto a grandeza, ficara como um monte e o mar como a água do rio. Depois de outras duas horas duplas a águia me disse novamente: 'Olha lá embaixo, meu amigo, a terra e o mar que coisa viraram!'. A terra virara um plantação de arvores e o mar como cova de jardineiro. Mas, decorridas outras duas horas duplas, quando Amfiel, a águia, mos mostrou de novo, calcula, a terra parecia um bolo e o mar uma cesta de pão. Depois desse espetáculo ela me levou para o alto mais duas horas duplas e disse: 'Olha lá embaixo, amigo, como desapareceram a terra e o mar!'. E tinham desaparecido mesmo, porém não tive medo.

"Através de Shehakim, o céu das nuvens, a águia ia subindo comigo. Suas asas gotejavam com a umidade. No acinzentado e na brancura que nos cercava, havia um como esplendor de ouro, visto que sobre as ilhas úmidas estavam já em armas de ouro alguns filhos do céu e anjos das legiões, levando a mão aos olhos e buscando-nos com o olhar, e sobre as almofadas estavam estirados animais, e eu os vi erguer os focinhos e farejar o vento da nossa ascensão.

"Na nossa subida varamos Rakia, o céu estrelado. Aos meus ouvidos chegou a imensa harmonia de miríades de sons, porque em volta de nós se moviam os luzeiros e os planetas maravilhosos na música de seus números, e no meio deles estavam sobre pedestais de fogo os anjos, tendo nas mãos tábuas cheias de números, e com o dedo indicavam o caminho aos que passavam com fragor, não lhes sendo permitido girar por ali. Um gritava para o outro: 'Louvada seja a magnificência do Senhor no seu lugar!'. Quando, porém, passávamos diante deles, emudeciam e baixavam os olhos.

"Na minha alegria eu tinha medo e perguntei à águia: 'Aonde me levas e a que altura ainda?'. Respondeu-me: 'A uma altura incomensurável, meu filho, à suprema altura do Norte do mundo, pois que foi decretado que sem delonga eu te conduza diretamente à suprema altura e amplidão do Arabot, onde se acham as câmaras do tesouro da vida, da paz, da bênção, ao supremo zimbório no centro do Grande Palácio. Lá está a carruagem, lá está o trono da Magnificência que deves doravante servir cada dia. Diante dele deves ficar e pegar em ambas as chaves para abrir e fechar as salas do Arabot; aí deves executar tudo o que de ti exigirem'. Disse eu: 'Se sou eleito e escolhido entre os mortais, assim seja. A coisa não me apanha de todo inesperada'.

"Vi então uma fortaleza temerosa, de cristal transparente como gelo, cujas ameias estavam ocupadas por guerreiros das altas regiões. Estes cobriam com as asas o corpo até os pés; suas pernas estavam direitas, mas os pés eram, por assim dizer, pés redondos e resplandeciam como mineral claro e polido. Dois deles, um vizinho do outro, tinham os braços apoiados sobre suas espadas colubrinas, eram de aspecto afoito e tinham rugas de altivez entre as sobrancelhas. A águia disse: 'São Aza e Azael, dois serafins'. Ouvi então dizer Aza a Azael: 'A sessenta e cinco milhas farejei-lhes a vinda. Mas dize-me que coisa é o cheiro de um filho de mulher e qual é o valor de um ser formado com sêmen humano, para lhe ser permitido vir até o céu supremo e fazer o serviço no meio de nós?'. Consternado, Azael selou os lábios com o dedo. Aza, porém, acrescentou: 'Não, não, eu voo com eles até a presença do Único e ousarei falar-lhe, porque sou o anjo do raio e a mim é franqueada a palavra'. E os dois voaram atrás de nós.

"E nos céus através dos quais a águia me conduzia seguro pelos quadris, e nas ordens repletas de legiões a entoar loas e de cardumes de servos de fogo, por toda parte emudeciam por um instante os hosanas à nossa passagem. Em cada novo céu, em cada nova ordem, uniam-se a nós alguns filhos das alturas e assim dentro em pouco eram enxames de seres alados que nos acompanhavam, à nossa frente ou atrás de nós, e eu lhes ouvia o tatalar das asas como se fosse o possante escachoo das águas.

"Acredita-me, Benjamim! Eu vi os sete recintos do Zebul construídos em fogo. Havia aí sete exércitos de anjos. Sete altares de fogo estavam lá erigidos. Lá reinava o Príncipe Supremo que tem por nome 'Quem é Como Deus?' em pompa sacerdotal, oferecia sacrifícios de fogo e fazia subir colunas de fumaça sobre o altar do holocausto.

"Não sei o número das horas duplas nem posso dizer o total das milhas ao atingirmos as alturas do Arabot e o sétimo céu e ao pousarmos o pé sobre o solo. Era este luminoso e macio e proporcionou às plantas dos meus pés um bem-estar tal que me penetrou até os olhos, fazendo-me chorar. Caminhavam à nossa frente e atrás de nós os filhos da luz, conduzindo-nos e seguindo-nos. O que me havia agarrado e agora me levava pela mão era um forte, nu até a cintura, com uma túnica de ouro que lhe batia no tornozelo, usava braceletes e gargantilhas, tinha sobre a cabeça um capacete redondo, chegando-lhe aos calcanhares as pontas das suas asas. Tinha pálpebras pesadas e nariz carnudo e sua boca rubra sorria quando eu erguia para ele os meus olhos, mas ele não volvia a cabeça para o meu lado.

"E levantei os olhos no sonho; vi um rebrilhar de armas e asas até o infinito, e infinitas coortes acampadas em redor de suas bandeiras, entoando hosanas em voz altíssima e cantando a guerra, e tudo em volta de mim flutuava como leite, ouro e rosas. Vi girar rodas imanes pela sua altura e suas pinas, incandescentes como turquesas. Uma roda se entrosava na outra, quatro juntas, sem poderem desviar-se. Suas pinas eram cheias de olhos em toda a extensão das quatro rodas.

"Havia no centro um monte, refulgente de pedras ígneas, sobre o qual estava construído um palácio com a luz de safira; ali entramos, precedidos e seguidos de grande cortejo. Suas salas estavam repletas de mensageiros, guardas e regentes. Quando entramos na sala das colunas no meio, não se lhe podia enxergar o fim nem o fundo porque me fizeram penetrar lá em sentido longitudinal. De uma e de outra parte estavam em frente às colunas e no meio delas os querubins, cada um com seis asas e inteiramente cobertos de olhos. Fomos passando por entre eles não sei por quanto tempo, encaminhando-nos para o trono da glória. O ar ressoava com os gritos dos que estavam sob as colunas e das legiões que circundavam o trono: 'Santo, Santo, Santo é o Deus Sebaot, a terra está cheia da sua glória!'. A turba que rodeava o trono era de serafins que com duas asas cobriam os pés e com duas o rosto, mas espiavam um pouco através das penas. O que me levara consigo, disse-me: 'Esconde também o teu rosto porque assim convém'. Tapei então o rosto com as mãos, mas eu também espiava um pouco por entre os dedos."

"José", bradou Benjamim, "por amor de Deus, viste a Face Única?!"

"Vi-o sentado na luz de safira sobre o seu trono", disse José, "formado como um homem, criado à semelhança do homem, em majestade familiar. A barba e os cabelos que pendiam das têmporas cintilavam aos lados e sobre o rosto corriam sulcos, profundos e bons. Sob os olhos notava-se certo quê de mimo e fadiga, não sendo eles muito grandes, mas castanhos e refulgentes, e enquanto me acercava, me buscavam preocupados."

"É", notou Benjamim, "como se eu estivesse vendo nosso pai Jacó fixar seu olhar em ti."

"Era o pai do mundo", acudiu José, "e caí com o rosto em terra. Ouvi então um que me dizia: 'Ó tu, filho do homem, ergue-te sobre teus pés! Daqui por diante estarás na frente do meu trono como Metraton e fâmulo de Deus. A ti darei as chaves e o poder de abrir e fechar o meu Arabot. Serás comandante de todos os esquadrões porque em ti pôs o Senhor suas complacências'. Então ouviu-se por entre as miríades de anjos um como mugido ou ronco de grandes exércitos.

"Nisso dão um passo à frente Aza e Azael que eu ouvira falarem entre si. Disse Aza, o serafim: 'Senhor de todos os mundos, que indivíduo é este para vir até as regiões supernas a tomar serviço entre nós?'. E Azael, cobrindo o rosto com duas asas como para abafar suas palavras, acrescentou: 'Não nasceu ele de humano sêmen e da raça daqueles que bebem a injustiça como a água?'. E vi o rosto do Senhor turvar-se iroso e suas palavras trovejaram quando respondeu: 'Que coisa sois vós que me vindes interromper? Eu concedo a quem quero conceder, tenho misericórdia daquele de quem tenho misericórdia! Em verdade, preferindo-o a todos vós quero sublimá-lo a príncipe e soberano nas alturas celestes!'.

"O mesmo ronco e mugido se fez ouvir de novo entre os exércitos. Foi como se todos se inclinassem ou se retirassem. Todos os querubins bateram as asas e todos os seres celestes gritaram com voz de trovão: 'Seja louvada a magnificência do Senhor no seu lugar!'.

"Mas o Rei alçou ainda mais a sua voz e disse: 'Sobre este ponho a minha mão e o abençoo com trezentas e sessenta e cinco mil bênçãos e o faço grande e augusto. Faço-lhe um assento semelhante ao meu e sobre esse um tapete todo esplendor, luz, beleza e magnificência. Coloco este assento à entrada do sétimo céu e o ponho sobre ele porque quero torná-lo sublime. Diante dele corra uma voz de céu em céu: Atenção e coragem! Nomeei meu servo Henoc príncipe e potentado sobre todos os príncipes do meu Reino e sobre todos os filhos do céu, à exceção, quando muito, dos oito poderosos e terríveis a quem cabe o título Deus, segundo o nome do Rei. Todo anjo que quiser expor-me alguma coisa deve antes comparecer diante dele e falar-lhe. Quanto a vós, deveis guardar e seguir qualquer palavra que ele vos disser em meu nome porque ao seu lado estão os príncipes da sabedoria e da razão! — Este o grito que deve andar de céu em céu! Dai-me o manto e a coroa!'.

"E o Senhor atirou sobre mim um manto magnífico, no qual estavam bordados luzeiros de toda casta, e vestiu-me com ele. Pegou um círculo com quarenta e nove pedras de inexprimível esplendor e o pôs sobre a minha cabeça com suas próprias mãos em presença de toda a corte celeste e me chamou com meu título: Yahu, o pequeno, o príncipe interno. Porque ele exagerava.

"Todos os filhos do céu recuaram consternados, fremiram, inclinaram-se, e também os príncipes dos anjos, os fortes, os poderosos e os leões divinos, que são maiores que todas as legiões e que têm suas funções diante do assento da Glória, depois os anjos do fogo, do granizo, do raio, do vento, do furor e da raiva, da procela, da neve e da chuva, do dia, da noite, da lua e dos planetas, que com suas mãos regem os destinos do mundo, também esses tremeram e ocultaram, deslumbrados, o rosto.

"O Senhor levantou-se do seu trono e, levando as coisas ao extremo, pôs-se a proclamar assim: 'Havia no vale um broto tenro de cedro, transplantei-o para um monte alto e sublime e fiz dele uma árvore debaixo da qual moram as aves. E ao que entre as legiões era o mais jovem em dias, luas e anjos, a esse tornei o maior de todos os seres, na minha incompreensibilidade, por amor da predileção e da predestinação! Nomeei-o intendente de todas as preciosidades das salas do Arabot, de todos os tesouros da vida, conservados nas alturas do céu. Além disso era seu ofício cingir com grinaldas a fronte dos animais sagrados, ornar de gala as rodas, vestir os querubins de trajes pomposos, dar luz e esplendor às flechas incendiárias, circundar de orgulho os serafins. Para mim ele preparava todas as manhãs o assento, quando eu queria subir ao trono da minha glória para passar em revista todas as alturas do meu poder. Envolvi-o em roupagens esplêndidas, cobri-o com um manto cheio de soberba e de glória. Diademei-lhe a cabeça com um círculo pesado e dei-lhe alguma coisa da alteza, da magnificência, do esplendor do meu trono. Só sinto não poder fazer o seu assento maior que o meu e sua glória maior que a minha porque esta é infinita. Mas o seu nome era: O Pequeno Deus!'.

"Depois dessa proclamação ouviu-se o ribombar de um fragoroso trovão e todos os anjos caíram com a face em terra. Mas enquanto o Senhor me escolhia com tanto júbilo, minha carne se tornou uma labareda, minhas veias arderam, meus ossos tornaram-se como de fogo de zimbro, o bater das minhas pálpebras parecia um relâmpago, minhas pupilas giravam como esferas ígneas, os cabelos da minha cabeça se tornaram uma chama ardente, os meus membros asas de fogo, e acordei."

"José", disse Benjamim, "o teu sonho me faz tremer o corpo todo, porque é extraordinário. E estou quase a crer que tu também tremes um pouco. Estás um pouco pálido, percebo-o, porquanto o brilho fosco da tua cara, sobre a qual costumas passar a navalha, sobressai mais que nunca."

"Fazes-me rir", respondeu José. "Hei de tremer com o meu próprio sonho?"

"Com que então foste glorificado nas alturas eternas e sem volta e não mais pensaste nos teus, por exemplo, neste pequeno que aqui está?", indagou Benjamim.

"Apesar de toda a tua simplicidade podes bem imaginar", retorquiu José, "que eu estava um tanto confuso com todo aquele poder que me foi conferido e com aquela predestinação e não tinha muito tempo para pensar em quem ficara atrás. Mas volvido pouco tempo, estou certo, ter-me-ia recordado de vós, vos mandaria buscar para vos ver guindados ao meu lado, a todos vós, o pai, as mulheres, os irmãos e a ti. Sem dúvida, com os meus plenos poderes, isso seria para mim uma coisa fácil. Agora, porém, escuta, Benjamim, e fica prevenido. A ti confio tudo isso em atenção à tua madureza e à tua inteligência! Não te passe pela cabeça andar por aí falando do meu sonho, nem com o pai e muito menos com os irmãos, porque estes poderiam interpretá-lo mal!"

"Por minha fé que não!", assegurou Benjamim, "pois isso seria imperdoável! Esqueces com muita facilidade a diferença entre um menino e um estúpido, embora seja notável essa diferença. Nem em sonho me passaria pela cabeça divulgar, com uma palavra que fosse, o que viste e ouviste no sonho. Tu, meu José, é que deves precatar-te mais ainda do que eu, por meu amor! Para mim é fácil não me esquecer, pois que mo impede a gratidão pela tua confiança. Mas para ti não há impedimento: foste tu que sonhaste e estás cheio e saturado mais que eu a quem apenas comunicaste um pouco da magnificência e do esplendor do teu sonho. Assim, se te viesse a ideia de narrar com quanto júbilo o Senhor te elegeu, pensa no pequerrucho. Eu por mim acho justo esse sonho e me indigno com Aza e Azael que vieram com interrupções. Mas papai se afligiria e ficaria preocupado como é seu costume, e os irmãos escarrariam e cuspiriam em sinal de desaprovação e com a sua inveja te fariam pagar caro. Eles, como nós dois o sabemos, são uns vilões na presença do Senhor."

4. O SONHADOR

A TÚNICA DE VÁRIAS CORES

Vindo das planícies de Siquém, os filhos de Lia voltaram tumultuaria-
mente a Hebron, não para os trabalhos da colheita, como era de esperar,
mas já na noite da lua cheia da primavera. Tinham vindo, diziam eles,
para comer o cordeiro pascal com seu pai e observar com ele a lua; mas
na realidade porque tinham ouvido uma novidade alarmante, que interessava de perto a todos eles. Tinham vindo convencer-se, no local, da
verdade dela, com os seus próprios olhos, e ver se era possível modificá-
-la em algum ponto. A coisa era de tal peso e tão assustadora que os
filhos das escravas tinham julgado de suma importância escolher um
dentre eles para fazer a viagem de quatro dias de Hebron a Siquém a fim
de levar a notícia aos ausentes. Fora escolhido, como é natural, Neftali,
o mais veloz. A rigor, pelo que diz respeito a velocidade, pouco importava quem iria. Pois Neftali ia num burro, e se de cada lado da alimária
pendiam duas pernas mais ou menos compridas, era exatamente a mesma coisa. A jornada durava cerca de quatro dias. Mas com Neftali, filho
de Bala, é que andava sempre associada a ideia de velocidade. O papel
de mensageiro pertencia-lhe já por acordo geral; e como sua língua era
igualmente desembaraçada, não era destituída de sentido a ideia de que
ele, ao menos no último momento, contaria aos irmãos o que soubesse,
um pouco mais depressa do que qualquer outro.

Mas que acontecera? Jacó tinha dado um presente a José.

Isso não era novidade. O "cordeiro", o "rebento", o "jovem celeste", o "filho da virgem" — ou que outro nome tivessem os títulos paternos, obstinadamente cheios de sentimento, que eram dados ao ledor

de pedras — recebia sempre às ocultas dádivas especiais e delicadas atenções, gulodices, lindas peças de louça de barro, pedras preciosas e propiciatórias, cordões de púrpura, escaravelhos e coisas dessas, que os irmãos, com maus olhos, o viam usar displicentemente e de que se sentiam privados. Mas à injustiça, a uma injustiça de princípio e acentuada como que para dar uma lição, tinham eles tido tempo de se habituar. Dessa vez, porém, tratava-se de um presente que incutia terror; um presente, como se devia recear, de significado decisivo e que era para todos eles uma verdadeira bofetada.

Eis o que acontecera. Fazia um tempo que aconselhava todos a ficar debaixo das tendas. Tinham começado a cair as chuvas primaveris. Na parte da tarde Jacó se retirara para a sua "casa de pelo", cujo tecido de feltro, preto, de pele de cabra, esticado sobre nove sólidos mourões e amarrado por fortes cordas e estacas fincadas no solo, lhe oferecia perfeito e seguro abrigo contra a umidade benéfica. Era a tenda maior daquela colônia bastante dispersa. Jacó, que era um homem rico, morava sozinho nela e fazia questão de dar às mulheres um alojamento próprio. Uma cortina pendente dos mourões centrais a dividia em duas partes, desde a frente até o fundo. Uma dessas duas partes servia de depósito privado e de despensa: selas de camelo e alforjes, tapetes novos bem enrolados e dobrados, moinhos de mão e coisas dessas estavam ali espalhadas, e das paredes e do teto estavam dependurados odres com cereais, manteiga, água potável e vinho de palmeira feito de tâmaras maceradas.

A outra parte era a morada do abençoado, e, relativamente ao teor de vida meio beduíno que ele levava, era bastante cômoda. Jacó tinha necessidade de conforto. A sua repugnância ao sibaritismo dos habitantes da cidade não impedia que ele tivesse necessidade de algum conforto, quando se retirava do mundo para a sua tenda, a fim de entregar-se às suas considerações e especulações sobre o ser divino. Aberto na frente à altura de um homem, o aposento era alcatifado de feltro, sobrepondo-se a este tapetes de cores alegres, servindo alguns destes também de colgaduras nas paredes. Ao fundo via-se um leito de cedro com cobertas e almofadas e de pés de metal. Sobre pratos com adornos estavam várias lâmpadas de barro — vasos chatos com bicos curtos para o pavio — e ardiam sempre, porque seria coisa muito mísera e pouco conveniente para um abençoado dormir no escuro. Mas mesmo de dia a criadagem não deixava faltar o azeite para que não se pudesse aplicar nem sequer no seu sentido real um modo de dizer que tinha um mau significado e não se pudesse dizer que a lâmpada de Jacó havia se apagado. Sobre a tampa chata duma arca de sicômoro estavam jarros de pedra calcária com asa pintada, sendo as paredes da arca revestidas de ornamentos de barro esmaltado em azul. A tampa de uma outra arca, entalhada, adornada de textos escritos e descansando sobre altos pés, era, ao contrário, abaulada. A um canto não faltava o ardente braseiro, porque Jacó era friorento. Havia uns banquinhos que, mais que de assento, serviam de suporte a objetos de uso: em cima de um deles estava uma pequena caçoila em forma de torre, de cujas aberturas à laia de janelinhas saíam, em copiosas espirais, nuvens de fumo odorífero de cinamomo, goma de estoraque e gálbano. Outro daqueles banquinhos sustentava um objeto que testemunhava a abastança do dono da casa: era um artigo precioso e artístico, de proveniência fenícia, de ouro, uma taça chata apoiada sobre um suporte gracioso que, onde o tocavam com a mão, mostrava uma figura de mulher que tangia e cantava.

Jacó estava sentado com José sobre almofadas perto da porta, diante de um banquinho sobre cuja brônzea superfície rica de lavores estava aberto um tabuleiro. Chamara o filho para esse passatempo, no qual em outros tempos fora Raquel a sua adversária no jogo. Lá fora caía com ruído sobre as oliveiras, as moitas e as pedras a chuva que, por graça divina, devia comunicar ao trigo do vale a umidade de que necessitava para suportar até a colheita o primeiro sol estival. O vento brincava levemente com as argolas de pau da tenda, às quais estavam amarradas as grossas cordas.

Na partida, José deixava o pai vencer. Muito de indústria viera dar na casa do "mau-olhado", pondo-se assim em condição de inferioridade, de modo que Jacó, com muito agradável surpresa sua — pois estivera jogando com bastante desatenção —, acabou por batê-lo. Confessou sua distração, admitindo que o desfecho feliz da partida era mais devido à sorte que à sua perícia.

"Se não tivesses deposto as armas tão depressa, meu filho", disse Jacó, "eu necessariamente sucumbiria, porque os meus pensamentos andavam longe e com toda a certeza cometi graves erros, ao passo que tu fizeste movimentos engenhosos e tudo puseste em campo para remediar tua má sorte. O teu modo de jogar me lembra o de Mami, que tantas vezes me levou à parede. Tanto o seu modo de morder o dedo mínimo enquanto pensava, como certas astúcias e estratagemas a que era afeiçoada, eu os revejo no teu jogo e me comovo."

"De que serve tudo isso?", respondeu José, e espreguiçou-se, inclinando a cabeça para trás, estirando um braço para o lado e arqueando o outro sobre o ombro. "O resultado final foi-me desfavorável. Se o paizinho ganhou, mesmo com os pensamentos a divagar, que seria do teu filho se tivesse contra si toda a tua atenção? O assalto final viria num instante."

Jacó sorriu. "A minha experiência", disse, "é mais velha que a tua e a minha escola era melhor, porque desde rapaz costumava eu jogar com Yitzhak, teu avô paterno, e mais tarde muitas vezes com Labão, teu outro avô, pai da minha amada, na região de Naharaim, para lá das águas; e também ele era um jogador de tenaz reflexão."

Também Jacó mais de uma vez deixara Yitzhak e Labão vencer, quando convinha conservá-los de bom humor; mas não lhe ocorreu que José fizesse agora o mesmo.

"É verdade", continuou ele, "que hoje nem sempre prestei atenção. Mais de uma vez absorvi-me em meditação, esquecendo a posição das peças. Tratava-se precisamente da festa próxima, da noite do sacrifício que se está avizinhando, e em que nós, depois do pôr do sol, degolamos o cordeiro e ensopamos um molhinho de hissope no seu sangue para com ele marcarmos as ombreiras das portas, a fim de que o anjo da morte passe ao largo. Com efeito, é a noite em que ele passa e perdoa em atenção ao holocausto, servindo o sangue sobre as ombreiras para aplacar aquele que passa e para lhe anunciar que o primogênito foi oferecido em sacrifício para substituir o homem e o animal que ele teria vontade de imolar. A esse respeito engolfei-me repetidas vezes em meditação, porquanto de quando em quando o homem faz uma coisa e não sabe que coisa faz. Se o soubesse, se refletisse, é bem possível que as entranhas se lhe revolvessem e o que está embaixo viria para cima, causando-lhe náuseas, como na minha vida me sucedeu mais de uma vez; assim, por exemplo, pela primeira vez, quando soube que Labão degolou um dia em Senaar sobre o Prat o seu filho primogênito para oferecê-lo em holocausto, o depositou dentro de um cântaro e o enterrou nos alicerces para proteger a casa. Mas achas que isso tenha lhe trazido a bênção? Não, e sim desgraças, maldição, estagnação dos seus negócios; e se não tivesse eu ido levar um pouco de vida à casa e à administração, tudo teria acabado em tristeza e nunca mais tornaria Labão a ser fecundo com sua mulher Adina. Todavia Labão não teria emparedado o filhinho se em outros tempos tal sacrifício não tivesse trazido a bênção a homens anteriores a ele."

"O que contas", respondeu José, que enclavinhara as mãos na nuca, "me permite ver com clareza como se deu a coisa. Labão procedeu conforme um uso que já tivera sua época, cometendo assim um grave erro.

Ao Senhor repugna aquilo que já teve a sua época e que ele quer superar conosco e já superou: ele o rejeita e amaldiçoa. Assim sendo, se Labão tivesse entendido o Senhor e os tempos, em vez do filho teria imolado um cabrito, com o sangue teria marcado o limiar da porta e as ombreiras, seu sacrifício teria sido aceito e a fumaça do holocausto subiria diretamente ao céu."

"Tu o dizes", acudiu Jacó, "antecipas o meu pensamento e me tiras a palavra da boca. Efetivamente, o anjo da morte não é ávido apenas de animais, mas tem sede também de sangue humano, e nós apaziguamos os seus desejos não somente em relação aos rebanhos quando assinalamos as ombreiras das portas com o sangue do animal e quando realizamos o banquete do sacrifício a toda a pressa durante a noite, consumindo tudo para que do assado nada reste na manhã seguinte. Se bem se reflete, que assado é esse? E o cordeiro que imolamos porventura expia somente pelo rebanho? Que coisa imolaríamos e comeríamos se fôssemos estultos como Labão, e que coisa foi imolada e comida em tempos imundos? Sabemos portanto o que fazemos festivamente quando comemos e, se refletíssemos, não deveria tudo isso revolver-nos as vísceras, provocando-nos vômitos?"

"Continuemos a assim proceder e a comer", disse despreocupadamente José com voz esganiçada e balançando-se nas suas mãos juntas atrás do pescoço. "A usança e o assado têm bom sabor, e, se são uma solução, dissolvamo-nos também nós alegremente da imundície compreendendo o Senhor e os tempos! Olha, está ali uma árvore", exclamou, indicando com a mão estendida o interior da tenda como se lá se visse aquilo de que estava falando, "soberba no tronco e na copa, plantada pelos pais para gozo dos pósteros. Suas franças se agitam cintilando ao vento, ao passo que suas raízes se embebem embaixo, no escuro, na pedra e no pó do terreno. Mas saberá a grimpa serena o que se passa com a raiz barrenta? Não, mas aquela está com o Senhor para lá desta, superou-a, embala-se e não pensa mais nesta. É o que, a meu ver, se dá com a usança e a imundície, e se a pia usança nos agrada, fiquem as entranhas ao de cima com sua parte inferior e não se revolvam."

"Querido, meu querido!", exclamou Jacó meneando a cabeça; e anediava a barba, agarrando-a pelas extremidades e fazendo-a passar toda pelo côncavo da mão. "O teu símile é engenhoso e bem imaginado: isso, porém, não impede que seja necessária a meditação e bem assim a preocupação e a inquietude, que já foram legado de Abrão e são o nosso, para que nos desembaracemos daquilo que o Senhor quer sobrepujar conosco e talvez já tenha sobrepujado, isto é, a preocupação. Diz-me lá, quem é o anjo da morte e que significa a sua passagem? Na noite da festa não caminha a Lua, cheia e bela, através da passagem que é o ponto setentrional, o ponto culminante da sua estrada, alcançado o qual ela se vira na sua plenitude? Mas o ponto setentrional é de Nergal, o assassino; sua é a noite, Sin a governa para ele, durante essa festa Sin é Nergal, e o anjo da morte, que passa e que nós queremos aplacar, é o Vermelho."

"Evidentemente", conveio José. "Nós quase não pensamos em tal, mas assim é."

"Esse foi o desassossego", prosseguiu Jacó, "que me distraiu no jogo. Porque são os astros que nos marcam a festa, a Lua e o Vermelho, que nessa noite executam a troca, entrando este no lugar daquela. Mas, devemos nós atirar beijos aos astros e celebrar-lhes as histórias? Não deveremos afligir-nos pelo Senhor e pelos tempos, e perguntar-nos a nós mesmos se realmente os compreendemos e se é que antes não pecamos contra eles, visto como nós, com o nosso costume inerte, os vamos retendo junto à imundície que eles querem vencer conosco? A mim mesmo pergunto a sério se não será minha missão meter-me debaixo da árvore das instruções e convocar o povo, para que todos sintam as minhas preocupações, todos escutem os meus escrúpulos acerca da festa de Pessach."

"O meu paizinho", disse José, inclinando-se para a frente e pondo sua mão sobre a do velho, junto ao tabuleiro que mostrava a sua derrota, "possui uma alma excessivamente exata, sendo necessário rogar-lhe que não se deixe arrastar à precipitação, à destruição. Se o filho pode considerar-se na situação de uma pessoa a quem pediram sua opinião, o aconselha então que poupe a festa e não lhe toque com nímio zelo por amor das suas histórias, no lugar das quais talvez pudesse, com o tempo, insinuar-se uma outra que tu mesmo depois contarias durante o banquete do assado: por exemplo, a conservação de Isaac, que seria muito própria. Ou então vamos aguardar o tempo; quem sabe que um dia Deus se glorifique em nós com uma grande salvação e remissão, e então as poremos como base da festa, como sua história, e entoaremos hinos de júbilo. Foi aprazível a palavra do estulto?"

"Balsâmica", replicou Jacó. "Muito discreta e reconfortante, o que eu compendio exatamente com o termo 'balsâmica'. Tu falaste pela usança e, ao mesmo tempo, pelo futuro: que isso redunde em honra tua. E falaste em favor de uma coisa que persiste e que todavia já se encontra em movimento. Por isso te sorri a minha alma, ó Josef-el, renovo do mais delicado tronco. Deixa que eu te beije!"

E do outro lado do tabuleiro tomou entre as mãos a formosa cabeça de José e beijou-a, feliz de possuí-la.

"Pudesse eu ao menos saber", disse José, "de onde me vem nesta hora a sabedoria e o diminuto engenho, para corresponder, no colóquio, à sabedoria do meu senhor! Disseste que, durante o jogo, os teus pensamentos andavam longe; pois bem, para falar com franqueza, os meus também faziam o mesmo: divagavam continuamente numa certa direção longe das peças, e sabem os Elohim como foi que pude resistir tanto tempo."

"Por onde borboleteavam teus pensamentos, filho meu?"

"Ah", retrucou o jovem, "facilmente o adivinhas. Dia e noite me faz cócegas na orelha uma palavra que o paizinho me disse à beira do poço; ela me tirou o repouso, de sorte que vá eu aonde for e esteja onde estiver, a curiosidade me atormenta, porque se trata de uma palavra de promessa."

"Que foi que eu te disse e que promessa te fiz?"

"Oh, oh, bem que o sabes! Nos teus olhos vejo que o sabes. Tinhas a intenção, disseste-me... então, que coisa? 'Tenho a intenção', disseste, 'de dar-te uma coisa com que se alegrará teu coração e que te ficará muito bem.' Isso disseste tu, palavra por palavra. Ficou-me tudo gravado com precisão, e a palavra me faz cócegas nos ouvidos continuamente. Que coisa queria o paizinho dizer com esta promessa?"

Jacó corou e José o percebeu. Era um rubor ligeiro, róseo, que lhe assomou às faces, finas na sua magreza de velho, e seus olhos se turvaram em suave confusão.

"Que coisa? Não era nada", disse ele, esquivando-se. "Debalde o menino imagina sabe-se lá que coisa. Era uma palavra atirada ao vento, sem importância, sem opinião nem intenção sólida. Não te presenteio eu com um objeto e com outro quando o coração mo dita? Pois então, só isto tencionava eu dizer, isto é, que eu, no momento azado, te havia de dar..."

"Nada, nada!", atalhou José; deu um salto e abraçou o pai. "Este velho bom e prudente não atira vãs palavras ao ar; isso seria uma novidade! Como se eu não tivesse visto com toda a clareza, quando falavas, que não era uma palavra atirada ao vácuo, mas sim que tinhas em mira uma determinada coisa. Uma coisa exata, bela, não alguma coisa: uma coisa particular, esplêndida, que para mim guardavas. Não só a guardaste para mim, mas para mim a destinaste, a prometeste. Não deverei eu saber que coisa é minha, que coisa me espera? Parece-te crível que eu possa achar sossego e deixar-te em paz enquanto não o souber?"

"Como me empurras e apertas!", queixou-se o velho no seu desespero. "Não me sacudas e tira as mãos dos lóbulos das minhas orelhas, não vá alguém pensar que zombas comigo. Saber... tu queres sabê-lo? E por que não? Digo-te e confesso-te que eu tinha em mente uma coisa, não esta ou aquela. Escuta, pois. Senta-te aí no chão! Ouviste falar na *ketonet passim* de Raquel?"

"Uma peça do vestuário de Mami? Talvez um vestido para os dias festivos? Ah, compreendo, do vestido dela queres..."

"Escuta, Jehosif! Não compreendes. Deixa que eu te explique! Depois que servi sete anos por causa de Raquel e chegou o dia em que ela devia ser minha no Senhor, Labão me disse: 'Quero presenteá-la com um véu com que a esposa se cubra e se consagre a Nana e seja uma consagrada. Comprei, faz muito tempo, de um mercador ambulante o véu para os olhos e o guardo na arca porque é precioso. Dizem que em outros tempos pertenceu à filha de um rei. E parece que foi o pano da virgindade da filha de um príncipe, o que bem se pode crer, tal a arte com que é feito, sendo o tecido todo recamado de símbolos dos ídolos. Ela deve envolver nele a cabeça e ser como uma das *enitu* e como uma esposa celeste no leito nupcial da torre de Etemenanki'. Mais ou menos assim me falou o diabo. E com essas palavras não mentia, visto que Raquel recebeu o véu, que era duma magnificência única, quando tomamos assento no banquete nupcial e beijei a imagem de Ishtar. Quando, porém, ofereci a flor à esposa e soergui o véu para vê-la com as minhas mãos videntes, era Lia que o diabo astutamente fizera entrar no tálamo da boda, de sorte que eu só fui feliz segundo a minha opinião, não segundo a realidade. Quem não enlouqueceria, perdendo-se em fantasias sobre tal fato? Por isso passo adiante. Mas na presumida felicidade não perdera eu a cabeça e depositei bem dobrado o santo tecido sobre uma cadeira que lá estava e disse à esposa o seguinte: 'Vamos transmiti-lo como herança através das gerações, devendo usá-lo as prediletas entre as inumeráveis'."

"Mami também usou aquele pano na sua hora?"

"Não é um pano, é um esplendor. É uma túnica que cada um pode desembaraçadamente vestir, indo até os tornozelos, com mangas para que cada qual a enfie segundo o seu gosto e a sua beleza. Mami? Ela o usou e o guardou para si. Dobrou-o e o depositou devotamente na arca quando nós fomos embora, despedaçando os pulverulentos ferrolhos e enganando Labão, o diabo. Aquele véu nos acompanhou sempre e assim como Labão o teve cuidadosamente guardado durante muito tempo na sua arca, o mesmo fizemos nós."

José passeava os olhos por toda a extensão da tenda em busca da arca. E perguntou:

"Está aqui perto?"

"Não está muito longe."

"E o meu senhor quer dar-mo de presente?"

"Destinei-o ao meu filho."

"Destinou-o e prometeu!"

"Mas para mais tarde! Não para já!", disse Jacó, tomado de inquietação. "Sê razoável, meu filho, e por ora contenta-te com a promessa! Olha, as coisas estão ainda no ar; com referência àquele véu ainda o Senhor não se decidiu no meu coração. Teu irmão Rúben cometeu uma grave falta e fui obrigado a privá-lo do direito de primogenitura. Será acaso a tua vez agora, de modo que eu tenha que dar a ti a primogenitura e a *ketonet*? Poder-se-ia responder: não, porque depois de Rúben veio Judá e vieram Levi e Simeão. Poder-se-ia responder: sim, porque tendo caído e sido amaldiçoado o primogênito de Lia, segue-se o primogênito de Raquel. Tudo isso é controverso e pouco claro; devemos aguardar e olhar o sinal, como ele se aclarará. Se eu te pusesse aquela veste, os irmãos poderiam interpretar falsamente aquele fato no sentido da bênção e da escolha e, na sua inveja, rebelar-se contra ti e contra mim."

"Contra ti?", perguntou José tomado de espanto... "Estou quase a não prestar mais fé aos meus ouvidos! Não és o pai e o senhor? Não podes, no caso de eles murmurarem, erguer-te, fazer ribombar a tua voz e dizer-lhes: 'Concedo a quem quero conceder e tenho misericórdia daquele de quem quero ter misericórdia! Quem sois vós para vos opordes a mim? De preferência a todos vós quero revestir a este com o manto, a *ketonet passim* de sua mãe!'. Mas não. Eu me fio nos meus ouvidos; eles são novos e finos. Mormente quando fala o meu paizinho, eu os aguço com a máxima atenção. Uma vez disseste à esposa: 'Usarão o véu os primogênitos entre os inumeráveis?'. Ou não é assim? Quem, segundo tu, o deve usar?"

"Põe-te quieto, demônio. Vai-te e não me adules, para que a tua insensatez não passe de ti para mim!"

"Papaizinho, eu queria vê-lo."

"Ver? Ver não é possuir. Mas ver é querer possuir. Sê sensato!"

"Pois não hei de ver o que é meu e me foi prometido? Vamos então fazer o seguinte: eu me encolho aqui, amarrado, não me mexo do meu lugar. Tu vais e me mostras o traje de gala, ficas com ele e o estendes diante de ti como no bazar de Hebron o mercador exibe a sua mercadoria e desenrola o tecido ante os olhos do ávido freguês. Este, porém, é pobre e não pode comprá-lo. Então o mercador de novo o guarda."

"Seja, pois, assim, em nome do Senhor", concordou Jacó. "Conquanto aos demais possa parecer que fazes de mim o que queres. Fica aí onde estás! Assenta-te sobre as tuas pernas, com as mãos nas costas. Verás aquilo que talvez, dadas certas circunstâncias, um dia será teu."

"Aquilo que já é meu!", corrigiu, gritando, José. "Mas que ainda não possuo!"

Esfregou os olhos com o nó dos dedos e se preparou para ver. Jacó dirigiu-se à arca abaulada, afastou o fecho e ergueu a tampa. Tirou de lá alguns panos pesados, que estavam em cima e embaixo, mantas e cobertas, aventais, mantilhas, camisas, deixando cair tudo no chão, dobrado, numa pilha. Encontrou o véu onde sabia que ele estava, tomou-o, virou-se, foi deixando cair cada dobra sua e o abriu diante de si.

O rapaz contemplava embevecido. Respirava forte com a boca aberta e risonha. Os bordados metálicos tremeluziam à luz da lâmpada. Lampejos de ouro e prata expediam aqui e ali, entre os braços inquietos do velho, uma claridade demasiado viva sobre a calma cintilação das cores: cor de púrpura, branco, verde-oliva, rosa e preto dos sinais e das imagens das estrelas, pombas, árvores, deuses, anjos, homens e animais na névoa azulada do fundo do tecido.

"Luzeiros celestes!", exclamou José. "Que beleza! Paizinho mercador, que estás mostrando ao freguês no teu bazar? Aquele é Gilgamesh com o leão no braço, de longe o reconheço! E ali, pelo que vejo, alguém luta com um grifo e agita a clava. Espera, espera! Sebaot, que animais! São os amantes da deusa, cavalo, morcego, lobo e o pássaro de cores variegadas! Deixa-me ver! Oh, deixa! Não o reconheço, não distingo. Os pobres olhos do teu menino estão ardendo com o esforço que ele faz para olhar da distância que nos separa. Será aquele o casal homem-escorpião com a caudazinha espinhosa? Não estou certo, não me parece que seja, se bem que, como é natural, meus olhos lacrimejem um pouco. Espera, mercador, aproximo-me deslizando sobre as minhas pernas, com as mãos às costas. Ó Elohim, como fica lindo de perto, como fica tudo claro! Que fazem ao pé da árvore aqueles espíritos barbudos? Fecundam-na... E que vejo ali escrito? 'Tirei meu vestido, devo pô-lo de novo?' Estupendo! Sempre Nana com a pomba, o Sol, a Lua... devo pôr-me de pé! Preciso erguer-me, mercador, não vejo a parte superior; a tamareira da qual uma deusa estende os braços com comidas e bebidas... É permitido tocar? Não custa nada, segundo espero, soerguê-lo com a mão, usando todas as precauções, para ver como é leve e pesado quando alguém o tateia, para ver como é pesado e leve o todo… Mercador, eu sou pobre, não o posso comprar. Dá-mo! Tens tanta mercadoria… Deixa o véu para mim! Sê bom de verdade, empresta-mo, para que eu o mostre a todos, com ele no corpo, para crédito do teu bazar! Não! Não, mesmo? Ou vacilas na dúvida? Vacilas um pouquinho, e contudo na tua severidade quiseras, ao mesmo tempo, que eu o vestisse? Não, engano-me. Vacilas, mas é de o estares segurando e desdobrando há tanto tempo. Há muito que te estás cansando… Dá-mo! Como é que a gente o usa e se envolve nele? Assim e assim, e talvez ainda assim? Que tal? Sou eu um pássaro dos pastores em traje multicor? O véu de Mami… como fica no filho?"

Naturalmente, parecia um deus. Só se podia logicamente esperar tal efeito, e o desejo secreto de produzir esse efeito não aumentara a resistência de Jacó. Mal José, com métodos cuja finura e graça convém reconhecer, fizera passar a veste das mãos do velho para as suas com três ou quatro movimentos e golpes, cuja segurança mostrava uma natural disposição a enfeitar-se, já a envolvera na própria figura de modo desenvolto e gracioso. A túnica cobria-lhe a cabeça, revestia-lhe os ombros, descia ao longo da sua jovem pessoa em pregas ondulantes, nas quais cintilavam as pombas de prata, flamejavam os bordados de várias cores, enquanto sua longa ondulação fazia parecer mais alta que de costume a sua figura. Mais alta? Se tudo ficasse apenas nisso! Mas o esplêndido véu de tal modo se casava com o seu semblante que seria difícil achar entre as pessoas alguém que ainda se atrevesse a suscitar alguma crítica, ainda que moderada, à sua fama; tornava-o tão belo, tão gracioso que quase não parecia humano, raiando realmente pelo divino. O pior era que a sua parecença com a mãe, na fronte, nas sobrancelhas, na forma da boca, no olhar, nunca ressaltara tanto aos olhos do povo quanto se acentuava agora nessa roupagem aos de Jacó, de maneira que os olhos se lhe enchiam de lágrimas e não se lhe figurava ver outra pessoa senão Raquel na sala de Labão, no dia da boda.

Diante dele estava sorridente, no rapaz, a deusa-mãe, e perguntava:

"Vesti a minha túnica; deverei despi-la?"

"Não, fica com ela, fica!", respondeu o pai; e enquanto se ia embora o deus, ele ergueu a testa e as mãos, e seus lábios se moveram numa prece.

O VELOZ

A sensação foi enorme. O primeiro a quem José apareceu vestido com o véu, com a túnica de várias cores, foi Benjamim. Este, porém, não estava só, mas no alojamento das concubinas e aí foi ter com ele o adornado, que disse:

"A todos vós minha saudação. Venho aqui somente por acaso. Está aqui o meu irmãozinho, ó mulheres? Ah, ei-lo, o meu Ben. A ti minha saudação! Quero simplesmente ver como estais e que fazeis. Estais cardando linho? E Turturra vos ajuda no que lhe é possível? Algum de vós sabe onde está o velho Eliezer?"

"Turturra" (queria dizer "pequerrucho"; José muitas vezes chamava seu irmão com esse nome babilônico de carinho) deixava escapar compridos gritos de admiração. Bala e Zelfa o secundaram. Ele trazia a veste com indiferença, arregaçada e passada pelo cinto do seu traje habitual.

"Que estais aí a gralhar", perguntou, "todos os três arregalando os olhos do tamanho de uma roda de carro? Ah, sim, é por causa do meu vestido, o véu-*ketonet* de Mami. Sim, agora o uso algumas vezes. Israel fez-me presente dele e mo deu como herança faz poucos momentos."

"Josef-el, doce senhor, filho da justa!", exclamou Zelfa. "Jacó te deu como herança o véu de várias cores no qual ele recebeu pela primeira vez Lia, minha senhora? Com muita sabedoria e justiça procedeu ele porque este traje vai tão bem com as tuas feições que o coração se rompe de comoção e não se pode pensar que o possa usar outra pessoa. Um dos ausentes, talvez dos filhos de Lia, a quem Jacó o soergueu pela primeira vez? Ou o meu Gad ou Aser, gerados por mim sobre o regaço de Lia? Só de pensar nisso acode aos lábios um sorriso sardônico cheio de melancolia."

"Josefia, já belíssimo!", exclamou Bala. "Nada é mais belo que contemplar-te nesse ornamento! Ao ver-te, a gente sente-se tentada a prostrar-se com o rosto no pó, especialmente sendo-se uma escrava apenas, como fui eu para tua mãe Raquel, escrava predileta, quase irmã, que, pela força de Jacó, gerei para ela Dã e Neftali, teus irmãos mais velhos. Eles também cairão com a face em terra ou quase, quando virem o menino no traje de gala de sua mãe. Vai, apressa-te, mostra-te a eles, que não fazem sequer uma ideia do que isso seja, que não pensam nem no mal nem no bem e não sabem ainda que o senhor te escolheu! Devias igualmente sair pela região e mostrar-te aos de olhos vermelhos, aos seus filhos de Lia, e ouvirás o seu grito de júbilo e aos teus ouvidos chegará o seu hosana."

É quase inverossímil o que vamos dizer, mas José não percebeu a exagerada exasperação e perfídia contida nas palavras das mulheres. O fato de ter satisfeito o seu desejo, a sua cega confiança, menineira e sem embargo culpável, o tornava surdo àquelas palavras, insensível a advertências. Deleitou-se com o tom melífluo daquelas falas, convencido de que a ele só podiam tocar doçuras e sem tomar o mínimo incômodo de olhar o íntimo das louvaminheiras. Mas precisamente tudo isso era culpável. A indiferença em referência à vida íntima dos homens e a ignorância de tudo isso mostram uma relação inteiramente falsa com a realidade, produzem cegueira. Desde os dias de Adão e Eva, desde quando um ficou sendo dois, não existiu um homem que não quisesse meter-se na pele do seu próximo e indagar sua verdadeira situação, procurando examiná-la mesmo com olhos alheios. A força de imaginação e a arte de adivinhar os sentimentos de outrem, numa palavra, o sentir com outrem, não é apenas louvável, senão que leva de vencida as barreiras do Eu, é também um meio indispensável para a conservação de si próprio. Dessas normas, porém, nada sabia José. A cega confiança que tinha em si era como a de uma criança mimada; ela o persuadia, apesar de que o contrário é que era evidente, que todos o amavam, ainda mais do que a si mesmos e que por isso ele não devia ter para com os demais nenhuma consideração. Quem, pelos seus belos olhos, julgasse perdoável tal leviandade mostraria uma grande fraqueza.

O caso de Benjamim era um tanto diverso. Aqui a irreflexão era excepcionalmente justificada. Foram estas as suas expansões:

"Jehosif, irmão celeste! Não me parece que eu esteja acordado, mas sonhando. Figura-se-me que o Senhor te envolveu numa veste magnífica na qual estão recamados luzeiros de todo gênero e atirou sobre o teu corpo um manto cheio de altivez e de glória! Ah, este pequeno que sou eu está deslumbrado! Não vás ter ainda com os filhos de Bala, não te vás por enquanto mostrar aos filhos de Zelfa! Fica aqui ao pé do teu verdadeiro irmão, para que eu possa ainda te admirar e saciar-me de te contemplar!"

Todos esses desabafos podia José tê-los na conta de ouro puro, e outra coisa não eram eles. E, todavia, mesmo daquelas palavras sinceras José podia tirar uma advertência: ou nos enganamos, ou das palavras de Benjamim ressumava uma prudente angústia em relação ao encontro do Formoso com os irmãos e o desejo que ao menos fosse retardado um pouco esse encontro. Aliás, José teve, se não suficiente perspicácia,

396

instinto bastante para não aparecer logo diante dos filhos das servas, para não ir procurá-los com aquele traje no corpo. À exceção de algumas pessoas mais humildes, que o viram passar e não deixaram de cobri-lo de lisonjas, beijando-lhe a mão e abençoando-o, durante aquele dia pôde ainda vê-lo somente o velho Eliezer, que parecia não querer parar de sacudir a cabeça, o que tanto podia significar aplauso como uma genérica meditação sobre o destino. Depois disso, com o semblante divinamente mais inexpressivo, pôs-se a desfiar quantas reminiscências o véu despertava nele. Recordo como "ele", Eliezer, certa vez foi retirar Rebeca do mundo ínfero de Harã para conduzir a esposa à casa do seu amo e como, ao chegar ao mundo súpero e ao acercar-se do futuro marido, ela pegou o véu e se cobriu. E por quê? Para que Isaac a reconhecesse. Evidentemente, como poderia ele reconhecê-la e retirar-lhe o véu se ela antes não tivesse se coberto com ele? "Grande dádiva, meu filho", disse ele com um semblante tão imóvel que parecia ser possível retirar-lhe e por trás desse haveria talvez um outro, "grande dádiva te fez Israel, porque no véu estão a vida e a morte, mas a morte está na vida e a vida está na morte: quem sabe isso é iniciado. A irmã-esposa-mãe teve de tirar o véu e despir-se na sétima porta do inferno e na morte; mas, assim que voltou à luz, velou-se de novo como sinal de vida. Vê a semente do trigo: quando cai na terra, morre para ressurgir na colheita. De fato, da espiga está próxima a foice, que cresce na lua negra como vida jovem, pois que esta é a morte e emascula o pai para um novo domínio do mundo, e da foice-colheita roda a semente da morte e da vida. Assim no véu está a vida depois do desnudamento na morte, e logo após há em tudo isso conhecimento e morte, porque no conhecimento está a procriação e a vida. Grande dádiva te fez teu pai, luz e vida ao mesmo tempo, porque te envolveu no véu que tua mãe devia deixar na morte. Por isso guarda-o, meu filho, para que ninguém to arrebate e a morte não te conheça!"

"Obrigado, Eliezer!", respondeu José. "Vivos agradecimentos, ó sábio primeiro servo, que com Abrão desbarataste os reis e a cujo encontro a terra saltou! De modo impressionante falas de todas essas coisas, véu, foice, semente, e com razão, porque essas coisas estão estreitamente ligadas e são uma só coisa em Deus; diante de nós, porém, são bordadas sobre o véu da multiplicidade. Pelo que diz respeito a este rapaz, agora ele vai tirar a sua veste e cobrir-se com ela sobre o seu banco, para dormitar debaixo dela como a Terra debaixo do véu dos mundos astrais."

E assim fez. E assim o acharam, dormindo sob o véu, os filhos das servas, imediatamente inteirados por suas mães quando chegaram à tenda que com eles partilhava José. Estavam os quatro ao pé da sua cama, Dã, Neftali, Gad e Aser; e este último, o guloso Aser, o mais moço, tendo apenas vinte e dois anos, segurava em cima dele uma lâmpada e os fazia ver o rosto do que dormia e a túnica de várias cores que o recobria.

"Ei-lo aqui, agora o estais vendo!", disse. "É tal qual. Nem uma palavra de mais disseram as mulheres quando nos anunciaram que o pisa-verdes aparecera diante delas revestido da *ketonet passim* de sua mãe! Agora ele a estendeu por cima de si e dorme o sono do justo, com aquela cara de santarrão. Ainda é possível duvidar? O pai, pobre homem, deu-lha; ele lha arrancou com falas melífluas. Que vergonha! Nós todos estamos irritados de igual modo por tal abominação, e Aser toma a nossa irritação na sua boca e a cospe sobre o dorminhoco autor de tal escândalo, para que ele tenha ao menos maus sonhos."

Esse Aser muito se gabava de ser de uma só opinião e de um só sentimento com os outros e de reforçar intimamente essa unidade com a palavra que exprimia o sentimento geral, de sorte que, mercê dessa palavra, todos se sentissem mais estreitamente unidos e houvesse também na raiva uma satisfação comum: estava isso em estreita relação com a sua gulodice, com os seus olhos úmidos e os seus úmidos lábios. Disse ele ainda:

"Dos animais vivos cortei nacos de carne e os comi, sim, dos carneiros e das ovelhas! Isso foi ele contar ao coitado do pai, ao pio, ao crédulo; e em recompensa Jacó o presenteou com a *ketonet* como prêmio da mentira! Mas assim é: em relação a cada um de nós ele impingiu várias petas ao velho, e o véu sob o qual está deitado é o galardão da sua falsidade e da má fama que para nós criou. Unamo-nos, irmãos, abracemo-nos na nossa mortificação, e permiti que eu lance sobre ele a palavra injuriosa que nos desafogará a todos: Cachorrinho!"

Ia dizer "Cachorro", mas no último momento faltou-lhe a coragem e à pressa apôs à palavra o sinal do diminutivo.

"Em verdade", disse Dã, que já tinha vinte e sete anos, a idade de Simeão, filho de Lia, e usava uma camisa bordada e justa; não tinha bigode, mas uma barba em ponta, e seus olhos penetrantes, pouco afastados um do outro, ficavam quase à raiz do nariz curvo, "em verdade, chamam-me serpente e víbora porque passo por um tanto malicioso; mas que coisa é esse que aí está deitado e dorme? É um monstro! Dá-se ares de rapaz amável mas na realidade é um dragão. Maldita seja a sua pessoa enganosa que põe toda a gente de boca aberta e a requebrar os olhos, ficando com isso enlevado o nosso pai! Desejava eu conhecer o esconjuro que o obrigasse a mostrar sua carantonha verdadeira!"

O robusto Gad, um ano mais velho que Aser, tinha um semblante cheio de rude lealdade. Usava uma carapuça de forma cônica e tinha um aspecto militar na sua curta túnica com um talabarte escamoso. Sobre a túnica costurara uns escudozinhos e das mangas curtas saíam uns braços vermelhos e nervudos com umas mãos igualmente nervudas e grossas. Eis o que disse:

"Aconselho-te, Aser, a teres cuidado com a tua lâmpada para não cair sobre ele uma gota de azeite fervente que o faça despertar. Porque se desperta, na minha retidão o esbofeteio, já agora isso é coisa assentada. Não se dão pescoções numa pessoa que dorme: não sei onde isso está escrito, mas sei que não se faz. Se, porém, acorda, no mesmo instante sentirá a minha mão sobre o seu focinho, de modo que lhe inchem as bochechas como se tivesse uma bola de farinha dentro da boca durante nove dias, a partir de amanhã, como é certo que meu nome é Gad. Diante dele e da túnica debaixo da qual dorme e que ele imprudentemente subtraiu ao pai, salteia-me a raiva e sinto que me descomponho. Não sou um poltrão, mas não sei que coisa se agita aqui no fundo do coração, que aviso me vem aqui das entranhas. Somos aqui quatro irmãos e ali, deitado, está o rapaz, o peralta, o pisa-flores, o fedelho, o tal que vira os olhos e que tem a veste. Acaso deveremos curvar-nos perante ele? Não consigo livrar-me do termo, desse 'curvar-nos', como se um espírito maldito mo estivesse teimosamente sussurrando ao ouvido. Por isso sinto comichões nas mãos e, se o esbofeteasse, isso seria a melhor solução e se acalmaria o horror que me revolve o estômago!"

O honesto Gad dizia coisas muito mais profundas do que as que Aser se esforçara por dizer, com toda a sua necessidade de reforçar os sentimentos gerais e de, com a palavra, apertar os vínculos comuns; mas Aser visava apenas a granjear amor e produzir sólida unidade com a fácil expressão da coisa mais simples e mais acessível à consciência. Ele lutava para encontrar uma alusão àquilo que debaixo da sua simples indignação e inveja mais os angustiava e atormentava; andava à cata de termos para obscuras recordações, para preocupações, ameaças para esses fantasmas de relações familiares entre os quais se moviam os conceitos de "primogenitura", "engano", "troca", "domínio do mundo", "servidão de irmãos" — conjunto de fantasmas que, não bem reconhecíveis se fossem passado ou futuro, se fossem lenda ou anunciação, haviam criado de per si e de modo repugnante precisamente a palavra "curvar"; "curvar-se-ão diante de ti". Os outros se sentiam forte e sinistramente arrastados pelas palavras de Gad. De modo especial o comprido Neftali, com o seu dorso um tanto curvado, que já havia bastante tempo dava com os pés sinais de impaciência, Neftali de modo especial se comoveu com aquelas palavras que aguçaram nele o desejo de abalar e correr. O seu instinto de mensageiro, a sua necessidade de levar novidades e informações, o agitara violentamente desde o começo, produzindo-lhe violentos tirões nas panturrilhas que o faziam pernear. O espaço com a sua natureza separadora dominava a imaginação de Neftali. Ele o considerava como o seu inimigo mais familiar e via na própria pessoa o meio mais adequado para superá-lo, isto é, para eliminar todas as diferenças criadas por ele no saber dos homens. Quando sucedia alguma coisa no lugar em que ele estava, Neftali, no seu pensamento, o associava imediatamente a um outro lugar distante no qual nada se sabia daquilo e isso era a seus olhos um estado de insuportável e inconsciente vegetar contínuo, que ele sentia a precisão de logo reparar com a corrida de suas pernas e com o desembaraço da sua língua, para trazer de lá, se fosse possível, uma notícia ainda vergonhosamente desconhecida aqui, e destarte nivelar o saber dos homens. Nesse caso seus pensamentos — os seus antes de tudo — haviam apressadamente posto o presente em relação com o lugar dos irmãos ausentes. Por culpa do insuportável efeito do espaço, eles ainda não sabiam de nada, e no entanto deviam sabê-lo logo. Na sua alma, Neftali já estava a correr.

"Escutai, escutai, irmãos, filhinhos, amigos", balbuciou ele em voz baixa e veloz, "nós estamos aqui e vemos o sucedido porque estamos no lugar. Mas nesta mesma hora os de olhos vermelhos estão em Siquém, no vale, em roda do fogo, e falam disso e daquilo, mas não do fato de ter Jacó exalçado José para vergonha deles, porque eles nem o imaginam e, por mais forte que grite a vergonha deles e nossa, eles não ouvem. Mas será justo que nós nos contentemos com a nossa vantagem e digamos: eles estão longe, portanto são estultos, porque o que está longe é estulto e assim deve ficar? Não, senão que é preciso dizê-lo a eles, para que lá seja como aqui e eles não vivam como se nada houvesse. Mandai-me, mandai-me! Quero percorrer a região, ir ter com eles e levar-lhes a notícia de maneira que eu ilumine as trevas em que se acham e os faça gritar forte; depois virei ter outra vez convosco para dizer-vos como gritaram."

Deram-lhe razão. Os de olhos vermelhos deviam ficar sabendo. A coisa lhes interessava talvez mais que aos quatro. Neftali foi encarregado de fazer aquela jornada; diriam ao pai que um negócio urgente levara para longe o veloz. Neftali quase não dormiu de impaciência e antes do amanhecer selou o burro. Quando José acordou sob a veste dos mundos recamados, já ele estava longe e dos ausentes se aproximava a informação. Nove dias depois, justamente no dia da lua cheia, estavam todos lá com o mensageiro — Rúben, Simeão, Levi, Judá, Issacar e Zabulon — e dirigiam sinistramente ao redor de si olhares indagadores. Segundo referia Neftali, Simeão e Levi, chamados gêmeos apesar de haver entre eles um ano de diferença, tinham bramido como touros ao ouvir a notícia.

O TERROR DE RÚBEN

José teve suficiente bom senso e juízo para não aparecer logo diante deles com aquela roupagem, conquanto lhe tivesse vindo uma grande vontade de fazê-lo. Uma ligeira dúvida sobre se eles realmente o amassem mais do que a si mesmos, o amassem tanto que não experimentariam outro sentimento a não ser de pura alegria à vista da sua elevação, o induzira a deixar de lado por ora o véu e a saudar os irmãos no seu traje habitual.

"Saúdo-vos, caros irmãos por parte de Lia, ó jovens vigorosos", disse-lhes ele. "Sede bem-vindos à tenda de nosso pai! Quero oscular ao menos uns dois de vós."

E passou por entre eles, beijando três ou quatro no ombro, embora estes permanecessem rígidos como estacas e não o tocassem. Só Rúben, homem de seus vinte e nove anos, grande e pesadão, com as possantes pernas envolvidas em correias de couro, com um cinto de pele, com a cara vermelha rapada, carnuda e musculosa, um perfil obtuso e uma expressão de embaraço e cheia de dignidade, a baixa fronte escurecida pelos cabelos negros que lhe caíam em anéis — só ele, sem no entanto contrair um músculo, ergueu a poderosa mão quando sentiu os lábios de José sobre o ombro, e afagou de leve, quase às escondidas, a cabeça do irmão.

Judá, três anos mais moço que Rúben, não menos alto que ele mas com as costas um tanto arredondadas, e com uns traços de sofrimento em redor das narinas e nos lábios, estava envolvido no manto debaixo

401

do qual escondia as mãos. Trazia na cabeça um gorro estreito que deixava passar em abundante grenha os cabelos, castanho-ruivos como a barba cerrada que acabava em pontas e como os bigodinhos que se dividiam de um lado e de outro sobre os lábios rubros e túmidos. Aqueles lábios demonstravam sensualidade, mas o fino nariz, curvo porém descendo achatado sobre eles, exprimia uma espiritualidade indagadora. E os grandes olhos de veado, com suas pesadas pálpebras, reluzentes e salientes, exprimiam melancolia. Judá, como vários de seus irmãos e meios-irmãos, já tinha mulher. Assim Rúben levara para casa uma filha do país e com ela gerara para o Deus de Abraão vários filhos, o menino Henoc, por exemplo, e o menino Falu, que Jacó algumas vezes fazia pular sobre os joelhos. Simeão tornara sua uma cidadã de Siquém, de nome Buna, trazida para casa como presa. Levi esposara uma moça que cria em Yahu e que passava por ser neta de Héber; Neftali uma mulher jovem que Jacó um tanto artificiosamente fazia descender de Nacor, irmão do caldeu; e Dã simplesmente uma moabita. Não fora possível só realizar matrimônios religiosamente irrepreensíveis; e pelo que diz respeito a Judá, seu pai podia dar-se por satisfeito com a circunstância de ter o rapaz, fosse como fosse, se reforçado e se acalmado quanto a negócios carnais por meio do casamento, porque desde a juventude sua vida sexual tivera um cunho desordenado e doloroso. Suas relações com Astarot eram tensas e desagradáveis, sofria com o seu flagelo que o bania, estava sujeito a ela sem que a amasse, o que vinha a significar uma falha na sua alma, uma discórdia em si mesmo. O seu trato com mulheres *kedeshase* e prostitutas de Ishtar o colocava bem perto da esfera de Baal, das suas abominações e loucuras da esfera de Canaã, a impudente, e ninguém, nem ainda seu pai Jacó, podia afligir--se mais que o próprio Judá, que não só era religioso e aspirava a uma pureza divinamente razoável e detestava profundamente Xeol com todas as loucuras e mistérios em que o povo chafurdava, mas julgava ter razão particular de vigiar sobre si mesmo. Com efeito, assim como Rúben já tropeçara e, após os acontecimentos lutuosos de Siquém, os chamados gêmeos também podiam ser considerados amaldiçoados, havia a probabilidade de que o turno como filho da bênção e possuidor da promessa tocasse a Judá, o quarto filho, conquanto entre os irmãos não se pudesse falar nisso e toda pretensão se manifestasse como uma malignidade comum contra o filho de Raquel.

Por intermédio de um pastor, de nome Hira, do lugarejo de Odolam, travara conhecimento com um cananeu, chamado Sué, cuja filha lhe agradou, e com o consentimento de Jacó a tomou por mulher. Aos filhos que ela lhe dera, dois até então, ensinou o culto de Deus. Eles, porém, saíam à mãe, exatamente como Ismael tinha seguido Agar e não o pai. Assim pelo menos Judá via as coisas, arranjando para si mesmo uma explicação e dizendo que eram maus, que eram filhos de Canaã, garotos de Baal, gaiatos de Xeol, malucos de Moloc, embora fosse provável que nem todo o mal viesse da filha de Sué. Enquanto isso ela já lhe prometia um terceiro e Judá estava apreensivo sobre que caminho iria trilhar o menino.

Por isso havia melancolia nos olhos de Judá; mas essa melancolia não o podia induzir à benignidade, não podia induzi-lo a afagar às ocultas os cabelos de José, como fizera Rúben. Disse Judá:

"Como é que te apresentas a nós assim, seu escriba? Com que então se aparece assim em trajes de todo dia, com manchas de tinta, a saudar os irmãos maiores que regressam após longa ausência? Fazes tão pouco empenho em nos agradar, tu que não sabes fazer outra coisa senão ser agradável às pessoas, para que te sorriam? Dizem que tens aí na tua caixa artigos de uso pessoal preciosos, refulgentes, dignos de um filho de príncipe. Por que nos penalizas não vindo nos receber revestido deles?"

Simeão e Levi, de olhar ardente, com o rosto marcado de gilvazes, o peito untado e tatuado, arrimados a um arrocho grosso como uma clava, desataram numa curta risada, que foi como um mugido.

"Desde quando vão passear sem véu os sedutores?", bradou um deles.

"E desde quando andam por aí sem cobrir os olhos as prostitutas do templo?", acrescentou o outro, pouco se lhe dando que a tais palavras Judá se sobressaltasse.

"Ah, referes-te à minha túnica cheia de imagens?", perguntou José. "Já vos contou pelo caminho o nosso irmão Neftali como Jacó teve dó de mim? A vossa bondade me perdoe!", disse e graciosamente se humilhou diante deles com os braços em cruz. "É difícil achar o caminho justo no fazer e deixar de fazer, porque seja qual for o modo como se faça, sempre se faz mal. Fui tão parvo que pensei: devo pavonear-me diante de meus senhores? Não. Quero aparecer diante deles sem nenhuma pompa, e assim eles não se irritarão com o meu orgulho e gostarão de mim. Agora vejo que fiz uma estupidez. Sim, que o percebo. Deveria enfeitar-me para vir ao vosso encontro. Mas crede-me, na noite do banquete do assado, quando também vos tiverdes purificado e envergado vossos trajes de gala, sentar-me-ei ao lado de Jacó vestido com a *ketonet* e vereis o filho de nosso pai na sua magnificência. Quereis a minha palavra?!"

Os gêmeos selvagens estouraram de novo numa gargalhada que pareceu um mugido. Os outros indagavam furiosos nos olhos de José, procurando distinguir nas suas palavras o que havia de ingenuidade e de desfaçatez, o que, porém, era muito difícil.

"Uma palavra de ouro!", disse Zabulon, o mais moço, que timbrava em se parecer com um fenício, com a barba aparada, a cabeça cheia de anéis curtos, metido numa túnica de figuras multicores que lhe cobria apenas um ombro e sobre o outro, passando por baixo do braço, deixava livre a camisa. O seu espírito estava sempre voltado para o mar, para os portos, e preferiria não ser pastor. "Uma palavra papa-fina. Uma palavra como um pãozinho do sacrifício, de fina sêmola com mel virgem, digo-vos eu! Sabes que tenho ganas de engargantar-te isso que dizes, de tal jeito que te fizesse sufocar?"

"Vamos, Zabulon, que gracejos grosseiros são esses!", retrucou José, baixando os olhos e sorrindo só para si, embaraçado. "Tê-los-á aprendido com escravos alcatroados de galés em Ascalon e Gaza?"

"Ele chamou meu irmão Zabulon de escravo alcatroado!", gritou Issacar, de vinte e um anos, sujeito membrudo e pesadão, apelidado "o burro ossudo". "Rúben, tu ouviste e deves dar-lhe na boca, se não com a mão, como eu quisera, ao menos com palavras de reprovação de que ele deva recordar-se!"

"Tuas palavras não são exatas, Issacar", replicou Rúben com voz alta e delicada, própria de homens de compleição robusta, e virou a cara para o outro lado. "Ele não o chamou de tal coisa, mas perguntou se tinha aprendido com aquela gente esses modos de falar. O que já foi bastante impertinente."

"Entendi que ele me queria asfixiar com um pãozinho do sacrifício", replicou José, "e isso seria sacrílego e nada cortês. Mas, se não disse tal e não pretendeu dizê-lo nem eu também, à fé de quem sou, não tive intenção de provocá-lo."

"Assim sendo", concluiu Rúben, "vamo-nos embora, para que esta nossa reunião aqui não degenere em bate-bocas e mal-entendidos."

Separaram-se, dez e um. Mas Rúben foi atrás do solitário, chamando-o pelo nome. Estava agora diante dele, a sós, firmado nas suas pernas sólidas como colunas, enroladas em correias, e José olhava atento e delicado seu rosto musculoso, a que uma consciência de força e falibilidade dava a expressão de uma dignidade embaraçada. Os olhos de Rúben, de pálpebras inflamadas, estavam perto dos de José. Seu olhar perdia-se, imerso em reflexões, no rosto do irmão, ou melhor, parava diante dele virando-se para si mesmo, ao mesmo tempo que passava de leve a sua ponderosa mão direita sobre o ombro do companheiro, como costumava fazer com as pessoas a quem falava.

"Tens a veste guardada, rapaz?", perguntou à flor dos lábios, sem abrir a boca.

"Sim, Rúben, senhor meu, tenho-a guardada", respondeu José. "Contente por ter-me vencido no jogo, deu-ma Israel."

"Ele ficou com as tuas pedras?", indagou Rúben. "Jogas com habilidade e tino porque teu espírito se exercita com Eliezer em toda espécie de trabalhos mentais, o que te ajuda também no jogo. Derrota-te muitas vezes?"

"De vez em quando", disse José, mostrando os dentes.

"Quando queres, não é assim?"

"Não depende só de mim", respondeu o outro evasivamente.

"É tal qual", pensou Rúben em silêncio e seu olhar penetrou em si mesmo mais que antes. "É este o engano dos abençoados e seu modo de enganar. Eles têm de pôr sua luz debaixo do alqueire para que não brilhe com prejuízo deles, visto como os outros devem enxergar mais claro para conservar-se em pé." E olhou para o meio-irmão. "O filho de Raquel!", pensou. "Como é agradável! O povo tem razão quando sorri para ele. Tem a estatura apropriada e ergue para mim os seus belos e graciosos olhos com um recôndito ar zombeteiro, se não me engano, porque eu fico diante dele como uma torre, do alto da qual posso observar os rebanhos, excessivamente grande e material, com este ventre desajeitado em que as veias parecem querer arrebentar com a força, tanto assim que me excedi com Bala como se fosse um touro, sem observar se alguém me via. E ele foi dizê-lo ao pai, com intenção inocentemente insidiosa, e eu fiquei reduzido a cinzas. Ele é realmente astuto como as serpentes e manso como as pombas: precisaria ser assim. Pérfido na inocência e inocente na perfídia, de sorte que a inocência é perigosa e a perfídia é sagrada: são estes os infalíveis sinais da bênção e contra eles nada se pode, ainda que se queira, mas nada se quer, porque lá está Deus. Eu podia estendê-lo morto com um só golpe. A força que dobrou Bala seria suficiente também para isso, e o ladrão do meu direito de primogenitura a experimentaria como verdadeiro homem, como Bala a sentiu como mulher. Mas e daí? Abel jazeria morto e eu seria aquele que não quero ser, Caim, que eu não compreendo. Como se pode proceder contra a própria convicção à moda de Caim e com olhos videntes abater aquele que é agradável só porque se é desagradável?

Não procederei contra a minha convicção, quero ser justo e equitativo. Isso faz mais bem à minha alma. Não transigirei. Sou Rúben, possuindo umas veias cheias de força, primeiro filho de Lia, filho mais velho de Jacó, chefe dos doze. Não lhe farei requebros de namorado nem me humilharei diante da sua formosura. Já era suficiente tolice e erro ter--lhe antes acariciado os cabelos. Não porei a mão sobre ele, nem de um modo nem de outro. Fico diante dele como uma torre, embora tosco, mas com dignidade."

Com os músculos da face tensos, lhe perguntou:

"Apropriaste-lhe a veste com a tua lábia, hem?"

"Já ele me prometera faz algum tempo", respondeu José, "e, tendo--lhe eu lembrado a promessa, tirou-a da arca e deu-ma, dizendo: 'Fica com ela!'."

"Ah, lembraste-lhe a coisa, pediste-lha de esmola! Deu-ta ele contra sua vontade, tentado pela tua. Sabes tu que é delito contra Deus abusar do poder que um tem sobre outro, para que este consinta em cometer uma injustiça e faça uma coisa de que depois se arrepende?"

"Que poder tenho eu sobre Jacó?"

"Perguntando, mentes. Tens sobre ele o poder de Raquel."

"Então não a roubei."

"Nem sequer a mereceste!"

"Diz o Senhor: 'Eu concedo a quem concedo'."

"Ah, descarado que és!", disse Rúben, carregando o sobrolho, e agarrando-o pelos ombros o sacudia de um lado para outro. "Dizem que sou como uma água impetuosa e que o pecado não está longe de mim. Mas uma frivolidade obstinada como a tua, esta sim é que está longe de mim. Apoias-te em Deus e fazes troça do coração que está na tua mão. Sabes que incutiste medo e angústia no velho quando, com a tua parolagem, lhe abichaste a veste?"

"Mas, grande Rúben, que angústias?"

"Já sei que *mentes* quando *perguntas*. Vai-te nisso tanto gosto que ele possa fazer o que fez? Angustiado por causa de ti, que és o seu predileto, sem merecimento algum; segundo a vontade do seu coração que é terno e altivo. Ele foi abençoado antes de Esaú, seu irmão gêmeo, mas não sentiu tanta dor quando sobre a estrada rural de Efron lhe morreu Raquel, depois por causa de sua filha Dina e também por minha causa, e isto acrescento-o eu mesmo, porquanto leio nos teus olhos que serias muito homem para mo recordar."

"Não, não, ó forte Rúben. Nem sequer me passa pela mente que tu um dia brincaste com Bala, o que fez nosso pai, no seu mau humor, comparar-te a um hipopótamo."

"Cala-te! Como podes falar disso depois que eu expressamente to tirei da boca e me antecipei a ti? Inventas sempre novas maneiras de mentir e dizes 'nem me passa pela cabeça' ao mesmo tempo que falas prolixamente da coisa. É isso que aprendes com as pedras? Nisso te exercitas quando estudas com Eliezer a ciência do templo? Os teus lábios mexem-se não sei como, rasgados pelo Criador dessa e daquela maneira, e entre eles brilham os dentes. Mas o que dentre eles sai são só insolências. Rapaz, rapaz, acautela-te!", disse; e sacudia-o de tal modo que José cambaleava para a frente e para trás sobre os calcanhares e sobre os dedos dos pés. "Não te salvei eu dez vezes das mãos dos irmãos e da ira daqueles que, por causa da moça violada, esmagaram Siquém? Não te salvei tantas vezes quando estavam para malhar em ti como em centeio verde por teres ido com mexericos junto de nosso pai, pregando-lhe a mentira 'dos nacos de carne cortados de animais vivos' e coisas semelhantes? Não fiz tudo isso por ti, e vais agora e subtrais a veste enquanto estamos a apascentar longe os rebanhos, provocando protervamente contra ti a raiva, se não de dez, ao menos de nove? Diz-me, que és tu e que é essa tua arrogância que te faz apartares-te de nós todos e andar só como se fosses um eleito? Não receias que essa tua prosápia recolha sobre a tua cabeça a nuvem da qual depois se despenha o raio? Será que sentes assim tão pouco reconhecimento para com aqueles que têm boas disposições para contigo, a ponto de lhes proporcionares dissabores como um que marinhasse pela árvore acima, dependurando-se em galhos podres e fazendo troça dos que estão aqui embaixo a chamá-lo, com medo que o galho se quebre e ele caia, esparramando-se pelo solo suas entranhas?"

"Escuta, Rúben, põe-me sobre os meus pés! Acredita-me, eu te sou agradecido por teres dito por mim uma palavra contra a temeridade dos irmãos. Sou-te ainda agradecido por me susteres ao mesmo tempo que me sacodes tanto que quase me fazes cair. Mas recoloca-me sobre os meus pés para que te possa falar! Assim. Não é possível a gente explicar-se, nesse arre-burrinho. Agora, porém, que estou firme e de pé, me explicarei e estou certo de que, na tua justiça, me aprovarás. Eu não me apossei da veste a poder de lábia nem a roubei. Tendo-ma o pai prometido à beira do poço, eu sabia do desejo e do propósito que Jacó tinha de dar-ma. Mas como via que ele, o manso, estava um tanto em discordância com a própria vontade, apeguei-me a esta e consegui facilmente induzi-lo a dar-ma: dar, digo eu, não presentear, porque era minha antes que ma desse."

"Tua por quê?"

"Perguntas? Vou responder. Qual foi a mulher a quem Jacó soergueu pela primeira vez o véu, tornando-o imediatamente um legado?"

"Foi Lia."

"Sim, na realidade, mas na verdade foi Raquel. Lia estava apenas embiocada dolosamente no vestido, porém a dona do vestido era Raquel, guardando-o ela até morrer quando jornadeava perto de Efron. E agora que morreu, onde está?"

"Lá onde seu alimento é a lama."

"Sim, na realidade. Mas a verdade é bem outra. Não sabes que a morte tem a força de trocar a essência de uma criatura e que para Jacó Raquel vive em outra criatura?"

Rúben ficou enleado.

"Eu e minha mãe somos uma só coisa", disse José. "Não sabes que a veste de Mami é também do filho e que eles a usam por seu turno, um em lugar do outro? Chama-me e a ela é que estás chamando. Dize-me o que é seu e estás dizendo o que é meu. Logo, de quem é o véu?"

José havia falado numa postura sobremodo modesta, simples, com os olhos baixos. Mas depois, acabando de falar, levantou de improviso os olhos, fitando-os bem abertos no irmão. Não que houvesse agressivamente mergulhado no olhar do irmão; oferecia-se calmo e aberto para que o olhassem bem dentro, acolhendo sem réplica na sua imperscrutabilidade o perscrutar cintilante e consternado dos olhos inflamados de Lia.

A torre vacilou. O grande Rúben teve um arrepio. Como se exprimia aquele jovenzinho, a que queria chegar e como saía tudo aquilo da sua boca? Tinha-o Rúben interrogado sobre a sua arrogância; agora se arrependia, porque tivera a resposta. Na sua indignação quisera saber quem era ele; nunca o tivesse feito! Agora chegara ao rego, mas de um modo tão ambíguo que lhe corriam uns calafrios pela espinha dorsal em todo o seu comprimento. Era por mero acaso que as palavras se formavam daquele jeito na boca do rapaz? Queria ele aludir ao divino e referir-se a este para justificar a sua perfídia, *ou...* E este "ou" suscitava no coração de Rúben o mesmo arrepio de horror de que já havia se afrontosamente queixado o irmão Gad junto à cama de José. Mas em Rúben era mais forte, era um abalo mais profundo e ao mesmo tempo admiração, um terno e delicado terror e assombro.

É preciso compreender Rúben. Ele não era homem que desconhecesse, por nenhum caso, a importância de saber-se quem era um indivíduo, em que trilho andava, a que passado referia ele o seu presente para o apresentar como uma realidade. Com sua resposta José apresentara referências tão completas e arrogantes sobre a sua pessoa que a cabeça de Rúben andava à roda. Mas a magia da palavra que transtornava tudo, aquela desenvolta, livre e indubitavelmente sincera maleabilidade de linguagem, com que ele conseguia magicamente mudar tudo, fez brilhar ante os olhos de Rúben a trilha sobre a qual andava o jovem irmão. Naquele momento não via ele exatamente em José uma velada divindade dupla de ambos os sexos; não queremos ir tão longe. Contudo, o seu amor não estava tão longe de crer nisso.

"Criança! Criança!", disse ele com a delicada voz do seu possante corpo. "Poupa a tua alma, poupa o pai, poupa a tua luz! Põe-na debaixo do alqueire, não vá ela alumiar-te o caminho da ruína!" Depois deu três passos para trás com a cabeça baixa e só então virou as costas e retirou-se.

Mas na hora da ceia José trazia a veste: os irmãos, imóveis, pareciam pedaços de pau e Jacó teve medo.

AS GAVELAS

Depois disso e decorridos muitos dias, aconteceu que no vale de Hebron se ceifava o trigo e tinha chegado a época da colheita. Era o tempo do aprazível suor e da alegria até o dia dos primogênitos, quando estes ofereciam pão de trigo com levedura de farinha nova, sete semanas depois da lua cheia da primavera. Tinham sido abundantes as chuvas primaveris; mas as cataratas do céu já se fechavam, as águas se escoavam, a terra tornava-se árida. O sol vitorioso, Marduk-Baal, embriagado com o seu triunfo sobre o gotejante Leviatã, reinava resplandecente no céu, dardejando no azul lanças de ouro, e já no fim do segundo e do terceiro mês sua soberania era tão flamante que se devia recear pela semente, se não tivesse começado a soprar um vento, cuja simpática procedência foi farejada por Zabulon, o sexto filho de Lia, que disse:

"O meu nariz é afagado aprazivelmente por este vento porque ele traz a umidade da distância e o orvalho benéfico. Vede, pois, quanto bem nos vem do mar; sempre vo-lo digo. Seria necessário morar perto do grande oceano e confinar com Sidônia, viajar sobre as ondas em vez de guardar cordeirinhos: isso é o que menos me sorri. Sobre a onda e sobre a barca recurva pode-se chegar aonde estão homens que têm rabo e na testa um chifre reluzente. Depois pode-se chegar aonde estão homens que têm orelhas tão grandes que lhes cobrem todo o corpo e outros cujo corpo é todo coberto de erva: foi o que me contou um homem do porto de Hazati."

Neftali aprovou. Não seria mau trocar notícias com os tais homens cobertos de erva. Provavelmente aqueles indivíduos de rabo e orelhas tão enormes nada sabem do que se passa no mundo. Os outros se opuseram, não querendo ouvir falar do mar, ainda quando manda vento austral: diziam que aquela é uma região ínfera, cheia de monstros caóticos e que do mesmo modo Zabulon poderia decantar o deserto. Especialmente Simeão e Levi, rudes mas religiosos, sustentavam essa opinião, conquanto no fundo não lhes agradasse a vida pastoril, a que continuavam ligados só por amor da ordem de sucessão, do contrário teriam preferido exercer um mister mais selvagem.

Os trabalhos da colheita, que haviam sido iniciados com a colocação do trigo nos depósitos, ofereciam a todos uma aprazível mudança. Os irmãos se alegravam com os seus suores como se alegra o homem naquelas semanas de remuneração. Até suas relações com José, que ajudava, também ele, a ceifar e amarrar, tinham começado espontaneamente a melhorar e o gelo começava a derreter-se quando súbito ele próprio, com a sua incrível palrice, deitou de novo tudo a perder, levando as coisas às últimas extremidades. Disso falaremos dentro em pouco. Quanto a Jacó, ele pouco partilhava a alegria a prazo fixo da sua gente, era estranho aos descomedimentos dos lavradores ceifeiros, no meio dos quais seus filhos tinham o seu quinhão de serviço. Antes, embora ele próprio não aparecesse pelo campo, da sua atitude, que era a mesma cada ano, se desprendia uma certa pressão que arrefecia a alegria geral. Só excepcionalmente ia ao campo durante a colheita, e justamente nesse ano teve de ir uma vez, atendendo a rogos especiais de José, que tinha para isso suas boas razões. Em geral, porém, Jacó não se ocupava nem com semeadura nem com ceifa e exercia o seu bocado de agricultura sem dar uma passada de olhos ao campo, e apenas por prudência, não por inclinação íntima, porque até exatamente o oposto desta determinava a sua relação com essa esfera, e precisamente a sua indiferença de fé, ou melhor, a aversão do pastor da lua ao trabalho de gleba do lavrador vermelho. A época da colheita o punha francamente numa situação embaraçosa, porque ele, pela sua parte, tirava uma certa utilidade do culto da fecundidade que, de primavera em primavera, os campônios tinham consagrado aos Baais do sol e às diletas mulheres de seus templos, dos quais sua alma estava afastada.

Tal participação nos lucros deles o fazia envergonhar-se e fechar os seus lábios diante do júbilo de gratidão de quem se ocupava na colheita.

Fez, pois, recolher, depois da cevada, o trigo para o seu uso pessoal. Como para tal serviço eram reclamados todos os braços disponíveis, tanto que durante aquelas semanas Eliezer tivera de contratar jornaleiros estranhos, José interrompeu os seus estudos com o velho. Quis também ele trabalhar desde a rósea manhã até a tarde no campo, mesmo em benefício da sua pessoa, para golpear com o ferro recurvo os feixes de espigas que a sua mão direita ajuntava, para amarrar com palha as gavelas e, com os irmãos e os trabalhadores, depositá-los nos carros ou sobre os burros que as levavam à eira para a debulha. Deve-se reconhecer que ele fazia tudo isso de boa vontade e com alegria, não considerando aquilo uma diminuição da sua dignidade e com toda a modéstia. Com essa modéstia, todavia, estavam em flagrante contraste certas revelações da sua vida íntima de que ele próprio então se dava ao luxo. A bem dizer, seria para ele coisa fácil obter de Jacó dispensa dos labores do campo; ele, porém, nem sequer pensava em tal, já porque o trabalho lhe proporcionava uma alegria sã, já e acima de tudo porque este o aproximava dos irmãos, gozando ele, com íntimo orgulho, de poder trabalhar com eles, de ser chamado por eles e de ajudá-los com todas as suas forças. É isto a pura verdade: a comunidade de trabalho com eles, que melhorava praticamente as relações mútuas, aliviava-lhe o coração, fazia-o feliz, e as contradições nada refutam, não destroem, na sua deletéria insensatez, o fato de que José gostava dos irmãos, o fato de que ele — por mais que isto possa parecer desarrazoado ou mesmo inteiramente absurdo — confiava no amor deles a ponto de acreditar que podia exigir alguma coisa desse amor... alguma coisa, porque ele infelizmente pensava que não seria muito.

O trabalho dos campos o cansava bastante, tendo ele frequentemente de interrompê-lo para dormir. Dormia também naquela hora do meio-dia em que todos os filhos de Jacó, à exceção de Benjamim, se reuniam para repousar e comer, à sombra de uma tenda parda que haviam armado sobre varas recurvadas. Tinham partido o pão e palravam, postos de cócoras, cobertos todos unicamente de um avental, os corpos corados pela força de Baal, que por entre as brancas nuvens estivais enviava as suas chamas sobre o campo já meio despido da colheita e que, aqui e acolá, onde a foice já abrira brechas de restolho entre as suas bastas espigas douradas, estava coberto de gavelas encostadas umas às outras e circundado em todo o contorno de muros baixos de seixos, por trás dos quais começava o trabalho de outras pessoas.

A certa distância erguia-se uma colina que servia de eira à gente de Jacó. Viam-se os burros, carregados de espigas, encaminhar-se para lá e sobre a colina homens a espalhar com forcados os talos diante dos bois que iam passando sobre eles, trilhando-os.

Também José, de avental de serviço e com a pele inflamada, dormia à sombra comum, encolhido, apoiando a cabeça sobre o braço. Ao deitar-se, pedira candidamente a Issacar, chamado "o burro ossudo", que era quem lhe estava mais próximo, que lhe cedesse um de seus joelhos para conservar um pouco levantada a cabeça. Issacar perguntou-lhe se teria também de coçar-lhe a cabeça e tocar as moscas e o aconselhou a espichar-se à vontade mas a não servir-se dele. José rira puerilmente como se se tratasse de uma boa facécia e pôs-se a dormir sem encosto para a cabeça. Como depois se viu, achara encosto de outra parte, mas ninguém o percebeu, tanto mais que ninguém se importava com ele. Só Rúben de vez em quando dirigia um olhar para ele. O rosto do que dormia estava voltado para Rúben. Não se mostrava tranquilo aquele rosto. A fronte, as pálpebras estremeciam, e a boca aberta se mexia como se quisesse falar.

Enquanto isso os irmãos discutiam as vantagens ou desvantagens de uma máquina que desde algum tempo estava sendo muito usada para a debulha: a mesa debulhadora que, puxada por bois, arrancava as espigas com as pedras pontudas, agarradas à sua parte inferior. Que essa máquina apressasse o trabalho era fora de dúvida. Mas alguns sustentavam que a cirandagem depois dava mais que fazer do que se o grão tivesse sido completamente pisado por meio dos bois. Falava-se também de um carro debulhador, empregado por alguns lavradores, que andava sobre rolos com afiados discos de ferro. Durante essa discussão José acordou e sentou-se.

"Tive um sonho", disse e lançou um olhar em redor dos irmãos, sorrindo, maravilhado.

Voltaram eles a cabeça, mas logo viraram-se para o outro lado e continuaram a conversar.

"Sonhei", disse ele outra vez, enquanto passava a mão pela testa, olhando sem em nada fixar o olhar, sempre confuso e a sorrir feliz. "Sonhei coisas tão verdadeiras, tão maravilhosas!"

"Isso é lá contigo", respondeu Dã, cravando nele seus olhos penetrantes. "Já que tens de dormir, melhor seria que dormisses sem sonhar, porque o sono com sonhos não restaura as energias."

"Não quereis escutar o meu sonho?", indagou José.

Não obteve resposta. Pelo contrário, um deles, Judá, continuou a conversa agrícola num tom que de certo modo encerrava a resposta conveniente a tal pergunta.

"É necessário", disse ele com voz forte e friamente, "conservar bem amolados os discos de ferro, senão não cortam, mas apenas esmagam, e o grão não sai bem da espiga. Dizei-me agora se podemos fiar-nos dessa gente, sobretudo dos estranhos, que agucem bem aqueles ferros. Quando ao contrário as rodinhas estão bem afiadas, cortam com facilidade também o fruto, e então a farinha..."

José esteve um pouco ouvindo a conversa que continuava sem lhe dar atenção. Por fim interrompeu-a:

"Perdoai, meus irmãos, mas eu queria contar-vos o sonho que tive há pouco enquanto dormia; tenho necessidade disso. Foi muito curto, mas tão real, tão maravilhoso que não posso guardá-lo comigo e de coração desejaria que estivesse diante dos vossos olhos como esteve diante dos meus, para que riais de puro gozo e deis palmadas nas coxas."

"Ora, escuta!", disse Judá novamente, abanando a cabeça. "Por que te passa pela ideia vir molestar-nos com as tuas coisas que nos importam tanto como as chuvas que caíram há cem anos? A nós não nos importa mesmo nada aquilo que se passa dentro de ti e as embrulhadas do teu sono, aquilo que te sobe da barriga à cabeça depois de teres comido. Isso é inconveniente e não nos diz respeito. Cala-te, pois."

"Mas se vos diz respeito, sim!", acudiu José com ardor. "Diz-vos respeito a todos, porque todos vós entrais nele e eu também, e o meu sonho é para todos nós tal objeto de reflexão e de assombro, que baixareis a cabeça e durante três dias pode-se dizer que não pensareis em outra coisa!"

"Então, não deverá ele contar-nos em poucas palavras, sem tantas minudências, de modo que o possamos ouvir em resumo?", perguntou Aser... Os glutões são também curiosos. De resto, todos eram curiosos e, no fundo, escutavam todos de muito boa vontade a realidade e a poesia, a lenda e os sonhos e os cantos dos tempos antigos.

"Bom", disse José, todo feliz, "se quereis, conto-vos a minha visão; é coisa recomendável, quando mais não fosse, por causa da interpretação, porque quem sonha não deve interpretar o seu sonho, mas deixar que os outros o façam. Se sonhardes, interpretarei o vosso sonho, que não me custa nada; é só eu pedir ao Senhor e ele me dá a explicação. Mas com o sonho da gente, a coisa é outra."

"A isso chamas tu 'sem preâmbulos'?", perguntou Gad.

"Ouvi então…", começou José. Porém, no último momento, Rúben tentou ainda impedi-lo. Não perdera de vista o senhor do véu e não esperava dali boa coisa.

"José", disse-lhe, "não sei o teu sonho porque não estava contigo no teu sono, senão que estavas sozinho nele. Parece-me, porém, que seria melhor que cada um de nós ficasse com os seus sonhos e que guardasses para ti o que sonhaste e que fôssemos para o nosso serviço."

"Estávamos exatamente no trabalho", disse José, colhendo a ponto as palavras de Rúben. "Vi, com efeito, no campo a todos nós reunidos, nós filhos de Jacó, e colhíamos o trigo."

"Isto é de primeira!", exclamou Neftali. "Sonhas coisas que são realmente um sonho. Quem o poderia negar? Tem-se de convir que é um prodígio, tão distante é o teu sonho, tão selvagem é ele, ultrapassando todos os limites!"

"Mas não é o nosso campo", continuou José, "senão outro campo, extravagantemente estranho. Nós, porém, nada dizíamos sobre essa extravagância. Trabalhávamos em silêncio e amarrávamos as gavelas depois de termos cortado o fruto."

"Ah, ah, que sonhozinho na presença de Deus!", disse Zabulon. "Uma visão inaudita! Com que então antes havíamos de amarrar e depois cortar? Louco que és! Devemos mesmo ouvi-lo até o fim?"

Alguns já haviam se levantado, encolhendo os ombros e fazendo menção de afastar-se.

"Escutai-me até o fim!", gritou José, erguendo bem alto as mãos. "O prodigioso vem agora. Cada um de nós amarrava uma gavela do fruto do pão, e eram doze gavelas, porquanto naquele campo estava também Benjamim, nosso irmão menor, que estava à volta convosco amarrando a sua gavelazinha."

"Não digas camelices!", ordenou-lhe Gad. "Como é que dizem: 'À volta convosco'? Queres dizer: 'À volta conosco!'."

"Não, não, Gad, as coisas passavam-se diferentemente! Vós os onze formáveis o círculo e amarráveis, mas eu estava no centro e amarrava a minha gavela."

Calou-se e pôs-se a olhar para eles. Todos tinham franzido as sobrancelhas e com uma ligeira sacudidela haviam deitado para trás a cabeça, de sorte que no pescoço ressaltava-lhes o pomo de adão. Nessa sacudidela de cabeça e nesse franzir de sobrancelhas havia uma espécie de espanto escarninho, uma advertência, uma apreensão. Ficaram à espera.

"Ouvi, pois, como acabou e como foi o meu sonho maravilhoso", disse ainda José. "Depois de termos amarrado as gavelas, cada qual a sua, deixamo-las e nos retiramos, como se nada mais tivéssemos que fazer, e não falávamos. Tínhamos dado todos juntos uns vinte ou quarenta passos quando súbito Rúben olhou em redor e silenciosamente indicou com a mão atrás de nós o lugar onde havíamos amarrado as gavelas. Foste tu, Rúben. Paramos todos e olhamos tendo as mãos por cima dos olhos. E eis que a minha gavela está lá no centro ereta, e as vossas que a rodeiam se inclinam diante dela em círculo, inclinam-se, inclinam-se, e a minha mantém-se de pé."

Longo silêncio.

"Está dito tudo?", inquiriu laconicamente Gad, em voz baixa, em meio daquele silêncio.

"Sim, depois acordei", concluiu José um tanto sem graça. Estava um pouco decepcionado com o seu sonho que, como tal, principalmente depois que Rúben havia em silêncio mostrado o autônomo inclinar--se das gavelas, lhe parecera sobremodo singular e adequado a causar uma felicidade opressiva, enquanto, expresso agora em palavras, se manifestara relativamente insignificante e até sensaborão, e segundo o seu modo de pensar podia não ter causado nenhuma impressão nos irmãos. Nesse sentimento o confirmava a pergunta de Gad: "Está dito tudo?". José se envergonhava.

"É isso e mais aquilo", disse Dã, após novo silêncio, com voz abafada ou ao menos de modo tal que somente as primeiras sílabas da sua observação tinham um tom, enquanto as últimas morreram num sussurro.

José levantou a cabeça. Cobrou ânimo de novo. Parecia que o seu sonho, tal como ele o havia narrado, não fora afinal tão sem sentido para os irmãos. "Está dito tudo?", fora desolador, mas "é isso e mais aquilo" era reconfortante, rico de esperanças; significava "diversas coisas" e "isso não é pouco"; significava "com mil bombas" e coisas semelhantes. Olhou para o rosto deles; estavam todos pálidos, sobre todos eles havia rugas verticais entre as sobrancelhas, e isso, junto com a grande palidez, causava uma impressão singular. Tem-se uma impressão semelhante quando, sobre faces pálidas, as aletas do nariz estão muito tensas ou quando o lábio inferior está apertado entre os dentes, consoante se podia observar também aqui em vários daqueles semblantes. Além disso a respiração de todos era custosa e, como não respiravam todos em tempo igual, era um ofego irregular e confuso de dez pessoas o que se percebia debaixo daquela tenda e que, como resultado da sua narrativa, junto com a palidez dominante, podia pôr José um tanto perplexo.

Assim foi até certo ponto, mas de maneira que tudo aquilo lhe pareceu a continuação do seu sonho, cujo duplo caráter estranho de lúgubre alegria e de lugubridade alegre lhe era conservado por essa realidade. Na verdade a impressão produzida nos irmãos não era completamente feliz, mas era evidentemente muito mais forte do que o que José durante algum tempo ousara esperar, e a satisfação por ver que a sua narrativa não era um insucesso, como já receara, equilibrava o peso que lhe ia na alma.

Não vinha alterar essa situação o fato de Judá, após um demorado e geral morder de lábios, ter prorrompido no seguinte, com voz rouca e afogada na garganta:

"Uma estupidez mais nojenta do que essa jamais ouvi em toda a minha vida!" Era essa sem dúvida a expressão de um estado d'alma, embora não de todo feliz.

Reinou silêncio de novo, silêncio, palidez e morder de beiços.

"Gato! Cogumelo venenoso! Gabarola! Tipo fétido!", rugiram ao mesmo tempo Simeão e Levi. Não puderam falar um depois do outro e alternar suas invectivas como era seu costume; gritavam ao mesmo tempo, confusamente, o rosto rubro como fogo, inchadas as veias da testa, averiguando-se aqui o que se propalava deles, isto é, que, quando encolerizados, os pelos do peito se lhes eriçavam como espinhos, como já acontecera, por exemplo, ao atacarem sem piedade Siquém. Assim era realmente, e agora podia-se observar que seus pelos se eriçavam visíveis sobre os ossos do tórax e pareciam espinhos, enquanto eles, com vozes semelhantes a mugidos, bradavam atabalhoadamente:

"Criatura repelente, labrego, cão gafento, fanfarrão descarado! Que dizes ter sonhado? Que dizes ter visto por trás das tuas pálpebras, simplacheirão, espinho na carne, pedra de escândalo, que tenhamos de te explicar e ainda tenhamos de interpretar, gavela de odiosidade? 'Inclinar-se, inclinar-se', isso sonhas, sonso desaforado, e nos obrigas, a nós homens honestos, a escutar-te? Todas as nossas gavelas em círculo se inclinam, só ficando de pé a tua! Já se ouviu algo mais nauseabundo no orbe terráqueo? Vergonha! Xeol, esterco, escarro! Bem que te agradaria exercer o poder paterno e soberano sobre nós, porque tu, hipócrita caçador de herança, roubaste astutamente a *ketonet* às costas dos teus irmãos maiores! Mas te ensinaremos que significa estar de pé e inclinar-se, te mostraremos quem são aqui os senhores para que nos digas o teu nome e percebas com que desfaçatez mentiste!"

Assim desabafaram os Dióscoros em selvagem mugido. Depois todos os dez se afastaram da tenda e foram para o campo, sempre pálidos e trincando os beiços. Rúben, ao sair, disse-lhe: "Aí tens, meu rapaz". José ficou ainda um pouco ali, meditabundo, confuso e aflito, porque os irmãos não tinham querido acreditar no seu sonho. Fora isso, com efeito, o que depreendera das palavras deles: que não acreditavam nele, visto como os gêmeos tinham várias vezes gritado uma coisa assim parecida com jactância e mentira. Isso o contristava. Punha-se a matutar como poderia demonstrar-lhes que não dissera uma palavra de mais e que lhes contara lealmente o que vira em sonho no meio deles. Se ao menos prestassem fé — pensava ele —, dissipar-se-ia também o mau humor que haviam mostrado. Com efeito, não tinha ele lhes dado uma prova de confiança sinceramente fraterna, inteirando-os daquilo que Deus lhe mostrara em sonho, para que com isso experimentassem, como ele, maravilha e alegria e com ele discutissem o significado da visão? Era impossível que eles pudessem lhe censurar aquela fé na firmeza da sua união, que o induzira a revelar-lhes os pensamentos de Deus. Verdade é que naquele sonho ele fora exaltado acima deles, mas não era isso razão para que os irmãos maiores, para os quais ele tinha sempre de certo modo erguido os olhos, não pudessem suportar os pensamentos de Deus: isso constituíra para ele uma decepção grande demais, tão grande que nunca a pudera imaginar. Vendo, porém, que por aquele dia não era mais possível uma colaboração serena, sem nuvens, preferiu desistir a voltar com eles para o campo e dirigiu seus passos para casa, à procura de Benjamim, seu irmãozinho carnal, para referir-lhe que havia contado aos grandes um sonho relativamente muito modesto, exatamente isto e mais isto, porém eles não tinham lhe dado crédito, tendo até os gêmeos sido bem violentos, conquanto, comparada com o sonho da subida ao céu sobre o qual não dissera palavra, a visão das gavelas fora a coisa mais humilde do mundo.

Turturra estava contente de que não se tivesse dito palavra a respeito do extraordinário sonho celeste e pela sua parte lhe agradou tanto o sonho das gavelas, que José se deu por inteiramente compensado do êxito algo duvidoso que tivera com os irmãos. Especialmente a parte da narrativa que dizia que ele, andando com os demais, tinha também a sua gavelazinha que se inclinava, alegrou o pequeno que pulava e ria, porque isso correspondia aos seus sentimentos.

A DISCUSSÃO

Nesse entremeio, debaixo do sol que descambava, os dez haviam se reunido em círculo no campo, arrimados às suas ferramentas, e discutiam apreensivos e cheios de ira. A princípio — e o sinal fora dado por Simeão e Levi com um discurso atochado de insultos — prevaleceu entre eles a opinião ou o acordo tácito de que o Odiado fantasiara aquele sonho e apenas o referira mentirosamente. De boa mente se ateriam a esse pressuposto, que era para todos uma íntima medida de proteção. Mas Judá, a fim de que entre as considerações nada ficasse esquecido, aludira à possibilidade de ter o rapaz tido realmente o tal sonho e não ter apenas se gabado. Levantada essa hipótese, não só tácita mas explicitamente todos tomaram em apreço tal exposição do fato, decompondo-a em dois aspectos: ou o sonho, no caso de ter sido real, viera de Deus, e isso foi considerado como a possibilidade essencialmente mais catastrófica; ou Deus nada tinha que ver com o tal sonho, sendo a origem deste tão somente a supina arrogância (esporeada ainda mais pela posse da *ketonet*) do criançola, que os enganava com uma história tão insuportável. Na discussão Rúben sustentou que, se andava ali o dedo de Deus, eles eram impotentes, cumprindo-lhes adorar... não José, mas o Senhor; se ao invés nascera da arrogância, era o caso de se lhe dar um erguer de ombros e deixar o sonhador entregue à sua loucura. Mas ao mesmo tempo voltou à possibilidade de ter o fedelho puerilmente inventado o sonho para os meter à bulha, merecendo por isso umas pauladas.

Na realidade, a proposta do grande Rúben vinha a dar numa tarefa destinada a puni-lo pela peta que pregara. Como, porém, ao mesmo tempo recomendara se lhe concedesse um erguer de ombros, não era necessário dar tanta importância à pancadaria, porque com uma simples mostra de desprezo se sova sem despender energia. Fosse como fosse, podia surpreender o fato de ter Rúben querido fazer passar por plausível a probabilidade que, segundo o seu próprio parecer, devia ter como consequência a tunda. Se, porém, se prestava mais atenção às suas palavras, parecia que, com essa associação de ideias, quisesse desviar os irmãos de outras suposições e induzi-los a aceitar a hipótese da mentira. O seu receio era que, admitindo que Deus mesmo tivesse mandado o sonho, não se dispusessem eles a tirar a consequência da humildade e da adoração, mas se inclinassem a fazer inferências indeterminadamente piores do que uma simples coça. O que é fato é que ele os achou pouco dispostos a separar o pessoal do substancial e a fazer depender sua atitude para com

José da distinção de se ele sonhara exclusivamente por uma vã arrogância ou se o seu sonho viera lançar uma luz nova sobre o verdadeiro estado das coisas, isto é, sobre a vontade e os planos de Deus. Das suas conversas não se podia enxergar claramente em qual desses casos José lhes aparecia mais abominável e mais semelhante a uma víbora: com mais probabilidade no segundo caso. Se o sonho vinha realmente de Deus e era um sinal de eleição, contra Deus nada se podia dizer como não se podia dizer nada contra o pai Jacó por causa da sua venerável fraqueza. No pensamento deles tudo convergia sobre José. Se Deus o escolhera com prejuízo deles, se fizera vergonhosamente curvar as suas gavelas diante da dele, é porque Deus se deixara envolver por ele como acontecera com Jacó, sendo essa a consequência da mesma hipocrisia com que ele os suplantara junto ao pai. Deus era grande, santo e irresponsável, mas José era uma víbora. Vê-se (e Rúben também o via) que a ideia que faziam da relação de José com Deus coincidia perfeitamente com a que o próprio José fazia dela: consideravam-no como a relação com o pai. E assim devia ser, porque só pressupostos comuns geram o verdadeiro ódio.

Rúben temia tais considerações; por isso não procurava defender José, aceitando que talvez Deus tivesse lhe mandado o sonho, mas queria persuadi-los a crer que se tratava de uma fanfarronada e a castigar o velhote, quando nada, com um erguer de ombros. É claro que um simples erguer de ombros não agradava muito nem a ele nem aos outros. Atormentava-os sempre aquele terror a que o honesto Gad fora o primeiro a aludir e que agora era sentido não só pelos quatro filhos das servas, mas por todos os dez; terror oriundo de lendário horror profético concernente a relações de direito de primogenitura trocado, de domínio do mundo, de servidão dos irmãos; horror que até então repousara de ordinário no âmago do coração, mas que agora fora de novo despertado e evocado. Ora, a alma de Rúben era quiçá a que mais o sentia, com a diferença que nele não se manifestava, como nos outros, em inominável raiva contra o suscitador de tal opressão, mas numa não menos indizível comoção pela inocência palreira do eleito e numa estupefaciente adoração exigida pelo destino.

"Só faltava que houvesse dito 'curvar-se'", irrompeu Gad cerrando os dentes.

"Disse 'inclinar-se'", obtemperou o ossudo Issacar, que no fundo amava a paz e por amor dela era capaz de aguentar de boa vontade alguma coisa e que enxergava aqui uma circunstância que, assim como assim, podia ter um efeito tranquilizador.

"Eu sei", conveio Gad. "Mas em primeiro lugar pode tê-lo dito apenas por astúcia, e em segundo lugar, de um modo ou de outro, é sempre a mesma sujeira."

"Não, não é bem assim", contraveio Dã, por aquele amor a questiúnculas que fazia parte do seu programa e que por devota fidelidade a esse programa ele jamais cessava de exercitar. "Inclinar-se não é exatamente a mesma coisa que curvar-se. Cá entre nós é um pouco menos."

"Como?", bradaram Simeão e Levi, resolvidos a manifestar sua feroz estupidez, fosse ou não propícia a ocasião.

Dã e alguns outros, também Rúben, defendiam a tese que "inclinar-se" tem um significado mais brando que "curvar-se". No inclinar-se, diziam, não há certeza de que tal aconteça por convicção íntima ou que não seja antes um gesto exterior e vão. Ademais uma pessoa se "inclina" apenas uma vez ou de quando em quando; ao contrário se "curva" sempre, continuamente e no próprio coração, tomando sinceramente conhecimento dos fatos, de sorte que, como esclareceu Rúben, pode uma pessoa "inclinar-se" por prudência sem "curvar-se" de verdade, como pode também "curvar-se" e ser ao mesmo tempo orgulhosa o suficiente para "inclinar-se". Judá, por seu lado, sustentava que tal distinção não podia praticamente subsistir visto tratar-se de um sonho e num sonho o inclinar-se não é outra coisa senão a expressão figurada para aquela postura para a qual Rúben quisera reservar a expressão "curvar-se". Como é natural, as gavelas vistas em sonho não são tão soberbas que se "inclinem" quando os seus amarradores recebem ordem de "curvar-se". Nessa altura, o jovem Zabulon objetou que agora felizmente havia se chegado àquilo que José desavergonhadamente propusera e a que eles não deveriam jamais rebaixar-se, a saber, à interpretação do abominável sonho. Essa lembrança provocou tal celeuma que, no mesmo instante e sem ter outro resultado a não ser uma incontida exasperação, a discussão foi interrompida no meio dos berros de Simeão e Levi, sustentando eles que tudo aquilo não passava de uma vã lenga-lenga, que diante de fatos ofensivos não há inclinar-se nem curvar-se, mas simplesmente eliminá-los do mundo, como haviam feito em Siquém.

SOL, LUA E ESTRELAS

E José? Sem sequer imaginar como os dez estivessem exaltados por causa do seu sonho, ele não se preocupava senão com o fato de não terem os irmãos querido prestar fé nele, e por isso não pensava noutra coisa a não ser no modo de induzi-los a crer e crer sob um duplo respeito: na realidade do sonho e na sua veracidade. Qual o melhor modo de conseguir isso? Fazia a si mesmo e com insistência essa pergunta, espantando-se em seguida de não ser capaz de achar ele próprio uma resposta, mas de ter essa resposta de partir de outrem ou de apresentar-se ela mesma diante dele. Na realidade ele teve simplesmente um novo sonho e, para falar a verdade, o mesmo sonho, mas de uma forma tanto mais pomposa que a confirmação era muito mais expressiva do que se se houvesse apenas repetido a visão das gavelas. Sonhou de noite, sob o céu estrelado, na eira, onde por aquela época muitas vezes passava as noites com alguns irmãos e empregados para tomar conta do grão que ainda não fora malhado nem depositado nas covas do campo. Não se quer com isso dar uma explicação sobre a origem dos sonhos, se se observa que a contemplação dos exércitos celestes antes de dormir podia ter exercido uma influência modeladora sobre os seus sonhos e que a vizinhança e a comunidade de leito de alguns dentre aqueles que ele desejava convencer excitava fortemente os seus órgãos sonhadores. Nem se deve deixar de mencionar que naquele mesmo dia tivera com o velho Eliezer uma conversa instrutiva acerca dos últimos acontecimentos, tendo-se falado do juízo universal e da época das bênçãos, da vitória final de Deus sobre todos os poderes aos quais os povos tinham, durante tanto tempo, queimado incenso. Havia se discorrido sobre o triunfo do Salvador sobre os reis pagãos, sobre os poderes astrais, sobre os deuses do zodíaco, que ele suplantará, precipitará e enclausurará nos infernos, ficando sozinho no glorioso domínio do mundo... José sonhou tudo isso, mas de um modo tão confuso que lhe escapou uma pueril troca e equiparação do escatológico herói divino com a sua própria pessoa de sonhador, e ele já via a si mesmo, o jovem José, realmente como o Senhor e dono de toda a revolução dos mundos que se desdobra através do zodíaco. Tudo isso ele via, ou melhor, sentia, porque nesse sonho não se podia falar de uma visão que se pudesse contar, e ao narrá-lo José via-se forçado a reduzi-lo às palavras mais simples e breves, a expor o seu caso íntimo assim, com simplicidade, sem desenvolvê-lo como um fato, o que não contribuía para torná-lo mais aceito aos ouvintes.

A forma da narrativa constituiu para ele uma preocupação já durante a noite quando despertou do sonho, ébrio de júbilo, porque dessa vez tinha nas mãos uma prova convincente para a credibilidade do sonho precedente. Essa preocupação girava antes de tudo sobre a questão de se os irmãos lhe dariam ocasião de justificar-se, isto é, lhe dariam licença de referir outro sonho. Isso lhe parecia duvidoso. Já da primeira vez pouco faltou para que lhe negassem sua atenção ou lha retirassem antes do tempo. Agora esse seu receio era ainda mais justificado, porque as experiências por eles feitas com a própria curiosidade pareciam não ter redundado para eles em satisfação pura.

Por essa razão era agora necessário tomar precauções contra a recusa deles em escutá-lo; e já durante a noite, na eira, José dera com o expediente para atingir o seu objetivo. De manhã foi ter com o pai, como era seu costume, porque Jacó queria logo vê-lo bem cedo, fitá-lo nos olhos, certificar-se de que gozava saúde e abençoá-lo para o dia todo. Disse-lhe, pois, José:

"Bons dias, paizinho, príncipe de Deus! Eis um novo dia gerado pela noite, e creio que vai ser muito quente. Um dia se une ao outro num colar de pérolas, e ao teu menino agrada a vida. Agrada-lhe sobretudo nesta época da colheita. O campo é bonito quer se moureje, quer se descanse, e no trabalho comum os homens se tornam amigos."

"O que dizes", respondeu Jacó, "soa muito bem aos meus ouvidos. — Então, tu e teus irmãos andais de acordo na eira e no campo e vos entendeis no Senhor?"

"Magnificamente", acudiu José. "À parte insignificantes questiúnculas como as que traz consigo a vida cotidiana e as ocasiona a divisão do mundo, tudo corre às mil maravilhas, pois que com uma palavra sincera, embora às vezes um tanto áspera, se esclarece um equívoco e reina de novo a concórdia. Eu queria que o paizinho fosse ao menos uma vez testemunha disso. Nunca estás lá, e amiúde na nossa roda lamenta-se a tua ausência."

"Não gosto do trabalho dos campos."

"Entende-se, entende-se. Contudo, grande falta é que os trabalhadores não vejam o patrão e que o olho deste não conheça os serviços de todos, especialmente dos estranhos, dos quais ninguém pode fiar-se. Ainda há pouco meu irmão Judá se queixou comigo à puridade, porque eles quase nunca afiam bem as rodinhas da debulhadora, e então estas apenas esmagam em vez de cortar. Assim andam as coisas quando o patrão se esconde."

"Devo levar à boa parte a tua censura."

"Censura? Deus guarde a minha língua! É uma súplica que o raminho ousa fazer em nome de onze. Como é natural, tu não hás de partilhar conosco a canseira nem o trabalho da terra, nem a obra de

Baal. Quem poderia pretendê-lo? Mas deves partilhar a nossa aprazível folga, quando partimos o pão à sombra, enquanto o sol está no apogeu, e tagarelamos, nós filhos de um e de quatro, e quem sabe alguma coisa conta uma anedota ou um sonho. Algumas vezes nos temos acotovelado uns aos outros e fazendo sinais com a cabeça temos dito como seria bonito se na nossa roda estivesse também a cabeça paterna."

"Irei uma vez."

"Que bom! Vai hoje logo e honra teus filhos! O serviço está a terminar, já não há tempo a perder. Então hoje, estás de acordo? Nada digo aos de olhos vermelhos, nem me traio diante dos filhos das escravas. Vai inundá-los o júbilo. Mas teu filhinho saberá, e o guardará para si, a quem eles o devem e quem foi que tramou artisticamente tudo isso, com fidelidade e astúcia."

Foi esse o golpe de José. E de fato, por volta das doze horas daquele mesmo dia, Jacó estava sentado entre seus filhos debaixo da tenda, no campo, depois de ter dado uma passada de olhos às covas dos cereais e depois de ter experimentado com o polegar o fio das rodinhas da debulhadora na eira. Foi grande o espanto dos rapazes. Nos últimos dias o sonhador não partilhara com eles a hora do descanso. Agora lá estava ele de novo, com a cabeça no regaço paterno. Era claro que devia estar ali, quando o pai vinha ter com eles; o que restava saber era que coisa tinha levado o velho ao campo. Estavam todos ali sentados, tesos e taciturnos, decentemente vestidos em consideração aos sentimentos de Jacó. Mas este se admirava de que não se manifestasse aquela sadia familiaridade que, a acreditar-se nas palavras de José, devia ser a característica da hora. Talvez os impedisse o respeito. Até José estava calado. Tinha medo, embora estivesse com a cabeça no regaço do pai e com a presença deste sentisse as costas quentes e gozasse da liberdade de falar. É que estava apreensivo com o seu sonho e com o sucesso do mesmo. Poderia dizê-lo numa só frase, não sendo possível amplificá-lo. Mas se Gad perguntasse "se estava tudo dito", ele era um rapaz vencido. A concisão tinha a vantagem de dizer tudo depressa, antes mesmo que alguém o percebesse e quisesse interromper. Mas o efeito sobre os espíritos podia facilmente falhar por causa de uma certa grandiosa mesquinhez da narrativa. O coração lhe batia.

Quase deixava passar o momento de dar o seu golpe, porque, reinando sobre todos o tédio, havia risco de voltarem ao trabalho antes do tempo. Mas mesmo os pródromos dessa precipitada interrupção da folga provavelmente não superariam o seu justificado receio, se por fim o próprio Jacó não tivesse benevolamente se informado: "Mas como é isto? Disseram-me que nesta hora de repouso à sombra contais pilhérias e sonhos, e então?".

Todos se conservaram calados, confusos.

"Sim, pilhérias e sonhos!", gritou José, agitado. "Como de outras vezes nos saíam com facilidade dos lábios em alguns casos! Não saberá algum de vós algo de inédito?", perguntou correndo com os olhos a roda, desaforadamente.

Fitaram-no os irmãos e continuaram mudos.

"Eu sei uma coisa", disse, levantando do regaço paterno a cabeça e pondo-se sério. "Sei um sonho que tive esta noite na eira e o deveis escutar, pai e irmãos, e deveis assombrar-vos. Sonhei", reatou, mas não foi possível prosseguir. Verificou-se nos seus membros uma certa mudança e contorção inquietante. Pescoço e ombro estremeciam espasmodicamente, os braços se retorciam. Baixou a cabeça e seu sorriso parecia querer pedir desculpa por terem os seus olhos subitamente ficado brancos. "Sonhei", repetiu arquejante, "e vi em sonho... isto vi. Vi o Sol, a Lua e onze *kokabim* prestarem-me homenagem. Vinham e se inclinavam diante de mim!"

Ninguém se mexeu. Jacó, o pai, conservava severamente abaixado o seu olhar. Todos estavam calados. Mas no meio daquele silêncio houve um rumor sinistro, misterioso, que era impossível deixar de ouvir. Eram os irmãos que rangiam os dentes. A maior parte deles os rangia conservando fechados os lábios, mas Simeão e Levi chegaram a arreganhá-los.

Jacó ouviu o estarrinco; não é certo que José o tenha percebido. Ele sorria, com a testa sobre o ombro, modesto, com os olhos fitos na sua frente. Dissera o que lhe cumpria, fizessem agora o que quisessem. O Sol, a Lua e as estrelas em número de onze tinham lhe prestado homenagem. Que refletissem nisso também eles.

Jacó olhou em derredor, com medo. Viu o que esperava ver: fitavam-no dez pares, selvagens e insistentes. Dominou-se, criou coragem. Com a maior rudeza possível disse, dirigindo-se ao filho:

"Jehosef! Que sonho é esse que tiveste, e que queres dizer tendo tais sonhos e contando-nos estupidezes semelhantes? Haveremos de adorar-te, eu, tua mãe e teus irmãos? Tua mãe morreu — começa aqui o absurdo, mas ainda falta muito para que acabe. Envergonha-te! Segundo o juízo humano, o que acabaste de dizer é um disparate tal que poderias perfeitamente balbuciar 'Aulasaulalakaula', que o efeito seria o mesmo. Estou desiludido na minha alma vendo que tu, com dezessete anos feitos e apesar da instrução que te mando dar por meio de coisas escritas e razoáveis por intermédio de Eliezer, meu servo mais velho, ainda não fizeste progressos na compreensão de Deus e sonhas coisas tão desonestas, fazendo papel de louco diante do pai e dos irmãos. É este o castigo que te dou! Eu te castigaria com dureza ainda maior e talvez te agarrasse dolorosamente pelos cabelos se a tua tagarelice não fosse demasiado infantil, tão infantil que quem é mais maduro do que tu não vai incomodar-se com ela e quem tem mais senso do que tu não se deixará induzir a castigar-te com severidade pela tua leviandade. Adeus, filhos de Lia! Saúdo-vos após a refeição, filhos de Zelfa e Bala!"

Ditas essas palavras, levantou-se por trás de José e afastou-se. A invectiva, que os olhares dos filhos lhe arrancaram, lhe custara muito; o que agora restava esperar era que os rapazes ficassem satisfeitos com ela. Se na sua reprimenda havia verdadeira cólera, isso era devido ao fato de que José não confiara só a ele o próprio sonho, mas caíra na tolice de chamar como testemunhas os irmãos. Se a sua intenção — pensava Jacó — tivesse sido colocar o pai em situação embaraçosa, não poderia começar melhor do que como começou. Propunha dizer-lhe isso mesmo quando estivessem a sós, já que não lhe pudera dizer na mesma hora. Bem percebia que o finório se servira dos irmãos como anteparo contra ele e dele contra os irmãos. Voltando para casa, só a custo conseguia afugentar da sua barba um comovido e extático sorriso por aquela traição. E se era legítima a preocupação, que transpirava da sua descompostura, pela salvação da alma do filho e a aflição pela tendência deste ao sonho e sua disposição para o espasmo, ambas, contudo, tanto a ira como a angústia, não passavam de emoções débeis em confronto com a satisfação terna e semicrente que lhe enchia a alma pelo arrogante sonho de José. De modo francamente despropositado rogou a Deus que aquele sonho partisse dele. Se, como era provável, Deus não estava envolvido nessa questão do sonho, a sua rogativa era uma coisa inteiramente absurda. E esteve o velho a ponto de derramar lágrimas de amor quando se punha a refletir que talvez na visão que o seu filhinho, cheio de inocência e sem perceber-lhe o alcance, revelara pouco antes, estavam encerrados verdadeiros pressentimentos de futura grandeza, manifestados em sonho. Pai fraco! Bem poderia afligir-se ante a perspectiva de ter, ele e os demais, de adorar aquele tunante. Para ele era espinhoso ouvir isso... pois não o adorava ele?

Se se perguntar que fizeram os irmãos, logo que Jacó se retirou, diremos que se ergueram como um só homem e procuraram imediatamente o ar livre. Após algumas violentas passadas pelo campo, detiveram-se para uma breve e agitada discussão. O chefe era o grande Rúben. Ele indicou o que havia de se fazer agora. "Vamo-nos, vamo-nos", disse ele. "Vamo-nos todos embora da casa paterna, para o exílio voluntário. Esta será", acrescentou, "uma manifestação digna e comovente da sua parte, a única resposta possível a tal abomínio." Afastemo-nos de José — pensava — para que não suceda uma desgraça. Não disse isso, mas apresentou a sua proposta à luz de um altivo protesto punitivo.

Naquela mesma tarde procuraram Jacó para lhe comunicar que se retiravam. Num lugar onde se têm tais sonhos e onde é possível contá-los sem correr outro risco senão o de ser talvez, na pior hipótese, agarrado pelos cabelos — num lugar desses, disseram, não queriam ficar. Nada haviam perdido ali. A colheita, acrescentaram, terminara graças ao seu vigoroso auxílio; dirigiam agora os passos para Siquém, não só os seis, mas também os quatro, todos dez. Como os prados de Siquém eram bons e gordos, aí apascentariam os rebanhos paternos com imutável, embora não reconhecida, fidelidade, mas o campo de Hebron não os veria mais, sobretudo porque aí se tinham sonhos que ofendiam a honra. Inclinaram-se e curvaram-se — disseram e fizeram-no — diante dele, do pai, em respeitosa despedida. Mas não deviam recear causar-lhe dor ou mesmo só desgosto com a sua ida, porquanto Jacó, o senhor, como era notório, dava dez por um.

Jacó baixou a cabeça. Começaria ele a temer que a magnificência de sentimentos, da qual se comprazia imitando, seria tomada à má parte lá onde estava o modelo?

5. JOSÉ VAI TER COM OS IRMÃOS

A EXIGÊNCIA

Acabamos de ouvir que Jacó baixara a cabeça quando os filhos exasperados se afastaram do lar paterno. Depois disso só raramente a ergueu. Aproximava-se a estação do ardor tremendo, do pior abrasamento solar sobre toda a Terra, pois que chegava o momento em que o sol começa a desaparecer. Embora fosse aquele o ponto em que a mulher legítima o presenteara certa vez com José, no mês de Tamuz, o espírito de Jacó costumava padecer muito na ardente desolação desse quarto da revolução planetária. A estação, pois, podia contribuir para o seu abatimento ajudando o velho a dar a si próprio uma explicação desse abatimento. Porém o verdadeiro motivo de tal desalento era a manifestação unânime dos filhos, o afastamento deles, caso do qual muito se diria afirmando-se que causara grande dor a Jacó. Não, não era assim. No seu coração havia verdadeiramente "dez por um"; mas era coisa bem diferente traduzir isso para a realidade e ter, já agora, de contar com esse fato, que a denúncia da união por parte dos irmãos tinha um sentido definitivo e que ele, Jacó, em vez de ficar com doze filhos, ficaria lá com dois, como um tronco desgalhado. Tudo isso cerceava, antes de tudo, o esplendor que o circundava. Ademais, só de pensar em tal lhe vinha um inquietante embaraço diante de Deus. Ele perguntava, efetivamente, a si próprio como seria grande a responsabilidade que assumia perante aquele projetista que era o Senhor da promessa. Não tinha o Senhor do futuro sabiamente impedido que tudo sucedesse somente segundo o desejo de Jacó e ele fosse fecundo só em Raquel? Não o fizera ele numeroso, mesmo contra o desejo do seu coração, por meio do embuste de Labão, e não eram todos, ainda os filhos das não amadas, fruto da bênção e portadores do imprevisível? Jacó via com perfeição que a escolha de José por parte sua era um negócio privado do seu coração e negócio exuberantemente teimoso, o qual, pelas suas consequências, bastava que estivesse em prejudicial oposição aos projetos indefinidamente amplos de Deus para constituir uma culpável petulância. Mas esta parecia estar já no exato ponto de fazê-lo. Com efeito, embora a loucura de José tivesse sido a causa imediata da ruptura, e embora Jacó estivesse dolorosamente amuado com o filho por causa dela, sabia muito bem que só ele e ninguém mais era responsável por aquela loucura diante de Deus e dos homens. Questionava consigo mesmo enquanto questionava com José. Se fora desgraça, o rapaz tinha sido apenas o intermediário dela, mas o verdadeiro responsável era o afetuoso coração de Jacó. Que utilidade havia em ocultar tal coisa? Deus sabia de tudo e diante de Deus nada se pode esconder. Para honra da verdade, esta era a herança de Abrão, e não significava outra coisa senão querer enganar a si mesmo a respeito de coisas que Deus sabia.

Foi esse o exame de consciência que Jacó fez depois da colheita do trigo e que determinou suas resoluções. Seu coração dera origem a um grande mal, ele devia vencer a si mesmo e tomar como intermediário do remédio o próprio objeto viciado da sua fraqueza que fora intermediário do dano. Para tal fim devia impor-lhe alguma coisa, devia tratá-lo com alguma dureza para que expiasse por si e pelo próprio coração. Por isso, tendo visto de longe o rapaz, chamou em tom bastante seco:

"José!"

"Aqui estou!", respondeu ele, chegando-se logo. Alegrava-se de ser chamado porque depois da partida dos irmãos o pai pouco falara com ele, e mesmo nele, o maluco, ficara daquela última reunião uma sensação de mal-estar prenhe de pressentimentos.

"Escuta", disse Jacó mostrando-se, por alguma razão, distraído, cerrando os olhos pensativo e cofiando a barba. "Que devo crer? Os teus irmãos maiores não estão guardando todos juntos os rebanhos no vale de Siquém?"

"Certamente", respondeu José, "a mim também me parece que assim é, e se a minha memória não me prega uma peça, eles queriam ir todos juntos para Siquém, para apascentar os rebanhos naquelas terras gordas e porque o vale daqui não pode alimentar toda a tua malhada."

"Assim é", confirmou Jacó, "e esta é a razão por que te chamei. Nada ouço a respeito dos filhos de Lia e nenhuma notícia me chega dos filhos das escravas. Não sei como andam as coisas por aquelas bandas, se a bênção de Yitzhak desceu sobre as crias das ovelhas ou se a ronha e a inchação estão dizimando o meu gado. Sobre a saúde dos meus filhos, teus irmãos, nada sei, nada ouço, ignoro se estão exercendo em paz o direito de pastagem naquele distrito feudatário onde, se bem me lembro, sucederam certa vez fatos graves. Isso me dá que pensar e com tal ideia foi que resolvi mandar-te lá para os saudares em meu nome."

"Eis-me aqui!", gritou de novo José. Sorrindo com os seus dentes alvos, olhou o pai e como a pular bateu no chão os calcanhares, pronto para partir.

"Calculando aproximadamente", continuou Jacó, "entras agora no décimo oitavo ano de tua vida e é chegado o momento de tratar-te com certa dureza, de pôr à prova tua virilidade. Daqui a minha resolução de confiar-te essa missão, para que te afastes de mim por algum tempo e fiques com teus irmãos, para interrogá-los sobre tanta coisa que não sei, e para que, com a ajuda de Deus, voltes para junto de mim passados uns nove ou dez dias e me contes tudo."

"Estou aqui pronto", disse José com entusiasmo. "As ideias do meu paizinho e meu senhor são de ouro e prata! Farei uma viagem até o outro lado da região, irei ter com os irmãos, verei se tudo corre bem no vale de Siquém — será para mim um verdadeiro divertimento! Se me fosse permitido pedir alguma coisa conforme o desejo do meu coração, pediria isso e nada mais!"

"Não deves ver se tudo corre bem lá onde estão teus irmãos", advertiu Jacó. "Para ver isso bastam eles, sem terem necessidade desse criançola. Depois, não é com essa tenção que te mando lá. Deves, antes, inclinar-te diante deles com graça e belas maneiras e dizer-lhes: 'Jornadeei durante vários dias para vir saudar-vos, para saber como estais, por iniciativa minha, como também porque mo disse o pai, uma vez que viemos ambos a coincidir no mesmo desejo'."

"Dá-me o Parosh a cavalgar! Ele tem pernas compridas, é tenaz, tem os ossos fortes e se assemelha ao meu irmão Issacar."

"Essa tua alegria pela missão que te confio", replicou Jacó depois de uma pausa, "depõe em favor da tua virilidade e demonstra que não reputas uma estranha exigência minha teres de afastar-te daqui durante vários dias, de sorte que a lua passe de foice a crescente sem que eu te veja. Mas dize a teus irmãos: 'O pai assim quis'."

"Dás-me o Parosh?"

"Bem vontade tenho de tratar-te com rudeza conforme a tua idade, porém o burro Parosh não to dou, porque é teimoso e a sua prudência não corresponde ao seu ardor. Ficas muito mais bem servido com a branca Hulda, animal amavelmente discreto, belo de ver-se quando, montado nele, passares por entre o povo. Essa é que deves cavalgar. Mas para que reconheças que pretendo algo de ti e o vejam também os irmãos, ordeno-te que faças a viagem sozinho, daqui até os campos de Siquém. Não te dou nenhum criado e nem ao menos Eliezer cavalgará ao teu lado. Irás só, por tua conta e risco, e dirás aos irmãos: 'Venho ter sozinho convosco, montado num burro branco, que assim o quis o pai'. Em seguida farás a viagem de volta com algum outro, se é que te acompanharão os irmãos, alguns ou todos. Seja como for, é este o meu pensamento recôndito ao pretender que faças esta viagem."

"Arranjarei bem as coisas", prometeu José, "e é só exigires que tos reconduza aqui, e dou minha palavra e atrevo-me a dizer-te: Não volto sem eles!"

Acabada a sua insensata parlenda, José pôs-se a bailar com o pai, endereçando a Ya palavras de júbilo, todo satisfeito de poder viajar só, de ir ver o mundo. Foi depois correndo ter com Benjamim e com o velho Eliezer para lhes contar tudo. Jacó seguia-o com os olhos, balançando a cabeça, e via perfeitamente que se aqui se tratava de exigir de alguém uma coisa difícil, esse alguém era ele em pessoa e ele e só ele era aqui o tratado com dureza. Mas não estava bem tudo isso, e não o desejava assim a responsabilidade assumida pelo seu coração por José? Não veria o filho durante alguns dias e isso já lhe parecia uma suficiente expiação pela sua culpa. Não lhe passava pela cabeça nem sequer em sonho nem fazia a mínima ideia do sentido que lá no alto se dava ao "tratar com dureza". Calculava a possibilidade de um malogro da missão de José ao pensar que este podia voltar sem os irmãos. O terrível caso oposto não lhe entrava na imaginação: o destino o excluía por segurança própria. Visto que tudo acontece diferentemente do que havia se imaginado, o destino é estorvado pelos pensamentos medrosamente precorrentes do homem, que se parecem com um esconjuro. Por isso ele paralisa a força providente da imaginação, de modo que esta pensa em tudo, menos no destino, o qual dessa forma evita o desvio por intermédio dos pensamentos imaginativos e conserva toda a sua natureza primordial, toda a sua formidável força percussora.

Durante os miúdos preparativos necessários à jornada de José, despertava em Jacó a expressiva e profunda recordação de dias fatais já passados: recordava-se de como Rebeca o despedira de casa depois da troca da bênção por ela organizada, e enchia-lhe a alma uma solene sensação da repetição daquele fato. Convém dizer que era um tanto ousado o confronto que ele estava fazendo. Na verdade, o papel que ele agora desempenhava não podia comparar-se com o de Rebeca, a mãe heroica, que conscientemente sacrificara o coração, que organizara o embuste retificativo, e depois, cônscia de que provavelmente não o tornaria a ver, mandava o seu predileto para regiões longínquas. O tema andava sujeito a mais de uma modificação. Verdade era que por causa da raiva dos irmãos defraudados José também devia abandonar a casa; ele, porém, não fugia daquela raiva, senão que Jacó o atirava, por assim dizer, nos braços de Esaú. Jacó não perdia de vista a cena junto ao Jaboc e queria apressar-lhe a repetição, a humilhação exterior, a reconciliação exterior mesquinha e cheia de reticências, o preenchimento daquilo que era impreenchível, a aparente reconciliação daquilo que era irreconciliável. Aquele homem terno e cheio de dignidade majestosa estava bem distante da decisão de Rebeca, que agia e não vacilava diante das consequências. O que ele queria obter com a missão de José não era outra coisa senão o restabelecimento da situação anterior, que no entanto era, como já ficara provado à saciedade, insustentável, visto que, após a volta dos dez, se repetiria sem apelo o antigo jogo que se compunha da fraqueza de Jacó, da cega petulância de José e da tristeza mortal dos irmãos, e que conduziria fatalmente aos mesmos resultados. Disso ninguém duvida.

Fosse como fosse, o predileto estava pronto para a viagem causada pela discórdia fraterna: até este ponto tratava-se de uma repetição, providenciando Jacó para que outras semelhanças surgissem, fixando, por exemplo, para a partida de José a primeira hora matinal antes do nascer do sol, tal como se dera no seu tempo. Quase se poderia dizer que Jacó não estava presente a essa despedida; o seu papel era o de Rebeca, o de mãe. Apertou demoradamente ao peito o filho que partia, segredou-lhe ao ouvido palavras de bênção, tirou de si um amuleto para dependurar-lho ao pescoço, apertou-o mais a si, procedendo como se José fosse partir para uma jornada diuturna ou para sempre, a dezessete dias de distância ou mais ainda para Naharaim, em regiões selváticas, ao passo que o jovem, exageradamente munido de provisões de boca, se preparava exultante para dar por estradas seguras um pulo até a não distante Siquém. Vê-se agora como o homem pode agir desproporcionalmente se toma como medida a própria consciência, enquanto o seu procedimento, considerado do ponto de vista do destino de que ele não tem consciência, aparece com todo o aspecto de decência. Pode isso servir de conforto quando a consciência se esclarece e vimos a saber como estavam realmente as coisas. Por isso os homens nunca deveriam despedir-se com facilidade para depois poderem dizer, dando-se o caso: ao menos o cingi ao peito.

É ocioso dizer que essa despedida na manhã da viagem, ao lado de Hulda carregada de bagagem, enfeitada de vulnerárias multicores e de miçangas, era apenas uma última despedida, já precedida de muitos conselhos, recomendações e advertências. Jacó ensinara ao rapaz o caminho e suas paradas com a exatidão que podia, aconselhara-o com desvelo maternal que não se abafasse excessivamente nem se pusesse demasiado à fresca, dissera-lhe os nomes de homens e de correligionários nas diversas localidades nas quais o viajante acaso pernoitasse, proibira-o severamente de entabular conversa com alguma das iniciadas que teciam para Ashera, quando chegasse a Urusalim e lhes enxergasse as casas ao pé do templo de Baal, e sobretudo lhe inculcara que se portasse com suma delicadeza com os irmãos. Dissera-lhe que não seria mau se se prostrasse sete vezes diante deles e os chamasse muitas vezes seus senhores; então eles provavelmente conviriam em comer com ele no mesmo prato e em não apartar-se dele por toda a vida.

Várias dessas instruções Jacó-Rebeca repetiu na madrugada, dando o derradeiro adeus antes de permitir que o jovem montasse no burro e partisse, estalando a língua, para o setentrião. Sempre a falar, percorreu ainda um trecho do caminho ao lado de Hulda, jubilosa com o ar matinal, mas não pôde muito tempo acompanhar-lhe o trote e teve de desistir, parando, com o coração mais pesado do que era conveniente. Colheu um último lampejo sobre os dentes do filho que se virara sorrindo-lhe e ergueu a mão na direção dele. Depois a curva lhe tolheu a vista do filho e não viu mais o seu José, que partira cavalgando um animal.

JOSÉ VIAJA PARA SIQUÉM

Não mais visível aos olhares paternos, mas sentindo-se aprazivelmente no seu lugar e a sós, ia José viajando sentado bem atrás sobre a garupa da sua cavalgadura, esticando para a frente as ágeis pernas morenas e atirando afoitamente para trás o seu busto à luz delicada do sol matutino, pela estrada que ia a Bet-Lahem através da região montanhosa. Seu humor adaptava-se perfeitamente às circunstâncias evidentes, e se o pai dera à despedida uma importância desmarcada, ele levava tudo com alegre indulgência e com o seu amorável mimo, não sentindo nenhum peso no coração com a consciência de haver, nessa primeira separação, pregado uma peça aos cuidados paternos.

Jacó fora muito difuso nas suas instruções acerca do comportamento que devia ter o filho, não tendo havido regra nem advertência que ficasse esquecida. Só omitira uma coisa: por uma estranha e não de todo inocente interrupção de pensamento, esquecera-se de recomendar ao jovem um cuidado e atenção sumamente necessária, não havendo pensado nisso nem sequer depois, até que o objeto a que deveria referir-se a exortação lhe apareceu de novo pavoroso ante os olhos do espírito. Esqueceu-se de dar-lhe ordem para deixar em casa o véu *ketonet* e José astutamente se aproveitou dessa inadvertência. Trazia-o ele consigo. Tão vivo era o seu desejo de se mostrar vestido com aquele traje ao mundo distante, que tremera literalmente só de pensar que no último instante acudisse ao espírito paterno a proibição. É até bem possível que, neste caso, mentisse e declarasse ao velho que o sagrado bordado estava na arca, quando na realidade ele o levava escondido no meio da sua bagagem. Do lombo da sua cavalgadura, a Hulda branca como o leite, graciosa criatura de três anos, inteligente e complacente, embora propensa a alguma inócua brincadeira, com aquele humor comovente que transparece às vezes da sua natureza fechada, com suas eloquentes orelhas aveludadas e a crina que lhe cai lanosa e cômica sobre a testa e daí até os dilatados olhos alegremente mansos, cujos cantos se enchem de moscas com grande rapidez — do lombo daquela Hulda pendia de um lado e de outro a matalotagem: o odre de cabra com o leve leite ácido contra a sede, cestinhos cobertos e vasos de barro com massas de sêmola e de fruta, espigas assadas, azeitonas salgadas, pepinos, cebolas assadas e queijos frescos. Tudo isso e mais ainda se destinava a refocilar o viajor e também a presentear os irmãos, havendo o pai averiguado tudo minuciosamente. Só num recipiente que em outros tempos constituía o artigo de viagem mais comum não pusera os olhos: era uma pele redonda, servindo de toalha, ou melhor, de mesa, tendo costuradas na bainha argolas de metal. Até os beduínos do deserto se serviam desse artigo nas suas jornadas, sendo precisamente eles os que o haviam introduzido no uso comum. Através das argolas passava uma cordinha e aquela mesa de refeições ficava dependurada como alforje na sela do animal. Assim fizera também José. E no alforje-mesa escondera com alegria brejeira a sua *ketonet*.

Para que diabo lhe pertencia ela e era herança sua, se durante a viagem não podia vesti-la? Nas proximidades da sua terra toda a gente o conhecia pelas estradas e nos campos e todos o chamavam alegremente pelo nome. Mas longe, a algumas horas de distância, quando já não o conheciam mais, convinha mostrar não apenas com a abundante provisão de boca que quem passava cavalgando era uma pessoa fina. Por isso, tanto mais que agora o sol estava saindo, tirou do alforje o traje de gala e o envergou com gosto, cobrindo também a cabeça, de modo que a coroa de mirto, que trazia como de costume, não descansava mais sobre seus cabelos, mas sobre o véu que lhe emoldurava o rosto.

Naquele dia não alcançou a localidade em atenção à qual se ataviara e na qual, consoante as comovidas instruções de Jacó e seguindo o seu próprio impulso, tencionava deter-se para fazer sacrifícios e adorar; contudo, de Bet-Lahem, onde achara agasalho em casa de um amigo de Jacó, um carpinteiro que cria em Deus, havia somente uma vereda para chegar lá. Na segunda manhã, porém, depois de despedir-se do dono da casa, de sua mulher e dos oficiais, chegou logo àquela localidade, ficando Hulda à espera debaixo da amoreira escorada, enquanto José, trajando a veste hereditária de esposa, rezou suas orações e fez as libações junto à pedra que um dia aí fora erigida no caminho: a pedra comemorativa que devia lembrar a Deus que coisa fizera ele uma vez naquele lugar.

Entre os vinhedos e os trechos rochosos do campo reinava uma calma matutina, e na estrada de Urusalim não havia ainda o habitual vaivém. Uma leve brisa brincava despreocupadamente na lúcida folhagem da árvore. Havia um silêncio na paisagem e o lugar onde outrora Jacó sepultara a filha de Labão acolhia sereno as ofertas e os tributos de devoção do filho. Este levou água para junto da pedra, aí depôs pão de passa, beijou o chão sobre o qual se extinguira uma vida cheia de boa vontade e ergueu-se de novo para murmurar, dirigindo-as ao céu, fórmulas de adoração, com as mãos suspensas, levantando para o alto os olhos e os lábios que herdara da extinta. Das profundezas não obteve resposta, o passado silenciava, confinado na indiferença, incapaz de preocupações. O que dele tinha existência presente aqui sobre esse lugar era ele mesmo, trazendo a veste nupcial dela e volvendo ao céu os olhos dela. Não deveria adverti-lo e admoestá-lo o ente materno, da sua mesma carne e do seu sangue em que ele vivia? Não, aí estava ela confinada por uma cega e mimada loucura juvenil e não podia falar.

José continuou, pois, de bom humor o seu caminho por estradas e veredas íngremes. Era a viagem mais bela do mundo, nenhum contratempo, nenhum incidente imprevisto lhe mareava a alegria. Não que a terra tivesse saltado ao seu encontro, mas estendia-se complacente diante dele e onde quer que chegava lhe enviava festivos cumprimentos através dos olhos e da boca das pessoas. Depois do longo trecho de estrada percorrido já não havia ninguém que o conhecesse pessoalmente, mas o seu tipo era extraordinariamente popular naquelas zonas e, em grande parte também em virtude do véu, a sua pessoa despertava favor e alegria em todos aqueles que o viam, especialmente nas mulheres. Estavam elas sentadas, amamentando os filhinhos, junto dos esburacados muros das aldeias, feitos de argila e estrume, sob um sol ofuscante, e o prazer que sentiam com o sugar do seio pelos pequetitos tornava-se mais intenso com a vista do formoso mancebo que passava cavalgando.

"Saúde a ti, ó menina dos olhos!", gritavam-lhe, "bendita aquela que te gerou, ó predileto!"

"A ti todo o bem!", correspondia José, mostrando os belos dentes alvos. "Possa teu filho comandar muitos!"

"Mil graças", iam-no acompanhando as vozes. "Astarot te favoreça! Pareces-te com uma sua gazela!" Todas elas, efetivamente, juravam em Ashera e não tinham na mente outra coisa senão o seu culto.

Graças ao véu, mas também graças às suas fartas provisões de boca, chegavam alguns a reputá-lo um deus e mostravam vontade de adorá-lo. Isso, porém, só sucedia no campo aberto, não nas cidades circundadas de muros que se chamavam Bet-Shemesh ou Cariat-Ayin ou Kerem-Baalat ou semelhantes. Nas fontes e praças em frente às portas dessas cidades ele parava para conversar com as pessoas que logo o rodeavam em grande número. Ele as punha embasbacadas com uma cultura como a de que gostam os habitantes de uma cidade: falava-lhes dos milagres numéricos de Deus, dos éons dos mistérios do pêndulo, dos povos do orbe terráqueo; contava-lhes ainda, para se sentirem lisonjeados, o caso daquela rapariga de Uruk que converteu à civilização o homem da floresta; e em tudo isso exibia tanta graça de palavras e formas tão agradáveis que entre si diziam bem poder ser ele o Mazkir dum príncipe da cidade e o historiador de um grande rei.

Ostentava conhecimentos linguísticos adquiridos com o auxílio de Eliezer, e debaixo da porta da cidade falava hitita com um homem de Hati, mitano com um do Norte e dizia algumas palavras em egípcio com um negociante de gado do Delta. Não era muito o que sabia, porém um homem inteligente diz mais coisas com dez palavras que um estúpido com cem. E sabia produzir a impressão de um diletantismo maravilhosamente poliglota, se não no interlocutor, ao menos nos que o escutavam. A uma mulher que tivera um sonho horrível, lho interpretou junto do poço: parecera-lhe que seu filhinho, menino de três anos, tivesse de repente se tornado mais alto que ela e já tivesse barba. Isso significa, disse-lhe José pondo os olhos em alvo, que o vosso filho vos deixará quanto antes e o tornareis a ver, mas só depois de muitos anos, quando já for homem-feito, de barba... Como a mulher era muito pobre, não sendo improvável que se visse forçada a vender o filho como escravo, a interpretação tinha uma certa verossimilhança, e aquela gente admirava a união da beleza com a sabedoria que o jovem viajante personificava.

Em cada lugar várias pessoas o convidavam a ficar alguns dias como seu hóspede, mas do seu tempo ele não perdia mais do que aquilo que a cortesia demandava, e, tanto quanto lhe era possível, seguia o itinerário traçado pelo pai. Das três noites que dividiam os seus quatro dias de viagem, passou uma numa casa, hóspede de um homem que trabalhava em prata, chamado Abisaí, e que certa vez fora procurar Jacó e que, embora não seguisse exclusiva e incondicionalmente o Deus de Abraão, sentia uma forte inclinação por ele; e como fabricava ídolos com o metal da lua, desculpava-se dizendo que enfim precisava viver. Isso José lhe concedeu como a um homem do mundo, pondo-se de acordo com ele e pernoitando em sua casa. A terceira das curtas escuridões a passou ao tempo, num bosquezinho de figos, onde se deitou. É que no correr do dia tivera de parar em razão do calor excessivo, tendo assim chegado à terceira parada tarde demais para ainda pedir pousada. Mas a última coisa lhe aconteceu no fim, quando já estava próximo da meta. Acossado pelo sol, passara repousando também as horas meridianas do quarto do dia, e como de dia dormira debaixo das árvores e só sobre a tarde se pusera em movimento, sucedeu ser já a segunda vigília noturna quando chegou ao valezinho de Siquém. Mas assim como transcorrera favorável até aquele ponto a sua viagem, assim se tornava agora uma coisa louca, endemoninhada: daí por diante, desde o momento em que penetrou no vale e, à luz da lua que ainda navegava como uma barca côncava, avistou sobre as abas do Garizim a cidade com o castelo e o templo, desde aquele momento nada mais lhe corria bem, mas tudo mal, às avessas, tanto que José se sentiu tentado a relacionar essa repentina mudança de humor por parte do destino com a pessoa do homem que encontrara de noite em frente a Siquém e que se lhe oferecera como companheiro para o último trecho que precedeu a mudança de todas as coisas.

O HOMEM NO CAMPO

Lê-se que andou vagando pelo campo. Mas que significa aqui "andar vagando"? Teria o pai exigido demais dele e andaria tão mal com as suas coisas o jovem José, a ponto de errar o caminho e perder-se? Nada disso. Andar vagando não quer dizer perder-se, e se uma pessoa procura aquilo que não há, não tem necessidade de errar o caminho para não achar. José passara no vale de Siquém vários anos da sua infância, não sendo novas para ele aquelas bandas, conquanto só as revisse como em sonho e embora reinasse a noite e as mais das vezes houvesse apenas uma pálida luz lunar. Não se perdeu; procurava. E como não encontrava, a sua busca se transformara num vaguear no vazio. Numa noite silenciosa, conduzindo sua cavalgadura pelo cabresto, andava de cá para lá na ondulante planície de prados e campos sobre a qual se debruçavam os montes ao incerto bruxuleio das estrelas, e pensava: Onde estarão os irmãos? Esbarrava também em currais onde as ovelhas lá encerradas dormiam em pé; mas não tinha certeza de serem aquelas as ovelhas de Jacó e não havia ninguém com quem informar-se.

De súbito ouviu uma voz de homem a interrogá-lo. Não lhe percebera os passos atrás de si e que o haviam alcançado, achando-se agora ele ao lado do viandante. Se tivesse vindo da parte da frente, a pergunta teria partido de José. Mas daquela maneira o homem não esperou a pergunta e interrogou ele mesmo:

"Quem procuras?"

Não perguntou: "Que procuras aqui?", mas simplesmente: "Quem procuras?"; e pode ser que essa incisiva maneira de indagar tenha provocado a resposta pueril e bastante irrefletida de José. Acrescente-se que o rapaz estava também com a cabeça muito cansada e a sua alegria por ter encontrado uma pessoa nessa noite endiabrada de inútil vagabundar era tão grande que ele logo tornou objeto de uma confiança ilógica e candidamente deferente àquele homem, só e exatamente por ser ele um ente humano. E disse:

"Procuro meus irmãos. Rogo-te, meu caro, me digas onde apascentam!"

O "caro homem" não se espantou com a candura daquele pedido. Parecia estar na situação de não curar daquilo e nem procurou mostrar ao interrogante a insuficiência dos seus dados. E respondeu:

"Aqui não, nem nestas redondezas."

José o observava, confuso, de lado. Via-o perfeitamente. A falar verdade, não era aquele um homem no sentido completo da palavra, mas apenas alguns anos mais velho do que José; todavia, mais alto que ele, comprido, com uma túnica de pano sem mangas, cheia de amplas dobras e passando pela cintura, deixando livres os joelhos para caminhar, e sobre o ombro estava atirado por trás um manto. Sua cabeça, sobre um pescoço algo dilatado, parecia menor comparativamente, tinha cabelos castanhos que em ondas oblíquas lhe cobriam uma parte da testa até as sobrancelhas. O nariz era grande, reto, solidamente conformado, insignificante o espaço entre ele e a pequena boca rubra, mas a depressão debaixo dela era tão branda e tão fortemente acentuada que o queixo destacava dali como uma fruta esférica. Voltou a cabeça, inclinando-a com um pouco de afetação sobre o ombro, e por sobre ele olhou para José com desenxabida cortesia, com dois olhos não feios mas pouco abertos, com uma expressão vaga e sonolenta, como acontece quando uma pessoa tem os olhos semicerrados sem o querer. Os braços eram redondos, mas sem boa cor e bastante franzinos. Usava sandálias e trazia na mão um cacete que evidentemente cortara para seu uso na viagem.

"Aqui não?", repetiu o jovem. "Como é possível? Afastando-se de casa, disseram com tanta segurança que iriam todos juntos para Siquém! Conhece-os então?"

"Superficialmente", respondeu o companheiro. "Apenas o bastante. Não, muito íntimo deles não sou, não demasiado. Por que os procuras?"

"Porque meu pai me mandou ter com eles para saudá-los e ver se as coisas correm bem."

"Que estás dizendo? És então um mensageiro. Eu também o sou. Apoiado ao meu bordão faço também viagens como correio. Mas sou também um guia."

"Um guia?"

"Sim. Guio os viajantes e abro-lhes os caminhos. É essa a minha ocupação. Por isso te falei e te interroguei quando vi que andavas em vão procurando."

"Parece que sabes que meus irmãos não estão aqui. Sabes então onde estão eles?"

"Penso que sim."

"Então dize-me!"

"Tens tanto desejo de vê-los?"

"Certamente. Desejo atingir a minha meta, os meus irmãos junto aos quais me mandou meu pai."

"Pois vou dizer-te então a tua meta. Quando, nas minhas jornadas, passei por aqui a última vez, faz alguns dias, ouvi teus irmãos dizerem: 'Ora, vamos para Dotain com uma parte do rebanho para variar um pouco'."

"Para Dotain?"

"E por que não? Tiveram essa ideia e assim fizeram. No vale de Dotain o pasto é balsâmico e os habitantes do lugar sobre aquelas colinas são comerciantes: compram tendões, leite e lã. Admiras-te?"

"Não me admiro porque nada há de maravilhoso. Mas é uma fatalidade. Eu estava tão certo de achar aqui meus irmãos."

"Pareces não gostar", acudiu o desconhecido, "de que alguma coisa não aconteça logo segundo o teu desejo. Não serás tu um benjamim da mamãe?"

"Não tenho mãe", replicou José irritado.

"Nem eu", esclareceu o homem. "Serás então um benjamim do papai."

"Deixemos essa conversa", rebateu José. "Aconselha-me antes: o que devo fazer agora?"

"É muito simples. Vai a Dotain."

"Mas é noite e estamos cansados, Hulda e eu. Para chegar a Dotain, se bem me lembro, há ainda muito caminho que andar. Caminhando comodamente, é um dia de viagem."

"Ou uma noite. Já que dormiste de dia à sombra das árvores, deves aproveitar a noite para alcançar a tua meta."

"Como sabes que dormi à sombra das árvores?"

"Desculpa-me, mas é que o vi. Arrimado ao meu bastão, passei por onde estavas deitado e deixei-te atrás de mim. Agora te encontro aqui."

"Não conheço o caminho de Dotain, principalmente de noite", queixou-se José. "Meu pai não mo descreveu."

"Pois então alegra-te", replicou o homem, "por me teres encontrado. Sou um guia e, se quiseres, eu te levo. Sem nenhuma paga mostro-te a estrada que vai dar em Dotain, porque eu também tenho de ir lá levar o meu recado, e se te agrada, conduzo-te pelo caminho mais curto. Podemos alternar-nos na sela. Um belo animal", disse; e observou

Hulda com seus olhos insuficientemente abertos e cuja expressão era tão languidamente desdenhosa que estava em contradição com suas palavras. "Belo como o dono. Só os jarretes é que são fracos demais."

"Hulda", informou José, "é, ao lado de Parosh, a melhor cavalgadura das cavalariças de Israel. Ninguém jamais achou que tivesse jarretes demasiado fracos."

O desconhecido fez uma careta. "Seria melhor", disse, "que me não contradissesses. Por muitas razões isso é absurdo, por exemplo e antes de tudo, porque dependes de mim para ires ter onde estão teus irmãos, em segundo lugar porque sou mais velho: estas duas razões te hão de parecer plausíveis. Quando digo que o animal tem jarretes defeituosos, quero dizer que são defeituosos, não sendo esta uma razão para que os estejas a defender como se tivesses feito o burro, visto que não podes fazer outra coisa senão chegar-te perto dele e chamá-lo. E já que falamos de nomes, vou logo pedindo-te que não dês em minha presença o nome de Israel ao bom Jacó. Não fica bem e me irrita. Dá-lhe o seu nome natural e põe de lado as denominações altissonantes!"

Não era afável o amigo. A sua insulsa cortesia, de falar por cima do ombro, parecia estar a pique de transformar-se de um momento para o outro em irritado mau humor, e isso por motivos imprevisíveis. Essa sua propensão à irritabilidade estava em contradição com a prontidão com que se oferecera para ajudar quem procurava em vão o caminho e de certo modo até a anulava, produzindo a impressão de não corresponder a um seu impulso próprio. Ou não seria apenas intenção do peão assegurar para si uma cavalgadura que o levasse a Dotain? Porque a verdade é que, assim que se puseram em movimento, foi ele o primeiro a saltar para cima do burro, caminhando José ao seu lado. Ofendido com a proibição de chamar seu pai de Israel, disse-lhe:

"Mas se é o seu nome honorífico, conquistado em dura vitória perto de Jaboc!"

"Acho ridículo", retrucou o outro, "falares em vitória quando de modo nenhum é o caso de mencionar isso. Bonita vitória da qual um homem sai com o fêmur partido e coxeia para o resto da vida e fica com um nome, mas não com o nome daquele com quem lutou. De resto", disse ele de improviso e fez um movimento tão estranho com os olhos que não só abriu desmesuradamente mas os fez girar com rapidez olhando de esguelha ao redor, "de resto, faz como quiseres e chama teu pai de Israel, rogo-te. É justo, e a minha objeção me escapou, assim, sem pensar. A propósito", acrescentou, fazendo ainda uma vez girar as

440

pupilas de seus olhos, "lembro-me que estou montado no teu burro. Se quiseres, apeio-me e tu sobes."

Que homem estranho! Parecia ter se arrependido da sua descortesia, não dando, porém, aquele arrependimento a impressão de ser completo e espontâneo: não dava esta impressão como não a dera com o seu pronto auxílio. José, ao contrário, era amável por natureza e seguia a norma de que a melhor resposta que se pode dar a uma extravagância é aumentar em amabilidade. E respondeu:

"Visto como me guias e por bondade me abres os caminhos que me conduzirão ao pé de meus irmãos, tens direito à minha cavalgadura. Fica, pois, bem montado, eu to peço, e nos revezaremos mais tarde! Caminhaste o dia todo, ao passo que eu pude cavalgar."

"Graças mil", respondeu o mocetão. "A falar com franqueza, as tuas palavras não passam de um dever, mas mesmo assim eu te agradeço vivamente. Há algum tempo ando privado de certas comodidades no meu serviço", acrescentou com um ligeiro erguer de ombros. "Agrada-te fazer viagens na qualidade de mensageiro?", perguntou depois.

"Muito me alegrei", respondeu José, "quando meu pai me chamou. E a ti, quem te manda?"

"Ah, sabes que muitos correios são mandados em diversos sentidos pelos grandes senhores ao Oriente e ao Meio-Dia, por toda esta região", respondeu o moço. "Nem sequer tu sabes ao certo quem é que te manda. O recado passa por muitas bocas e pouco te adianta quereres remontar até a sua origem, porque de qualquer modo tens de pôr-te a caminho. Agora tenho de levar a Dotain uma carta que trago aqui na prega da minha cintura. Mas vejo que terei ainda de fazer o ofício de guarda."

"De guarda?"

"Sim, porque ninguém me garante que, por exemplo, eu não tenha de vigiar um poço ou uma outra localidade qualquer. Mensageiro, guia, guarda... faz-se o que calha, de acordo com o beneplácito dos mandantes. Agora, se isso é do agrado da gente e se a gente se sinta talhada para tal serviço, é outra questão que prefiro deixar indecisa, como também se se tem interesse pelos projetos originários de que depois se originam as incumbências. Como já disse, quero deixar sem resposta essas perguntas, mas, cá para nós, há aqui em jogo muito interesse incompreensível. Amas os homens?"

Fez essa pergunta inopinadamente, porém José não se surpreendeu, porque todo o modo de falar languidamente irritado do seu guia era a fala de um indivíduo arrogantemente descontente dos homens e atormentado pela necessidade de ter que desincumbir-se entre eles de seus negócios. Respondeu José:

"Quase sempre nos sorrimos, os homens e eu."

"É natural, porque és notoriamente belo e gracioso", disse o outro. "Por isso sorriem para ti e tu lhes correspondes para confirmá-los na sua loucura. Melhor farias se lhes mostrasses um semblante fechado e lhes dissesses: 'Que quereis com o vosso sorriso? Estes cabelos acabarão por cair miseravelmente bem como estes dentes que agora são alvos. Estes olhos não passam de uma gelatina de sangue e água que no fim se dissolverá e toda esta vã formosura de carne há de encarquilhar-se e consumir-se ignominiosamente'. Seria decoroso se tu, para desenganá-los, lhes lembrasses todas essas coisas que eles sabem muito bem e apesar disso se deixam iludir por aquele instante de sorriso lisonjeiro. Criaturas como tu não são outra coisa senão um engano fugazmente resplendente sobre a íntima abominação de toda a carne debaixo da superfície. Não te digo que só essa pele, esse invólucro, seja o mais apetitoso, com os seus poros evaporantes e com os seus pelos a suar; mas é só arranhá-la um pouquinho para ver como a caldivana salgada esguicha insolentemente rubra, e quanto mais se penetra no interior, mais abominável é, não havendo mais que tripas e fétido. O belo, o gracioso, gracioso e belo havia de ser também no interior, havia de ser maciço, de material nobre, e não repleto de visco e imundície."

"Então", disse José, "tens de contentar-te com as imagens fundidas e de talha, por exemplo, com o belo deus que as mulheres escondem no bosque, depois procuram soltando lamentações e finalmente sepultam na caverna. Aquele é belo até nas suas profundezas, maciço, de madeira de oliveira, não sangrento nem vaporoso. Mas para parecer que não é maciço, senão que ainda sangra da mordedura do javali, pintam nele chagas vermelhas enganando-se a si mesmos, para poder chorar pela sua vida. Assim é; ou é ilusão a vida ou a beleza. Na realidade não as encontras todas duas reunidas."

"Irra!", fez o guia, arrebitando o queixo que lembrava uma fruta esférica; depois, sempre montado, com olhos semicerrados, olhou por cima do ombro aquele que caminhava a seu lado.

"Não", acrescentou depois de uma pausa, "dize o que quiseres, é esta uma geração repelente, que bebe a injustiça como a água e desde muito tempo merecia o dilúvio, mas sem a arca da salvação."

"Quanto à injustiça tens razão", conveio José. "Mas considera que neste mundo tudo existe aos pares, um objeto e seu oposto, para que se possa distinguir, e se ao pé de uma coisa não existisse a coisa contrária, não existiria nenhuma das duas. Sem vida não haveria morte, sem riqueza não haveria pobreza, e se a estupidez desaparecesse, que adiantaria falar em sabedoria? O mesmo se diga em relação a pureza e impureza. Isso é claro. Diz o animal impuro ao puro: 'Agradece-me, porque, se não fosse eu, como saberias que és puro e quem te chamaria assim?'. E o malvado diz ao justo: 'Cai aos meus pés, porque sem mim onde estaria o teu valor?'."

"É tal qual", respondeu o estranho. "Essa é a razão por que desaprovo totalmente este mundo de dualidade e não compreendo o exagerado empenho que há em favor de um gênero humano no qual só se pode falar de pureza relativamente e por via de comparação. Mas sempre é necessário pensar nisso, isso continuamente nos conturba, sabe Deus com que importância, para que se guie sobre a estrada reta esta ou mais esta ou sei lá que outra coisa, que diga respeito a esse mínimo de futuro, assim como eu tenho de te pôr no caminho reto a ti, bolsa cheia de vento, para que atinjas tua meta. Não, é enfadonho demais!"

José refletia: Mas por que me leva pelo caminho reto este espirra-canivetes, se isso lhe custa tanto? Não deixa de ser uma estupidez mostrar-se amável e depois amuar. Decididamente, o único objetivo dele é aproveitar a minha Hulda. Bem que ele agora podia descer um pouco; havíamos combinado revezar-nos. Fala próprio como homem, pensava José e sorria consigo do costume que têm os homens de falar mal da própria natureza excetuando a si mesmos, de modo que o homem julga os outros homens, como se não fosse um deles. Por isso disse:

"Falas do gênero humano e julgas de que ruim material é feito. Mas época houve em que o homem não pareceu ser de material tão ruim nem ainda aos filhos de Deus, tanto que estes lhe entregaram suas filhas, nascendo daí gigantes e poderosos."

O guia, com a sua maneira afetada, volveu a cabeça por cima do ombro oposto a José.

"Que de historietas conheces!", respondeu com ar zombeteiro. "Pela tua idade há de se convir que estás em dia com os acontecimentos. Quanto a mim, vou logo te dizendo, considero aquela história um palavreado oco. Mas, se é verdadeira, vou-te dizer por que razão os filhos da luz assim procederam, vindo procurar as filhas de Caim. Fizeram-no — é bom que o saibas — por excessivo desprezo. Sabes até que ponto chegara a corrupção das filhas de Caim? Andavam com as partes pudendas à mostra, e homem e mulher eram como animais. Seu impuro comércio havia ultrapassado todos os limites, não sendo possível ver aquilo sem se ficar escandalizado. Não sei se entendes essas coisas. Enchiam todas as medidas do crível, deixavam por terra seus vestidos, indo nuas ao mercado. Se não soubessem que coisa é o pudor, ainda podia tolerar-se o seu procedimento, não dando tanto na vista aos filhos da luz. Elas, porém, conheciam o pudor e Deus até as fizera muito pudicas, consistindo a sua lascívia justamente em calcar aos pés o pudor. É possível aguentar-se uma coisa dessas? O homem fornicava publicamente pelos caminhos, com a mãe, com a filha, com a mulher do seu irmão, não tendo em suma outra coisa em mente senão o abominável gozo do pudor ofendido. Não devia tudo isso causar horror aos filhos de Deus? Foram seduzidos por desprezo, não o podes perceber? Desaparecera neles o último resquício de respeito por aquele gênero humano que lhes fora posto bem diante do nariz como se eles não fossem suficientes para o mundo, aquele gênero humano que eles haviam de estimar em atenção a um empenho superior. Acharam que o homem fora criado apenas para a lascívia e o seu desprezo tomou um caráter fornicador. Se não entendes essas coisas, não passas de um vitelo."

"Posso, com certas reservas, compreendê-las", replicou José. "Agora, onde foi que as aprendeste?"

"Será que perguntas a Eliezer onde aprendeu as que te ensina? Tanto quanto ele conheço eu aqueles fatos, e sei ainda alguma coisa mais, porque, quando se é mensageiro, guia, guarda, corre-se mundo e aprendem-se as coisas mais diversas. Posso assegurar-te que o dilúvio veio somente porque o desprezo dos filhos do céu pelo homem já se tornara fornicatório. Isso foi o que fez transbordar o vaso, do contrário talvez nunca tivesse vindo, podendo eu acrescentar que da parte dos filhos da luz se tinha exatamente a intenção de obrigar a Deus a mandar o dilúvio. Mas infelizmente veio depois a arca da salvação, havendo o homem penetrado nela por uma portinha dos fundos."

"Alegremo-nos com isso", disse José, "aliás não estaríamos aqui tagarelando no caminho de Dotain e não nos serviríamos *um pouco cada um* do burro, conforme a nossa combinação."

"Nada mais justo!", retrucou o outro, fazendo mais uma vez girar as pupilas dos seus olhos em redor e olhando de esguelha. "A tagarelar esqueço tudo. Devo, no entanto, guiar-te no caminho certo e velar por ti, para que chegues até onde estão teus irmãos. Mas quem é mais importante, o guarda ou o vigiado? Não sem amargura devo responder: é mais importante o vigiado, porque por causa dele é que aí está o guarda, e não vice-versa. Por isso agora apeio-me e tu montarás no burro, ficando eu a caminhar ao teu lado na poeira."

"Fico-te vendo muito bem", disse José, sentando-se sobre o burro. "De resto é um puro acaso que possas também tu, de vez em quando, cavalgar e não tenhas de andar na poeira."

Assim foram continuando o seu caminho sob as estrelas com um pálido luar, de Siquém em direção setentrional para Dotain, através de vales ora apertados ora largos, galgando montanhas íngremes, cobertas de florestas de cedros e de acácias, passando por lugarejos adormecidos. José também dormiu algum tempo enquanto cavalgava o burro e o guia andava no pó. Quando, porém (já despontava o dia), acordou do seu sono, notou que na carga do burro faltava um cestinho com fruta espremida e um outro com cebolas assadas, reparando ao mesmo tempo que a prega da cintura do guia havia em proporção aumentado de volume. O homem furtava! Esta foi uma dolorosa surpresa, sendo também a prova de que tivera bem pouca razão em apresentar-se como exceção quando maldizia do gênero humano. José não deu uma palavra a respeito, mesmo porque na conversa defendera a injustiça por amor do antônimo desta. Depois, aquele homem era um guia, sendo portanto consagrado a Nabu, o senhor do Oeste no giro de revolução que conduz à metade ínfera do mundo; era, pois, um servo do deus dos ladrões. Surgia espontânea a suposição de que, roubando o seu protegido imerso no sono, tinha executado uma pia ação simbólica. Por essa razão José nada disse da sua descoberta, mas sentiu estima pela desonestidade do homem, que podia ser religiosidade. Era-lhe todavia dolorosa a descoberta de que o guia o houvesse explicitamente roubado. Esse furto era, em relação ao lugar a que se dirigia e ao modo como estava para lá sendo conduzido, um sinal que se tornava desagradável para José, oprimindo-lhe um pouco o coração. Mas não muito tempo depois aconteceu algo muito pior do que o furto. O sol despontara por trás dos campos e florestas e já se avistava a verdejante colina de Dotain; ficava-lhes esta à direita, mergulhada nos raios matutinos, estando no topo a aldeia. José, que estava montado no burro enquanto o ladrão segurava o cabresto, olhava para Dotain. De súbito, um solavanco e uma queda. O mal estava feito. Hulda introduzira uma das patas anteriores num buraco do terreno, curvara-se e não podia mais erguer-se. Partira-se-lhe um jarrete.

"Está quebrado!", disse o guia após um exame feito pelos dois. "Olha agora que belo presente! Não te disse eu que há jarretes demasiado franzinos?"

"Diante desta fatalidade não te deverias alegrar de teres aparentemente razão; antes, neste momento não se devia nem sequer pensar em tal. Quem a conduzia eras tu e não fizeste reparo em que ela se metia desastradamente no buraco."

"Não pus reparo e me recriminas por isso? Eis aí a verdadeira índole do homem, que sempre deve ter um culpado, quando alguma coisa anda mal, como se podia prever!"

"É também verdadeira índole do homem desejar absolutamente prever a desgraça e depois procurar nela um triunfo inútil. Contenta-se com que eu te acuse apenas de desatenção. Poderia acusar-te de muito mais. Não deverias nem sequer aconselhar-me a viajar durante a noite; assim não teríamos fatigado tanto Hulda e o inteligente animal jamais poria o pé em falso."

"Acreditas que com as tuas lamúrias lhe curarás o jarrete?"

"Não", respondeu José, "não acredito. Mas agora estou de novo no ponto de antes e tenho de perguntar de novo: que fazer agora? Não posso deixar aqui o meu pobre animal com toda a sua carga de mantimentos que queria levar de presente aos meus irmãos em nome de Jacó. Há muito ainda, apesar de eu já ter comido uma parte e outra parte ter desaparecido de outro modo, Hulda irá morrer aqui, sem nenhum socorro, enquanto os animais do campo me devoram os tesouros? Tenho vontade de chorar de contrariedade."

"E quem sabe de novo remediar", replicou o desconhecido, "sou eu. Não te dizia eu que, apresentando-se a ocasião, faço também o ofício de guarda? Olha, vai seguindo o teu caminho! Eu me sentarei aqui, ficarei guardando o teu burro e os comestíveis, protegendo-os dos pássaros e dos malandros. Se eu me sinto talhado pela natureza para tais misteres, é questão que não é para se discutir agora. Basta, ficarei aqui fazendo de guarda do burro, até que chegues aonde estão teus irmãos e voltes com eles ou com algum empregado a tomar os tesouros e ver como está a alimária, se pode curar-se ou se é preciso matá-la."

"Obrigado", disse José, "vamos fazer assim. Vejo que és justo como um homem, tens tuas boas qualidades, que das outras não vamos falar. Apresso-me o mais possível e volto com alguns homens."

"Conto com isso. Não podes errar: contornas a colina, depois voltas ao vale por trás dela, dás quinhentos passos por entre moitas e trevos, e lá encontras os teus irmãos não muito longe de um poço em que não há água. Pensa bem, se não tens ainda necessidade de tirar alguma coisa da carga do burro. Quem sabe se um pano para a cabeça contra o sol que já está saindo?"

"Tens razão", gritou José, "a má sorte me despojou até das ideias! Isto não deixo eu aqui", disse, tirando a *ketonet* da bolsa de couro presa às argolas, "nem sob tua guarda, conquanto possuas boas qualidades. Isto levo comigo, para a minha ida a Dotain, para lá chegar com grande pompa, já que não me é dado entrar montado na minha branca Hulda, como queria Jacó. Ponho-a logo aqui diante de teus olhos... assim... e assim... e ainda assim! Que tal? Não sou eu um variegado pássaro de pastores na minha túnica? Como fica no filho o véu de Mami?"

LAMEC E A SUA CONTUSÃO

Por esse tempo os filhos de Lia e das escravas estavam sentados atrás da colina, no fundo do vale, reunidos os dez em torno de um fogo apagado, no qual haviam preparado a sua papa do café matinal. Estavam a olhar para as cinzas. Já cedo tinham saído todos de suas tendas listradas, que lá estavam longe no matagal, em horas diferentes, mas todos bem cedo, alguns antes mesmo do romper d'alva, porque seu sono não fora muito bom. Raramente algum deles tinha um bom sono, depois que haviam saído de Hebron; e o desejo de variar que os induzira a trocar os pastos de Siquém pela planície de Dotain lhes viera somente da falaz ilusão de que alhures teriam um sono melhor.

Resmungando e, por causa da dureza dos membros, tropeçando algumas vezes nas raízes que se estendiam pelo solo serpeando e formando nós, tinham se dirigido ao poço que estava lá embaixo, próximo às ovelhas, onde os rebanhos cobriam o campo, e que tinha água viva, ao passo que a cisterna ali das vizinhanças, naquela estação, não continha água, estava seca. Tinham bebido, haviam se lavado, adorado, dado uma passada de olhos aos cordeirinhos e finalmente haviam se reunido onde costumavam comer: à sombra de um grupo de pinheiros bravos de troncos vermelhos e de imensa e basta copa. Dali se tinha uma vista livre do outro lado do campo raso, coberto apenas de moitas e árvores isoladas, para a colina, coroada pela aldeia de Dotain, sobre o distante fervedouro do gado miúdo, e, por trás de tudo isso, sobre a suave montanha. O sol já ia bem alto. Havia no ar um perfume de ervas aquecidas, de funcho, de tomilho e ainda outros aromas campestres agradáveis às ovelhas.

Os filhos de Jacó, formando um círculo, estavam sentados sobre os calcanhares, estando ainda a fumegar debaixo das cinzas os ramos ardentes e sobre eles a panela. Havia muito tinham acabado de comer e lá estavam sentados, inertes, com os olhos vermelhos. Tinham farto o ventre, mas o espírito andava roído por uma fome, por uma sede ardente, a que não saberiam dar nenhum nome, mas que lhes estragava o sono, tornando inútil o reforço que lhes devia infundir o repasto matinal. Cada um deles sentia, cravado na carne, um espinho que não era possível extrair, que ulcerava, atormentava, consumia. Sentiam-se exaustos e a muitos deles doía a cabeça. Se tentavam cerrar o punho, não o conseguiam. Se aqueles que, por amor de Dina, haviam um dia efetuado em Siquém a carnificina, provassem agora as suas forças para ver se ainda, hoje e naquele local, eram os homens aptos a tal ação, veriam que não, que não eram os mesmos: a dor, o verme que rói, o espinho ulceroso, a fome que consome internamente, os debilitava, lhes tolhia todas as energias másculas. Especialmente Simeão e Levi, os ferozes gêmeos, como deviam achar vergonhoso esse estado de coisas! Um esgaravatava apático com o seu cajado o brasido moribundo. O outro, Simeão, bamboleando o corpo de um lado para outro, entoou a meia-voz no silêncio uma cantilena que alguns outros acompanharam sussurrando. Era uma canção antiga, fragmento de uma balada ou epopeia de tempos remotos, um tanto dispersa, transmitida incompletamente:

> *Lamec, o herói, tinha duas mulheres,*
> *Chamadas Ada e Sela.*
> *'Ouvi, Ada e Sela, o meu canto;*
> *Vós, mulheres de Lamec, escutai minhas palavras!'*
> *Um homem matei porque me ofendeu,*
> *Por causa da minha contusão tirei a vida a um jovem.*
> *Sete vezes foi vingado Caim,*
> *Mas Lamec setenta e sete vezes!*

Não sabiam mais que coisa acontecera nem antes nem depois e se calaram. Estavam, porém, com o espírito sempre voltado para a truncada canção e com os olhos da mente viam Lamec, o herói, com as armas e cheio de ardente orgulho, que vinha de realizar sua façanha e anunciando às mulheres inclinadas que lavara seu coração. Viam também prostrado sobre a erva sanguinolenta aquele que o herói abatera, a vítima expiatória, aliás pouco culpável, da honra ferozmente suscetível de Lamec. No canto a palavra forte "homem" era substituída pela expressão mais branda "jovem", que, na sua cruenta beleza, provocaria sentimentos de piedade. Tais sentimentos podiam surgir no espírito de Ada e Sela, mas podiam servir somente de tempero à adoração por elas votada à virilidade incorrutivelmente homicida de Lamec e à exigente sede de vingança que dominava, brônzea e vetusta, no canto e nos seus sentimentos.

"Chamava-se Lamec", disse Levi, filho de Lia, remexendo com o seu cajado de pastor uns galhos carbonizados. "Que tal vos parece? Faço-vos essa pergunta porque isso me parece bom, excelente. Aquele, sim, era ainda um, um indivíduo, um coração de leão, de bom quilate. Homens assim já não existem. Só existem na canção; a gente canta, refocila-se com o canto e pensa nos tempos idos. Aquele tal podia aparecer diante de suas mulheres com o coração lavado e quando ia procurá-las, uma depois da outra, com a sua força, sabiam elas quem recebiam e tremiam de gozo. Apresentas-te assim, ó Judá, à filha de Sué, e tu, ó Dã, à moabita? Dizei-me pois, que aconteceu ao gênero humano desde então, para que ele produza apenas caviladores e beatos, mas nenhum homem?"

Respondeu-lhe Rúben:

"Vou dizer-te que é que retira da mão do homem a sua vingança e faz com que tenhamos nos tornado diferentes de Lamec, o herói. São duas coisas: os preceitos de Babel e o ciúme de Deus, que dizem ambas: a vingança é minha. Deve na verdade a vingança ser retirada do homem, do contrário ela continua a produzir ferozmente, luxuriante como o palude, e o mundo se enche de sangue. Qual foi a sorte de Lamec? Não o sabes porque a canção não o diz. Mas o jovem que ele matou tinha um irmão ou filho que matou Lamec, para que a terra bebesse também o seu sangue, e dos costados de Lamec veio um que, por vingança, assassinou o assassino de Lamec e assim por diante, até que da semente de Lamec e da semente do primeiro assassinado não ficou mais nenhum com vida e a terra fechou as fauces por já se sentir saciada. Por isso é que, quando Caim matou Abel, Deus lhe pôs um sinal para significar que a ele pertencia a vingança, dizendo: 'Todo aquele que matar Caim será castigado sete vezes mais'. Mas Babel instituiu o tribunal para que o homem se dobre por delito de sangue à sentença do direito e não chafurde na vingança."

Então Gad, filho de Zelfa, na sua retidão:

"Assim falas, Rúben, com a voz sutil que vem de um corpo robusto, inesperada, toda vez que a escutam. Se eu tivesse os teus membros, não falaria como tu, não defenderia o curso dos planetas com suas mudanças que desvirilizam o herói e tiram do mundo o coração de leão. Onde a altivez do teu corpo para assim falares com voz débil e quereres transferir a vingança para Deus ou para o tribunal de sangue? Não te envergonhas diante de Lamec, que disse: 'Este negócio é negócio que há de resolver-se entre nós três: entre mim, aquele que me ofendeu e a terra?'. Caim disse a Abel: 'Deus me consolará se Noema, nossa doce irmã, aceitar as tuas ofertas e sorrir para ti, ou o tribunal decidirá a quem vai ela pertencer? Eu sou o primogênito, portanto ela é minha. Tu és gêmeo com ela, portanto ela é tua. Nem Deus nem o tribunal de Nemrod decide isso. Vamos, pois, ao campo e decidamos!'. E decidiu a questão com ele; e como é verdade que estou aqui, Gad, que Zelfa deu à luz sobre o regaço de Lia, eu sou por Caim."

"Eu pelo meu lado", disse Judá, "não quisera mais ser chamado o jovem leão, como me chama o povo, se não fosse por Caim e mais ainda por Lamec; por minha fé que ele era cioso da sua honra e não tinha em pouco a sua altivez. 'Sete vezes?', disse. 'Ora essa! Eu sou Lamec, quero ser vingado setenta vezes mais, e aqui jaz ele, o tolo, por causa da minha contusão!'"

"Que terá sido essa contusão", perguntou Issacar, o burro ossudo, "e em que pode ter faltado o infeliz jovem contra Lamec, o gigante, para que este não tenha transferido para Deus ou para Nemrod a vingança, mas a tenha exercido ele mesmo tantas vezes?"

"Já ninguém sabe", respondeu-lhe o seu meio-irmão Neftali, filho de Bala. "É desconhecida a desfaçatez do jovem e que foi que Lamec lavou com o seu sangue: tudo isso desapareceu da memória do mundo. Mas, por ouvir dizer, sei que nos nossos dias há homens que engolem ofensas muito mais repugnantes do que a que foi feita a Lamec. Tragam-nas, diz-se, esses vis engolidores e depois vão para algum lugar onde se sentam e os rói o verme da vergonha, a tal ponto que não podem nem comer nem dormir. Se os visse Lamec, que eles admiram, os atacaria a pontapés, que é o que merecem."

Disse isso com língua malignamente desembaraçada e com o semblante desfigurado. Os gêmeos fremiam, procurando cerrar os punhos sem o conseguir. Zabulon disse:

"E eram Ada e Sela, mulheres de Lamec. A culpa é de Ada, isso quero dizer-vos, porquanto ela deu à luz Jabal, antepassado dos que moram na tenda e têm por profissão criar gado, o avô de Abrão, Isaac e Jacó, nosso manso pai. A ela devemos a ruína, eis o belo presente que nos deixou; e já não somos homens, mas, como dizes tu, mano Levi, caviladores e beatos e somos castrados com a foice, que Deus se amerceie de nós! A coisa seria bem diversa se fôssemos caçadores ou navegantes. Mas com Jabal, filho de Ada, veio ao mundo a religiosidade da tenda, o pastoreio, as meditações de Abrão sobre Deus: isso nos debilitou tanto que receamos causar desgosto ao venerando pai e o grande Rúben diz: a vingança é de Deus. Mas pode lá a gente fiar-se de Deus e da sua justiça, quando ele mesmo é parte na demanda e por meio de sonhos abomináveis inculca a desfaçatez ao desprezível rapaz? Nada podemos fazer contra os sonhos", gritou tão angustiado que a voz lhe morreu na garganta, "quando eles vêm de Deus e está decidido que nos curvemos!"

"Mas contra o dono dos sonhos bem que poderíamos fazer alguma coisa", bradou Gad, e sua voz também saía de um peito atormentado, "de modo que", acudiu Aser, "os sonhos fiquem sem dono e já não possam tornar-se realidade!"

"Isso significaria", ponderou Rúben, "pôr-se contra Deus, de um modo ou de outro, porque é exatamente a mesma coisa rebelar-se contra os sonhos ou contra Deus quando dele provêm os sonhos." Ele falava no passado, não dizendo "significa" ou "significará", mas "significaria", como quem dissesse que a questão já estava definida.

Foi Dã quem falou depois dele. Eis o que disse:

"Escutai, irmãos, e prestai atenção às minhas palavras, pois que Dã é chamado serpente e víbora e por uma certa tendência sua à cavilação bem lhe fica o papel de juiz. É verdade e Rúben tem razão: se se paga ao sonhador na mesma moeda, de maneira que os sonhos não tenham mais dono e sejam impotentes, expõe-se a gente à cólera daqueles que exercem o arbítrio e provoca-se contra a gente mesma a vingança dos injustos. Isso não se pode negar. Mas", diz Dã, "é preciso arriscar, porquanto não se pode imaginar nada mais horrendo ou tão horrendo como a realização dos tais sonhos. Seja como for, o livre-arbítrio sairá perdendo, enfureça-se e encolerize-se quanto quiser, debalde procurarão os sonhos o seu sonhador. É necessário criar fatos consumados, eis o que nos ensina o que aconteceu. Porventura não sofreu Jacó isso e mais aquilo por causa da sua treta, e terá ele rido no serviço de Labão por causa das amargas lágrimas de Esaú? Pois mesmo assim resistiu. É que ficara com a vantagem principal, a bênção; esta estava no seguro, estava bem resguardada, e nenhum Deus, fosse qual fosse, poderia arrebatar-lha. É mister suportar lágrimas e vingança por amor do bem, porque aquilo que foi posto no seguro e a bom resguardo não volta..."

Aqui se lhe embaralharam as palavras, começadas com tanta sutileza. Rúben, porém, retrucou, sendo coisa singular ver tão pálido aquele homem robusto como um carvalho:

"Dã, falaste e agora podes calar-te. Nós nos afastamos de casa, apartamo-nos do lar paterno. O que nos irritava está longe e no seguro. E seguros nos sentamos também nós aqui em Dotain, a cinco dias de lá: é este o fato consumado."

Depois de tais colóquios, todos baixaram a cabeça, profundamente, metendo-a quase entre os joelhos que estavam levantados, porque eles haviam se sentado sobre os calcanhares e lá ficaram agachados, curvos, em redor das cinzas, como dez feixes de dor.

JOSÉ LANÇADO NA CISTERNA

Sucedeu, porém, que Aser, filho de Zelfa, curioso mesmo na angústia, olhava às ocultas por sobre os joelhos e girava os olhos pelo campo. Súbito vê à distância fulgir na luz um como relâmpago prateado que desapareceu, mas logo depois brilhou de novo, e, ao observar com mais atenção, viu que eram dois e mais lampejos que ora fulguravam separados, ora todos ao mesmo tempo, em diversos pontos, mas todos unidos.

Aser acotovelou Gad, seu irmão germano, que estava sentado ao seu lado, e com o dedo lhe indicou o fogo-fátuo, para que o ajudasse a compreender o que seria. E como os dois examinavam a coisa, colocando a mão sobre os olhos, e se entreolhavam consultando-se, o desassossego deles chamou a atenção de outros. Os que estavam sentados de costas para aquela banda voltaram-se; cada um tinha os olhos nos olhos do outro, este acompanhava a direção que tomava o olhar daquele, até estarem todos com a cabeça erguida e olharem todos juntos atentamente para uma figura que se aproximava cada vez mais e da qual partia aquele esplendor.

"Lá vem um homem que despede fulgores", disse Judá. Mas daí a pouco, enquanto olhavam aguardando e deixando que a figura se aproximasse, Dã disse:

"Parece mais um rapaz."

E no mesmo momento todos aqueles rostos trigueiros ficaram repentinamente pálidos como desde antes já estava o de Rúben, e seus corações entraram a bater como timbales num ritmo loucamente apressado, de sorte que naquele lugar e naquele silêncio sem fôlego havia uma espécie de concerto surdo, um rumor abafado.

José, na sua túnica variegada, com a coroa sobre o capuz do véu, vinha pela vasta planura na direção deles.

Não queriam acreditar nos próprios olhos. Lá estavam eles sentados, com o cotovelo apoiado ao joelho, os polegares fincados nas faces, os dedos na frente da boca, e por sobre os punhos olhavam fixamente, com olhos inchados, o fantasma que se aproximava. Esperavam estar sonhando e temiam isso. No terror e na esperança vários deles recusavam ainda reconciliar-se com a realidade, quando já aquela figura lhes sorria bem perto, de modo tal que não era mais possível nenhuma dúvida.

"Sim, sim, saúdo-vos!", disse ele com a sua voz e se acercou. "Podeis acreditar nos vossos olhos, meus caros! Vim por incumbência do pai, montado na Hulda, a burrinha, para ver se as coisas correm bem entre vós e para..." Deteve-se, perplexo. Os irmãos estavam imóveis e o fitavam, em grupo, lugubremente encantados. Mas enquanto continuavam ali naquela atitude, conquanto não houvesse nem nascer nem pôr do sol que fosse possível pintar-se-lhes nos semblantes, aqueles semblantes ficaram vermelhos como os retorcidos troncos das árvores que estavam detrás deles, vermelhos como o deserto, vermelho-escuros como a estrela no firmamento, e seus olhos pareciam querer esguichar sangue. José recuou. Ribombou nesse instante um fragoroso urro, o mugido dos gêmeos que revolveu as entranhas, e com um grito demorado que parecia vir de *uma* só garganta atormentada, com um ah! desesperadamente exultante de raiva, de ódio e de libertação, num pulo puseram-se de pé todos dez numa simultaneidade selvagemente exata e se precipitaram sobre ele.

Caíram sobre o irmão como alcateia de lobos esfaimados sobre a presa. Para a sua infrene sede de sangue não havia consideração nem reflexão. Pareciam querer espostejá-lo no mínimo em catorze pedaços. Na realidade, no mais íntimo da alma só desejavam dilacerar, rasgar, despedaçar. "Fora, fora com isso!", berravam, arquejando, pensando todos na *ketonet*. Era necessário despi-lo do traje cheio de imagens, o véu, ainda que isso fosse custoso no meio de tal tumulto. É que o dono o vestira muito retorcido de todos os lados, fechado na cabeça e nas costas, e eles eram muitos para *uma* só ação, servindo um de obstáculo para o outro, atirando um ao outro longe de José, que faziam saltar, erguer-se e cair no meio deles, sobre ele recaindo reciprocamente os golpes destinados ao jovem, de que, no entanto, sempre lhe tocava uma boa parte. Logo lhe manou sangue do nariz enquanto se fechava um de seus olhos, cintado por uma nódoa violácea.

Da confusão, porém, valeu-se Rúben, que estava no meio deles, sobrepujando-os a todos em altura, e gritando ele também: "Fora com isso!", uivava com os lobos. Fazia como sempre fazem aqueles que, querendo apenas guiar uma turba desenfreada, para garantir para si influência sobre os acontecimentos, participam do mal com aparente zelo, a fim de evitar mal maior. Dava-se ares de ser também ele impelido pelos outros, sendo na realidade ele que, tanto quanto podia, rechaçava aqueles que investiam com José e faziam menção de arrancar--lhe a veste, procurando assim, quanto lhe era possível, protegê-lo. Sua atenção se dirigia especialmente para Levi por causa do cajado deste e estava sempre a tropeçar nele. Não obstante, porém, todas as manobras de Rúben, o aterrado mancebo viu-se reduzido a tal estado que ele, o mimoso, nunca teria sonhado ser coisa possível. Cambaleava fora de si, com a cabeça entre os ombros, os cotovelos estendidos debaixo daquela tempestade de brutalidade selvagem que caía sobre ele do céu azul, sem a mínima consideração, de maneira horripilante, golpeasse onde golpeasse, esfrangalhando a sua fé, a sua imagem do mundo, a sua convicção, firme como uma lei da natureza, de que cada qual devia amá-lo mais do que a si mesmo.

"Irmãos!", balbuciava com o lábio fendido, do qual escorria o sangue juntamente com o do nariz sobre o queixo. "Que fazeis…" Um cachação que Rúben não pudera prevenir cortou-lhe a palavra na boca. Um murro, dado com extrema e irrefletida violência na região do estômago entre as costelas, o fez vergar e sumir-se por entre a matilha. Não se pode negar, antes deve-se pôr em relevo que o procedimento dos filhos de Jacó, por maior que fosse a justiça da parte deles, foi o mais vergonhoso, devendo francamente ser apelidado de selvagem. Puseram-se eles abaixo do nível da humanidade e se lembraram dos dentes para arrancar a veste materna do corpo do jovem ensanguentado e quase desfalecido. É que suas mãos infelizmente ainda tinham muito que fazer. E, enquanto isso, não estavam calados, não sendo somente "fora, fora com isso!" a sua senha. Como trabalhadores que pegam e levantam um peso e com gritos monótonos vão se atordoando e exortando ao trabalho comum, também eles, das profundezas da sua exasperação, arrancavam palavras truncadas, que iam continuadamente soltando para manter viva a raiva e para afugentar a reflexão. "Inclinar-se, inclinar-se, inclinar--se!" — "Vê se as coisas correm bem!" — "Espinho na carne!" — "Enfermidade latente que és!" — "Aí está no que dão os teus sonhos!" — E o infeliz?

Para ele, o que haviam feito com a *ketonet* era a coisa mais terrível, mais inconcebível; era para ele mais doloroso, mais abominável do que toda a injustiça contundente que acompanhava a dilaceração do véu. Desesperado, procurava salvar a veste e conservar ainda para si os seus restos, os seus farrapos, e gritava repetidas vezes: "A minha túnica!", e com angústia virginal berrava de novo: "Não a rasgueis!", quando já estava nu. O despojamento, com efeito, verificou-se de maneira demasiado violenta para limitar-se apenas ao véu. Com ele caíram camisa e cinto, espalhando-se sobre o musgo os respectivos trapos, de mistura com os da coroa e do véu, ao mesmo tempo que sobre o rapaz nu, que com os braços mal cobria o rosto, caíam desapiedadamente os golpes da cainçalha. "Curvar-se, curvar-se!" — "Eis aí no que deram os teus sonhos!" Por vezes os golpes eram desviados ou quase aparados pelo grande Rúben, o qual continuava a fingir que era empurrado e no entanto com os seus empurrões afastava de José os demais, como se fossem esses que o impedissem de descarregar golpes sobre a vítima segundo o seu gosto e a sua raiva. "Espinho na carne que és!" — "Enfermidade latente", berrava ele também. Mas depois gritava ainda alguma outra coisa, algo que no momento lhe lembrava, e gritava-o forte, repetidas vezes, a fim de que os demais o ouvissem e divertissem para ali a sua insensatez. "Amarrar! Amarrá-lo!" — "De mãos e pés!" Era o novo santo e senha dado por ele e, na sua enorme fúria, inventado para bom fim. Esse santo e senha devia pôr provisoriamente um termo à ação de resultado imprevisível, devia contribuir com uma pausa, um momento de fôlego, durante o qual o ansioso desejo de Rúben de evitar um mal extremo ganharia tempo. Efetivamente, enquanto estivessem ocupados em amarrar José não lhe bateriam; e uma vez amarrado, ter-se-ia alcançado por ora alguma coisa de satisfatório, ter-se-ia realizado uma parte da ação, e depois disso poderiam retirar-se para pensar no que se devia fazer em seguida. Foi esse o precipitado cálculo de Rúben; e ele difundia o seu santo e senha com um zelo desesperado, como se aquilo representasse a única coisa oportuna e razoável que se podia fazer, como se fosse louco todo aquele que não o ouvisse. "Aí tens em que deram os teus sonhos", berrava ele. "Amarrar, amarrá-lo!" — "Estúpidos que sois, vós vos vingais como uns pascácios!" — "Em vez de me dardes encontrões, amarrai-o!" — "Não há por aí uma corda?", gritou ainda com voz estentórea.

Sim, havia. Gad, por exemplo, trazia uma corda em torno da cintura e tirou-a. Como aquelas cabeças estavam ocas, a ordem de Rúben pôde aninhar-se nelas; agarraram o desnudo, com a mesma comprida corda lhe amarraram os braços e as pernas, apertaram-no bem apertado, tanto que soltava gemidos, tomando Rúben parte ativa no serviço. Quando ficou tudo terminado, afastou-se, enxugou o suor dando um suspiro de alívio, como se durante todo aquele tempo houvesse mostrado aos outros como deviam proceder.

Os outros ficaram ali com ele, postos por enquanto fora de combate, em selvagem repouso. Diante deles jazia o filho de Raquel, reduzido a um lastimoso estado. Estava deitado sobre os braços ligados, com a nuca um tanto levantada do mato, os joelhos erguidos, com as costelas a arfar penosamente, cheio de vergões e machucaduras, e por aquele corpo coberto de raivosa baba fraterna, sobre cuja pele se amontoava musgo e pó, escorria, em sulcos serpeantes, o rubro líquido que esguicha da beleza quando se lhe fere a superfície. Com o olho que lhe restava intacto procurava, cheio de terror, os seus algozes, fechando-o de quando em quando espasmodicamente como em defesa contra novas violências.

Os celerados lá estavam, esbaforidos, e exageravam a sua fadiga para ocultar o embaraço que se assenhoreava deles, mal lhes voltara a reflexão. Imitavam Rúben, enxugando o suor com as costas da mão, bufavam com os beiços, faziam esgares exprimindo a indignação desmedidamente justa que se seguia à vingança, como se quisessem dizer: "Aconteça o que acontecer, quem nos poderá censurar isso?". Diziam-no mesmo com palavras que soltavam resfolegando, como que para justificar-se perante si mesmos e perante outro qualquer juízo superior alheio a eles: "Que crianço!" — "Que espinho este!" — "Mostramos-lhe com quantos paus se faz uma canoa!" — "Viu o ruço conosco!" — "Quem havia de crer?" — "Vir de tão longe até aqui!" — "Pôr-se aqui diante de nós!" — "E com a túnica de várias cores!" — "Diante de nossos olhos!" — "Quer ver se as coisas correm bem!" — "Mas quem viu isso fomos nós!" — "Há de lembrar-se!".

Enquanto, porém, vomitavam essas imprecações, seu espírito — o espírito de todos eles ao mesmo tempo — estava transido de um sentimento de horror, para sufocar o qual eram exatamente dirigidas aquelas invectivas; e se se observasse de perto aquele secreto horror, este era o pensamento de Jacó.

Deus do céu! Que haviam feito do anho do pai — sem falar no estado a que estava reduzido o virginal legado de Raquel? Como se comportaria o Expressivo quando o percebesse ou viesse a sabê-lo? Como resistiriam à sua presença? Que lhes tocaria a todos eles? Rúben pensava em Bala, Simeão e Levi em Siquém e na cólera de Jacó, como os invectivou ao voltarem das suas heroicas proezas. Neftali, ele de modo especial, tanto para se consolar, dizia que Jacó estava a cinco dias de distância e totalmente ignorante de tudo, e, pela primeira vez na vida, reputou ser uma grande bênção o espaço que separa os homens e os faz ignorar os acontecimentos. Mas todos reconheciam que o poder do espaço não poderia manter-se para sempre. Volvido algum tempo Jacó viria a saber de tudo, exatamente quando José regressasse a casa. E então nenhum poderia arrostar o furacão do sentimento paterno que inelutavelmente se desencadearia sobre eles em tremendas maldições e com palavras tonitruantes. Apesar de serem homens feitos, tinham um profundo temor filial, tinham medo da maldição como gesto e medo do sentido e das consequências da maldição. Seriam todos amaldiçoados, isso era claro, por haverem levantado a mão contra o cordeirinho, e definitivamente, explicitamente o hipócrita seria exalçado sobre eles como o herdeiro escolhido!

O cumprimento dos vergonhosos sonhos... acabaria sendo obra de suas próprias mãos! Portanto, precisamente aquilo que Deus queria ia realizar-se com aquele fato consumado. Começaram a reparar que o grande Rúben os bestificara com o seu santo e senha. Agora ali estavam eles, ali jazia o ladrão da bênção, a falar verdade suficientemente castigado e amarrado, mas podia-se falar em fatos consumados? Outra coisa seria se José não mais aparecesse diante dos olhos do velho, se este viesse a saber de alguma coisa de consumado, de definitivo. Então, verdadeiramente, o desespero seria ainda mais terrível, incalculável. Mas — e era preciso regular isso — não cairia sobre eles. Das coisas feitas pela metade eram culpados, do fato definitivamente realizado não deviam sê-lo. Sobre essas coisas refletiam todos ao mesmo tempo no seu íntimo, enquanto estavam ali imóveis. Também Rúben. Ele não podia deixar de reconhecer esse estado de coisas. A astúcia com que fizera parar o feito lhe viera do coração. Dizia-lhe a sua razão que já acontecera demasiado para que fosse acontecer mais ainda. Que esse "mais" devesse acontecer e contudo que por nenhum preço, por amor de Deus, não devia acontecer, era o que lhe conturbava o espírito. O rosto musculoso do grande Rúben nunca tivera uma expressão de tanta raiva, de tanta perplexidade.

De um momento para o outro receava ouvir a palavra que não podia faltar e para a qual não tinha resposta. E eis que a palavra se fez ouvir e ele teve de ouvi-la. Alguém a disse, fosse lá quem fosse. Rúben não notou nem ao menos por acaso quem foi; todos tinham a mesma indefectível ideia: "É necessário levá-lo daqui".

"Daqui", confirmou Rúben, baixando raivosamente a cabeça. "Tu o dizes. Mas não dizes para onde."

"É isso indiferente, o que é preciso é que desapareça", respondeu a voz. "Deve ser atirado ao fosso para não existir mais. Já há muito não devia existir, porém agora não deve existir de modo nenhum."

"Inteiramente de acordo", acudiu Rúben com amargo motejo. "Depois nos apresentamos a Jacó, seu pai, sem ele. 'Onde está o rapaz?', perguntará ele incidentemente. 'Já não existe', respondemos-lhe. Mas se ele quiser saber: 'E por que já não existe?', lhe responderemos: 'É que nós o matamos'."

Calaram-se.

"Não", disse Dã, "assim, não. Escutai-me, irmãos. Chamam-me serpente, víbora e não se me pode negar tal ou qual agudeza. Vamos fazer assim: Jogamo-lo no fosso, bem no fundo, naquela árida cisterna, meio desmoronada, na qual não há água. Ali está ele seguro e posto a bom resguardo, e verá que coisa são os seus sonhos. Diante de Jacó, porém, mentiremos e com voz firme lhe diremos: 'Não o vimos nem sabemos se ainda existe ou não. Se já não existe, quer dizer que o devorou alguma fera. Ó desgraça!', devemos acrescentar em atenção à mentira, 'Ó desgraça!'."

"Silêncio!", ordenou Neftali. "Ele está aqui perto e nos ouve!"

"Que importa?", retrucou Dã. "Não o passará para a frente. Se o ouve, mais uma razão para não deixá-lo ir-se daqui; mas antes também não queríamos deixar que ele se fosse; dá tudo, pois, no mesmo resultado. Podemos tranquilamente falar diante dele porque já está como morto."

Partiu de José uma voz lamentosa, vinda do seu peito estreitamente amarrado, sobre o qual estavam ternas e rubras as estrelas maternas. Ele chorava.

"Vós o ouvis e não tendes dó dele?", perguntou Rúben.

"Rúben, que quer dizer isso?", respondeu-lhe Judá. "Por que nos vens falar de dó, ainda que um ou outro o possa sentir como o sentes tu?

O seu choro de agora porventura apaga o fato de que aquele sapo foi desaforado toda a vida para lá do céu, espezinhando-nos diante do pai com vergonhosa hipocrisia? Mesmo que nos deixemos levar pela comiseração contra o necessário, será esta uma razão plausível para ele ir-se daqui e contar tudo? Logo, que adianta falar de piedade, ainda que ela se insinue em nossos sentimentos? Ele não escutou que mentiremos diante de Jacó? Tê-lo ouvido já transpõe os limites da sua vida; e com dó ou sem ele, Dã foi quem disse a verdade: Ele já está como morto."

"Tendes razão", disse Rúben. "Vamos lançá-lo no fosso."

José chorou de novo que fazia dó.

"Mas ele ainda chora", julgou um deles ser sua obrigação recordá-lo.

"Então não lhe há de ser permitido nem sequer chorar?", gritou Rúben. "Jogai-o chorando no fosso! Que mais quereis?"

Aqui foram proferidas certas palavras que não reproduziremos por incutirem espanto à sensibilidade dos novos tempos e que, se fossem referidas em forma direta, mostrariam os irmãos ou alguns deles sob um aspecto exageradamente mau. É certo que Simeão e Levi, bem como o honesto Gad, se ofereceram para, numa volta de mão, dar cabo do rapaz amarrado. Queriam aqueles servir-se do cajado, golpeando-o com a força de ambos os braços, à maneira de Caim, de sorte que acabasse depressa. Este encarregava-se de cortar-lhe o pescoço com uma faca, como fez certa vez Jacó com o cabrito, de cuja pele se utilizou para abichar a bênção. Essas propostas foram feitas, não se pode negar, mas não é desejo nosso que o leitor rompa definitivamente com os filhos de Jacó e retire deles para sempre o perdão; por isso não narramos o fato com as próprias palavras dos irmãos. Dissemo-lo porque tínhamos de dizê-lo e porque, para falar na nossa língua, aquilo estava na lógica das coisas. E era também lógico que os que fizeram tais propostas, dispondo-se a executá-las, fossem justamente aqueles cujo papel sobre a terra os tornava mais aptos a isso, aqueles que, por assim dizer, se mostravam dessa forma obsequiosos com o seu mito: os ferozes gêmeos e o enérgico Gad.

Rúben, porém, não o consentiu. Sabido é que ele opunha resistência, não querendo que a José sucedesse o mesmo que sucedera a Abel e ao cabritinho. "Contra isso protesto e me oponho", disse, e apelou para a sua qualidade de primogênito de Lia, que, não obstante a queda e a maldição, lhe dava o direito de dizer ainda uma palavra. Disse que o rapaz já estava quase morto: eles mesmos o haviam averiguado. Somente ainda chorava um pouco e era só; bastava, pois, jogá-lo no fosso. Que olhassem para ele um momento, a ver se era ainda José, o sonhador. Tornara-se irreconhecível com o que acontecera, e desse acontecimento participara Rúben como qualquer outro e teria participado ainda melhor se não tivesse sido empurrado de todos os lados. Mas o que acontecera fora exatamente e só o que acontecera, não se lhe podendo dar o nome de ação. Verdade é que acontecera por obra deles, dos irmãos, mas não tinham sido eles que o haviam feito; assim acontecera com eles. Mas agora, ao contrário, queriam cometer uma atrocidade com o espírito desanuviado e após deliberação explícita; queriam levantar a mão contra o jovem e derramar o sangue do pai, enquanto até então apenas correra sangue, se bem que por obra deles. Mas entre correr e derramar há neste mundo uma diferença como entre acontecer e fazer; se não o sabiam distinguir é que haviam perdido um pouquinho o benefício do intelecto. Perguntou se tinham sido arvorados em tribunal de sangue para julgar na sua própria causa, pronunciar a sentença de morte e ainda executá-la eles mesmos. Não, derramamento de sangue ele não toleraria. O que restava a fazer depois do que acontecera era lançar o rapaz no fosso e deixar que os fatos ulteriores se desenvolvessem de per si.

Assim falou o grande Rúben. Mas ninguém jamais acreditou que ele estivesse a enganar a si mesmo, que acreditasse tão cegamente na diferença fundamental entre fazer e acontecer, e pensasse que deixar o rapaz perecer no fosso não significava erguer a mão contra ele. Se, em seguida, Judá levantou a questão de saber-se que adiantaria matar o irmão e esconder-lhe o sangue, não ensinou nada de novo a Rúben. Há muito que a humanidade leu no coração de Rúben e viu que ele só queria ganhar tempo, não saberia dizer para quê, mas queria simplesmente ganhar tempo para prolongar a sua esperança de salvar José das mãos deles e, de um modo ou de outro, reconduzi-lo ao pai. Era o medo de Jacó e o amor raivosa e timidamente oculto por José que o induziu a fazer isso em segredo e a arquitetar uma traição contra o grupo dos irmãos: não se pode dar a isso outro nome senão o de traição. Mas Rúben, a água impetuosa, devia remediar várias coisas aos olhos de Jacó por causa de Bala; e se lhe restituía José, não ficaria mais do que reparada aquela história antiga? Não lhe seria retirada a maldição e devolvido o direito de primogenitura? Não temos a pretensão de estarmos exatamente informados sobre o que pensava Rúben e sobre o que fazia, nem desejamos malsinar os móveis do seu modo de proceder; mas acaso os malsinamos admitindo a possibilidade de que ele, no seu íntimo, esperasse salvar e ao mesmo tempo vencer o filho de Raquel?

De resto, a sua exigência de que se abstivessem de fazer e deixassem acontecer quase não encontrou resistência da parte dos irmãos. Seria do agrado de todos que os "acontecimentos" prosseguissem num único e cego impulso, indo finalizar na meta procurada; mas, no fundo, nenhum mais, nem sequer os gêmeos, apesar de tão ferozes, nem ao menos Gad, que se mostrava tão enérgico, tinha vontade, sobrevinda a pausa de reflexão, de recorrer a uma verdadeira ação, derramando deliberadamente sangue. Por felizes se davam de não lhes ter sido conferido o encargo de matar a pauladas ou de degolar, mas que ainda uma vez tivesse prevalecido a autoridade de Rúben e o seu santo e senha: como antes para a amarração, assim agora para a cisterna.

"Ao fosso!", bradaram e agarraram a corda com que estava amarrado José, seguraram-na em diversas partes e foram arrastando o pobrezinho pelo campo, em demanda do lugar onde, a um lado da estrada que levava ao pasto, sabiam estar a cisterna vazia. Uns haviam se adiantado para puxar, outros ajudavam dos lados e dois caminhavam atrás. Rúben não ia de seu vagar, senão que dava largas passadas ao longo do percurso e se havia uma pedra, um tronco, uma raiz retorcida ou uma moita mais dura, pegava no arrastado e o soerguia para que não sofresse ainda mais sem necessidade.

Assim foram se dirigindo para o fosso com José no meio de alegres "olé" e "olá", visto que naquele trajeto os irmãos haviam sido invadidos de uma espécie de alegria — a surda afoiteza de muitos quando estão fazendo um trabalho comum —, de sorte que riam, gracejavam e berravam tolices como estas: Andavam arrastando uma gavela, bem amarrada, que devia inclinar-se para o buraco, para a cisterna, para a profundeza. Mas estavam alegres somente porque se sentiam aliviados por não terem de seguir o exemplo de Abel ou dos cabritos, e também para não ouvir o choro e as lamentações de José, que, com o lábio fendido, gemia ininterruptamente:

"Irmãos! Piedade! Que fazeis? Detende-vos! Ah, ah, que ides fazer de mim?"

De nada lhe servia a lamúria. A corrida prosseguiu por um longo trecho sobre o campo, entre ervas e moitas, até um declive musgoso; desceu-se por esse declive, havendo lá embaixo uma fresca profundidade, murada, com moitas de carvalho e de figos na parede em ruínas, com um pavimento de tijolos quebrados, a que davam acesso alguns degraus íngremes e arrebentados. Por esses degraus arrastaram José, que, nas suas ataduras e nos braços deles, começava a defender-se desesperadamente porque teve horror da cisterna ali construída, do buraco da cisterna e mais ainda da pedra da cisterna que estava próxima, sobre a laje, coberta de musgo e estragada, destinada a tapar o bocal. Mas como José chorava e se rebelava, revirando, cheio de terror, o seu olho ainda aberto para a treva circundante, ergueram-no sobre o bocal no meio de renovados gritos de "olé" e "olá" e o empurraram, fazendo-lhe perder o equilíbrio, de modo que teve de cair sabe Deus em que profundidade.

Era bastante fundo, embora não fosse uma voragem abismal. Tais cisternas chegam a ter muitas vezes trinta e mais metros de profundidade; esta, porém, estava fora de uso e desde muito tempo atrás coberta na maior parte de terra e de pedras, talvez em consequência de velhas contendas em torno do lugar. Já foi bastante se José caiu numa profundidade de cinco ou seis toesas, conquanto sempre fosse muito para poder sair, tendo mãos e pernas amarradas. Além disso caiu com muita cautela, concentrando toda a sua atenção; com os pés e os cotovelos achou um pouco de apoio num ou noutro ponto da parede redonda, abrandando a velocidade da escorregadela, e atingiu os escombros no fundo com umas desarticulações insignificantes, aterrorizando toda sorte de insetos, escaravelhos, bichos-de-conta e semelhantes, que não esperavam tal visita. Enquanto ele, lá no fundo onde fora precipitado, pensava em como acontecera tudo aquilo, lá em cima os irmãos levavam a termo a sua obra, e com braços vigorosos cobriam a sua casa com a pedra, estimulando-se uns aos outros ao trabalho. A pedra era pesada e rolá-la para cima do fosso não era coisa possível para *um só* homem; por isso todos lhe puseram a mão em cima, repartindo o trabalho, tanto mais que de per si formava ela uma obra incompleta. A velha tampa, toda verde de musgo e tendo cinco pés de diâmetro, estava rachada em duas metades, e mesmo ajustadas uma à outra sobre o bocal do poço não coincidiam perfeitamente, e através da rachadura, num ponto mais larga, noutro mais estreita, penetrava um pouco de luz na cisterna. Para aquela claridade olhou José com o olho com que ainda enxergava, enquanto jazia lá embaixo naquela profundidade, nu e despojado de tudo.

JOSÉ GRITA DO FOSSO

Executada a obra, os irmãos, querendo descansar, sentaram-se nos degraus que davam acesso à cisterna. Alguns tiraram pão e queijo dos bolsos da cintura para fazerem uma ligeira refeição. Levi, bronco mas religioso, fez notar que não se devia comer ao lado do sangue; responderam-lhe, porém, que não havia sangue, que essa era justamente a vantagem, que daquela maneira não correra nem fora derramado sangue. Então Levi também comeu.

Pensativos, iam comendo, tendo os olhos semicerrados. Sua meditação, todavia, por ora dizia respeito a alguma coisa inteiramente secundária que no entanto, naquele momento, os impressionava mais que tudo. Suas mãos e seus braços que acabavam de ocupar-se no enterramento traziam a recordação do contato com a pele nua de José, e embora o contato tivesse sido tão pouco terno, aquela recordação era contudo terníssima, comunicando-se aos seus corações como uma ternura que eles, com os olhos quase fechados, andavam indagando sem entendê-la satisfatoriamente. Disso, porém, não falavam, mas o que diziam culminava na verificação de que já agora José estava no seguro e com ele os seus sonhos, e assim uns iam tranquilizando os outros.

"Agora já não existe", diziam. "Ufa! Esta está feita e agora podemos dormir sossegados." A afirmação de que "poderiam dormir sossegados" era repetida com tanto mais insistência quanto mais se lhes afigurava duvidosa a coisa. Podiam dormir por quanto dizia respeito ao sonhador que fora eliminado e que não poderia dizer nada ao pai. Mas exatamente nesse pensamento tranquilizador estava contida a lembrança do pai, que esperaria em vão, eternamente em vão a volta de José; e esse pensamento, por maior que fosse a segurança que lhes infundia, não convidava de modo nenhum ao sono. Para todos dez, sem exceção, mesmo para os ferozes gêmeos, era aquele um pensamento terrível, visto que o temor filial por Jacó, pela ternura e pelo poder do seu espírito, era muito pronunciado; e a circunstância de terem colocado José na impossibilidade de falar fora comprada com um atentado àquela alma patética, atentado que só com terror podiam representar na mente. O que haviam feito ao irmão tinham-no feito afinal por inveja, e sabe-se muito bem que sentimento se consome na inveja. A falar verdade, quando se considera a untuosa rudez de Simeão e Levi, podia parecer que fica mal qualquer alusão a esse sentimento, e justamente por isso empregamos apenas meias-palavras. Há casos em que só as meias-palavras vêm a propósito.

Ruminavam, mastigando e quase fechando os olhos, sentindo sempre nas mãos e nos braços a delicadeza da pele de José. Esses seus pensamentos póstumos eram graves, tornando-lhes ainda mais graves e perturbando-os o choro e o pedinchar do submergido, que vinha surdo da cova. Depois da queda ele, efetivamente, recobrara os sentidos, lembrando-se da necessidade de chorar, e lá do fundo implorava:

"Irmãos, onde estais? Ah! Não vos vades, não me deixeis só na cova, que aqui é tão pútrido, tão horrível! Tende piedade, salvai-me ainda uma vez da noite do fosso na qual apodreço! Eu sou o vosso irmão José! Irmãos, não tapeis os ouvidos aos meus suspiros e gritos, porque me fazeis injustiça. Rúben, onde estás? Rúben, eu invoco o teu nome, aqui de baixo, deste fosso! Eles entenderam mal! Entendestes mal, caros irmãos, ajudai-me pois, salvai-me a vida! Vim ter convosco, mandado por nosso pai; fiz cinco dias de viagem, montado na Hulda, a burrinha branca, trazendo-vos presentes, espigas assadas e bolos de fruta. Ah, como tudo correu mal! Mas se correu mal, a culpa é daquele homem, do homem que me guiava. Irmãos em Jacó, ouvi-me, compreendei-me, não vim aqui para ver se as coisas andavam bem; para tanto não tendes precisão desta criança! Vim para inclinar-me diante de vós com graça e com belas maneiras, para informar-me da vossa saúde, para dizer-vos que devíeis voltar para junto de nosso pai. Irmãos, os sonhos... Fui tão mau que vos contei sonhos? Crede-me, relativamente só vos contei sonhos modestíssimos, eu teria... Ah, não queria dizer isto! Ah, ah, os meus ossos, os meus tendões, à direita e à esquerda, e todos os meus membros! Tenho sede! Irmãos, o menino tem sede porque perdeu tanto sangue por causa de um equívoco! Estais ainda aí? Já estarei de todo abandonado? Rúben, deixa-me ouvir a tua voz! Dize-lhes que, se me salvarem, não contarei nada. Irmãos, bem o sei, vós estais pensando que deveis deixar-me no fosso porque se não contarei tudo. Pelo Deus de Abraão, de Yitzhak e de Jacó, pela cabeça das nossas mães, pela cabeça de Raquel, minha mãezinha, juro-vos, se me salvardes ainda uma vez do fosso, só esta vez ainda, não contarei nada, nunca, nunca!"

"Com toda a certeza iria contar tudo, se não hoje, amanhã", murmurou Judá entre os dentes. E não havia um que não partilhasse dessa certeza, nem sequer Rúben, embora essa estivesse em contradição com as esperanças e projetos que andava acalentando. Com tanto maior segredo, porém, devia guardar para si esses pensamentos e desmenti-los energicamente; por isso aconcheou a mão diante da boca e gritou:

"Se não ficares quieto, jogamos-te pedras e acabamos com a tua vida. Não queremos mais ouvir nada de ti, porque tu para nós já não existes."

Ao ouvir isso e reconhecendo a voz de Rúben, José ficou transido de terror e emudeceu, de sorte que eles puderam continuar em paz a fechar brandamente os olhos e a temer o pai. Para eles as coisas estavam assim: a espera e o lento dispersar-se de Jacó e toda a calamidade cheia de paixão que se andava preparando em Hebron não os teria tocado de perto se tivessem intenção de permanecer no desterro e de viver em duradouro dissídio com o lar paterno. Mas precisamente o oposto é que era a verdade. O sepultamento de José podia ter um só objetivo; retirar o obstáculo que se punha de permeio entre eles e o coração do pai, pelo qual todos eles sentiam um transporte filial. A complicação consistia em que, para ganhar para si aquele coração terno e poderoso, tinham se visto forçados a causar-lhe a dor suprema. Era esse realmente o ponto de vista do qual todos olhavam agora as coisas. Sentiam unanimemente que não lhes importava nem castigar o descarado, nem vingar-se, nem, antes de mais nada, destruir-lhe os sonhos, mas abrir o caminho para o coração do pai. Ora, o caminho estava livre e eles voltariam — sem José, como sem ele tinham ido. Onde estava ele? Tinha recebido ordem de alcançá-los. Assim sendo, àqueles que com a sua partida tinham demonstrado não poder tolerá-lo, a volta deles sem o enviado pareceria bastante suspeita. Não sem certo horrível direito se formula imediatamente aos que voltam a seguinte pergunta: onde ficou aquele sem o qual voltaram? Naturalmente podiam responder a essa pergunta com um erguer de ombros. Eram eles acaso o guarda do irmão? Não. Mas desse modo não responderiam à pergunta, senão que continuariam a ver dirigido para eles o grande e insistente olhar desconfiado, e debaixo desse olhar, sob os olhos da pergunta seriam testemunhas da tormentosa espera, cuja inanidade conheciam de sobra e do lento desespero no qual somente, segundo a natureza das coisas, ela podia culminar. Era essa uma penitência pela qual sentiam horror. Haviam então de continuar afastados até que se extinguisse a esperança e até que a espera se resignasse a reconhecer que José não havia de retornar? Isso duraria muito porque a espera é persistente, e nesse meio-tempo a pergunta poderia facilmente dar a si mesma a resposta e converter-se para eles em maldição. O que era necessário fazer era evidentemente anunciar logo, sem detença, com toda a clareza, que o rapaz não mais voltaria, e anunciá-lo de uma forma que encerrasse em si a prova da isenção de culpa deles, os suspeitos. Todos eles iam ruminando no íntimo esses pensamentos, que em Dã, apelidado serpente e víbora, tomaram forma de proposta. Voltou à sua ideia de antes; dever-se comunicar ao pai que uma fera prostrara José; e associando esses pensamentos com certos incitamentos de Gad e com a sua evocação do cabrito, que um dia Jacó sacrificara para efetuar a troca da bênção, disse:

"Ouvi-me, irmãos, estou habilitado a servir de juiz e sei como fazê--lo! Tomamos um animal do nosso rebanho, matamo-lo com um corte na goela, de modo que da ferida escorra sangue. No sangue do animal embebemos o objeto do escândalo, a túnica de várias cores, o véu nupcial de Raquel que lá ficou em frangalhos. Levamo-lo a Jacó e lhe dizemos: 'Eis o que encontramos no campo, rasgado e cheio de sangue. Não é o traje de teu filho?'. Do estado da roupa tire lá as suas conclusões, e será como quando um pastor mostra ao dono os restos da ovelha despedaçada por um leão: o pastor não tem nenhuma responsabilidade, não tendo mesmo precisão de que o absolvam de qualquer culpa."

"Cala-te!", murmurou Judá, dolorosamente impressionado. "Debaixo da pedra ele ouve o que dizes e entende como queremos fazer!"

"E que mal há nisso?", replicou Dã. "Devo eu, por causa dele, ficar cochichando? Tudo isso já transpôs a sua vida, é questão que nos interessa, não a ele. Esqueceste de que ele é como morto e liquidado. Se o entende e se entende também o que agora estou dizendo com minha voz natural, o segredo morre com ele. Quando andava no meio de nós, nunca podíamos falar com liberdade ou irrefletidamente, porque sabíamos que contava tudo ao pai e nós estávamos na cinza. É esta exatamente a vantagem, que afinal o temos entre nós, como irmão nosso a quem podemos fazer confidências e que pode escutar tudo, de modo que eu tinha até vontade de mandar-lhe um beijo na cova. Que pensais, pois, da minha inspiração?"

Iam discuti-la quando José começou de novo a lamentar-se e implorar e lá do seu buraco os conjurava a não fazerem aquilo.

"Irmãos", bradava, "não façais assim com o animal e com o véu; não façais isso ao pai, porquanto não sobreviveria. Ah! Não é por mim que vos peço, porque a minha alma e o meu corpo estão despedaçados e eu estou aqui na tumba; mas poupai nosso pai, não lhe leveis a túnica ensanguentada, que ele morreria. Ah, se soubésseis como, no medo que ele tinha do leão, o pai me punha de sobreaviso quando à noite me deixava só! E agora eu havia de ser devorado? Se tivésseis visto com que cuidado cheio de tremor me preparava para a viagem e eu, displicentemente, deixava que ele fosse fazendo tudo! Infeliz de mim! Será uma imprudência da minha parte falar-vos do seu amor ao menino, mas que hei de fazer, caros irmãos, como hei de portar-me para não vos irritar? Por que estará a minha vida tão entrelaçada com a sua que não posso conjurar-vos a que poupeis a dele sem rogar-vos pela minha? Ah, caros irmãos, ouvi o meu pranto e não incutais tanto pavor à sua aflição com a veste ensanguentada, pois que a sua alma terna não o suportará e ele cairá por terra."

"Agora chega!", exclamou Rúben. "Não posso mais suportar isso." Disse e se levantou. "Se quiserdes, vamos para qualquer outro lugar longe daqui. Ouvindo-se lamentações dessas, não se pode falar, não se pode refletir com esses gritos que saem do abismo. Vinde para as cabanas!" Disse tudo isso com voz irada, para que a palidez do seu rosto musculoso parecesse palidez de raiva. Mas a palidez provinha do fato de Rúben reconhecer quanta razão assistia ao rapaz na sua angústia por causa do pai. Também ele previa que o pai, à vista da túnica, cairia literalmente para trás para nunca mais se levantar. Além disso, e de modo particular, Rúben se comovera ao verificar que José na sua desgraça pensava no pai, dirigindo-lhes aflitiva recomendação pela terna alma do velho, por esta antes de tudo, e só se recomendava a si mesmo por amor daquela alma. Estaria o jovem quiçá empurrando para a frente aquele para salvar-se a si próprio? Estaria se colocando detrás dele segundo o seu velho hábito? Não, não, dessa vez a coisa era diversa. Lá no fundo, debaixo da pedra, gritava um José diferente daquele que de outras vezes Rúben sacudira pelo ombro, para despertá-lo de seus devaneios. O que ele não conseguira com as suas sacudidelas havia-o evidentemente obtido com a queda no fosso: José despertara, rogava pelo coração do pai, não zombava mais desse coração, mas estava apreensivo, tinha arrependimento; e essa descoberta consolidava extraordinariamente o grande Rúben nos seus propósitos ainda vacilantes, mas ao mesmo tempo lhe fazia duplamente sentir a indeterminação confusa e funesta dos mesmos.

Daí a sua palidez quando se ergueu, convidando todos a abandonarem com ele o lugar onde José estava no seguro. Eles o acompanharam. Unidos afastaram-se dali e foram recolher os farrapos do véu no local da pancadaria e levá-los para as tendas onde se discutiria a inspiração de Dã. Assim José ficou só.

NO FOSSO

Para a sua alma era terrível ficar só no seu buraco, e por muito tempo ainda gemeu enquanto os irmãos se iam, implorando-lhes que não o abandonassem. Mas quase não sabia que coisa estava gritando, que coisa estava pedindo no seu pranto. Os seus verdadeiros pensamentos, com efeito, não estavam com esses rogos e queixas mecânicas e superficiais, mas estavam debaixo delas; debaixo dos verdadeiros pensamentos andavam ainda outros mais verdadeiros, como sombras suas e vozes mais baixas na corrente profunda, de modo que todo aquele conjunto se assemelhava a uma música movimentada, composta verticalmente, e o seu espírito estava todo absorto em dirigir contemporaneamente aquelas vozes em cima, no meio e embaixo. Isso explica também por que, nas suas implorações, deixara escapar um erro: o de dizer aos irmãos que os sonhos por ele contados eram muito modestos em confronto com os outros sonhos que tivera. Em tudo isso podia, ainda que por um momento, vislumbrar uma circunstância atenuante àquele que não concentrara todos os seus pensamentos sobre o que dizia, enquanto tumultuavam nele vários pensamentos: e esse era o caso de José.

Muitas coisas passavam pela sua mente desde o imprevisto e terrível instante em que os irmãos haviam se arremessado como lobos sobre a sua pessoa e ele, com o olho que não haviam logo lhe fechado com os punhos, pôde fitar-lhes os semblantes desnudados pelo ódio e pela angústia. Aqueles semblantes tinham estado bem próximos do seu rosto, enquanto os furibundos atacantes lhe arrancavam do corpo com as unhas e os dentes o véu cheio de imagens. Bem próximos tinham eles estado, terrivelmente próximos, e o tormento do ódio que neles José pudera ler foi o principal suscitador do horror que o invadiu enquanto eles o maltratavam. Como é natural, ele havia sentido um medo desmedido e ao receber-lhes os golpes chorara de dor; mas entre o medo e a dor punha-se de permeio a compaixão por aquele tormento do ódio que lia nas máscaras, banhadas de suor, que se aproximavam dele e alternadamente o afrontavam; e a compaixão de um sofrimento, de que devemos reconhecer-nos autores, é igual ao arrependimento.

Rúben tinha toda a razão ao averiguar que dessa vez José fora sacudido com tanta violência que abrira os olhos; via agora o que fizera: via que fora ele que fizera tudo. Enquanto ele, debaixo dos punhos dos furibundos agressores, gingava involuntariamente de um lado para outro e ficava sem a sua túnica, enquanto amarrado jazia no solo, e depois durante o seu doloroso transporte à casa da cisterna, naquela tonteira causada pela dor, os seus pensamentos não tinham ficado parados, não haviam absolutamente se detido no presente terrível, mas com grande pressa tinham recuado, voando além do passado, no qual tudo aquilo fora se preparando, oculto à sua cega confiança que todavia estava em parte e impudentemente cônscia do mesmo.

Deus meu! Aqueles irmãos! A que ponto os arrastara ele? Compreendia, com efeito, ter sido ele que os arrastara àquele extremo com grandes e numerosos erros, cometidos no pressuposto de que todos o amavam mais que a si mesmos: aquela suposição na qual crera, talvez não de todo, mas segundo a qual, de qualquer modo, vivera e que (agora o reconhecia com toda a nitidez) o arrastara para aquele fosso. Nas máscaras dos irmãos, desfiguradas e banhadas de suor, lera claramente que esse pressuposto, ultrapassando toda força humana, fora o instrumento com que ele durante tanto tempo lhes atormentara o espírito, ocasionando-lhes grande dor, até que se chegou a esse termo, terrível para ele e indubitavelmente também para eles.

Pobres irmãos! Quanto teriam sofrido antes de, no seu desespero, colocarem as mãos no cordeirinho do pai e arremessarem-no ao fosso! Em que situação haviam se metido, sem falar na sua, que, como ele reconhecia estremecendo, era já sem remédio! Que ele, restituído ao pai, saberia calar-se e não contar nada não era coisa que jamais pudesse impingir aos irmãos, porque não chegava a ser crível nem mesmo para ele. Não lhes restava, portanto, outra solução a não ser deixá-lo apodrecer no fosso. Nisso convinha ele. Tanto mais surpreendente deve, pois, parecer que o horror pela sua própria sorte deixasse espaço na sua alma para a piedade para com os seus assassinos. É este, no entanto, o estado de coisas provado. José, assim como ele se achava ali, jogado ao fundo do poço, sabia muito bem, confessava a si mesmo aberta e lealmente que aquele desaforado "pressuposto", à lei do qual ele vivera, tinha sido um jogo no qual ele próprio não acreditara, não pudera acreditar com seriedade. Sabia muito bem que, para somente falar disto, nunca devia ter contado os seus sonhos aos irmãos. Fora aquilo uma falta de tato indesculpável, que transpunha os limites do lícito. Que isso assim fosse, sabia-o perfeitamente, via-o com toda a clareza, como agora admitia no seu íntimo, vira-o claramente a toda hora, no instante mesmo em que assim procedia e, não obstante, o fizera. Por quê? Sentira um irresistível prurido de fazê-lo; tinha de fazê-lo porque Deus o criara assim de propósito para que o fizesse; porque Ele prefixara proceder assim com ele e por meio dele; numa palavra, porque José tinha de ser atirado no fosso e, falando com precisão, o quisera. Para que fim? Não o sabia. Segundo todas as aparências, para apodrecer aí. Na realidade, porém, José não o cria. No fundo estava convencido de que Deus enxergava além do fosso, que tinha intentos de alcance mais vasto que de ordinário e visava no longínquo futuro a um objetivo, para atingir o qual ele, José, tivera de impelir os irmãos àquele extremo. Eles eram as vítimas do futuro e faziam-lhe pena, apesar do mal presente que também a ele tocava. Eles, os infelizes, mandariam a túnica ao pai depois de ensopá-la no sangue do cabrito como se fosse o seu sangue, e Jacó cairia para trás. Vindo-lhe tal pensamento, José teve ímpetos de saltar como uma mola para proteger o pai frente àquele espetáculo. Naturalmente o único resultado disso foi que ele, picado das dores como das mordeduras de animais, ligado como estava nas suas ataduras, caiu para trás, encostado à parede da cisterna, e tornou a chorar.

Tinha tempo de sobra para chorar, para experimentar angústia, arrependimento, piedade e, desesperando da vida, crer todavia intimamente nos futuros projetos de Deus que o salvariam. Três dias e três noites — horrível ideia! — devia ficar no seu cárcere, três dias e três noites nu, despojado de tudo e amarrado lá embaixo, no pó daquele ambiente empestado, entre insetos e bichos-de-conta no fundo da cisterna, sem um refrigério, sem conforto, sem consolação, sem nenhuma esperança razoável de tornar a ver de novo a claridade exterior. Quem narra não deve esquecer-se de que quem escuta há de imaginar tudo com clareza, há de figurar na mente, arrepiando-se, que coisa significque para um filhinho mimado, que nunca sonhara com algo que se parecesse com tão extremo rigor, a situação em que José se achava: como as horas lhe decorriam de uma maneira miserável até se apagar na fenda da pedra aquela escassa porção de luz diurna, sendo substituída pelo raio de diamante que uma compassiva estrela lhe enviava na tumba; como uma nova luz do alto duas vezes despertava, ficando ali a brilhar mesquinhamente e de novo desaparecia; como ele no crepúsculo inspecionava, férvido, as redondas paredes da moradia a ver se não se podia, com alguma débil esperança, pensar numa fuga, marinhando até o bocal do poço com auxílio das rachas da parede e do mato crescido nas frinchas; esperança vã, porque a pedra que tapava o poço e as ligaduras que o amarravam, cada um desses fatores de per si e, com maior razão, os dois combinados sufocavam no embrião qualquer esperança; como se virava entre as cordas para achar uma posição menos dolorosa e um modo de sentar-se, que, embora achado com mil dificuldades, pouco tempo depois se tornava mais insuportável que o precedente; como a sede e a fome o atormentavam e o vazio do seu estômago lhe doía nas costas, queimando-o; como ele, igual à ovelha, se enxovalhava com suas próprias imundícies, nelas espirrava, vindo-lhe calafrios que lhe faziam bater os dentes. E, contudo, é também tarefa nossa acalmar os ânimos e, justamente por amor da vida e da realidade, cuidar que a força da imaginação não exceda e não se perca no vazio sentimental. A realidade é desapaixonada exatamente na sua qualidade de realidade. O conceito do real e do inegável, com que devemos pôr-nos de acordo e entender-nos, impele a realidade à adaptação e rapidamente ajeita o seu homem conforme a necessidade. Somos facilmente levados a chamar de insuportável uma situação: é o protesto da humanidade, violentamente indignada, protesto ditado por boas intenções e também benéfico para quem sofre. Mas esse mesmo protesto se torna também facilmente um tanto ridículo perante o paciente para quem a realidade é o "insuportável". O compassivo-indignado está, relativamente a esta realidade — visto que ela não é a sua —, numa relação impraticamente cheia de sentimento; ele se mete na pele do outro, tal como ali o vê: mas isso é um erro de fantasia porque, justamente por causa da sua situação, aquele tal que ali está não é mais como ele. Aliás, que coisa significa "insuportável", quando deve ser suportável e nada mais resta a fazer senão suportar, até o ponto em que o homem se acha em pleno domínio de seus sentidos?

O jovem José, porém, desde muito tempo não estava mais no claro e pleno domínio de seus sentidos, já não o estando desde o momento em que seus irmãos haviam se convertido, a seus olhos, em lobos. O que caíra sobre ele o aturdira poderosamente, produzindo nele aquelas deficiências de que o "insuportável" tem precisão para ser suportável. As pancadas recebidas o haviam entontecido, podendo-se dizer o mesmo da maneira incrível com que o jogaram na cisterna. Depois de tudo isso estava reduzido a um estado de doloroso desespero; por ora, entretanto, os fatos terríveis haviam no mínimo atingido um ponto de trégua, haviam chegado a uma certa estase, e sua situação, diga-se o que se disser contra ela, tinha ao menos a vantagem da segurança. Bem resguardado no seio da terra, já não tinha que temer outras violências, tendo ainda comodidade para entregar-se àquele trabalho de pensamentos que a trechos lhe afastava quase completamente da consciência as suas dores físicas. Ademais, o sono era favorecido pela segurança, pelo sentimento de segurança (se é que se pode falar de segurança em presença de uma morte provável, ou melhor, certa; mas a morte é sempre certa para um dado momento e, no entanto, nos sentimos seguros). O esgotamento de José era tão grande que suplantava a horrenda incomodidade de todas as circunstâncias e o mergulhava no sono, de modo que durante bom espaço de tempo ele não sabia mais nada ou pouco sabia de si mesmo. Quando acordava, o seu espanto pelo refrigério que o sono pode proporcionar sem o auxílio da comida e da bebida (uma vez que a alimentação e o sono podem substituir-se durante um bom espaço de tempo) se misturava ao horror pela persistência da sua desventura que não lhe saíra completamente do espírito nem sequer no sono, mas cuja dureza começara (era apenas um começo) a mitigar-se um pouco. Não há dureza, não há dor que com o andar do tempo não ceda um pouco e não faça concessões à liberdade de movimento. Pensamos na corda, pensamos que a sua apertura, os seus nós no segundo e no terceiro dia não conservavam mais a exata rigidez da primeira hora, mas haviam afrouxado, haviam se acomodado a atender um pouquochinho as necessidades dos pobres membros. Também dizemos isso para chamar a piedade à fria realidade. Mas se se acrescenta também que José, como é natural, ia se enfraquecendo sempre mais, fazemo-lo somente, por um lado, para manter ainda desperta a piedade e não deixar desaparecer a apreensão; por outro, essa crescente fraqueza e abandono das forças significava também uma mitigação prática dos seus sofrimentos, de sorte que, observada por ele mesmo, quanto mais durava a sua posição, tanto mais estava melhor, já que no fim ele quase não dava mais fé da terribilidade da sua situação.

Mas, enquanto havia quase esquecido a vida do seu corpo, seus pensamentos continuavam ativos a trabalhar e de maneira tal que no corpo musical por eles representado aquelas "sombras" e aqueles "tons baixos", que estavam em posição inferior, sempre iam mais se adiantando, mercê da sua fraqueza sonhadora, e por fim haviam completamente levado a melhor sobre as vozes superiores. Ao alto conduzia as vozes o medo da morte que, quando lhe estiveram próximos os irmãos, se desentranhara nas mais insistentes lamentações e implorações. Por que é que, depois de terem se afastado os dez, aquela voz emudecera inteiramente para o exterior e por que é que José não soltava mais ao acaso, lá da sua profundidade, gritos de dor e de socorro? A resposta é esta: porque havia se esquecido completamente, graças ao adiantar-se dos pensamentos que já recordamos e que diziam respeito à sua queda inesperada, isto é, o passado, os erros do passado, talvez queridos por Deus, mas nem por isso menos grandes nem menos graves.

A veste que os irmãos haviam lhe arrancado do corpo, servindo-se até — coisa horrível! — dos dentes, aquela veste tinha uma parte principal nos seus pensamentos. Que ele não devia ter se pavoneado com ela diante deles, que não devia obrigá-los a suportar a vista daquela sua pose, que, especialmente, não devia ter aparecido vestido com ela diante deles aqui e agora, tudo isso lhe parecia claro de uma forma tão evidente que, se lho não impedissem as ligaduras, daria murros na cabeça. Mas, enquanto o fazia em espírito, ao mesmo tempo confessava a si mesmo a insensatez e a estranha hipocrisia desse gesto, porquanto era bem claro que ele sempre o soubera e apesar disso assim procedera. Tomado de assombro, perscrutava o enigma da deletéria arrogância, enigma que a sua própria maldita atitude lhe dera para deslindar. Decifrar tal enigma era coisa superior à sua razão, mas era também coisa superior a toda razão, porque nele são decisivas muitas coisas incalculáveis, desarrazoadas, talvez sagradas. Como tremera só de pensar que Jacó pudesse descobrir a *ketonet* no alforje que lhe servia de mesa! Tremera com a própria salvação! Efetivamente, ele enganara o pai, aproveitara-se da sua fraca memória, introduzindo sorrateiramente a herança na sua bagagem, apesar de ter o mesmo pensamento que ele quanto aos efeitos que a vista do véu ia produzir nos irmãos. Era inteiramente da sua opinião, e contudo o enfardelara. Tudo isso era explicável? Mas já que o jovem não se esquecera de prover à sua própria ruína, por que teria Jacó se esquecido de preveni-la? Aqui também havia um enigma. Que ele deixasse em casa a túnica de várias cores devia ser importante para o amor e a aflição do pai tanto quanto fora importante para a ambição de José levá-la clandestinamente consigo. Como foi que o amor e a aflição não pensaram em coisa de tamanha importância e se descuidaram, tratando-se de frustrar de todo os projetos da ambição? Se na tenda José lograra, com a sua astúcia, arrebatar ao velho a roupa de gala, isso aconteceu somente porque estavam ambos fazendo *o mesmo* jogo, porque Jacó desejava dar a veste ao filho tanto quanto este a queria ansiosamente para si. A aplicação prática veio logo: os dois juntos tinham levado o cordeirinho para o fosso e agora Jacó cairia para trás.

Isso bem podia fazê-lo este e refletir depois nos grandes erros do passado que haviam cometido juntos, como fazia José lá no seu buraco. De novo confessou a si mesmo que os seus juramentos de não contar nada ao pai, caso lhe fosse ainda uma vez restituído, tinham provindo somente do medo superficial que sentia por causa do pai e por si mesmo, e que, ao contrário, caso fosse restaurado o antigo estado de coisas anteriores ao triste estado presente — o que, naturalmente, José desejava com todo o fervor e com uma parte do seu ser —, ele teria infalível e inevitavelmente contado tudo, de modo que os irmãos estariam na cinza. Por essa razão, com uma outra parte de seu ser ele não desejava aquela restauração, que aliás estava excluída: neste ponto estava de acordo com seus irmãos, tão de acordo que tinha vontade de retribuir o beijo que Dã quisera mandar-lhe no fosso, porque pela primeira vez havia entre eles uma relação como a que deve haver entre irmãos, e ele podia escutar tudo, até mesmo a conversa sobre o sangue do cabrito que devia passar como sendo o seu, porque ia além da sua vida e nele ficava confidencial como na sepultura.

A declaração de Dã que diante de José se podia falar como se quisesse, porquanto cada palavra reforçava mais a impossibilidade da sua volta, e que por isso não havia absolutamente nenhum mal em dizer do irmão coisas que iam além da sua vida, porque desse modo ficava ele mais solidamente ligado ao mundo ínfero, como a alma de um finado de quem se tinha medo, aquela declaração causara profunda impressão em José e nos seus pensamentos fazia o papel da parelha e do avesso daquilo que fora até então o pressuposto da sua vida, isto é, que, do seu lado, não necessitava ter consideração com ninguém porque todos o amavam mais do que a si mesmos. Agora se chegara ao ponto em que já não se tinha necessidade de ter consideração com ele, determinando essa experiência o curso daquelas sombras e daqueles tons baixos dos seus pensamentos que corriam debaixo das vozes superiores e médias e que, quanto mais fraco ele ia ficando, tanto mais sonora vantagem adquiriam sobre as vozes superiores.

Mas já antes de agora haviam começado, juntamente com os outros, o seu curso: haviam-no começado logo, quando se tornara realidade a "provocação impensada"; quando ele, alvo das bofetadas e pescoções, era atirado de um lado para outro entre os irmãos, havendo estes arrancado-lhe do corpo com as unhas e com os dentes a túnica cheia de desenhos; desde o princípio, portanto, aquelas vozes haviam falado, e, em meio à tempestade de golpes, seu ouvido lhes havia prestado atenção. Erro seria supor que, em circunstâncias tão mortalmente graves, José tivesse cessado de jogar e de sonhar, se, em circunstâncias dessas, jogar e sonhar se chamam ainda jogar e sonhar. Ele era o filho verdadeiro de Jacó, do homem de pensamentos e sonhos, do homem de natureza mítica, que sempre sabia o que lhe sucedia, que em todo acontecimento terreno dirigia o olhar para as estrelas e associava sempre a sua vida à divina. Admitamos que o modo pelo qual José dava justeza e realidade à sua vida associando-a à celeste tivesse outro cunho, menos sentimental mas mais astutamente calculador do que o de Jacó: mas ele também estava firmemente convencido de que um viver e acontecer que não tenha a prova da genuinidade de uma realidade superior, que não se funde sobre coisas conhecidas e sagradas e se apoie na presunção de não se espelhar em nada de celeste e possa aí reconhecer-se, não é um viver nem um acontecer; estava ele, portanto, seriamente convencido de que o terrestre não poderia acontecer nem ser imaginado sem o seu protótipo e cópia astral; e a unidade do duplo, o presente daquilo que gira, a permutabilidade do celeste e do terrestre, de sorte que um se transforme no outro e os deuses possam tornar-se homens e os homens deuses, formava também a principal certeza da sua vida. Não era em vão que ele era discípulo do velho Eliezer, que sabia dizer "Eu" de uma forma tão audaz e tão livre que o olhar do ouvinte se perdia reflexivamente na sua pessoa. A transparência do ser, o seu caráter como repetição e volta do primordial, essa fundamental profissão de fé tornara-se também nele carne da sua carne, sangue do seu sangue, e toda dignidade espiritual e importância lhe parecia ligada a igual sentimento do próprio valor. Tudo isso ia bem. O que não ia tão bem e com facilidade degenerava do expressivo e admirável tipo era a inclinação de José a tirar partido do modo geral de pensar e assim deslumbrar o povo por meio de um consciente influxo de si mesmo.

Desde o primeiro momento ele prestara atenção. Acredite-se ou não, no desordenado tumulto da surpresa, no pior tormento do terror e da angústia mortal ele abrira espiritualmente os olhos para ver que coisa "verdadeiramente" acontecia. Não que a angústia e o terror tivessem diminuído, mas a eles se viera juntar uma espécie de alegria, até de riso, e um júbilo razoável iluminara o horror que lhe ia na alma.

"A minha túnica!", gritara, e com significativo terror pedinchara: "Não a rasgueis!". Sim, tinham-lhe rasgado e arrancado a veste da mãe que era também do filho e assim ambos a usavam alternativamente e por virtude do véu haviam se tornado uma só coisa, deus e deusa. Os furiosos irmãos tinham sem piedade arrebatado o véu a José, como o amor arranca o véu da esposa na alcova nupcial: isso lhe havia feito a raiva deles e o tinham conhecido nu, vindo-lhe com isso uma vergonha mortal que lhe causara arrepios. No seu espírito andavam vizinhos os pensamentos "desnudação" e "morte". No seu pavor, como não havia ele de conservar bem agarrados a si os farrapos da veste e rogar: "Não a rasgueis!", e como não havia de invadi-lo ao mesmo tempo uma razoável alegria pela verificação daquela união de pensamentos graças ao acontecimento em que se realizava? Nenhuma dor do corpo e da alma podia impedir que o espírito dirigisse a atenção às frequentes alusões com que o fato se dava a reconhecer como uma realidade superior, transparente e primordial, como um presente em movimento de rotação, numa palavra, como um fato astral. E essa atenção era muito natural porque naquelas alusões se tratava do ser e da personalidade, tratava-se da penetração do seu Eu que recentemente revelara um pouco a Rúben com grande surpresa sua e que no decurso dos acontecimentos sempre se fora esclarecendo mais. Debulhara-se em pranto capaz de comover as pedras quando o grande Rúben deu o seu consentimento para o atirarem no fosso, mas ao mesmo tempo a sua razão rira como de um gracejo porque a palavra empregada era um termo cheio de alusões. *"Bôr"*, tinham dito os irmãos na sua linguagem, exprimindo-se assim com um monossílabo de várias acepções, pois aquela sílaba continha em si o conceito de cisterna e também o de cárcere, estando este, por sua vez, em tão íntima relação com o conceito de inferno, de reino dos mortos, que cárcere e mundo inferior eram a mesma ideia e um era equivalente do outro, tanto mais que a cisterna na sua própria essência era igual ao ingresso no mundo inferior e até, com a pedra redonda que costumava cobri-lo, aludia à morte, pois que a pedra cobria a sua boca como a sombra a lua escura. Aquilo que, para a atenção da razão de José, brilhava através do que acontecera, era o modelo primordial da morte do astro, da lua morta que não é vista durante três dias antes da sua terna ressurreição, principalmente da morte dos deuses da luz que por algum tempo caem nos infernos. E quando o horrível se transformou em realidade e os irmãos o ergueram sobre o bocal da cisterna, tendo ele de precipitar-se debaixo da terra, pondo em campo toda a sua habilidade, ficou então plenamente claro à sua inteligência vigilante a alusão à estrela que de noite é uma mulher e de manhã um homem e se precipita no poço do abismo como estrela vespertina.

Era o abismo ao qual desce o filho verdadeiro, ele que é uma só coisa com a mãe e traja a veste com ela em alternância. Era o aprisco ínfero, Etura, o reino dos mortos, no qual o filho se torna senhor, pastor, mártir, vítima, deus despedaçado. Despedaçado? Haviam-lhe apenas rachado um lábio e arrancado a pele num ponto ou noutro, mas o traje haviam-lho arrancado do corpo e o tinham dilacerado com as unhas e com os dentes, os vermelhos assassinos e conspiradores, os seus irmãos, e o ensoparam no sangue de um cabrito que deveria ser o seu sangue e o apresentaram ao pai. Deus pedira o sacrifício do filho ao pai, ao terno, que, horripilando-se, confessara "não ter coragem". Coitado! Agora ele seria forçado a tê-la, e ainda uma vez mais Deus fazia uma das suas não levando em consideração aquilo que o homem acreditava poder fazer.

Aqui, José chorou na transparente angústia que a razão controlava. Chorou pelo pobre Jacó que seria obrigado a ter a coragem e pela crença dos irmãos na sua morte. Chorou em razão da fraqueza e do aturdimento que as exalações da cisterna lhe causavam. Mas quanto mais lamentável se lhe tornava seu estado nas setenta e duas horas que passava lá embaixo, tanto mais vigorosamente ressaíam as vozes inferiores dos seus pensamentos e de modo tanto mais ilusório o seu presente se espelhava no protótipo celeste, de maneira que por fim não distinguia nem sequer mais aquilo que estava por cima e aquilo que estava por baixo, e, na sua sonhadora arrogância diante da morte, não via senão a unidade do duplo. Com razão se pode enxergar nisso uma providência da natureza para ajudá-lo a suportar o insuportável. Com efeito, a natural esperança a que se agarra a vida até os extremos tem necessidade de uma justificativa razoável, e esta pareceu à natureza ter achado em tal troca. A falar verdade, a esperança de que ele não pereceria definitivamente, mas seria de algum modo salvo do fosso, ia além da sua vida, porquanto praticamente se considerava morto. Que ele estava morto lhe diziam a confiança dos irmãos e a túnica ensanguentada que Jacó receberia. O fosso era profundo, e não se podia pensar numa salvação, numa volta à vida anterior à queda naquela profundidade; era um absurdo, como se se pensasse que a estrela da tarde possa voltar ao abismo em que caiu, e que se possa afastar a sombra da lua escura de modo que fique de novo cheia. Mas a ideia da morte do astro, a ideia do escurecimento e da queda do filho que terá por morada o mundo ínfero, continha em si a ideia de reaparição, luz nova e ressurreição; e nisso se justificava a natural esperança de vida de José até se tornar fé. Essa esperança não dizia respeito à volta do fosso ao passado, e, não obstante isso, nela o fosso era vencido. José não nutria tal esperança somente por si e por sua causa, mas a nutria em atenção ao pobre velho que estava em casa, junto com o qual se despenhara no fosso e que cairia para trás. Receber a túnica ensanguentada era também para Jacó uma coisa que ia além da vida. Mas, mesmo crendo o pai, segundo a velha exigência, além da morte — pensava José na tumba —, o sangue do animal seria aceito, como da outra vez, em lugar do sangue do filho.

6. A PEDRA SOBRE O FOSSO

OS ISMAELITAS

Embalados pelos passos de seus animais, alguns homens vinham de Galaad, isto é, do Oriente e do outro lado do rio: quatro ou cinco e com eles dois camelos que carregavam somente mercadorias, rapazes que seguravam as rédeas, e bagageiros que faziam seu número subir ao dobro. Eram negociantes ambulantes que não moravam nem aqui nem no lugar de onde vinham, estrangeiros, de face e mãos muito trigueiras, com argolas de feltro em redor dos panos que lhes cobriam a cabeça, envolvidos em albornozes de listas diagonais, de olhos brancos que giravam atentos em redor. Um deles era de idade venerável, sua barbicha era branca, indo o ancião à frente de todos. Um rapaz de lábios túrgidos, metido numa branca e amarfanhada túnica de algodão, a testa envolvida num capuz, conduzia o seu animal pelas compridas rédeas, enquanto o patrão, com as mãos em repouso, embiocado, a cabeça inclinada para um lado em atitude meditativa, estava sentado no alto da sela. Como todos podiam ver, era ele o chefe do grupo. Os outros eram seu sobrinho, seu genro e seus filhos.

Quem eram estes? É possível dizê-lo de modo mais exato e mais geral. Eram oriundos do meio-dia do país de Edom-Seir, na orla do deserto árabe, diante do Egito, e "Mitsraim", como chamam o Egito, era já chamado também o seu território, que formava uma passagem através do país da lama. Além disso, a falar verdade, chamava-se "Musri", em outro dialeto "Mosar" ou ainda "Madiã", do nome do filho de Abraão e de Cetura, e era uma colônia do povo de Ma'in no meio-dia inferior, não longe do país do olíbano, que comerciava com suas mercadorias entre a

Arábia, o reino dos animais e dos mortos, o país ocidental dos cananeus e a Mesopotâmia, e em Musri possuía empórios nos quais exercia suas atividades sob o nome de midianitas entre outros povos, servindo ainda de guias de caravanas do rei e do estado de região em região.

Eram, pois, os viajantes chamados maonitas de Ma'in ou mineus ou midianitas. Mas como Madã e Madiã, filhos inferiores de Abraão e filhos do deserto de Cetura, eram quase uma só coisa, respondendo um em vez do outro, em lugar de midianitas podia-se dizer também "medanim", que não o levavam a mal. Ainda que se lhes desse simplesmente o nome geral de ismaelitas, no qual se compreendiam todos os habitantes do deserto e da estepe, tomando-se então como sua primeira mãe não Cetura, mas a outra mulher do deserto, Agar, a egípcia, também não o levavam a mal. Para eles não tinha grande importância o modo como os chamavam e quem eram; a coisa principal era que estavam no mundo e podiam andar de um lado para outro e traficar pelas estradas de passagem. Havia até uma certa razão para chamar o velho e seus companheiros de viagem ismaelitas, visto que, sendo homens de Musri, eram meio egípcios, tendo sido tal também Ismael, o jovem ardente e belo, de modo que, com uma certa liberdade, podia dizer-se que descendiam dele.

Pelo fato de virem do Oriente não eram uma caravana do rei nem do Estado. Isso não era bastante. Viajavam privadamente, por conta própria, em pequeno estilo. Por ocasião das festas do sacrifício, durante as quais havia mercado, tinham vendido para a gente da planície além do Jordão pano egípcio de diversas qualidades e belos objetos de vidro em pasta, recebendo em troca, com suficiente vantagem, sudoríficos aromáticos, alcatira, incenso, goma, láudano resinoso. Não seria agora nada mau se do lado de cá do rio pudessem obter por preços razoáveis também algum dos produtos da região, um pouco de mel e mostarda, uma carga de pistácias e amêndoas. Quanto à estrada que deviam tomar, estavam ainda indecisos. Estavam na dúvida se seguiriam a estrada Norte-Sul que ia pela direção da crista do monte e por Urusalim e Hebron os conduziria a Gaza, ao mar, ou se seria preferível conservar-se por ora ao Norte e ao Oriente para ganhar depressa a planície de Meguido e daí a costa ao longo da qual desceriam até a sua pátria de passagem.

Já passava de meio-dia quando entraram no vale, indo o velho na frente, os outros atrás dele, em fila, para ver se a gente de Dotain tinha mercado e se havia possibilidade de algum contrato. Fizeram seus animais enveredar por um terreno baixo que ia dar numa encosta coberta de musgo. Como olhavam atentamente para todos os lados, divisaram

479

embaixo entre o matagal uma obra de alvenaria e uns degraus arruinados. Foi o velho o primeiro que enxergou aquilo; baixando a cabeça, o indicou aos demais, fê-los parar e mandou na frente o jovem de capuz a explorar o sítio, já que os viajantes são por natureza exploradores e curiosos. Hão de fariscar tudo.

O rapaz não se demorou muito no local. Foi e voltou em dois pulos e moveu os beiços túmidos para contar que lá embaixo havia um poço coberto.

"Coberto ou oculto", disse o velho discretamente, "vale a pena destapá-lo. Parece que a gente deste lugar procede por ciúme ou então por avareza, e acho bem possível que o poço tenha água muito fresca e de bom gosto; nós podemos renovar com ela os nossos depósitos, não vejo ninguém por aqui que possa nos impedir de fazê-lo. E depois, para que nos chamam ismaelitas se, apresentando-se a ocasião, não sabemos mostrar-nos um tanto gatunos, não sabemos frustrar o ciúme? Tomai um odre e algumas botijas e desçamos!"

Obedeceram, porque tudo se fazia de acordo com a vontade do velho. Fizeram deitar os animais, desamarraram os recipientes e desceram ao poço o tio, o sobrinho, o genro e os filhos com uns dois escravos. Lançaram um olhar pelas redondezas e viram que não havia por ali nem balde nem nora. Não importava. Fariam descer o odre e este se encheria da preciosa água tão ciosamente guardada. O velho estava sentado sobre uma pedra caída junto ao muro, arrumava as vestes e com a mão trigueira ia dando instruções para que removessem a pedra do bocal do poço. A pedra estava partida em duas metades.

"Essa cisterna", disse o velho, "está coberta e escondida, mas seu estado é de muito abandono, dando mostra de que, se a gente do lugar é cheia de zelo por um lado, por outro é também desmazelada. Com isto não quero dizer que a água não seja boa. Por enquanto é cedo. Muito bem. Uma metade já foi afastada. Tirai também a outra com os vossos braços jovens e deponde-a sobre os tijolos ao lado da sua irmã verdoenga. E então? Sorri para vós, na sua cristalinidade, o círculo da água, e é puro o espelho?"

Estavam eles em volta da cisterna sobre o degrau mais baixo e curvavam-se sobre a profundeza.

"A cisterna está seca", disse o genro, sem voltar a cabeça na direção do velho e continuando a olhar para baixo. E mal o dissera, todos apuraram os ouvidos. Do fundo saía um gemido.

"Não pode ser", disse o velho, "que dessa cisterna saia um gemido.

Não creio nos meus ouvidos. Vamos ficar perfeitamente imóveis para se fazer absoluto silêncio, e ponhamo-nos a escutar se o som se repete, dando-nos uma confirmação!"

Novo gemido.

"Agora sou obrigado a acreditar nos meus ouvidos", decidiu o velho. Levantou-se, dirigiu-se para o degrau do bocal do poço, afastando com os braços quem lhe servia de estorvo, indo olhar ele também o fosso.

Os outros por cortesia ficaram aguardando uma sua palavra; mas seus olhos já eram turvos e ele nada via.

"Vês alguma coisa, Mabsam, meu genro?", perguntou.

"Vejo", pôde agora responder este, "no fundo uma coisa branca que se mexe e parece um ser articulado."

Cedar e Cedma, os filhos, confirmaram essa constatação.

"Surpreendente!", exclamou o velho. "Confio na vossa vista penetrante e vou chamar, a ver se alguém me responde. Olá!", gritou para a cisterna com a sua voz cansada de velho. "Quem ou que coisa está gemendo aí na cisterna? É esse o teu lugar natural ou preferias evitá-lo?"

Puseram-se a escutar. Passou um pouco de tempo. Depois ouviram um fio de voz longínqua:

"Mamãe! Livra o teu filho!"

Grande agitação se apoderou de todos.

"Eia! Sem demora!", gritou o velho. "Trazei uma corda que atiraremos lá embaixo e traremos para a claridade a criatura, à qual evidentemente aquela morada não é inata. — Aqui não está a tua mãe", gritou de novo para o fundo, "mas por cima de ti estão pessoas pias que querem te livrar, se é esse o teu desejo! Vede", dizia agora voltando-se para os seus, "que coisa pode acontecer numa viagem. É esta uma das coisas mais singulares que já alguma vez me sucederam entre os rios. Haveis de concordar que fizemos bem em explorar esta cisterna coberta e escondida. Não esqueçais que fui eu quem deu a ideia. Homens medrosos poderiam aqui hesitar e pôr-se em fuga, e nos vossos semblantes, que estão mais que confusos, leio claramente que nem vós estais imunes de tais sentimentos. Também eu não nego que é coisa lúgubre ouvir que nos dirigem a palavra das profundezas, e é evidente que falou conosco a pessoa da cisterna abandonada ou algum espírito do abismo. Não obstante, é preciso tomar a coisa pelo lado prático, e enquanto ela pede a nossa enérgica intervenção, fazer tudo que for mister, porque o gemido soou como expressão de extrema carência de socorro. Onde está a corda? És capaz, ó criatura", indagou, dirigindo-se à cova, "de agarrar uma corda e enlaçar-te nela de modo que te possamos tirar para fora?"

Decorreu de novo um pouco de tempo antes de vir a resposta. Depois ouviu-se dizer baixinho:

"Estou amarrado."

Conquanto tivesse aconcheado a mão atrás da orelha, o velho quis que lho repetissem.

"Acabais de ouvir!", disse depois. "Amarrado! Quanto mais árdua se torna a nossa intervenção, tanto mais urgente é. Temos de fazer descer um de vós lá ao fundo para ver como estão as coisas e livrar aquele ente humano. Onde está a corda? Ah, ei-la. Mabsam, meu genro, és tu que escolho para descer. Com o maior cuidado verei que te amarrem bem, para que seja como um nosso membro que estendemos até o fundo e que novamente traremos para cima com a presa. Assim que te vires senhor dela, hás de gritar 'uxa!' e com as forças conjugadas puxaremos de novo para cima a ti, nosso membro, juntamente com a presa."

Quisesse ou não quisesse, Mabsam declarou-se pronto. Era um mocetão de rosto curto, com um nariz bem comprido mas chato, de olhos saltados, cuja alva destacava fortemente na cor morena do semblante. Tirou o pano que lhe cobria os cabelos crespos, tirou também o guarda-pó, ergueu os braços para deixar-se atar com a corda, de cuja qualidade sabia poder-se fiar: não era uma corda de cânhamo, mas de papiro egípcio, amaciado de modo maravilhoso, batido e tornado flexível. Era artigo que não se rompia. Aqueles homens negociavam em tais cordas e traziam consigo vários rolos.

Daí a pouco estava o genro atado, enganchado, pronto para ser suspenso no ar. Do serviço participaram todos, até Ofer, sobrinho do velho, os filhos e os escravos. Depois Mabsam sentou-se na beirada da cisterna, deixou-se ir, mergulhou no seco, enquanto os que o seguravam se apoiavam com força sobre os pés e com ligeiras sacudidelas deixavam deslizar a corda pelas mãos. Não passou muito tempo e a corda se afrouxou porque Mabsam tocara o fundo. Os outros puderam bambear as pernas e ir ver. Aos ouvidos chegava-lhes abafada a palavra dirigida por Mabsam àquele ser humano, arquejando enquanto o erguia para atar-lhe a corda. Em seguida, de acordo com a ordem, gritou: "Puxai!". Os outros meteram mãos à obra e no meio de gritos monótonos foram erguendo a dupla carga, enquanto o velho dirigia a operação com mãos solícitas. Pendulando, o genro pôs os pés sobre a beirada, tendo nos braços o habitante da cisterna.

Como ficaram maravilhados os negociantes vendo o jovem amarrado! Levantavam olhos e mãos para o céu, meneavam a cabeça e davam estalos com a língua. Depois se apoiaram com as mãos nos joelhos a fim de examinar a presa que haviam depositado sobre o degrau circular, encostada à parede da cisterna. Aí estava ele agora sentado, de cabeça baixa, ligado com as cordas, espalhando um fétido de mofo. Em volta do pescoço trazia amarrado a uma correntezinha de bronze um amuleto e no dedo tinha uma pedra preciosa propiciatória: únicas coisas que trazia consigo. Sobre as feridas formara-se a crosta, estando já quase fechadas, e a contusão do olho diminuíra tanto que podia abri-lo. Às vezes o abria, mas de preferência conservava os olhos fechados. De quando em quando soerguia as pestanas e por baixo delas espiava obliquamente, mui doridamente mas com curiosidade, os seus libertadores. Até sorriu do seu espanto.

"Misericordiosa mãe dos deuses!", exclamou o velho. "Que foi que pescamos da profundeza! Não é ele como o espírito da cisterna abandonada, em deplorável estado e quase desfalecido, por lhe ter vindo a faltar a água e estar no seco? Mas passemos à parte prática e façamos o que é necessário para esta criatura, porque, tanto quanto pode ver o nosso olho terreno, me parece um rapaz de gente fina, se não da mais fina, caído em desgraça não sei como. Olhai estes cílios e a forma amável dos membros, apesar de imundos e fétidos por causa da profundidade! Cedar e Cedma, não fica bem estardes de nariz tapado, porque de vez em quando ele descerra as pálpebras e vê. Antes de tudo desatai-o, cortai as cordas; assim está bem, e ide buscar leite para restaurá-lo! Meu filho, a língua te obedece para nos dizeres quem és?"

Apesar de sua fraqueza extrema, José talvez poderia falar. Mas não queria e nem sequer pensava em revelar àqueles ismaelitas as discórdias de família que não eram da conta deles. Por isso olhou apenas para o velho, extenuado, e sorriu-lhe desesperadamente, com a mão livre fazendo diante dos lábios um sinal negativo. Deram-lhe leite; bebeu-o de um jarro que um escravo segurava para ele, porque seus braços estavam paralisados por causa das cordas. Bebeu com tanta avidez que, mal acabara, uma boa parte do leite lhe veio de novo para fora como a um lactante. Quando o velho, à vista do fenômeno, lhe perguntou quanto tempo o alojara aquela cisterna, José estendeu três dedos para indicar que tinham sido três dias, a que os mineus atribuíram pouca importância, pondo aquilo em relação com os três dias de mundo ínfero da lua nova. E como quisessem também saber como caíra lá dentro, por outras palavras, quem o atirara lá, restringiu a sua resposta a um gesto vago acompanhado de um alçar de testa para o alto, ficando assim a dúvida se o tinham jogado ali os homens ou se estivesse em jogo algum poder celeste. Quando, porém, tornaram a lhe perguntar quem era, sussurrou: "O vosso servo!", caindo de novo para trás, de modo que os outros ficaram sabendo tanto quanto antes.

"O nosso servo", repetiu o velho. "É claro, enquanto é o nosso enjeitadinho e enquanto sem nós já não haveria respiração para o seu nariz. Não sei que coisa estais pensando, mas, pelo que vejo, vai aqui um mistério como há vários no mundo e dos quais em viagem se veem vestígios que chegam a incutir espanto. O que agora nos resta a fazer é simplesmente isto: temos de levar conosco essa criatura, porquanto não podemos deixá-la aqui nem construir cabanas até que recobre as forças. Noto", continuou, "que este jovem da cisterna, de um modo ou de outro, me bole com o coração, engolfando-o, não sei como, numa espécie de aprazimento. Porque não se trata apenas de compaixão nem só do mistério que o rodeia; mas é que em volta de todo homem há fora dele um halo que não é sua matéria, mas, claro ou escuro, emana da sua matéria. Os olhos velhos e expertos podem averiguá-lo melhor que os olhos moços e inexperientes, que veem mas não olham. Ora pois, observando atentamente este enjeitado, o seu halo me parece surpreendentemente claro, tendo eu a impressão de haver achado uma coisa que não se joga fora."

"Eu sei ler pedras e escrever em caracteres cuneiformes", disse José, endireitando-se um pouco. Depois caiu de novo sobre o lado.

"Ouviste-lo?", perguntou o velho, depois de tê-lo feito repetir o que dissera. "Ele conhece as escritas e tem uma boa educação. Já vo-lo disse, foi um achado precioso que não se há de desprezar. Tomemo-lo conosco, porque, graças à inspiração que me sugeriu explorar esta cisterna, fomos nós que o achamos. Quisera ver quem ousaria chamar-nos ladrões, porque queremos exercer o nosso direito de descobridores e não estamos com tantas indagações acerca daqueles que atiraram fora ou que descuidadamente perderam aquilo que achamos. Mas no caso de se apresentarem os tais, temos direito a uma compensação, a um resgate respeitável, parecendo-me, pois, que de qualquer modo há aqui alguma coisa que ganhar. Eia pois, cobri-o com este manto, já que ele saiu nu e sujo da profundeza como do ventre materno e é como se tivesse nascido duas vezes."

O manto a que o velho aludira era aquele que Mabsam, o genro, tirara. O dono resmungou ao ouvir que ia ficar de posse dele o jovem da cisterna e sujá-lo todo. Mas de nada lhe valeram seus resmungos. Tudo corria segundo a opinião do velho, e os escravos carregaram o rapaz, envolvido no manto, e o puseram sobre os animais que estavam à espera. Por ordem do velho, Cedma, um dos filhos, com um anel preto em volta do branco pano da cabeça, moço de traços tranquilamente regulares e de cabeça nobremente erguida, de modo que olhava tudo do alto por sob as pálpebras semicerradas, o pôs diante de si sobre o camelo; e assim prosseguiram os mercadores o seu caminho, em direção de Dotain, onde talvez houvesse mercado.

OS PLANOS DE RÚBEN

Naqueles dias os filhos de Jacó não estavam de bom humor, antes, estavam de muito mau humor e, fosse como fosse, não estavam melhores do que antes quando ainda tinham o espinho na carne e na sua contrariedade iam tropeçando no tojo, por causa da vergonha que não se extinguira. Agora o espinho fora extraído; mas em torno da chaga na qual estivera cravado, as coisas andavam mal, a chaga supurava, como se o espinho estivesse envenenado. Teriam mentido se afirmassem que, depois daquela ablução do espírito, o sono se lhes fizera mais aprazível. Sobre este ponto calavam.

De resto, depois dos últimos acontecimentos estavam sempre taciturnos, e quando conversavam sobre as coisas mais necessárias, faziam-no com poucas palavras, e estas ditas entre os dentes. Seus olhares se evitavam mutuamente, e quando este devia falar com aquele, olhava para um lado e para outro mas não para o rosto do companheiro, de sorte que, em seguida, nenhum sabia se aquilo de que se falara era válido entre eles, porque as coisas sobre as quais a gente se estende somente com a boca e não com os olhos não podem passar por definitivamente concluídas. Mas, validamente concluídas ou não, tudo isso lhes parecia destituído de importância, porque amiúde deixavam escapar palavras como "tudo bem" e "por ora seria justo" ou então "isso é o menos!" — veladas alusões à realidade que estava por trás de tudo aquilo que tinha sido combinado em primeira linha e que, enquanto tudo não tivesse sido esclarecido, o invalidava em grau repugnante.

Entretanto, isso teria de chegar a um fim algum dia e de algum modo, por longo, demorado e repelente que fosse o processo — esse lento perecer e morrer lá no abismo —, embora ninguém conseguisse profetizar quanto tempo duraria. Por um lado seria seu comum desejo apressar o processo, por outro desejariam alegremente torná-lo lento, na expectativa de algum termo menos desairoso, conquanto não fossem capazes de imaginar qual seria. Aqui convém insistir mais uma vez em que não se há de querer enxergar nos filhos de Jacó moços empedernidos, fechados a qualquer simpatia. Quem tem um fraco, ainda que muito parcial, por José (fraco que conta milênios e do qual esta narrativa objetiva procura manter-se isenta) devia acautelar-se a fim de não tomar em relação a eles uma atitude tão unilateral, porque o próprio José pensava de outra forma. Tinham eles tropeçado quase sem o advertir em tudo aquilo e prefeririam não chegar ao ponto a que haviam chegado: pode-se crer nisso. Na verdade, mais de uma vez naqueles dias penosos desejaram que com um golpe a coisa tivesse sido levada irrevogavelmente a termo, e estavam irritados com Rúben, que frustrara tudo. Mas esse sombrio sentimento provinha somente da situação complicada em que tinham caído: uma daquelas prisões ou um daqueles embaraços de que ninguém consegue safar-se, como os que a vida produz ou o tabuleiro de xadrez nos põe diante dos olhos com flagrante analogia.

O grande Rúben não era o único que desejava salvar do fosso o filho de Raquel. Pode-se mesmo dizer que não havia nenhum entre os irmãos que de quando em quando não se sentisse sob o acicate de tal desejo. Mas isso era possível? Infelizmente não: e a precipitada decisão morria sob a inexorável objeção da razão. Que fazer então com o sonhador, se não se podia tirá-lo do fosso pouco antes de morrer? Havia um muro e nenhum jeito de escapar; tinha de continuar lá dentro. Não só o haviam arremessado lá, mas o tinham por todos os modos ligado à tumba, impedindo peremptoriamente a ressurreição. Ele estava logicamente morto e agora tratava-se de esperar inertes que morresse também realmente — tarefa enervante, ainda por cima, de duração indeterminada. Para aqueles homens dignos de lástima não se tratava, com efeito, de "três dias". Eles nada sabiam dos três dias. Ao contrário, sabiam de alguns homens que haviam se perdido no deserto e tinham passado sete e até catorze dias sem comida e sem água, até que haviam sido encontrados. Isso era bom de se saber, porque deixava margem à esperança. Mas era doloroso de se saber, porque a esperança era insensata e impossível. Raramente houve uma situação tão intricada, e quem agora pensasse apenas nos sofrimentos de José seria parcial.

Estavam aqueles atormentados homens sentados, depois das doze horas da manhã daquele dia, à sombra das árvores vermelhas, lá onde recentemente haviam falado de Lamec, o herói dos tempos remotos, tendo-se envergonhado diante dele, o que seria melhor que não tivessem feito. Estavam ali sentados em número de oito, porque faltavam dois: Neftali, o veloz, que dava uma volta pelos arredores a ver se colhia alguma novidade que pudesse depois transmitir aqui e ali, e Rúben, que se afastara pela manhã bem cedo. Segundo declarara entre os dentes, ia a Dotain a negócios para trocar produtos agrícolas com frutas da árvore do pão e também com um pouco de vinho aromático, como ele dizia. Exatamente por causa desse vinho aromático haviam os irmãos aprovado a viagem de negócios de Rúben. Contra seus hábitos, naqueles dias todos eles prestavam avidamente suas homenagens ao vinho de mirra que se fabricava em Dotain, pois era forte, aturdia e apagava as ideias.

Mas a verdade é que Rúben se separara deles para negócio bem diferente, só tendo mencionado o vinho aromático para tornar-lhes mais aceita a sua ida. Naquela noite Rúben virara-se inutilmente na cama, atormentado pela insônia, e decidira enganar a todos e salvar José. Três dias pudera ele suportar a ideia — ele que caminhava sobre vestígios luminosos — de que o cordeiro de Jacó estivesse a apodrecer na cisterna. Mas agora era demais. E só restava rogar a Deus que já não fosse demasiado tarde! De própria iniciativa se esquivaria aos irmãos e iria libertar o submergido; tomá-lo-ia consigo, reconduzi-lo-ia ao pai e lhe diria: "Eu sou uma água impetuosa e o pecado não está longe de mim. Mas eis que sou impetuoso também para o bem e aqui te trago o teu cordeiro que queriam despedaçar. Está expiado o pecado. Sou eu de novo o teu primogênito?".

Então Rúben cessou de virar-se na cama e ficou todo o resto da noite imóvel, de olhos abertos, estudando em todas as minúcias o modo de salvar e a fuga. A coisa não era simples: o rapaz estava atado e fraco e não podia agarrar a corda que Rúben ia lhe jogar; não bastava uma corda, era necessário um gancho forte que empolgasse as ligaduras à laia de anzol, possibilitando a pesca da presa. Talvez fosse melhor todo um tecido de cordas, uma rede, para pescá-lo e retirá-lo, ou talvez ainda uma tábua entre as cordas, de modo que o enredado pudesse pôr-se sobre ela e ser puxado para cima até a borda do poço. Com todas as minúcias ia Rúben delineando na mente os aprestos necessários; pensava na roupa que ia tirar da sua arca para dá-la ao desnudo; fixava a ideia no burro robusto que fingiria tocar para Dotain com uma carga de lã e queijo enquanto poria sobre ele o rapaz e, protegido pela escuridão, fugiria com ele a cinco dias de distância, para Hebron, para o pai. O coração do grande Rúben transbordava de alegria com a sua decisão, sendo o seu júbilo atenuado apenas pela apreensão de que José não vencesse aquele dia até o cair da tarde. Ao despedir-se dos irmãos aquela manhã foi-lhe difícil falar por monossílabos, com aspereza e resmungando, como isso agora se lhes convertera em hábito.

A VENDA

Estavam, pois, sentados em número de oito debaixo dos pinheiros bravos de amplas frondes, e com os turvos olhos semicerrados olhavam para aquela distância de onde viera o esplendor, o fogo-fátuo bailador, que os confundira, atirando-os naquela maldita e complicada situação. Senão quando, divisam o seu irmão Neftali, filho de Bala, que vinha da direita através do matagal, saltando com as suas pernas musculosas, e já de longe perceberam que ele tinha alguma novidade para contar. Mas não estavam ansiosos por sabê-la.

"Irmãos, rapazes, amigos", foi gritando. "Tomai nota: uma cáfila de ismaelitas vem de Galaad, com o nariz voltado para cá. Dentro em pouco estarão por estas bandas e passarão a três pedradas do sítio onde estais sentados! Parecem ser pacíficos pagãos, com bagagem de mercadorias. Se os chamássemos, poder-se-ia talvez entabular com eles algum negócio!"

Ouvindo essas palavras, os irmãos, cansados, voltaram de novo a cabeça para o outro lado. "Sim, sim", disse um deles, "está bom, Neftali, gratos pela notícia."

"Isso é o menos!", acrescentou um outro suspirando. Depois todos se calaram em atormentado mau humor. Não tinham vontade de fazer negócios.

Passado um pouco de tempo, porém, salteou-os uma espécie de desassossego: mexiam-se de um lado para outro, seus olhos giravam em derredor. E quando Judá — pois foi mesmo ele — levantou a voz e os chamou, estremeceram e todos se voltaram para ele: "Fala, Judá, que te ouviremos". E Judá falou:

"Filhos de Jacó, tenho uma coisa para vos perguntar, e o que vos pergunto é isto: que lucramos matando nosso irmão e escondendo-lhe o sangue? Respondo por todos vós: nada. De nossa parte foi uma estupidez que mete nojo jogá-lo no fosso e fingir conosco que com isso lhe poupávamos o sangue e que poderíamos comer ao lado da cisterna, porquanto todos nós éramos demasiado tímidos para derramar aquele sangue. Porventura estou censurando a nossa timidez? Não, mas lamento estarmos mentindo a nós mesmos, arquitetando distinções, como 'fazer' e 'acontecer', e estarmo-nos escondendo por trás delas, e apesar disso vemo-nos nus e despojados de tudo, pois que elas são puro vento. Queríamos imitar o Lamec da canção e matar o jovenzinho por causa de nossa machucadura. Mas eis que coisa sucede quando se quer fazer como na canção dos tempos antigos, segundo o modelo dos heróis: tivemos de ceder um pouco aos tempos que já não são os antigos e, em vez de matar o jovenzinho, deixamo-lo simplesmente morrer. Envergonhemo-nos porque isso é um desprezível produto híbrido da canção e dos tempos! Por isso vos digo: uma vez que não soubemos imitar Lamec e tivemos de fazer concessões aos tempos, agora sejamos leais e, de acordo com os tempos, vendamos o rapaz!"

Foi como se um peso tivesse caído do coração de todos, porquanto Judá falara segundo o pensamento de todos, abrira-lhes os olhos que, tacitamente meditando sobre a notícia de Neftali, já haviam piscado para a luz. Eis afinal a saída para essa situação intrincada: saída simples e clara. Os ismaelitas de Neftali a indicavam: era aquela a estrada, vindos sabe Deus de onde, passando por ali, em direção ao incomensurável, a uma nebulosa distância, de onde não havia volta possível como não a havia do fosso! Apesar de que o fariam de boa vontade, não tinham podido tirar de lá o rapaz... mas agora de repente o podiam, pois que ele devia ser entregue aos viandantes que vinham chegando, e ir-se com eles até o perderem de vista os irmãos, como a estrela cadente se apaga no nada, não deixando de si nenhum vestígio! Até Simeão e Levi acharam a proposta relativamente boa, visto que já agora estavam fora de moda os métodos heroicos.

Por isso todos de uma vez e confusamente prorromperam em abafadas palavras de precipitada aquiescência e disseram: "Sim, sim, sim, tu o dizes, ó Judá, e dizes muito bem! Aos ismaelitas... vender, vender é uma proposta prática, assim nos livramos deste beco sem saída, assim o afastamos definitivamente. Trazei José aqui, sim, restituí-o à luz do dia, eles vêm, presumivelmente está ainda com vida, resiste doze ou quinze dias, é a experiência que no-lo ensina. Vão logo alguns à cisterna, enquanto outros...".

Mas eis que já lá estavam os ismaelitas. À distância de três pedradas apareceu o primeiro, um velho, com as mãos debaixo do manto, montado num animal conduzido por um rapaz, e atrás dele, em fila, os outros: homens a cavalo, animais de carga e guardas. Não era uma caravana extraordinariamente imponente. Ao que parecia, não eram lá muito ricos aqueles mercadores, pois num mesmo camelo iam montados dois. Tranquilamente, sem virar-se, queriam atravessar a planície, com os olhos voltados para a colina de Dotain.

Era tarde demais para ir buscar José; tarde demais no momento, porém Judá estava firmemente resolvido — e com ele o estavam seus irmãos — a não deixar escapar a ocasião, mas a agarrá-la pelos cabelos, a colar o rapaz aos ismaelitas, para que o levassem para bem longe, que não o vissem mais, livrando dele os irmãos, porque, tal como estava agora, já não aguentavam muito tempo. Não tinha o antepassado daqueles mercadores sido enviado para o deserto por Abraão juntamente com Agar, porque ele, imitando os ínferos, brincara com Isaac, filho da mulher verdadeira? Agora também José devia ser mandado para o deserto com os filhos de Ismael. O fato não deixava de ter raízes; já existia e voltava agora. Voltava novo, se quisermos, e a ideia da venda era um acréscimo original. Mas ainda assim foi ele durante milênios levado com grande exagero ao débito dos irmãos na sua conta-corrente. Venda de um homem! Venda de um irmão! Ninguém se demasie em horror sentimental, mas tenha-se na devida conta a vida, a poderosa influência de uma fria usança, que tirava àquela ideia quase toda a originalidade má. Premido pela necessidade, o homem vendia os filhos, e há de convir-se que a palavra "necessidade" se ajustava à enredada situação em que se achavam os irmãos. O pai vendia suas filhas em casamento, e estes oito não estariam respirando nem se achariam ali sentados se, com uma servidão de catorze anos, Jacó não tivesse comprado de Labão a mãe deles.

Não deixava de ser um tanto incômodo o fato de não estar no local o objeto da venda, mas, por assim dizer, estar guardado num fosso do campo. Porém no momento oportuno seria sempre possível trazê-lo ali, e antes de tudo o que importava agora era travar conhecimento com os forasteiros e sondar-lhes a capacidade aquisitiva.

Assim os oito levaram as mãos à boca e gritaram para o campo:

"Olá, boa gente, de onde vindes? Para onde ides? Detende-vos um pouco. Aqui há a sombra das árvores e pessoas com quem podeis conversar!"

A voz chegou até eles e os viajores lhe deram ouvidos. Com efeito, desviaram os olhos fitos na colina de Dotain e voltaram a cabeça para a direção daqueles que os chamavam. O chefe meneou a cabeça consentindo, fez um sinal aos seus homens e voltou para ir ao encontro dos filhos da região. Estes haviam se levantado e saudado os viajantes, pondo os dedos debaixo dos olhos para significar que veriam de boa mente aqueles hóspedes e levando as mãos à testa e ao peito para significar que tanto cá como lá tudo estava cordialmente preparado para o acolhimento. Os servos corriam de um lado para outro entre as cavalgaduras, agitando o chicote e emitindo uns sons que lembravam o cacarejo de uma galinha choca, para que elas se ajoelhassem e se deitassem. Apearam, trocaram os costumeiros cumprimentos e sentaram-se uns defronte dos outros, os irmãos no seu lugar e diante deles os forasteiros, estando o velho no meio, à sua direita e à sua esquerda os seus, o genro, o sobrinho, os filhos. O séquito se conservou mais atrás. Entre o séquito e os senhores, às costas dos estrangeiros, logo atrás do velho e de um filho, no espaço entre os dois, estava também sentado um com um manto, que ele puxara para a cabeça e para a frente do rosto, de forma que, naquele embuço, só debaixo da fronte se abria um buraco entre as dobras.

Por que motivo seria que os irmãos, durante a primeira troca de cumprimentos com as visitas, se sentiam atraídos a olhar de contínuo para aquela figura embiocada na segunda linha? A pergunta é supérflua. O mudo afastar-se daquela figura atraía involuntariamente sobre ela os olhos dos outros. Qualquer outra pessoa teria feito como os irmãos. Por que é que, naquele ar tão sereno, alguém havia de lembrar-se de tapar assim a cabeça como se se avizinhasse um *abubu* de poeira? Durante a troca de saudações os irmãos não estavam tranquilos, estavam até um tanto distraídos. Não por causa daquela estranha figura. Esta bem sabia e podia guardar para si o motivo pelo qual odiava a luz. Mas tratava-se de trazer para o local os objetos à venda e seria conveniente que alguns deles, dois ou três, se levantassem para ir buscá-los no depósito e em lugar adequado refrescá-los para a oferta, exatamente como, ao aproximar-se dos ismaelitas, haviam combinado entre si com rápidas e veladas palavras. Por que não iam? Provavelmente porque não fora decidido quem devia ir, mas podia ser qualquer um. A escolha podia ser espontânea. Ou seria o receio de parecerem descorteses? Mas era possível achar uma desculpa. Por que é que Dã, Zabulon, Issacar, por exemplo, ficavam ali pregados no seu lugar a olhar distraidamente para a figura imóvel da segunda fila, no espaço entre o negociante e o filho?

Cada uma das duas partes deu conta da sua vida com palavras nas quais iam misturadas em igual dose a jactância e a depreciação própria.

Judá e os seus declararam ser simplesmente pastores, para dizer a verdade, uns vermezinhos em comparação com os senhores sentados defronte deles. Disseram ser filhos dum homem riquíssimo do Sul, um verdadeiro rei de rebanhos e príncipe de Deus e que naquele vale apascentavam uma parcela das incontáveis posses dele, que eram tais que não era possível medi-las a olho e que a outra região ao longe não as podia sustentar. Com quem, pois, tinham imerecidamente a honra de tratar tão humildes pessoas?

Quando — disse o velho — de todo aquele esplendor se desvia a vista fixando-a sobre ele e seu séquito, nada se vê, em primeiro lugar porque se fica deslumbrado, em segundo lugar porque não há quase nada. São filhos do poderoso reino de Maon, no continente de Arabaia, habitantes do país de Mosar ou Midian e portanto midianitas, em vez da qual denominação se poderia, em nome de Deus, dizer também medanim ou chamar-lhes simplesmente ismaelitas. Mas que importa o título que se dá ao nada? Armam caravanas que mais de uma vez já foram até o fim do mundo e negociam entre um reino e outro em tesouros nos quais mais de um rei já pôs os olhos: ouro de Ofir e bálsamos de Punt. Aos reis fazem preços de rei, entre amigos fazem bons preços. Agora seus camelos trazem alcatira em folhas brancas como o leite, de uma beleza tal que este vale ainda não viu outra assim, e olíbano, que atrai irresistivelmente o olfato dos deuses, de sorte que, quando uma pessoa sente esse perfume, não quer mais saber de outros incensos. — Isso depunha suficientemente a favor da nulidade dos ádvenas.

Os irmãos beijaram a ponta dos dedos, indicando a união do solo terrestre com as estrelas.

"O país de Mosar", quis ainda saber Judá, "ou o país de Maon fica muito longe no mundo, a uma verdadeira distância nebulosa?"

"Muito distante no espaço, certamente, e portanto também no tempo", confirmou o velho.

"A uma distância de dezessete dias?", indagou Judá.

"Sete vezes dezessete!", asseverou o velho. "E ainda este algarismo dá apenas a distância aproximativa. No viajar como na parada (porque também a parada faz parte da viagem) deve-se confiar no tempo sem impaciência, para que este supere o espaço. Em certo momento e, por fim, antes que se pense em tal, chega-se à meta."

"Então", acudiu Judá, "pode-se muito bem dizer que essas regiões, essas metas estão todas situadas a perder de vista, sabe Deus onde, no incomensurável?"

"Assim se pode a gente exprimir", confirmou o velho, "quando ainda não se andou por aquelas regiões e não se tem o hábito de aliar-se com o tempo contra o espaço, aproveitando aquele em relação a este. Quando se está familiarizado com aquela distância, pensa-se nela com muito maior calma."

Judá disse que ele e seus irmãos eram pastores e não mercadores marítimos, mas pedia vênia para observar que não são só os mercadores marítimos que conhecem a paciente aliança do tempo com o espaço. Quantas vezes também o pastor é forçado a mudar de pasto e de poços, e no emigrar de um lugar para outro imitar o Senhor do caminho, diversamente dos lavradores do campo, os estáveis filhos de Baal. Seu pai, o rei dos rebanhos, como já foi dito, mora a cinco dias de distância daqui para o meio-dia, e este espaço, se bem não possa comparar-se com um percurso de sete vezes dezessete dias, têm-no eles vencido muitas vezes, ida e volta, de modo que conhecem como a palma da mão cada pedra terminal, cada fonte, cada árvore que aí se encontra, e nas suas viagens já não se admiram de nada. Vencer o espaço? Peregrinar? Não queriam medir-se com mercadores do mar, que vêm de distâncias nebulosas; mas, ainda rapazes, tinham vindo para aquelas terras em que ora se achavam da região dos rios, no longínquo Oriente, onde seu pai lançara a base da sua riqueza, e haviam habitado no vale de Siquém, onde seu pai cavara e murara um poço com a profundidade de catorze braças e de muita largura, porque os filhos da cidade eram muito ciosos dos mananciais que possuíam.

"Sejam castigados até a quarta geração!", praguejou o velho, acrescentando depois: "E ainda foi sorte não terem os filhos do vale implicado com o poço construído pelo pai e na sua inveja por causa da água não o terem entulhado, tornando-o seco".

"Oh! Os irmãos saberiam bem amargurar-lhes a vida", retrucaram os nove. "Saberiam dar-lhes uma boa lição!"

"Eram então esses uns heróis tão cruéis", perguntou o velho, "fortes e inexoráveis nas suas resoluções?"

"Eram pastores", foi a resposta deles, "e assim aptos a defender-se, afeitos, sendo preciso, a vencer na luta o leão ou o bandido, a enfrentar fosse quem fosse na disputa por um pasto e um poço. Agora quanto ao espaço", continuou Judá, depois que o velho fez uma reverência à sua energia máscula, "e quanto à coragem de viajar, já um antepassado deles fora um emigrante de raça, oriundo de Ur, na Caldeia, tendo vindo para aqueles vales que percorreu em todas as direções e sentidos, pouco conformado com a estabilidade, de sorte que, se se quisesse somar todas as suas peregrinações, resultariam sete vezes setenta dias. A fim de procurar uma esposa para o filho que lhe nascera maravilhosamente na idade provecta, mandou viajar o seu servo mais velho com dez camelos para Naharaim, isto é, Senaar. Fora este um andarilho tão ágil que, para dizê-lo com uma pontinha de exageração, a terra lhe saltava ao encontro. Junto a um poço do campo achou a esposa e a reconheceu pela circunstância de o ter ela dessedentado chegando-lhe aos lábios com as suas próprias mãos a infusa e abeberando também os seus dez camelos. Tanto como isso se viajou e superou o espaço na sua família, para não falar no seu pai e senhor que, ainda muito jovem, com grande decisão se afastou da casa paterna, indo também ele para terra caldeia, fazendo uma viagem de dezessete dias e mais. Então chegou a um poço..."

"Perdoai", disse o velho, tirando a mão para fora do manto e atalhando a fala de Judá. "Perdoa, meu amigo e caro pastor, perdoa ao teu servo mais velho uma observação às tuas palavras. Quando te ouço falar da vossa família e suas histórias, parece-me que o poço representa nela um papel tão notável, tão saliente como toda a vossa experiência no viajar e correr o mundo."

"Como assim?", perguntou Judá, retesando-se todo. O mesmo fizeram seus irmãos.

"Sim", prosseguiu o velho, "porque vais falando e a cada passo a palavra 'poço' me fere os ouvidos. Mudais de pastagem e de poço. Conheceis como a palma da mão todos os poços da região. Vosso pai construiu um poço muito fundo e largo, o primeiro servo de vosso avô pediu a mão da esposa junto ao poço, o mesmo fez, ao que parece, o vosso pai. À fé que no meu ouvido estão zumbindo os poços que mencionaste."

"O meu senhor negociante", respondeu Judá com as costas tesas, "quer portanto dizer lá na sua que estou narrando de maneira monótona, como um zumbido. Isso me desagrada. Nós, irmãos e pastores, não somos tecedores de patranhas ao pé do po... Não somos charlatães do mercado, que aprenderam a contar segundo as regras da arte e por salário. Falamos e narramos sem artifícios nem astúcias, de um modo natural e cândido. De resto, quisera saber como se pode contar a vida de um homem e especialmente a de um pastor e as viagens sem mencionar um poço sem o qual não se pode dar um passo..."

"A pura verdade", interrompeu o velho. "O meu amigo, filho do rei dos rebanhos, me responde com toda a justeza. Que grande papel não representa o poço na vida do homem e quantas pilhérias e coisas memoráveis ligam também a mim, vosso velho servidor, àqueles poços, contenham eles água viva ou água recolhida ou sejam secos e desmoronados! Acreditai-me: ao meu ouvido, que já está um pouco cansado e meio surdo com a idade, não faria tanta mossa a menção de poço nas vossas narrativas se há pouco e justamente nesta viagem não tivesse me sucedido, a propósito de um poço, um fato tão estranho que o incluo entre as minhas recordações mais surpreendentes e para o qual espero conselho e esclarecimento da vossa bondade."

Os irmãos se retesaram ainda mais. Com tal retesamento, suas costas se tornaram côncavas e suas pálpebras não se moviam.

"Por aqui, por estas bandas onde apascentais, não terá sumido um rapaz", perguntou o velho, "de modo que os seus não lhe sabem o paradeiro, e talvez tenha sido raptado ou acreditem ter ele sido devorado por um leão ou ter sido vítima de algum outro ser sedento de sangue, sendo já de três dias o seu desaparecimento?"

"Não", responderam os irmãos, "que nós saibamos, não."

"E este quem é?", perguntou o velho, esticando a mão para trás de si e puxando para baixo o manto que velava a cabeça de José... Lá estava ele atrás, sentado entre os homens, envolvido nas dobras roçagantes, de olhos humildemente pregados no chão. Sua expressão recordava um pouco a do instante em que no campo, sob a proteção do pai, contara o seu vergonhoso sonho das estrelas. Os irmãos, ao menos, pensaram naquele momento.

Alguns deles haviam se posto de pé num pulo, reconhecendo o embuçado, mas imediatamente tornaram a sentar-se, erguendo os ombros.

"Este?", disse Dã, ao ver que para ele chegara o momento de demonstrar que era serpente e víbora. "A este vos referíeis quando faláveis do poço e de pessoas desaparecidas? Não vos referíeis a nenhum outro? Pois bem, a boa bisca aludíeis. Este é um escravo, um filho de ninguém, um pequeno servo da pior espécie, um filho de cães, que tivemos de castigar por ser brigão, por furto com reincidência, por mentira, blasfêmia, teimosia, prostituição e repetidas ofensas aos bons costumes, já que, apesar de jovem, é uma cloaca de vícios. Com que então o achastes e tirastes do fosso em que o tínhamos posto para dar uma lição ao biltre? Vós vos antecipastes, porque o prazo do seu castigo expirava exatamente nesta hora e estávamo-nos preparando para restituí-lo à vida, a ver se a lição lhe aproveita."

Assim falou o filho de Bala com a sua sutileza. Suas palavras eram francamente temerárias, uma vez que estava ali presente José, que, se quisesse, podia desmenti-lo. Mas parecia estar viva ainda nos irmãos a confiança que nele haviam posto, mercê da cova. E sua confiança não foi vã porque realmente José não disse nada, mas deixou-se estar lá sentado, baixando os seus olhos mansos, e em tudo e por tudo se comportou como um cordeiro que emudece diante do seu tosquiador.

"Oh, oh! Eh, eh!", fez o midianita, enquanto balançava a cabeça fazendo girar os olhos de um lado para outro entre o malfeitor e seus severos juízes; pouco a pouco, porém, foi deixando de sacudir a cabeça, passando a abaná-la, porque percebeu que havia ali alguma coisa irregular, e de boa mente teria o velho inquirido o enjeitado sobre se era verdade tudo aquilo, porém vedava-lho a cortesia. Por isso disse:

"Que ouço, que ouço? Com que é tal patife esse de que tivemos dó, arrancando-o do buraco justamente no último momento? Porque, não posso esconder-vos a verdade: vós levais a penitência um pouco longe demais e até o limite extremo. Quando o encontramos, estava tão fraco que arrevessou o leite que lhe oferecêramos. Sou de opinião que não deveríeis esperar muito tempo para libertá-lo, se é que ainda vos interessava o valor do objeto, que aliás (e disso não pode haver dúvida) deve ser bem pequeno, se se leva em conta a sua má vida, visto como a dureza do castigo demonstra um grau extraordinário de patifaria."

Dã mordeu o beiço porque viu que tinha falado demais e que, ainda podendo-se confiar no silêncio de José, fora imprudente, como logo lhe fez ver Judá, dando-lhe uma terrível cotovelada nas costelas. O propósito de Dã era apenas justificar perante os ismaelitas o cruel tratamento infligido ao rapaz; Judá, ao contrário, pensava na venda, sendo difícil tomar na devida consideração ao mesmo tempo os dois pontos de vista. Contrariamente a todo o bom senso comercial, tinham sido forçados a pintar com cores carregadas o objeto à venda, na presença daqueles mesmos a quem tencionavam impingi-lo! Uma coisa semelhante jamais acontecera aos filhos de Jacó, que estavam envergonhados com tal loucura. Decididamente neste negócio de José saíam de uma situação difícil para se meterem noutra.

Judá tomou a si a incumbência de salvar de tais apuros a honra mercantil. Disse ele:

"Sim, sim, para honra da verdade, a medida da pena foi um pouco além da tratantada, podendo realmente induzir ao erro quanto à apreciação do objeto. Mas deixemos passar. Nós, filhos do rei dos rebanhos, somos um tanto fogosos e impetuosos, somos severos e, quiçá, excessivamente severos no punir as ofensas aos bons costumes e, como já temos reconhecido, somos um pouco fortes e inexoráveis nas nossas decisões. As maroteiras deste filho de cães, tomadas uma por uma, não eram afinal graves em demasia. Só o número delas acumulado é que nos dava que pensar, determinando por fim a dureza do castigo. O próprio excesso deste mostra o alto apreço em que temos o escravo e o cuidado que tomamos para preservar esse apreço. De feito, a inteligência e a esperteza do jovem são notáveis e, purificado das contravenções aos bons costumes, ali onde o vedes, e graças ao nosso rigor, ele é sem dúvida um objeto útil. Eu quis pôr isso inteiramente claro, a bem da verdade", concluiu Judá. E Dã se envergonhava não pouco da sua malograda sutileza, folgando por outro lado por ter o filho de Lia logrado tão discretamente desarranjar a armadilha.

O velho ia soltando uns "hum, hum" e dividia o olhar entre José e seus irmãos, não cessando de abanar a cabeça. "Então, ao que dizeis, é um garoto inteligente, hem? Como se chama o filho de cães?"

"Não tem nome", respondeu Dã. "Como havia de chamar-se? Até agora não tem nenhum nome, já o dissemos, não é filho de ninguém, é um bastardo, uma erva daninha, crescida ao deus-dará, não tem família. Para chamá-lo, dizemos 'olá' e 'tu' ou simplesmente assobiamos. Estes são os nomes que usamos."

"Hum, hum, pelo que vejo, o castigado é um filho do pântano, é um broto agreste", disse de novo o velho. "É bem estranho como algumas vezes a verdade nos assombra! É contra a razão, contra a cortesia, e no entanto nos assombra. Quando o tiramos da sua prisão, o filho do pântano disse que sabia ler coisas escritas e também escrever. Era uma mentira?"

"Não excessivamente descarada", respondeu Judá. "Já dissemos que é de notável inteligência e de uma esperteza pouco comum. É perfeitamente capaz de levantar uma lista e de fazer registros sobre bilhas de azeite e fardos de lã. Se não falou mais do que isso, evitou a mentira."

"Possa ela ser evitada para sempre", replicou o velho, "pois que a verdade é Deus e rei, e Neb-ma-ré é o seu nome. Devemos inclinar-nos diante dela, ainda que nos pareça estranha. Os meus senhores e senhores do filho do pântano também sabem ler e escrever?", perguntou apertando os olhos.

"Reputamos isso coisa de escravos", retrucou Judá laconicamente.

"E assim é desta vez", conveio o velho. "Mas também os deuses escrevem sobre árvores os nomes dos reis, e grande é Tot. Pode ser que ele mesmo tenha apontado os juncos para este filho do pântano e o tenha instruído... Que o nume de cabeça de íbis não me leve a mal este gracejo! A verdade, porém, é que todas as classes de homens são governadas, só o escrevente, da sua casa de livros, governa a si mesmo e não tem necessidade de matar-se a trabalhar. Países há em que este filho do junco seria colocado acima de vós e do vosso suor. Calculai, eu sou capaz de imaginá-lo, e a minha imaginativa não me abandona completamente se uma vez o suponho e, por gracejo, figuro o caso de que ele seja o senhor e vós os seus servos. Vede, eu sou um comerciante", continuou, "e hábil, podeis crer-me porque encaneci avaliando e estimando os objetos de acordo com o seu valor ou inferioridade. Assim, quanto a mercadorias, não é coisa fácil passar-me a perna, porque sinto entre o polegar e o indicador quanto vale, e se um tecido é grosseiro ou fino ou de qualidade medíocre, eu o percebo entre os dedos, e a minha cabeça pende um pouco para um lado em razão do velho hábito de examinar. Assim, ninguém consegue impingir-me uma mercadoria estragada como sendo objeto de valor. Agora vede: aquele jovem, por arrasado que esteja pelo duro castigo, é de fino estofo — com a minha cabeça inclinada para um lado o reconheço, percebo-o exatamente entre os meus dedos afilados. Não falo da esperteza nem da inteligência, nem da arte de escrever, mas falo da fazenda, do tecido, coisa que conheço bem. Por isso atrevi-me a fazer aquela pilhéria dizendo que não me surpreenderia se ouvisse contar que Olá é o senhor e vós os seus servos, ao passo que é justamente o contrário."

"Por certo!", replicaram os irmãos e retesaram as costas.

O velho calou-se.

"Pois bem", disse em seguida, apertando novamente os olhos, "uma vez que é vosso escravo, vendei-me o rapaz!"

Queria pô-los à prova. Alguma coisa ali não parecia muito clara ao velho, e por iniciativa própria, com velada astúcia, fez a proposta, curioso de ver-lhe o efeito.

"Fica com ele de presente", murmurou maquinalmente Judá. E como o midianita declarasse que o seu espírito e o seu coração ficavam sensibilizados com uma joiazinha assim, Judá continuou:

"A falar verdade, é contra a justiça termos tido tantas contrariedades por causa deste rapaz e, agora que se purificou da imoralidade, irdes recolher os frutos da educação que lhe demos. Mas já que vos agrada, fazei a vossa oferta!"

"Dizei antes qual o vosso preço!", respondeu o velho. "É esse o meu costume."

Começou então em torno de José uma série de tratos e contratos que, de tanto regatear, durou cinco horas, indo até o pôr do sol. Em nome de seus irmãos Judá pedia trinta siclos de prata; mas o mineu respondeu que aquilo era uma troça de que se podia rir durante muito tempo mas com a qual não se podia iniciar nenhum negócio. Deve-se porventura pagar a peso do metal da lua um simples Olá, um filho de cães, nascido no pântano, que, como se provou e se confessou, apresenta grandes falhas no caráter? Estava agora sendo castigado o zelo de Dã, que, para justificar a penitência da cisterna, rebaixara tanto o valor do objeto à venda. O velho valeu-se grandemente dessa fraqueza para abater o preço. Mas ele também se comprometera seriamente, não tendo sabido abster-se de gabar o sensibilíssimo tato de seus dedos afilados, avaliando a mercadoria segundo o pano e as fibras de modo que era muito útil aos vendedores. Judá pegou-lhe na palavra, meteu-o em brios aludindo à sua perícia de conhecedor e discorreu com grande charlatanaria sobre a fineza do rapaz, como se ele e seus irmãos nunca houvessem sentido a mínima inveja dessa fineza, como se por causa dela não tivessem lançado ao fosso o mesmo que a possuía. Na ânsia de mercadejar, varreu-se-lhes todo resquício de pudor, a ponto de Judá berrar, perguntando-se se podia, por trinta siclos, entregar um jovem tão fino que seria o senhor de todos eles e eles seus escravos. Mostrava-se inteiramente enamorado da sua mercadoria e, quando já havia descido a vinte e cinco siclos de prata, fez o derradeiro esforço de beijar na face a José, que silenciosamente o olhava com o rabo do olho, exclamando que nem ainda por cinquenta podia e queria apartar-se de um tesouro de tamanha inteligência e graça!

O velho não se deixou engodar nem com o beijo e manteve-se em posição superior, tanto mais que via bem como, em última análise, os irmãos queriam, de todo jeito e a qualquer preço, desfazer-se do jovem, o que se podia facilmente reconhecer com uma aparente interrupção e renúncia ao negócio. Ele oferecera quinze siclos de prata, exatamente segundo o peso babilônico que era mais leve; quando, porém, os irmãos, valendo-se da circunstância de já ter ele se comprometido, fizeram subir o preço até vinte siclos, segundo o peso fenício, o velho se deteve, não tolerando que lhe apertassem mais as roscas. Efetivamente podia alegar que achara o rapaz, estando este em extremo perigo de vida, que podia reivindicar para si o direito de descobridor e a retribuição do resgate, de sorte que era da sua parte uma verdadeira condescendência nos negócios não incluir na conta aquela importância e não deduzi-la do preço, mas se prontificava a pagar segundo o peso fenício vinte siclos íntegros e pesados segundo o cálculo fenício. Se não sabiam levar tudo isso em conta, ele dava o dito por não dito, não mais querendo ouvir falar de moleques filhos do juncal.

E assim entraram em acordo, fixando-se a venda em vinte siclos de prata segundo o peso usual. Em honra dos hóspedes, os irmãos degolaram um cordeirinho do rebanho debaixo das árvores, fizeram correr o sangue, acenderam fogo vivo e assaram a carne para poderem alçar as mãos e comer todos juntos, celebrando e firmando a transação. José teve também o seu quinhão que lhe deu o velho mineu, agora seu senhor. Mas que havia ele de ver? Vira que, às ocultas, sem dar maior importância ao caso, e de modo que os ismaelitas nada percebessem, os irmãos haviam arrastado no sangue os farrapos da túnica cheia de imagens, ficando eles inteiramente rubros. Diante de seus olhos e sem receio tinham feito tudo aquilo, fiando cegamente do seu silêncio, como se ele estivera morto. E assim vendo, comeu o anho cujo sangue passaria como sendo o seu.

Mas o repasto e o reforço eram oportunos, porque o negócio estava bem longe de ser concluído. Estava apenas entabulado em linhas gerais depois de se haver fixado o preço principal; mas começava agora a transação miúda e a realização em mercadoria do valor estabelecido. Aqui é necessário retificar a ideia, universalmente difundida e impressa na memória por uma piedosa descrição, de que os irmãos, depois de venderem José, embolsaram dos ismaelitas o preço total em metal sonante. Não era ideia do velho pagar em prata, para não se falar, por certas razões, de um pagamento em "moeda". Quem é que, em viagem, carrega consigo tanto metal e quem não prefere quitar uma dívida em objetos? Com efeito, toda moeda que se paga por uma parte do preço lhe dá a oportunidade de, tornando-se ele próprio vendedor, melhorar o negócio e prover inteiramente aos seus interesses como comprador. O mineu pagou aos pastores um siclo e meio de prata em moedas, pesando-as na raciosa balança que trazia na cintura; para o resto, teve de recorrer às diferentes mercadorias de que iam carregados os camelos. Assim, tudo que tinham consigo foi descarregado e espalhado sobre a erva: os incensos e as belas resinas de além do rio e toda casta de belos objetos que se tem precisão. Eram navalhas, facas de cobre e de pederneira, lâmpadas, colheres para unguentos, bengalinhas de passeio com lavores e incrustações, pedras de vidro azul, óleo de rícino e sandálias: todo um bazar, todo um negócio de secos e molhados haviam exposto aqueles negociantes diante dos olhos ávidos dos compradores, sendo que até o limite de dezoito siclos e meio de prata podiam estes levar quanto quisessem pela sua mercadoria. Mas mesmo agora se regateava por cada objeto, de modo que caiu a tarde antes de se chegar a uma conclusão, tendo afinal José sido vendido por pouca prata e muitas facas, um tantinho de bálsamo, lâmpadas e bengalinhas.

Isso feito, os ismaelitas tornaram a enfardelar suas mercadorias e se despediram. Haviam tomado tempo para a transação, não tendo poupado as horas. Agora tratava-se de ganhar tempo no espaço, e decidiram percorrer um trecho do caminho ainda pela tardinha antes de armar o seu acampamento noturno. Não os detiveram os irmãos, tendo-lhes somente dado alguns conselhos sobre o prosseguimento da viagem e as estradas que deviam tomar.

"Não vades pelo interior", disseram, "e não caminheis no sentido do espigão que divide as águas, para não irdes ter a Hebron ou mais para baixo. Isso não vos recomendamos. Pomos sempre de atalaia os amigos. Os caminhos são árduos, os animais tropeçam e por toda parte estão de emboscada os salteadores. Continuai a andar pela planície e dobrai depois a estrada que, através das colinas, vai dar nos pomares e daí nos limites da região. Assim fazendo, estais seguros e prosseguis descendo até a aprazível areia do mar durante sete vezes dezessete dias e até mais, se quiserdes. É um prazer viajar costeando o mar; a gente nunca se sacia e é a única coisa sensata."

Despedindo-se, os negociantes prometeram fazer assim. Os camelos se ergueram já com os donos na sela, ficando José, o vendido, sentado junto de Cedma, filho do velho. Conservava abaixadas as pálpebras, como havia feito durante todo aquele tempo, mesmo quando comia o anho. Também os irmãos lá estavam de olhos no chão, enquanto a cáfila sumia no crepúsculo que rapidamente baixava. Depois aspiraram o ar e o baforaram dizendo:

"Agora ele já não existe mais!"

RÚBEN VAI À CISTERNA

Mas no crepúsculo que caía e na noite sussurrante que se aproximava com grandes estrelas, Rúben, o filho de Lia, dando compridas voltas, tocava o seu burro, com todos os necessários aprestos, de Dotain em direção à tumba de José, para pôr por obra o que na passada noite resolvera com ânsia e amor.

No peito, tão amplo e poderoso, lhe batia o coração, porque Rúben era forte mas meigo e excitável e tinha medo que os irmãos o apanhassem em flagrante, impedindo a obra de salvamento que era também a obra da sua purificação e do seu novo exalçamento. Por isso o seu semblante cheio e musculoso estava pálido na escuridão e as suas pernas encorreadas, que pareciam colunas, tocavam suavemente a terra. Dos seus lábios cerrados não saía um grito dirigido ao burro, mas de vez em quando, com irritação, aguilhoava com a ponta do cajado as partes posteriores da alimária indiferente, para que andasse um pouco mais depressa. Uma coisa acima de tudo temia Rúben: era que, quando chegasse ao poço e dissesse bem baixo o nome, já reinasse silêncio de morte na cisterna. Receava que José não tivesse podido suster tanto tempo o espírito e já estivesse morto, frustrando-se-lhe assim todos os preparativos, especialmente a escada de corda que diante de seus olhos fizera o cordeiro de Dotain.

Por uma escada dessas, como instrumento de salvação, afinal se decidira Rúben. Servia para diversos casos: por ela era possível marinhar do fundo do poço se para tanto bastassem as forças, ou então, não bastando elas, podia-se sentar nos degraus e deixar-se puxar para o alto por intermédio dos robustos braços de Rúben que outrora haviam empolgado Bala e que certamente estariam ainda aptos a arrancar das profundezas o cordeirinho para Jacó. Havia também uma túnica para o desnudo, e de cada lado do burro pendiam provisões de boca para cinco dias, os dias da fuga dos irmãos que Rúben queria trair, levando-os todos para a cinza. De cabeça baixa vinha ele fazendo a si mesmo a confissão de tudo isso, enquanto de noite ia andando manso e manso para o fosso. Com que, procederia tal mal o grande Rúben, fazendo o bem? Que salvar José fosse uma ação boa e necessária, dessa certeza estava cheia a sua alma, e se com o bem se vinha misturar também o mal e o egoístico, devia se juntar tudo num feixe: era a vida que misturava as coisas assim. Ademais, Rúben queria também converter o mal em bem e julgava-se em condições de fazê-lo. Uma vez perante a magnificência do pai, uma vez que tornasse a ser o primogênito, queria salvar também os irmãos e tirá-los da tribulação. Sua palavra teria então muito peso e dela se serviria para desculpar os irmãos, para repartir a culpa entre todos, sobrando até para o pai, de maneira que haveria um grande reconhecimento, um perdão recíproco e a justiça reinaria para sempre.

Destarte Rúben procurava calar o coração que batia forte, procurava consolar-se do turvo amálgama dos seus motivos. Quando chegou perto do declive ao pé da muralha, olhou em volta para ver se havia alguém por ali, tomou a escada de corda e a túnica, e na ponta dos pés foi descendo os estragados degraus, tapados pelos ramos de uma figueira, na casinha do poço.

As estrelas cintilavam sobre a laje arruinada, mas não a lua, e Rúben ia olhando para a frente a fim de não tropeçar, e já o seu peito oprimido sorvia o ar para gritar secretamente mas com toda a urgência: "José! Ainda estás vivo?", com apaixonada alegria aguardando a resposta do irmão, com aflitiva apreensão de não ouvi-lo responder, quando súbito parou espantado, o sangue gelou-se-lhe nas veias e o grito afetuoso se transformou num rouco grito de terror. Ele não estava só ali! Um outro estava lá sentado, sobressaindo a sua alva figura à luz das estrelas.

Como era possível? Um indivíduo estava sentado ao pé da cisterna agora destapada; a pedra fora retirada, suas duas partes estavam uma em cima da outra e sobre esta sentava, arrimando-se ao cajado, um homem envolvido num pequeno manto que, silencioso, olhava Rúben com olhos sonolentos.

Com os membros deformados pelos frequentes tropeções, lá estava o grande Rúben, de olhos fitos na aparição. Estava tão confuso que, por um momento, julgou ver José diante de si, morto de corpo e em espírito sentado junto à tumba. No entanto, o desagradável intruso não tinha nenhuma semelhança com o filho de Raquel. Ainda que fosse o espírito do morto, não seria assim tão esguio e, segundo o juízo humano, não teria um pescoço tão grosso e uma cabeça tão pequena. Mas, então, por que fora removida a pedra do poço? Rúben não entendia mais nada e balbuciou: "Quem és tu?"

"Um dos muitos", respondeu com frieza o indivíduo sentado, e debaixo da sua boca graciosa se ergueu o queixo, sobremodo plástico. "Não sou nada de especial e nem tens necessidade de espantar-te. A quem procuras?"

"Quem procuro?", repetiu Rúben, indignado com a pergunta inesperada... "Antes de tudo, quero saber: o que procuras *tu* neste lugar?"

"Ah! Isso queres? Sou o último a imaginar que haja aqui alguma coisa que se possa procurar. Puseram-me como guarda desta cisterna, por isso aqui estou e daqui tomo conta. Se pensas que desfruto de grande prazer e que estou a me divertir, sentado no pó, estás enganado. Procede-se como exige o dever, de acordo com as instruções recebidas, e deixam-se de lado certas perguntas amargas."

É estranho, mas as palavras abrandaram a cólera de Rúben com a presença do desconhecido. Não era nada desejável nem aprazível que estivesse ali sentada uma pessoa, mas era-lhe agradável que aquele homem não estivesse ali por vontade própria. Isso estabelecia entre eles algo de comum.

"Mas quem foi que te pôs aqui?", perguntou Rúben um pouco menos irritado. "És da gente do lugar?"

"Do lugar, sim. Donde venha a incumbência não mo perguntes. Isso costuma passar por muitas bocas e nada se lucra em ir desandando até se chegar à fonte. De qualquer maneira, tens que ocupar o lugar que te foi destinado."

"Um posto junto de uma cisterna vazia!", exclamou Rúben com voz abafada.

"Vazia, sim, não há dúvida", retrucou o guarda.

"Uma cisterna destapada!", acrescentou Rúben e, tomado de viva agitação, indicava com o dedo trêmulo o buraco da cisterna. "Quem foi que removeu a pedra da boca do poço? Foste tu, acaso?"

O homem olhou, sorridente, de alto a baixo o seu braço que emergia, roliço, mas impotente, da túnica sem manga. Não, não seriam eles, os seus braços, que lograssem afastar aquela tampa, nem afastá-la nem repô-la.

"Não removi a pedra", disse o desconhecido, sorrindo e sacudindo a cabeça, "não a pus nem tirei. Uma dessas coisas tu sabes, a outra vês. Outras pessoas se viram a braços com essa penosa tarefa, e não estaria eu aqui se a pedra sobre a qual estou sentado ainda estivesse no seu lugar. Mas quem te diz qual é o verdadeiro lugar de tal pedra? Algumas vezes está sobre o buraco; mas não é preciso remover a tampa quando deve vir refrigério do poço?"

"Que dizes aí?", exclamou Rúben, roído de impaciência. "Acho que estás a alanzoar, roubando-me com a tua palra o meu tempo precioso! Como pode proporcionar refrigério um poço seco, no qual não há senão pó e mofo?"

"Isso depende", replicou o desconhecido, que estava sentado, tendo os lábios salientes e a pequena cabeça inclinada para o lado, "isso depende do objeto que antes foi colocado no pó e daquilo que se fez descer ao poço. Se era vida, daí virá vida e refrigério centuplicadamente. Por exemplo, o grão de trigo…"

"Ora vamos", interrompeu Rúben com voz trêmula e agitando nas mãos a escada de corda, enquanto do seu braço pendia a túnica trazida para José, "é insuportável estares aí a falar de princípios rudimentares que se ensinam à criança no regaço materno e que todos sabem na ponta da língua. Rogo-te…"

"Estás muito impaciente", disse o estranho, "e, se me permites o símile, és igualzinho à água impetuosa. Deverias aprender a ter paciência, a esperar. Isso se funda em princípios elementares e é necessário a todos os seres, de sorte que quem foge à espera nada tem que procurar nem aqui nem em outro lugar. É que só lentamente se dá o cumprimento; ele começa, tenta-se uma vez, mais outra, já é um presente provisório no céu e na terra, mas ainda não é o verdadeiro cumprimento, senão apenas uma como tentativa e uma promessa. Assim o cumprimento roda para a frente, penosamente, como a pedra, quando é pesada, é rodada do poço. Ao que parece, estiveram aqui pessoas que muito se afadigaram para remover a pedra. Elas, porém, devem rodar ainda muito tempo, antes que esteja bem removida do buraco, e eu também estou aqui sentado, por assim dizer, só a título de experiência e provisoriamente."

"Não deves ficar mais aqui", gritou Rúben. "Entendeste, afinal? Levanta-te e vai-te embora seguindo o teu caminho, que eu quero ficar só com este poço que me interessa muito mais que a ti. E se não te levantas imediatamente, te porei de pé à força! Não vês, ó braço impotente, que manda outras pessoas rolar e que só sabe ficar aqui sentado e de boca aberta, não vês que Deus me fez forte como um urso e que além disso trago comigo uma corda que pode ter diversos usos? Levanta-te e some-te, do contrário te agarro pelo cachaço!"

"Não me toques!", disse o desconhecido e estendeu o comprido e roliço braço contra o enfurecido Rúben. "Reflete que sou do lugar e se tu me pões as mãos em cima, terás de avir-te com toda a gente dele. Não te disse que fui aqui posto para montar guarda? Eu poderia facilmente desaparecer, mas não faltava mais nada que o fizesse por ordem tua, atropelando o meu dever que me impõe ficar e vigiar. Tu vens aqui, com a tua túnica, com a tua escada de corda, e não percebes como te tornas ridículo aparecendo assim diante de uma cisterna vazia, sim, vazia, segundo a tua própria declaração."

"Vazia como qualquer cisterna!", explicou desabridamente Rúben. "Vazia de água!"

"Vazia de tudo", emendou o guarda. "O fosso está vazio quando aqui vindes."

Então Rúben não teve mão em si, correu à cisterna, inclinou-se e com voz abafada gritou para o fundo.

"Rapaz! Psiu! Vives? Estás ainda com forças?"

Mas o outro, sobre a pedra, ria sacudindo a cabeça e piedosamente dava estalos com a língua. Chegou a macaquear Rúben, dizendo também "rapaz, psiu!" e de novo estalando a língua.

"Vem cá e fala com o buraco vazio!", disse depois. "Que loucura! Aqui não há nenhum rapaz, meu caro, nas redondezas não há. Se um havia, o seu lugar não o reteve. Deixa, pois, de ser ridículo com esses objetos que trazes e com a tua conversa com o vazio."

Rúben continuava inclinado sobre a boca do poço, de onde não lhe respondia nenhum som.

"É horrível!", gemeu. "Morreu ou foi-se embora. Que faço agora? Que fazes agora, Rúben?"

E a dor, a desilusão, a angústia irromperam-lhe do peito.

"José", gritou no seu desespero, "eu queria salvar-te, queria ajudar-te com os meus braços a saíres do fosso! Aqui está a escada, está a túnica para o teu corpo! Onde te encontras? A tua porta está aberta! Estás perdido! Estou perdido! Aonde devo ir, uma vez que já não te achas aqui, raptado e morto?... Ó tu, homem do lugar!", gritou na sua irreprimível pena. "Não fiques aí obstinadamente sentado na pedra que uns ladrões removeram, mas aconselha-me e ajuda-me! Estava aqui um jovem, meu irmão José, filho de Raquel. Seus irmãos e eu o depusemos ali embaixo há três dias para punir-lhe a arrogância; mas seu pai o espera, não se pode imaginar como o espera, e se lhe dizem que um leão dilacerou o seu cordeiro, ele cai para trás. Por isso vim com a corda e com a túnica tirar o rapaz da cisterna e reconduzi-lo ao pai, porque ele precisa reavê-lo! Sou o filho mais velho. Como comparecerei ante os olhos do pai se o rapaz não volta? E aonde devo ir? Dize-me, ajuda-me, quem afastou a pedra e que foi feito de José?"

"Vês?", disse o desconhecido. "Quando entraste na casinha da cisterna, estavas irritado e com raiva por causa da minha presença, porque eu estava sentado sobre a pedra; e agora me pedes conselho e conforto. Fazes bem assim e talvez sejas tu a causa por que fui posto aqui, junto do fosso, para que eu jogue uma ou outra semente na tua inteligência, e esta conserve silenciosamente o germe. O jovem não está mais aí, tu o vês, a sua casa está aberta, não o reteve, vós já não o vedes. Mas deve haver um que sustente o germe da espera; e já que vieste tu a salvar o irmão, deves ser aquele tal."

"Que devo esperar se José se foi, raptado e morto?"

"Não sei que é que entendes por 'morto' e por 'viver'. Verdade é que não queres ouvir falar nada de pueris princípios rudimentares; mas permite que te recorde o grão quando está no seio da terra e que te pergunte que é que pensas em relação a ele sobre o significado de 'morto' e de 'viver'. No fim das contas são apenas palavras. Quando o grão cai na terra e morre, produz muitos frutos."

"Palavras, só palavras", gritava Rúben, torcendo as mãos. "O que me dizes são apenas palavras! José morreu ou vive? Eis o que devo saber!"

"Morreu evidentemente", acudiu o guarda. "Segundo ouço dizer, vós o sepultastes e depois foi roubado por alguém ou dilacerado por feras. Nada mais tendes que fazer senão levar esta nova ao pai e convencê-lo ser necessário que se habitue à ideia. Resta, porém, sempre uma coisa ambígua, que não foi feita para que nos habituemos a ela, mas esconde em si o germe da espera. Muito fazem os homens para penetrar no mistério com métodos rituais. Vi um mocinho baixar à sepultura com uma coroa na cabeça e trajando roupa de gala, e sobre ele degolaram um animal do rebanho e rorejaram por cima dele o sangue que o banhou todo, recolhendo-o ele em todos os seus membros e em todos os seus sentidos. Depois, ao subir, era divino, ganhara a vida, ao menos por algum tempo, porque em seguida teve de baixar de novo à tumba, visto como a vida do homem chega ao termo várias vezes, produzindo novamente tumba e berço: várias vezes tem de tornar-se antes que tenha se tornado."

"Ah, a coroa e o traje de gala", gemeu Rúben e escondeu o rosto nas mãos, "estavam lá por terra, rasgados, e o rapaz desceu nu à tumba!"

"E por isso vens com a túnica", disse o guarda, "e queres vesti-lo de novo. Também Deus pode fazer isso. Também ele pode vestir de novo o despido e melhor do que tu. Por isso te aconselho: vai para tua casa e leva contigo a veste! Deus pode até atirar um manto sobre aquele que não está despido; enfim mesmo com o despojamento do vosso jovem as coisas não terão sido levadas a tal extremo. Se me dás licença, eu queria jogar na tua inteligência a semente do pensamento de que esta história é apenas um divertimento e uma festa, como a do mocinho rorejado de sangue, apenas um começo, uma tentativa de cumprimento, um presente que não se deve tomar muito a sério, mas é apenas como um gracejo e uma alusão, de modo que podemos acotovelar-nos piscando o olho e rindo. É possível que esta cisterna fosse apenas uma tumba trazida por pequena rotação cósmica e que vosso irmão estivesse apenas no 'tornar-se' e não tivesse de maneira nenhuma se tornado, assim como toda esta história está no estado de 'tornar-se' e ainda não se tornou. Peço-te que acolhas tudo isso no seio da tua inteligência e o deixes aí tranquilamente morrer e medrar. Mas se produzir frutos, distribui-os também com o pai, refocilando-o."

"O pai! O pai!", gritava Rúben. "Não mo lembres! Como comparecerei diante do pai sem o filho?"

"Olha para o alto!", disse o guarda. Efetivamente, na casinha do poço batia agora a claridade, e a barca de lua, cuja metade escura se desenhava invisivelmente visível no fundo do céu, oculta e não obstante patente, havia mesmo navegado então para o alto. "Olha-a como avança cintilante, como abre o caminho dos seus irmãos! No céu e na terra acontecem incessantes alusões. Quem tem bom entendimento e sabe lê-las, fica à espera. Mas a noite também continua o seu caminho, e quem não tem de ficar sentado montando guarda faz bem de reclinar-se, envolvido na sua veste, com os joelhos comodamente levantados, para ressuscitar pela manhã. Vai, meu amigo, que aqui não tens em absoluto nada que procurar, e, por ordem tua, daqui não me afasto."

Então Rúben voltou-se sacudindo a cabeça e detendo-se gravemente foi subindo os degraus e o declive até alcançar a sua cavalgadura. Durante quase todo o caminho, dali até as cabanas de seus irmãos, sacudiu continuamente a cabeça aturdida, um pouco pelo desespero, um pouco em atônita meditação, sem distinguir uma coisa da outra, mas sacudia a cabeça.

O JURAMENTO

Assim chegou às cabanas, acordou os nove, arrancando-os ao primeiro sono, e disse-lhes com os beiços a tremer:

"O rapaz foi-se embora. Aonde irei eu?"

"Tu?", perguntaram-lhe. "Falas como se ele fosse somente teu irmão, e no entanto o era de todos nós. Aonde devemos ir todos nós? Eis a pergunta. Aliás, que significa 'foi-se embora'?"

"'Foi-se embora' significa raptado, desaparecido, despedaçado, morto", bradava Rúben. "Significa perdido para o pai. O fosso está vazio."

"Foste até lá?", perguntaram. "Para que fim?"

"Para me inteirar", respondeu furioso. "O primogênito há de ter licença para tanto! Como se pode ter paz depois do que fizemos e não ser atormentado? Sim, eu quis ver o que acontecera ao rapaz e agora vos comunico que não está lá mais e que devemos perguntar-nos aonde iremos."

"É preciso um pouco de coragem", responderam, "para dares a ti o nome de primogênito, sendo suficiente pronunciar o nome de Bala para refrescar a tua memória. Corríamos risco de que o direito de primogenitura coubesse ao sonhador; agora é a vez dos gêmeos, podendo Dã igualmente reclamar seus direitos porque apareceu no mundo no mesmo ano que Levi."

Enquanto isso repararam no burro com a corda e a túnica e sem dificuldade puderam reconstruir tudo. Com que então o grande Rúben tencionara esmagá-los raptando José! Imaginara reerguer a cabeça e atirá-los na cinza. Muito bonito! Entenderam-se com os olhares. Mas se assim era (também sobre isso houve um mudo entendimento) não lhes corria a obrigação de pô-lo ao corrente do que haviam feito entrementes. Infidelidade por infidelidade. Rúben não havia de ficar sabendo nada dos ismaelitas, devia ignorar que estes estavam a ponto de levar José para longe do seu mundo. O amigo seria bem capaz de correr atrás dos ismaelitas. Assim preferiram guardar silêncio. Ao receberem a notícia, encolheram os ombros e mostraram-se indiferentes.

"Se se foi embora, foi-se", disseram, "sendo indiferente que ir-se embora signifique roubado, desaparecido, dilacerado, traído, vendido. São distinções de cacaracá e que não nos importam. Não era anseio nosso e nossa justa pretensão que ele cessasse de existir? Pois então, isso obtivemos, o fosso está vazio."

Mas ele se admirava de que com tanta frieza recebessem a monstruosa nova, sondou-os nos olhos e abanou a cabeça.

"E nosso pai?", gritou com incontida emoção e atirou os braços para o alto...

"Isso foi resolvido e concluído", disseram, "segundo a sabedoria de Dã. Ele não deve esperar nem duvidar, mas deve-se-lhe dizer tudo bem claro e tornar-lhe palpável que Dumuzi já não existe, que sumiu o seu filho mimado. Mas queremos aparecer diante dele purificados com este sinal. Eis aqui o que preparamos enquanto ias pelos teus próprios caminhos!"

E trouxeram os farrapos do véu, endurecidos com o sangue já meio seco.

"É o seu sangue?!", gritou Rúben com a voz aguda do seu corpo possante, arrepiando-se todo... É que no primeiro instante seu único pensamento foi que os irmãos se lhe tivessem antecipado junto ao fosso e matado José.

Sorriam uns para os outros.

"Que estás aí a fantasiar e delirar?", perguntaram. "Tudo foi feito de acordo com a nossa combinação; um animal do rebanho deu o seu sangue para mostrar que José já não existe. Levamos estes andrajos a nosso pai e deixamos que ele interprete como deve, porquanto a única explicação é que um leão prostrou José no campo e o despedaçou."

Rúben estava sentado, tendo os possantes joelhos diante dos olhos que esfregava com os punhos.

"Desgraçados!", gemia. "Desgraçados de nós! Ides tagarelando com leviandade sobre o futuro sem o verdes nem reconhecerdes. Ele se vos delineia ao longe pálido e pouco claro, faltando às vossas cabeças a força de aproximá-lo de vós e de viver o insignificante tempo de um abrir e fechar de olhos na hora em que o futuro se tornar real. Do contrário teríeis horror e antes quiséreis estar estendidos no solo assombrados por um raio ou afundar com uma mó ao pescoço na água onde é mais profunda do que ver na realidade o que preparastes, do que tomar o caldo que cozinhastes. Mas eu que me vi por terra na presença dele quando cometi aquela falta e ele me amaldiçoava, eu conheço o ardor da sua alma na cólera e vejo nitidamente, como se já fosse realidade, que na sua dor se comportará de um modo horripilante. 'Levamos a coisa ao pai e deixamos à sua conta a interpretação.' Palradores que sois! Sim, interpretará! Mas ponde-vos lá quando ele o estiver interpretando, experimentai suportá-lo quando der expansão à sua alma! Deus a criou terna e grande e a ensinou a exteriorizar-se de um modo estonteante. Vós nada vedes e não sois capazes de imaginar com clareza nada que já não tenha acontecido; por isso estais tranquilamente a palrar acerca do futuro e desconheceis o medo. Mas eu tenho medo!", berrava o homem forte como um urso, que se pôs em pé diante deles como uma torre, estendendo os braços. "Aonde irei quando ele o interpretar?!"

Os nove estavam sentados, perplexos, e cada qual olhava atemorizado para o próprio regaço.

"Está bem", disse baixo Judá. "Não há aqui ninguém que vá cuspir em ti pelo teu medo, ó Rúben, que tiveste a mesma mãe que eu, porque é necessário ter coragem até para confessar o próprio medo. E se julgas que no nosso coração e nos nossos rins há alegria e desfaçatez e que não temos medo de Jacó, estás errado. Mas que vale maldizer o que aconteceu e de que serve recuar ante o inevitável? José já não é deste mundo, di-lo esta veste ensanguentada. O sinal é mais brando que a palavra. Por isso pomos diante de Jacó o sinal que nos dispensa de falar."

"Mas devemos", perguntou aqui Aser, filho de Zelfa, que segundo o seu costume passava a língua nos beiços, "devemos, já que se fala em levar, levar todos juntos o sinal à presença de Jacó e presenciar-lhe todos a interpretação? Que um de nós vá na frente, levando-lhe a túnica, e iremos depois e apareceremos diante dele quando já tiver feito a interpretação. Assim me parece que a coisa será mais branda. Para portador e mensageiro proponho Neftali, o veloz. Ou diga a sorte quem a deverá levar."

"A sorte, a sorte", bradou logo Neftali. "Voto pela sorte, já que não sei falar do futuro sem o imaginar e tenho a coragem de confessar o meu medo!"

"Escutai, irmãos!", disse Dã. "Quero agora pôr as coisas nos seus verdadeiros termos, livrando-vos a todos, visto como é meu o projeto, sendo ele plasmável na minha mão como o barro molhado e como a terra do oleiro. Vou melhorá-lo. Não é preciso sermos nós que levemos a túnica a Jacó, nem um nem todos. Dá-la-emos a algum estranho, a alguém que pagaremos, pessoa do lugar e da região, sensível a boas palavras e a um pouco de lã e coalhada. Instruí-los-emos sobre o que deverão dizer a Jacó: 'Assim e assim: achamos isto no campo, perto de Dotain; demos casualmente com isto no deserto. Examina-o, meu senhor, e vê se acaso é a túnica de teu filho!'. Dessa maneira. E logo que disserem isso, afastem-se. Quanto a nós, remanchamos ainda alguns dias antes de nos apresentarmos, até que ele tenha interpretado completamente o sinal e saiba que perdeu um e ganhou dez. Estais satisfeitos?"

"Assim está bem", concordaram. "É pelo menos uma proposta razoável. Por isso aceitemo-la, porque tudo que representa um plano prático, num caso como este, já se pode considerar como boa coisa."

Aceitaram-na todos, inclusive Rúben, embora desse uma risada amarga quando Dã falou dos dez que Jacó ia ganhar em lugar de um. Mas ainda depois disso continuaram sentados diante das cabanas, debaixo das estrelas, sem poderem encerrar a sessão, porque não estavam seguros da sua união, desconfiando um do outro. Os nove olhavam para Rúben, que evidentemente tinha querido salvar o sepultado e esmagá-los. Temiam-no. Ele, porém, olhava para os nove que, quando ouviram a notícia de que o fosso estava vazio, tinham ficado tão estranhamente imóveis, e não sabia o que pensar deles.

"Devemos fazer um tremendo juramento", disse Levi, que era bronco mas religioso e de boa vontade e com conhecimento de causa organizava cerimônias sagradas. "Devemos fazer um tremendo juramento de que nenhum de nós jamais e em tempo algum referirá a Jacó ou a qualquer outra pessoa, nem com uma sílaba, o que se passou aqui, o que fizemos com o sonhador, e de que nenhum de nós, nem com gestos, nem com piscadelas de olho, nem com um olhar, nunca até a morte aludirá a esta história ou dela fará qualquer menção."

"Ele o diz, devemos fazê-lo", confirmou Aser. "E esse juramento há de ligar-nos e aliar-nos a todos dez, de tal maneira que sejamos como um só corpo e um só silêncio, como se não fôssemos vários e dispersos, mas *um só* homem, que sela os lábios e não os abre nem sequer na morte, mas morre com a boca hermeticamente fechada diante do seu segredo. Pode-se sufocar e anular um acontecimento com um silêncio que se põe por cima dele como uma pedra. Então, faltando-lhe o ar e a luz, perde o fôlego e deixa de ser um acontecimento. Crede-me, assim terminam muitas coisas que se passaram, contanto que a respeito delas se guarde silêncio sepulcral, já que nada pode subsistir sem o sopro da palavra. Devemos silenciar como um só homem, e assim essa história estará terminada. Para tal fim nos ajude o terrível juramento de Levi. Ele nos deve atar!"

Estavam todos de acordo, porque nenhum queria ser o único a calar, mas cada um preferia partilhar uma poderosa inviolabilidade comum do segredo e nela sentir-se seguro da sua fraqueza. Por isso Levi, filho de Lia, estava pensando em horríveis formas de juramento. Aproximaram-se todos, ficando tão juntos que os narizes se tocavam e o hálito se lhes misturava. Reuniram as mãos numa pilha e unânimes invocaram o Ente Supremo, El Elion, o Deus de Abraão, Isaac e Jacó, mas invocaram o testemunho também de vários Baais do país, deles conhecidos, bem como o do Anu de Uruk, do Elil de Nipur e de Bel Harã, Sin, a Lua, para que lhes atestassem o juramento, e quase de boca a boca e com uma cantilena a uma só voz, juraram que aquele que não guardasse segredo "daquilo", ou mesmo com um gesto, uma piscadela de olho, um olhar, ou lá o que fosse, fizesse qualquer alusão àquela história, se tornasse imediatamente um prostituído, que a filha de Sin, a senhora das mulheres, lhe tirasse imediatamente o arco, isto é, a virilidade, que ele fosse como um mulo ou para melhor dizer como uma prostituta que sai pelas estradas a ganhar a vida, que um país o expulsasse para outro, de modo que não saiba onde reclinar sua cabeça de prostituto e não deva e não possa viver nem morrer, mas que por todos os "éons" a vida e a morte o cuspam de nojo, uma para a outra.

Esse o juramento. Proferido que foi, sentiram-se mais leves e reconfortados, porque se sentiam grandemente seguros. Desfeito, porém, aquele ajuntamento, quando cada um se afastou para ir reatar o seu sono, um houve (Issacar) que disse a outro (Zabulon):

"Tenho inveja de alguém, e esse alguém é Turturra, o pequerrucho, Benjamim, nosso irmão menor, que está em casa e não sabe absolutamente nada e é estranho a estas histórias e a esta aliança. Feliz dele; invejo-o. E tu?"

"Eu também, decerto", respondeu Zabulon.

Rúben, ao contrário, do seu lado, buscava apanhar o alcance das palavras do importuno mocetão, daquele homem do lugar, que estava sentado sobre a pedra do poço. Não era fácil repassá-las todas, porquanto eram muito vagas e cheias de sombras, mais uma parlenda que uma conversa sisuda, impossível de ser reconstruída. Sem embargo, no âmago da mente de Rúben ficara um germe que ignorava a sua própria existência, como ignora a sua o germe da vida no ventre materno, ao passo que a mãe não ignora a dele. Era o germe da espera que Rúben nutria, e nutriu-o secretamente por toda a vida, ao dormir ou acordar, até fazer-se velho, por tantos anos quantos Jacó servira na casa de Labão, o diabo.

7. O DESPEDAÇADO

JACÓ PRANTEIA A MORTE DE JOSÉ

O sinal será mais brando que a palavra? É controverso. Judá julgava do ponto de vista daquele que traz más novas; este preferirá com certeza o sinal, porque o dispensará de falar. Mas e quem o recebe? Com toda a força que lhe dá o desconhecimento do fato, ele pode desdenhosamente pôr de lado a palavra, pode pisá-la como mentirosa, como horrendo delírio, pode mandá-la para o inferno do absurdo impensável, que é o seu lugar adequado, segundo a convicção fragorosamente ridente daquele infeliz, até perceber que a coisa não é daquelas de que a gente se pode livrar por tais modos. A palavra só penetra lentamente. Antes de tudo, ela é incompreensível; seu sentido não pode ser apanhado, ela não pode ser realizada. Durante algum tempo, para prolongar o teu desconhecimento do fato e a tua vida, és livre de descarregar sobre o mensageiro a confusão que ele quer produzir no teu cérebro e no teu coração e podes considerá-lo louco. "Que dizes?", podes indagar. "Sentes-te mal? Vem, que te porei bom, dando-te um cordial a beber. Depois poderás falar novamente e de modo que tenha sentido o que dizes!" Tudo isso não deixa de ser mortificante para o outro. Mas por amor da tua própria situação, de que ele é senhor, mostra-se indulgente contigo e pouco a pouco o seu olhar sensatamente compassivo te põe titubeante. Já não toleras aquele olhar, compreendes não ser possível aquela inversão de papéis que quererias impor para a conservação de ti mesmo e que, ao invés, é a ti que agora terão de dar a beber um cordial...

Tal luta dilatória contra a verdade te é permitida pela palavra. Mas nada disso é possível quando esta é substituída pelo sinal. A crueldade deste surge tão carregada que não permite uma ficção prorrogativa. Não pode haver equívoco e não há necessidade de realizar-se porque já é real. O sinal é palpável e desdenha a condescendente qualidade de ser incompreensível. Não deixa aberto nenhum meio de vazão, ainda que provisório. Força-te a conceberes na tua mesma cabeça aquilo que repelirias como loucura se o soubesses por meio de palavras. Força-te portanto ou a teres a ti mesmo por louco ou a aceitar a verdade. Na palavra e no sinal, o mediato e o imediato se cruzam de modo diverso; deixamos indeciso a qual deles toca o imediato mais brutal. O sinal é mudo, mas somente pela ponderosa razão de que ele é a coisa mesma, não tendo necessidade de falar para ser "compreendido". Calado, põe--te por terra.

Que Jacó, segundo todas as previsões, caiu por terra ao ver a túnica, é coisa certa. Mas ninguém viu como se deu isso, porque os homens de Dotain, pobre gente que em número de dois tinham estupidamente aceitado, por um pouco de lã e coalhada, a incumbência de fingir-se achadores da veste, mal haviam recitado a sua frasezinha mentirosa, se esgueiraram, sem esperar-lhe o efeito. Lá deixaram eles Jacó, o homem de Deus, com os ensanguentados farrapos do véu na mão, lá no mesmo lugar onde o encontraram, diante da sua casa de peles, e haviam azula-do, primeiro dando um ou outro passo mais vagaroso, depois pondo-se ao fresco a toda a pressa. Ninguém sabe quanto tempo terá Jacó ficado ali de pé, a contemplar o pouco que, como deve ter gradualmente com-preendido, lhe ficara do seu José neste mundo. Depois caiu por terra, que assim o acharam, deitado de costas, algumas mulheres que por ali passaram; eram elas as mulheres dos filhos, a siquemita Buna, a esposa de Simeão, e a de Levi, a chamada neta de Héber. Estas, assustadas, ergueram Jacó e o levaram para a tenda. O que ele tinha na mão logo lhes fez compreender qual era a causa da sua queda.

O de Jacó não era um desmaio comum, mas uma espécie de rigi-dez, estendendo-se a cada músculo e a cada fibra, de maneira que não seria possível dobrar nenhuma articulação sem parti-la, uma rigidez que petrificava inteiramente o seu corpo. É raro esse fenômeno, mas às vezes se verifica como uma reação a extraordinários golpes do destino, assemelhando-se a uma espécie de espasmo de resistência, de deses-perado e obstinado endurecimento contra o inaceitável, endurecimen-to que só lentamente vai cedendo, quando muito, depois de algumas horas, como a capitular ante a verdade da dor que inexoravelmente se aproxima e à qual afinal é necessário dar passagem e ingresso.

Toda a gente da pequena colônia, a que afluíra e a que haviam mandado chamar de toda parte, homens e mulheres, observava alarmada o afrouxamento de um homem que se fizera uma coluna de sal e que agora se tornava uma mísera criatura acessível à dor. Não tinha ele ainda nenhum tom na garganta, quando, como se quisesse fazer uma confissão, respondeu aos portadores do sinal que já tinham se ausentado havia muito: "Sim, é a túnica de meu filho!". Depois, com voz terrível que o desespero tornava ensurdecedora, bradou: "Uma fera malvada o devorou, um animal cruel despedaçou José!". E como se essa palavra "despedaçou" lhe houvesse sugerido que coisa devia fazer agora, começou a rasgar a sua roupa.

Como se estava em pleno estio e seus trajes eram leves, não lhe opuseram muita resistência. Mas embora pusesse nesse ato toda a força da sua dor, foi para tanto necessário um pouco de tempo porque, no seu sinistro silêncio, quis dilacerar tudo até o fim. Aterrorizados e com gestos que em vão procuravam impedir qualquer excesso, os circunstantes foram obrigados a ficar ali, vendo como ele, consoante já o esperavam, não parou na roupa de cima, senão que, evidentemente pondo em prática uma feroz resolução, fez verdadeiramente em pedaços tudo o que tinha sobre o corpo, atirando-os longe de si, um após outro, os trapos e despindo-se de todo. Semelhante procedimento do homem pudico, do qual todos estavam afeitos a respeitar a aversão contra toda nudez da carne, produziu uma impressão tão pouco natural e deprimente que não era possível continuar ali a olhar, e assim todos se viraram no meio de lamentosos protestos e saíram cobrindo a cabeça.

Para o sentimento que os induzia a afastar-se, a palavra "pudor" é justa e apropriada somente com a condição de ser interpretada segundo o seu último significado, universalmente esquecido, como a definição parafrástica daquele horror que nasce quando o primitivo rompe os estratos da civilização, sobre cuja superfície ela opera apenas em moderadas alusões e símiles. Devemos considerar o dilaceramento das roupas de cima por ocasião de uma grave contrariedade como sendo dessa natureza. É o mitigamento burguês do primordial costume ou pré-costume de arrancar completamente do corpo as vestes, de desdenhar qualquer cobertura e ornamento como sinal de uma dignidade humana que uma dor extrema destruiu e aniquilou, e de rebaixar-se a simples e nua criatura. Foi o que fez Jacó. Na profundeza da sua aflição voltou ele atrás indo até a origem do costume, do símbolo voltou à própria coisa brutal e à terrível realidade; fez aquilo "que já ninguém faz" e, pensando bem, é essa a fonte de todo o horror. Então aquilo que está por baixo passa para cima e se, para exprimir até o fundo a sua pena, lhe tivesse acudido a ideia de balar como uma ovelha, a gente dos seus campos não levaria daí uma impressão pior.

Fugiram, pois, pudibundos; abandonaram-no, e poder-se-ia ficar em dúvida de que esse abandono não tenha sido do agrado do ancião digno de dó; poder-se-ia duvidar de que não se tenha feito parte dos seus desejos despertar aquele horror e se ele, deixado só na sua elementar manifestação, tenha conseguido todo o seu intento. Contudo ele não estava só, e a manifestação não tinha necessidade de testemunhas humanas para conservar a sua natureza e alcançar o seu objetivo que era precisamente o de despertar horror. A quem ou, com mais exatidão, contra quem era dirigida aquela manifestação, em quem devia despertar aquele horror, e a quem aquela manifestação, como expressivo retorno ao estado primitivo da natureza, devia mostrar como ele se portara de maneira selvagem, à laia dos moradores do deserto — tudo isso o sabia muito bem o pai desesperado e pouco a pouco o souberam também os seus, especialmente Eliezer, "o servo mais antigo de Abraão", que cuidou dele, esse velho que era uma instituição, esse homem que sabia dizer "Eu" de modo tão especial e ao encontro do qual a terra havia saltado.

Também ele fora ferido no coração com a terrível notícia, valorizada pelo sinal, de que José, o seu belo e inteligente discípulo, o filho da mulher verdadeira, tivera em viagem um infortúnio mortal, caindo vítima de um animal feroz. Mas a sua constituição de uma rara impersonalidade, o seu sentimento do próprio valor singularmente vasto, lhe outorgaram uma certa fleuma ao receber o golpe. Além disso, sua natural preocupação com o contristado Jacó não lhe consentia atender muito à sua aflição. Era Eliezer que levava os alimentos ao patrão, conquanto este, dias a eito, os houvesse inteiramente rejeitado. Foi ele que o induziu, ao menos de noite, a recolher-se à sua tenda e a deitar-se na sua cama, não mais se afastando do pé dele. De dia, Jacó escolhera o seu lugar sobre um monte de cacos e de cinza, num canto escuso do pátio, totalmente desprovido de sombra, e lá tendo na mão os pedaços do véu, estava sentado, nu, com a barba, as costas e os cabelos empoados de cinza, enquanto, a trechos, raspava o corpo com um caco, como se estivesse coberto de chagas e lepra — gesto puramente simbólico, porque não era caso de se falar de chagas, devendo esse raspar-se com cacos ser incluído entre as manifestações que tinham outra mira.

A dizer a verdade, o espetáculo desse pobre corpo penitente, ainda sem a impureza simbolicamente imaginada, era bem comovente e miserável, evitando todos, à exceção do grande servo, cheios de temor e veneração, o lugar de tanta renúncia. O corpo de Jacó já não era o do mocetão robusto que sobre o Jaboc lutara invencivelmente com o desconhecido de olho de boi e que passara a lastimável noite com a esposa substituída. Não era sequer o corpo daquele que, anos mais tarde, gerou José com a mulher verdadeira. Cerca de setenta anos, não contados como mero cálculo mas essencialmente ativos, eram passados, ocasionando-lhe as deformações comovedoramente repulsivas da velhice que tão dolorosa tornavam a sua desnudez. A juventude, cônscia como está da sua beleza, se exibe gostosa e livremente na sua nudez. A velhice se embuça em nobre pudor. Ela bem sabe por quê. Aquele peito enrubescido pelo calor, coberto de pelos brancos e, como acontece na idade provecta, assemelhando-se na forma ao peito feminil, aquelas coxas e braços debilitados, os flácidos refegos daquele ventre; ninguém devia ver nu um corpo semelhante, à exceção do velho Eliezer, que levava tudo com calma e sem fazer objeções, não querendo perturbar a manifestação do amo.

Ainda menos era ele o homem que fosse estorvar Jacó nos outros atos que não transpunham os limites do que se usava em caso de luto pesado, sobretudo não lhe impedindo que ficasse ali sobre aquele montão de imundície e sempre renovasse o enxovalhamento com a cinza misturando-se com o suor e as lágrimas. Essas coisas deviam ser aprovadas, tendo-se Eliezer limitado a armar sobre o local da penitência uma pobre tenda, para que na calma do meio-dia o sol-Tamuz não o atingisse com demasiada severidade. Apesar disso o dorido semblante de Jacó, com a boca aberta, com a maxila inferior pendente na barba, com os olhos sempre a girar no alto pelas inconcebíveis profundezas da dor, estava vermelho e inchado com o ardor e a desventura, constatando-o ele mesmo à maneira dos homens ternamente cônscios que se preocupam com as suas condições e que pensariam atenuá-las se não as exprimissem com palavras.

"Rubro e intumescido", disse ele com voz trêmula, "está o meu rosto de tanto chorar. Em grande aflição aqui fico a chorar e sobre a minha face caem incessantemente as minhas lágrimas."

Essas palavras não eram suas, percebia-se logo. A acreditar-se em antigos cânticos, iguais palavras ou semelhantes já proferira Noé em presença do dilúvio. Jacó as fez suas. Bela coisa é e confortadoramente cômoda terem chegado até a humanidade sofredora, vindas de tempos remotos e estando à disposição dela, expressões plangentes que se adaptam também ao presente-posterior e parecem cunhadas de propósito para ele, satisfazendo a vida dolorosa, se é que a podem satisfazer simples palavras, de sorte que é possível servir-nos delas e unir a nossa dor à dor primordial que ainda perdura. Na verdade, Jacó não podia conferir maior honra à sua pena do que igualando-a ao dilúvio universal e aplicando-lhe palavras cunhadas para o cataclismo.

Em todo o caso, no seu desespero, nas suas lamentações, dizia muitas coisas já antes disso cunhadas ou meio cunhadas. Em especial o refrão doloroso "uma fera cruel despedaçou José! Despedaçado, despedaçado foi José!" trazia a marca de coisa já cunhada, embora não seja lícito a ninguém crer que isso venha diminuir de qualquer modo o que há de impressionante em tais endechas. Ah! Nada faltava para torná-las impressionantes ainda que tudo tivesse sido cunhado em outras eras.

"O cordeiro e a ovelha-mãe foram trucidados!", repetia Jacó como em ladainha e se embalava de um lado para outro chorando amargamente. "Primeiro a mãe e agora o cordeiro! A ovelha-mãe desamparou o cordeiro quando só faltava mais um pouco de caminho até o abrigo. Agora também o cordeiro se tresmalhou e perdeu! Não, não, não, não! É demais, é demais! Ai de mim, ai de mim! Pelo filho dileto se ergue o meu lamento. Pelo rebento cujas raízes foram arrancadas, pela minha esperança extirpada como uma vergôntea! O meu Damu, o meu menino! Sua morada é o mundo inferior! Não comerei mais pão, não beberei mais água. Despedaçado, despedaçado está José…"

Eliezer, que de quando em quando lhe passava pelo rosto um pano embebido em água, tomava parte em suas lamentações até o ponto em que elas se encercavam nos limites dessas fórmulas feitas, dessas palavras cunhadas ou nelas se apoiavam. Também ele se juntava, murmurando ou cantarolando, ao grito que sempre voltava "lamentação!" ou "despedaçado, despedaçado!". De resto, horas a fio toda a gente da colônia se lamentava e o faria, mesmo que o luto pelo desaparecimento do amável filho da casa fosse menos sincero. *"Hoi ahi, hoi adon!* Pobre irmão meu, pobre amo!" Essas lamentações chegavam em coro aos ouvidos de Jacó e de Eliezer, que também ouviam — ainda que não entendida propriamente à letra — a recusa de toda comida e bebida, porque fora extirpada a vergôntea e no vento do deserto se secara a erva verde.

É boa a usança, é benéfica a regulamentação do júbilo e da dor por meio de fórmulas prescritas, a fim de que não se propaguem degenerando e não caiam em excessos, mas se prepare um sólido leito em que seja possível canalizá-las. Também Jacó percebia o benefício e a utilidade de uma usança que vincula. Mas o neto de Abraão era um espírito demasiado primordial e nele o sentimento coletivo estava ligado ao pensamento pessoal de um modo excessivamente vivo para que pudesse contentar-se com a uniformidade. Falava e lamentava-se também livremente, com expressões de novo cunho, enquanto Eliezer continuava a enxugar-lhe o rosto, atirando de vez em quando sua palavrinha de tranquilizadora corroboração ou de correção e advertência.

"O que eu receava", irrompeu Jacó com uma voz que a dor diminuíra, tornara aguda e meio sufocada, "o que eu receava caiu sobre mim; o que eu temia aconteceu! Compreendê-lo tu, Eliezer, podes concebê-lo? Não, não, não, não se pode conceber que aconteça exatamente aquilo que se temia. Se eu não o tivesse temido e aquilo tivesse improvisadamente desabado sobre mim, eu acreditaria e diria ao meu coração: foste irrefletido, não evitaste o mal porque não o arrostaste a tempo, conjurando-o. Vê tu, na surpresa se pode acreditar. Mas que aconteça aquilo que havia se previsto, e, embora previsto, não se dedigne de acontecer: tudo é aos meus olhos um horror com o qual não concordo!"

"Nas provações que Deus manda aos homens não há acordos prévios", retrucou Eliezer.

"Não, por direito, não. Mas pelo sentimento humano que tem também a sua razão, a sua indignação! Para que foi dado ao homem o medo e a precaução, senão para conjurar o mal, para tirar a tempo ao destino os maus pensamentos e pensá-los ele próprio? Então o destino se inquieta, mas também se envergonha e diz de si para consigo: 'São esses ainda os meus pensamentos? Se são pensamentos humanos, não quero mais saber deles'. Mas que será do homem se a precaução já não lhe serve para nada, se ele teme em vão e teme com razão? Ou como pode um homem viver, se já não pode esperar que as coisas aconteçam diversamente daquilo que ele pensa?"

"Deus é livre", disse Eliezer.

Jacó cerrou os lábios. Apanhou o caco que deixara cair e o passou nas suas simbólicas úlceras. Era esse o seu costume ouvindo o nome de Deus. Continuou:

"Como receei e temi que uma fera do bosque pudesse um dia prostrar o menino e fazer-lhe mal, e deixei que se rissem de mim pelo meu medo e me dissessem: 'Olhai só a velha ama-seca!'. E era ridículo como um homem que está sempre a dizer: 'Estou doente, estou para morrer!', mas apresenta sempre uma fachada sadia e por fim não leva a sério nem a si próprio. Mas um belo dia o encontram morto e se arrependem da troça que fizeram e dizem: 'Vede, pois, que não era um louco'. Pode esse homem alegrar-se ainda com a vergonha alheia? Não, porque já está morto, e melhor seria que tivesse sido um louco diante dos outros e diante de si mesmo do que ser justificado de um modo que já não pode gozar da justificação. Eis que agora me assento sobre a sujeira, o meu rosto está vermelho e inchado de chorar, sobre as minhas faces deslizam as lágrimas misturadas com a cinza. Posso rejubilar em atenção àquela gente porque isso aconteceu? Não, porque aconteceu. Estou morto porque José está morto, despedaçado, despedaçado...

"Pega, Eliezer, olha: a túnica e os farrapos do véu com imagens! Havia-o eu erguido da esposa amada e verdadeira na alcova nupcial, entregando-lhe em seguida a flor da minha alma. Ao invés, a mulher era substituída pela astúcia de Labão, ficando a minha alma ofendida e durante muito tempo dilacerada de modo indizível — até que, no meio de dores horríveis, a esposa verdadeira me trouxe o meu rapaz, Dumuzi, o meu tudo —, e agora me despedaçam também aquele. Morto está o enlevo dos meus olhos. É concebível tudo isso? É aceitável o que de mim exigem? Não, não, não, não desejo mais viver. Quisera que minha alma fosse enforcada e que a morte se apoderasse destes ossos!"

"Não peques, Israel!"

"Ah, Eliezer, ensina-me a temer a Deus, a adorar-lhe o poder supremo! Ele me faz pagar o nome, a bênção e o amargo pranto de Esaú e faz-mo pagar caro! Marca o preço segundo o seu arbítrio e cobra-o sem mercê. Não tratou comigo e do preço não me deixou tirar aquilo que para mim é demais. Toma para si aquilo que eu, no seu entender, posso pagar e quer saber melhor do que eu quanto pode pagar a minha alma. Posso discutir com ele de igual para igual? Sento-me aqui na cinza e raspo minhas úlceras. Que quer ele mais que isso? Dizem os meus lábios: 'O que o Senhor faz é bem-feito'. Pague-se ele do que os meus lábios dizem! O que penso no meu coração é negócio meu."

"Mas ele lê também no coração."

"Não é culpa minha. Ele, não eu, dispôs de modo que pode ver o coração. Teria feito melhor se deixasse ao homem um refúgio diante do poder supremo, de maneira que pudesse murmurar contra o inaceitável e a seu modo pensar na justiça. Esse coração era o seu refúgio, a sua tenda de recreio. Quando viesse visitá-la, estaria bem enfeitada e varrida com a vassoura, estando aparelhado para ele o assento de honra.

Agora não há mais que cinza misturada com lágrimas e sujeira de miséria. Esquive-se ele ao meu coração para se não enxovalhar e fique com o que meus lábios dizem."

"Não querias pecar, Jacó ben Yitzhak."

"Não estejas a debulhar palavras, ó velho servo, porque são palha vã! Abraça a minha causa e não a de Deus, porque ele é extraordinariamente grande e ri da tua solicitude, ao passo que eu não passo de um montão de dor. Não busques convencer-me, falando-me do exterior, mas toma-me as palavras do meu coração, porquanto outra coisa não posso suportar. Sabe, compreendeste que José já não existe e não volta mais para mim, nunca mais? Só se pensares nisso é que poderás tomar-me as palavras do coração e não estarás malhando na palha seca. Com a minha mesma boca lhe ordenei a viagem e lhe disse: Vai a Siquém e inclina-te diante de teus irmãos, para que voltem para casa e Israel não fique aqui como um tronco sem ramagem! Isso exigi dele e de mim e o tomei a ele e a mim com mão dura, para que fosse só, sem criados, porquanto eu reconhecia que a sua loucura era minha loucura e não ocultava para mim aquilo que Deus sabia. Deus, porém, me ocultou aquilo que ele sabia, uma vez que me inspirou que mandasse ao menino 'vai lá!' e me ocultou o que sabia e os seus ferozes propósitos. É esta a fé do poderoso Deus, destarte paga ele veracidade com veracidade!"

"Poupa ao menos os teus lábios, filho da mulher verdadeira!"

"Os meus lábios me foram feitos para que eu cuspa fora o que não posso suportar. Não me fales do exterior, Eliezer, mas do interior! Que pensa Deus impondo-me coisas que me fazem virar os olhos e perder os sentidos, porque não as posso suportar? Tenho acaso a força das pedras e será de bronze a minha carne? Na sua sabedoria podia fazer-me de bronze, mas tal como sou, não o posso suportar. O meu menino, o meu Damu! O Senhor o deu, o Senhor o tomou. Era melhor que não mo desse, não me fizesse sair do ventre materno e não desse absolutamente nada! Que coisa se deve pensar, Eliezer, para onde se há de a gente volver e revolver nesta pena? Se eu não existisse, não saberia nada e não seria nada. Mas, já que existo, sempre é melhor José estar morto do que não ter jamais existido, porque assim tenho ao menos o que me resta, a minha dor por ele. Ah, Deus providenciou para que não se possa ficar contra ele e se tenha de dizer sim, mesmo quando se diz não. Sim, ele o deu à minha velhice, seja para sempre louvado o seu nome! Ele o formou com as suas mãos e fê-lo encantador. Ordenhou-o como leite, construiu-lhe bem os membros, deu-lhe pele e carne, entornou graças sobre ele, de modo que me agarrou pela orelha e riu: 'Paizinho, dá-mo!'. E dei-lho porque eu não era de bronze nem de pedra. Quando o chamei para a jornada e lhe anunciei o que pretendia dele, gritou: 'Eis-me aqui', e se pôs a pular. Quando nisso penso, os meus urros irrompem como água! Do mesmo modo eu poderia pôr-lhe sobre o ombro a lenha para o holocausto, pegar-lhe na mão e levar eu mesmo o fogo e o cutelo. Ó Eliezer, com compunção a lealdade declarei diante de Deus, confessei que não poderia. Acreditas que ele tenha aceitado com clemência a minha humilhação, que tenha tido misericórdia da minha confissão? Não, mas bufou e disse: 'Aquilo que não podes fazer, aconteça; e se não podes dar-mo, tomo-o'. Aí está o que é Deus!

"Olha aqui a túnica e os andrajos da túnica, duros de sangue. É o sangue das suas veias que o monstro lhe lacerou com a carne. Que horror! Que horror! Ó pecado de Deus! Ó delito selvagem, cego, insensato!... Impusera-lhe eu uma tarefa demasiado grave, Eliezer, exigira demais do menino. Ele extraviou-se no campo, perdeu-se no deserto, e então precipitou-se sobre ele o monstro e o prostrou para devorá-lo sem se importar com o seu pavor. Talvez tenha me chamado, talvez tenha chamado sua mãe que morreu quando ele era pequeno. Ninguém o ouviu, Deus provera. Achas que foi um leão que o abateu, ou um porco-do-mato que o assaltou com as suas cerdas, cravando nele as suas defesas..."

Horripilou-se, emudeceu e engolfou-se em reflexões. A palavra "porco" devia inevitavelmente despertar associações de ideias e o terrível acontecimento de uma única vez, que lhe rasgava o coração, foi por aquelas ideias erguido às esferas elevadas, ao protótipo, ao primordial, ao girante que está sempre presente, transportado quase até as estrelas. O javali, o feroz e enorme porco, era Set, o assassino de Deus, era o Vermelho, era Esaú que ele, Jacó, excepcionalmente soubera enternecer quando chorava aos pés de Elifaz, mas em essência, justamente fizera em pedaços o irmão, tendo sido ele próprio feito em pedaços, e podia aparecer aqui embaixo em dez postas. Nesse instante um pressentimento, uma espécie de lendária suspeita queria surgir bem alto contra a consciência de Jacó da profundeza em que jazia desde quando recebera os restos ensanguentados. Era uma sinistra conjetura em torno da identidade do maldito javali que despedaçara José. Jacó, porém, fez que caísse de novo nas trevas aquela suposição, antes mesmo que surdisse à superfície, e até ele próprio ajudou um pouco a abafá-la. Estranha coisa na verdade; ele não queria saber dela e refugia diante dessa ideia que seria um reconhecimento do mundo superior no mundo inferior, porque, se tivesse admitido a suspeita da culpabilidade, essa suspeita se voltaria contra ele próprio. Sua coragem, seu amor à verdade tinham bastado para que ele assumisse a sua responsabilidade por José e por isso exigira de si mesmo mandá-lo empreender aquela viagem. Mas não lhe bastava a coragem, não lhe bastava o seu amor à verdade, o que é perdoável, para reconhecer a sua cumplicidade na ruína do filho que inelutavelmente havia de resultar da suspeita sobre o irmão e os irmãos. Admitindo que fosse ele próprio o enorme porco que, com o seu amor louco e soberbo de sentimento, derribara José, dizia ele no seu íntimo que era exigir demais, e na sua amarga dor não queria saber de tal. No entanto, a insuportável amargura dessa dor provinha justamente daquela suspeita rejeitada e lançada às trevas, assim como devia ser atribuído a tal suspeita o desejo de elementares manifestações de dor diante de Deus.

Mas para Jacó agora tratava-se de Deus; este estava aqui atrás dele; a ele eram dirigidos os seus olhos, meditabundos, chorosos, desesperados. Leão ou porco, Deus o quisera, o permitira, numa palavra, *perpetrara* aquele horror. E ele sentia uma certa satisfação, bem conhecida do homem, porque o desespero lhe permitia litigar com Deus, a bem dizer, um estado de espírito elevado, com o qual estava em estranho contraste a externa humilhação na nudez e na cinza. Porém essa humilhação era necessária para aquela contenda. Jacó raspou a sua miséria, mas em compensação não teve papas na língua, não vigiou os seus lábios.

"Aí está o que é Deus!", repetiu com visível calafrio. "O Senhor não me perguntou, Eliezer, e não me ordenou como prova: 'Traze-me cá o filho que mais amas!'. Talvez fosse eu mais forte do que humildemente esperava e levasse o menino a Moriá, não obstante a sua pergunta sobre o animal a ser imolado. Talvez eu pudesse ouvir tudo isso sem cair desfalecido, talvez pudesse erguer o cutelo sobre Isaac, fiado no carneiro. Seria uma prova! Mas não foi o que se deu, Eliezer. Ele não se dignou de submeter-me primeiro a uma prova, mas, baseado no meu leal reconhecimento de que eu não estava isento de culpa na discórdia entre os irmãos, atrai o menino para longe do meu coração, fá-lo perder o caminho, de modo que o leão o derriba e um javali lhe crava as garras na carne e lhe remexe as vísceras com os seus compridos colmilhos. Ora, deves saber que essa fera devora tudo e o devorou. Levou ainda para o covil um pouco de José para as suas crias. É concebível tudo isso? Pode-se lá aceitá-lo? Não, é impossível tragá-lo! Eu o cuspi fora como os pássaros a penugem. E agora jaz aqui. Agora Deus faça disso o que quiser, que não é coisa para mim."

"Volta a ti, Israel!"

"Não, não, eu perdi os sentidos, ó meu mordomo. Foi Deus que mos tirou, e agora escute ele as minhas palavras! Ele é o meu criador, eu o sei. Mungiu-me como leite e fez-me coalhar como queijo, convenho. Mas que seria dele e onde estaria sem nós, sem meus pais e sem mim? Terá ele memória fraca? Esqueceu o tormento e a fadiga do homem por seu amor? Esqueceu como Abrão o descobriu e excogitou, tanto que ele pôde beijar os dedos e exclamar: 'Finalmente me chamam Senhor e Todo-Poderoso!'. Eu pergunto: terá ele esquecido a aliança, já que range os dentes contra mim e se comporta como se eu fosse um seu inimigo? Onde está a minha transgressão, o meu delito? Que mo mostre! Queimei incenso aos Baais da região e atirei beijos às estrelas? Em mim não havia sacrilégio e era pura a minha oração. Por que padeço violência em vez de receber justiça? Esmague-me logo, no seu arbítrio, e me atire no fosso, que para ele é coisa fácil, mesmo sem ter razão; eu não desejo mais viver onde impera a violência. Moteja ele do espírito humano porquanto na sua prepotência faz morrer os bons e os maus? Mas onde estaria ele sem o espírito humano? Eliezer, a aliança está violada! Não me perguntes por quê; teria de dar-te uma resposta melancólica. *Deus não andou a passo igual* — entendes-me bem? Deus e o homem se escolheram reciprocamente e concluíram a aliança, a fim de que fossem retos um no outro e santos um no outro. Mas se o homem se tornou delicado e fino em Deus e de alma disciplinada e se Deus, ao contrário, lhe impõe uma coisa selvagemente horrível que ele não pode aceitar mas tem de cuspir fora e dizer: 'Isto não é coisa para mim', então é claro, Eliezer, que Deus não andou a passo igual na santificação, mas ficou atrás e é ainda um bárbaro."

Como é fácil imaginar, Eliezer estava horrorizado com essas palavras e rogava a Deus que fosse indulgente com o seu amo, que perdera a tramontana, e resolutamente o censurou.

"Estás dizendo coisas inadmissíveis", observou ele, "de maneira que não é possível estar a gente a escutá-las. Blasfemas contra Deus além de todo limite. Isto digo-te *eu* que com Abrão derrotei os reis do Oriente, graças ao auxílio divino, eu a cujo encontro saltou a terra quando fui buscar a esposa para teu pai. Estás aí a chamar a Deus de bárbaro selvagem e gabas-te de delicado e fino em comparação dele; mas tuas palavras são absurdas e na tua grande dor zombas da piedade porque o desmentes, tomando liberdades da mais horrível espécie. Será possível que queiras julgar o que é justo e o que é injusto, que queiras julgar aquele que não somente fez o Beemot cuja cauda se estende como um cedro, e o Leviatã, cujos dentes se dispõem em derredor do seu corpo de maneira terrível e cujas escamas são como escudos metálicos, mas também o Órion e as Plêiades, a aurora, os vespões, as serpentes e o *abubu* de poeira? Não te deu ele a bênção de Yitzhak antes de Esaú, que era um pouco mais velho, e não te confirmou a promessa na visão da escada em Bet-el? Tudo isso te agradava e nada achavas que objetar do ponto de vista do fino e mimoso espírito humano, porque era segundo os teus sentimentos! Não te fez rico e opulento na casa de Labão e não te abriu os pulverulentos ferrolhos de modo que pudesse fugir com armas e bagagens, pondo-se Labão diante de ti como um cordeirinho sobre o monte Galaad? Mas agora que te sucede uma desgraça, a mais grave desgraça, ninguém o contesta, obstinas-te, meu amo, dás coices como um burro teimoso, atiras tudo pelos ares desordenadamente e dizes: 'Deus ficou atrás na civilização'. Estarás isento de pecados, sendo de carne como és, e será uma coisa assim tão certa que em toda a tua vida sempre praticaste a justiça? Queres acaso compreender o que é sublime demais para ti, queres perscrutar a vida nos seus enigmas, já que te sobrepões a tudo isso com a tua palavra humana, dizendo: 'Não é coisa para mim e eu sou mais santo que Deus?'. Na verdade não era necessário que eu ouvisse essas palavras de ti, ó filho da esposa verdadeira!"

"Sim, tu o dizes, Eliezer", respondeu Jacó com ironia compassiva. "És mesmo a pessoa indicada e podes-te conservar tal! Comeste a sabedoria com a colher e a transpiras por todos os poros. É realmente edificante como me repreendes e incidentalmente não deixas de dizer que com Abrão expulsaste os reis, o que é simplesmente impossível, porque, ao lume da razão, és meu irmão consanguíneo, nascido em Damasco de uma escrava, e viste tanto Abraão com teus olhos como o vi eu. Eis a conta em que tenho a tua edificação na minha miséria! Eu era puro, mas Deus me mergulhou na lama, e pessoas como tu acham isso razoável, porque como nada entendem de pios disfarces, deixam andar nua a verdade. E agora te digo que duvido também que a terra tenha saltado ao teu encontro. Está tudo acabado."

"Jacó, Jacó, que fazes? Destróis o mundo na arrogância da tua aflição, tu o fazes em pedaços e atiras esses pedaços na cabeça do admoestador, visto que não quero dizer com exatidão na cabeça de quem os atiras. Serás tu o primeiro sobre quem desaba uma desgraça? Será que a ti nada te há de suceder? Ou inchas o teu ventre com blasfêmias, rebelando-te e correndo contra Deus com a cabeça baixa? Pensas que, por tua causa, as montanhas se arredem dos seus lugares e a água corra para cima? Creio que queres estourar já de malvadez, porquanto chamas a Deus de ímpio e de injusto o Sublime!"

"Cala-te, Eliezer! Rogo-te que não torças tanto as coisas contra mim. Sou sensível à dor e não a aguento! Quem teve de dar o seu próprio filho, entregando-o aos porcos e leitões? Deus ou eu? Por que então o estás consolando a ele, fazendo-te seu fiador e de mim não fazes caso? Compreendes o que pretendo dizer? Nada entendes e queres falar por Deus. Ah, tu, defensor de Deus! Ele te pagará, apreciará muito as tuas palavras, porquanto o proteges e astutamente lhe glorificas os feitos, por ser ele Deus! Mas o que pretendo dizer é isto: ele te fechará a boca, uma vez que queres falar por ele sem razão e o queres enganar como se engana um homem e secretamente ter em consideração a pessoa e não a coisa. Hipócrita que és! Mal vai a ti se por amor seu ficas da sua parte desse modo e lhe defendes servilmente a causa, porquanto o que ele me fez brada aos céus, lançando José aos porcos. O que dizes eu também poderia dizer, porque não sou mais estúpido que tu. Reflete nisto antes de te pores a tagarelar. Mas eu falo de outro modo e ainda assim estou mais perto dele do que tu. É que se deve defender a Deus contra os seus defensores e protegê-lo contra os que o exculpam. Crês que ele é um homem, ainda que o mais forte de todos? Que a sua causa é tal que devas defendê-la contra mim, vermezinho? Se tu lhe chamas eternamente grande, não dizes mais que palavras, porque não sabes que Deus está ainda acima de Deus, que ele é eterno acima de si mesmo, e de lá te castigará, de lá onde ele é a minha salvação e o meu refúgio e onde não estás tu, se entre mim e ele julgas, atentando à pessoa e não à coisa!"

"Todos somos carne má e estamos à mercê do pecado", retrucou tranquilamente Eliezer. "Cada um deve lidar com Deus como melhor sabe e até onde chega, já que junto a ele ninguém chega. Devemos admitir que ambos falamos pecaminosamente. Mas agora vem, meu caro amo, e entra na tua casa, que já basta desse luto levado a grau tão excessivo. O teu rosto está todo inchado com o ardor deste lugar onde estás a cozinhar e és muito mimoso e fino para um luto assim."

"De chorar!", corrigiu Jacó. "De chorar é que está vermelho e inchado o meu rosto, de chorar pelo meu dileto!" Mas foi com Eliezer, deixando-se conduzir para a tenda. Já não lhe interessava a imundície, a nudez e os cacos, porque tudo isso somente servira para lhe dar ensejo de contender com Deus à saciedade.

AS TENTAÇÕES DE JACÓ

Depois dos três primeiros dias cingiu-se pelo menos com um saco de pano e retomou uma vida um tanto menos desmazelada do que a que levara com a sua dor. Assim, quando chegaram os filhos, já não o acharam naquelas condições extremas. Os filhos, porém, demoraram-se a apresentar-se, e quem por ora chorava e se lamentava com ele, o sustinha e consolava eram as mulheres deles, ao menos as que estavam presentes (estando ausente a mulher de Judá, filha de Sué), bem como Zelfa e Bala e também o pequeno Benjamim, com o qual Jacó soluçava muito, tendo-o nos braços. Bem longe estava ele de ter ao filho menor o mesmo amor que tinha a José, e, quando o fazia dormir sobre os joelhos, nunca o seu olhar conseguia esconder uma certa tristeza, porque ele lhe custara Raquel. Agora, porém, o apertava calorosamente a si, chamando-lhe Benoni por amor da mãe e jurando-lhe que nunca e em nenhuma circunstância o mandaria viajar, nem só nem acompanhado; sempre, ainda quando fosse homem-feito, mesmo já casado, devia conservar-se aqui, debaixo dos olhos paternos, afagado e guardado, e nunca dar um passo fora do caminho seguro, porque no mundo já não há fiar-se a gente de nada e de ninguém.

Benjamim aceitava essas promessas, embora tivessem para ele algo de opressivo. Pensava nos seus passeios com José no bosquedo de Adonai, e ao pensar que o querido, o formoso, não mais saltaria com ele, não agitaria mais a sua mãozinha quando estivesse suada, que não lhe contaria mais grandiosos sonhos celestes e não o faria ensoberbecer, a ele, o pigmeu, com a confiança na sua inteligência, ao pensar em tudo isso, derramava lágrimas amargas. No fundo, porém, não estava em condições de se capacitar do que lhe contavam acerca de José, que não voltaria, que já não vivia, que estava morto; e não acreditava nisso, apesar do sinal que ali se achava, temeroso, diante de seus olhos e de que o pai jamais se separava. A natural incapacidade de acreditar na morte é a negação de uma negação e merece um sinal positivo. Ela é uma fé privada de ajuda, pois que toda fé é privada de ajuda e ufana dessa falta de ajuda. Pelo que diz respeito a Benjamim, ele fortificava a sua indomável fé na imaginação de algum rapto. "Ele voltará", dizia, acariciando o velho. "Ou nos mandará aviso para irmos ter com ele." Jacó, de seu lado, não era uma criança, mas estava carregado de histórias da vida, tendo experimentado amargamente demais a impiedosa realidade da morte para não responder com um sorriso melancólico às consolações de Benoni. No fundo, porém, era também absolutamente incapaz de afirmar a negação da vida, e suas tentativas de rejeitá-la e de girar em torno da necessidade de conciliar-se com ambas, com a realidade e com a sua impossibilidade, isto é, de conciliar-se com esta contradição inumana, essas tentativas eram tão extravagantes que nos nossos tempos seríamos obrigados a falar em alienação mental. Nos seus tempos talvez tenha se dito que ia longe demais, mas Eliezer é que tinha um trabalhão com as especulações e com os projetos desesperados que Jacó andava ruminando.

Diz a tradição que a cada conselho respondia sempre: "Descerei com a minha dor ao fosso onde está meu filho". Então e depois essas palavras eram entendidas no sentido de que ele não desejava viver muito tempo, mas morrer e ir juntar-se ao filho na morte. E, assim era interpretada também a queixa, ser um decreto demasiado triste e demasiado duro que uma pessoa tenha de reclinar a cabeça encanecida na morte, com tanta dor. E a dizer verdade, o seu modo de falar era sempre expresso de modo que assim se entendia. Mas Eliezer o entendia de modo bem diferente e mais difusamente. Apesar de parecer isso um tanto amalucado, Jacó excogitava a possibilidade de baixar ao fosso, isto é, ao reino dos mortos, para *ir buscar José*.

A ideia era tanto mais insensata quanto era a mãe-esposa que se abalançava a livrar o filho verdadeiro da prisão ínfera, para restituí-lo à terra desolada, a mãe-esposa, não o pai. Mas na pobre cabeça de Jacó havia as mais ousadas equiparações, não sendo de ontem a sua tendência a não esmiuçar demasiado a questão do sexo e a tratá-la com liberdade nos seus pensamentos. Entre os olhos de José e de Raquel ele jamais soubera fazer uma distinção clara: eram na realidade um só olho, eram os mesmos olhos, e certa vez ele enxugara com os seus beijos de um e do outro lágrimas de impaciência. Agora na morte se fundiam num só par de olhos; as suas mesmas figuras se fundiam num quadro nostálgico de duplo sexo, e com isso também essa ânsia era hipersexualmente masculino-feminina, como tudo que é Sumo, como Deus mesmo. Mas como essa ânsia era de Jacó e ele era ela, assim também Jacó era de tal natureza, conclusão essa com que concordava já desde muito tempo o seu sentimento. Depois da morte de Raquel, ele fora para José mãe e pai; nesta condição ficara também com o papel dela, antes, esse papel prevalecia no seu modo de amar o filho e a equiparação de José a Raquel teve o seu complemento na equiparação de si mesmo à extinta. Só com um duplo amor se pode amar inteiramente o duplo; e isso evoca o masculino enquanto é feminino e o feminino enquanto é masculino. Um sentimento paterno que, no objeto do seu amor, vê ao mesmo tempo o filho e a amada, portanto um sentimento no qual vai de envolta uma ternura que pertence antes ao amor da mãe ao filho é masculino enquanto é endereçado à mulher amada no filho, mas é materno enquanto é amor ao filho. Essa suspensão facilitava a Jacó os loucos projetos que sussurrava ao ouvido de Eliezer e que diziam respeito à volta de José à vida segundo o modelo mítico.

"Descerei lá embaixo", afirmava ele, "e irei ter com meu filho. Olha um pouco para mim, Eliezer, na forma do meu peito não há alguma coisa de feminil? Na minha idade a natureza se nivela. Nas mulheres aparece a barba, nos homens o peito se avoluma. Acharei o caminho da região de que não se volta; meto-me amanhã a caminho. Por que me encaras com esse ar de dúvida? Achas que é impossível? Basta andar sempre na direção do Ocidente, atravessar o rio Hubur e chega-se às sete portas. Põe fim às tuas dúvidas, eu te peço! Ninguém o amou mais do que eu. Quero ser como a mãe, quero achá-lo e descer com ele até a maior profundidade, lá onde brota a água da vida. Quero borrifá-lo e abrir para ele os empoeirados ferrolhos a fim de que possa voltar. Já não o fiz uma vez? Não entendo de embuste e de fuga? Saberei avir-me com aquela senhora lá de baixo, como soube avir-me com Labão, e ela ainda terá de dizer-me palavras amáveis! Eliezer, por que devo ver-te a sacudir a cabeça?"

"Ah, meu caro senhor, até onde posso, vou consentindo nas tuas aspirações e creio que, no princípio, tudo irá como te passa pela ideia. Mas ao mais tardar na sétima porta, segundo os usos lá de baixo, ver-se-ia que tu não és a mãe..."

"Sim, por certo", concordou Jacó, e mesmo na sua dor não pôde ocultar um sorriso de satisfação. "Isso é inevitável. Ver-se-á que eu não o amamentei, mas o gerei... Eliezer", disse depois, assaltado por novos pensamentos, que, desviados do materno-feminino, tinham tomado a direção do fálico, "quero gerá-lo de novo! Não será possível gerá-lo ainda uma vez, exatamente como era, exatamente José, e desse modo trazê-lo até nós, retirando-o do mundo ínfero? Aqui ainda estou eu de quem ele proveio; haveria ele de ficar perdido? Enquanto eu existir, não posso dá-lo como perdido! Quero novamente despertá-lo e, gerando, trazer a sua imagem para a terra."

"Mas já não existe mais Raquel, que viera ao teu encontro para a tua obra, quando vós dois tivestes de tornar-vos um só, para que daí resultasse esse rapaz. Mas ainda que ela vivesse e vós gerásseis de novo, não seria a hora e não seria o estado das estrelas que despertaram José. Não seria a ele que havíeis de evocar de novo, nem a ele nem a Benjamim, mas a um terceiro que nenhum olho ainda viu, uma vez que nada existe duas vezes e aqui embaixo tudo é igual somente a si mesmo para sempre."

"Mas então não deve morrer e não deve ficar perdido, Eliezer! Isso é impossível. Aquilo que só existe uma vez e não tem seu igual nem junto a si nem depois de si e não é de novo trazido por nenhuma grande revolução cósmica não pode ser destruído e atirado à boca dos porcos. Não posso admiti-lo. É verdade o que dizes, isto é, que para gerar José era necessário Raquel e ainda por cima também a hora do tempo. Disso sabia eu e de propósito provoquei a tua resposta. O gerador é somente instrumento da criação, instrumento cego, e não sabe o que faz. Quando geramos José, a esposa verdadeira e eu, não o geramos a ele, mas uma coisa, e se ele se tornou José, a Deus se deve. Gerar não é criar, mas no gozo cego se infiltra somente vida na vida; Ele, porém, cria. Oh! Pudesse a minha vida engolfar-se na morte e reconhecê-la de modo que eu pudesse gerar nela e despertar um José como ele era! A isso vão dirigidos os meus pensamentos, a isso miro eu quando digo que quero descer. Pudesse eu gerar para trás no passado e na hora que foi a de José! Por que sacodes, duvidando, a cabeça? Eu mesmo sei que não me é possível, mas não deves sacudir a cabeça porque o desejo. Deus dispôs as coisas de modo que eu existo e não José, o que é uma flagrante contradição que dilacera a alma. Sabes o que é um coração alanceado? Não, mas só sabes tagarelar quando dizes e pensas: 'Muito triste'. Mas meu coração foi literalmente alanceado, de sorte que me vejo obrigado a pensar coisas contrárias ao bom senso e devo imaginar coisas impossíveis."

"Sacudo a cabeça, meu senhor, de compaixão, porque tu te revoltas contra aquilo que chamas uma contradição, a saber, que estás vivo e teu filho não. Essas duas circunstâncias unidas formam o luto que por três dias quiseste guardar e que manifestaste em tão alto grau sobre o montão de cacos. Mas passado este luto seria melhor para ti que começasses pouco a pouco a resignar-te à vontade de Deus, cobrasses ânimo e não falasses mais de coisas desconexas, como: 'Quero de novo gerar José'. Como é isso possível, se quando o geraste, não o conhecias? O homem, com efeito, só gera aquilo que não conhece. Mas se quisesse gerar sabendo e conhecendo, seria isto criar, e ele presumiria ser Deus."

"Pois então, Eliezer? Então não deve o homem presumi-lo e seria ele ainda homem se não aspirasse sempre a ser como Deus? Esqueces-te", disse Jacó, abafando a voz e aproximando-se sempre mais do ouvido de Eliezer, "que eu, aqui no meu canto, entendo dos mistérios da geração mais do que alguns e que também conheço meios e modos de eliminar, quando é o caso, a diferença entre gerar e criar, como mostrei a Labão quando fiz as ovelhas brancas conceberem sobre varas descascadas, de modo que pariam ovelhinhas malhadas, com vantagens para mim. Arranja-me uma mulher, Eliezer, que se pareça com Raquel nos olhos e nos membros. Deve haver alguma assim. Gerarei com ela, tendo firme e conscientemente os olhos pregados no retrato de José que eu conheço. Assim ela mo gerará de novo de entre os mortos!"

"O que dizes", retrucou Eliezer, abaixando também a voz, "me repugna horrivelmente e eu preferia não tê-lo ouvido. É que a mim me parece que isso não provém apenas das profundezas da tua dor, mas de lugar ainda mais profundo. És velho e pela tua própria dignidade não deverias mais pensar em gerar e muito menos em gerar com pretensões a criar. Tudo isso é inconveniente sob todos os respeitos."

"Não te enganes a meu respeito, Eliezer! Eu sou um velho vivo e ainda não sou como os anjos, absolutamente não; isso sei eu melhor que tu. Eu bem queria gerar. Certamente", acrescentou baixo, depois de uma pausa, "no tempo atual os meus espíritos vitais ficaram abatidos com a dor da perda de José, de maneira que eu, com a dor, talvez não pudesse gerar, enquanto o quisera exatamente por causa da dor. Ora, vê como Deus me inspira contradições que me despedaçam!"

"O que eu vejo é que a tua dor foi posta como guarda para proteger-te contra grandes sacrilégios!"

Jacó ruminava.

"Então", disse ao ouvido do servo, "é preciso enganar o guarda e pregar-lhe uma bonita peça, o que pode facilmente suceder, porque ele é ao mesmo tempo o obstáculo e a vontade. Deve, com efeito, ser possível, Eliezer, fazer um homem sem criar quando o sofrimento e a dor nos impedem de o criar. Acaso gerou Deus o homem no seio da mulher? Não, porque não havia mulher e só pensar em coisa semelhante é uma vergonha. Mas ele o fez como queria com as suas mãos, do barro, e lhe soprou no nariz o hálito vital para que caminhasse. Como, Eliezer, mas escuta, convence-te! Se nós fizéssemos uma figura de argila, se formássemos uma coisa de terra, semelhante a um boneco, com três côvados de altura, e com todos os membros, como Deus o pensou e o viu quando em espírito concebeu o homem e o fez à sua imagem! Deus viu e fez o homem, Adão, porque ele é o criador. Eu, porém, vejo José, o único, como o conheço, e quero despertá-lo com maior ânsia do que aquela que me animava quando o criava e não o conhecia. E o bonifrate jazeria diante de nós, Eliezer, a figura artificial se estenderia ao comprido e do tamanho de um homem, com o rosto virado para o céu, e estaríamos aos seus pés, contemplando o seu semblante de argila. Ah, meu velho servo, o coração me bate com força e depressa, porque que aconteceria se o fizéssemos?"

"Se fizéssemos alguma coisa, ó meu senhor? Que excogita de novo e de estranho a tua dor?"

"Sei-o eu, meu grande servo, e posso dizê-lo? Convence-te e ajuda--me a fazer aquilo que ainda não sei bem que coisa seja! Mas se nós nos puséssemos a rodar uma e sete vezes em volta daquela figura, eu à direita e tu à esquerda, e lhe introduzíssemos na boca morta uma folhazinha, uma folhazinha com o nome de Deus... e eu me ajoelhasse e tomasse a argila nos meus braços e a beijasse como melhor pudesse, do imo peito... Eis aí!", gritou. "Eliezer, olha! O seu corpo se tinge de vermelho, vermelho como fogo, arde, me queima, mas eu não o largo, retenho-o com firmeza nos meus braços, beijo-o de novo. Agora se apaga, ao corpo de barro aflui água, o corpo intumesce, faz-se túrgido, graças à água, despontam-lhe os cabelos na cabeça, as unhas nos dedos das mãos e dos pés. Então eu o beijo pela terceira vez, sopro-lhe no nariz o meu hálito, que é o hálito de Deus, e o fogo, a água, o ar, estes três elementos fazem com que o quarto elemento, a terra, desperte para a vida, e abrindo com espanto os olhos para mim que o despertei diz: 'Abba, caro pai'..."

"Tudo isso é muito lúgubre para mim", disse Eliezer com um ligeiro calafrio, "porque é como se tivesse me conquistado para alguma coisa de novo, de ambíguo, é como se diante de meus olhos vivesse o *golem*. Na verdade tornas-me amarga a vida e tens um modo bem estranho de me agradecer por estar eu aqui resistindo junto à tua dor, sustendo-te fielmente a cabeça, ao passo que tu já chegas ao ponto de fabricar imagens, chegas à magia, e, queira eu ou não queira, fazes-me teu colaborador, tendo eu de ver tudo com os meus olhos!"

E Eliezer ficou alegre quando chegaram os irmãos. Eles, porém, não estavam alegres.

O HÁBITO

Os irmãos chegaram sete dias depois que Jacó recebera o sinal, também eles com sacos em redor dos rins e com os cabelos polvilhados de cinza. Não se sentiam à vontade, não sendo nenhum deles capaz de compreender como tinha sido possível terem-se antes persuadido uns aos outros que estariam agora em paz e que o coração do pai lhes viria a pertencer quando não mais existisse o seu preferido. Já desde algum tempo e antes de regressarem à casa paterna essa ideia se lhes varrera da cabeça, admirando-se eles de que algum dia a tivessem podido conceber. Ainda no caminho, em segredo e mesmo nas meias-palavras que trocavam, tiveram de confessar reciprocamente que, no que dizia respeito ao amor de Jacó para com eles, a eliminação de José fora perfeitamente inútil.

Bem sabiam ou podiam imaginar qual era a disposição de ânimo de Jacó em relação a eles e viam nitidamente a intricada e desagradável situação em que haviam se metido. De certo modo, no seu íntimo e provavelmente mesmo sem poder decidir-se a tanto de uma maneira franca, Jacó os reputava assassinos do filho, conquanto não admitindo terem sido eles que o haviam degolado com suas próprias mãos, conquanto colocando no lugar deles o animal que lhes tirara das mãos o ato sangrento, procedendo de acordo com os desejos deles, de sorte que, aos olhos do pai, não deixavam de ser assassinos inocentes, inatacáveis, e por isso mesmo tanto mais odiosos. Na realidade, como eles bem sabiam, era precisamente o contrário: eram culpados, mas não eram assassinos. Ao pai, entretanto, não podiam revelar isso, porque, para se lavarem da obscura suspeita do assassínio, teriam de confessar sua culpa, e a tanto se opunha o severo juramento que eles, não obstante, já iam começando a considerar tão tolo como tudo o mais.

Numa palavra, já não passariam lá uns dias bons, provavelmente nem um. Viam isso com toda a clareza. Uma má consciência já não é boa coisa, mas uma má consciência mortificada é quase pior, porque cria uma sombria confusão na alma, tola e angustiante a um tempo, e faz uma triste figura. Assim, pois, estariam os dez toda a sua vida diante de Jacó, sem ter paz. Jacó suspeitava deles e eles perceberam o que significa isso: uma suspeita e desconfiança, um homem a desconfiar de si mesmo no outro e do outro em si mesmo, de maneira que não quer deixar ao outro a paz que ele não acha, mas tem de estar continuamente de alcateia, a importunar, a aguilhoar, a afuroar, a roer sem descanso e a atormentar a si mesmo enquanto parece apoquentar o outro — pois isso é a suspeita, a incurável desconfiança.

Que assim era e que assim devia ser sempre, o perceberam eles a um simples relance, ao aparecerem diante de Jacó. Perceberam-no ao primeiro olhar que ele, erguendo-se um pouco do braço a que se encostava, lhes lançou: aquele olhar inflamado do pranto, ao mesmo tempo penetrante e turvado, angustioso e rancoroso, que queria terebrá-los até o íntimo, sabendo que não o conseguia, e que durou muito tempo, até lhe vir a palavra adequada, a pergunta a que não se podia responder, mas a que já havia se respondido demais, pateticamente vazia, insensatamente dolorosa, baseada num tormento estéril:

"Onde está José?"

Ali se achavam eles, e a essa pergunta impossível baixaram a cabeça, pecadores mortificados, figuras aflitas. Viram que a intenção do pai era agravar-lhes a situação o mais possível, não poupá-los a nada. Como lhe fora anunciada a presença dos filhos, podia preparar-se e recebê-los em pé; mas lá deixou-se ficar, estendido diante deles, já tendo passado uma semana depois que recebera o sinal; lá jazia ele, com o rosto em cima do braço, e só o levantou após algum tempo, para lhes dirigir aquele olhar e aquela pergunta, cuja brutalidade a sua dor bem podia conceder a si própria. Jacó fez uso da sua dor; eles o perceberam. Jazia diante deles, naquela posição, para poder perguntar, para que a pergunta de suspeita pudesse também passar por uma pergunta de dor. Eles o entenderam com perfeita nitidez. Em todas as épocas os homens têm se conhecido com arguta penetração, a dor os faz ler no íntimo uns dos outros. Tão bem naqueles tempos como hoje.

Com a boca retorcida responderam (foi Judá que respondeu por eles):

"Sabemos, caro senhor, que dor, que grande luto te feriu."

"A mim?", perguntou ele. "E não também a vós?"

A pergunta justificava-se. Jacó perguntara de modo insidiosamente tormentoso. Naturalmente, também a eles!

"Também a nós, naturalmente", responderam. "Mas de nós não queríamos falar."

"E por que não?"

"Por veneração."

Uma palestra miserável. Quando pensavam que se iria prosseguir assim eternamente, tinham arrepios.

"José já não existe", disse o pai.

"Infelizmente", replicaram.

"Incumbira-o eu de fazer aquela viagem", disse novamente, "e ele estava radiante. Disse-lhe que fosse a Siquém, que se inclinasse diante de vós, que vos abrandasse o coração para que voltásseis. Ele o fez?"

"Infelizmente e mais que desgraçadamente", responderam, "não chegou a fazê-lo. Antes que o pudesse, prostrou-o a fera. Já não estávamos apascentando no vale de Siquém, mas no de Dotain. Aí se perdeu o rapaz e foi morto. Não o vimos mais com os nossos olhos desde o dia em que ele, no campo, contou a ti e a nós os sonhos que tivera."

"Os sonhos que teve", repisou ele, "não eram para vós uma grande e grave contrariedade, tanto que lhe ficastes ferozmente hostis em vossos corações?"

"Um pouco hostis, sim", retrucaram. "Mas era uma hostilidade moderada. Vimos que seus sonhos te causavam contrariedade, tanto que lhe ralhaste, ameaçando-o até de agarrá-lo pelos cabelos. Daí termos-lhe sido até certo ponto hostis. Desgraçadamente agora o animal feroz o aferrou pelos cabelos, indo muito além do que fez a tua ameaça."

"Despedaçou-o", disse Jacó e chorou. "Como podeis dizer 'aferrou-o pelos cabelos' se o dilacerou e devorou? Se alguém diz 'agarrou-o pelos cabelos' em vez de 'despedaçou-o', é isso um motejo, um escárnio, que equivale quase a aprovação!"

"É perfeitamente possível", defenderam-se, "que se diga que 'foi agarrado pelos cabelos' em vez de se dizer que 'foi despedaçado', por profunda dor ou ainda por uma delicada consideração."

"É verdade", concordou. "Vossa resposta é sensata, e devo calar-me. Mas se José não pôde decidir os vossos corações a virdes, como viestes?"

"Para nos reunirmos a ti nos queixumes."

"Queixemo-nos então!", disse Jacó. Sentaram-se em volta dele e entoaram um lamento: "Desde quando jazes aí"; e Judá sustentava a cabeça do pai sobre os joelhos e lhe enxugava as lágrimas. Mas, decorrido breve tempo, Jacó interrompeu as lamentações e disse:

"Não quero que tu, ó Judá, me sustenhas a cabeça e me enxugues as lágrimas. Devem fazê-lo os gêmeos."

Ofendido, Judá cedeu a cabeça aos gêmeos, segurando-a estes um pouco durante as lamentações, até que Jacó disse:

"Não sei por quê, mas não me agrada que Simeão e Levi me prestem este serviço. Deve fazê-lo Rúben."

Muito ofendidos, os gêmeos cederam a cabeça a Rúben, que dela se encarregou durante algum tempo. Mas depois disse Jacó:

"Não me agrada que Rúben me segure e me enxugue. Deve fazê-lo Dã."

Dã, porém, não logrou melhor êxito que os outros e teve de passar a cabeça a Neftali e este, melindrado, pouco depois, a Gad. Assim foi indo até Aser, Issacar, Zabulon, e sempre Jacó dizia alguma coisa como:

"Sinto uma vaga repugnância se este ou aquele me segura a cabeça; deve fazê-lo um outro."

Até que todos foram ofendidos e rejeitados. Então disse:

"Quero cessar as lamentações."

Depois disso ficaram sentados, silenciosos, em redor dele, com o beiço inferior pendente. Compreendiam que pela metade os considerava assassinos de José. E eles o eram realmente pela metade, só não o sendo por inteiro graças a uma coisa. Por isso ficaram muito mortificados por ele os reputar pela metade assassinos e tornaram-se insensíveis.

Assim pois — pensavam eles — teriam de viver de ora em diante, pecadores desconhecidos debaixo de uma suspeita não esclarecida e que jamais se esclareceria. Era só isso que tinham lucrado eliminando José. Os olhos de Jacó, os olhos castanhos, reluzentes, avermelhados do pai, com as delicadas inflamações das glândulas debaixo deles, aqueles olhos fatigados, mas sempre imersos em meditações sobre Deus, repousavam sobre eles — bem o sabiam — toda vez que não o olhavam, cismando, escabichando, em desconsolada desconfiança, e viravam-se para outra banda, semicerrados, mal se encontravam os seus olhares. À mesa começou:

"Quando um homem aluga um boi ou um burro e este recebe algum dano, ou um Deus fere o animal que vem a morrer, aquele homem deve jurar e purificar-se de toda culpa, a fim de não ser molestado."

Suas mãos esfriavam porque perceberam a que se dirigia essa fala.

"Jurar?", perguntaram eles sombrios e abatidos. "Deve jurar quando ninguém vê como morreu o animal e quando não há sangue nem ferida, como a que costuma deixar o leão ou outra fera. Se, porém, há sangue, se há a marca da pata, quem irá molestar aquele homem? É coisa que diz respeito ao dono."

"É mesmo assim?"

"Assim está escrito."

"Mas também está escrito: Quando um pastor apascenta as ovelhas do dono e um leão entra no redil e mata, o pastor deve prestar juramento para purificar-se, passando então o prejuízo ao dono. Que se conclui daí? Não deve o pastor jurar ainda quando é claro e certo que foi o leão que matou?"

"Sim e não", responderam, e agora também seus pés esfriavam. "Com tua licença, mais não que sim. Porque, se o leão penetra num curral, arrasta a ovelha para fora e ninguém vê, então deve-se jurar. Mas se o pastor pode mostrar o animal morto ou trazer um ou outro pedaço do despedaçado, não está obrigado a jurar."

"Poderíeis ser juízes, tal o vosso conhecimento da lei. Se, porém, a ovelha era do juiz e tinha valor para ele, ao passo que não o tinha para o pastor, a circunstância de não ser sua e de não ter valor para este não é razão suficiente para que deva jurar?"

"Esta nunca foi uma razão para obrigar ao juramento."

"Mas, e se o pastor odiava a ovelha?", insistiu ele e olhava-os com olhos selvagens e esquivos... Com olhos selvagens, esquivos e turvos eles encontraram o seu olhar, e nesse penoso momento se sentiam aliviados: ele, podendo passear os seus olhos de um para o outro, eles porque cada um tinha que suportar um depois do outro; e nenhum por muito tempo, o olhar da suspeita.

"Pode-se lá odiar uma ovelha?", indagaram, e seus rostos suavam frio. "Isso não acontece em todo o mundo e em nenhuma lei é contemplado, de modo que não é possível sequer mencioná-lo. Mas nós não somos pastores mercenários, e sim filhos do rei dos rebanhos, e, se desaparece uma ovelha, a dor é tanto nossa quanto sua, e em nenhum caso, diante de nenhum juiz, se pode falar na obrigação de juramento."

Conversa vil, ociosa, miserável! Devia-se continuar sempre assim? Então era melhor que os irmãos se afastassem de novo para Siquém, para Dotain ou para qualquer outro lugar, porque se viu claro que sua presença ali sem José era pouco suportável como quando ele existia.

Mas afastaram-se? Nada menos. Ficaram e se uma vez ou outra algum deles ia à sua vida, voltava logo. A má consciência deles tinha necessidade da suspeita de Jacó e vice-versa. Estavam ligados um ao outro em Deus e em José; e se a princípio era uma grande pena viver juntos, Jacó e seus filhos receberam-na como uma penitência, porque estes sabiam o que tinham feito, e se estes eram culpados, aquele também sabia que o era.

Mas o tempo passava e ia criando o hábito. Este eliminou dos olhos de Jacó aquela espionagem da suspeita e fez com que os dez irmãos já não soubessem exatamente o que tinham feito, porque com o tempo distinguiam sempre com menos exatidão o fazer do acontecer. Acontecera ter José desaparecido; a pergunta "como?" passava lentamente para o segundo plano, tanto para eles como para o pai, escondendo-se atrás do fato a que já agora estavam acostumados. A não existência atual do jovem era o resultado em que a consciência de todos eles se reclinava e achava repouso. Os dez sabiam que não fora morto, como Jacó acreditava. Mas essa diferença do saber e do acreditar já não tinha grande importância, porque também para eles José era uma sombra e emigrara para longe, para fora do seu mundo, sem possibilidade de regresso: nessa ideia estavam concordes, pai e filhos. O pobre ancião a quem Deus tirara o seu caro sentimento de sorte que no seu coração já não havia ridente primavera mas reinava o ardor do estio e a desolação do inverno, continuando ele, no fundo, tão "hirto" como quando o colhera o espasmo — o pobre ancião não cessava de prantear o seu cordeirinho; e quando chorava, com ele choravam os filhos, porque destes se afastara o ódio e com o tempo pensavam só e vagamente quanto os tinha irritado aquele idiota. Podiam dar-se ao luxo de chorar também eles, porque sabiam com segurança que ele estava na sombra e, com a sua ausência, fora do mundo deles. Jacó também fazia o mesmo.

Desistiu da ideia de "baixar à região ínfera" na qualidade de mãe para retomar José e finalmente cessou de atormentar a outrem com os seus baralhados planos de regenerá-lo ou de criá-lo da argila, desempenhando funções divinas. A vida e o amor são belas coisas, mas a morte também tem suas vantagens, porque ela põe em lugar seguro o objeto amado, colocando-o no passado e na ausência, e onde antes havia apreensão e medo, agora há sossego e calma. Onde está José? No seio de Abraão, junto de Deus que o "chamara a si". Ou empregava aquelas outras palavras que o homem acha para a última ausência, todas elas excogitadas para significar suave e indubitavelmente a mais profunda segurança, ainda que um tanto vazia e desolada.

A morte conserva, depois de ter restituído ao estado antigo. Para que fim se esforçara Jacó para renovar a José na sua incerteza, depois que este fora feito pedaços? A morte já pensara nisso ela mesma e do modo mais precioso. Ela reconstituíra-lhe inteiramente a figura com catorze pedaços ou mais ainda, em sorridente formosura, e assim o conservava melhor e mais amável do que o faria a gente da celerada terra egípcia com suas ataduras e drogas. Ela o restaurara, inviolável, fora de perigo, imutável, o belo, inteligente, frívolo e insinuante mancebo de dezessete anos que partira montado na branca Hulda.

Fora de perigo e imutável, sem precisar de cuidados e contando sempre dezessete primaveras, por mais que se multiplicassem os giros dos planetas, depois que se fora cavalgando a mula e por mais que se amontoassem os anos dos viventes: tal era José para Jacó. E quem agora poderia negar que a morte tem também suas vantagens, ainda que de natureza um tanto vazia e desolada? Jacó se habituara muito a essas vantagens. Com taciturna vergonha ia refletindo na sua desgraçada contenda e disputa com Deus no primeiro estalar virente de sua dor, achando agora não ter sido de nenhum modo um sinal de ter ficado atrás na civilização, mas ser antes uma coisa muito fina e santa, o fato de não o haver Deus simplesmente pulverizado e de ter deixado passar com silenciosa tolerância o arrogante desabafo da sua dor.

Ah, piedoso velho! Se soubesses que enredadora vontade se esconde mais uma vez por trás do silêncio do teu Deus estranhamente sublime, e como, de acordo com o seu decreto, te será alanceada a alma de um modo incompreensivelmente feliz! Quando eras jovem na carne, um alvorecer de manhã te mostrou que a tua mais íntima felicidade não passava de ilusão falaz. Terás de fazer-te bem velho para aprenderes que, como compensação, também a tua dor mais lancinante não passava de ilusão falaz.

FIM DO SEGUNDO ROMANCE

POSFÁCIO
"Uma festa da narração" — A tetralogia *José e seus irmãos*,
de Thomas Mann, como paradigma da literatura mundial

Irmela von der Lühe*

O "monstro épico" e "epopeia extravagante" de Thomas Mann, como
ele próprio gostava de se referir à tetralogia *José e seus irmãos*, publicada
entre os anos de 1933 e 1943, vem sendo objeto de um inesperado interesse nos recentes debates político-religiosos e no campo dos estudos culturais. O filósofo Peter Sloterdijk, por exemplo, reconheceu a Thomas
Mann ter levantado, com o ciclo de *José*, "o mais grandioso monumento
ao charme do Israel pré-sinaítico", acrescentando ainda, com franco des-
temor, tratar-se "da secreta obra magna da teologia moderna".[1]

Apesar de posições altamente divergentes nas polêmicas em torno
do "poder do Deus único" e, por extensão, da afinidade estrutural do
monoteísmo com o poder e a violência,** todos os debatedores se re-
portaram — aparentemente de modo indeliberado, mas também sempre apologético — à importância que cabe a esse "cômico conto maravilhoso da humanidade" de Thomas Mann.[2]

Por sua vez, o egiptólogo Jan Assmann (1938-2024), bastante atacado nos debates, já havia defendido com toda a veemência, em 2006, que

---

*Irmela von der Lühe é professora aposentada de literatura alemã na Universidade Livre de Ber-
lim. Suas pesquisas e publicações se concentram, entre outras áreas, na história cultural e literária
judaico-alemã, na literatura do exílio e da *Shoah* e na história da família Mann, com ênfase na trajetória e obra de Erika Mann (1905-69). Este posfácio reelabora, com alguns acréscimos, o ensaio
homônimo publicado pela autora em: Dieter Lamping e Galin Tihanov (Orgs.), *Vergleichende
Weltliteraturen/Comparative World Literatures* [Literaturas mundiais comparadas]. Stuttgart:
Metzler, 2019, pp. 203-18). [Esta e as demais notas chamadas por asterisco são do organizador.]
**"Gewaltaffinität", no original. O substantivo alemão "Gewalt" pode ser traduzido tanto por
"poder" (p. ex.: *Staatsgewalt*, poder governamental) como por "violência" (p. ex.: *physische
Gewalt*, violência física).

a tetralogia *José e seus irmãos* deveria ser lida como um "livro de caráter histórico", mas sem ignorar o fundamento ficcional-irônico do conjunto da obra. Assmann afirmou categoricamente que "os estudos culturais lato sensu, tal como se constituíram nos últimos vinte anos — e, portanto, um considerável tempo após a morte de Thomas Mann", só teriam a aprender com o romance de *José*, e que, por conseguinte, deveriam reconhecer nele, sem hesitação, "o seu mais importante pioneiro e precursor".[3]

O romance em quatro volumes de Thomas Mann converte-se desse modo — um caso sem dúvida bastante raro na história da literatura mundial — não apenas em autoridade nas atuais controvérsias político-religiosas, mas também em representante literário de uma nova disciplina científica, o ramo dos estudos culturais fundado pelo casal de egiptólogos Jan e Aleida Assmann em torno do conceito de memória cultural.*

Por mais inspiradores e provocativos que o ponto de vista dos estudos culturais e a perspectiva histórico-teológica possam ser para a abordagem da obra de Thomas Mann, as reflexões que vêm a seguir situam-se antes, de maneira mais modesta, no horizonte de questionamentos relativos a um modelo conceitual de literatura mundial e, ainda, às possibilidades de acesso exemplar e paradigmático a esse modelo.** Procura-se determinar, neste posfácio, em que medida *José e seus irmãos* pode, do ponto de vista literário, tornar essa perspectiva especialmente produtiva ou, se for o caso, corrigi-la.

Primeiramente vamos lançar um olhar sobre a gênese empírica desse relevante caso na literatura mundial, tomando por ensejo precisamente

---

* "Kulturelles Gedächtnis", no original. No capítulo 3 ("Die mythische Zeit" [O tempo mítico]) do livro mencionado na nota 3, Jan Assmann caracteriza "memória cultural" como a tradição que os seres humanos portam consigo, "os textos, as imagens, os rituais cristalizados ao longo das gerações, por meio de repetições que se processam por séculos e mesmo milênios, plasmando nossa consciência do tempo e da história, nossa autoimagem e imagem do mundo" (p. 70).

** A ideia de "literatura mundial" (*Weltliteratur*) foi proposta e veiculada por Goethe, nos últimos anos de vida, em cartas, resenhas, ensaios, e também em conversas anotadas por Johann Peter Eckermann. Em 31 de janeiro de 1827, por exemplo, em meio a vastos comentários que partem de um romance chinês do século XVII (*As duas primas*, autor anônimo), lido em tradução francesa, o poeta diz: "A literatura nacional hoje já não significa grande coisa, é chegada a época da literatura mundial, e todos devem trabalhar no sentido de apressá-la". Ver *Conversações com Goethe nos últimos anos de sua vida 1823-1832*. Trad. de Mário Frungillo. São Paulo: Editora Unesp, 2016, p. 228.

No centro dessa abordagem dos desdobramentos épicos e atualização política da história bíblica de José que Thomas Mann promove em sua tetralogia, encontra-se a ideia goethiana de *Weltliteratur* em seu modelo intertextual.

a própria pessoa do autor, contemplado em 1929 com o prêmio Nobel de literatura. Como se sabe, Thomas Mann recebeu a distinção em virtude do estrondoso sucesso do seu romance de estreia, *Os Buddenbrook*,* e não por *A montanha mágica*, romance incomparavelmente mais complexo e que, sobretudo nos Estados Unidos, fora cumulado de elogios.

Em termos de tiragem de exemplares, quantidade de traduções e reputação internacional, Thomas Mann já era reconhecido como expoente da literatura mundial ainda bem antes do início de seu exílio e, ao prestígio de que gozava, ele sempre associou a autoimagem de "representante da cultura alemã". A declaração dada por ocasião de uma entrevista ao *New York Times* em fevereiro de 1938, "Onde estou, está também a cultura alemã", foi frequentemente criticada como uma espécie de autoempoderamento narcísico e presunçoso.** Na verdade, contudo, essa declaração correspondia a uma percepção que se tinha de Thomas Mann, sobretudo nos Estados Unidos, e o escritor não fazia mais do que assumir precisamente esse papel. Além disso, essas palavras ("Onde estou, está também a cultura alemã") deveriam retornar quase que de maneira literal na justificativa da Universidade Princeton para conceder ao autor dos *Buddenbrook* o título de doutor honoris

---

* Sobre o "estrondoso sucesso" dessa obra de juventude, Helmut Galle observa em seu posfácio à edição brasileira do romance ("*Os Buddenbrook* — Popular e subestimado") que se trata, até hoje, de "seu livro mais popular, particularmente na Alemanha, com vendas de mais de 5 milhões de exemplares, quatro adaptações para o cinema e traduções em 42 línguas" (*Os Buddenbrook*. Trad. de Herbert Caro. São Paulo: Companhia das Letras, 2016, p. 681).

** No posfácio de Jorge de Almeida à edição brasileira do *Doutor Fausto* ("Dialética humanista em tempos sombrios"), essa declaração de Thomas Mann — "*Where I am, there is Germany*", veiculada no idioma do país em que se exilava — recebe o seguinte comentário: "Traduzida ao alemão em duas versões distintas — ambas com grande impacto, mas sentidos diferentes —, 'onde estou, está a Alemanha', e 'onde estou, está a cultura alemã', a frase ecoou fortemente entre os desesperançosos emigrados e exilados, ambiguamente recebidos nos países estrangeiros, após a declaração de guerra, como refugiados políticos e *enemy aliens*. Disputando explicitamente a herança da tradição de 'Goethe, Kant e Bach' — também exaltados pela propaganda nazista como precursores dos ideais do Terceiro Reich —, Mann foi anunciado pela imprensa americana como '*the greatest living man of letters*', percorrendo os Estados Unidos com leituras de sua obra, palestras sobre a situação da Europa e eventos em ajuda a outros refugiados, principalmente judeus alemães, para os quais o alívio do exílio se transformara em um ambíguo pesadelo" (*Doutor Fausto: A vida do compositor alemão Adrian Leverkühn narrada por um amigo*. Trad. de Herbert Caro. São Paulo: Companhia das Letras, 2015, p. 598).

No capítulo 25 do *Doutor Fausto* (p. 265), na célebre "conversa" do compositor Adrian Leverkühn com o diabo, este lhe diz, parodiando a declaração do romancista exilado: "Se tivesses a necessária coragem para dizer-te: 'Lá onde estou, está Kaisersaschern', a coisa ficaria certa de um momento para outro, não é?".

causa. Acima de tudo, porém, articula-se no dito uma concepção acima de tudo antinazista e cosmopolita da chamada germanidade. É exatamente em prol dessa concepção que Thomas Mann atua, com sua personalidade e obra, durante todos os anos de seu exílio americano, buscando conferir-lhe ainda, com o ciclo romanesco baseado na história de José — e também com outras obras — um novo perfil literário de alcance mundial.[4]

O emigrante Thomas Mann contrapõe-se à usurpação da cultura alemã pelo regime nacional-socialista, ao seu "estropiamento"* em nome de uma renovação étnica e de uma revolução nacional igualmente espúria, exprimindo sua profissão de fé em favor de um cosmopolitismo alemão, de uma humanidade representada na literatura mundial e para a qual precisamente a tetralogia oferece não só a forma narrativa, mas também a estético-política. Para além disso, é em prol desses esforços que da pequena história bíblica, como a tetralogia havia sido originalmente planejada, veio a depreender-se um "cômico conto maravilhoso da humanidade", o qual é concebido como esboço alternativo a um presente opressivo e como visão de uma futura comunidade mundial.

As estações da trajetória do autor Thomas Mann na literatura mundial já foram descritas suficientes vezes, seus atritos em consequência das catástrofes políticas do século xx também já foram discutidos a contento; e, do mesmo modo, os questionamentos sobre a confiabilidade política, sobre as sucessivas "conversões" e acrobacias "vira-casacas" de um homem que supostamente sempre teria sido e permanecido apolítico já foram respondidos muitas vezes de forma mais ou menos convincente, ou mais ou menos insatisfatória, em consonância com o "espírito do tempo" [zeitgeist] predominante.

Nesse sentido, também o desenvolvimento pós-1945 de ambos os Estados alemães nos anos da Guerra Fria poderia ser reconstruído como uma história de conflitos em torno de Thomas Mann — portanto, como um caso exemplar da luta cultural entre a Alemanha Ocidental e a Oriental e, ainda, como um documento dos efeitos a longo prazo de uma mórbida neurose nacional. Essa história de conflitos se estende

---

*Sobre o conceito de "estropiamento" ("Verhunzung", no original) — que ocupa posição central no ensaio *Bruder Hitler* [Irmão Hitler], publicado por Thomas Mann em 1938 —, ver o posfácio de Marcus V. Mazzari ("A hipnose do fascismo") à edição brasileira da novela *Mário e o mágico* (São Paulo: Companhia das Letras, 2023, pp. 63-101; sobre "estropiamento", em particular, pp. 86-8).

para muito além de 1955, ano da morte do romancista. Ela poderia ser contada como uma história de discursos culturais no campo de referências da literatura mundial, e, como tal, teria de tratar, entre outros pontos, da imensa rejeição que coube ao "Imperador da Emigração" — assim se expressou Ludwig Marcuse (1894-1971) a respeito de Thomas Mann — nos setores ocidentais de Berlim e na emergente República Federal da Alemanha, após sua recusa em regressar a seu país como um "bom médico" e "terapeuta da alma"* a fim de insuflar confiança e coragem no povo alemão, que supostamente seria incapaz de odiar. A "grande controvérsia" em torno de Thomas Mann, a qual se iniciou em 1945 e extrapolaria sua morte em 1955, foi alimentada de forma não insignificante pela circunstância de que o autor dos *Buddenbrook*, da *Montanha mágica*, de *José e seus irmãos* e do *Doutor Fausto* fora cumulado de honrarias no setor oriental e na posterior República Democrática Alemã, e celebrado como representante daquela grande tradição literária germânica cuja consumação era prometida pelo Estado do socialismo real. Tudo isso estimulou e radicalizou, no intervalo de poucos anos, colossais ondas de indignação, pois, por ocasião das celebrações tanto dos duzentos anos do nascimento de Goethe (1749-1832), em 1949, como dos 150 anos da morte de Friedrich Schiller (1759-1805), em 1955, Thomas Mann, como que imbuído de uma missão literária, deixou sua marca como orador principal no Leste e no Oeste. Ele proferiu suas conferências em Frankfurt (em 1955 também em Stuttgart, cidade estreitamente ligada a Friedrich Schiller) assim como em Weimar. Tais festejos em homenagem aos *dióscuros* alemães de fama mundial foram preparados e encenados nas mais altas esferas políticas dos dois Estados alemães em plena Guerra Fria, chegando-se até mesmo à tentativa, empreendida pelo Ministério dos Refugiados, que naquela época ainda existia, de influenciar o presidente em exercício da República Federal,

---

* Esses atributos foram empregados por Walter von Molo (1880-1958) numa carta aberta a Thomas Mann datada de 13 de agosto de 1945 (reproduzida em: Johannes F. G. Grosser, *Die große Kontroverse: Ein Briefwechsel um Deutschland* [A grande controvérsia: Uma correspondência a respeito da Alemanha]. Hamburgo: Nagel, 1963, p. 18). Dois meses mais tarde, Thomas Mann responde agressivamente à presunçosa exortação de Von Molo com o texto "Por que não retorno à Alemanha", no qual o acusa, ao lado de outros escritores que permaneceram na Alemanha nacional-socialista, de cumplicidade com os crimes: "Pode ser superstição, mas perante meus olhos os livros impressos na Alemanha entre 1933 e 1945 não têm valor e não é bom tomá-los em mãos. Estão impregnados de um odor de sangue e vergonha: deveriam ser todos eles triturados".

Theodor Heuss (1884-1963), a retirar o convite feito a Thomas Mann para discursar em Stuttgart. A tacanha política alemã da Guerra Fria se defronta aqui com um autor de fama mundial sob o ensejo das homenagens de dois heróis espirituais da Alemanha com lugar de destaque na literatura mundial, Goethe e Schiller.

O conceito de literatura mundial com que se opera neste posfácio desponta, nesse contexto, como espécie de "moeda de troca" na dinâmica político-cultural do cotidiano alemão (em ambos os Estados), de modo que questões literárias poderiam facilmente confluir para estudos sobre a manipulação e instrumentalização político-mediática de fenômenos e de personalidades da literatura mundial. Considerando, ademais, as impressionantes dimensões que a exploração da família Mann, por parte da mídia, atingiu nesse meio-tempo, as investigações sobre a relação entre a história política, a social e a história familiar gerariam bem mais do que apenas uma mera nota de rodapé no grande livro da literatura mundial. No entanto, as considerações que vêm na sequência estarão centradas, exclusiva e exemplarmente, no tratamento literário dispensado por Thomas Mann ao "Livro dos livros"; e estarão centradas ainda, consequentemente, numa obra singular de extraordinária estatura na literatura mundial, cuja abordagem aqui obedecerá a três balizas: (I) a intenção narrativa da tetralogia *José e seus irmãos*; (II) sua composição paradigmaticamente autorreflexiva; e, por fim, (III) sua concepção, que engloba épocas e gêneros.

INTENÇÃO NARRATIVA: MITO E MODERNIDADE COMO HISTÓRIA
DE RELAÇÕES NO CONTEXTO DA LITERATURA MUNDIAL

Desde meados de 1925, portanto, meio ano após a conclusão de *A montanha mágica*, Thomas Mann estava com sua atenção voltada para o projeto sobre a figura bíblica de José. Como sempre, o que se planejara de início havia sido tão somente uma pequena novela, concebida precisamente como "painel lateral" para um tríptico literário cujas duas outras partes deveriam ser dedicadas ao rei espanhol Filipe II e a Erasmo de Rotterdam e Lutero.[5] Como se sabe, esse tríptico não se concretizou; em contrapartida, os dois primeiros volumes do romance sobre José foram publicados na Alemanha, respectivamente em outubro de 1933 e abril de 1934. Em 1936 seguiu-se o terceiro volume, publicado novamente pela editora S. Fischer, sediada àquela altura em Viena; o último volume veio a lume em Estocolmo no ano de 1943. Portanto, um período de tempo que totaliza dezesseis anos e que, ademais, abarca cesuras históricas decisivas, desde meados da República de Weimar até a época do exílio americano de Thomas Mann.

Em algumas ocasiões ele relacionou a gênese do seu "romance bíblico" a uma observação feita por Goethe na autobiografia *Poesia e verdade*. Referindo-se à história bíblica de José e seus irmãos como "extremamente encantadora", Goethe acrescenta: "mas demasiado breve, de modo que nos sentimos imediatamente compelidos a continuar a imaginá-la e a elaborá-la em seus mínimos detalhes".*

De fato, Thomas Mann não apenas se sentiu desafiado a desdobrar narrativamente a história bíblica como também utilizou esse assunto, que efetivamente não ocupa muito espaço no relato do Gênesis (25-50), para produzir uma "obra-prima da arte sincrética de estabelecer relações".[6] Ele operou a montagem e síntese de toda a bibliografia científica que na época estava disponível nas pesquisas sobre cultura oriental, na egiptologia, na história das religiões, teologia e antropologia cultural contemporânea.[7] Ao lado da produção científica, o horizonte da história das ideias encontrava-se representado desde a virada do século por obras de Sigmund Freud (*A interpretação dos sonhos*, de 1900, e *Totem e tabu*, de 1913), ao mesmo tempo que, para a constelação da literatura mundial, no tocante às relações entre o mito e a modernidade, as obras do filólogo clássico e estudioso das religiões Karl Kerényi (1897-1973) forneciam impulsos muito significativos. Ambos mantinham contato epistolar desde o início de 1934,[8] e Thomas Mann estava particularmente fascinado pelos estudos de Kerényi sobre o "retorno do romance moderno ao mito" e, por extensão, sobre o "retorno do espírito europeu às realidades míticas mais elevadas", como se lê numa carta do romancista ao filólogo húngaro datada de 20 de fevereiro de 1934. Cerca

---

*Johann Wolfgang von Goethe, *De minha vida: Poesia e verdade*. Trad. de Mauricio Mendonça Cardozo. São Paulo: Editora Unesp, 2017, pp. 173-4. Nesse contexto, Goethe reconstitui ainda suas tentativas de poetizar o episódio bíblico: "Reelaborar a história de José era algo que há muito eu desejava fazer, mas não conseguira resolver, até então, a questão formal, já que não tinha familiaridade com nenhum padrão de versificação que me parecesse adequado a um trabalho como aquele. Acabei me sentindo mais à vontade com a opção por uma versão mais prosaica e comecei a trabalhar com todas as minhas forças na adaptação [...]. Eu não considerava, porém, algo que os jovens em geral não têm mesmo como levar em consideração: que me faltava ainda certo teor, algo que só se nos sobrevém à medida que vamos nos dando conta de nossas próprias experiências".

de um mês depois (em 24 de março), Thomas Mann escreve-lhe: "A mais bela tarefa da crítica filológica é comentar esses movimentos nas regiões mais ingênuas e espontâneas da mente e conferir-lhes sentido". E diversas vezes ele reiterou seus elogios ao erudito que, com o passar dos anos, foi se tornando cada vez mais seu conselheiro em questões relativas à interpretação do mito. Os elogios se dirigiam especialmente ao "faro" de Kerényi para estabelecer "relações"; sua sensibilidade para enxergar vínculos ocultos entre mito e modernidade teria "algo de contagioso", fazendo com que "o próprio leitor se tornasse produtivo nessa direção [...], de tal modo que diante de seus olhos pudessem relampejar conexões na literatura mundial a que ele, leitor, de outra forma não teria chegado", lê-se ainda na carta de 24 de março.

Como se pode facilmente demonstrar, e como Thomas Mann faz o narrador de seu romance comentar sucessivas vezes, o que se tem em mente com o relampejar de "conexões na literatura mundial" não é apenas um mero princípio de elaboração de personagens, não é somente uma concepção exegética; trata-se, sobretudo, de um procedimento poético, de um princípio de fusão narrativa de horizontes. Esse procedimento ou princípio conta também com o "faro" do leitor e constitui ao mesmo tempo, na visão de Thomas Mann, um genuíno campo de tarefas para a "crítica filológica". Formulando de maneira um pouco forçada, isso significa que a literatura mundial está como que inscrita na tetralogia de José, como efetivo fenômeno literário e na condição de conceito teórico. Ambos, fenômeno e conceito, refletem-se literariamente um no outro, e esse espelhamento já vinha ocorrendo antes que as modernas investigações da teoria literária começassem a levantar questões sobre processos e paradigmas da "internacionalização literária".

A verdade é que, de início, Thomas Mann reagiu ao estudo de Karl Kerényi sobre a tradição romanesca greco-oriental com uma reserva algo coquete: esse estudo o fará "sentir, de maneira certamente vergonhosa, os limites ainda um tanto estreitos do meu conhecimento positivo nesse campo tão belo e profundo". E ele se sentia também, acrescenta o romancista na carta de 20 fevereiro de 1934, suficientemente estimulado e inspirado pelas exposições de Kerényi sobre os entrelaçamentos subterrâneos entre *A montanha mágica* e *As histórias de Jacó*. O ato da leitura, o pensar sobre os textos, a reflexão analítico--científica que Thomas Mann encontra nas explanações de Karl Kerényi sobre os dois primeiros volumes da tetralogia (*As histórias de Jacó* e *O jovem José*), assim como em seus estudos científicos sobre os mitos, estimulam, portanto, um questionamento que se concentra no paradigma das "relações" entre grandes autores e textos de diferentes épocas e eras históricas. Perceber, no ato da leitura, "conexões no âmbito da literatura mundial", realizá-las de maneira composicional e, na esfera da "crítica filológica", comentá-las cientificamente e conferir-lhes "significado" — isso constitui para Thomas Mann, como o demonstra sua correspondência com Kerényi, um amplo contexto. Durante a leitura de *Dom Quixote*, escreve-lhe o romancista em 24 de março de 1934, ele teria se deparado com motivos oriundos de Heliodoro e do romance *O asno de ouro*,* o que o levou a interrogar-se sobre as "relações de Cervantes com o romance grego" e, ao mesmo tempo, a levantar uma especulação legitimamente comparativa:

> Talvez tenha se dado o seguinte: o romance grego tem fortes laços com o Oriente. Este exerceu influência também sobre a novela italiana, sobre Boccaccio, e lhe forneceu muitos motivos. Boccaccio pode ter sido a ponte entre Cervantes e o romance grego. Peço perdão por essa conjectura de um diletante!

Tais especulações no terreno da estética e da história das ideias, cuja fundamentação Thomas Mann delega a disciplinas científicas, sobretudo à filologia, parecem demasiado simples para as modernas exigências da teoria literária e da literatura comparada; além disso, parecem comprometidas com uma compreensão idealista, baseada na estética da autonomia,** dos processos que movimentam a tradição literária e artística. Mesmo assim, não há dúvida de que a compreensão que Thomas Mann tem de si mesmo como artista está marcada, assim como a própria estrutura composicional de toda a tetralogia de José, por um fascínio — ele próprio fala, em sua correspondência com Kerényi, de "uma magia

---

* Thomas Mann tinha em mente aqui o romance *As etiópicas*, de Heliodoro de Emesa, que viveu entre os séculos III e IV. *O asno de ouro*, conhecido também como *As metamorfoses*, é de autoria de Lúcio Apuleio, que viveu no século II.

** "Autonomieästhetik", no original. Esse conceito de "estética da autonomia" desponta na segunda metade do século XVIII, à medida que poesia, música e outras artes começam a desvincular-se da antiga cultura cortesã da representação, com raízes feudais, e surge uma nova concepção do artista como "gênio" original. Entre os textos que contribuíram para o advento da estética da autonomia está o ensaio de Karl Philipp Moritz (1756-93) "Über den Begriff des in sich selbst Vollendeten" [Sobre o conceito do consumado em si mesmo], que concebe a obra de arte como completa e levada a termo em si mesma. Ver "Ensaio para unificar todas as Belas-Artes e Belas-Letras sob o conceito do Perfeito e Acabado em si". In: *Ensaios de Karl Philipp Moritz*. Trad. de José Feres Sabino. São Paulo: Edusp, 2022, pp. 119-26.

especial" — pelo "mundo das relações". Na produção e na sondagem, na composição e realização de "relações", Thomas Mann vê "algo maravilhosamente encantador e misterioso", que, entretanto, desdobra seu pleno encanto ao fazer com que elementos historicamente muito distantes e intelectualmente muito diversos uns dos outros, assim como diferentes tempos e culturas, épocas e personagens, estabeleçam relações mútuas.

Por mais estimulantes, até mesmo "excitantes", que os trabalhos de Kerényi tenham se revelado a Thomas Mann — e isso diz respeito sobretudo aos traços de Hermes e Dionísio presentes em seu herói José e, desse modo, à configuração do quarto volume (*José, o Provedor*) "no sentido de um romance picaresco divino"* —, sem dúvida é inequívoca a perspectiva política, decididamente antifascista, que ele projetou sobre o emaranhado de relações entre mito e modernidade. Pois a tetralogia épica empreende programaticamente e em detalhes, a tentativa de combinar mito e psicologia, o que significa valer-se estética e politicamente do mito para promover uma concepção humana e progressista da história, e, mais ainda, para promover uma religião secular da humanidade e da razão. E isso se dá num momento histórico em que o mito havia sido usurpado pelo nacional-socialismo num sentido racista. O leitor que quiser avaliar de maneira adequada a proposta estética e histórico-política da tetralogia terá de adquirir clareza sobre essa constelação histórica contemporânea.

No horizonte da modernidade e de sua história de catástrofes — Primeira e Segunda Guerras Mundiais, ditadura nacional-socialista assim como perseguição e ameaça de extermínio total dos judeus alemães e europeus, mais precisamente, entre 1933 e 1943 —, Thomas Mann apresenta uma tetralogia romanesca que fala dos patriarcas israelitas, que narra a história e a tradição judaicas. Ele converte assim em literatura aquilo que desde 1926 vinha exigindo em vários ensaios e que, numa carta de 7 de setembro de 1941 a Karl Kerényi, encontra a seguinte formulação: "Essa cooperação entre mitologia e psicologia é um

---

* Essas palavras se encontram numa carta de 18 de fevereiro de 1941, em que o romancista comenta entusiasticamente o estudo de Kerényi sobre "A criança divina" (*Das Göttliche Kind*): "A figura mitológica que necessariamente vem me atraindo cada vez mais e sobre a qual eu voltei a encontrar tanta beleza nesse livro é o Hermes associado à Lua. Até aqui ele já despontara fantasmagoricamente algumas vezes nos romances de José, mas no último volume, que mostra o herói como administrador e estadista de muita astúcia, ele vai migrando mais e mais de seu papel original de Tamuz-Adônis para o de um Hermes. Suas ações e transações não podem ser justificadas moral e esteticamente de outra maneira senão no sentido de um romance picaresco divino".

fenômeno altamente aprazível! É preciso tirar o mito das mãos do fascismo intelectual e amoldá-lo à esfera humana. Há muito tempo que eu não faço outra coisa".*

Objetivado pela sua leitura das obras de Kerényi, o entusiasmo de Thomas Mann por relações subjacentes e explícitas entre épocas e culturas, religiões e mitos, artes e ciências, estaria descrito de forma incompleta e até mesmo equivocada se ele fosse associado apenas a uma reivindicação estética inovadora, a uma nova variante da "iluminação recíproca das artes",** a uma expansão radical dos esforços de integração narrativa e, com tudo isso, a um vanguardismo atualizado de maneira tipicamente moderna. O trabalho literário de Thomas Mann com o mito tem, no caso de *José e seus irmãos*, um alcance muito mais amplo. Pois a aspiração da tetralogia, no âmbito da literatura mundial, não é puramente literária; é de caráter político, em dimensão mundial. Ela visa alcançar uma intervenção ativa em crises através de reconsiderações e reinterpretações de uma tradição cultural usurpada pelo fascismo e "estropiada" pela Alemanha nacional-socialista.

COMPOSIÇÃO AUTORREFLEXIVA: HUMANIZAÇÃO DO MITO MEDIANTE PSICOLOGIA E IRONIA

Apesar de sua brevidade, a narrativa bíblica sobre José e seus irmãos oferece modelos altamente eficazes e, do ponto de vista da literatura

---

* Thomas Mann pegou essa ideia de amoldar o mito à esfera humana de uma carta que Ernst Bloch lhe escreveu em 23 de junho de 1940 sobre o ciclo de José, que seria "o exemplo mais nítido e feliz desse novo amoldamento do mito". A partir de então o romancista retoma a ideia em diversos outros contextos. No ensaio "José e seus irmãos" publicado em 1945 em Santiago do Chile, numa revista de emigrados alemães (*Deutsche Blätter*, v. 24, n. 3), ele escreve: "A palavra 'mito' está impregnada hoje de um cheiro ruim — basta pensar no título que o 'filósofo' do fascismo alemão, Alfred Rosenberg, o preceptor de Hitler, deu ao seu maligno livro didático: *O mito do século XX*. Nas últimas décadas abusou-se em demasia do mito como um instrumento de contrarrevolução obscurantista para que um romance mítico como o *José* não despertasse, logo que apareceu, a suspeita de que também seu autor estava nadando nessas águas turvas. Essa suspeita teve de ser descartada, pois um exame mais cuidadoso mostrou um novo amoldamento do mito, do qual não se acreditava que ele fosse capaz. Observou-se uma manobra semelhante à que ocorre numa batalha quando um canhão conquistado ao inimigo é direcionado contra ele. No romance de *José* o mito foi arrancado das mãos do fascismo e humanizado até os últimos desvãos da linguagem — se a posteridade vier a encontrar algo especial nele, será isso".
** Referência ao estudo de Oskar Walzel (1864-1944) *Wechselseitige Erhellung der Künste* [Iluminação mútua das artes], publicado em 1917.

mundial, bastante produtivos para tudo o que é possível, para não dizer normal, nos relacionamentos familiares e entre irmãos: ódio e engodo, favorecimento e discriminação, amor extremamente unilateral dos pais por um dos filhos, inveja e vingança, roubo e violência. Trata-se, além disso, de padrões transgeracionais e transculturais de grande eficácia, e, na obra de Thomas Mann, eles aparecem como síntese de agrupamentos míticos babilônico-canaanitas, egípcios, helenísticos e cristãos. Na amalgamação épica de tudo isso constitui-se uma narrativa magna que conhece todas as variantes de violência e excesso, quebra de confiança e ação impulsiva, tristeza e desespero, amor e reconciliação, graça, redenção, salvamento e renovação. Os padrões arcaicos de ódio, inveja e ciúme; de amor paterno fingido ou recusado e consequentes atos de vingança entre irmãos; de excessos de violência e cerimônias rituais de reconciliação: todos esses padrões encontram sua "amplificação" na narrativa épica de Thomas Mann; encontram nela sua configuração literária psicologizante e ao mesmo tempo atualizadora, que se vale também de recursos como travestimento e paródia. Nas balizas da literatura mundial, a narrativa bíblica manniana opera de maneira sintetizadora e autorreflexiva, num procedimento que este posfácio buscará ilustrar nos próximos passos mediante alguns poucos exemplos textuais.

Como é sabido, o romance começa com uma introdução de cerca de cinquenta páginas a qual parodia o início do *Fausto* de Goethe ("Prelúdio no teatro" e "Prólogo no céu") sob o título "Descida ao inferno"; essa introdução também se aproxima deliberadamente, ainda que de modo contrafactual, da abertura do *Anel do Nibelungo* de Richard Wagner. Thomas Mann sublinhou de modo explícito a correspondência literário-musical da tetralogia com as quatro partes do *Anel*, e também falou diretamente da analogia entre a ópera wagneriana e o prelúdio "Descida ao inferno" numa conferência proferida em Zurique no ano de 1937: "Retorno ao princípio, ao princípio de todas as coisas e de sua música".[9]

Quem lê o romance pela primeira vez terá provavelmente dificuldades com essa introdução, em que se desdobram reflexões mitológicas e histórico-religiosas do mais amplo alcance sobre possibilidades de se narrar a história e sobre a profundidade abissal do "poço do passado", o qual não é apenas imagem da atemporalidade de narrativas míticas, mas também a antecipação humorística do poço no qual José, na segunda parte da tetralogia (capítulo "José lançado na cisterna"), será lançado pelos seus irmãos. Somente após essa "Descida ao inferno" tem início a narrativa propriamente dita, e, na verdade, com uma conversa entre o pai Jacó e o filho José. Este último havia se postado literalmente junto ao poço e, numa maliciosa transformação do mito de Narciso, se apresentado nu à Lua e às estrelas. Por causa desse comportamento ele é severamente repreendido pelo pai: "Cobre a tua nudez", são as primeiras palavras de Jacó a seu filho. José reage com humildade fingida, com lisonjas e de maneira triunfante, sabedor que é de sua posição privilegiada junto ao pai. Ele se expusera à Lua e aos astros, argumenta o rapaz, de forma inofensiva, com serena alegria e sem nenhuma intenção blasfema, que o pai faça o favor de acreditar nisso. O rapaz — o narrador de Thomas Mann não deixa dúvidas a esse respeito — é um exibicionista e um tagarela, e ele tem consciência disso; é bonito e desenvolto, também disso ele sabe. E, por fim, é eloquente: seu amor-próprio se manifesta logo no início como fixação amorosa no poder de sua palavra, na capacidade de enredar o pai, verbal e não verbalmente. Ele sabe que, em sua figura de jovem lascivo e narcisista, literalmente nu e na pose de adorador desinibido da Lua, que com a mão atira beijos aos astros, necessariamente vai enfurecer o pai. De fato, este também o acusa de se comportar como se estivesse vivendo na "região simiesca do Egito", onde as pessoas viviam nuas e se mostravam luxuriosas, animalescas e arrogantes, vestidas com "linho tão fino como teia de aranha" e, nisso, convencidas de que estavam usando "tecido de ar". E Jacó prossegue:

> É do agrado deles juntar suas camas e trocar as esposas, e, quando uma mulher andando pela rua vê um jovem e o deseja, deita-se com ele. São como os animais e ante estes se inclinam no interior de seus antigos templos; e ouvi dizer que uma virgem a quem nenhum homem conhecera até então, deixou-se cobrir na presença de todo o povo, no templo, por um carneiro chamado Bindidi. Será que meu filho aprova tais costumes?

É evidente que de modo algum o filho aprova essa imoralidade idólatra, a qual traz à lembrança todos os horrores do juízo divino que se abateu sobre Sodoma e Gomorra. Mas José pondera que produzir um "linho com tal arte, que fica como o ar por sua transparência", testemunha em favor da habilidade dos artesãos egípcios. E a ausência do sentimento de vergonha talvez possa ser justificada pelo fato de que, no geral, os egípcios "são muito magros e enxutos de carnes, e que a carne gorda tem mais motivo de sentir vergonha do que a enxuta".

Semelhantes sofismas divertem o pai e fazem-no responder "com uma voz na qual se percebia a inflexão de impaciente censura em conflito com a meiguice". Toparemos ainda com esse encrespado "conflito" entre "impaciente censura" e "meiguice" frequentes vezes na reação do pai perante o filho, o que constitui um fato decisivo para carregar de emoções a constelação familiar, isto é, a relação entre Jacó, seu filho predileto e os irmãos deste. O modelo bíblico não conhece essa constelação, a qual assinala o formato especificamente moderno do trabalho de Thomas Mann com o mito bíblico. São as ambivalências do sentimento, as dimensões paradoxais, contraditórias, que mal podem ser controladas, de um vínculo emocional elementar, que se estabelecem sobretudo de forma discursiva e às quais o narrador dispensa uma atenção especial. Como conversa e na conversa, esses laços afetivos ambivalentes são ativados e modelados; e não sem razão vivenciamos inicialmente pai e filho numa interlocução e, logo depois, na "palestra" impregnada daquilo que o narrador chama explicitamente de "linguagem bonita".

Antes de tudo, entretanto, é preciso ter em mente que, apesar das mencionadas ambivalências afetivas, pai e filho se concebem a si mesmos a partir de uma ligação, sempre reiterada, com suas origens e com Deus, sendo que essa ligação modela o discurso, assim como a consciência de ambos, e é capaz de intensificar ou distender todas as situações de conflito. De um lado está a preocupação do pai com seu filho favorito, que muitas vezes se mostra pouco discreto socialmente, propenso a uma autoestilização presunçosa, tornando-se assim altamente incompatível no âmbito da família; do outro lado há a postura, habilmente encenada por José, de humildade intelectual, algo precoce, mas ao mesmo tempo parvamente sapiencial. Logo na "Primeira peça principal", o narrador esboça essa constelação afetivo-exaltada e excêntrica que vigora entre pai e filho como um autêntico psicodrama com potencial de redenção miticamente assegurado. Com isso, o relacionamento entre pai e filho, que se alimenta de amor e preocupação, humildade e soberba, advertência e bajulação, ganha significado retrospectivo e prefigurativo, também imitativo e antecipatório, tanto para o passado como para o futuro de ambos. Não é propriamente com uma relação específica entre pai e filho, baseada em singularidade e individualidade pessoal, que estamos lidando aqui; entre Jacó e José vigora antes uma paradigmática constelação mítica. E isso não é verdade apenas do ponto de vista do narrador, que com seus comentários reitera inúmeras vezes esse paradigma; isso é válido, sobretudo, para a consciência do próprio pai e do próprio filho. Jacó e José vivenciam seu relacionamento em padrões míticos, eles percebem a própria existência, e a encenam na cadeia de gerações e gêneros, como descendentes e ao mesmo tempo como ascendentes, como pessoas que se encontram num contexto de promessa e consumação. Isso não significa, no entanto, que a possibilidade de uma vida própria esteja excluída; uma história especial, exatamente a história de Jacó e de seu filho José e seus irmãos, não se torna de modo algum inviável.

Todavia, a forma pela qual pai e filho se asseguram de seu pertencimento a uma ordem superior, que os transcende, não é — como seria de esperar — a oração, o sacrifício ou o culto. É a conversa, é a palestra em "linguagem bonita", como se exprime o narrador. Não surpreende que essa interlocução se expanda e aprofunde em todas as direções, afinal, ela trata das origens e da sabedoria patriarcal; de modo tipicamente moderno, realiza-se com esse diálogo a intelectualização e estetização de uma piedade e de uma religiosidade na aparência arcaicas e primitivas, ligadas à profunda convicção da distinção supostamente ordenada por Deus. Na conversa, pai e filho se asseguram tanto de seu pertencimento à cadeia geracional quanto de sua posição privilegiada em consonância com o desejo de Deus. O narrador apostrofa o que se seguirá como palestra em "linguagem bonita" e ao mesmo tempo como "dueto", e, desse modo, como evento estético-musical. Deitado nos braços de seu pai, José se encena como filho de Deus, a quem, entretanto, não se garantiu — como ao próprio pai e apesar da sua suposta condição de eleito — proteção suficiente perante a ruína. José arquitetou uma trama ousada, pois o dueto se concentra agora no tema mais decisivo, concentra-se numa promessa mítica célebre na literatura mundial. Trata-se da história da oliveira e da figueira no jardim do mundo, de cujos produtos provêm a bênção do Sol e a bênção da Lua, a "bênção do céu lá do alto" e a "bênção das profundezas lá de baixo".*

---

* No capítulo "Do óleo, do vinho e dos figos" (*As histórias de Jacó*), José diz a seu pai: "Ela [Raquel] já entrou no reino da noite e de lá nos ama, ao pequerrucho [Benjamim] e a mim, e sua bênção é a bênção da Lua e das profundezas. Meu senhor não sabe das duas árvores no jardim do mundo? De uma sai óleo com que ungem os reis da terra para que vivam. A outra produz figos verdes e róseos e cheios de doces sementes cor de romã, e quem deles comer, terá por certo a morte. [...] O óleo e o vinho são consagrados ao Sol, e feliz aquele de cuja testa goteja óleo e cujos olhos estão ébrios com o brilho do vinho tinto! [...] Mas o fruto doce da figueira é consagrado à Lua, e feliz daquele que lá do seio da noite a mãezinha alimenta com a carne desse fruto".

A antiga tradição, que é atualizada na conversa em "linguagem bonita" e aceita por José como o futuro que lhe está destinado, reforça os laços entre pai e filho de uma forma tão aventureira quanto divertida. Como se sabe, é o Jacó moribundo que invoca a dupla bênção para José, a bênção das alturas e a das profundezas: "Bênçãos dos céus no alto, bênçãos do abismo deitado embaixo [...] que elas venham sobre a cabeça de José, sobre a fronte do consagrado entre seus irmãos" (Gn 49, 25-26). Thomas Mann coloca a profecia dessa dupla bênção na boca do egocêntrico José num momento do enredo completamente inadequado para semelhantes procedimentos e que, na cronologia da narrativa bíblica, só se apresentará bem mais tarde. José ainda é jovem, e seu pai, o que se justifica plenamente, está preocupado com o desenvolvimento de seu caráter. Como que para solapar o fundamento dessas preocupações, o rapaz se converte em profeta de si mesmo e reforça com essas visões a destacada posição que pai e filho ocupam perante Deus e os homens.

Isso não é apenas ousado — aos olhos do narrador se trata de uma espécie de insanidade mental. E é com uma ruptura radical da ficcionalidade, com implacável recusa de qualquer ilusão, que ele reage: enquanto o pai está prestes a sucumbir inteiramente às palavras e ao comportamento do filho, a voz do narrador se encarrega de um retorno à realidade:

> De que modo falava ele? Num sussurro. Era como estava fazendo antes de ser surpreendido pelo pai: aquilo não era inteiramente normal. Seus ombros se agitavam, as mãos tremiam-lhe sobre os joelhos, ele sorria, ao mesmo tempo que, de modo bizarro, os olhos giravam tanto que só aparecia a esclerótica.

Tem-se aqui um dos vários exemplos da tendência de Thomas Mann e, por extensão, de seus narradores a demonstrar a singularidade assim como a tensão exacerbada de seus heróis por meio de uma descrição pormenorizada, mas ao mesmo tempo maliciosa, de detalhes físicos e da linguagem corporal. A imponência mítico-narcisista do jovem José

Entre as incontáveis anotações bíblicas feitas pelo romancista durante o trabalho na tetralogia encontram-se comentários sobre o livro de Jeremias: "Entre as árvores, *vinha* e *figueira* são vistas como representantes das duas metades do mundo, da vida e da morte. A vinha é grafada ideográfica e babilonicamente como 'árvore da vida'. A figueira, que no Oriente tem um significado fálico, é a árvore da morte [...]. Na lenda judaica a oliveira aparece repetidas vezes como árvore da vida. O azeite é considerado, como o vinho, doador de vida".

encontra o seu corretivo — e aqui se apresenta um bom exemplo da psicologização e do tratamento irônico do mítico — na postura distorcida do jovem, a qual como que escorrega para o feio no preciso momento em que ele presunçosamente busca se engrandecer.

Essas descrições (ombros agitados, globos oculares revirados e mostrando a esclerótica) irão retornar literalmente quando o "jovem José", no segundo volume da tetralogia, narrar seus sonhos aos irmãos. Com dois sonhos complementares, que se intensificam em seu potencial conflituoso, o filho predileto de Jacó se encena diante dos irmãos como autocrata semelhante à divindade e que, portanto, deve ser reverenciado. O narrador de Thomas Mann faz com que o conteúdo, as circunstâncias e as consequências dessas duas narrativas oníricas se desenrolem como grande evento discursivo; e ele configura as circunstâncias da narrativa dos sonhos como uma performance teatral de tipo incomum. A performance, contudo, vem precedida do episódio em que José arrebata ao pai, valendo-se de lisonjas, a famosa "túnica de várias cores", a qual se converte, na fabulação de Thomas Mann, de um modo sobremaneira rico em alusões, no véu de Raquel, ou seja, no véu de sua mãe.

Trajando o "véu de Mami", nome carinhoso que o pequeno José dera a Raquel, o filho não apenas consegue encantar o pai sempre renovadamente; ele não só é admirado "como um deus" por todas as pessoas ao redor; além de tudo isso, sua "natural disposição a enfeitar-se" conduz o narrador às mais amplas reflexões, que por seu turno funcionam como antecipação de eventos futuros; por conseguinte, participam novamente da estrutura de repetição e prefiguração narrativas. A palavra do narrador recai sobre "sua cega confiança, menineira e sem embargo culpável", também sobre os ouvidos moucos de José perante toda e qualquer advertência; e fala ainda, enfim, de seu modo de ser ingenuamente autocentrado, que jamais lhe permite considerar o possível efeito ofensivo de seu comportamento sobre as outras pessoas, em especial, é claro, sobre os próprios irmãos: "Mas precisamente tudo isso era culpável. A indiferença em referência à vida íntima dos homens e a ignorância de tudo isso mostram uma relação inteiramente falsa com a realidade, produzem cegueira". Para esse diagnóstico tão fundamental quanto preciso o texto oferece uma pletora de amostras, que por sua vez são modeladas como um diálogo dramático no estilo da esticomitia antiga ou das cenas recheadas de argumentações brilhantes, como nas comédias shakespearianas.

UMA CONCEPÇÃO QUE ENGLOBA GÊNEROS E ÉPOCAS: PADRÕES DA LITERATURA MUNDIAL PARA VISÕES DE UMA RELIGIÃO SECULAR DA HUMANIDADE

É sabido de que maneira os eventos dramáticos entre José e seus irmãos desenvolvem-se em suas etapas ulteriores. Por isso, aqui irá se esboçar um balanço do ponto de vista da história de gêneros e de épocas. Muito embora a obra em quatro volumes possa ser considerada um feito gigantesco de síntese literária e assuma frequentes vezes, nas seções dedicadas à história dos mitos e da religião, a forma de um compêndio ficcionalizado de estudos sobre a Antiguidade, Thomas Mann recorre a um padrão altamente tradicional para narrar a efetiva história de *José e seus irmãos*. O desenvolvimento do mimado filho favorito de Jacó, passando pela condição de personagem punida, vendida aos ismaelitas, escravizada, e que, depois de todas essas vicissitudes, renasce como bem-sucedido administrador e político egípcio — essa evolução se desdobra, a partir do segundo volume (*O jovem José*) do ciclo, nos padrões de um romance de educação, de formação e também de um romance da individualidade artística.*

De um adorador da Lua mimado, alienado das coisas do mundo, extremamente incompatível na esfera da família e da sociedade, resulta um pai de família e chefe de nação bem-sucedido, com senso de responsabilidade e, por fim, desejoso de reconciliação — nasce um "provedor", como ele é chamado programaticamente no quarto volume da tetralogia. O sonhador e artista narcisista se torna um homem de ação eficaz e consciente de seus deveres, que cumpre na sociedade e na família uma função integrativa. É verdade que nisso — o que constitui verdadeiramente uma exceção entre artistas e outsiders na galeria de personagens de Thomas Mann — ele não nega sua natureza intelectual e sonhadora; na verdade, José encarna a integração, o equilíbrio entre natureza e espírito, corporeidade e intelectualidade. A "dupla bênção", que atravessa todo o romance como leitmotiv, encontra sua personificação nesse José do último volume. Ao contrário de seus irmãos, que

---

* No original, "Erziehungsroman" (romance de educação), "Bildungsroman" (romance de formação), "Künstlerroman" (romance do artista ou da individualidade artística). Num amplo estudo de 1500 páginas sobre a obra de Thomas Mann, Dieter Borchmeyer afirma que, de todos os seus romances, *José e seus irmãos* é "o único que pode ser caracterizado, sem quaisquer dúvidas ou reservas, como *Bildungsroman*" (*Thomas Mann: Werk und Zeit* [Thomas Mann: Obra e tempo]. Berlim: Insel, 2022, p. 815).

representam — cada um de forma diferente — natureza, corpo e vida, José percorre uma evolução que caminha no sentido da integração dos dois lados. Como se sabe, não são apenas os heróis de Thomas Mann que fracassam na tentativa de alcançar essa integração; em perspectiva tipicamente moderna, ela é per se uma ilusão. Mas não assim na tetralogia *José e seus irmãos*, em que a integração se converte em visão de um mundo futuro, transforma-se no substrato concentrado, por assim dizer, de uma religião secular da humanidade.

A verdade, todavia, é que Thomas Mann vai um passo além, pois José, que amadureceu com a vida e as experiências e que se encontra sob a dupla bênção de Jacó; José, para quem responsabilidade social e política, assim como verdadeira humanidade, se tornou o mais elevado objetivo, este José é portador de características praticamente semelhantes às de Cristo: como provedor, ele é, em certo sentido, também redentor.

Resta acrescentar que Thomas Mann esboça, nesse José consciente de suas responsabilidades e que toma as providências necessárias, a imagem de um político que na época era objeto de toda a sua admiração, e de cuja residência oficial ele foi hóspede por dois dias inteiros em janeiro de 1941. O romancista registrou suas impressões sobre essa convivência com Franklin D. Roosevelt em seu diário e em cartas, como na enviada em 24 de janeiro de 1941 a Agnes Meyer:

> 'Ele' voltou a causar-me forte impressão ou, pelo menos, a despertar de novo meu interesse e minha simpatia por ele: essa mescla de sagacidade, alegria solar, jeito de pessoa mimada e crença autêntica é difícil de caracterizar, mas sobre ele paira algo como bênção, e eu lhe dedico devoção por ver nele, assim me parece, o oponente nato daquilo que deve sucumbir. Eis aqui um domador de massas ao estilo moderno, que quer o bem, ou mesmo o melhor, e que está aliado a nós como talvez ninguém mais no mundo. Como eu não haveria de apegar-me a ele? Voltei para casa sentindo-me fortalecido.*

---

*A jornalista Agnes Meyer (1887-1970), também uma engajada defensora dos direitos humanos e filantropa americana, representou para Thomas Mann — assim como sua tradutora para o inglês, Helen Tracy Lowe-Porter (1877-1963) — um valioso apoio em vários sentidos durante seu exílio de quase quinze anos nos Estados Unidos. A correspondência entre o romancista e Agnes Meyer se estendeu por dezoito anos.

Conforme declarações do próprio Thomas Mann, os capítulos "O servo astuto" e "Senhor do Egito", no quarto volume, representam uma descrição clara da personalidade e da política do presidente americano Franklin Roosevelt. Por outro lado, certas passagens de cartas a Agnes Meyer, graças a quem Thomas Mann recebeu o convite para a Casa Branca, mostram-se como uma caracterização de José. Isso significa, portanto, que José ganhou traços de Roosevelt e o presidente americano ganhou traços do José de Thomas Mann.

Com isso, o mito bíblico não apenas é narrativamente desenvolvido, não apenas psicologicamente motivado; ele é também atualizado de uma perspectiva política. Essa atualização, por seu turno, coloca-se a inteiro serviço da luta contra o "rebarbarizar" do presente que conseguiu reivindicar para si um mito usurpado e "estropiado" pelos nacional-socialistas.*

Com sua narrativa da história dos patriarcas e, em especial, com a figura de José, oscilando entre impostor, pícaro, artista e estadista, Thomas Mann contrapõe a esse "rebarbarizar" a ideia — psicologicamente motivada e realizada em chave irônica — da integração do mal, e também a ideia de uma religião da humanidade. No mencionado leitmotiv da dupla bênção, apresentado precocemente no enredo de modo paródico, Thomas Mann ancora a conexão contraditória entre irracionalidade e racionalidade, vida e espírito, instinto e moral. Pois José é dotado pelo romancista de elementos de luz e obscuridade, de espírito e de sensualidade, com forças produtivas e destrutivas, e o fato de conseguir superar esse dualismo na condição de soberano providente e politicamente ativo faz dele, na perspectiva de Thomas Mann, o representante de uma religião secular da humanidade.

---

* O termo "Re-Barbarisierung", no original, traduzido por Herbert Caro como "volta intencional à barbárie", é empregado no capítulo xxxiv ("Continuação") do *Doutor Fausto*, que reconstitui as conversas no âmbito do círculo protofascista que se reunia na residência muniquense do gravador e ilustrador de livros Sixtus Kridwiß. Na abertura da "Continuação" do mesmo (o único que se subdivide em três partes), o narrador Serenus Zeitblom escreve: "Foram as ideias novas manifestadas nesses saraus, em conjunto com a criação solitária de Adrian, o que produziu em mim o estado de estafa cerebral no qual então vivi e que realmente me fez perder quase seis quilos e meio de peso". Entre essas "ideias novas" veiculadas nesse círculo, que anos depois iria aderir inteiramente ao nacional-socialismo, estava a proposta de "sacrificar sem mais nada as assim chamadas conquistas culturais em prol de uma simplificação reputada indispensável, assim como os tempos a exigiam, e que eventualmente pudesse ser qualificada de volta intencional à barbárie" (*Doutor Fausto*, op. cit., p. 249).

Seria lícito reconhecer em tal concepção uma larga dose de otimismo típico da época ou até mesmo um idealismo descabido; mas não se pode perder de vista, nesse contexto, que Thomas Mann não estava meramente interessado numa teoria teológica ou histórico-filosófica. No fundo, ele celebrou na tetralogia um projeto épico de extraordinária magnitude, celebrou — como o narrador anuncia no "Prelúdio" — uma colossal "festa da narração", da arte de "contar histórias". A integração entre mito e psicologia, encenada com todas as opulências da literatura mundial, tem seu lado eminentemente político, vinculado à história da época; mas ela permanece para sempre uma integração estética, com os meios e no *medium* da arte, a arte da grande narrativa. Essa arte grandiosa, elaborada no interior das balizas da literatura mundial, é autorreflexiva no mais alto grau; baseia-se na experiência tipicamente moderna de que atualidade e atratividade dos padrões míticos e literários têm de alimentar-se de intelectualidade e ironia a fim de não se degradarem em "instrumento de contrarrevolução obscurantista" ou em peça componente de um "mito fascista para o populacho".[10]

Quase que se poderia chamar de disposição pós-moderna da consciência aquilo que autor e narrador levam José, portando agora responsabilidades de Estado, a articular perante seus irmãos durante as grandes cenas de reconciliação. Envergonhados e felizes, eles se deixam cair de joelhos, suplicando desculpas pelas suas ações passadas, e então precisam permitir que lhes seja interpretada a estrutura modernamente mítica dos eventos. Ele, José, teve que provocar e atiçar os irmãos ao mal; o pai Jacó, assim como ele, José, faziam parte do "jogo, o jogo de Deus", e "vós fostes obrigados a representar o papel vil para que tudo saísse como saiu". Na verdade, tem-se aqui, sem dúvida, uma nova forma de autoempoderamento, que caminha de mãos dadas com o reconhecimento do caráter lúdico de toda a narrativa, da interação irônica entre a supervalorização e a desmontagem da tradição mítica. "Uma pessoa pode facilmente estar numa história e não a compreender. Talvez seja assim que deve ser, e só a mim se deve culpar por eu saber sempre bem demais do que se trata. Não ouvistes dos lábios do próprio pai quando me deu sua bênção que a minha vida foi sempre um jogo e um brinquedo?"*

---

*O substrato lúdico da tetralogia foi realçado pelo romancista em diversas ocasiões. Num de seus últimos comentários sobre o ciclo de José (*Selbstkommentare*, op. cit., p. 336), Thomas Mann concebe sua gênese de dezesseis anos sob a égide de uma formulação extraída do desfecho do romance

E, contudo, há uma profunda seriedade nessa grandiosa festa de contar histórias que autor e narrador encenam nas dimensões da literatura mundial. Thomas Mann toca sutilmente em ambos os aspectos, seriedade e ludismo, quando registra em seu diário no dia 8 de janeiro de 1943 de maneira aparentemente irônica e en passant: "Terminei o *José* ainda antes que o mundo desse cabo do fascismo".

Tradução de Marcus V. Mazzari

O eleito, quando o papa Gregório diz a sua mãe que, no jogo da vida, ele quis proporcionar "um entretenimento para Deus". Com o ciclo de José, sugere humoristicamente o romancista, ele também quis oferecer um "entretenimento" a Deus (Ver Thomas Mann, *O eleito*. Trad. de Claudia Dornbusch. Posf. de Walnice N. Galvão. São Paulo: Companhia das Letras, 2018, p. 238.)

NOTAS

1. Peter Sloterdijk, "Im Schatten des Sinai: Fußnote über Ursprunge und Wandlungen totaler Mitgliedschaft" [À sombra do Sinai: Nota de rodapé sobre as origens e mutações da filiação total]. In: Rolf Schieder (Org.), *Die Gewalt des einen Gottes: Die Monotheismus-Debatte zwischen Jan Assmann, Micha Brumlik, Rolf Schieder, Peter Sloterdijk und anderen* [O poder do Deus único: O debate sobre monoteísmo entre Jan Assmann, Micha Brumlik, Rolf Schieder, Peter Sloterdijk e outros]. Berlim: Berlin Universities Publishing, 2014.

2. Thomas Mann emprega a expressão "cômico conto maravilhoso da humanidade" (*"Komisches Menschheitsmärchen"*, no original) em seus comentários à tetralogia. Ver Hans Wysling (Org.), *Selbstkommentare: "Joseph und seine Bruder"* [Autocomentários: *José e seus irmãos*]. Frankfurt a. M.: Fischer, 1999, p. 217.

3. Jan Assmann, *Thomas Mann und Ägypten: Mythos und Monotheismus in den Josephsromanen.* [Thomas Mann e o Egito: Mito e monoteísmo nos romances sobre José]. Munique: C. H. Beck, 2006, p. 24.

4. Do contexto geral da atuação do romancista durante seu exílio nos Estados Unidos, trata o estudo *Thomas Mann: der Amerikaner: Leben und Werk im amerikanischen Exil, 1938-1952* [Thomas Mann: o americano: Vida e obra no exílio americano, 1938-1952], de Hans R. Vaget (Frankfurt a. M.: S. Fischer, 2011).

5. Detalhes desse projeto literário não concretizado podem ser encontrados nos volumes 8.1 (texto) e 8.2 (comentários), de *José no Egito* e *José, o Provedor*, em: Jan Assmann et al. (Orgs.), *Große kommentierte Frankfurter Ausgabe* [Grande edição comentada de Frankfurt]. Frankfurt a. M.: S. Fischer, 2018.

6. Observação feita por Eckhard Heftrich em seu ensaio "Joseph und seine Bruder" [José e seus irmãos]. In: Helmut Koopmann (Org.), *Thomas-Mann-Handbuch* [Manual Thomas Mann]. Stuttgart: Metzler, 2001, pp. 447-74.

7. Os volumes 7.1, 7.2, 8.1 e 8.2 da "Grande edição comentada de Frankfurt", mencionada na nota 5, trazem informações abrangentes sobre as fontes utilizadas por Thomas Mann para a elaboração da tetralogia *José e seus irmãos*.

8. Essa correspondência encontra-se publicada no livro *Thomas Mann/Karl Kerényi: Gespräch in Briefen* [Thomas Mann / Karl Kerényi: Conversa em cartas]. Zurique: Rhein, 1960.

9. Trata-se da conferência "Richard Wagner und der 'Ring des Nibelungen'" [Richard Wagner e o *Anel do Nibelungo*], proferida em 16 de novembro de 1937 no salão nobre da Universidade de Zurique.

10. Esses termos aparecem numa conferência sobre o romance de José proferida por Thomas Mann em 17 de novembro de 1942, na Biblioteca do Congresso em Washington. Também estão presentes no ensaio "José e seus imãos", publicado em 1945 em Santiago do Chile.

GLOSSÁRIO*

AB [hebr. 'āv]: quinto mês do calendário babilônico, que acontece por volta dos meses de julho/agosto do calendário gregoriano.

ABDCHEBA: nome usado por Thomas Mann para se referir a um servo de Labão. O texto bíblico não faz essa referência. O nome aparece nas cartas de Amarna e se trata de um administrador de Jerusalém quando esta fora dominada pelo Egito.

ABRÃO [hebr. 'avrām]: forma do nome Abraão no semítico do Norte com o mesmo significado de Abiram, do qual Abrão ("Abram") seria sua forma abreviada. Na Bíblia, Abraão se chamava Abrão. A mudança do nome acontece com a Aliança (Gn 17,5). O nome antigo Abrão ocorre na Bíblia somente em Gn 16,26-17,5 e significa "o pai é exaltado".

*Elaborado a partir das seguintes obras:

Immanuel Benzinger, *Hebräische Archäologie* [Arqueologia hebraica]. 2 ed. rev. e atual. Tübingen: J.C.B. Mohr, 1907.

Micha Josef bin Gorion, *Die Sagen der Juden* [A saga dos judeus]. Band I: *Von der Urzeit* [Desde os tempos pré-históricos]. 2 ed. Frankfurt: Rütten & Loening, 1919; Band II: *Die Erzväter* [Os patriarcas]. 2 ed. Frankfurt: Rütten & Loening, 1919; Band III: *Die zwölf Stämme* [As doze tribos]. Frankfurt: Rütten & Loening, 1919.

Wilhelm Gesenius, *Hebräisches und Aramäisches Handwörterbuch über das Alte Testament* [Dicionário de hebraico e aramaico do Antigo Testamento]. 18 ed. Berlim: Springer-Verlag, 2013.

Alfred Jeremias, *Das Alte Testament im Lichte des Alten Orients* [O Antigo Testamento à luz do Oriente antigo], Handbuch zur biblisch-orientalischen Altertumskunde. 3 ed. Leipzig: J.C. Hinrich'sche Buchandlung, 1916.

Alfred Jeremias, *Handbuch der altorientalischen Geisteskultur* [Manual de cultura oriental antiga], 2 ed. rev. e atual. Berlim; Leipzig: Walter de Gruyter, 1929.

Johannes Hempel, "Die israelitischen Anshauungen von Segen und Fluch im Licht altorientalischer Parallelen" [Ideias israelitas de bênção e maldição à luz de paralelos do Oriente antigo]. In: *Zeitschrift der Deutschen Morgenlandischen Gesellschaft*, Neue Folge, Band. 4, 1925, pp. 20-110.

ABUBU [acádico abūbu]: significa "tempestade", "dilúvio" ou "grande cheia". Aparece no romance sempre na expressão *"abubu de poeira"*, significando "tempestade no deserto" e "tempestade de areia".

ADA: filha de Elon; uma das mulheres hititas de Esaú e mãe de Elifaz (cf. Gn 36,1.4). Ada também é o nome de uma das duas mulheres de Lamec e mãe de Jabel (cf. Gn 4,19 s.).

ADAD [acádico Adad]: conhecido também como Addu, termo acádico para um deus vinculado ao clima, o deus trovão, representado na iconografia segurando raios. Era popular no norte da Síria e na Babilônia e trazia bênçãos, como a chuva, e destruição, como raios e enchentes.

ADAPA: segundo uma lenda babilônica encontrada nas cartas de Amarna, se refere ao primeiro homem da criação. Também citado como "Adama".

ADAR [hebr. 'ădār]: é o décimo segundo mês do calendário judaico, que acontece por volta dos meses de fevereiro/março do calendário gregoriano.

ADIMA: nome da mulher de Labão no romance, mas não atestado na Bíblia Hebraica. Esse nome aparece em 1Cr 11,42 como um bravo seguidor de Davi.

ADON [hebr. 'ādôn]: "senhor", originalmente usado para identificar o deus da vegetação do Oriente Próximo, além do símbolo do florescimento e da destruição recorrentes da natureza. Desta palavra deriva o nome grego "Adão".

ADONAI [hebr. 'ădonāi]: "Senhor"; comumente usado na tradição judaica como uma das pronúncias do tetragrama YHWH, como nome de Deus.

ADÔNIS: originalmente o deus da vegetação (Adon, Adonai), identificado também com Tamuz. Foi incorporado na mitologia grega como o jovem pelo qual as deusas Perséfone e Afrodita brigam; além de ter sido rasgado por um javali, compartilhando o mesmo destino que Tamuz.

ALU [acádico alû]: demônio perverso babilônico temido como a morte, uma vez que espalhava doença e calamidade.

Johannes Hempel, *Gott und Mensch im Alten Testament: Studie zur Geschichte der Frommigkeit* [Deus e homem no Antigo Testamento: Estudo sobre a história da piedade] (BWANT, Folge 3; Heft 2). Stuttgart: Kohlhammer, 1926.

Jacyntho Lins Brandão, *Epopeia de Gilgámesh*. Belo Horizonte: Autêntica, 2017.

Anke-Marie Lohmeier, *Lexikon zu Thomas Manns "Joseph und seine Brüder" (1933-43): Namen, Schauplätze, Sachen* [Léxico de *José e seus irmãos* de Thomas Mann (1933-43): Nomes, lugares, coisas]. Disponível em: <https://literaturlexikon.uni-saarland.de/lexika/lexikon-zu-thomas-manns-joseph-und-seine-brueder/lexikon-d#c8355>. Acesso em: 9 maio 2025. Concluído em 2018.

Bruno Meissner, *Babylonien und Assyrien* [Babilônia e Assíria]. Band I: Heidelberg, Carl Winter, 1920; Band II: Heidelberg, Carl Winter, 1925.

Wolfram von Soden, *Akkadisches Handwörterbuch* [Dicionário de acádico]. Band I: Wiesbaden, Harrassowitz, 1965; Band II: Wiesbaden, Harrassowitz, 1972; Band III: Wiesbaden, Harrassowitz, 1981.

Glossar der Eigennamen und geographischen Begriffe [Glossário de nomes próprios e termos geográficos], In: *Große kommentierte Frankfurter Ausgabe Joseph und seine Brüder II* [Grande edição comentada de Frankfurt de *José e seus irmãos II*], elaborado por Jan Assmann, Dieter Borchmeyer e Stephan Stachorski. Frankfurt a. M.: S. Fischer, 2018, pp. 1591-673.

ALUB: segundo bin Gorion, filho de Labão com Adina. A Bíblia Hebraica não faz nenhuma referência a este nome como filho de Labão.

AMATLA: mãe de Abraão segundo uma saga narrada por bin Gorion. Nome desconhecido na narrativa bíblica.

AMFIEL: anjo em forma de águia que leva José em sonho ao céu. Nome tirado da história do arrebatamento de Henoc narrado por bin Gorion.

AMRAFEL: rei de Senaar, segundo Gn 14,1-12. Com seus aliados lutou contra os soberanos de Sodoma e Gomorra, prendendo em seguida Ló. Bin Gorion o identifica com Nemrod e interpreta o nome como derivado dos termos *amar* ("palavra") e *afel* ("sombrio").

AMURRU [acádico amurrû]: nome babilônico dos amoritas, habitantes pré-hebreus de Canaã.

ANU: deus do céu na mitologia babilônica, pai de Elil, Ishtar e de outros deuses. Posteriormente foi associado a Zeus.

ARABAIA: forma usada no romance para também descrever a Arábia.

ARABOT: o sétimo e mais alto céu, na escala dos sete céus da tradição judaica, habitado por serafins e ofanins, onde se encontra o trono de Deus.

ASSAKKU: nome em acádico do "demônio" e da "força" que agiam negativamente sobre o homem na mitologia babilônica; também fazia parte do grupo dos "sete demônios malvados".

ATRAHASIS [acádico Atrahasīs]: "extremamente sábio"; herói da epopeia acádico--babilônica do grande dilúvio enviado pelos deuses para destruir a humanidade. Somente o Atrahasis foi avisado com iminência pelo deus Enki, que o instruiu a construir uma arca para se salvar. Assim como Noé (cf. Gn 7,19-20), ele colocou um casal de cada animal na arca, preservando assim a vida na terra. Cf. Utnapíshti.

AULASAULALAKAULA: formulação construída por Thomas Mann para aludir a uma invocação, conhecida no profetismo antes dos grandes profetas no tempo bíblico. O pano de fundo para essa formulação se encontra em Is 28,7-13, no texto hebraico, especialmente os vv. 10 e 13: "*tsav latsav, tsav latsav, qav laqav, qav laqav ʒeêr sham ʒeêr sham*" (Is 28,10) e "*tsav latsav tsav latsav qav laqav qal laqav ʒeêr sham, seêr sham*" (Is 28,13), quando profetas em êxtase ou embriagados do grupo de falsos profetas, anteriores aos grandes profetas (como Isaías, Jeremias, Ezequiel etc.) faziam sua fórmula de invocação, pronunciando-a de forma gaguejante e incompreensível para os ouvintes. Todavia, a existência desses videntes em êxtase parece ser um anacronismo, pois na narrativa dos patriarcas não aparece tal informação. A fórmula de invocação apresentada no romance por Thomas Mann é possivelmente inspirada nos textos de Hempel, em que as palavras "'alah" (juramento) e "ḳelalah" ("maldição") aparecem referindo-se ao texto bíblico, quando fala de bênçãos e maldições, e que Mann leu como "aula kalaula". Isso deve ter acontecido também com "ṣau laṣau ḳau laḳau", transcrição do hebraico "tsav latsav" ("ordem sobre ordem") e "qav laqav" ("linha sobre linha"), que Mann deve ter lido como "sau lasau kau lakau", compondo sua fórmula de invocação ou conjuração, de modo que o significado continua incompreensível como no texto hebraico da Bíblia, sendo uma ecolalia, uma repetição de palavras sem sentido.

AZA e AZAEL [hebr. 'Aza'; 'Aza'el]: nome de dois anjos da ordem dos serafins que desfavoreceram e ainda desfavorecem os seres humanos, sendo responsáveis por alguns dos males desse mundo, na tradição judaica, presente no livro de Henoc. Citados também em bin Gorion.

BAAIS: forma aportuguesada de Baalim. Cf. Baal.

BAAL: teônimo, além de título honorífico que significa "senhor", "mestre" no semítico ocidental, também equivalente a Bel. Neste romance é usado principalmente para se referir a deus, tanto em Canaã como na Mesopotâmia. A sua forma feminina é Baalat ("deusa"). No plural masculino aparece a forma Baalim ("deuses").

BEL [acádico bēlum]: "senhor"; usado comumente como epíteto nos nomes de divindades babilônicas, como Bel-Harã, entre outros. Mais tarde foi usado também para identificar o deus Marduk, como Bel Marduk. E, por fim, foi usado, segundo bin Gorion, como nome para o filho de Nemrod.

BEL-HARÃ: epíteto Bel para identificar o deus da lua, Sin.

BEL-MARDUK: mesmo que Marduk. Usado aqui com epíteto Bel para expressar a grandeza do deus babilônico. Cf. Marduk.

BEOR(I): de acordo com bin Gorion, primeiro filho de Labão com Adina. A Bíblia Hebraica não faz nenhuma referência a este nome como filho de Labão.

BEOR(2): pai de Bela, rei de Edom (cf. Gn 36,32).

BESAMIM [hebr. pl. de bessām] e SAMIM [hebr. pl. de sam]: termos hebraicos para "perfume" e "especiaria", respectivamente; usados em sacrifícios.

BET-LAHAMA, BET-LAHEM [hebr. Beit Leḥem; aramaico Beit Laḥam]: "casa do pão"; possíveis formas aramaicas do nome da cidade de Belém, outrora chamada Efrat, localizada ao sul de Jerusalém, na direção de Hebron. Thomas Mann segue A. Jeremias que identifica a origem do nome Belém ("Beit-Lehem") como derivado de "Bet ilu Laḥama" ("casa do deus Lahama"), da qual o aramaico Beit Laham se desenvolveu. Teoria essa que hoje é considerada cética.

BET-SHEMESH [hebr. Beit shemesh]: "casa do sol"; cidade situada no lado ocidental de Jerusalém.

BÔR [hebr. bôr]: "poço"; segundo A. Jeremias, pode também significar "cárcere" e "mundo inferior".

CEDAR e CEDMA: nomes de filhos de Ismael (cf. Gn 25,13-15). No romance, são membros da caravana ismaelita que libertou José e o vendeu para o Egito.

CETIM [hebr. kittîm]: nome bíblico para habitantes do sul do Chipre (cf. Is 23,1), por extensão indicava todos que provinham das ilhas do mediterrâneo. No romance, seguindo A. Jeremias, é identificado com o sul da Itália, especialmente a Sicília.

DAMASEK: filho de Eliézer na tradição extrabíblica e saga judaica.

DAMU [sumério dumu]: "menino"; apelido querido usado para Tamuz, o qual Jacó usa para seu filho predileto, chamando-o de "menino querido".

DODANIM [hebr. dodānim/rodānim]: nome para identificar os habitantes da ilha de Rodes. Na Bíblia Hebraica é um dos bisnetos de Noé, filho de Javã, e nome do povo de uma ilha (cf. Gn 10,4; 1Cr 1,7 para Rodaim).

DUDAIM [hebr. Dûdāim]: "frutos da mandrágora"; usados como afrodisíacos (cf. Gn 30,14 e Ct 7,14).

DUMUZI [sumério dumuzid]: "verdadeiro filho"; forma suméria para o nome de Tamuz, o deus da fertilidade.

EA: deus da sabedoria, senhor da água doce primordial e da arte de encantamento na mitologia suméria. Como Ea-Oanes, deus das águas subterrâneas. A ele é atribuído a função de levar aos homens a arte e a civilidade. Era adorado particularmente em Eridu, cidade suméria no sul da Mesopotâmia.

EBAL: monte nas proximidades de Siquém (cf. Js 8,30).

E-HULHUL: templo do deus-Lua Sin, em Harã.

EL: forma comum para designar Deus no meio dos povos semíticos. Comumente aparece ligado a um nome de lugar, como, por exemplo, El Shadai, El Olam, ou em combinação de nomes, como Isra-el, Isma-el etc.

ELAM: reino antigo do Oriente, localizado a leste do Tigre e do golfo Pérsico, no sudoeste do atual Irã, com língua e cultura próprias. Na Bíblia Hebraica, Elam aparece como um dos filhos de Sem (Gn 10,22; 1Cr 1,17).

ELIL [acádico Enlil]: deus do ar no panteão mesopotâmico. Era mais poderoso do que qualquer outra divindade e acabou sendo adorado, na cidade suméria de Nippur, como rei dos deuses. Guardião das Tábuas do Destino, que continham as sinas dos deuses e da humanidade.

ELINOS: um dos dois filhos de Eliezer na tradição extrabíblica e saga judaica.

ELISA [acádico Alashiya; hebr. 'Elishāh]: nome babilônico do Chipre. Nome também de uma filha de Jorã, neta de Noé (cf. Gn 10,4), usado para identificar o Chipre.

ELMODAD: nome de um pastor a serviço de Jacó. Segundo Gn 10,26, é o nome de um filho de Jectã.

EL SHADAI [hebr. 'ēl shaddai]: nome com o qual Deus se revela aos patriarcas (Gn 17,1; 49,25; Ex 6,3). Geralmente traduzido como "Onipotente", segundo a tradição, embora signifique "deus da montanha".

ELUL [hebr. 'ĕlûl]: sexto mês do calendário judaico, entre os meses de agosto/setembro do calendário gregoriano.

EMTELAI: nome da mãe de Abraão segundo a tradição talmúdica (Bava Batra 91:a). Não aparece na Bíblia Hebraica.

ENGIDU [acádico enkīdu]: homem selvagem da epopeia de Gilgamesh. Depois de sua civilização, passa a ser companheiro de Gilgamesh e juntos matam o feroz Humbaba (cf. Gilgamesh, Tablete III, 86-8) e o Touro do Céu(cf. Gilgamesh, Tablete VI,123-8).

ENMEDURANKI: nome de um rei antigo sumério. Segundo registros babilônicos, era o lendário rei de Sipar.

ERESHKIGAL [acádico Ereshkigal]: deusa babilônica do mundo inferior, filha de Anu e Namu.

ESAGILA [sumério Esagila]: "porta do céu, casa de cabeça erguida"; templo dedicado a Marduk na Babilônia, no qual havia uma torre Etemenanki ("templo da fundação entre céu e terra", em sumério) conhecida biblicamente como torre de Babel (Gn. 38,2-6).

ETANA: lendário rei que subiu aos céus nas asas de uma águia, como se encontra na epopeia que leva seu nome.

ETURA: senhor do aprisco de ovelhas. Relacionado a Tamuz, significa "aprisco inferior", "reino dos mortos".

FRAT: forma abreviada do nome Eufrates.

GER [hebr. gēr, pl. gērîm]: "estrangeiro"; nome hebraico usado na Bíblia para "apátrida em busca de terra para morar".

GHOR [árabe al ghor]: "vale do Jordão"; metade sul do vale do Jordão entre o mar da Galileia e o mar Morto, cercado por altas paredes rochosas, por onde passa uma corrente de ar muito quente. Os raios de sol refletem nas paredes de rocha brilhante, contribuindo para o aumento da temperatura.

GOLEM [hebr. gôlem]: é uma criatura animada do folclore judaico, feita de matéria inanimada, como argila ou lama. Pode significar "embrião", "inacabado", "sem forma" (cf. Sl 139,16). Ao contrário da criação divina de Adão, *golem* é uma criatura imperfeita.

GUEBAL: nome em hebraico para a cidade fenícia de Biblos (cf. Ez 27,9).

GUTI: adjetivo gentílico para habitantes de Gutium. Antigo povo da Mesopotâmia, proveniente das montanhas Zagros.

HABIRU [acádico ḫapiru]: "errante, forasteiro"; nome que aparece nas cartas de Amarna e correspondências de Tanac fazendo referência a uma tribo ou um povo. Geralmente corresponde aos termos "ibrim", "hebreus". Habirus são grupos de pessoas que viveram como nômades em áreas da região noroeste do Crescente Fértil da Mesopotâmia até a fronteira do Egito em Canaã.

HAI(I) [hebr. ʿAi]: lugar nas proximidades de Bet-el, onde Abraão construiu um altar (cf. Gn 12,8).

HAI(2): "vida".

HAI OLAM: expressão hebraica que significa "vida eterna", segundo A. Jeremias.

HANIGALBAT: nome assírio para o reino de Mitani.

HATOR: deusa egípcia do céu, do amor e da alegria.

HAZATI: outra forma de escrever o nome da cidade de Gaza.

HERMON: montanha localizada a oeste de Damasco e a norte do lago de Genasaré (mar da Galileia), onde nasce o rio Jordão.

HESHVAN [hebr. heshvân]: oitavo mês do calendário judaico, que ocorre entre os meses de outubro/novembro do calendário gregoriano.

HOI AHI, HOI ADON!: expressão hebraica formada da interjeição *hoi* ("ai"), do substantivo *ah* ("irmão") com o pronome possessivo da primeira pessoa do singular, e de *adon* ("senhor"), significando: "Ai meu irmão, ai meu senhor!".

HÓRUS: é uma divindade egípcia, conhecida como o deus dos céus e dos vivos, considerado o rei dos vivos. Hórus é filho de Ísis e Osíris e desempenha um papel central no mito de Osíris, em que se vinga do assassino de seu pai, Set. Frequentemente é representado como um falcão ou com a cabeça de um falcão.

IBRIM [hebr. ʿivrî, pl. ʿivrîm]: "hebreu"; forma variante para hebreus. Deriva de ʿēver ("lado oposto"), que, por sua vez, vem de ʿāvar ("ele atravessou, cruzou"), para descrever migrantes do outro lado do rio, como a Bíblia descreve os hebreus. Segundo A. Jeremias, é um nome usado para hebreus que não pertencem à tribo de Israel.

ISHHARA: outro nome babilônico para identificar Ishtar. Aparece também na mitologia babilônica como a deusa do casamento (cf. *Epopeia de Gilgamesh*) e sacerdotisa de Ishtar.

ISHULLANU [acádico ishullānu]: jardineiro da divindade na *Epopeia de Gilgamesh*, que oferecia cestas de tâmaras para Ishtar, por quem era apaixonado.

IYAR [hebr. 'iyār]: segundo mês do calendário judaico, que ocorre entre os meses de abril/maio do calendário gregoriano.

JEBUS: nome arcaico para a cidade de Jerusalém (cf. Jz 19,10; 1Cr 11,4).

KEDESHAS [hebr. qedēshah, pl. qedēshot; acádico qadishtu]: "prostitutas do templo"; termo usado no Oriente antigo, particularmente em Canaã, para se referir às mulheres "consagradas" à prostituição do templo, à prática da prostituição de culto. Essa é uma concepção antiga que hoje não é mais tão aceita, pois nos textos babilônicos e ugaríticos não há evidências de que existia essa função no templo. Em Canaã, segundo o relato bíblico, deve ter havido algo semelhante, pois o texto bíblico faz referência à "qedeshah" (Gn 38,21-22) e proíbe a sua prática, como nos relata Deuteronômio 23,18: "não haverá prostituta sagrada entre as israelitas, nem prostituto sagrado entre os israelitas". Provavelmente Thomas Mann usou esse termo a partir de A. Jeremias, quando ele teceu comentário sobre Tamar (cf. Gn 38,14-16) no seu livro *Antigo Testamento à luz do Oriente antigo*, deixando claro a existência de duas classes de prostitutas na sua narrativa: as prostitutas de Ishtar e as kedeshas.

KEME [egípcio ant. Kême]: "terra preta"; forma como os egípcios chamavam a região fértil do Nilo.

KETONET PASSIM [hebr. ketőnet passîm]: "túnica cobrindo palmas das mãos e solas dos pés"; ou "túnica comprida", "colorida", como é usado em Gn 37,3; 2Sm 13,18.

KISLEV [hebr. kislêw]: nono mês do calendário judaico, que ocorre entre os meses de novembro/dezembro do calendário gregoriano.

KOKABIM [hebr. kôk̄āv]: "estrela"; plural.

KUR: medida babilônica de volume. Segundo Meissner, um kur equivale a 120 litros. Um kur compreendia dez silas (uma sila equivale aproximadamente a 2,77 litros). Assim sendo, um kur equivale aproximadamente a 270 litros. Segundo a *Bíblia de Jerusalém*, 450 litros.

KURNUGIA: termo sumério para descrever o mundo inferior.

KUZAK: divindade edomita que corresponde ao deus da nação e da tempestade, de acordo com A. Jeremias. Provavelmente uma variação do deus Kos.

LABARTU: filha de Anu, bruxa com características demoníacas da mitologia babilônica.

LABASHU: demônio portador de doenças na mitologia mesopotâmica. Labashu, segundo Meissner, era o agente causador de certa doença, talvez febre com calafrios.

LAHAMA: deusa canaanita da fertilidade semelhante à deusa grega Deméter. No romance, seguindo Jeremias, Thomas Mann usa o termo como sendo uma divindade masculina (cf. no texto p. 315 "[...] discutir com os incensadores do Lahama a origem desse fenômeno do ressuscitado").

LUZA [hebr. lûz]: lugar no qual Jacó sonhou com uma escada que atingia o céu (cf. Gn 28,10-19). Depois do sonho ele deu ao lugar o nome de Bet-el.

MAGDOL-EDER [hebr. Migdal 'éder]: "torre de Eder"; lugar derivado de "migdal" e citado em Gn 35,21, onde Israel plantou a sua tenda.

MAGOG: nome de um dos filhos de Jafet (cf. Gn 10,2), do qual seus ascendentes ocuparam uma região ao norte da Palestina. Segundo o profeta Ezequiel (Ez 38,2), é um reino na região da Turquia oriental sob comando de Gog que, em determinado momento, atacaria os israelitas.

MAKOM: palavra hebraica que significa "lugar". A forma correta escrita em hebraico é "māqôm".

MAON [hebr. Mâ'ôn]: cidade na região montanhosa de Judá, vizinha de Zif e Carmel (cf. Js 15:55), situada ao longo da borda ocidental do deserto de Judá. Aparece também junto com os sidônios e os habitantes de Amalac, tidos como inimigos de Israel (Jz 10,12), e como deserto de Maon (cf. 1Sm 23,24-25). Todavia, Benzinger identifica Maon e Ma'in como sendo a mesma localidade, onde vivia um povo que dominava desde o sul de Judá até a Arábia, baseando-se na passagem de 1Cr 4.41, na Bíblia Hebraica, onde há a menção "me'inim" escrito no texto e indicação de "me'unim" como leitura.

A Bíblia nos deixa a ideia de que haveria dois povos: os meinim e os meunim. Os primeiros viviam na Transjordânia e na Arábia, conectados com a cidade-Estado Ma'in na Arábia do Sul. Eram conhecidos por dominar a via do comércio de incenso, estabelecendo suas colônias nas maiores cidades da Arábia ocidental, do Egito e em cidades portuárias, como Sidon. Os segundos eram povos que viviam em qualquer um dos lugares mencionados na Bíblia chamados Maon. Como consequência da leitura de Benzinger, Thomas Mann não fez distinção entre maonitas e midianitas.

MARDUK [sumério Amar-utuk]: "terneiro do deus-Sol"; deus da cidade de Babilônia. Com a ascensão do Império Babilônico, se tornou o maior deus, sendo chamado de Bel-Marduk e depois somente de "Bel, o senhor".

MAZKIR [hebr. mazkîr, do verbo zakar]: "lembrar", "lembrador"; no hebraico moderno "secretário". Termo usado na Bíblia Hebraica para designar um alto oficial que trabalhava muito próximo do rei judeu (cf. 2Sm 8,16; 1Cr 18,15). A *Bíblia de Jerusalém* traduz como "arauto".

MEDANIM: ascendentes do filho de Abraão com sua mulher Cetura, Madã (Gn 25,2).

METATRON [Metratôn]: anjo supremo do período pós-bíblico, especialmente nos textos cabalísticos, aparecendo como escriba da corte celestial e guardião dos segredos divinos.

MINA: antiga medida de peso no Oriente antigo que, segundo Meissner, equivale a sessenta siclos de 8,4 gramas, ou seja, 504 gramas; segundo a *Bíblia de Jerusalém*, equivale a 571 gramas.

MITANI: reino dos hurritas no norte da Mesopotâmia.

MITANO: idioma falado pelos habitantes do reino Mitani.

MITSRAIM: palavra hebraica que significa "Egito". É o nome dado ao Egito e ao seu povo na Bíblia Hebraica (cf. Gn 10,6.13; 13.10). A *Bíblia de Jerusalém* transcreve como "Mesraim".

MOSAR, MUZRI [hebr. Mâtsor (cf. 2Rs 19,24; Is 19,6)]: nomes para identificar uma região defronte da península do Sinai. Thomas Mann usou a transliteração de A. Jeremias "Moṣar", cuja transliteração está equivocada, invertendo a vocalização que deveria ter sido "Maṣor", e a leu como Mosar e Muzri [acádico Mítsri], a saber, Mitsraim, Egito.

MUMMU: vizir do deus primordial Apsu e de Tiamat (dragão do caos). Figuras que aparecem na epopeia *Enuma Elish*, o épico babilônico da criação. No romance, a figura de Mummu seria a imagem mitológica do "espírito", segundo A. Jeremias, que pairava sobre o caos da criação.

MURAS: nome do filho de Labão e Adina, de acordo com bin Gorion. Este nome não aparece na Bíblia.

NABU: nome do deus babilônico da escrita e da sabedoria, correspondendo ao fenício Taut e ao egípcio Tot.

NAHARAIM [hebr. nāhār]: "rio"; forma dual da palavra hebraica "nahar" que significa "dois rios", fazendo alusão aos rios mesopotâmicos para identificar Aram, país dos arameus.

NAHARINA [antigo egípcio nehern]: forma transcrita para identificar Aram, norte da Síria, equivalente ao hebraico Naharaim.

NAMTAR [acádico Namtār]: demônio babilônico-sumério, deus da peste, e mensageiro da deusa do mundo inferior, Ereshkigal, que leva doenças e morte aos seres humanos. O mesmo que NamtaruNamtaru.

NAOR [hebr. Nāḥôr]: cidade na região Aram-Naharaim, na Mesopotâmia.

NEB-MA-RÉ: alcunha do faraó Aménofis III, significando "Senhor do deus-Sol e da deusa da justiça e verdade".

NERGAL [acádico Nergal]: deus da guerra e senhor do mundo inferior na mitologia acádico-mesopotâmica. Era filho de Elil e Ninlil e esposo de Ereshkigal.

NETSER: palavra hebraica que significa, na Bíblia, "tronco, rebento" (Is 11,1) e atualmente "descendente". Nome dado pelo pai ao filho de Raquel para dizer que era seu verdadeiro filho.

NINIB: forma antiga de ler o nome do deus Ninurta.

NIPUR [acádico Nippur]: importante cidade no centro da Mesopotâmia, onde se localizava o templo do deus Elil. Cidade também onde os reis babilônicos eram coroados pelos seus sacerdotes.

NISAN [hebr. nîssān]: primeiro mês do calendário judaico, englobando partes dos meses de março/abril do calendário gregoriano.

ODOLAM: cidade cananeia na planície oeste do Jordão, cujo príncipe é mencionado entre os "trinta e um reis" conquistados por Israel. Como lembra o profeta Miqueias, Davi foi acolhido ali quando perseguido por Saul (Miq 2,15). Localidade ao sudeste de Jerusalém (cf Gn 38,1); lugar de refúgio para Davi durante a guerra filisteia (cf. 1Sm 22,1 ss.).

OFER: filho de Madiã (cf. Gn 25,4). Neste romance, nome de um dos comerciantes ismaelita-madianitas que libertou José e o vendeu para o Egito.

OFIR: nome de uma região mencionada na Bíblia, famosa por sua riqueza em ouro (cf. 1Rs 10,11). Localizada possivelmente ao sul de Punt, atualmente território da Etiópia.

ON: local do culto principal do deus-Sol, localizada ao norte de Mênfis.

OOLIBAMA: uma das mulheres de Esaú de origem hivita-cananeia (cf. Gn 36,1).

PAROSH [hebr. par'osh]: "pulga", atualmente; nome bíblico (Esd 2,3 e 8,3) e chefe do povo (Ne 10,15). Como nome para o animal, Thomas Mann pode ter conhecido a palavra "parash" [hebr. pârâsh, "cavalo, cavalo de guerra e cavaleiro"] ocorre na Bíblia Hebraica (Lutero traduz o termo "pârâsh", lido "parosh", em Ez 26,10 como "cavalo", e não "cavaleiro") e o usa como nome do animal de Jacó. Ele pode ainda ter se inspirado em I. Benzinger, que, ao descrever o mundo animal no seu livro *Arqueologia hebraica*, faz alusão ao termo "pârâsh".

PUNT: região, segundo A. Jeremias, localizada no litoral de ambos os lados do mar Vermelho mais meridional, podendo ser a costa da Somália. Dessa região, os egípcios traziam resinas para preparar incenso e mirra.

RAKIA [hebr. rāqiaʿ]: "firmamento"; é o nome do segundo céu na tradição judaica.

SAHAR [árabe ṣaḥrā, pl. ṣaḥārā]: "deserto"; nome usado no romance também para Sarai/Sara. Thomas Mann encontrou possivelmente indícios em A. Jeremias que identificam o nome Sahar com a lua, num contexto em que a forma babilônica do nome de Sara seria sharratu "rainha", epíteto da deusa Lua de Harã. Por outro lado, poderia ter também uma conexão com a grande deusa Ishtar, a qual frequentemente era chamada de sharrat shamê, "rainha do céu". É possível que seja adotado pelo autor para associar Sarai ao período em que ela era infértil, independentemente de identificá-la com a lua.

SAMIM [hebr. pl. de sam]: "droga"; termo hebraico usado com *besamim* e que significa drogas (especiarias) usadas nos sacrifícios. Cf. Besamim.

SARON [hebr. Shārôn]: "planície fértil"; região localizada na planície costeira ao sul do monte Carmel, entre o Mediterrâneo e as colinas de Samaria. Na Bíblia, como na Antiguidade, era tida como região fértil e rica em flores (cf. Is 33,9; 65,10; 1Cr 27,29).

SEBAOT [hebr. tsābāʾ, pl. tsebaʾôt]: "exército"; se refere a um grupo de homens guerreiros ou exército (Is 13,4); também usado para descrever as inúmeras estrelas no céu (Sl 33,6) e os exércitos do céu (Sl 148,2;1Rs 22,19). Na Bíblia pode ser associado a um nome de Deus (Jhwh tsebaot), significando "Senhor dos Exércitos" (cf. 1Sm 4,4; Am 4,13) que governa sobre todas as coisas na terra e no céu, o Deus Onipotente.

SEMHAZAI [hebr. Shemḥazai]: anjo de destaque no mito da rebelião dos anjos, encontrado principalmente em textos extrabíblicos como o Livro de Henoc. Thomas Mann encontrou a história de Ishhara (cf. Sopra) e o anjo Semhazai em bin Gorion, em que a protagonista se chama Ishtar.

SHAMASH [acádico Shamash]: "sol"; nome do deus do sol e da justiça na mitologia babilônica; filho de Sin, deus-Lua e irmão de Ishtar.

SHAPATTU [acádico shapattu]: "décimo quinto dia do mês", período de quinze dias; se refere ao décimo quinto dia do mês, o dia de lua cheia. Apesar da semelhança, não há relação direta com o termo Shabbat do hebraico, que deriva do verbo *shābat*, "descansar".

SICLO [acádico shiqlu]: medida de peso babilônico que, segundo Meissner, equivale aproximadamente a 8,41 gramas de mina leve e 16,82 gramas de mina pesada. Segundo a *Bíblia de Jerusalém*, equivale a 11,4 gramas.

SILA: medida de capacidade de produtos sólidos. Segundo Meissner, uma sila corresponde aproximadamente a quatrocentos mililitros (0,4 litro).

SIN: nome babilônico para o deus da lua, pai de Ishtar e Shamash. Chegou a ser idolatrado no templo E-hulhul de Harã como Bel Harã.

SIVAN [hebr. sîvãn]: terceiro mês do calendário judaico, englobando partes dos meses de maio/junho do calendário gregoriano.

TAMUZ [hebr. tammuz]: nome do quarto mês do calendário judaico, corresponde a partes dos meses de junho/julho do calendário gregoriano.

TANAC [hebr. Ta'na<u>k</u>]: cidade amorita no meio do caminho entre Betsã e o Mediterrâneo (cf. Js 17,11; 12,21).

TÁRSIS [hebr. Tarshîsh]: nome de um filho de Javã e neto de Jafet (Gn 10,4). De acordo com A. Jeremias, seria o nome do distrito mineiro no sul da Espanha.

TIAMAT: deusa do mar e associada ao caos da criação, em forma de dragão, na epopeia babilônica da criação do mundo *Enuma Elish*. Tiamat foi morta por Marduk, o deus principal da cidade da Babilônia, e de seu corpo ele criou o Universo.

TISHRI [hebr. tishrei/tishrî]: nome do sétimo mês do calendário judaico, corresponde a partes dos meses de setembro/outubro do calendário gregoriano.

TOT: nome do deus egípcio da lua, deus da escrita, sabedoria e magia. Ele é tido como o inventor da escrita e dos hieróglifos egípcios. Geralmente é representado com a cabeça de íbis ou babuíno, animais consagrados a ele.

TURTURRA: apelido carinhoso para Benjamim. Forma carinhosa usada pelo pai para chamar seu filho no sumério antigo; "pequerrucho", como descreve Meissner.

UDUNTAMKU: deus babilônico da comida, segundo Meissner.

UMMU-UMMU [acádico ummu]: "mãe"; forma onomatopeica para descrever uma língua incompreensível, formada com o substantivo "ummu", fazendo um jogo de palavras para se referir à língua materna.

URUK: cidade babilônica ao sul de Babilônia (Babel) e Nipur. Localizada antigamente perto do Eufrates. Conhecida devido ao grande rei Gilgamesh.

URUSALIM: nome antigo cananeu para Jerusalém, composto de "uru", que significa "fundada", e "Shalim", deus-Sol dos canaanitas. O nome aparece nas cartas de Amarna, ao fazer referência a Abdcheba, administrador de Jerusalém quando dominada pelo Egito.

UTNAPÍSHTI [Uta-napishti]: nome de personagem importante na *Epopeia de Gilgamesh*. Herói do dilúvio que pode ser comparado ao Noé bíblico, por ter construído um grande barco para se salvar. Essa narrativa se encontra na tablete XI da *Epopeia de Gilgamesh*, e possui elementos comuns com a narrativa de Noé, como o envio de pombos/corvos para garantir que chegaram em terra firme (cf. Gn 8,2-12; *Gilgamesh* XI 147-56). Cf. Atrahasis.

UTUKKU [utukku]: na tradição babilônica, nome atribuído ao demônio que espalhava doenças.

ZEBUL [hebr. zevul]: "morada, abrigo"; quarto céu na tradição judaica.

CRONOLOGIA

6 DE JUNHO DE 1875
Paul Thomas Mann, segundo filho
de Thomas Johann Heinrich Mann
e sua esposa, Julia, em solteira
Da Silva-Bruhns, nasce em
Lübeck. Os irmãos são: Luiz Heinrich
(1871), Julia (1877), Carla (1881) e
Viktor (1890)

1889
Entra no Gymnasium Katharineum

1893
Termina o ginásio e muda-se
para Munique.
Coordena o jornal escolar
Der Frühlingssturm [A tempestade
primaveril]

1894
Estágio na instituição Süddeutsche
Feuerversicherungsbank.
Caída, a primeira novela

1894-5
Aluno ouvinte na Technische
Hochschule de Munique. Frequenta
aulas de história da arte, história
da literatura e economia nacional

1895-8
Temporadas na Itália, em Roma
e Palestrina, com Heinrich Mann

1897
Começa a escrever *Os Buddenbrook*

1898
Primeiro volume de novelas,
O pequeno sr. Friedemann

1898-9
Redator na revista satírica
Simplicissimus

1901
Publica *Os Buddenbrook: Decadência
de uma família* em dois volumes

1903
Tristão, segunda coletânea de novelas,
entre as quais *Tonio Kröger*

3 DE OUTUBRO DE 1904
Noivado com Katia Pringsheim,
nascida em 24 de julho de 1883

11 DE FEVEREIRO DE 1905
Casamento em Munique

9 DE NOVEMBRO DE 1905
Nasce a filha Erika Julia Hedwig

1906
Fiorenza, peça em três atos
Bilse und ich [Bilse e eu]

18 DE NOVEMBRO DE 1906
Nasce o filho Klaus Heinrich
Thomas

1907
Versuch über das Theater [Ensaio
sobre o teatro]

1909
Sua Alteza Real

27 DE MARÇO DE 1909
Nasce o filho Angelus Gottfried
Thomas (Golo)

7 DE JUNHO DE 1910
Nasce a filha Monika

1912
A morte em Veneza.
Começa a trabalhar em *A montanha
mágica*

JANEIRO DE 1914
Compra uma casa em Munique,
situada na Poschingerstrasse, 1

1915
Friedrich und die grosse Koalition
[Frederico e a grande coalizão]

1918
Betrachtungen eines Unpolitischen
[Considerações de um apolítico]

24 DE ABRIL DE 1918
Nasce a filha Elisabeth Veronika

1919
Um homem e seu cão: Um idílio

21 DE ABRIL DE 1919
Nasce o filho Michael Thomas

1922
Goethe e Tolstói e *Von deutscher
Republik* [Sobre a república alemã]

1924
A montanha mágica

1926
Desordem e precoce sofrimento.
Início da redação da tetralogia
José e seus irmãos.
Lübeck als geistige Lebensform [Lübeck
como modo de vida espiritual]

10 DE DEZEMBRO DE 1929
Recebe o prêmio Nobel de literatura

1930
Mário e o mágico.
*Deutsche Ansprache: Ein Appell an die
Vernunft* [Elocução alemã: Um apelo
à razão]

1932
*Goethe como representante
da era burguesa*.
Discursos no primeiro centenário
da morte de Goethe

1933
*Sofrimento e grandeza de Richard
Wagner*.
José e seus irmãos: As histórias de Jacó

11 DE FEVEREIRO DE 1933
Parte para a Holanda. Início
do exílio

OUTONO DE 1933
Estabelece-se em Küsnacht,
no cantão suíço de Zurique

1934
José e seus irmãos: O jovem José

MAIO-JUNHO DE 1934
Primeira viagem aos Estados
Unidos

1936
Perde a cidadania alemã e torna-se
cidadão da antiga Tchecoslováquia.
José e seus irmãos: José no Egito

1938
Bruder Hitler [Irmão Hitler]

SETEMBRO DE 1938
Muda-se para os Estados Unidos.
Trabalha como professor de
humanidades na Universidade
de Princeton

1939
Carlota em Weimar

1940
As cabeças trocadas

ABRIL DE 1941
Passa a viver na Califórnia,
em Pacific Palisades

1942
*Deutsche Hörer! 25 Radiosendungen
nach Deutschland* [Ouvintes alemães!
25 transmissões radiofônicas para
a Alemanha]

1943
José e seus irmãos: José, o Provedor

23 DE JUNHO DE 1944
Torna-se cidadão americano

1945
Deutschland und die Deutschen
[Alemanha e os alemães].
*Deutsche Hörer! 55 Radiosendungen
nach Deutschland* [Ouvintes alemães!
55 transmissões radiofônicas para
a Alemanha].
Dostoiévski, com moderação

1947
Doutor Fausto

ABRIL-SETEMBRO DE 1947
Primeira viagem à Europa depois
da guerra

1949
*A gênese do Doutor Fausto: Romance
sobre um romance*

21 DE ABRIL DE 1949
Morte do irmão Viktor

MAIO-AGOSTO DE 1949
Segunda viagem à Europa e primeira
visita à Alemanha do pós-guerra.
Faz conferências em Frankfurt am
Main e em Weimar sobre os duzentos
anos do nascimento de Goethe

21 DE MAIO DE 1949
Suicídio do filho Klaus

1950
Meine Zeit [Meu tempo]

12 DE MARÇO DE 1950
Morte do irmão Heinrich

1951
O eleito

JUNHO DE 1952
Retorna à Europa

DEZEMBRO DE 1952
Muda-se definitivamente para a Suíça
e se instala em Erlenbach, próximo a
Zurique

1953
A enganada

1954
Confissões do impostor Felix Krull

ABRIL DE 1954
Passa a viver em Kilchberg, Suíça,
na Alte Landstraße, 39

1955
Versuch über Schiller [Ensaio sobre
Schiller]

8 e 14 DE MAIO DE 1955
Palestras sobre Schiller em Stuttgart
e em Weimar

12 DE AGOSTO DE 1955
Thomas Mann falece

Esta obra foi composta em Fournier
por Alexandre Pimenta e impressa
em ofsete pela Geográfica sobre papel
Pólen Natural da Suzano S.A. para
a Editora Schwarcz em julho de 2025

A marca FSC® é a garantia de que a madeira utilizada na fabricação do papel deste livro provém de florestas que foram gerenciadas de maneira ambientalmente correta, socialmente justa e economicamente viável, além de outras fontes de origem controlada.